Inhaltsverzeichnis

Impressum

Covergestaltung: Peter Urban La Bastiere 61470 Heugon Frankreich Das für das Cover verwendete Ölgemälde "The Last Effort and Fall of Tippoo Sultan" von Henry Singleton wurde ca. 1800 gemalt. Es befindet sich heute in einer privaten Sammlung. Gemäß §64 des UrHG ist die Schutzdauer für dieses Werk abgelaufen. Somit ist es gemeinfrei und kann von jedermann verwendet werden.

ISBN-13: 978-1500651329
ISBN-10: 150065132X
BooksInPrint.com
2014

Marattha
König Zweier Welten

Von

Peter Urban

<u>Die Warlord Serie</u>

Band 1 Marattha König Zweier Welten
Band 2 Adler und Leopard
Band 3 Der Herr des Krieges
Band 4 Die Ehre eines Soldaten

ERSTER TEIL KANONENFUTTER

Kapitel 1 Farewell Thee, Erin And Albion!

Über den tiefschwarzen Wassern des Nordatlantiks lag ein bedrohliches, unheimliches Grau, das die Insel unter sich zu erdrücken schien, als in den frühen Morgenstunden des 21. Juni 1796 die Fregatte *Caroline* aus dem Hafen von Portsmouth auslief. Und mit jeder Seemeile, die das Schiff sich von den schützenden Ufern Englands entfernte, wurde der Nebel dichter und undurchdringlicher. Der unangenehme Nieselregen verwandelte sich plötzlich in eine wahre Flut und stürzte unbarmherzig auf die Männer an Deck hinunter, während diese noch dabei waren, die Segel zu setzen.

Fast alle Passagiere der *Caroline* hatten sich bereits unter Deck geflüchtet, um dem Regensturm zu entkommen. Sollten der Wind und Neptun es gut mit ihnen meinen, würde ihre Reise von England ans Kap der Guten Hoffnung, am anderen Ende der Welt, zwei oder drei Monate dauern. Sollten die Naturgewalten sich entfesseln oder die *Caroline* auf französische oder amerikanische Kaperschiffe stoßen, konnte das Wagnis nie zu einem glücklichen Ende kommen, weil Schiff, Besatzung und Passagiere irgendwo in den unberechenbaren Fluten vom Schicksal ereilt würden. In diesen Tagen war eine lange Seereise eine gefährliche und anstrengende Sache.

Aus diesem Grunde versuchte man, es sich in den engen, dunklen Kabinen oder in den Gemeinschaftsunterkünften so gemütlich wie möglich zu machen und zu vergessen, auf welches Abenteuer man sich – aus Not oder Neigung – eingelassen hatte. Die Seeleute waren erleichtert, dass die Landratten so widerspruchslos das Deck räumten und ihnen bei ihrer schwierigen Aufgabe nicht im Weg standen, denn der Ärmelkanal, diese enge maritime Verbindungsstraße zwischen Großbritannien und Frankreich, war ein unberechenbares Fahrwasser: Außer großen, schweren Handelsschiffen aus aller Herren Länder und schnellen Seglern, die Passagiere beförderten, kreuzten zahllose Kriegsschiffe, Fischerboote und die Postfähren zwischen den Inseln und dem Kontinent. Wer nicht teuflisch aufpasste, konnte leicht ein anderes Schiff rammen und die lange Fahrt bereits vor Irland oder an der Ausfahrt in den Nordatlantik beenden.

Kapitän Edward Page stand neben seinem Steuermann Dobbs und wachte über die Sicherheit der *Caroline* und über die korrekte Ausführung jedes seiner Befehle. Und obwohl ihn diese Aufgabe

eigentlich ganz und gar in Anspruch nehmen sollte, konnte er es doch nicht lassen, von Zeit zu Zeit diesen Verrückten zu betrachten: Seit sie den Hafen von Portsmouth verlassen hatten, stand er wie festgewachsen am Bug und starrte aufs Meer hinaus, während alle anderen Passagiere am Heck gestanden hatten, um sehnsüchtig ihrer alten Heimat nachzuwinken. Manch einer hatte Tränen vergossen, als die letzten Umrisse der Küstenlinie aus dem Blickfeld und im Nebel verschwanden, denn nur der Allmächtige wusste, wem es bestimmt war, eines Tages die Inseln und die Menschen wiederzusehen, an denen sein Herz hing. Wer nicht der unbarmherzigen See zum Opfer fiel, den erwarteten am anderen Ende der Welt zahllose Krankheiten, ein mörderisches Klima, wilde Tiere und streitlustige Eingeborene.
Der junge Soldat in der abgetragenen roten Uniform war der einzige gewesen, der sofort nach dem Lichten des Ankers nach vorn geeilt war, ganz so, als hätte er sich fest vorgenommen, Albion nicht Lebewohl zu sagen. Da stand er, genau dort, wo die beiden Seiten der *Caroline* eine Spitze formten, über der Gallionsfigur, und rührte sich schon seit Stunden nicht von der Stelle. Er hatte sich noch nicht einmal beim Quartiermeister des Schiffes blicken lassen, um sich zu erkundigen, wo denn seine Unterkunft war und wie man sein Gepäck verstaut hatte.
Gepäck! Edward Page schüttelte den Kopf, während er den Verrückten beobachtete. Seine Vorgesetzten bei den Horse Guards hatten ihn offenbar nach Indien geschickt, obwohl die Passage nur bis zum Kap bezahlt war. Er hatte irgendetwas von seinem Regiment, einem Truppentransportschiff und Irland vor sich hin gemurmelt, und Page nahm an, dass er versuchen wollte, den Transporter einzuholen, den er in Cork verpasst hatte, um dann auf Kosten König Georgs den längeren Teil der Reise zu machen. Gepäck hatte der Kapitän kaum gesehen. Zwei große Kisten voller Bücher, ein uralter Sattel, ein Kandarenzaum, ein sonderbares Musikinstrument, das wie eine übergroße Fiedel aussah, und die Sachen, die er am Leibe trug, schienen seine einzigen Reichtümer zu sein. Die Schulterstücke eines Obersten waren zwar an seinen roten Rock genäht und sahen ziemlich neu aus; trotzdem hatte der Verrückte nur eine Überfahrt dritter Klasse bezahlt. Das waren die Passagiere, die man dort unterbrachte, wo gerade noch Platz war. Im schlimmsten Fall mussten sie sich eine Hängematte mit einem Seemann teilen oder mit einem harten Nachtlager zwischen den Taurollen vorliebnehmen. Außerdem mussten sie sich selbst um

ihre Verpflegung kümmern.
Page fragte sich, was der Verrückte an Lebensnotwendigem eingeplant hatte, denn außer den großen Kisten mit seinen Büchern und dem Instrument hatte er nichts mit an Bord gebracht. Soldaten hatten die Kisten von einem Versorgungswagen abgeladen, und der junge Offizier war zu Fuß und alleine im Hafen erschienen. Keine besorgten Verwandten hatten sich hinter ihm an Bord gedrängt, um ein paar Käfige mit lebenden Hühnern, ein paar Säcke mit Brot und Obst und einige Räder Käse unter Deck zu verstauen.
Irgendwie hatte der Kapitän das Gefühl, dass es am besten wäre, ihn gleich an seinen Tisch einzuladen, um nicht irgendwo zwischen der Küste Portugals und der Straße von Gibraltar ins Logbuch eintragen zu müssen, dass einer seiner Passagiere verhungert sei, weil er festgestellt habe, dass man Papier nicht essen könne. Der Junge war vielleicht fünfundzwanzig oder sechsundzwanzig Jahre alt und so mager, dass sein roter Rock wie ein alter Lumpen an einer Vogelscheuche an ihm hing. Nicht einmal eine ordentliche Perücke schien er zu besitzen, denn seine schwarzbraunen Haare waren – entgegen der Vorschriften der Landstreitkräfte – kurz geschnitten und ungepudert. »Wie eine Krähe, kurz bevor sie flügge wird«, dachte Page. Der Verrückte am Bug schien dergleichen Gedanken zu haben, denn plötzlich breitete er die Arme aus, als wollte er seinen ersten Flugversuch unternehmen. Der Regen musste ihn inzwischen bis auf die Knochen durchnässt haben.

Mit jeder Seemeile, die die *Caroline* sich von den Britischen Inseln entfernte, fühlte Arthur sich freier. Er war tropfnass und völlig durchgefroren, und sein Magen knurrte, denn er hatte seit zwei Tagen vor lauter Aufregung nicht mehr daran gedacht, irgendetwas zu essen. Das Wetter war grauenhaft, und die See bedrohte die *Caroline* mit jeder Welle, schien das Schiff unter Wasser drücken zu wollen, um es wie ein hungriges Raubtier zu verschlingen. Trotzdem war alles phantastisch: der weite Ozean vor ihm und am Ende der langen Reise: Indien! Indien – sagenumwobener Orient, fremd und aufregend! Indien, unendlich, unbekannt und unerforscht mit seinen riesigen Wäldern und den mächtigen Gebirgsketten, die den nördlichen Teil durchschnitten wie große, tiefe Wunden. Indien, mit seinen mächtigen Strömen, die Tausende von Meilen den Subkontinent durchquerten und

Ozean mit Ozean verbanden. Indien – Freiheit und ein wundervolles, großes Abenteuer.
Er konnte es kaum noch erwarten, in dieses ferne Land zu kommen. Wie gleichgültig es ihm war, was ihn dort erwartete: Reichtum und Ruhm oder Untergang und Tod. Endlich hatte er Dublin hinter sich gelassen und Irland und seine Schulden und seine Geige und sein gebrochenes Herz und seinen Pessimismus und den Alkohol und den Spielteufel und all die anderen Übel seiner missratenen, unglücklichen Jugend. Vor allem aber hatte er Richard hinter sich gelassen und den ganzen Rest seiner gottverdammten Familie, die immer nur von ihm forderte, aber nie etwas gab, und die ihn behandelt hatte wie einen Aussätzigen oder – schlimmer noch – einen Dienstboten, den man herumkommandieren konnte. Sie hatten ihn ins irische Parlament gezwungen, damit er die Interessen der Familie und das County Trim vertrat, während Richard in London ein feines Leben führte. Sie hatten ihn an die Seite des Vizekönigs gezwungen, damit er – während Richard intrigierte und lavierte – die Ohren offen hielt und vor dem alten Westmorland und dann vor Camden katzbuckelte. Sie hatten ihn vor zehn Jahren sogar in die Armee gezwungen, obwohl er nie hatte Soldat werden wollen, nur damit er ihnen nicht auf der Tasche lag, während Richard mit seinen unzähligen Mätressen am Arm sechsspännig vorfuhr, um in teuren Lokalen zu speisen.
Seit er sich erinnern konnte, hatten sie über sein Leben verfügt, als wäre er ein Gegenstand und kein menschliches Wesen mit Gefühlen und einer Seele, die man verletzen und kränken konnte. Seit er sich erinnern konnte, war er fügsam gewesen und hatte, wie ein alter Hund, mit gesenkten Augen jeden Tritt und jede Demütigung schweigend hingenommen. Er war schließlich nur ein nutzloser, vierter Sohn! Ein dummer, überflüssiger vierter Sohn, wie seine Mutter immer zu sagen pflegte, der gut daran täte, sich irgendwo am anderen Ende der Welt für König und Vaterland totschießen zu lassen. Sie hätten ihr übles Spiel sicher noch weiter mit ihm treiben können, wäre da nicht dieses Mädchen gewesen: Kitty! Katherine Dorothea Sarah Pakenham, die zweite Tochter von Robert Lord Longford. Mit neunzehn Jahren hatte er sich hoffnungslos in sie verliebt, mit vierundzwanzig hatte er sie heiraten wollen. Doch die Longfords hatten ihn fortgejagt wie einen räudigen Straßenköter, denn außer den Schulden seines Vaters und seinem Offizierspatent hatte er ihrer geliebten Tochter

nichts zu bieten. An dem Tag, als sein Traum vor seinen Augen zerplatzt war, hatte er beschlossen, dem Rat seiner Mutter zu folgen: Er hatte sich zum ersten Mal nicht fügsam und schweigend in sein Schicksal ergeben, sondern die Augen gehoben und ... nein gesagt. Er hatte sie alle zur Hölle geschickt und sich geschworen, nie wieder eine Frau zu lieben, sein eigenes Leben zu leben und seinen eigenen Weg zu gehen.

So hatte er sich freiwillig für den ersten Truppentransport gemeldet, der die Inseln verließ. Er hatte sich nicht für ein bestimmtes Kommando gemeldet oder für irgendeinen Posten. Das revolutionäre Frankreich begann sich wieder in Indien einzumischen. Aus diesem Grund hatte die Regierung in Whitehall beschlossen, ihre Truppenstärke am anderen Ende der Welt drastisch zu erhöhen. Es gab nur eine einzige Richtung, in die das 33. Infanterieregiment Seiner Majestät, König Georg III., geschickt werden konnte. Arthur hatte bloß genickt und dem Sekretär des Oberkommandierenden dann bestimmt und mit überraschend fester Stimme erklärt, er wäre hundert Prozent sicher.

Der Sekretär hatte lange versucht, ihm die Sache auszureden, und dabei dauernd mit seinen kurzsichtigen Augen in seine leere Teetasse gestarrt, als hätte er in den Teeblättern Arthurs Zukunft lesen können. Nur einer von sechs Briten, die sie nach Indien schickten, erklärte er, kehrte lebend zurück, meist von einem unheilbaren Fieber befallen und am Rande des Todes.

Arthur hatte ihm nur geantwortet: »Umso besser! Hoffen wir, dass ich zu den fünf Glücklichen zähle, die nicht zurückkehren! « Der Sekretär hatte mit den Schultern gezuckt und ihn und das 33. Infanterieregiment auf die Liste gesetzt. Es gab sicher zwanzig Obristen, die erfreut darüber waren, dass ein Verrückter sie von der Aussicht auf ein Himmelfahrtskommando befreite, und die sich darum schlagen würden, dass man ihren Marschbefehl nach Indien annullierte.

Arthur verließ das düstere Gebäude der Horse Guards unweit von Whitehall mit einem Glücksgefühl, wie er es bisher nur einmal in seinem jungen Leben verspürt hatte: in dem Augenblick, als er die Regimentsfahnen des 33. Infanterieregiments über den Schanzen von Boxtel, irgendwo in den Niederlanden, hatte wehen sehen. Boxtel war seine erste Begegnung mit dem Krieg gewesen und gleichzeitig eine der wenigen geglückten militärischen Aktionen in einem missratenen Winterfeldzug gegen die französischen

Truppen. Boxtel, sein eigener kleiner Sieg – über den Feind und über die Angst vor dem Soldatenhandwerk. Sie hatten ihm dafür die Schulterstücke eines Oberstleutnant in die Hand gedrückt und ein bisschen Preisgeld! Das Preisgeld hatte er zwei Jahre lang gehütet wie einen Schatz und in der Annahme, es würde ihm noch von Nutzen sein.
An dem Tag, als er Torrens und die Horse Guards verließ, hatte er sich mit den Sterling in der Tasche auf den Weg gemacht, um zwei große Kisten mit Büchern zu füllen. Man hatte ihn in die Armee hineingezwungen, doch in diesem Augenblick hatte der junge Offizier den eigenen Entschluss gefasst, den Weg des Schwertes bis ans Ende zu gehen. Und nun wollte er nicht unvorbereitet in Indien eintreffen. Torrens hatte es sicher nicht gehört, doch als er das 33. Infanterieregiment auf seine Liste schrieb, hatte neben ihm jemand ganz laut gerufen: »Sieg oder Tod! « und »Fahrt zur Hölle, Erin und Albion! «

Arthur schüttelte sich wie ein Hund. Er war tropfnass und hatte vorerst genug von der weiten Welt und vom Nordatlantik gesehen. Er hatte noch so viel zu tun: Irgendwo dort unten im Schlund der *Caroline* standen zwei große Truhen. Er hatte sich vorgenommen, die sieben oder acht Monate auf See sinnvoll zu verbringen: Er musste alles über Indien lernen, was in seinen Büchern geschrieben stand. Und ein bisschen Hindi musste er sich aneignen sowie Tamil, die beiden verbreitetsten Dialekte in Bengalen und Madras. Ein Offizier musste seinen Kriegsschauplatz kennen, wenn er seine Arbeit ordentlich machen und seinen Weg gehen wollte – und genau das hatte Arthur sich vorgenommen. Auf den blutigen Schanzen von Boxtel hatte er endlich einen Gott gefunden. Und Indien würde der Altar sein, auf dem Oberst Wesley Mars seine Blutopfer zu bringen gedachte.

Kapitän Edward Page schüttelte den Kopf, als er den Verrückten beobachtete, wie dieser über die nassen, rutschigen Planken zurück ins Innere des Schiffes stolperte. Diese kleine, zerzauste Krähe strahlte übers ganze Gesicht, als wäre die Seereise über diesen verdammten, trostlosen Nordatlantik ein großes Fest oder ein weltbewegendes Ereignis. Das Lachen würde ihr schon noch vergehen, wenn die *Caroline* sich durch den ersten Sturm hindurchkämpfen musste und alle Landratten an Bord vor Angst und Übelkeit nur noch darum beteten, der Allmächtige möge sie

von ihren Qualen erlösen. Er warf einen kurzen Blick zu seinem Ersten Offizier hinüber: »Mister Briggs, wären Sie so freundlich, unseren jungen Freund im roten Rock zum Quartiermeister zu geleiten, damit man ihm seine Unterkunft zeigt? Und fragen Sie den ehrenwerten Oberst Wesley auch gleich, ob er mich heute beim Abendessen mit seiner Gesellschaft beehrt! «
Briggs legte die Hand an den Hut und grinste. »Ay, ay, Sir!« Ihm war die magere kleine Krähe ebenfalls aufgefallen, und er hätte selbst gern gewusst, welch sonderbares Exemplar der Gattung Landratte sie bis ans Kap befördern sollten.

Pünktlich um acht Uhr am Abend stand Arthur vor der Tür der Offiziersmesse der *Caroline.* Er hatte sich redlich bemüht, den roten Rock zu trocknen und auszubürsten. Es war der einzige, den er besaß. Und er hatte versucht, die streichholzkurzen Borsten auf seinem Kopf ordentlich in eine Richtung zu zwingen. Doch weder das eine noch das andere war ihm gelungen, und weil sein Magen so hingebungsvoll knurrte, hatte er beschlossen, dass Kapitän Page und seine Herren Offiziere mit einem etwas zerfledderten Vertreter der britischen Landstreitkräfte vorliebnehmen mussten. Dafür hatte er glänzende Laune und ein königliches Selbstbewusstsein: Mit den Morningtons und Wesleys in weiter Ferne und der nachmittäglichen Lektüre einer großen Landkarte, die detailliert den Süden Indiens darstellte, schien es nichts mehr auf dieser Welt zu geben, das den jungen Offizier aus dem Gleichgewicht bringen konnte.
Als er sich den Herren in der Messe vorstellte, senkte er nicht die Augen, wie er es ansonsten stets zu tun pflegte, sondern blickte Kapitän Page fest an. »Ich danke Ihnen für die Einladung zum Abendessen, Sir! Ich hab nämlich im ganzen Trubel um die Reise vollkommen verschwitzt, irgendetwas einzupacken! « schwindelte er unverfroren, als er sich auf seinen Platz zur Linken von Edward Page fallen ließ. Seine graublauen Augen funkelten vergnügt. Natürlich hatte er's nicht vergessen! Aber er hatte sich entscheiden müssen: entweder vierundzwanzig Bände von Jonathan Swift für zwei Shilling und zehn Pence in seine großen Kisten zu packen oder Proviant für die Überfahrt. Arthur hatte sich für Swift entschieden und auf den Allmächtigen vertraut, der sich schon darum kümmern würde, dass man seinen leeren Magen füllte.
»Die Tür meiner Offiziersmesse steht Ihnen selbstverständlich jederzeit offen, Oberst Wesley! « antwortete Page ergeben. Er hatte

es sich fast gedacht: Die zerfledderte kleine Krähe war abgebrannt bis auf den letzten Farthing und fuhr nach Indien, um ihr Glück zu machen. Trotzdem hatte dieser komische Vogel irgendetwas an sich, das ihn sympathisch machte.

Bereits am nächsten Morgen – die *Caroline* hatte die Küste Irlands weit hinter sich gelassen – klarte das Wetter auf, und eine strahlende Sonne löste den penetranten Regen des Vortages ab. Trotzdem legte der Wind sich nicht, sondern trieb das Schiff energisch voran. Die weißen Segel flatterten munter im Wind. Möwen zogen ihre Kreise, und von Zeit zu Zeit tauchten am Horizont andere Schiffe auf.

Arthur hatte die Nacht zwar auf einer etwas unbequemen Taurolle irgendwo am Bug des Schiffes verbracht, aber der freundliche Kapitän Page und seine Offiziere hatten gleich am Morgen dafür gesorgt, dass er ein ordentliches Frühstück und eine große Tasse heißen, süßen Tees vorgesetzt bekam. Anschließend hatte Mr. Briggs ihn zur Seite genommen. Der alte Seemann hatte ihn eingehend von Kopf bis Fuß betrachtet und schließlich erklärt: »Wenn es Ihnen nichts ausmacht, können Sie von nun an die Kabine mit mir teilen! «

Zuerst war Arthur ein bisschen verlegen gewesen und feuerrot angelaufen. Normalerweise leisteten Obristen sich eine Passage erster Klasse und eine hübsche, gemütliche Kabine. Der dritten Klasse vertrauten sie höchstens ihre Bediensteten an. Natürlich hatte er Briggs' Angebot angenommen. Er hätte seine Überfahrt aus der Kasse des 33. Infanterieregiments bezahlen können. Doch irgendwie widerstrebte es Arthur, das Geld des Königs für den eigenen Komfort aufzuwenden. Er wollte das Geld für die Ausrüstung seiner Männer in Indien aufheben, denn er hatte das Gefühl, dass sie nicht lange tatenlos in Kalkutta ausharren mussten, sondern schon bald ins Feld geschickt würden.

Bereits im Regen des ersten Reisetages hatte der junge Oberst seinen Erkundungsgang über die rutschigen Planken der *Caroline* unternommen. Nun, im strahlenden Sonnenschein eines schönen Sommertages, begab er sich zielstrebig an die Stelle, die seinem Zweck des ungestörten Lesens und Lernens am besten dienen würde.

Kapitän Edward Page beobachtete ihn wieder einmal kopfschüttelnd von seinem Kommandoposten aus. Die zerfledderte kleine Krähe hatte sich ein dickes Buch unter den linken Arm

geklemmt. Mit der Rechten hangelte sie sich – recht geschickt – über die Reling bis in die große Schaluppe, die am Heck des Schiffes aufgehängt war.
Arthur fand diesen Platz wunderbar bequem. Er zog ein kleines, in Leder gebundenes Notizbuch und einen Bleistift aus der Jackentasche, faltete den roten Rock ordentlich zusammen und lehnte sich, die Uniform als Kissen benutzend, gegen die hölzernen Planken. Das Büchlein für die Notizen und der Bleistift lagen griffbereit neben ihm. Entschlossen öffnete er den ersten Band eines seiner wertvollsten Besitztümer und begann zu lesen. Bald schon war er so in Oberst Mark Wilks' »Historical Sketches of the South of India« vertieft, dass er die Welt um sich herum vergaß.
Die meisten Passagiere der *Caroline* litten derweil an körperlichem Unwohlsein, das der heftige Wellengang bei Landratten verursachte. Viele wagten es nicht, ihre Kabinen zu verlassen, einige wenige trieb ihr vom Frühstück in Aufruhr gebrachter Magen an die Reling.
Während Arthur sich in seiner engen, steilen Handschrift winzige Notizen in den Lederband machte – Papier in gebundener Form war unbezahlbar; er musste mit den hellgelben und malvenfarbenen Seiten sparsam umgehen –, hatten bereits Delphine zu der *Caroline* aufgeschlossen und sprangen verspielt neben den Heckwellen durch das tiefblaue Wasser. Die Reisenden, die am wenigsten unter dem Seegang litten, beobachteten die geschmeidigen, eleganten Tiere ausgiebig. Der Erste Offizier, Mr. Briggs, erklärte ihnen, dass es ein seltenes Ereignis sei, Delphinen schon an der Ausfahrt aus dem Ärmelkanal in den Nordatlantik zu begegnen. Üblicherweise begleiteten sie die Schiffe erst ab der portugiesischen Küste. Doch Delphine brachten Glück. Also freute man sich und schaute dem munteren Treiben weiter zu, bis ein Seemann zum Mittagessen läutete.
Die meisten Passagiere zogen es vor, dem Ruf der großen Messingglocke auf der Brücke nicht zu folgen. Arthur verpasste die Aufforderung schlichtweg, denn die Geschichte des Fürstentums Mysore, die Oberst Wilks in seinem dreibändigen Werk bereits auf den ersten Seiten des ersten Bandes ausführlich niedergelegt hatte, zog ihn so in ihren Bann, dass er die Alarmsignale seines Magens einfach ignorierte. Erst am Abend, pünktlich um acht Uhr, tauchte er in seiner abgetragenen, aber sauber ausgebürsteten Uniform vor der Tür der Offiziersmesse auf und schielte erwartungsvoll nach

den großen Terrinen, die soeben ein Gehilfe des Kombüsenmaates auftrug. Mr. Briggs legte ihm von hinten die Hand auf die Schulter. »Für eine Landratte von der Infanterie macht Ihnen das Meer erstaunlich wenig aus, Oberst! «

Arthurs Antwort war nur ein breites Grinsen. In den letzten zehn Jahren seiner Dienstzeit war er immer so knapp bei Kasse gewesen, dass er sich kaum regelmäßige Mahlzeiten hatte leisten können. Wenn man ihm einen warmen, wohlgefüllten Teller hinstellte, konnte die Erde beben oder der Nordatlantik haushohe Wellen schlagen, er war der letzte, der sich von solchen Lappalien den Appetit verderben ließ.

Die Offiziere der *Caroline* waren ein munteres Völkchen, ihr grauhaariger und wettergegerbter Kapitän ein Spaßvogel. Nach der anstrengenden Lektüre des Tages freute der junge Offizier sich über ihre angenehme Gesellschaft. Alle schienen sie über einen unerschöpflichen Vorrat an Anekdoten und Geschichten über ihre weiten Reisen auf den Meeren der Welt zu verfügen. Im Vergleich mit dem steifen Speisesaal des Vizekönigs von Irland oder der mageren Messe seines eigenen Regiments, ging es bei Kapitän Page lebhaft zu.

Obwohl Arthur von Natur aus eher scheu und verschlossen war und sich schüchtern hinter seinem Glas und seinem Abendessen versteckte, wirkte die Reise sich doch sehr positiv auf ihn aus: Mit jeder Seemeile und jedem Tag, den das Schiff sich weiter von England entfernte, wurde er lebhafter und umgänglicher. Nachdem er Europa hinter sich gelassen hatte, wurde der junge Oberst sogar gesprächig. Seine Tage waren mit Lesen und Lernen ausgefüllt, seine Abende verbrachte er mit den Seeleuten. Die Reise verlief erstaunlich ruhig, und der Wettergott verschonte die *Caroline* vor Stürmen und ungünstigen Winden.

Als das Schiff nur noch zwei oder drei Tage vom Kap der Guten Hoffnung entfernt war, konnte Kapitän Edward Page es sich nicht verkneifen, seinem Ersten Offizier etwas zuzuflüstern, während er die zerzauste kleine Krähe am Heck beobachtete. »Wissen Sie, mein Freund, ich glaube, der Junge wird seinen Weg in Indien machen. «

Bei den gemeinsamen Abendessen in der Offiziersmesse hatte Oberst Wesley, obwohl er sich standhaft weigerte, auch nur ein Wort über sich selbst zu erzählen, sehr vernünftige Dinge von sich gegeben, die darauf schließen ließen, dass er ein kluger Kopf war. Außerdem verfügte er, wenn man ihn richtig zu nehmen

vermochte, über eine gehörige Portion Humor.
Genauso, wie er im Hafen von Portsmouth einen Platz am Bug gewählt hatte, um England nicht Lebewohl zu sagen, besetzte Arthur nun schon seit achtundvierzig Stunden die Schnittstelle über der Galionsfigur der *Caroline.* Er war ungeduldig und aufgeregt wie ein Schuljunge am letzten Tag vor den Ferien. Er hatte sich fest vorgenommen, der erste an Bord zu sein, der die Küstenlinie Südafrikas und das Kap der Guten Hoffnung ausmachte.
Die See vor seinen Augen war strahlend blau. Die Wellen, die gegen die Planken des Schiffskörpers schlugen, trugen hübsche, weiße Schaumkronen. Hoch oben im wolkenlosen Sommerhimmel kreisten laut schreiende Möwen. Ab und an erblickte man bereits die ersten Landvögel oder einen abenteuerlustigen Albatros. Die Segel der *Caroline* flatterten nicht, sondern waren von einer steifen Brise voll aufgebläht und trugen das Schiff schnell voran. Delphine sprangen hoch aus dem Wasser. Mit jedem eleganten, geschmeidigen Sprung kam der junge Oberst dem Ziel seiner Reise näher. Ein kurzer Aufenthalt in Kapstadt, das 33. Infanterieregiment eingesammelt und dann – vorwärts in den sagenumwobenen Osten.
Die Bücher aus einer der großen Kisten hatte er bereits gelesen. Vor seinem inneren Auge sah er jede Nacht, bevor er einschlief, exotische Tiere, unendliche, grüne Dschungellandschaften, mächtige Bergketten mit phantastischen Namen und prunkvolle orientalische Bauwerke aus strahlend weißem Stein. Manchmal glaubte er in seiner kleinen Kabine sämtliche Düfte des Orients riechen zu können: Sandelholz, Kardamom, Ingwer, Safran, Curry und Bergamotte.
Dem großen Clive war es in diesem Märchenland gelungen, binnen weniger Jahre vom schlechtbezahlten Schreiber zu einem reichen Pair von England aufzusteigen. Aus einem schlichten irischen Seemann hatte Indien einen Prinzen gemacht. Ein Offizier in einem königlichen Regiment, der daheim bestenfalls mit 300 Pfund Sterling Sold pro Jahr rechnen konnte, erhielt in Indien Zehntausende Pfund aus den prall gefüllten Kassen von »John Company«, der alten und ehrwürdigen Ostindischen Kompanie. Preisgelder schienen wie Milch und Honig im Schlaraffenland zu fließen.
Mit jeder Seemeile auf Kapstadt zu schwanden Arthurs Sorgen, was

die Schulden anbetraf, die er in Irland zurückgelassen hatte. Er war jung, er war gesund, und er war voller Enthusiasmus und Tatendrang. Es musste auch für ihn ein leichtes sein, sein Glück zu machen. Und dann würde er dem leidigen John Page in Dublin einen Wechsel über 955 Pfund Sterling, 14 Shilling und achteinhalb Dime schicken, seinem Bruder Mornington die letzten Goldstücke für sein Offizierspatent vor die Füße werfen und endlich ein freier Mann sein.
Bis ins kleinste Detail malte er sich am Bug der *Caroline* aus, wie er eines Tages nach Irland zurückkehren würde – überhäuft mit Orden, die König Georg ihm für seine militärischen Verdienste aufgedrängt hatte. Die Taschen seines roten Rocks quollen über vor schweren, goldenen »Mohurs« und silbernen »Pagodas«, und die Truhen waren gefüllt mit den Schätzen des Orients. Er sah sich bereits auf einem stolzen Schimmel durch die Straßen von Dublin reiten. Die feine Gesellschaft der Stadt, die ihn immer nur als Lord Morningtons dummen, kleinen Bruder belächelt hatte, würde den Hut vor ihm ziehen und sich darum streiten, ihn zu einer Abendgesellschaft einladen zu dürfen. Natürlich würde er hoch erhobenen Hauptes ablehnen und sie kalt lächelnd genauso vor den Kopf stoßen, wie sie ihn vor den Kopf gestoßen hatten.
Doch den höchsten Genuss bereitete es ihm, in seiner Tagträumerei an Kitty zu denken: Die ehrenwerte Miss Pakenham! Das Herz hatte sie ihm gebrochen und mit seinen Gefühlen gespielt, und dann hatte sie es einfach geschehen lassen, dass man ihn aus dem Haus vertrieb. Während er in Indien sein Glück machte, würde sie gewiss irgendeinen langweiligen Burschen heiraten, der genug Geld hatte, um ihren Bruder zu überzeugen. Unglücklich würde sie mit ihm werden und vergrämt und alt und bitter. Mit grauen Strähnen im Haar und einer Schar schreiender Kinder am Rockzipfel, den fetten, bleichen Gatten am Arm, würde sie sich gelangweilt durch die Gärten von Phönix Park schleppen. Seinen stolzen Schimmel würde er vor dieser Chimäre seiner verlorenen Jugend zügeln. Nicht einmal aus dem Sattel steigen würde er, und ein »Guten Tag! Wie geht es dir? « sollte sie auch nicht bekommen. Er würde ihr sagen, dass ein Mann kein Pferd ist, nur weil er in einem Stall auf die Welt gekommen ist. Und dann würde er fortreiten und sie mit ihren Bälgern, ihrem fetten Ehemann und ihrem Gram allein lassen.
Arthur breitete die Arme aus, als wollte er sich in die Lüfte erheben. Die Küstenlinie des Kaps und die Gebirgskette der

»Apostel« tauchten aus den strahlend blauen Wassern des Ozeans am Horizont auf. Sein Herz schlug wild vor Glück und Aufregung. Er hatte das Gefühl, als ob er die ganze Welt umarmen könnte. Oben auf der Brücke schüttelte Kapitän Edward Page verzweifelt den Kopf und grinste seinen Ersten Offizier an.

Als die *Caroline* in der Tafelbucht, dem Hafen vor Kapstadt, nach siebenwöchiger Reise endlich Anker warf, kam Arthur als erstes eine schmerzhafte Erinnerung in den Sinn. Vor den imposanten Tafelbergen, die diese Stadt am südlichsten Zipfel Afrikas überschatteten wie eine bedrohliche Festung aus alter Zeit, durchlebte er einen grauenvollen Winterfeldzug in Nordholland und Flandern: Diese missglückte Expedition der britischen Landstreitkräfte in den Jahren 1793 bis 1795 unter ihrem Oberkommandierenden Prinz Frederick Augustus Herzog von York und Albany war seine erste Erfahrung mit der Realität des Krieges gewesen.

Die Männer hatten tapfer gekämpft, doch ihr nobler Anführer und seine unfähige Bande von speichelleckenden und katzbuckelnden Handlangern hatten jeden Fehler begangen, den ein Offizier nur begehen konnte. Nicht der Feind hatte die stolze Streitmacht dezimiert, sondern ein Mangel an Proviant, warmer Kleidung, medizinischer Versorgung und vor allem – vernünftiger Führung. Nachdem sie einen schrecklichen Winter mit eisigen Schneestürmen durchlitten hatten, konnte Frederick Augustus nichts anderes tun, als die dezimierten Truppen von Bremen aus nach England zu evakuieren.

Manchmal, wenn er die Augen schloss, sah Arthur die tapferen Soldaten seines 33. Regiments vor sich: Auf dem Rückzug über die Leck, die Ems, die Weser und die Alle waren sie erfroren, in den eisigen Wassern der vier Flüsse ertrunken, an Wundbrand krepiert – oder einfach vor Erschöpfung tot umgefallen. An dem Tag, an dem er gemeinsam mit dem Skelett seines Regiments wieder Fuß auf irischen Boden gesetzt hatte, hatte er sich geschworen, die Fehler dieser alten, verkalkten Militärhierarchie unter keinen Umständen zu kopieren, sollte man ihm jemals ein eigenständiges Kommando anvertrauen. Er wollte es anders machen und vor allem besser.

Dass er an diesem ersten Tag der zweiten Septemberwoche des Jahres 1796 seinen Fuß in Kapstadt an Land setzte und nicht auf einer vom Sturm gepeitschten, unwirtlichen kleinen Insel im

Nordatlantik, verdankte der junge Offizier dennoch indirekt den Fehlern des zweiten Sohns seines Königs, Georg III. Wenn sie nicht so gut wie jede Auseinandersetzung mit den französischen Truppen in Europa verloren hätten, wären die Herren in Whitehall und St. James – verzweifelt und gedemütigt – vermutlich nie auf die Idee gekommen, Commodore Elphistone von der Königlichen Kriegsmarine zu beauftragen, General Clarke und jeden einzelnen Rotrock, der auf der britischen Besitzung St. Helena im Nordatlantik abkömmlich war, zu verschiffen und nach Südafrika zu bringen.

Bis zur britischen Niederlage im Flandernfeldzug war die von Batavia abhängige, kontinentale holländische Besitzung den Briten freundlich gesinnt gewesen. Mit der Niederlage des Herzogs von York sah die Krone sich auf der Seestraße nach Indien plötzlich mit den französischen Revolutionstruppen konfrontiert. Nicht mehr nur von Mauritius aus bedrohten Freibeuter unter der Trikolore die Konvois der britischen Ostindischen Kompanie. Die großen, sicheren und sorgfältig ausgebauten Hafenanlagen in der Tafelbucht und in der Simon's Bay hatten es dem Direktorium in Paris ermöglicht, Dutzende von schnellen Kaperschiffen loszuschicken und den lebensnotwendigen Warenaustausch zwischen zwei kleinen Inseln im Atlantik und den Kolonien am anderen Ende der Welt zu unterbrechen.

Zunächst hatten Commodore Elphistone und General Clarke den Franzosen und den zweitausendachthundert holländischen Soldaten in Kapstadt ein Ultimatum gestellt und einen Brief des Prinzen von Oranien an seine treuen Untertanen verlesen lassen. Als die Männer unter der Trikolore und ihre neuen Freunde nur spöttisch gelacht und abgewinkt hatten, waren die Rotröcke bis nach Simonstown am anderen Ende des Kaps der Guten Hoffnung gesegelt, in einer spektakulären Operation an Land gegangen und über die Mujzenberge, Wynberg und die Tafelberge auf Kapstadt marschiert. Sie hatten sich mit Waffengewalt genommen, was man ihnen freiwillig nicht hatte geben wollen.

General Alured Clarke war es gelungen, seine vier Bataillone in eine schlagkräftige Miniaturarmee zu verwandeln und einen zahlenmäßig weit überlegenen Feind so geschickt auszumanövrieren, dass bei diesem waghalsigen Handstreich nur ein britischer Soldat getötet und siebzehn Soldaten verletzt worden waren.

Auf der Überfahrt hatte der junge Oberst des 33. Regiments die

Meisterleistung Clarkes eingehend studiert. Sofort nach dem Fall und der Besetzung von Kapstadt hatte die Krone Verstärkung ins südliche Afrika geschickt, wohl wissend, dass Frankreich und sein holländischer Verbündeter von Batavia und Mauritius aus versuchen würden, den strategisch wichtigen Hafen zurückzuerobern. Bereits sechs Monate nach Sir Alureds Glanzleistung waren holländische Kriegsschiffe in der Tafelbucht aufgetaucht. Doch zur See war niemand Großbritannien gewachsen.

Während Kapitän Page Befehl gab, die Passagiere der *Caroline* mit Schaluppen an Land zu bringen, betrachtete Arthur nachdenklich die Wracks der Holländer in der Rade.

Kaum hatte der Offizier seinen Fuß an Land gesetzt, verflog seine ernste Stimmung zusammen mit den trüben Gedanken über den Flandernfeldzug. Als er in Portsmouth an Bord der *Caroline* gegangen war, hatte niemand sich die Mühe gemacht, ihn zu begleiten. Doch am Kai des Hafens von Kapstadt erwartete ihn ein ganzes Empfangskomitee: Nicht nur Oberstleutnant John Sherbrooke, Major West, Major Shee und alle jüngeren Offiziere des 33. Regiments begrüßten den leicht irritierten Neuankömmling, auch ein alter Freund aus irischen Kindertagen hatte den weiten Weg aus der Stadt bis zur Festung und den Landestegen nicht gescheut: Oberst Henry Harvey Ashton vom 12. Infanterieregiment umarmte Wesley herzlich.

»Arthur, du siehst aus, als wärst du schon auf dem Rückweg von Indien nach England! « sagte Ashton und grinste. Die meisten der Passagiere der *Caroline* hatten sich bleich, erschöpft und abgemagert aus den Schaluppen auf den festen afrikanischen Boden geschleppt. Der Ire hatte einen munteren Sprung in sein neues, freies Leben gemacht. Die sieben Wochen auf See hatten ihn schwarzbraun gefärbt, und dank der ungewohnt reichlichen und regelmäßigen Mahlzeiten, die der zuvorkommende Kapitän ihm Tag für Tag hatte auftischen lassen, saß sein schäbiger Waffenrock auf Fleisch und nicht mehr auf Knochen.

»Seit wann seid ihr in Kapstadt? « war seine erste Frage nach der Begrüßungszeremonie. Arthur hatte Ashton den Arm um die Schulter gelegt und strebte forsch vom Kai weg zu einer Gruppe von Pferden, die ein Mann im unverkennbaren roten Waffenrock, mit den roten und silbernen Aufschlägen seines Regiments, festhielt.

»Die Truppentransporter sind erst vor drei Tagen eingelaufen, Sir! « war John Sherbrookes Antwort. » Und die Männer sind alle gesund und wohlauf! Wir haben niemanden auf den Krankenlisten stehen! Außerdem hat ein guter Geist dafür gesorgt, dass des Königs Shillings vor dem 33. Regiment in Südafrika eingetroffen sind! «
Wesley warf seinem Kameraden einen erleichterten Blick zu. Die Konten seines Regiments waren schon seit Jahren ein Thema, das ihn ständig in Unruhe versetzte. Der nominelle Oberst des 33. Regiments, Lord Charles Cornwallis, hatte sich bis zur faktischen Übernahme der Einheit durch Arthur in finanziellen Dingen so sorglos gezeigt, dass ein Schuldenberg von 3039 Pfund Sterling bei verschiedenen Lieferanten in Irland aufgetürmt worden war. Den Shilling des Königs hatte der gute Lord lieber in die eigene Tasche anstatt in die Ausrüstung und Versorgung seiner Männer gesteckt.
Durch geschicktes Balancieren mit den Konten und beruhigende Gespräche mit den wütenden Gläubigern war es dem jungen Oberst Wesley innerhalb von drei Jahren gelungen, einen Waffenstillstand auszuhandeln und zu erreichen, dass die Lieferanten nicht bereits an der Quelle abzogen, was für seine Rotröcke lebensnotwendig war. Dann hatte er den alten Cornwallis mühsam davon überzeugt, dass es für die Ehre des Regiments und für seinen eigenen Ruf besser wäre, wenn man vor der Verschickung in die Kronkolonie Ordnung schuf. Sir Charles hatte es schließlich vorgezogen, den lästigen, drängelnden jungen Offizier mittels eines Wechsels auf seine Londoner Bank loszuwerden. Damit war das 33. Regiment schuldenfrei auf dem Weg in sein großes Abenteuer, und Arthur konnte endlich seine so sehnsüchtig erwarteten Rückstände von drei Jahren Sold einstreichen. Alle Abzüge, die Cornwallis vorgenommen hatte, waren von Arthur mit seinem eigenen Sold ausgeglichen worden. Er hatte eher die Zähne zusammengebissen, als zuzulassen, dass seine Soldaten in schäbigen Uniformen herumliefen oder am Hungertuch nagten.
John Sherbrooke zwinkerte seinem Freund und Kommandeur munter zu. Er kam aus einer sehr wohlhabenden Familie und war durch Einkünfte aus Grund und Boden unabhängig, doch er wusste nur zu gut um die missliche finanzielle Situation von Oberst Wesley und seine geradezu krankhafte Sorge, was das 33. Regiment betraf.
»Ihr werdet frühestens in vierzehn Tagen wieder in See stechen,

Arthur! « mischte Ashton sich in das Zwiegespräch seiner Kameraden ein. »Ich bin hier ganz nett untergekommen, und man kann sich in dieser hübschen Stadt sehr angenehm die Zeit vertreiben! Heute abend werden die Herren des *West Riding* eine Einladung des *East Suffolk* doch sicher nicht ablehnen?«
Wesleys junge Offiziere und Oberstleutnant Sherbrooke warfen ihrem Kommandeur flehende Blicke zu. Sie hatten noch nicht die Gelegenheit gehabt, sich in Kapstadt zu amüsieren. Wegen der langsamen Truppentransporter war das 33. Regiment fünfzehn Wochen auf See gewesen, und alle sehnten sich nach einem kräftigen Schluck in guter Gesellschaft.
Arthur runzelte nachdenklich die Stirn. Einerseits hatte er sich bei seiner Abreise aus England vorgenommen, nächtliche Saufgelage und andere Ausschweifungen zu vermeiden, um sich ernsthaft dem Soldatenhandwerk zu widmen. Andererseits wäre es ein Affront, die Einladung von Oberst Ashton ohne guten Grund abzulehnen. »Wir kommen, Harvey! Lasse mir nur ein wenig Zeit, nach meinen Soldaten zu sehen und dafür zu sorgen, dass es ihnen an nichts fehlt.«
»Ich schicke meinen Adjutanten, Hauptmann Elers, pünktlich um sieben Uhr zu euren Frachtkähnen, Arthur! Und keine faulen Ausreden ... Wenn ihr heute Abend nicht aufkreuzt, dann kannst du morgen früh gleich mit deinem Sekundanten zu mir kommen!« scherzte der Kommandeur des 12. Infanterieregiments. Er war ein netter, umgänglicher Kerl, aber irgendwie geriet er ständig aus unerfindlichen Gründen in Duelle oder gar Wirtshausschlägereien. Nun war er bereits seit zehn Tagen am Kap der Guten Hoffnung und hatte immer noch nicht die Klingen gekreuzt. Diese Ruhe stimmte den heißblütigen Offizier so misstrauisch, dass er sogar seinen gerade erst dem Meer entstiegenen Freund aus Kindertagen ärgern musste. Arthur schüttelte verzweifelt den Kopf.

KAPITEL 2 HENRIETTAS HOFFNUNG

Pünktlich um sieben Uhr standen ein Oberst, ein Oberstleutnant, zwei Majore, drei Hauptleute und mehrere blutjunge Leutnants und Fähnriche sauber herausgeputzt und mit blitzblanken Reitstiefeln vor einem großen, im holländischen Kolonialstil gehaltenen Gebäude in der Stadtmitte von Capetown.

»Gludenstackstraaten?« erkundigte Arthur sich bei einem halbnackten, dunkelhäutigen Mann, der müßig auf einer hölzernen Treppe vor einer geräumigen Veranda lungerte. Die Antwort war unverständlich und schien nur aus Umlauten zu bestehen.

»Das ist Holländisch, Sir!« erklärte der muntere Major West seinem gestrengen Vorgesetzten.

Arthurs düstere Mine hellte sich auf: »Sie verstehen diesen Menschen, Francis?«

»Kein einziges Wort, Sir! Aber als wir damals in Flandern waren, da klang es so ähnlich!«

Während Major West sich für seine vorlaute Äußerung einen missmutigen Blick von Oberst Wesley gefallen lassen musste, wurde die beeindruckende Pforte, die die Veranda mit dem Inneren des luxuriösen Gebäudes verband, wie von Geisterhand geöffnet, und ein Farbiger in aufwendiger Livree, die in der schwülen Hitze von Kapstadt denkbar ungeeignet sein musste, verbeugte sich tief vor den Offizieren des 33. Infanterieregiments des Königs.

»Mylord Ashton und die Damen erwarten Sie bereits!« hörte man nun in einem leidlich guten Englisch. Der Dunkelhäutige verbeugte sich erneut und wies ihnen dann den Weg ins Innere des prachtvollen Hauses.

Schließlich fanden sich alle in einem riesigen, feudal möblierten Raum wieder, in dem die Damen und Herren der vornehmen Gesellschaft sich bereits zusammengefunden hatten. Ein Tisch aus exotischem Holz zog sich wie eine lange Straße von einem Ende des Speisezimmers bis zum anderen. Britische Uniformen mischten sich bunt mit Abendgarderoben, und Oberst Ashton selbst stand der Gesellschaft am Kopfende des Tisches vor. Er wirkte ziemlich angeheitert. Zu seiner Linken saß ein unirdisches Geschöpf mit blondem, zu einer komplizierten Frisur hochgestecktem Haar und schneeweißer Haut. Ein Gebilde aus hellblauer und cremefarbener Seide, das Arthur so filigran erschien, dass er es auf den ersten

Blick nicht als Kleid zu identifizieren vermochte, wogte zwischen Stuhl, Tisch und Boden, wie die Wellen des Nordatlantiks. Ein Paar strahlend blauer Augen blickte verzückt zu Henry und einem großen Kristallgefäß, das offenbar mit einem alkoholischen Getränk gefüllt war.
Der junge Oberst des 33. Regiments kannte die Regeln: Zwei Pint Claret oder Champagner auf einen Zug, ohne abzusetzen! Es war ein idiotisches kleines Spiel, mit dem die Herren Offiziere zu beweisen versuchten, dass sie richtige Männer waren. Er hatte es oft genug selbst gespielt ...
Rechts neben Ashton saß ein weiteres Geschöpf in üppiger Abendgarderobe. Die Dame war brünett und kreidebleich. Auch in ihren blauen Augen lag ein Ausdruck der Bewunderung.
»Weiber!« fuhr es Arthur durch den Kopf, während er sich missmutig auf einen wenig exponierten Platz an einer Ecke des Tisches fallen ließ. Oberstleutnant Sherbrooke hatte derweil schon mindestens zehn breite Schultern in einem Anfall überschwänglicher Wiedersehensfreude blau geschlagen. Major Shee umarmte hingebungsvoll einen großen Kristallkelch mit einer hellgelben Flüssigkeit. Der Lärmpegel im Raum konnte nur mit einem Schlachtfeld verglichen werden. Wild klangen Stimmen aus dem 33. und 12. Regiment durcheinander. Ab und an wurden diese Stimmen von hohen, schrillen Tönen durchbrochen.
»Weiber!« fuhr es Arthur wieder durch den Kopf. Doch gleichzeitig hörte er die innere Stimme der Vernunft rufen: »Kitty! Du meinst Kitty, du Narr!«
Irgendwie gelang es dem jungen Oberst in dem ganzen Trubel, den Krug mit dem Wasser zu sich zu ziehen und sein großes Kristallglas bis zum Rand zu füllen. Während die anderen in einem angeheiterten Zustand Flasche um Flasche entkorkten und in unendlich weite Soldatenkehlen schütteten, nippte er nachdenklich an seinem Glas und versteckte sich hinter einer unüberwindlichen Mauer aus verbohrtem Schweigen und schlechter Laune.
Plötzlich legte sich von hinten eine Hand auf seine Schulter, und eine vertraute Stimme flüsterte ihm durch den Lärm zu: »Was soll diese griesgrämige Trauermiene?« Henry Ashton hatte sich von seinem großen Glas und den beiden Schönen an seiner Seite losgerissen, einen jungen Offizier vom Platz neben Wesley vertrieben und sich selbst zu seinem Freund gesetzt. Obwohl er seit der Eröffnung des fröhlichen Saufgelages, die wohl zwei oder drei

Stunden vor der Ankunft der Kameraden des 33. Regiments gelegen haben musste, vollauf damit beschäftigt gewesen war, seine jungen Herren bei Laune zu halten, und sicher schon weitaus mehr getrunken hatte, als ein vernünftiger Soldat es in einem solch heißen und ungesunden Klima tun sollte, war ihm doch nicht entgangen, dass Arthur an der ganzen Abendgesellschaft nicht teilnahm, sondern nur – fast wie ein armer Sünder – die Zeit absaß, zu der er verdammt worden war. Was für ein Unterschied zwischen den gemeinsamen Jugendtagen in Dublin und London und dieser Vorstellung am Tisch des Kommandeurs des 12. Regiments! Henry wusste nicht, was er davon halten sollte. Und Wesley wollte ihm die Sache nicht leichter machen: Er hatte beschlossen, sein Leben zu ändern, doch diese Entscheidung ging keinen Menschen auf der Welt etwas an.

»Laß gut sein, Henry! Eine lange Seereise ist nichts für die Infanterie! Ich hab das Meer noch nie richtig vertragen!« schwindelte er. »Du hast mir die beiden Ladys an deiner Seite noch gar nicht vorgestellt«, lenkte er dann vom leidigen Thema der Ausschweifungen in britischen Offiziersmessen ab.

»Das reizende blonde Geschöpf ist Jemima Smith, die älteste Tochter von Sir Charles Smith, dem Orientalisten. Und die Dunkelhaarige ist ihre jüngere Schwester Henrietta. Ich soll die beiden in Madras abliefern. Sie haben vor einiger Zeit das Pensionat verlassen und fahren zu ihrem Vater. Übrigens, weder die eine noch die andere kleine Lady ist verheiratet!«

Ashton zog den Oberst von seinem bequemen Platz und in Richtung Jemima und Henrietta.

Die nächsten Tage am Kap verliefen angenehm und ruhig. Zuerst hatte Arthur dafür gesorgt, dass die Männer des 33. Infanterieregiments ihre Transportschiffe zumindest tagsüber verlassen konnten. Damit sie nicht wild wurden und aus dem Ruder liefen, beschäftigte man sie mit Waffendrill, ein paar Märschen hinauf in die Tafelberge und Schießübungen. »John Company« hatte genug Geld in den Kassen, um die paar hundert Schuss Munition zu verkraften, die das 33. Regiment außer der Reihe verbrauchte. Schließlich sollten die Rotröcke in Indien sofort einsatzfähig sein.

Doch entgegen seiner sonstigen Gewohnheit überließ Arthur die Männer den Majoren Shee und West. Er hatte für sich und seine Nummer zwei, John Sherbrooke, ein anderes Arbeitsprogramm

zusammengestellt: Seit Kapstadt sich fest in britischer Hand befand, war es nicht nur zu einer obligatorischen Zwischenstation auf dem Rückweg von Indien nach Europa geworden, sondern auch zu einem Ort, an dem die Beamten Seiner Majestät und der Ostindischen Kompanie Erholung vom krankheitserregenden Klima des Subkontinents suchten. Wenn man seine Ohren aufsperrte und an den Stellen herumlungerte, wo diese Heimkehrer und Erholungssuchenden sich aufhielten, dann konnte man – so vermutete der junge Offizier – sicher eine ganze Menge wertvoller Informationen aufschnappen. John Sherbrooke widersprach seinem gestrengen Vorgesetzten natürlich nicht. Es war viel angenehmer, mit der hübschen Jemima Smith am Arm durch Kapstadt zu ziehen, als oben in den Tafelbergen herumzurennen und auf imaginäre Feinde zu feuern. Wesley hatte sich die jüngere Henrietta von Oberst Ashton »ausgeliehen«, wie er es zynisch zu nennen pflegte. Doch John Sherbrooke konnte sich des Gedankens nicht erwehren, dass die zynische Bemerkung seines Chefs nur eine Schutzbehauptung war. Er und Arthur waren gerade einmal sechsundzwanzig Jahre alt, und bei aller Ernsthaftigkeit, die sie in ihrem Soldatenberuf an den Tag legten, waren sie doch nicht viel mehr als große, verspielte Kinder, die sich amüsieren und austoben mussten.
Bei ihrem gemeinsamen Spaziergang durch den hübschen botanischen Garten am Fuß der Tafelberge waren die vier jungen Leute natürlich auch anderen Spaziergängern aus gutem Hause begegnet. Jemima und Henrietta waren mit Henry Harvey Ashton schon vor einiger Zeit am Kap angekommen und wohlbekannt mit den Mitgliedern der kleinen britischen Kolonie. Natürlich hatte eine der vornehmen Damen Sir Charles' Töchter sofort gefragt, wer denn ihre Begleiter in den schmucken roten Uniformen des Königs seien. Als man feststellte, dass auch die Herren Offiziere aus guten Familien kamen, ließ die Einladung zum Tee nicht lange auf sich warten.
Während Arthur Henrietta den Stuhl hinschob, konnte er sich nicht mehr zurückhalten und ließ die Augen dezent über ihre hübschen Schultern und ihren Nacken gleiten. Ohne ihre opulente Abendgarderobe, in einem einfachen Musselinkleid und das dunkle Haar locker hochgesteckt, sah die Kleine hinreißend aus. Außerdem hatte sie strahlend blaue Augen, denen man kaum widerstehen konnte.

Zufrieden ließ der Oberst sich an ihrer Seite nieder. Ihre Gastgeber waren auf dem Rückweg aus Fort St. George nach England und machten drei Monate Station am Kap, um sich zu erholen. Sir Marmaduke Orford war lange Jahre der *Surveyor-General of the Ordonances* von Lord Hobart, dem Gouverneur von Madras, gewesen. Nun hatte er seinen sechzigsten Geburtstag gefeiert und befunden, dass zwanzig Jahre Dienst in Indien ausreichend seien. Die Orfords wollten nach Kent, wo ihre beiden Töchter mit einem Leutnant zur See, Wentworth, und einem Geographen, Hauptmann Philip Morgan, verheiratet waren. Sir Marmaduke hatte auf dem Subkontinent sein Glück gemacht und fuhr mit prall gefüllten Taschen nach Europa.

»So, so, Sie sind also einer der jüngeren Brüder von Lord Mornington! Wir haben viel miteinander zu tun gehabt, Ihr werter Bruder und ich. Seitdem er in den Aufsichtsrat der Kompanie berufen wurde, hat sich einiges verändert. Ein bemerkenswerter Mann, Mornington. Und ein enger Vertrauter des Premierministers. Sie werden es mit eigenen Augen sehen, junger Freund. All diese Unarten und Ausschweifungen, für die unsere überseeischen Besitzungen inzwischen berüchtigt sind, werden bald ein Ende haben. Keine *dubashery* mehr. Und wer dabei erwischt wird, Schmiergeld zu nehmen, der wandert ins Gefängnis.«

»Korruption!« übersetzte Arthur leise für John Sherbrooke, der seine Passage ans Kap der Guten Hoffnung nicht mit Studien der Landessprachen Indiens ausgefüllt hatte. Dann blickte der Oberst entschuldigend die Damen am Tisch an. »Ich möchte Ihnen diesen Nachmittag nicht verderben, Lady Julia, Miss Henrietta, Miss Jemima, aber Sir Marmaduke berichtet so interessante Dinge, dass ich ihm gerne einige Fragen stellen würde, wenn Sie gestatten!«

Lady Orford nickte dem Offizier freundlich zu, die beiden Töchter von Sir Charles Smith ergaben sich in ihr Schicksal. Obwohl Henrietta diese politischen Gespräche ausgesprochen langweilig fand, setzte sie doch ihr gewinnendstes Lächeln auf. Im Vergleich zu der Abendgesellschaft in Henry Ashtons Haus, bei der Wesley ihr ausgesprochen trübselig und fade vorgekommen war, schien er ihr außerhalb der alkohol- und tabakgeschwängerten Offiziersmesse ein ganz bemerkenswerter Vertreter des stärkeren Geschlechts zu sein. Er sprühte über vor Leben, seine graublauen Augen funkelten munter, während er den alten Sir Marmaduke über seine Adlernase hinweg ins Kreuzverhör nahm. Seine

abgetragene Uniform fiel der jungen Frau an diesem sonnigen Nachmittag in einem blühenden Garten gar nicht mehr auf, denn im Gegensatz zu vielen Offizieren, denen sie zu Hause in England vorgestellt worden war, legte er großen Wert darauf, dass alles ordentlich und sauber war, und irgendwie verschwand seine so offensichtliche pekuniäre Not hinter einem freundlichen und umgänglichen Wesen und einem wachen Verstand. Sie bedauerte ein wenig, dass der hübsche junge Offizier in diesem Augenblick seine ganze Aufmerksamkeit nur Sir Marmaduke schenkte und keinen Blick für sie übrig hatte.
Der alte General hatte dazu angesetzt, die Lage im Karnatik zu schildern, der indischen Provinz, die sich wie eine Schlange entlang der Coramandel-Küste zog und mit vier britischen Besitzungen auf dem Subkontinent gemeinsame Grenzlinien hatte. Henrietta verstand, dass es an diesen Grenzen nicht immer ruhig zuging. Jenseits des Karnatik lag Mysore, dessen Herrscher mit den revolutionären Franzosen verbündet war. Immer wieder stieß er mit seinen bewaffneten Räubern gegen die Handelsposten der Ostindischen Kompanie auf britischem Gebiet vor und raubte der ehrenwerten Gesellschaft die Früchte ihrer Arbeit. Lord Clive war bereits einmal gegen ihn gezogen und hatte die befestigte Hauptstadt Seringapatam belagert. Doch die Vorräte waren im Verlauf eines endlosen Tauziehens vor den starken Mauern ausgegangen, und die Soldaten starben im grausamen Klima Südindiens wie die Fliegen. Clive hatte seine Geschütze zerstört und sich dann mit gesenktem Haupt vor dem Vater Tippu-Sultans zurückgezogen.
Während Sir Marmaduke berichtete, zog sich auch Oberstleutnant John Sherbrooke zurück, allerdings nicht gedemütigt wie der große Clive, sondern am Arm der schönen Jemima.
Die älteste Tochter von Sir Charles Smith war eine leidenschaftliche Herzensbrecherin. Aus diesem Grunde begleitete Lady Julia Orford die beiden jungen Leute auf ihrem Spaziergang durch den Garten. Doch sie war anständig genug, ein wenig Abstand zu halten und so das sanfte Turteln der Tauben nicht zu stören.
Während Sherbrooke Jemima kleine Komplimente machte und unablässig mit ihr plauderte, lauschte Arthur gebannt den Worten von Sir Marmaduke. Erst als der Tag zum Abend wurde und der Anstand es gebot, sich zurückzuziehen, um der Dame und dem

Herrn des Hauses zu gestatten, sich zum Dinner umzukleiden, bemerkte Wesley, dass die kleine Lady immer noch brav neben ihm saß. Er legte den Kopf schief und sah sie an wie ein trauriger Cockerspaniel. »Miss Henrietta, es tut mir leid, Ihnen den ganzen Nachmittag mit diesem endlosen Gespräch über Indien verdorben zu haben. Sie müssen mich für einen ungehobelten irischen Bauerntölpel halten!«
Orford schmunzelte, während die junge Frau beschwichtigend ihre Hand auf den Arm des Offiziers legte. »Nicht doch, Oberst Wesley! Ich fand es sehr anregend, Ihnen und Sir Marmaduke zuzuhören! Als mein Vater seine persische Grammatik verfasst hat, da habe ich ihm auch immer gerne zugehört, wenn er von Indien erzählte. Es muss ein faszinierendes Land sein! Ich kann es kaum noch erwarten, in Fort St. George anzukommen und mit eigenen Augen zu sehen, was man mir in meinen Kindertagen immer so lebhaft beschrieben hat!«
Orford räusperte sich. »Wesley, ich werde Ihnen natürlich ein Empfehlungsschreiben für Sir Charles mitgeben. Ich glaube, Sie sollten ihn unbedingt sehen und sich ausführlich mit ihm unterhalten. Er ist ein intimer Kenner der gesamten politischen Lage in den unabhängigen Gebieten, und er kann Ihnen sicher viele Dinge über Tippu, den Rajah von Bullum oder den Peshwa erklären, die mir als einfachem Finanzbeamten Seiner Majestät verschlossen geblieben sind.«
Henrietta lächelte Sir Marmaduke wie eine Verschwörerin an. Sie war der Idee, den jungen Oberst des 33. Regiments als Gast ihres Vaters in seinem Haus in Poonamallee zu sehen, nicht abgeneigt. Schließlich hatte Sir Charles seine Töchter zu sich nach Indien geholt, um sie zu verheiraten.
Arthur hatte seine Enttäuschung mit Miss Pakenham zwar noch nicht überwunden, aber dieser Schmerz machte ihn nicht blind. Der Blick war seinem wachsamen Augenpaar nicht entgangen, und noch weniger entgingen ihm die vielen anderen Blicke, die Miss Henrietta ihm ganz unverfroren und selbstbewusst zuwarf. Wie alt mochte die Kleine sein? Achtzehn, vielleicht neunzehn Jahre. Er würde Ashton fragen. Diskret natürlich. Er hatte keinesfalls vor, auf das Fohlen hereinzufallen. Aber nichts sprach dagegen, sich im Rahmen des Anstands und der Ehre eines Gentlemans mit ihr zu vergnügen.
Als er sie aus dem Augenwinkel betrachtete, ging ihm durch den Kopf: »Du bist viel zu gut für einen Soldaten, bei dem du nicht

weißt, ob er zurückkommt, oder ob er dich an deinem zwanzigsten Geburtstag bereits zur Witwe macht.« Er zog seine Uhr aus der Tasche und ließ den Deckel aufschnappen. Es war bereits nach fünf am Nachmittag, und es ziemte sich nicht, Sir Marmaduke und Lady Julia weiter zu belästigen. »Mit Ihrer Erlaubnis«, er verbeugte sich leicht vor Orford, »werden Oberstleutnant Sherbrooke und ich die Ladys jetzt nach Hause geleiten. Oberst Ashton hat Sir Charles versprochen, gut auf Miss Henrietta und Miss Jemima aufzupassen, und wir möchten nicht, dass er sich um seine beiden Schutzbefohlenen sorgt!«
Henrietta konnte ihre Enttäuschung über Wesleys vernünftigen Entschluss nur mit Mühe verbergen. Sir Marmaduke erwiderte die Verbeugung mit einem Augenzwinkern. »Kommen Sie morgen zum Dinner, Oberst! Ich würde mich freuen, wenn ich Ihnen ein paar Freunde vorstellen dürfte, die Ihren Wissensdurst über Indien besser zu befriedigen verstehen als ich! Um sieben Uhr also, und selbstverständlich sind Oberst Ashton, Oberstleutnant Sherbrooke und die beiden jungen Damen ebenfalls eingeladen. Lady Julia und ich genießen es, in geselliger Runde zu speisen.«
»Zu gütig von Ihnen, Sir. Sherbrooke und ich nehmen Ihre Einladung mit Freuden an, und was Miss Henrietta und Miss Jemima betrifft, werden wir Oberst Ashton um seine Zustimmung bitten!« Arthur bot der jüngeren der beiden Smith-Töchter seinen Arm an. Dann ging er mit ihr zu Lady Julia, um sich für die Einladung zu bedanken und sich zu verabschieden.
John Sherbrooke verstand ohne Worte, dass sein Kommandeur beschlossen hatte, den vergnüglichen Teil des Tages zu beenden. Er verbeugte sich galant vor der alten Dame und folgte Arthur durch den Garten der Orfords.
Kapstadt war eine reiche und europäisch geprägte Stadt. Es bereitete zu dieser Tageszeit keine Schwierigkeiten, eine Droschke zu bekommen. Noch vor sechs Uhr abends befanden Jemima und Henrietta sich wieder in Henry Harvey Ashtons Obhut, die Einladung für den folgenden Tag war abgestimmt worden, und die beiden Offiziere des 33. Infanterieregiments machten sich auf den Weg zu ihren eigenen Quartieren am Hafen, unweit des Kais, an dem die Transportschiffe der Soldaten festgemacht waren.
Arthur hatte sich für diese bescheideneren und weniger eleganten Unterkünfte entschieden, um näher bei seinen Männern zu sein.
Während die jungen Offiziere Sherbrooke, West und Shee das

muntere Nachtleben von Kapstadt genießen durften, zog er es vor, gemeinsam mit dem Zahlmeister des Regiments, Sergeant-Major John Dunn, zu arbeiten. Viele Dinge mussten besorgt werden, bevor die riesigen Schiffe wieder in See stachen. Auf der Überfahrt von England nach Afrika hatten sich einige Nachlässigkeiten eingeschlichen, die Wesley missfielen und derer er für das längere Stück der Reise Herr zu werden gedachte.

Der Teil des Regiments, der Major West anvertraut und auf drei Schiffen untergebracht worden war, befand sich in Bestform. Die Männer sahen ausgeruht und gesund aus und besaßen eine glänzende Moral. Die, die unter Shee nach Kapstadt gekommen waren, machten einen anderen Eindruck auf den Offizier. Er kannte jeden seiner 733 Soldaten mit Namen. Er wusste um die Vergangenheit seiner Männer, um ihre Vorzüge und um ihre Charakterschwächen. Wenn er sich ein bisschen anstrengte, gelang es ihm sogar, fast wörtlich die Einträge auf den 733 Blättern des Regimentsbuches aufzusagen: Größe, Gewicht, Physiognomie, Bestrafungen und Auszeichnungen, Dienstjahre und Familienstand. Arthur hing mit derselben Leidenschaft und Liebe an seinem *West Riding*, die ein Mann in seinem Alter normalerweise der Dame seines Herzens zuteilwerden ließ. Nachdem er sicher war, dass all seine Offiziere fort waren und die Soldaten sich vollständig auf den Transportschiffen befanden, gab er Sergeant-Major Dunn ein Zeichen, ihm zu folgen.

John war der dienstälteste Unteroffizier des Regiments und ein Mann mit makelloser Vergangenheit. Bevor er den Rock des Königs angezogen hatte, war er ein wohlhabender Bauer in den schottischen Bergen gewesen. Nur der Tod seiner Frau und seiner drei Kinder, die von einer schlimmen Pockenepidemie dahingerafft worden waren, hatte ihn dazu bewogen, in die Armee einzutreten. Er war nicht aus Not oder wegen eines kriminellen Aktes den Trommeln des Anwerbungssergeanten gefolgt, sondern weil er – aus Trauer – mit seiner Heimat und seiner Vergangenheit brechen wollte. Als Arthur zum 33. Regiment gekommen war, hatte Dunn dem jungen, unerfahrenen und linkischen Offizier oft diskret geholfen. Im Verlauf der letzten drei Jahre waren aus dem Vertrauensverhältnis gegenseitige Wertschätzung und Respekt geworden. Arthur und Dunn hatten sich auf eine für die britischen Landstreitkräfte ungewöhnliche, ja gefährliche Gratwanderung begeben: Wenn niemand in der Nähe war, gestanden sie sich ein, dass sie eigentlich gute Freunde waren!

Der Oberst schloss sorgfältig die Tür seines Zimmers, während der Sergeant-Major sich aufmachte, Kerzen in dem kleinen Raum anzuzünden. »Sir, ich glaube, die Männer verstehen nicht, dass es in diesem warmen, schwülen Klima notwendig ist, sich täglich mit Seewasser gründlich zu waschen und mindestens einmal pro Woche die Hängematten zu säubern. Sie schlafen so dicht gedrängt, dass der kleinste Floh, den der eine hat, sofort auf die restlichen 149 Rotröcke überspringt. Major Shee versteht es auch nicht. Er war die ganze Überfahrt nur damit beschäftigt ...« Er stockte und warf Arthur einen gequälten Blick zu, während dieser seinen Uniformrock auszog und sich bequem in einen Sessel fallen ließ.

»Sprechen Sie es doch einfach aus, John! Wir beide wissen es, und jeder bis hinunter zum jüngsten Trommlerjungen weiß es: Shee hat seine Tage mit Kartenspielen und seine Nächte mit Saufen zugebracht.« Der Oberst wies mit der Hand auf den zweiten Sessel im Raum und gebot seinem Zahlmeister, Platz zu nehmen.

Dunns Reaktion auf die harte und geradlinige Aussage seines Kommandeurs war nur ein leichtes, trauriges Lächeln.

»Sie sollten mir alles erzählen, mein Freund. Ich war diese fünfzehn langen Wochen nicht mit dem Regiment auf See, deswegen werde ich Major Shee gegenüber nicht mit der Faust auf den Tisch schlagen ... noch nicht.«

Dunn fuhr sich müde mit der Hand über die Augen und schüttelte den Kopf. »Sir, wenn Rob Seward weiterhin in einer von Shees Kompanien bleibt, wird der junge Mann bald keine Sergeantenstreifen mehr auf dem Ärmel tragen, sondern die Striemen der Neunschwänzigen auf dem Rücken!«

»Zwischen Shee und einem Tanz mit der Katze stehe immer noch ich, John. So leicht bindet man mir Seward nicht zwischen die Hellebarden.«

»Rob wird Shee in den nächsten Tagen den Schädel einschlagen, wenn dieser nicht aufhört, Miss Mary zu belästigen. Die Soldatenfrauen müssen Sewards Frau schon vor dem Major verstecken. Er macht dem Mädchen gegenüber bei jeder Gelegenheit anzügliche Bemerkungen, oder er versucht gar, sie zu betatschen.«

»Gütiger Himmel, die Kleine ist kaum achtzehn Jahre alt und stammt aus einer strengen, katholischen Familie. In der Klosterschule hat man sie unterrichtet und dann dem guten Rob

zur Frau gegeben. Und der wacht über sie wie ein Zerberus. Warten Sie, John, bis wir in Indien sind. Ich will Shee in flagranti erwischen, und dann reiße ich ihm die Epauletten von der Schulter. Sagen Sie, mein Freund, brauchen Sie nicht dringend einen Stellvertreter? Ich habe das Gefühl, dieser ganze Papierkrieg ist ein bisschen viel für einen einzelnen Mann.« Oberst Wesley verzog das Gesicht zu einem hinterhältigen Grinsen. Er wollte Ruhe und Ordnung in seinem Regiment. Doch Major Shee hatte es schon seit langer Zeit darauf angelegt, die Harmonie zwischen Kommandeur und Soldaten zu stören. Da es keine legalen Mittel gab, den ständig betrunkenen und bösartigen Offizier loszuwerden, beschloss Arthur, ihn einfach auszumanövrieren.
John Dunn nickte zustimmend. »In diesem Fall muss Robin – zusammen mit Miss Mary – aber von der *Warwick* auf die *Argonaut* überwechseln, damit ich die lange Fahrt nach Kalkutta nutzen kann, meinen Assistenten mit der Buchführung und dem ganzen administrativen Kram vertraut zu machen.«
»Unbedingt, John! Ich glaube nicht, dass wir vor Ort viel Zeit haben werden, uns mit solchen Dinge zu beschäftigen. Sie werden als erstes gemeinsam losziehen und die Versorgung der Männer sicherstellen. Sir Marmaduke Orford, der gerade aus Fort St. George angekommen ist, hat mir berichtet, wie unruhig die Lage im Dekkan ist, und ich nehme an, dass wir sofort ins Feld geschickt werden.«
Zufrieden blickten sich der alte Sergeant-Major und der junge Oberst an. Dann erhob sich Wesley von seinem bequemen Sessel, holte zwei Gläser von einer kleinen Kommode und füllte sie mit Brandy. Ein Glas drückte er Dunn in die Hand. Nachdem die beiden Männer getrunken hatten, verabschiedete sich der Sergeant-Major. Arthur löschte alle Kerzen bis auf eine und setzte sich mit Sir Charles Smiths Wörterbüchern an den Arbeitstisch. Er hatte eine lange Nacht vor sich. Jeden Tag studierte er mindestens fünf Stunden die Sprachen und die Besonderheiten des künftigen Kriegsschauplatzes. Der Nachmittag mit Henrietta im Garten war ein Vergnügen gewesen, das ihn nicht von seinen guten Vorsätzen abhalten durfte.

Wie Oberst Henry Harvey Ashton vermutet hatte, blieb das 33. Regiment vierzehn Tage in Kapstadt. Die Schiffe der Ostindischen Kompanie wurden repariert, frischer Proviant und Trinkwasser für die fünfmonatige Fahrt vom Kap nach Kalkutta wurden geladen,

das Pulver und die Munition der Geschütze überprüft. Die Seeleute flickten die Segel und teerten sorgfältig die Rümpfe der Schiffe, denn der Seeweg über den Indischen Ozean, vorbei an Madagaskar und der Île-de-France, entlang der Küsten der Malediven und Ceylons bis in die Bucht von Bengalen und schließlich durch die Gangesmündung nach Fort William war nicht ungefährlich. Außer französischen und amerikanischen Kaperschiffen drohten auch noch Sommerstürme und unberechenbare Winde.
Wesley hatte jeden einzelnen Tag an Land damit verbracht, mit den Mitgliedern der britischen Kolonie in Kapstadt zu sprechen, die auf dem Rückweg aus Indien waren. Sir Marmaduke Orford hatte es sich nicht nehmen lassen, den jungen Wesley in seinen Bekanntenkreis einzuführen, denn im Verlauf einiger gemeinsamer Abendessen hatte er den Oberst zu schätzen gelernt. Der hohe königliche Beamte vermutete, dass England schon bald von Wesley hören würde, wenn seine Gesundheit dem mörderischen Klima und den Seuchen und Krankheiten, die den Subkontinent heimsuchten, standhielt. In den zwanzig Jahren, die er in Indien verbracht hatte, war Orford vielen Offizieren begegnet – Männern mit einem Patent des Königs und Männern mit einem Patent von »John Company« –, doch nie war ihm einer begegnet, der so schnell so viel begriff und bereits Schlussfolgerungen über ein Gebiet und eine politische Lage zu ziehen vermochte, obwohl er noch nicht einmal seinen Fuß auf indischen Boden gesetzt hatte.
Während Arthur der kleinen Henrietta mit einem spielerischen Kniefall am anderen Ende des Gartens einen Strauß Jasmin in die Hand drückte, flüsterte Sir Marmaduke Lady Julia zu: »Wissen Sie, meine Liebe, es wird der Tag kommen, an dem wir unseren Freunden in England erzählen können, dass wir diesen jungen Offizier schon kannten, als er noch ein Oberst war. Wenn das Klima oder der Krieg ihn nicht umbringen, wächst hier ein großer Soldat heran und vielleicht sogar mehr als das.«
»Der junge Ashton hat mir vor ein paar Tagen erzählt, dass man ihm während des unglückseligen Flandernfeldzugs bereits eine eigene Brigade unterstellt hat. Wesley war damals gerade dreiundzwanzig Jahre alt. Und der Junge muss seine Sache wirklich gut gemacht haben. Die Schulterstücke trägt er nicht, weil Lord Mornington ihm das Patent gekauft hat ...«
Lady Julia schenkte Sir Marmaduke Tee nach und beobachtete

weiter amüsiert, wie Arthur Miss Henrietta den Hof machte. Sie hatte nicht das Gefühl, dass es mehr als ein Spiel war, bei dem weder die eine noch die andere Seite zu Schaden kam. So ernsthaft Oberstleutnant John Sherbrooke Jemima umwarb, so unverfänglich und eindeutig war doch Wesleys Verhalten der jüngeren Schwester gegenüber. Seine graublauen Augen sahen ein Kind, das amüsiert werden wollte, und er tat genau das, was ein älterer Bruder tun würde: Wenn Henrietta Tennis spielen wollte, dann war er ein williges Opfer, eifrig bemüht, das Mädchen gewinnen zu lassen. Auf der Tanzfläche gestattete er ihr, ihn zu tyrannisieren.
In den Blicken, die er ihr zuwarf, konnte Lady Julia keine Leidenschaft oder andere Gefühle lesen. Es war spöttisches oder belustigtes Augenzwinkern oder gespielte Unzufriedenheit, wenn die Kleine zu forsch wurde. Einmal hatte die alte Dame beobachtet, wie Henrietta versuchte, einen Kuss zu provozieren. Bekommen hatte sie einen Nasenstüber und schallendes Gelächter. Lady Julia machte sich nicht einmal mehr die Mühe, ein wachsames Auge auf den Oberst und die Tochter von Sir Charles Smith zu werfen. Sie war erfahren genug, um zu begreifen, dass der junge Mann nach Indien fuhr, um seinen Weg zu gehen. Er würde sich nicht mit einer Frau belasten. Er hatte das Schwert gewählt, auch wenn Henrietta sicher insgeheim hoffte, sie könnte den Sieg über seine Ambitionen doch noch davontragen.

»Arthur, wann werdet ihr Kapstadt verlassen?« erkundigte sich die jüngere Tochter von Sir Charles Smith. In ihrer Stimme lag ein Hauch von Sorge.
Der Offizier nahm freundschaftlich die kleine Hand des Mädchens in die seine und führte sie zu einer Bank, die unter einem Zitronenbaum stand. »Setz dich ein bisschen zu mir, Henrietta. Ich glaube, wir müssen uns ernsthaft miteinander unterhalten.« Obwohl sein Verhalten eindeutig war, schien die junge Dame nicht zu verstehen, dass es in seinem Leben keinen Platz für andere Gefühle gab als Freundschaft und Kameradschaft. Die Schiffe würden in zwei Tagen in See stechen, und er hatte beschlossen, ehrlich und offen zu sein.
Henrietta hatte sich ganz dicht neben ihn gesetzt und ihre Hand auf seinen Arm gelegt. Der Blick, den sie dem Offizier zuwarf, war alles andere als ermutigend. Das Paar blauer Augen strahlte, genährt von der Hoffnung, er würde die verhängnisvollen Worte

aussprechen, auf die sie so sehr wartete.
Er erinnerte sich genau: Kurz bevor das Regiment nach Flandern in den Krieg gezogen war, hatte Kitty ihn mit genau denselben Augen angesehen, nur waren es nicht klare, blaue Saphire gewesen, sondern tiefbraune, kostbare Topase. »Henrietta, wie alt bist du eigentlich?« begann er sein schwieriges Vorhaben.
»Beinahe achtzehn, Arthur. In zwei Monaten.«
»Du weißt, dass wir in achtundvierzig Stunden auslaufen?« Es war nicht einfach, die richtigen Worte zu finden. Die Saphire strahlten unwiderstehlich. Das Fohlen war reizend und würde eines Tages zu einer wunderbaren Frau erblühen. Irgendwie ähnelte Henrietta Kitty so, wie er sie in Erinnerung behalten wollte: verspielt, lebenslustig, lebendig und mit einem wachen Verstand. Es wäre so einfach, seine Niederlage in Irland mit fünf kurzen Worten unter einem schwer tragenden Zitronenbaum in einem Garten am anderen Ende der Welt wettzumachen. Doch zwischen diesen Worten und seinem persönlichen Glück stand Indien, ein eiserner Vorsatz, ein Schwur, der wichtiger war als Liebe, Zärtlichkeit, Zuneigung und eine eigene Familie. »Ich habe dich in der kurzen Zeit hier in Kapstadt wirklich liebgewonnen, Henrietta.« Seine Stimme war unsicher, und er hatte Angst, in die strahlend blauen Saphire zu blicken. »Trotzdem ist es sinnlos. Wenn ich dir jetzt die Frage stelle, auf die du wartest, wirst du an deinem zwanzigsten Geburtstag mit großer Wahrscheinlichkeit bereits Schwarz tragen.«
»Was willst du mir erklären, Arthur?« Die Stimme des Mädchens hatte sich plötzlich verändert. Sie hatte nichts Kindliches, Verspieltes mehr. Wesley hatte sie nicht angesehen, sondern geradeaus geblickt. Er hatte das Gefühl, dass neben ihm nicht mehr die kaum achtzehnjährige Henrietta saß, sondern eine reife, erwachsene Frau. Er wandte sich ihr zu und nahm ihre Hände ganz sanft in die seinen. Jetzt war seine Stimme nicht mehr unsicher, sondern fest und kalt.
»Du weißt, dass ich Soldat bin. Und ich fahre nach Indien, um in einen Krieg zu ziehen. Du hast etwas Besseres verdient, als die Frau eines Berufsoffiziers zu werden. Du würdest nur deine jungen Jahre damit zubringen, auf einen Mann zu warten, der nie da ist, wenn du ihn brauchst. Bei jedem Klopfen an deine Tür wäre dein erster Gedanke, dass irgendein anderer Mann in einer roten Uniform auftaucht, um dir zu sagen, dass der, auf den du wartest,

nie wieder zurückkommt.« »Nicht alle Soldaten fallen, mein Lieber!« erwiderte Henrietta spöttisch. »Manche werden sogar ziemlich alt und sterben in ihren Betten an Herzversagen.«
»Henrietta, ich kann nur Freundschaft geben.«
»Sir John Sherbrooke hat offenbar weniger Bedenken als du – und das, obwohl er sicher in denselben Krieg zieht, in den auch du ziehen wirst«, stichelte die Stimme neben Wesley. Henrietta war zwar noch ein junges Mädchen, aber sie war nicht dumm. Als Tochter eines berühmten Gelehrten aus einer großen Familie von Akademikern hatte man auf ihre Erziehung viel Wert gelegt. Sie konnte durchaus mit Worten umgehen.
»John Sherbrooke ist John Sherbrooke. Er hat seine Einstellung zum Leben, und er muss seine Verantwortung tragen. Vielleicht sorgt er sich nicht um Jemima. Wenn ihm etwas zustoßen sollte, kann er mit der Gewissheit die Augen schließen, dass eine ganze Horde von Sherbrookes – Vater, Brüder, Cousins – existiert, die sich rührend um die Witwe des gefallenen Helden kümmern wird und weder Mühe noch Kosten scheut, um eine ganze Brigade unglücklicher Halbwaisen standesgemäß großzuziehen.«
»Du hast auch eine Familie, Arthur!« Henrietta gab sich nicht so einfach geschlagen. Oberst Wesley argumentierte logisch und bediente sich schlüssiger Argumente. Doch jeder seiner Thesen konnte man begegnen.
»Meine Liebe, wenn du jemals in die Lage kommen würdest, vom guten Herz meiner reizenden Familie abhängig zu werden, würdest du den Tag verfluchen, an dem du mich überredet hättest, dir einen Antrag zu machen. Die Wesleys und Morningtons würden dich eher an der Pforte von Dungan Castle vor Hunger sterben sehen, als auch nur einen Bediensteten mit einer Schüssel Suppe zu schicken. Und ich selbst kann dir nichts bieten, außer einem Offizierspatent und den Schulden meines Vaters.« Arthurs Stimme hatte einen bösen, zynischen Klang bekommen. Jedes Mal, wenn er von den Wesleys und Morningtons sprach, erfüllte ihn unbändiger Hass, ein Hass, den er nicht zu unterdrücken vermochte.
Henrietta spürte seinen Gefühlswandel. Während der Tage am Kap und im Garten von Sir Marmaduke hatte sie viel über Richard Lord Mornington gehört. Die meisten hatten mit Ehrfurcht und Bewunderung über diesen Mann gesprochen, seine Aktionen im Aufsichtsrat der Ostindischen Kompanie gelobt oder von seinen glänzenden Gesetzesvorschlägen im Unterhaus berichtet und davon, dass er ein enger Freund des britischen Premierministers

war und das Ohr der Regierung hatte. Einige besonders wagemutige Gäste hatten seinen Namen sogar mit dem Amt des nächsten Außenministers oder Finanzministers der Insel in Verbindung gebracht. Immer wenn die anderen über Mornington philosophierten, verfinsterte sich Arthurs Miene. Seine abgetragene Uniform, die offensichtliche finanzielle Not, unter der er litt, und dieser sonderbare Gesichtsausdruck hatten Henrietta mehr über das Verhältnis zwischen ihm und seiner Familie erzählt als seine letzten, hasserfüllten Worte. »Und wenn das Schicksal es gut mit dir meint, Arthur, und wenn du in Indien dein Glück machst?«

»Wir werden sehen, Henrietta. Darf ich dir einen Rat geben ...« Er schaute ihr tief in die blauen Augen und hielt ihre kleinen Hände ganz fest.

»Gib mir deinen guten Rat, Arthur, und sei mir nicht böse, weil ich so forsch gewesen bin.« Sie hatte verstanden, dass Wesley seinen Weg gewählt hatte und – aus irgendeinem geheimnisvollen Grund – um nichts in der Welt Zugeständnisse machen konnte.

»Du bist noch so jung und hast ein ganzes Leben vor dir. Du wirst viele nette Menschen kennenlernen. Wähle dir einen, der sein Herz nur dir schenkt und keine so anspruchsvolle Geliebte hat wie die Armee. Lasse mich in zwei Tagen ziehen und behalte die schönen Stunden in Erinnerung, die wir miteinander verbringen durften. Und dann, irgendwann, triffst du deine Entscheidung. Ich werde dich ab und an besuchen, und du kannst dann selbst sehen, ob du wirklich irgendetwas für mich empfindest. Gib dir selbst Zeit und gib mir Zeit. Wenn es das Schicksal gut mit mir meint und ich mein Glück in Indien mache, dann kommt vielleicht der Tag, an dem ich dir diese schwerwiegende Frage stellen kann, ohne von deinem Vater wie ein räudiger Hund aus dem Haus gejagt zu werden.«

»Arthur, Papa würde dich nicht ...«

»O doch, Henrietta! Er würde! Er liebt sein Kind und will nur dein Bestes. Er wird deine Hand nicht an einen unbedeutenden, mittellosen Oberst wegwerfen, der noch nicht einmal einen Titel führt, und der dir auf irgendeinem abgelegenen Außenposten im Dschungel ein Leben bietet, das nicht viel besser ist als das der einfachen Soldatenfrauen ...«

KAPITEL 3 GEHEIMNISVOLLES INDIEN

Der Hoogley war breit und schmutzigbraun. Die Befestigungsanlagen aus grauem Granit, die von den Briten am östlichen Ufer des Flusses erst vor wenigen Jahren fertiggestellt worden waren, hoben sich scharf von den grünen und weißen Tönen ab, die die Stadt Kalkutta beherrschten. Zahllose Handelsschiffe der Ostindischen Kompanie lagen in einem riesigen Hafenbecken vor Anker. Sie waren Kriegsschiffen nicht unähnlich, nur um vieles größer und beeindruckender. Die Fregatten der Royal Navy, die zwischen ihnen in der braunen Brühe vor sich hin dümpelten, glichen Spielzeugfähren.

Die Handels- und Kriegsschiffe hatten sonnengebleichte, strahlend weiße Segel, und an den meisten waren während der langen Reise von England nach Indien behelfsmäßige Reparaturarbeiten durchgeführt worden. Diese Schiffe waren – wie die Truppentransporter mit Wesleys 33. Regiment – gerade erst angekommen und hatten Waren, britische Untertanen und Soldaten in die Kolonie gebracht. Die meisten dieser Menschen gingen enthusiastisch und voller Hoffnungen an Land, ganz gleich, aus welcher Gesellschaftsschicht oder Berufsgruppe sie stammten. Geschichten über den unermesslichen Reichtum und die unbegrenzten Möglichkeiten in einem fernen, geheimnisvollen Land hatten sie dazu bewogen, ihrer Heimat den Rücken zu kehren und ein neues Leben zu beginnen. Auch die Männer des 33. Infanterieregiments machten hier keine Ausnahme. Nur Arthur Wesley, der junge Oberst, der ein ganzes Jahr lang vom großen Tag der Ausschiffung in Kalkutta geträumt hatte, fand den geheimnisvollen Osten auf den ersten Blick weniger einladend, als die Literatur in seinen großen Reisetruhen ihn Seite um Seite geschildert hatte.

Er war neun Monate auf See gewesen. Sechs davon auf dem überfüllten Transportschiff *Argonaut.* Tag für Tag hatte er Bücher verschlungen, die von sagenhaftem Reichtum, märchenhaften Bauwerken, exotischen Tieren und all den Düften des Orients erzählten. Und jetzt, zweihundert Meter von den Landestegen und der neuen Welt entfernt, bot sich ihm – auf den ersten Blick – ein schockierendes Bild. »Gütiger Himmel!« sagte er leise zu sich selbst. »Der märchenhafte Orient stinkt wie eine Latrine.« Seine Augen glitten entsetzt über Hunderte von Bettlern, die den ganzen Kai zu belagern schienen und ihre Hände gierig nach den Neuankömmlingen ausstreckten. Die Fährleute, die sich auf ihren klapprigen Kähnen den Handelsschiffen näherten, sahen nicht viel besser aus als die wilde Horde an Land. In einem absonderlichen Englisch boten sie den Offizieren an, sie mit ihrem Gepäck auszuschiffen.

»Glaubst du nicht, es wäre besser, wir würden schwimmen, Arthur?« erkundigte sich Sir John Sherbrooke zynisch. Er hatte sechs endlos erscheinende Monate lang die Kabine mit seinem Kommandeur geteilt. Für jede leidenschaftliche Ode an die schöne Jemima Smith, die Arthur hatte ertragen müssen, war John ausführlich erläutert worden, welch wunderbares Abenteuer sie alle im zauberhaften Indien erwartete.

»Also, ich hab da was Interessantes gelesen ...«, setzte Wesley an, während er sich von seinem Schock erholte und interessiert eine der Fähren fixierte, die sich der *Argonaut* mit schneckenhafter Geschwindigkeit näherte. Das Boot ähnelte den länglichen, silbernen Obstschalen, die in England so beliebt waren. Doch anstatt aus stabilem Metall gegossen zu sein, war die Fähre aus hauchdünnen Planken zusammengenagelt. Ihr Deck schien mit hellen Rundhölzern bedeckt, und wenn man genau hinsah, erkannte man schlammiges Wasser im Rumpf. Bei jedem Schlag des großen Ruders am Heck knarrte es besorgniserregend, und der Fährmann schien sein Gleichgewicht nur mit äußerster Anstrengung zu halten, denn die Fähre schlingerte wie ein Stück Seife auf dem Hoogley.

»Von zehn Briten, die in Kalkutta ausschiffen, fahren nur drei wieder lebend nach Hause zurück, und nur einer von fünfundzwanzig fährt mit einem Vermögen in der Tasche wieder heim nach Europa. Was Soldaten anbetrifft, sieht diese verdammte Statistik sogar noch schlechter aus: Wenn dein Regiment mit 850 Mann ausschifft, dann schifft es mit 250 wieder ein, meist unter einem anderen Kommandeur«, unterrichtete er fröhlich seinen Freund Sherbrooke.

»Arthur, hör auf, mir aus deinen Büchern vorzutragen. Ich kenne sie auswendig. Du hast mich seit Kapstadt jeden Abend stundenlang gequält ...«

»Wenn du mir nicht gerade mit Jemima in den Ohren gelegen hast ...« Wesley gab dem schmierigen Fährmann Zeichen. Vielleicht sah ja nur der Hafen von Kalkutta furchterregend aus, und der märchenhafte Orient befand sich irgendwo hinter den Kais. Cork und Portsmouth waren auch nicht gerade die Perlen Albions und Erins, und erst die Themse bei Southwark ... Außerdem war er jung und abenteuerlustig, und er hatte sich nicht nach Indien gemeldet, um sich in einer Welt wiederzufinden, die Covent Garden im Herzen Londons glich. Das bunte und laute Treiben im Hafen machte ihn neugierig. »Los, John! Vergiss die Kleine und komm mit! Bringen wir unsere Männer an Land. Anschließend werden wir uns gemeinsam ein wenig umsehen! Ich bin mir sicher, wir werden uns königlich amüsieren!« Das 33. Infanterieregiment war Teil einer Verstärkung, die in die Kolonie verschickt worden war, weil Großbritannien wieder blutig mit Frankreich rang. Während des Siebenjährigen Krieges hatte die Kontinentalmacht all ihre befestigten Häfen auf dem Subkontinent an die Briten verloren, und es war den Bourbonen und schließlich dem revolutionären Regime nicht gelungen, diese Stellungen zurückzuerobern. Lediglich die unbefestigten Häfen Pondicherry und Mahé waren der jungen Republik geblieben, obwohl sie auf den Schlachtfeldern Europas die große Koalition der alten Monarchien beständig demütigte. Zugleich wuchs das Interesse Frankreichs am Orient, und William Pitts Regierung erwartete Angriffe gegen die Straße nach Indien und gegen die Kolonie selbst.

»Unser Gepäck lassen wir vorerst an Bord«, entschied Wesley, als die klapprige Fähre neben der *Argonaut* an der Steuerbordseite festmachte.

»Gepäck? Welches Gepäck, Arthur?« murmelte John Sherbrooke ungehalten. »Den Inhalt der beiden großen Kisten hast du inzwischen gelesen, und den Sattel und das Zaumzeug kannst du dir über die Schulter werfen. Bei mir sieht es leider anders aus ...«

Der Kommandeur des 33. Regiments überhörte die Bemerkung seines Freundes und machte sich daran, die langen Beine über die Reling auf die oberste Sprosse einer Schiffsleiter zu befördern. Der märchenhafte Orient lag kaum zweihundert Meter von ihm entfernt auf der anderen Seite des Hoogley, und in Anbetracht des wunderbaren

Abenteuers, das ihn und sein Regiment bald erwartete, erschienen ihm Oberstleutnant Sherbrookes Argumente kleinkrämerisch und unerheblich. Er musste unbedingt seine frisch erworbenen Sprachkenntnisse ausprobieren und sich mit seinem künftigen

Kriegsschauplatz vertraut machen.
Mit einer fordernden Geste streckte der schmierige Fährmann dem jungen Obersten seine Hand entgegen. Das Boot knarrte bedenklich unter dem zusätzlichen Gewicht des Passagiers. Arthur schenkte dem Knarren und Schaukeln keine Beachtung.
»Wieviel?« warf er dem Mann forsch entgegen. Als einzige Antwort verzog sich das Gesicht des Inders zu einer erstaunten Grimasse. Der junge Offizier versuchte es noch einmal. Jetzt antwortete man ihm in einem sonderbaren, kaum verständlichen Englisch. Irgendwo hatte Arthur gelesen, dass zehn Rupien ein Pfund Sterling ausmachten! »Gauner!« entfuhr es ihm auf Hindustani. Der Fährmann hatte acht Annas gefordert, um zwei Passagiere zweihundert Meter weit zu rudern. Acht Annas entsprachen elf englischen Pennies. Er stellte in diesem Augenblick erstaunt fest, dass seine intensiven Sprachstudien an Bord der *Caroline* und der *Argonaut* doch nicht vergebens gewesen waren, denn mit seinem empörten Aufschrei hatte der Gesichtsausdruck des Fährmanns sich gewandelt, und der Inder grinste den Iren freundlich an. »Sahib, ich wollte Euch nicht bestehlen. Ich dachte nur ... Gebt mir vier Annas für die Überfahrt. Dann hole ich auch Euer Gepäck von Bord und bringe es an Land.«
Angespornt durch seinen ersten Erfolg, mühte Arthur sich nun ab, dem Inder in ungelenkem Hindustani zu erläutern, dass sein Entschluss ein weiser wäre, während er gleichzeitig John Sherbrooke zu sich auf die Fähre winkte. Wie durch ein Wunder brachte das klapprige Boot beide Passagiere sicher bis zu den Kais von Kalkutta. Arthur drückte dem Fährmann sechs englische Pennies in die Hand, die dieser widerspruchslos und offenbar hochzufrieden akzeptierte. Zum Abschied wagte der Offizier dann noch einmal einen Versuch auf Hindustani: »Laß unser Gepäck auf dem Schiff und sag mir lieber, wo sich hier der ›killdar‹ befindet.«
Lachend schüttelte der Fährmann den Kopf und antwortete in seinem gebrochenen Englisch: »Für den Stadtkommandanten habt Ihr morgen noch Zeit, Sahib. Aber der Hafenkommandant sitzt in dem großen weißen Gebäude direkt gegenüber.«
»Hast du dir diese verrückte Sprache etwa auf der Überfahrt angeeignet, Arthur?« erkundigte sich John Sherbrooke. In seiner Stimme lagen Bewunderung und Staunen.
»Ich hab's zumindest versucht«, murmelte Wesley, während er sich seinen Weg durch die graubraune Masse ausgestreckter

Bettlerhände bahnte. Es kostete den jungen Offizier einiges an Selbstbeherrschung, ernst dreinzuschauen und seine neugierigen Augen, die so gerne nach links und rechts schweifen wollten, um den wundersamen Ort genau zu betrachten, unter Kontrolle zu halten.

Irgendwo in seinen klugen Büchern hatte er gelesen, dass es üblich war, den Bettlern Almosen zuzustecken, denn die Inder glaubten, eine gute Tat im jetzigen Leben würde Glück bringen, und sie würden dann, im nächsten Leben, in eine höhere, bessere Klasse oder Kaste hineingeboren werden. Also steckte er immer wieder der einen oder anderen schmutzigen Hand einen englischen Farthing zu.

Hinter ihm machte Sir John Sherbrooke sich ganz dünn, um nicht mit diesen sonderbaren, übelriechenden Geschöpfen in Berührung zu kommen. Man hatte ihm von den schlimmsten, ansteckenden Krankheiten erzählt, und seine Versetzung nach Indien beunruhigte den wohlhabenden Sohn eines unermeßlich reichen schottischen Adeligen mehr, als er offen vor seinem Kommandeur zugeben wollte. Seine Augen fixierten den roten Uniformrock von Wesley, als ob er Angst hätte, sich in dem Menschengewirr und an diesem unbekannten, schrecklichen Ort zu verirren.

Geschickt und wendig wich Arthur Trägern mit schweren Lasten auf dem Kopf aus. Ab und an verscheuchte er mit einer lockeren Handbewegung Fliegen, die hier allgegenwärtig schienen und ohne Unterschied Arm und Reich, Briten und Inder plagten.

Das Gebäude, das der Lastschiffer vom Hoogley ihm beschrieben hatte, konnte er schon deutlich ausmachen. Wohltuend hoben sich europäische Ordnung und Sauberkeit von einer unförmigen, weiß gekalkten und bunt bemalten Ansammlung krummer und schiefer Häuschen ab, vor denen Händler ihre Waren auslegten, Schneider um Kunden warben oder Frauen in farbenfrohen, eng um den Körper geschlungenen Tüchern eine warme Mahlzeit anboten.

»Dem Himmel sei Dank!« entfuhr es John Sherbrooke, als die beiden Offiziere endlich im Büro des Hafenmeisters ankamen.

»Schade, dass wir uns in den nächsten paar Tagen nur mit dem Ausschiffen und Einquartieren des Regiments beschäftigen werden. Ich muss mir unbedingt die ganze Stadt ansehen«, flüsterte Arthur dem Freund vor Aufregung atemlos zu. Die Tücher der Frauen nannte man Saris, und die Gerichte, die sie feilboten, waren *curry, calipash, calipee* und vor allem *dosa,* dünne Pfannkuchen, gefüllt mit Kartoffeln oder Eiern. Über die Schneider und Barbiere hatte er auch viele eigentümliche Dinge gelesen. Er war erst sechsundzwanzig, und die neue Welt um ihn herum faszinierte ihn. Doch er faßte sich schnell wieder, setzte seine dienstliche Miene auf und stellte sich dem britischen Hafenmeister von Kalkutta vor. Bis das 33. Regiment ausgeschifft und versorgt war, hieß es: Erst die Arbeit, dann das Vergnügen.

In England und Irland war der Februar üblicherweise ein feuchter und kalter Wintermonat. In Bengalen, unterhalb der fruchtbaren Ebene des Ganges und zur Linken und Rechten von unzähligen Flüssen eingekesselt, war es ein glühend heißer Monat, in dem nicht ein Tropfen Regen, nicht ein Windhauch Erleichterung brachten. Tausende von Insekten schienen nur eines im Sinn zu haben: sich auf das frische Blut der Offiziere und Mannschaften des 33. Infanterieregiments zu stürzen und jeden der Neuankömmlinge bis auf den letzten Tropfen auszusaugen! Keiner von ihnen war an dieses Klima gewöhnt, und jeder, vom Trommlerjungen bis hinauf zu den Offizieren, litt am Tage unter der erdrückenden Hitze und in den schwülen Nächten unter den unbarmherzigen Blutsaugern.
Und obwohl es ihrem jungen Obersten schneller als erwartet gelungen war, sie alle ordentlich unterzubringen, schien das *West Riding* in diesen Tagen nur noch aus einer endlos langen Krankenliste zu bestehen. Nicht dass es den Soldaten wirklich schlechtging! Die meisten vertrugen nur die gnadenlosen Temperaturen noch nicht, oder sie tranken unverhältnismäßig große Mengen kalten Wassers und bekamen davon Durchfall und Fieber. Oder sie schütteten ihren Brandy pur in die ausgedörrten Kehlen und wurden dadurch binnen weniger Minuten zu taumelnden, schweißüberströmten Kreaturen, die hilflos in sich zusammensanken und Stunden brauchten, um wieder zu sich zu kommen.
Während Wesley gemeinsam mit den Majoren Shee und West und gefolgt von Sergeant-Major Dunn die Baracken unterhalb des eindrucksvollen Gebäudekomplexes Fort William durchquerte und dabei verärgert die Stirn runzelte, ging ihm durch den Kopf, wie unvernünftig es doch war, die Soldaten in einem subtropischen Land in Uniformjacken aus schwerer schottischer Wolle zu stecken. Die steifen Kragen mit ihren ledernen Einlagen würgten, und unter den roten Röcken zwang man sie noch in enge, hochgeschlossene warme Westen und schwere Hosen aus

Manchestertuch. Er konnte die Männer zwar nicht von ihrer Uniform befreien, aber zumindest ein wenig Vernunft walten lassen.
»Dunn!« winkte er seinen Sergeant-Major zu sich. »Schreiben Sie! Die Soldaten haben sich täglich zu waschen ... von Kopf bis Fuß, und wenn sie noch so murren und maulen! Ihre Hemden und Socken können sie dabei gleich mit ins Wasser stecken! Bei dieser Hitze trocknet der ganze Kram in zehn Minuten. Und ein Mal pro Woche müssen die Strohmatten draußen ausgeklopft und gesäubert werden. Die Baracken werden geputzt und ausgeräuchert und ... besorgen Sie Kalk. Lassen Sie diese verdammten, schmierigen Lehmwände weiß tünchen!«
Dann fauchte der Oberst in einem wesentlich unfreundlicheren Ton die beiden Majore an, die ihn begleiteten: »Die Männer werden um vier Uhr morgens geweckt, Gentlemen! Pünktlich um fünf Uhr will ich sie jeden Tag auf dem Exerzierplatz antreten sehen. Und dann lassen Sie sie exerzieren! Waffendrill bis zehn oder elf, wenn es anfängt heiß zu werden, und wenn ich hinterher einen einzigen Mann dabei erwische, dass er seine Brandy-Ration unverdünnt trinkt, dann reiße ich Ihnen den Kopf ab.«
»Aber Sir, was ...?« versuchte Francis West sein Glück. Er hatte nicht verstanden, was Wesleys Befehl eigentlich bewirken sollte.
Der Kopf des Obersten fuhr herum, seine graublauen Augen funkelten die Untergebenen böse an. »Stellen Sie keine Fragen, Sir! Tun Sie, was man Ihnen befiehlt!« Die Stimme war schneidend wie ein Messer. Dann beschleunigte Arthur seinen Schritt, fast so, als ob er es in den stickigen Baracken nicht länger aushalten könne. »Dunn, zum Teufel! Wo bleiben Sie?« rief er und ließ West und Shee im Halbdunkel zurück.
Der Sergeant-Major folgte seinem Oberst im Laufschritt. Er hoffte, dass Wesley bei dieser Geschwindigkeit darauf verzichten würde, zusätzliche Befehle zu erteilen. Doch kaum waren der Offizier und der Unteroffizier außer Sichtweite der Baracken des 33. Regiments, bremste Arthur genauso plötzlich ab, wie er zuvor losgerannt war. »Unvernünftige Kinder«, murmelte er verzweifelt. »Und die Offiziere sind genauso schlimm wie die Mannschaften.«
»Wie bitte, Sir?« erkundigte sich John Dunn. Er wusste nicht, ob sein Oberst von ihm erwartete, irgendetwas aufzuschreiben, oder ob Wesley nur Selbstgespräche führte.
»Haben Sie sich mal angesehen, was unser feines Regiment so treibt, John? Keinem scheint aufgefallen zu sein, dass wir nicht

mehr in Dublin und mitten im irischen Winter sitzen, sondern am anderen Ende der Welt, wo die Uhren verkehrt herum gehen. Shee lässt die Soldaten zwischen zwölf und zwei durch die Gegend rennen und wundert sich dann, wenn die Jungs umfallen wie die Fliegen, während er bequem unter dem einzigen Baum auf dem Exerzierplatz im Schatten steht. Und West ist ein braver Bursche, scheint aber noch nie davon gehört zu haben, dass Staub und Schweiß seine Kompanien in einen dreckstarrenden, übelriechenden Haufen verwandeln. Seit zwei Wochen sind wir jetzt in Kalkutta, und ich bin mir sicher, nicht einer der Männer hat in diesen vierzehn Tagen sein Hemd oder sich selbst gewaschen ... von Ihnen einmal abgesehen, mein Freund!«
John Dunn warf einen misstrauischen Blick über die Schulter. Als er sicher war, dass er und Wesley außer Hör- und Sichtweite der anderen waren, trat er neben seinen Obersten und schaute ihm fest in die Augen. »Das liegt alles nur daran, Sir, dass Sie und Oberstleutnant Sherbrooke so gut wie nie da sind! Wenn die Katze aus dem Haus ist ...«
»Ja, ja! Dann gehen die Mäuse tanzen!« Der junge Offizier grinste. Es tat ihm jetzt schon leid, dass er mit Shee und West so grob umgesprungen war, aber wenn es um das 33. Regiment ging, hatte sein Sinn für Humor sehr enge Grenzen. In Irland war die Truppe ein verlotterter, trostloser Haufen gewesen, den er von Cornwallis übernommen hatte. Aus dem Abfall der britischen Streitkräfte hatte er in einem gewaltigen Kraftakt ein tüchtiges Regiment geformt. In Indien – er hatte es sich fest vorgenommen – würde das 33. Regiment zum besten Regiment der Krone werden. Doch um auf den Feldern der Ehre zu glänzen, mussten die Soldaten in Bestform sein. Nachlässigkeiten und Schlampereien seiner Untergebenen konnte er deshalb nicht hinnehmen.
»Wir werden nicht lange in Kalkutta bleiben, John! Aber angesichts einer langen Krankenliste wird der Generalgouverneur es sich vielleicht doch noch anders überlegen und uns hierbehalten. Gehen Sie jetzt, mein Freund, und tun Sie, was ich Ihnen aufgetragen habe. Man erwartet mich bereits in Fort William.« Er nickte seinem Sergeant-Major freundlich zu. Dann machte er sich auf den Weg in die Verwaltungszentrale Britisch-Indiens, die wie eine Festung hoch über Kalkutta thronte. Zumindest schien es einem so, wenn man zwischen den kleinen Lehmhäusern und spärlichen Ziegelbauten umherwanderte, die

den Stadtkern bildeten, und von dort in Richtung des Hoogley blickte.
Der Regierungspalast war das einzige Bauwerk, das von hohen Schutzmauern umgeben war und über Tore verfügte, die sich im Fall eines Aufstands oder Angriffs gegen die kleine britische Kolonie schließen ließen. Vor kaum fünfzig Jahren, lange bevor Arthur zur Welt gekommen war, hatte ein schreckliches Ereignis der Krone und »John Company« vor Augen geführt, auf welch tönernen Füßen ihre Herrschaft über Bengalen und einige angrenzende Gebiete stand. Fort William war heute das Symbol der britischen Macht in diesem Land, doch die Festung war auf dem Fundament einer blutigen Tragödie errichtet worden: Im Juni 1756 hatte der Nabob von Bengalen, Siraj-ud-Daulja, beschlossen, gegen die europäischen Eindringlinge zu Felde zu ziehen und die wirtschaftliche und politische Macht zurückzugewinnen, die sie seit einem knappen Jahrhundert an sich gerissen hatten. Am 19. Juni 1756 eroberte der indische Fürst nach einem kurzen, aber blutigen Gefecht Kalkutta. Die 146 Briten, die er noch in der Stadt vorfand, ließ er in der schwülen Hitze des indischen Monsunmonats mehr als zwölf Stunden in einem fünf mal sechs Meter großen Kellerloch zusammenpferchen. Am Morgen des 20. Juni verließen nur noch dreiundzwanzig Überlebende diesen Ort des Schreckens, der unter dem Namen »Das Schwarze Loch von Kalkutta« in die Geschichte des Landes einging.
Clive war einer der Männer gewesen, die lebend entkommen waren. Der damals unbedeutende Schreiber der Ostindischen Kompanie war von nun an so sehr vom Wunsch nach Rache erfüllt, dass er zum Militär ging. Ein Jahr später besiegte er die Inder in einer glorreichen Feldschlacht bei Plassey, stellte Englands Vorherrschaft im Lande wieder her und befahl den Bau der Festung Fort William an den Ufern des Hoogley.
Die Blicke des Obersten schweiften mit dem fachmännischen Blick des gut ausgebildeten Berufssoldaten über die schweren Außenmauern, die Lünetten, die gut positionierten Schießscharten und das eindrucksvolle Glacis, das sich vor dem steinernen Meisterwerk erstreckte. Als er durch das Hauptportal schritt, machte er einen kurzen Abstecher hinter den zweiten Befestigungsring und strich beinahe liebevoll über das Mauerwerk. Arbeitskräfte gab es mehr als genug in diesem Land, und Clive hatte jeden Stein an der Oberfläche bearbeiten lassen, ähnlich wie Edelsteine.

Arthur hatte die letzten vierzehn Tage nicht nur damit zugebracht, der kleinen britischen Kolonie in Kalkutta seine Aufwartung zu machen, in der Machtzentrale der Krone und bei der »John Company« für gutes Wetter zu sorgen und seine Studien von Sprache, Sitten und Gebräuchen Indiens voranzutreiben. Wann immer er Zeit hatte und sich unbeobachtet glaubte, verschwand er irgendwo in den Straßen und Gassen der turbulenten, fremden Stadt. Er beobachtete die Menschen und versuchte zu begreifen, wo der Unterschied zwischen seinen klugen Büchern und der Realität Indiens lag. Eines hatte er in den wenigen Tagen in Kalkutta schon begriffen: Anders als Frankreich oder seine Inseln war Indien ein unermessliches Land! Indien war ein Kontinent, auf dem die verschiedensten Volksstämme lebten, zwischen denen mitunter ein größerer Unterschied bestand als zwischen einem Franzosen und einem Preußen, einem Iren oder einem Schweden. Indien blickte auf eine Geschichte zurück, die weitaus älter war als die seiner Heimat.

Als er an den beiden britischen Wachsoldaten vorüberkam und den Palast des Gouverneurs betrat, krampfte Arthurs Magen sich plötzlich zusammen, und all seine philosophischen Betrachtungen über seinen neuen Kriegsschauplatz verflogen, um einem einzigen, alles beherrschenden Gedanken Platz zu machen: Er wollte einen ordentlichen Eindruck auf Sir John Shore machen, den höchsten britischen Beamten im Lande. Arthur hatte bereits den Vertreter der Ostindischen Kompanie getroffen, William Hickey, und diesen für sich eingenommen. Nun musste er noch den verlängerten Arm seines Königs überzeugen und sein Regiment von den Fleischtöpfen Kalkuttas an eine Front versetzen lassen, wo die Männer für Englands Ruhm und ihre Soldatenehre kämpfen konnten.

Er reichte einem indischen Bediensteten seinen federgeschmückten
Zweispitz und die weißen Handschuhe. Dann zog er die rote Jacke glatt, wischte sich mit einem Taschentuch den Schweiß von der Stirn und klopfte energisch an die Tür. Eine hohe, beinahe weiblich klingende Stimme bat ihn einzutreten. Das Arbeitszimmer des Gouverneurs war ein großer, sechseckiger Raum. Fünf Wände waren von Bücherregalen bedeckt, auf denen in endlosen Reihen unzählige Bände standen. Der Schreibtisch von Sir John war riesig und so mit Papieren beladen, dass der

Gouverneur hinter ihm puppenhaft klein erschien. Arthur schlug schneidig die Hacken zusammen und legte die Hand zum Gruß an die Stirn. Die hohe, schwere Tür schloss sich wie von Geisterhand hinter dem Offizier.

»Das 33. Regiment!« Sir John strahlte den jungen Offizier an, der in Hab-acht-Stellung vor ihm verharrte. »Ich freue mich, Sie zu sehen, Oberst Wesley! Stehen Sie bequem! Setzen Sie sich! Wir sind nicht in den finsteren Gemäuern der Horse Guards in London. Möchten Sie einen kühlen Zitronentee oder ein Glas Pfefferminzlimonade?« Ein freundlicher Wortschwall ging auf den verdutzten Arthur nieder. Er war solch lockere Umgangsformen von seinen Vorgesetzten nicht gewöhnt. Bestenfalls erlaubte man einem Offizier, bequem zu stehen, nicht aber, sich zu setzen oder gar mit dem Gouverneur ein Glas Limonade zu trinken und dabei zu plaudern ...

»Mylord ...?« Arthur legte beide Hände vorschriftsmäßig, wie aus dem Drillbuch der britischen Landstreitkräfte, an die linke und die rechte Außennaht seiner ledernen Reithosen. Die joviale Art Sir Johns hatte den jungen Offizier so überrumpelt, dass er seine Unsicherheit hinter der Dienstvorschrift verbergen musste.

Der Gouverneur schüttelte den Kopf, erhob sich hinter seinem Schreibtisch und ging zu seinem Besucher. »Na, kommen Sie, Oberst Wesley!« Eine schmale, schneeweiße Hand legte sich leicht wie eine Feder auf Arthurs Schulter und schob ihn zu zwei bequemen Sesseln und einem niedrigen Tisch aus dunklem Edelholz.

Sir John hatte einige Mühe gehabt, die Hand auf Arthurs Schulter zu legen, ohne sich auf die Zehenspitzen stellen zu müssen. Er war klein und zierlich wie eine Balletttänzerin. Seine Vorgänger in Kalkutta waren imposantere Männer gewesen: Lord Clive, der mit dem Schwert in der Hand die Vormachtstellung Englands in Indien erkämpft hatte – ein harter, machtbewußter Soldat. Warren Hastings, sein Nachfolger, der die Errungenschaften Clives erfolgreich gegen äußere und innere Feinde verteidigt und nie einen Hehl daraus gemacht hatte, dass auch er den Weg des Schwertes dem des Wortes vorzog. Und Lord Cornwallis, Sir Johns Vorgänger, war ein bewährter Staatsmann und kampferprobter Soldat, der Indien so verwaltet hatte, wie er es für richtig befand. Wer Cornwallis nicht zu Willen gewesen war, dem hatte er mit Feuer und Schwert Vernunft beigebracht.

Der Mann jedoch, der an diesem Nachmittag neben Wesley stand, zählte nicht zu dieser Kriegerkaste, der England üblicherweise seine überseeischen Besitzungen anvertraute. Bevor man Sir John zum Generalgouverneur ernannt hatte, war er ein hoher Beamter im Finanzministerium gewesen, dessen größte Errungenschaft die Ausarbeitung und Einführung eines funktionierenden Steuersystems für Britisch-Indien war. Sir Johns Waffen waren der Abakus, das Wort und die Feder. Er regierte die Kolonie getreu seinen Anordnungen aus London und mischte sich so wenig wie möglich in die innere Politik der Fürstentümer und Gebiete ein, die man ihm anvertraut hatte. Seine größte Sorge war, einmal im Jahr eine peinlich genaue Abrechnung der Gewinne der »John Company« zusammen mit prall gefüllten Geldtruhen in die Leadenhall Street nach London zu schicken, nachdem er zuvor pflichtbewusst den Anteil des Königs abgezogen und an das Schatzamt überstellt hatte.

Als er Wesley endlich mit sanfter Gewalt in einen der bequemen Sessel gedrückt hatte, klatschte er in die Hände, und wie aus dem Nichts tauchte ein indischer Bediensteter neben dem niedrigen Tisch auf und servierte den beiden Männern Zitronentee. »So, und nun müssen Sie mir die letzten Neuigkeiten aus England erzählen, junger Freund!« Der Generalgouverneur lächelte.

Arthur saß genauso steif im Sessel, wie er zuvor im Zimmer gestanden hatte. Die Leutseligkeit Sir Johns brachte ihn noch immer aus dem Gleichgewicht, und einer alten Gewohnheit folgend, richtete er den Blick auf den Boden. Doch plötzlich gewann sein Mut die Oberhand über diese Gewohnheit aus den Jugendtagen in Dublin, und er blickte Sir John in die Augen. Zwei Stunden später beendete er seinen Bericht und wagte es sogar, nach der inzwischen lauwarmen Limonade zu greifen und davon zu nippen.

Der Generalgouverneur strahlte ihn zufrieden an. »Sehr interessant, Oberst! Sie dürfen nicht vergessen, dass wir hier sieben Monate Seeweg von London entfernt sind und unser erstes Interesse bei den
Neuankömmlingen sich natürlich auf die Nachrichten und Informationen aus unserer geliebten Heimat richtet.«

»Verzeihen Sie, Mylord! Ich hatte nicht daran gedacht.«

»Ach was! Entschuldigen Sie sich nicht wie ein Schuljunge«, tadelte Sir John den Offizier freundlich. »Im guten alten England sind Sie – nicht zuletzt aufgrund Ihres Alters – einer unter vielen.

Zumindest glauben Sie das, weil die hohen Herren in den Horse Guards es Ihnen eingebläut haben, nicht wahr?«
Arthur entfuhr ein leises: »Natürlich, Mylord.«
Der Generalgouverneur überrumpelte Arthur mit einer unerwarteten Frage. »Wie stehen Sie dazu, dass Spanien im August 1796 einen Bündnisvertrag mit der französischen Republik unterzeichnet hat? Aus der Sicht eines britischen Offiziers in Indien natürlich.« Sir Johns Stimme hatte ihre Weichheit verloren und war plötzlich geschäftsmäßig und hart geworden. Sein freundliches Lächeln verwandelte sich in eine kalte Maske, die keinen Widerspruch zu dulden schien.
Derselbe Reflex, der Arthur noch wenige Augenblicke zuvor demütig zu Boden hatte blicken lassen, veranlasste ihn nun dazu, seinem Gegenüber fest in die Augen zu sehen. Mit ruhiger Stimme erläuterte er Sir John die politische Gesamtlage der europäischen Welt. Dann legte er dar, wie die Konstellation der großen Nationen sich auf der anderen Seite der Erdhalbkugel darstellte. In knappen Sätzen stellte er vier Hypothesen in den Raum und erklärte das Für und Wider jeder einzelnen. Als Resümee schloss er mit einem historischen Präzedenzfall: Warren Hastings hatte vor fünfzehn Jahren einer noch stärkeren feindlichen Koalition entgegentreten müssen.
Sir John pfiff leise durch die Zähne. »Gütiger Himmel«, murmelte er. »Wenn wir Ihnen eine Chance geben, Wesley, werden Sie es weit bringen.«
Arthur hatte diese Worte nicht einmal wahrgenommen. In den zehn Jahren, die er nun den roten Rock trug, hatte ihn nie jemand nach seiner Meinung gefragt oder ihn dazu aufgefordert, seine Gedanken laut zu äußern. Lob oder Anerkennung waren so ungewohnt für ihn, dass er nicht wusste, wie er sich verhalten sollte.
Neugierig betrachtete der Generalgouverneur den Kommandeur des 33. Regiments. »Sonderbar«, ging es ihm durch den Kopf, »als ob der Junge Angst hat zuzugeben, dass er denken kann. Es wird nicht einfach sein, ihn aus der Reserve zu locken.«
Sir John bediente sich nun wieder des freundlichen und leutseligen Tonfalls wie zu Beginn des Treffens. »Ich würde es sehr zu schätzen wissen, Oberst Wesley, wenn Sie mir in den nächsten Tagen in schriftlicher Form einen Plan für eine mögliche britische Operation gegen Spanisch-Manila auf den Philippinen vorlegen könnten.« »Wie Sie befehlen, Mylord!« murmelte der junge

Kommandeur, ohne den Blick vom Boden des Arbeitszimmers zu nehmen.

Obwohl Arthur Fort William und Sir John bereits vor Stunden verlassen hatte, wollte seine sonderbare Stimmung, die zwischen innerer Unruhe und Euphorie schwankte, nicht weichen. Er war beunruhigt, denn der Gouverneur hatte ihm eine Aufgabe gestellt, die man in England nur einem altgedienten Soldaten im Generalsrang mit langjähriger militärischer und politischer Erfahrung anvertrauen würde. Zugleich war er überglücklich, denn Sir Johns Auftrag war der Beweis für die Richtigkeit seiner Theorie: Für den, der zuzugreifen wagte, bot ein neues Land unbegrenzte Möglichkeiten.

In dieser sonderbaren Stimmung war der junge Offizier, ohne ein bestimmtes Ziel vor Augen zu haben, vom Regierungspalast des Generalgouverneurs in westliche Richtung geschlendert, ohne dabei auf die Uhr zu schauen oder sich zu orientieren. Er hatte nicht einmal gemerkt, dass er die große Brücke, die über den Hoogley nach Hoara führte, überschritten und bereits weit hinter sich gelassen hatte.

Der Nachmittag war inzwischen dem Abend gewichen, und die tropische Nacht senkte sich rasch über Kalkutta. Im Hintergrund verglühte leuchtend rot die Sonne in den trüben Wassern des Flusses. Niemand schien von dem Mann in britischer Uniform, der ungewohnterweise zu Fuß und nicht zu Pferd unterwegs war, Notiz zu nehmen, obwohl die Offiziere der Ostindischen Kompanie und der britischen Krone sich selten in den Stadtteil Hoara wagten. Ab und an zischte es irgendwo: »Pardesi« – ein Fremder! Arthur kannte das Wort, und die zwei Wochen in Indien hatten ihm geholfen, die Melodie dieser Sprache – Hindustani – zu verinnerlichen. Die Sprache, die er aus seinen Büchern zu lernen versucht hatte, gab es eigentlich gar nicht. Die Menschen hier sprachen eine Art Dialekt, den man »Vernacular« nannte, und der viel anspruchsloser und einfacher war als die Schriftsprache, in der sich offensichtlich nur Gelehrte und Philosophen ausdrückten.

Der Stadtteil Hoara war eine eigene Welt, die mit dem Kalkutta am rechten Ufer des Hoogley nur wenig gemein hatte. Hoara gehörte den Kaufleuten, die in großen Karawansereien lagerten – mit ihren Kamelherden und den Waren, die sie aus allen vier Himmelsrichtungen zusammengetragen hatten, um sie auf den großen Märkten der Regierungszentrale von Britisch-Indien oder im Frachthafen Diamond Harbour unweit der Küste anzupreisen und an den Mann oder – besser gesagt – die Ostindische Kompanie zu bringen. Hoara war auch der Unterschlupf der Rosstäuscher und Pferdehändler. Hier verwandelten sie zweifelhafte Vierbeiner in rassige Vollblüter und verpassten ihnen Ahnentafeln und Stammbäume, die so lang waren wie der Koran und mit der Wirklichkeit nicht viel gemein hatten. Britische Offiziere vermieden es, an diesem finsteren Ort nach einem geeigneten Tier Ausschau zu halten und bezahlten lieber die höheren Preise des Pferdemarktes von Bhawanipur, der zweimal in der Woche abgehalten wurde.

Während Arthur durch den Golabari-Bazar schlenderte, drangen ihm aus lichtüberfluteten, lauten Buden und Häuschen die exotischsten Düfte des Orients in die Nase. Ein Stimmengewirr aus unzähligen Dialekten und Mundarten drang auf die überfüllte Gasse hinaus; es herrschte ein solches Gedränge, dass der junge Offizier geschoben und gedrückt wurde. Es gab kein Entkommen mehr – nicht nach links, nicht nach rechts, nicht zurück. Mit jedem Meter, den man Arthur in Richtung »Grand Trunk Road« schob, stieg der Duft würziger orientalischer Speisen ihm verlockender in die Nase und erinnerte ihn daran, dass er seit den frühen Morgenstunden nichts mehr gegessen hatte.

Als hätte eine der zahllosen Hindu-Gottheiten seine Gedanken gelesen, befand er sich wenige Minuten später – halb geschoben, halb gezogen – vor dem Hauptportal des Kaschmir-Serais, einer der größten Karawansereien an der »Grand Trunk Road«, die den Subkontinent von den Bergen Afghanistans bis zur Küste des Golfes von Bengalen wie eine große, offene Wunde durchzog. Der Serai diente den muslimischen Kaufleuten und Handelsherren aus dem Norden des Landes als Kontor und Unterschlupf, während sie ihre Waren oder ihre Tiere im Zentrum der britischen Macht anboten. Er ähnelte einem Hufeisen, das um einen großen, offenen Platz gelegt worden war. Sämtliche Volksstämme des Nordens schienen auf diesem engen
Raum vereint zu sein, und mit ihnen Hunderte von Packkamelen und struppigen Lastenponys.

Obwohl es schon spät am Abend war, ging das Be- und Entladen der Waren unaufhaltsam voran. Stämmige Männer mit wallenden, oft hennagefärbten Bärten und dunklen Augen zogen in Ziegenhäuten Wasser aus einem Brunnen im Zentrum der Karawanserei, um ihre Tiere zu tränken. Sie gehörten meist dem

Volk der Paschtunen oder der Kabulis an. Mit Schleiern verhüllte Frauen mit breitem, goldenem Armschmuck bereiteten an offenen Feuern oder auf behelfsmäßigen Öfen aus gebrannten Lehmziegeln die Abendmahlzeit zu. Bengalische Knechte warfen körbeweise frisch geschnittenes Gras vor unruhige Reitpferde, die schrill wieherten, während sie mit Fußtritten die Wachhunde fortscheuchten, die die Karawanen begleitet hatten und nun den ganzen Platz unsicher machten, stets auf der Suche nach einem Stück Fleisch oder einem weggeworfenen Knochen. Schreien, Streiten, Fluchen und Feilschen beherrschten die Nacht, und nur die Unterkünfte der Handelsherren, zu denen man über elegant geschwungene Steintreppen hinaufsteigen musste, schienen Zuflucht vor dem Aufruhr im Zentrum zu bieten.
Sir John Shores Anliegen und Arthurs Hunger verflüchtigten sich in diesem bunten, fremdländischen Meer. Neugierig betrachtete er die Menschenansammlung, als sich plötzlich von hinten eine Hand auf seine Schulter legte. In einem Reflex wollte Arthur den Degen ziehen, doch bevor er dazu kam, packte eine zweite Hand energisch seine Rechte, und eine tiefe Stimme fragte ihn in einem passablen, wenn auch nicht ganz akzentfreien Englisch: »Habt Ihr Euch verirrt, Oberst-Sahib?«
Arthur drehte sich um und blickte in ein bärtiges, wettergegerbtes Gesicht. Ein Paar grüner Katzenaugen funkelte ihn amüsiert an.
»Nein, ich habe mich nicht verirrt!« antwortete Arthur gelassen. Der Mann, der vor ihm stand, trug einen Turban und ein weites Gewand, unter dem nur die ledernen Reitstiefel hervorlugten. Um die Hüfte hatte er einen schweren Seidenschal geschlungen, in dem über Kreuz ein Paar Pistolen und ein großer, gekrümmter Dolch steckten. »Für gewöhnlich wagen die Sahibs sich nicht in den Kaschmir-Serai. Es ist ein gefährlicher Ort. Kann leicht passieren, dass ein Mann hier verschwindet und dann irgendwann, irgendwo mit durchgeschnittener Kehle gefunden wird«, fuhr der bärtige Riese fort.
Arthur lächelte ihn freundlich an. »Warum?«
»Ihr seid nicht ängstlich, Oberst-Sahib. Das gefällt mir. Mein Name ist Lutuf Ullah, meine Heimat liegt jenseits der Berge, und ich bringe die herrlichsten Pferde nach Kalkutta, die die Welt je gesehen hat.« Arthur lächelte immer noch freundlich. »Wesley, 33. Infanterieregiment, Dublin!«
Der bärtige Kabuli schüttelte den Kopf und schob Arthur durch

das Gewühl zu einer der Steintreppen, die zu den Kontoren und Wohnräumen der Handelsherren führte. Man machte den beiden Männern großzügig Platz, und der Offizier bemerkte, wie manch einer die Hände vor der Brust kreuzte und sein Haupt vor Lutuf Ullah beugte. »Wesley-Sahib aus Dublin, es war trotzdem keine kluge Idee von dir, alleine hierher zu kommen. Sei mein Gast, dann werde ich dir ein paar Männer geben, die dich über den Hoogley nach Fort William zurückbringen. Die schlimmen Tage des >Schwarzen Lochs< liegen noch nicht so weit zurück!«
Arthur senkte kurz das Haupt vor dem Kabuli und dankte ihm für die Einladung.
»Nicht doch, Wesley-Sahib! Du darfst in diesem Land nie vor einem Mann zu Boden blicken, sonst wird er sagen, du fürchtest ihn und bist ihm unterlegen. Wenn du einen Mann achtest oder höflich sein willst, dann blicke ihm gerade in die Augen. Du trägst den Rock eines Obersten des Königs. Damit bist du ein bedeutender Mann hier.«
Arthur schmunzelte. »Danke für die Schulstunde, Lutuf Ullah. Darüber stand in meinen klugen Büchern leider nichts. Wo hast du gelernt, unsere Sprache so gut zu sprechen?«
Der Kabuli antwortete mit einer Gegenfrage, während er die schwere, mit Eisen beschlagene Holztür zu seinen Wohnräumen aufstieß. »Wo hast du unsere Sprache gelernt?« Er klatschte in die Hände, und zwei verschleierte Frauen tauchten auf. In einer völlig fremden Mundart fuhr er sie scharf an, und sie verschwanden sofort wieder in einem mit Teppichen verhängten Nebenzimmer. »Zwei meiner Weiber«, erklärte er Arthur. »Sie werden uns Essen bringen und Pfefferminztee.« Er wies auf einen Haufen bunt bestickter Kissen, die scheinbar achtlos um einen schweren Teppich herum lagen.
Arthur hatte auf der Überfahrt gelesen, dass die meisten Stämme Indiens nicht an Tischen saßen, sondern auf dem Boden hockend speisten. Also ließ er sich auf der einen Seite des Teppichs nieder, während
Lutuf Ullah sich in die Kissen auf der anderen Seite fallen ließ. »Du bist mir noch eine Antwort schuldig, Wesley-Sahib.«
»Ich habe auf der Überfahrt von England viel gelesen«, seufzte er. »Ich kann eure Sprache lesen und sogar schreiben. Ich war als Kind für drei Jahre das Pfand für das Ehrenwort meines Vaters.«
»Du meinst eine Geisel?«
»Aber, aber, Wesley-Sahib! Das ist kein schönes Wort. Hastings-

Sahib war ein weiser Mann. Er sprach nie von Geiseln, nur davon, dass er ein Pfand im Austausch für das Ehrenwort meines Vaters wollte ... das Ehrenwort, eure Handelsniederlassungen entlang der großen Straße nicht ständig mit einem Schutzgeld zu belasten.«

»Du meinst plündern.«

»Wesley-Sahib! Benutz doch nicht solch schreckliche Worte! Unsere Sprache ist farbig und bietet viele Möglichkeiten, über gewichtige Probleme zu sprechen und sinnvolle Lösungen zu finden, ohne einander zu verletzen.« Die grünen Augen des Kabuli funkelten munter.

KAPITEL 4 NUR EIN GROSSES SPIEL

Arthur kehrte erst in den frühen Morgenstunden des nächsten Tages von seinem Ausflug in den geheimnisvollen Orient zurück. Er teilte sich ein kleines Haus unweit der Unterkünfte des 33. Regiments mit Sir John Sherbrooke. Doch obwohl die beiden jungen Offiziere in einem ziemlich engen Provisorium lebten, das nur aus zwei Schlafzimmern, einem Salon, einem Speisezimmer und einer hübschen, mit Jasmin überwachsenen Veranda bestand, bemerkte Sherbrooke den späten Heimkehrer nicht. So leise wie möglich kleidete Arthur sich aus und ging zu Bett. Der indische Bedienstete, den die beiden Offiziere eingestellt hatten, wohnte in einem winzigen Häuschen hinter dem ihren. Auch er hatte den Heimkehrer nicht gehört.

Arthur wusste, dass es keinen Sinn mehr hatte zu schlafen. Er würde bereits um vier Uhr in der Früh bei seinen Männern sein und dafür sorgen, dass Shee und West seine Befehle ordentlich ausführten. Und wenn das 33. Regiment sich während der schlimmsten Hitze des neuen Tages unter schattigen Bäumen ausruhen durfte, wartete auf ihn die Aufgabe, die Sir John Shore ihm gestellt hatte. Er schloss sorgfältig das feine Gazenetz, das von der Decke hing und sein Bett zum Schutz vor Stechfliegen einhüllte. Dann verschränkte er die Arme hinter dem Kopf und dachte nach: Es war nicht das Problem Spanisch-Manilas, das ihn beschäftigte, sondern der denkwürdige Abend, den er mit dem Kabuli Lutuf Ullah im Kaschmir-Serai verbracht hatte. Sie hatten sich ausführlich über Indien unterhalten. Lutuf kam als Pferdehändler nicht nur nach Kalkutta. Er bereiste auch regelmäßig die Fürstentümer der unabhängigen Rajahs, das Maharashtra, Gujerat, Rajasthan und den Punjab. Er war ein Kind seines Volkes und erzählte leidenschaftlich gerne von diesen weiten Reisen, und Arthur war ihm ein aufmerksamer und dankbarer Zuhörer gewesen.

Vieles, das der junge Oberst im Verlauf der Überfahrt in seinen Büchern gelesen hatte, hatte Lutuf bestätigt. Anderes hatte er als irrige Annahmen bezeichnet, die auf einem falschen Verständnis des Subkontinents durch die Europäer beruhten. Arthur hatte jedes Detail der abendlichen und nächtlichen Unterhaltung gierig aufgesogen und sich eingeprägt. Bereits während des unglückseligen Flandernfeldzugs war ihm klar geworden, wie kriegsentscheidend genaue Informationen waren. Hier in Indien – einem Land, das nicht nur unglaublich groß war, sondern auch fremdartig – war die nachrichtendienstliche Arbeit noch viel bedeutender. Ein britischer Offizier im Felde, der nicht nur über eigene britische und indische Armeeaufklärer verfügte, sondern überdies auf ein Netzwerk aus Informanten zurückgreifen konnte, wie Lutuf Ullah es besaß, würde erfolgreicher sein als ein Mann wie Frederick von York, der auf einem Kriegsschauplatz auftauchte und nicht einmal wusste, dass die winterlichen Verhältnisse an der Nordseeküste und im holländischen Flachland so grausam waren, dass eine besondere Ausrüstung für die Soldaten erforderlich war, um überhaupt kämpfen zu können.

Arthur nahm sich vor, Lutuf Ullah in den nächsten Tagen einen weiteren Besuch abzustatten: Zum einen brauchte er unbedingt ein, zwei Reitpferde, zum anderen konnte er sich durchaus vorstellen, dass der Kontakt zu Lutuf Ullah in nicht allzu ferner Zukunft nützlich sein würde. Sir John Shore hatte ihm, Arthur, den Auftrag erteilt, den Plan für einen Schachzug gegen Spanisch-Manila zu entwerfen. Er würde dem Generalgouverneur ein paar weitere Vorschläge unterbreiten, die nicht mit diesem begrenzten Territorium zu tun hatten, sondern mit Englands Herrschaft über den gesamten Subkontinent. Es würde ein großes, aufregendes Spiel werden, ein wunderbares Abenteuer. Er würde niemandem von seinem Ausflug nach Hoara erzählen, und auch alle weiteren Ausflüge in diese fremde Welt mussten sein Geheimnis bleiben.

Ausgestreckt auf seinem bequemen Bett und umgeben von der Ruhe einer indischen Sommernacht, war ihm eine Idee gekommen. Arthur war nun felsenfest davon überzeugt, dass ein ungefährliches, ruhiges Leben nur etwas für alte Männer und Schreiberlinge war.

»Ich verstehe einfach nicht, wie ein vernünftiger Mann mitten in der Nacht aufstehen kann, um ein königliches Regiment durch die Dunkelheit laufen zu lassen, Arthur!« flüsterte Sir John Sherbrooke seinem Kommandeur zu, während 733 unausgeschlafene, murrende Rotröcke versuchten, Aufstellung zu nehmen und sich so die Rüffel ihres jungen Obersten zu ersparen. Major John Shee konnte das Trinkgelage der vorausgegangenen kurzen Nacht kaum verbergen. Mit tiefen, schwarzen Ringen unter den Augen stand er schlecht rasiert vor seinen Kompanien. Major Francis West hatte in

der Nacht zwar weitaus weniger Alkohol konsumiert als sein Kamerad, war aber dennoch kaum zum Schlafen gekommen, da er der Einladung einiger alter Bekannter aus England gefolgt war, gemeinsam zu Abend zu essen und anschließend einige Partien Trick-Track im Offiziersclub von Kalkutta zu spielen. Major West hatte Glück gehabt: Ein gewisser Hauptmann Lord Clinton hatte eines seiner Poloponys an ihn verloren. West war ein Pferdenarr, und sein Gewinn hatte ihn in solche Aufregung versetzt, dass er das Tier um Mitternacht noch geritten hatte. Es war ihm mit großer Mühe gelungen, von Wesley ungesehen im letzten Moment zu seinen Kompanien zu stoßen und Aufstellung zu nehmen.
Arthur legte den Kopf schief und grinste John Sherbrooke hinterlistig an. »Du solltest weniger feiern und meinem guten Beispiel folgen. Zeitig ins Bett und früh aus den Federn! Wo hast du dich denn gestern herumgetrieben, dass du heute so zerknittert aussiehst?«
Auf Befehl ihrer Offiziere führten die Soldaten des 33. Regiments die vorschriftsmäßigen Übungen des Waffendrills aus. Ladestöcke schlugen hohl in leere Gewehrläufe, hölzerne Gewehrkolben hämmerten auf die trockene indische Erde.
»Du hast wirklich etwas verpasst, Arthur! Der alte St. Leger versteht es, Empfänge zu geben – nur den besten französischen Champagner, Claret und Madeira in Strömen. Und seine Küche zählt zu den erlesensten in der ganzen Stadt. Außerdem hat er Humor. Er war ein wenig enttäuscht, dass du nicht mitgekommen bist, aber ich habe ihm erklärt, dass Sir John Shore dich am späten Nachmittag noch nach Fort William beordert hat. Aber heute Abend wirst du dich nicht drücken können. Connor McLeod vom 74. Hochlandregiment gibt ein großes Abendessen. Seine Frau hat ihm am letzten Sonntag einen kräftigen, gesunden Sohn geschenkt. Ganz Kalkutta und die besten Soldaten Englands sind eingeladen.«
Wesley nickte. »Ich weiß. Das ist auch einer der Gründe, warum ihr in aller Herrgottsfrühe hier antreten müsst. Shore will einen Plan für einen Feldzug gegen Spanisch-Manila – und zwar schnell.«
»Und er hat dich damit beauftragt! Gratuliere, Arthur! Wer den Plan entwirft, bekommt auch das Kommando ... und die Preisgelder dürften nicht zu knapp sein. Ich hab dir bei der Abreise aus Dublin ja gleich gesagt, dass du deine finanziellen Sorgen bald los sein wirst.« Wesley zuckte nur mit den Schultern. Was kümmerte ihn seine finanzielle Lage, wo er jetzt die Aussicht

auf ein Kommando und einen abenteuerlichen Feldzug hatte? Er wollte in den Krieg ziehen und kämpfen und all den Unken und Kröten zu Hause beweisen, dass er nicht nur Richard Lord Morningtons dummer kleiner Bruder war.

Nach einem anstrengenden Morgenappell, gefolgt von einem harten Marsch mit vollem Gepäck, versuchten die Männer des 33. Regiments sich so gut wie möglich zu erholen. Einige reinigten ihre Ausrüstung, andere waren damit beschäftigt, unter dem prüfenden Auge von Sergeant-Major John Dunn die Baracken zu kalken, während ihre Frauen putzten und schrubbten. Dunn hatte nach Wesleys Gefühlsausbruch vom Vortag ein paar große Holzzuber besorgt und durchgesetzt, dass auch der unwilligste Rotrock sein Hemd und seine Socken vorbeibrachte, um alles waschen zu lassen. Viele nörgelten, während Sergeant Robin Seward auf seiner Regimentsliste abhakte, wer befehlsgemäß seine Wäsche abgeliefert hatte. Jeder Mann erfuhr aus dem Mund des freundlichen jungen Schotten, dass Oberst Wesleys Sorge um seine Gesundheit mit vier Dimes pro Woche zu bezahlen sei – für die Regimentswäscherinnen und ein paar indische Hilfskräfte, die er vorsorglich angeheuert hatte.

Arthur saß im Schatten duftenden Jasmins auf der kleinen Veranda seines Hauses. Vor ihm lagen große Karten ausgebreitet, und neben ihm stand eine Tasse Kaffee. Während seine Augen immer wieder auf imaginären Linien über die Landkarten reisten, kaute er nervös auf seinem Bleistift. Doch es war eine anregende Art von Nervosität, die einen Mann überkam, wenn er seiner Sache immer sicherer wurde. Von Zeit zu Zeit kritzelte Arthur ein paar Worte auf ein Stück Papier. Die Sache mit Spanisch-Manila war eigentlich ein Kinderspiel, wenn man sorgfältig eins und eins zusammenzählte.

Vingetty, der indische Bedienstete, den Sir John Sherbrooke bereits einen Tag nach Ankunft des 33. Regiments in Indien eingestellt hatte, tauchte mit der Kaffeekanne neben ihm auf. »Darf ich Ihnen nachschenken, Wesley-Sahib?« erkundigte er sich in seinem harten, aber fehlerfreien Englisch. Arthur schrak zusammen. Er war zu tief in Gedanken versunken gewesen, um zu bemerken, dass jemand aus dem Haus auf die Veranda getreten war.

»Ja, gerne!« erwiderte er auf Hindustani. Vingetty füllte schwarzen Kaffee in die Tasse. Dann wiederholte er freundlich und langsam

die Hindustani-Worte, die sein Herr soeben benutzt hatte – allerdings in der richtigen Aussprache.
»Danke!« Arthur lächelte ihm zu und warf einen Blick auf seine Taschenuhr, die er vor sich auf den Tisch gelegt hatte, um seinen geplanten Ausflug zum Pferdemarkt von Kalkutta nicht zu verpassen. Es war kurz vor Mittag, und er würde noch knapp eine Stunde an seinem Plan für Sir John Shore arbeiten können.

»Was hast du vor, mein Freund?« tönte es aus dem angenehm kühlen Salon auf die Veranda hinaus, als Wesley seine Papiere wegpackte. John Sherbrooke hatte sich die Zeit mit Faulenzen vertrieben, doch den lieben langen Tag von Jemima zu träumen, wurde ihm doch ein wenig langweilig. Alleine wagte er sich kaum in die belebten Straßen von Kalkutta; deshalb hoffte er, dass sein Kommandeur nicht dienstlich fort musste, sondern private Pläne verfolgte.
»Los, zieh dir deinen roten Rock über und vergiss Jemima, John! Vingetty hat mir genau erklärt, wie man zum Bhawanipur-Bazar kommt.«
»Du willst dir ein Pferd kaufen?«
»Wenn ich unentwegt zu Fuß gehe, schade ich dem Ruf des 33. Regiments. Die anderen werden noch denken, wir könnten uns nicht einmal mehr Beritt leisten.«
»Hast du schon was Bestimmtes im Auge?«
Wesley grinste wie ein Verschwörer. »Man hat mir einen Händler aus Kabul empfohlen, der die besten Tiere in ganz Indien anbietet.«
Die beiden jungen Offiziere verließen gemeinsam die Kaserne bei Fort William. Zuerst mussten sie eine große Parklandschaft durchqueren, die direkt an den Sitz des Generalgouverneurs und die Truppenunterkünfte der Briten anschloss. An einem kleinen See vorbei schlenderten die Offiziere in Richtung Pferdemarkt. Im Gegensatz zu den Bazaren der Kaufleute, die sich in der Nähe der Jain-Tempel am äußersten nördlichen Rand der Stadt befanden, boten die Pferdehändler ihre Vollblüter und Poloponys direkt am Rande des britischen Teils der Stadt an. Ihre Kundschaft rekrutierte sich fast ausschließlich aus den Offizieren, die in Bengalen stationiert waren. Es waren gute Kunden, die immer bereit waren, für gute Tiere Höchstpreise zu bezahlen.
Es war kaum möglich, den Pferdemarkt von Bhawanipur zu verfehlen. Schon von weitem hörten Wesley und Sherbrooke schrilles Wiehern und aufgeregtes Schnauben und Stampfen. Jeder

Pferdehändler hatte seine eigene Philosophie: Der eine band seine Tiere an starken Seilen in einer langen Reihe an und führte den Kaufinteressenten an ihnen vorbei. Der andere ließ seine Herde frei in einem eingezäunten Bereich laufen und befahl seinen Knechten, das gewünschte Tier einzufangen und dann an einem Seil vortraben zu lassen. Wieder andere zogen es vor, alle Tiere gesattelt in einem Stallzelt zu belassen und dann gemäß dem Wunsch des Käufers selbst ein Tier auszuwählen und vorzuführen. Diesen Männern war nur eines gemein: Alle stammten aus dem Norden, aus den Bergregionen und aus Afghanistan, und alle beteten zu Allah. Fünfmal am Tag kam der Markt für fünf Minuten zu einem völligen Stillstand. Man hörte kein Rufen und Feilschen mehr, nur noch das Schnauben der Tiere und den einstimmigen Ruf »Allah u Akbar!« – »Allah ist groß!«
Arthur und Sherbrooke hatten Glück. Sie erreichten ihren Bestimmungsort nicht in einer dieser religiös bedingten Pausen, sondern in einem Augenblick größter Betriebsamkeit. Es war nicht schwer, Lutuf Ullah auszumachen. Er war der bei weitem wichtigste Händler des ganzen Bazars und nahm den gesamten Mittelteil der großen Marktfläche in Anspruch. Lutuf hatte fast einhundert Pferde von seiner letzten Reise nach Turkmenistan und Dagestan mitgebracht. Es waren wunderbare Tiere, groß und muskulös und dennoch elegant und rassig. Es waren Pferde für den Krieg, zäh, ausdauernd, genügsam und schnell wie Windhunde. Mit Poloponys wollte Lutuf sich nicht abgeben. Er betrachtete sie als Spielzeug, als schmückendes Beiwerk. Rasch hatte Arthur den hennagefärbten Bart und die breite Gestalt des Kabuli in einer Menschenansammlung ausgemacht. »Also die Beschreibung stimmt schon mal, John. Das da drüben ist unser Mann.« Sherbrooke betrachtete zuerst den Pferdehändler, dann die Tiere, die allesamt frei in einem mit Seilen abgezäunten Paddock herumliefen. »Wesley, du wirst dich ruinieren! Auf den ersten Blick ist keines dieser Prachtstücke weniger als 100 Pfund Sterling wert.«
Arthur zuckte mit den Schultern. »Ist doch egal, womit ich den Sold dreier Jahre durchbringe. Außerdem hab ich nicht vor, auf einem Polo-Pony in den Krieg zu ziehen.«
»Du hast dich schon in Dublin dauernd wegen dieser Viecher ruiniert. Lernst du denn nie dazu?« versuchte der Oberstleutnant seinen Kommandeur vor Schaden zu bewahren. Auch wenn Wesley sich kaum noch die Kartoffel in der Suppe hatte leisten können, hatte er immer nur gute, teure Pferde geritten. Während

des Flandernfeldzugs hatte sich seine Theorie vom Unterschied zwischen gut und schlecht für einen Soldaten im Felde zwar mehr als einmal bewahrheitet – trotzdem konnte Sherbrooke sich angesichts der Tiere, die Lutuf Ullah anbot, ein verzweifeltes Kopfschütteln nicht verkneifen. Doch in diesem Augenblick war es für die brüderliche Sorge des jungen Offiziers bereits zu spät. Sein Kommandeur war zielstrebig zwischen den Seilen durchgeschlüpft und mitten in Lutuf Ullahs Herde verschwunden. Der bärtige Kabuli hatte den potentiellen Kunden aus dem Augenwinkel bemerkt. Er verabschiedete sich mit einem kurzen Kopfnicken von den Männern, mit denen er gesprochen hatte. Dann verschwand er ebenfalls inmitten seiner Tiere.
Arthur hatte sich bereits ein Tier ausgesucht. Prüfend hob er das Vorderbein des Pferdes und bog es kräftig nach oben. »Namaste – Ich grüße dich, Lutuf Ullah«, zischte er dem Mann aus Kabul leise in seinem noch ungelenken Hindustani zu. Dann fuhr er genauso leise auf Englisch fort: » Es wäre besser, wenn wir uns hier, inmitten englischer Soldaten, nicht kennen würden.«
»Schämst du dich etwa meiner Bekanntschaft, Wesley-Sahib?« brummte Lutuf ungehalten.
»Sei nicht gleich so aufbrausend, mein Freund. Ich werde dich morgen Abend im Kaschmir-Serai besuchen, denn ich habe dir einen interessanten Vorschlag zu machen, bei dem du das Angenehme mit dem Nützlichen verbinden kannst und viele Pferde an die britischen Offiziere verkaufen wirst.« Arthur zog das Hinterbein des Goldfuchses kräftig nach außen. Der Kabuli brummte jetzt nicht mehr ungehalten, sondern amüsiert. »Entweder ist Wesley-Sahib ein bestechlicher britischer Offizier, der einem kleinen ›dustoorie‹ nicht abgeneigt ist, oder der größte Halunke, den der gute König Georg je in dieses Land geschickt hat.«
»Weder das eine noch das andere«, flüsterte Arthur leise. Dann wandte er sich um und verkündete laut und vernehmlich: »Kann ich das Tier ausprobieren?«
Der Kabuli packte den Goldfuchs am Halfter und führte ihn aus der Herde hinaus an die Abzäunung. In der Sprache seiner Heimat rief er nach einem Bediensteten: »Kabir, du fauler Herumtreiber! Sattle den Fuchs für den Oberst-Sahib!« Dann drehte er sich zu Arthur um und schaute ihm amüsiert in die Augen. »Du hast die Sprache der Diplomatie bereits gelernt, Wesley-Sahib aus Dublin.«

Arthur erwiderte seinen Blick genauso amüsiert und fuhr geschäftsmäßig fort: »Was verlangst du für den Hengst?«
»Du bist ein Halunke, Wesley-Sahib. Du hast dir das beste Pferd von allen ausgesucht. Eigentlich wollte ich den Goldfuchs selbst behalten«, flüsterte der Kabuli, dann fuhr er mit lauter Stimme fort: »Es ist ein wildes, junges Tier – kaum zugeritten. Versucht lieber den großen Schwarzen dort.« Arthur folgte ihm zu einem grobschlächtigen, schwerknochigen Tier mit Senkrücken. »Nur fünfzig Pfund Sterling für diesen edlen Vollblüter. Ich garantiere Euch, dass seine Abstammung bis auf die Pferde des Propheten zurückreicht.«
Der Oberst umkreiste die vierbeinige Katastrophe mit Kennerblick. »Kastriert ist er auch noch! Gütiger Himmel, Lutuf, nur weil ich zu Fuß bei dir aufgetaucht bin, heißt das noch lange nicht, dass ich ein Kutschpferd brauche.« Eine zweite Umrundung des Tieres folgte. »Sieht ganz ordentlich aus, dieser Schwarze. Ich schicke dir den Quartiermeister meines Regiments vorbei. Er braucht ein kräftiges Tier, um den Proviantwagen vom Markt zu ziehen. Ich biete dir zwei Pfund.«
»Willst du mich berauben, Oberst-Sahib?« rief Lutuf empört. »Juliallee! – Schrecklich!« fügte er ungehalten auf Hindustani hinzu. Alle britischen Offiziere, die auf dem Bhawanipur-Bazar versammelt waren, drehten die Köpfe in Richtung der vermeintlichen Streithähne. Kabir, der faule Bedienstete, hatte den Goldfuchs inzwischen gesattelt.
»Willst du mich betrügen, Mann aus den Bergen?« fauchte nun Wesley genauso laut. Seine Augen funkelten vergnügt.
»Wie du willst, Sahib!« Der Kabuli hob beschwichtigend die Hände. »Probiere den Fuchs! Ich habe dich gewarnt. Er wird dir das Genick brechen. Er ist nicht >jumalee< – wohlerzogen.«
Der britische Offizier machte ein ungehaltenes Gesicht. »Das werden wir sehen.«
Kabir brachte das Tier und hielt es fest, damit Arthur in den Sattel steigen konnte. John Sherbrooke hatte, wie alle anderen auch, die kleine Streiterei neugierig verfolgt. Nun verfolgte er interessiert eine unablässige Folge gefährlich aussehender Luftsprünge und Seitenhiebe. »Du schaffst es immer, den einzigen Teufel in einer ganzen Horde Engel auszumachen, mein Freund«, dachte er amüsiert. »Wenn die Viecher sich nicht aufführen, als würden sie von einem Schwarm Bienen gestochen, sind sie nichts für dich.«
Der Goldfuchs beruhigte sich allmählich und wölbte den Hals. Nur

der heftig schlagende Schweif zeigte, wie unbehaglich das junge Tier sich noch unter dem Sattel fühlte. Leise und freundlich sprach Arthur auf das Pferd ein. Zehn Minuten später trabte es friedfertig im Kreis, wechselte willig von der einen auf die andere Hand und gestattete seinem Reiter, die Knie zu schließen, ohne mit einem Sprung in die Luft zu reagieren. Der Oberst schnalzte leicht mit der Zunge und gab sachte mit der Hand nach, während er den linken Schenkel gegen den Bauch des Goldfuchses drückte. Der Galopp war noch sehr schwankend und schlecht ausbalanciert. Es würde einige Mühe kosten, aus diesem wunderschönen Rohdiamanten ein Kriegspferd zu schleifen, auf das man sich auch in schwierigen Situationen verlassen konnte. Trotzdem beschloss Arthur, den Versuch zu wagen.
»Was kostet der Hengst?« erkundigte er sich bei Lutuf Ullah, nachdem er das Tier mit einiger Anstrengung zum Stehen gebracht hatte. »Gib mir sechzig Pfund Sterling, Sahib, und er gehört dir.« In den Augen des Kabuli blitzte der Schalk.
»Er ist das Fünffache wert«, flüsterte Arthur.
»Chabuk sawai – du bist ein kluger Kopf. Das Zehnfache, Wesley. Du hast seinen Stammbaum noch nicht gesehen. Aber wenn ich ihn schon nicht behalten kann, dann soll ein guter Reiter dieses Tier besitzen, nicht einer von diesen Verrückten im roten Rock, die ihn umbringen werden, weil sie dauernd mit langen Stöcken nach kleinen Bällen schlagen wollen.«
»Du magst Polo nicht, Lutuf?«
»Ein unsinniges Spiel. Man reitet die Pferde zuschanden. Und wofür?«
»Dieser hier wird nie auf einem grünen Rasen hinter einer Holzkugel her hetzen. Du hast mein Wort, Lutuf!« Arthur stieg vom Rücken des jungen Tieres und tätschelte ihm den Hals. »Ich bin mit dem Preis einverstanden. Lasse den Hengst heute Abend zu den Baracken des 33. Regiments bringen. Man wird dir dort dein Geld aushändigen.« »Shabash, shabash! Nimm das Tier mit, Oberst-Sahib! Als Zeichen meines guten Willens. Ich wollte dich vorhin mit dem Schwarzen nicht betrügen ... Heute Abend schicke ich dann meinen Bediensteten mit dem Stammbaum des Hengstes. Man soll ihm das Geld übergeben.«
»Einverstanden!« Arthur schlug in die dargebotene Rechte des Kabuli. Der Pferdehandel war besiegelt. Zufrieden betrachtete er seinen Goldfuchs, während Kabir dem jungen Tier Sattel und Zaumzeug abnahm und ihm ein Halfter mit einem Führstrick

überstreifte. Ohne ein weiteres Wort an Lutuf Ullah zu richten, verließ Arthur den Zentralplatz des Pferdemarktes. Er ging mit seiner Neuerwerbung zu John Sherbrooke, der, an einen schattenspendenden Baum gelehnt, ein Stück abseits vom großen Trubel auf seinen Freund und Kommandeur wartete. Interessiert und bewundernd glitten die Augen des Oberstleutnants über den Hengst. »Der Bärtige hat dich nicht betrogen, Arthur. Wieviel hat er dir für dieses Prachtexemplar abgeknöpft?«

»Fast ein Geschenk. Er wollte nur sechzig Pfund, weil das Pferdchen sich ein bisschen unruhig verhält.«

»Ich hab einen Moment lang geglaubt, das Pferdchen würde dir das Genick brechen ...«

Mit strahlenden Augen tätschelte Wesley dem Fuchs den Hals. »Das Pferd, das mir das Genick bricht, ist noch nicht geboren, mein Freund.

Du brauchst nur Geduld und Ruhe und darfst nie grob zu ihnen sein ... Wenn du sie liebst, lieben sie dich auch und lassen dich nie im Stich. Hast du kein Tier gefunden, das dein Herz höher schlagen lässt?«

»Ehrlich gesagt, Arthur, ziehe ich es vor, den Schimmel zu kaufen, den St. Leger mir gestern gezeigt hat. Zumindest benimmt er sich, wie es sich für ein ordentliches britisches Pferd geziemt.«

Der Oberstleutnant war nicht besonders abenteuerlustig. Zu Hause in England warteten ein großes Erbe und ein Sitz im Oberhaus auf ihn. Er wollte sich in Indien, diesem schrecklichen Land, nicht auch noch den Hals brechen, wo er schon riskierte, an irgendeiner unbekannten, grauenvollen tropischen Krankheit zu sterben oder von den Spaniern totgeschossen zu werden. Er hatte seinen Vater gebeten, ihm ein Offizierspatent zu kaufen, weil er sich ein wenig gelangweilt hatte und eine schmucke Uniform die jungen Damen der Gesellschaft stets beeindruckte. Er hatte nicht vor, sein ganzes Leben als Soldat zu verbringen.

Während des gesamten Rückwegs durch den »maidan« redete Arthur munter auf das Pferd ein. John Sherbrooke fühlte sich von der angeregten Unterhaltung naturgemäß ausgeschlossen, doch er kannte seinen Kameraden schon so lange, dass er ihm verzieh. Wesley liebte Pferde über alles, und das Prachtexemplar, das er gerade auf dem Markt von Bhawanipur gekauft hatte, bedurfte mehr seiner Zusprache als der britische Oberstleutnant, der eine fremde Stadt mit fremden Geräuschen, fremden Gerüchen und

neuen Eindrücken auch alleine verhältnismäßig zuversichtlich und furchtlos zu durchqueren vermochte. Das Füchschen tänzelte zwar und sprang auch ab und an erschrocken zur Seite, legte aber zutraulich die Ohren nach vorne und hörte seinem neuen Herrn aufmerksam zu.
John Sherbrooke konnte sich ein Lächeln nicht verkneifen. »Jedesmal wenn ich solche Dinge über meine Jemima sage, beschwert er sich, aber selbst ... Augapfel! Kleine Schönheit! Perle! Was muss der arme Gaul sich alles anhören!«

Während die Offiziere des 33. Infanterieregiments sich für die Abendgesellschaft bei ihren Kameraden vom 74. Hochlandregiment umkleideten und John Sherbrooke sich bei einem Glas kühler Limonade von seinem anstrengenden Nachmittag im Herzen Kalkuttas erholte, stand der Kommandeur des Regiments mit strahlenden Augen am Zaun der kleinen Koppel hinter den Stallungen und beobachtete seinen blutjungen Goldfuchs, der wie ein Fohlen durch die Gegend tobte und wilde Bocksprünge machte. Er dachte in diesem Augenblick weder an Sir John Shore und Spanisch-Manila noch an seine Idee vom geheimen Nachrichtendienst, der die Soldaten Englands mit wichtigen politischen und militärischen Informationen versorgen sollte, während sie im Felde standen. Auch die anstehende Feier der Geburt von Connor McLeods erstem Sohn schien er vergessen zu haben. Erst als all seine Offiziere abmarschbereit und in schmucken Uniformen hinter ihm standen, wandte er seinen Blick von dem Hengst ab.
»Er ist traumhaft schön, Sir«, flüsterte Major Francis West leise. Arthur nickte nur glücklich und atmete ein paarmal tief durch, um sich von den Ereignissen dieses denkwürdigen Nachmittags zu erholen. »Hat er schon einen Namen?« erkundigte sich West. Er war der zweite Pferdenarr des 33. Regiments und stand in nichts hinter seinem Kommandeur zurück, wenn es um Vierbeiner ging.
»Eochaid«, antwortete Arthur leise, als würde er mit sich selbst und nicht mit seinem Untergebenen sprechen.
»Ein schöner Name, Sir. Das sagenumwobene weiße Pferd des Krieges, auf dem Morrigan in die Schlacht reitet.«
»Sie kennen die Geschichte?« Der Oberst war ein wenig verwundert, dass ein junger Mann, der in der schottischen Grafschaft Berwick zur Welt gekommen war, über eine uralte Sage seiner grünen Insel Bescheid wusste.

»Auch wir Männer aus den Lowlands haben noch ein bisschen keltisches Blut in den Adern, Sir«, erwiderte West grinsend.
»Geben Sie mir zehn Minuten Zeit, meine Herren! Dann können wir uns auf den Weg zum 74. Regiment machen.« Arthur verließ die Offiziere eilig und begab sich ins Haus. Vingetty, der indische Diener, war inzwischen unruhig geworden. Die neue Uniform und ein frisch gebügeltes und gestärktes Leinenhemd lagen auf dem Bett des Obersten.

Gerade noch pünktlich erschienen die Offiziere des 33. Regiments und ihr Kommandeur im Haus von Connor McLeod. Die heiße Vormonsunzeit war auch die Zeit der Festlichkeiten, Hausbälle und Empfänge in der kleinen britischen Kolonie von Kalkutta.
McLeod hatte keine Kosten und Mühen gescheut und die Feier besonders prächtig ausrichten lassen – nicht nur, weil man die Geburt seines sehnlich erwarteten Sohnes feierte, sondern auch, weil die Iren an diesem Tag ihrem Schutzpatron St. Patrick die Aufwartung machten. Die meisten Männer in der Kolonie waren irischer oder schottischer Herkunft, und Oberst McLeod hatte eben diesen Abend für die denkwürdige Feier ausgewählt, um auch seinen Kameraden von der grünen Insel eine Freude zu bereiten.
Das Haus, das der Kommandeur des 74. Hochlandregiments mit seiner Frau und einer ganzen Schar von Bediensteten bewohnte, lag in Chinsurah, ein Stück außerhalb der Stadt. Es war eher ein kleines Schloss als ein Haus: Aus schweren Lehmziegeln erbaut, zierten barock anmutende Stukkaturen und blumenumrankte Veranden auf dorischen Pfeilern die Fassade. Der große, parkähnliche Garten stand in voller Blüte, und der schwere Duft von Jasmin und Rosen erfüllte die Luft dieser warmen Sommernacht. Entlang der Auffahrt zu Connor McLeods kleinem »Chateau« brannten Laternen, und das Gebäude selbst war von tausend Kerzen hell erleuchtet. Aus dem Inneren drangen Musik und Lachen zu den Offizieren des 33. Regiments in den Abend hinaus.
»Meine Herren, ich möchte Sie alle bitten, sich ordentlich zu benehmen und dem Regiment keine Schande zu machen«, flüsterte Arthur seinen Männern leise zu. Sein Blick war dabei auf Major John Shee gerichtet. Dann wandte er sich einem livrierten Majordomus zu und bat ihn, das 33. Regiment bei Oberst McLeod zu melden. Der schottische Offizier stammte aus einer

einflussreichen und sehr wohlhabenden alten Familie, die traditionsgemäß seit den Tagen des großen Clive ihre Söhne zum Dienst nach Indien schickte. Die große Villa gehörte den McLeods bereits seit einem knappen Jahrhundert.
Immer wieder entsandte das 74. Regiment Rekrutierungsoffiziere in die Heimat, die in den schottischen Bergen nach stämmigen Burschen Ausschau hielten, die einem abenteuerlichen Leben am anderen Ende der Welt nicht abgeneigt waren. Diese Männer waren die einzigen in ganz Indien, die anstelle der üblichen Tuchhosen der britischen Infanterie den Kilt trugen. Wesley hatte Oberst Connor McLeod erst vor wenigen Tagen bei einer Gesellschaft im Hause des Residenten der Ostindischen Kompanie, William Hickey, persönlich kennengelernt, doch das Kastenwesen der britischen Armee war genauso tief verwurzelt wie das der Inder: Die Offiziere betrachteten sich allesamt als Angehörige einer großen Familie. Ein Mann, der den roten Rock und die Schulterstücke eines Offiziers trug, war ein Bruder, egal ob und wie lange man ihn schon kannte – ein Zusammengehörigkeitsgefühl, das durch die beschränkte Anzahl von Briten auf dem indischen Subkontinent noch verstärkt wurde.
Wesley umarmte seinen Kameraden vom 74. Hochlandregiment herzlich und gratulierte ihm zur Geburt seines Sohnes. Dann verbeugte er sich tief vor Lady McLeod. Schließlich stellte er den Gastgebern seine Offiziere vor. Nachdem John Sherbrooke der Dame des Hauses seine Reverenz erwiesen hatte, bewunderten alle gebührend das Kind, das in den Armen seiner schottischen Amme lag und trotz des Lärm im ganzen Haus fest schlief.
McLeod war ein Bär von einem Mann. Er überragte Arthur um einen ganzen Kopf. Seine Schultern waren breit wie ein Kleiderschrank und seine Stimme so laut und so tief, dass selbst ein freundliches Wort des Hochländers wie ein Befehl klang. »Lizzy, da jetzt auch das 33. Regiment den kleinen Prinzen gesehen hat, können Sie ihn ins Bett bringen«, brummte er die Kinderfrau gutmütig an. Dann packte seine linke Pranke den zarten Arm seiner hübschen jungen Frau, während die rechte den Kommandeur des 33. Regiments zu einem langen Tisch in einem völlig überfüllten Speisezimmer zerrte. Arthur erkannte Generalmajor John St. Leger, William Hickey und Sir John Shore. Die meisten der anderen Gäste waren ihm unbekannt. Connor McLeod stellte die Gentlemen einander vor. Dann endlich konnte

das Dinner beginnen.
Es war eine laute, fröhliche, ja übermütige Ansammlung von Menschen, die sich an diesem Abend in Chinsurah eingefunden hatte, und der besondere Anlass würde gebührend gefeiert. Ein Toast nach dem anderen wurde auf den Erben der McLeods getrunken; der Champagner floss in Strömen. Jeder wollte dem kleinen Prinzen eine glückliche Zukunft wünschen. Die Bediensteten kamen kaum damit nach, immer wieder die großen Kristallgläser zu füllen, die sich unter Hochrufen, Hurras und lautem Lachen leerten. Obwohl Arthur der Unart britischer Offiziersmessen, bis zur Besinnungslosigkeit zu trinken, abgeschworen hatte, hielt er bis zum 22. Toast mit seinen Offizieren des 33. Regiments mit. Erst als Connor McLeod laut nach dem Madeira rief und damit den umtriebigen Teil des Abends mit Musik und Tanz einleitete, beschloss der Ire, es gut sein zu lassen.
»Sie werden Schottland doch nicht beleidigen, Wesley«, knurrte ein riesiger Bursche mit feuerrotem Gesicht und ebensolchem Haar ihm über den Tisch hinweg zu.
»Mit wem habe ich die Ehre?« lenkte Arthur von dieser unerwünschten Bemerkung ab, während er sein halb volles Champagnerglas nahm und sich erhob, um aus dem Speisesaal in einen angrenzenden Ballsaal umzuziehen.
»Baird!« knurrte der Hüne unfreundlich und mit alkoholschwerer Zunge. »Sir John Baird!«
Arthur verbeugte sich leicht. »Ich freue mich, Ihre Bekanntschaft zu machen, Sir John. Ich habe viel von Ihnen gehört.«
Er freute sich nicht im Geringsten, die Aufmerksamkeit des Riesen mit dem roten Gesicht und den roten Haaren erregt zu haben. Sir John Baird war Generalmajor und zwölf Jahre älter als Arthur. Er hatte einen Ruf, der selbst in die abgelegensten Baracken von Dublin gedrungen war, und besaß den Charakter eines hungrigen, bösartigen Tigers. Baird war schon seit ewigen Zeiten in Indien, obwohl er die Inder und das Land hasste. Jeden Versuch einer Versetzung nach Europa durch die Horse Guards wusste Sir John – dank seiner einflussreichen familiären Verbindungen – geschickt zu verhindern. Seine gesamte Existenz schien sich nur um ein einziges Wort zu drehen: »Rache!«
Im Jahre 1780 war Baird auf dem blutigen Schlachtfeld von Perambaukum von Hyder Ali, dem Herrscher von Mysore, gefangengenommen worden und hatte dreieinhalb Jahre in Ketten

in einem finsteren, verseuchten Verlies unter dem Sultanspalast von Seringapatam geschmachtet, bis ihm die Flucht aus dieser Hölle gelang. Seit diesen schrecklichen Tagen seiner endlosen Gefangenschaft in den Händen eines grausamen, skrupellosen Tyrannen lebte er nur noch dafür, einen Schlag gegen seinen Todfeind zu führen. Baird gierte danach, in den Krieg zu ziehen. Es ging dabei nicht um Englands Ruhm oder militärische Notwendigkeit, sondern nur darum, für jeden einzelnen Tag seines Leidens und seiner Verzweiflung in einem finsteren Verlies mindestens hundert Inder zur Hölle zu schicken. Wenn Baird nicht über seinen Racheplänen brütete, war er beständig auf der Suche nach Streit. Dabei war es ihm gleich, mit wem er stritt und warum. Sich mit den eigenen Landsleuten in den Haaren zu liegen, lenkte wenigstens zeitweilig seinen unruhigen Geist und seine zerstörte Seele von diesem alles verschlingenden Gedanken der Rache an Hyder Ali und Mysore ab.
Wie jeder britische Offizier kannte auch Arthur die Geschichte über Bairds jahrelange Kerkerhaft. Doch soviel Mitgefühl er auf der menschlichen Ebene auch für diesen Mann empfand – er hatte nicht die geringste Lust, sich einen angenehmen Abend von einem notorischen Streithahn verderben zu lassen. Noch bevor Baird den Tisch umrunden konnte, um sich seinem potentiellen Opfer zu nähern, war Arthur gemeinsam mit John Sherbrooke in einer aufgeregten Menschenmasse verschwunden.
»Uff!« entfuhr es ihm erleichtert. »Diesem Problem wären wir vorerst aus dem Weg gegangen.«
»Baird! Ihm steht die pure Mordlust ins Gesicht geschrieben. Man sagt, dass er mehr britische Offiziere totgeschlagen hat als der Feind, weil er einfach nicht an diesen Hydra herankommt, oder wie immer er heißen mag.« John Sherbrooke schlenderte neben seinem Kommandeur durch die Menge der Gäste und blickte dabei hin und wieder besorgt über die Schulter.
»Hyder Ali! Aber der ist vor ein paar Jahren gestorben, also kann Sir John ihm nicht mehr ans Leder. Ich hab's während der Überfahrt gelesen. Sein Nachfolger heißt Tippu Sultan und ist der älteste Sohn von Bairds verblichenem Erzfeind. Aber ich glaube, unser Kamerad aus dem Hochland sieht das nicht so eng. Wenn er kann, reißt der auch dem Sohn für die Schandtaten des Vaters den Kopf ab«, klärte Wesley Sherbrooke auf.
»Und was machen wir jetzt?« In Sherbrookes Stimme schwang Unruhe mit.

»Jetzt werden wir uns im Ballsaal zwei hübsche Mädels suchen, die nicht von einem uniformierten Zerberus bewacht werden, und ein paar Runden mit den Schönen tanzen. Gestern wolltest du dich doch noch unbedingt amüsieren ... Bediene dich, mein Freund! Der Abend ist wundervoll, die Gesellschaft angenehm, und uns stehen arbeitsreiche und anstrengende Wochen bevor.«
Noch während Arthur mit seinem Regimentskameraden sprach, glitten seine Augen bereits von links nach rechts über die Menschenmenge. Kaum hatte er seinen Satz beendet, drückte er Sherbrooke auch schon vergnügt sein Champagnerglas in die Hand und ließ ihn irgendwo im Niemandsland im Stich. Dann bahnte er sich höflich, aber zielstrebig seinen Weg durch die Menge. Zwischen einer behäbigen älteren Dame in einer zartrosa Robe, die ihre rundlichen Formen durch viele, weit drapierte Stoffbahnen zusätzlich unterstrich, und einem gutmütig aussehenden, stark ergrauten Herren mit Backenbart und ordensgeschmückter Brust, stand in einem einfachen, aber sehr geschmackvollen nachtblauen Kleid eine junge Frau und blickte mit sehnsüchtigen Augen auf die Tanzfläche. Offenbar hatte keiner der britischen Soldaten es für opportun befunden, das Mädchen zum Tanzen aufzufordern.
Als der Kommandeur des 33. Regiments sich näherte, schlug der Blick der Kleinen von Sehnsucht in Hoffnung um. Arthur fand, dass sie einfach reizend aussah, wie sie ihn durch ihre kleine runde Nickelbrille fixierte. Er vermutete, dass genau diese Brille der Grund dafür war, dass keiner seiner Kameraden sich bis jetzt um einen Tanz bemüht hatte. Es galt als unschicklich für eine Frau, in der Öffentlichkeit mit einer Sehhilfe aufzutauchen. Arthur teilte diese Meinung nicht.
Auch auf dem Gesicht der Dame in Rosa zeigte sich Freude, als der Mann in roter Uniform sich galant vor dem Mädchen verbeugte und sich höflich vorstellte. Der hoffnungsvolle Blick der Kleinen war inzwischen einem offenen, unbefangenen Lächeln gewichen, und Arthur fand die winzige runde Brille auf der Nasenspitze sogar reizvoll. Sie stand dem Mädchen besser als der schönste Schmuck.
Inzwischen hatte der Herr mit Backenbart seine Familie vorgestellt, und Arthur wusste nun, dass er in wenigen Augenblicken mit Charlotte, der Tochter von Sir Edwin Hall, dem höchsten Justizbeamten in Britisch-Indien, die Tanzfläche unsicher machen würde. Charlotte war bereits vor einem Jahr in die Gesellschaft Kalkuttas eingeführt worden, und trotzdem hatte sie

noch kein einziges Mal die magischen Worte sagen dürfen: »Ja, gerne!« Ihr Ballbüchlein war noch so leer und jungfräulich wie am ersten Tag, und immer nur mit ihrem Vater zu tanzen, machte der Kleinen keinen Spaß. Und nun war plötzlich ein hübscher junger Offizier vor ihr aufgetaucht und hatte sie um den nächsten Tanz gebeten ...

Entschlossen nahm Charlotte den dargebotenen Arm und ging hoch erhobenen Hauptes an einigen anderen jungen Frauen vorbei in die

Mitte des Saales. Das Orchester des 74. Regiments setzte gerade dazu an, einen Real zu spielen, einen beliebten schottischen Volkstanz. Noch während Charlotte ihre kleine Hand auf Arthurs Schulter legte, erklärte sie ihm selbstbewusst, wenn auch wenig damenhaft: »So, diesen tuschelnden Gänsen hätten wir's gezeigt! Seit zehn Jahren schon muss ich mir dauernd >Brillenschlange< anhören, oder >Blaustrumpf<, und dass niemand mich je ansehen würde, wenn ich dauernd mit diesem verdammten Ding auf der Nase herumlaufe.«

»Nicht gleich so heftig, junge Lady«, schmunzelte Wesley. »Ich finde die Brille reizend.«

»Tanzen Sie etwa nur mit mir, um sich über mich lustig zu machen, Oberst?« erkundigte Charlotte sich misstrauisch. Sie war Spott gewöhnt.

»Ganz und gar nicht«, erwiderte der junge Offizier amüsiert. »Ich finde, Sie sind das hübscheste Mädchen im ganzen Saal, Miss Hall.«

Charlotte lief feuerrot an und trat Arthur vor Schreck kräftig auf die Füße. Es gelang ihm gerade noch, die Kleine ein wenig fester zu packen, um sie vor einem peinlichen Ausrutscher mitten in einer Drehung zu bewahren.

»Danke, Herr Oberst!«

»Ist doch selbstverständlich.« Er lächelte sie weiter an. »Wenn ich Sie in diesem Trubel verliere, werden Ihre Eltern gar nicht zufrieden mit mir sein.«

Nach dem Real spielte das Regimentsorchester einen Two Step, dann eine Quadrille. Obwohl Wesley nur um einen Tanz gebeten und Charlotte ihm nur einen gewährt hatte, trennte das Paar sich nicht. Die anfänglich ein wenig zögerliche Unterhaltung hatte sich in ein angeregtes, interessantes Gespräch verwandelt, und beide lachten viel und vergnügten sich prächtig. Charlotte war ein kluges Kind, und Arthur hatte eine Schwäche für intelligente Frauen.

Als die Musiker des 74. Hochlandregiments eine Pause einlegten, hatte Arthur nicht das Verlangen, Charlotte wieder bei ihren Eltern abzuliefern. Sie verstand es, humorvoll über Kalkutta und Bengalen zu erzählen, das sie mit ihrem Vater oft bereist hatte, und ihm gefielen ihre Anekdoten und persönlichen Bewertungen eines verwirrenden und geheimnisvollen Landes.

»Wenn meine Gesellschaft Sie nicht langweilt, Miss Hall, werde ich Ihre Eltern fragen, ob sie uns beiden erlauben, draußen auf der Veranda ein Glas Bowle zu trinken und uns ein wenig auszuruhen. Wenn Sie möchten, stelle ich Ihnen dann meine Herren Offiziere vor.«

Charlottes Antwort war ein begeistertes Nicken. Mit hoch erhobenem Haupt – genau wie zu Beginn des Tanzvergnügens – zog sie nun am Arm ihres Obersten an den anderen jungen Frauen vorbei, zurück zu ihren Eltern. Überaus zufrieden bemerkte sie, dass die meisten dieser Mädchen sich am Arm eines Leutnants oder bestenfalls Hauptmannes eingehakt hatten.

Lord und Lady Hall hatten dem Paar zu Anfang besorgt und beunruhigt zugeschaut. Schließlich war ihre Tochter gerade erst achtzehn Jahre alt geworden. Doch als sie feststellten, wie höflich und galant der Kommandeur des 33. Regiments sich verhielt, war ihre Sorge rasch verflogen. Natürlich hatten sie nichts gegen ein Glas Bowle auf der Veranda und eine anschließende Vorstellung der Offiziere des Regiments einzuwenden. Sir Edwin und seine Gemahlin hatten sich insgeheim schon damit abgefunden, dass ihr Kind nie eine gute Partie machen würde, weil alle potentiellen Kandidaten vor der runden Brille zurückschreckten. Doch die Ankunft des 33. Regiments in Kalkutta gab ihnen neue Hoffnung. Oberst Wesleys Ruf war weder gut noch schlecht. Er war schließlich erst seit vierzehn Tagen mit seinen Männern im Lande, aber er stammte aus einer angesehenen Familie und hatte viele andere junge Offiziere aus ordentlichen Familien mit nach Indien gebracht.

Vielleicht würde sich aus dem Abend in Connor McLeods Haus ja etwas ergeben, das Charlottes Zukunft rosiger aussehen ließ …

Der Abend war wunderbar kühl, und ein prächtiger Vollmond erleuchtete den großen Garten vor Connor McLeods »Chateau«. Bequeme, aus Rattan geflochtene Stühle und kleine Tische waren auf der großen Veranda aufgestellt worden, vom Tanzen erhitzt und außer Atem waren die meisten Gäste während der Pause der

Musiker nach draußen geflohen, um sich ein wenig abzukühlen. Arthur konnte keinen freien Platz mehr ausmachen. Aber sein praktischer irischer Verstand fand rasch eine Lösung dieses Problems. Von der Veranda führte eine lange, flache Holztreppe hinab in den Garten. Er führte Charlotte den letzten, ein wenig höheren Treppenabsatz hinunter, kramte ein Taschentuch hervor und breitete es für das junge Mädchen auf dem Holz aus. Dann verschwand er, um ein Glas Bowle für sie zu besorgen.
Auf dem Weg zurück begegnete er Oberstleutnant Sherbrooke, Major West und Fähnrich Fitzgerald. Sie standen in einer kleinen Gruppe mit Offizieren aus einigen anderen in Kalkutta stationierten Regimentern beisammen. Wesley gab ihnen mit dem Kopf ein Zeichen, ihm zu folgen.
»Dir scheint es offensichtlich besser zu gehen als uns dreien«, bemerkte Sherbrooke, als er sah, dass sein Kommandeur sie zu einem Mädchen in dunklem Ballkleid geleitete.
»Niemanden zum Tanzen gefunden?« erkundigte Wesley sich belustigt.
»Nicht mal einen einzigen Tanz! Die Damen haben alle volle Ballbüchlein, und man muss sich als Neuankömmling hinten anstellen.« »Ihr hättet es vielleicht bei den Müttern versuchen sollen«, riet der Kommandeur des 33. Regiments seinen Offizieren. Sein Blick war dabei auf den neunzehnjährigen Fähnrich Fitzgerald gerichtet. Der jüngste Bruder des Ritters von Kerry schluckte entsetzt. »Sir?«
Arthur nickte ihm ernst zu. Fitzgerald war der jüngste Offiziersanwärter seines Regiments und der Bruder eines alten Freundes aus irischen Kindertagen. Der Ritter von Kerry hatte Wesley vor der Abreise nach Indien gebeten, den »Kleinen« unter seine Fittiche zu nehmen und gut auf ihn aufzupassen.
»Nichts für ungut, Fähnrich! Ich habe eine junge Lady gefunden, die sicher glücklich wäre, wenn Sie sie um einen der nächsten Tänze bitten.«
Zuerst drückte der Oberst Charlotte ihr Glas in die Hand, dann stellte er ihr reihum und gemäß ihrem Dienstalter seine Offiziere vor. Weder Sherbrooke noch West noch Fitzgerald wagten es, in Anwesenheit ihres strengen Vorgesetzten eine Bemerkung über die runde Brille auf Charlottes Nase zu machen, und jeder bat das Mädchen pflichtbewusst um einen der nächsten Tänze. Glücklich streckte die Tochter von Sir Edwin Hall jedem ihr Ballbüchlein entgegen und ließ sie unterschreiben, während Arthur zufrieden

zuschaute. Als sich dann auch noch eine nette Unterhaltung zwischen seinen Offizieren und der kleinen Lady entwickelte, spiegelten sich Zufriedenheit und Genugtuung auf seinem Gesicht. Er mochte es nicht, wenn man einen Menschen wegen irgendeinem Makel, für den er nichts konnte, aus der Gesellschaft ausschloss.

Aus den drei Offizieren des 33. Regiments wurden schließlich fünf und dann sieben. Nur Major John Shee ließ sich nicht bei der Gruppe blicken.

Als das Orchester des 74. Hochlandregiments wieder zu spielen anfing, bedeutete Arthur seinen Männern aufmunternd, mit Miss Hall in den Ballsaal zurückzukehren, während er selbst sich in eine Ecke stellte und mit strengem Blick darüber wachte, das alle sich dem jungen Mädchen gegenüber angemessen benahmen. Nachdem sämtliche Offiziere des 33. Regiments, bis hinunter zu den beiden Fähnrichen, mit Miss Hall getanzt hatten und sie kurz nach Mitternacht schon ganz außer Atem war, nahm Arthur sie wieder in seine Obhut und führte sie auf die nun menschenleere Veranda hinaus in die indische Nacht. Wegen der vielen Insekten, die vom Licht der großen Kronleuchter angezogen wurden, schloss ein Bediensteter sorgfältig die Tür hinter den beiden. Draußen hörte man nur noch die gedämpfte Musik und das Zwitschern vieler hundert Vögel, die in den alten Bäumen des großen Gartens nisteten.

»Ist die kleine Lady mit dem Ball zufrieden?« erkundigte sich Wesley. Charlotte nickte glücklich. »Ihr tun inzwischen sogar die Füße weh. Danke, ich habe mich noch nie so gut unterhalten, seit Mama und Papa mich zu gesellschaftlichen Empfängen mitnehmen. Und Sie, Oberst Wesley? Sind Sie auch mit dem Ball zufrieden?«

Arthur legte den Kopf schief und blickte Miss Hall lange in die blauen Augen. »Nicht nur mit dieser Abendgesellschaft ... Sie wissen viel über Indien, kleine Lady, und Sie verstehen es, Ihre Zuhörer zu fesseln.«

Charlotte nahm ihre runde Brille von der Nase und begann verlegen mit dem ungeliebten Objekt zu spielen. »Indien existiert nicht, Oberst Wesley. Ich kenne mich lediglich hier in Bengalen ziemlich gut aus, weil ich in Kalkutta zur Welt gekommen bin und viel mit meinem Vater herumreisen durfte – Digha, Bakkhali, Sagar, Vishnupur, Shantiniketan, Doars. In den heißen Monaten des Jahres, kurz vor Beginn des Monsuns, habe ich dann mit meiner Mutter in den Bergen gelebt. Wir besitzen ein Haus in Kishangani. Dort ist es angenehm kühl, und die Landschaft ist wunderbar grün, wenn hier in der Stadt alles in braunem Staub versinkt. Man kann sogar die weißen, schneebedeckten Gipfel des Himalaja sehen. Manchmal male ich mir aus, was sich auf der anderen Seite der Berge befindet: Dorje Ling, Sikkim, Bhutan, Xigaze Shan – Welten, die noch kein Europäer betreten hat. Nicht einmal die Soldaten des Königs wagen sich hinauf in den Schnee und das ewige Eis. Die Gipfel des Kanchenjunga kann man niemals sehen. Sie liegen in einem Meer von Wolken verborgen. Man sagt, es gibt dort oben Schneemenschen und Ungeheuer, und wenn ein Unwetter über die Berge hinwegfegt, gibt es sogar Tage, an denen ich diese Ammenmärchen glaube.«

»Zu Hause in Irland gab es auch ein paar Ammenmärchen, an die ich als Kind immer glauben wollte. Erzählen Sie mir mehr von Ihren Schneemenschen und Ungeheuern und von diesen sagenhaften Welten hoch oben in den Bergen, Miss Charlotte.«

»Kommen Sie am Sonntagnachmittag zum Tee zu uns, und ich zeige Ihnen meine Zeichnungen, Oberst. Warum interessiert Sie das alles eigentlich? Die anderen Herren Offiziere ... ihnen ist dieses Land gleichgültig, solange sie nur ein paar gute Ponys finden, um Polo zu spielen oder eine Offiziersmesse mit einem Backgammonbrett, Karten und reichlich Brandy zu besuchen ...«

Neugierig fixierte Charlotte Arthurs blaugraue Augen, als versuchte sie darin den tieferen Grund für seine Fragen zu lesen. Ihre kleine Brille kreiste zwischen Mittel- und Zeigefinger durch die Luft. »Vielleicht, weil ich Polo für einen dummen Sport halte und nicht genug Geld habe, um mich in der Offiziersmesse beim Backgammon zu ruinieren. Vielleicht, weil ich Brandy für ein abscheuliches Getränk halte, mit dem man sich in diesem Klima in kürzester Zeit umbringt, ohne dabei die Hilfe eines ehrenvollen Gegners in Anspruch zu nehmen ...«, antwortete Wesley der jungen Dame amüsiert. »Ich nehme Ihre Einladung zum Tee gerne an, Miss Hall. Wenn Ihre Eltern es erlauben ...«

KAPITEL 5 DAS RAD DES LEBENS

Arthur hatte Sir John Shore seinen Plan für eine Offensive gegen Spanisch-Manila und ein langes, detailliertes Papier über die Organisation eines militärischen Nachrichtendienstes übergeben. Er hatte geheimnisvolle nächtliche Ausflüge nach Hoara unternommen, um mit Lutuf Ullah zu diskutieren, dem Pferdehändler aus Kabul. Er war mehrmals mit William Hickey zusammengetroffen, und schließlich auch mit dem für Kartographie verantwortlichen Offizier der Ostindischen Kompanie. Er hatte einen herrlichen Sonntag im Haus von Sir Edwin Hall verbracht und dabei die Zeichnungen und Aquarelle von Charlotte betrachten dürfen, in denen das junge Mädchen ihr Bengalen darstellte, und er hatte sich mit Eochaid angefreundet, seinem neuen vierbeinigen Gefährten. Und seit er für sein 33. Regiment neue, strenge Verhaltensmaßregeln festgeschrieben hatte, verkürzte sich die Krankenliste mit traumhafter Geschwindigkeit.

Wesley war mit seinem Leben zufrieden und glücklich, den Weg nach Indien gewählt zu haben. Das Klima, mit dem John Sherbrooke noch immer zu kämpfen hatte, machte ihm nicht im geringsten zu schaffen, und der märchenhafte Orient, den er nun tagtäglich mit eigenen Augen zu sehen bekam, schien ihm noch um ein Vielfaches reizvoller und interessanter als die Geschichten in seinen Büchern.

Alles ging ihm leicht von der Hand. Er stand um vier Uhr morgens auf und befasste sich mit seinen Männern, mit dem Studium des Kriegsschauplatzes und mit den unerwarteten, aber aufregenden Aufgaben, die Sir John Shore ihm übertrug. Trotz der vielen Aufgaben und der zusätzlichen Arbeit, die er sich selbst auferlegte, blieb ihm noch reichlich Zeit, die Gegend zu erkunden, neue Bekanntschaften zu schließen und alte aufzufrischen. Sein Körper schien überhaupt keiner Ruhepause zu bedürfen, und je mehr er sich aufbürdete, umso ausgeglichener wurde er.

Manchmal stieg er auf sein Pferd und verschwand aus dem Umkreis der Stadt, ohne jemandem zu sagen, warum und wohin er unterwegs war. Meist trieb es ihn hinaus zum Dakshinewar-Tempel, einem hinduistischen Gotteshaus, das Kali geweiht war. Dort stand er dann abseits der indischen Pilger auf einem Hügel und betrachtete das bunte, fremde Treiben mit Kinderaugen. Manchmal zog es ihn ans linke Ufer des Hoogley und in den

Botanischen Garten, den gelehrte Männer aus England für die Ostindische Kompanie angelegt hatten, um die Pflanzenvielfalt Bengalens auf engem Raum zu sammeln und zu katalogisieren. Von Zeit zu Zeit wagte er sich sogar bis nach Diamond Harbour hinunter, an die Mündung des Hoogley. Oft ritt er alleine; ab und an erlaubte er John Sherbrooke, ihn zu begleiten.
Doch mit Sherbrooke durch die Gegend zu streifen war nicht unproblematisch. Der Oberstleutnant maß Indien an europäischen Maßstäben. Er hatte Angst davor, mit den Einheimischen in zu engen
Kontakt zu kommen. Er traute sich nicht, bei irgendeinem Straßenhändler seinen Magen mit einem »curry« zu füllen, oder für ein paar Annas heißen Tee mit Milch, Zucker, Kardamom und Kaneel zu trinken. Er fürchtete sich vor Krankheiten, vor der Dunkelheit und davor, sich in diesem weiten, fremden Land zu verirren.
In Indien schien sich fast alles zu ändern. Zu Hause in England – und während das 33. Regiment in Dublin stationiert gewesen war – war John Sherbrooke stets der unternehmungslustigere, selbstbewusstere und forschere Offizier gewesen. Arthur dagegen war ein Arbeitstier gewesen: Er hatte die Soldaten gedrillt, hatte sich mit den Lieferanten und den Horse Guards herumgeschlagen und sich nicht getraut, in seiner abgetragenen Uniform bei irgendwelchen gesellschaftlichen Anlässen zu erscheinen, während Sherbrooke dank seiner einflussreichen Familie und seinem prallen Geldbeutel die politischen Aktivitäten übernahm. Jetzt war es Arthur, der antichambrierte, lavierte und Kontakte knüpfte, der einlud und eingeladen wurde und von Tag zu Tag sicherer und selbstbewusster wurde.
In Indien schien es niemanden zu stören, dass er nur ein einfacher junger Oberst war, und im Unterschied zu all jenen, die sich schon längere Zeit in den drei britischen Besitzungen Westbengalen, Madras und Bombay aufhielten, konnte er neben einer gründlichen militärischen Ausbildung und Fronterfahrung während des Krieges gegen Frankreich überdies mit aktuellem Wissen aufwarten, was die politischen Verhältnisse in England und ganz Europa betraf. Während man ihn in Dublin nicht einmal nach der Uhrzeit gefragt hatte, erkundigte man sich in Kalkutta nach seiner Meinung zu hochexplosiven Themen, bei denen der Einsatz nicht mehr und nicht weniger war als die Vorherrschaft Albions im asiatischen Teil der Welt.

Er ging in Fort William ein und aus, als würde er zu Sir Johns Familie zählen. Der Generalgouverneur hatte sich nach ihrem ersten Treffen die Zeit genommen, den jungen Mann aus der Reserve zu locken, indem er ihn immer stärker in politische Fragen einband, die die Regierung der drei britischen Stützpunkte im allgemeinen und Bengalens im besonderen betrafen. Um so mehr Aufgaben er Wesley auf die Schultern lud, um so besser schienen dessen soldatische Leistungen zu werden, und um so offener und umgänglicher wurde er. Selbst der Resident der Ostindischen Kompanie, William Hickey, verlangte täglich mit Wesley zu sprechen. Er war nicht so ehrgeizig wie die meisten anderen jungen Offiziere, die es nach Indien zog, aber er war ein kluger Kopf und benützte seinen gesunden Menschenverstand und die gründliche Allgemeinbildung, die er sich in langen, einsamen Nächten angeeignet hatte. Wenngleich er einem Gegenüber stets mit Respekt begegnete, konnte er seine Meinung überzeugt vorbringen und furchtlos vertreten.
Arthur war nun seit drei Monaten mit seinem Regiment in dieser neuen Welt und fühlte sich ihr bereits tief verbunden. Irland, seine lieblose Familie und seine unglücklichen Jugendjahre hatte er bereits verdrängt und vergessen. An dem Tag, an dem die *Caroline* den Hafen von Portsmouth verlassen hatte, hatte er den heiligen Schwur geleistet, nie mehr zurückzublicken. Während seine Offiziere sehnsüchtig nach Hause schrieben, sinnierte Arthur über den Vorteil, Zugochsen vor Geschütze zu spannen. Und wenn ein Schiff aus England in die Hoogley-Mündung einfuhr, konnte man sicher sein, Arthur nicht im Büro des Hafenmeisters zu finden und nach dem Postsack zu schielen.
Während John Sherbrooke sich an einem Spätnachmittag Anfang Mai gemeinsam mit Major West aufmachte, in den Hafen zu reiten und nach Briefen aus der Heimat zu fragen, sattelte Arthur seinen Hengst, um Miss Charlotte Hall einen Besuch abzustatten. Er sah die junge Frau oft und verbrachte viel Zeit mit ihr. Doch wenngleich man hinter Arthurs Rücken über eine Romanze zwischen ihm und Charlotte tuschelte und bereits Wetten abschloss, ob und wann er ihr einen Antrag machte, waren die Treffen so harmlos, dass Lady Hall den jungen Offizier sogar mit ihrer Tochter allein ließ.
Niemand hätte es ihm geglaubt, doch sein einziges Interesse an Charlotte galt ihrer ausgezeichneten Kenntnis der Landessprachen.

Immer wenn er Zeit hatte, packte er seine Bücher in die Satteltaschen, ritt nach Chowringee und verbrachte Stunden damit, wie ein Schuljunge vor einer Schiefertafel zu sitzen, an die Charlotte Worte in Hindustani schrieb, die Arthur dann artig wiederholte, bevor er sie sorgfältig in sein kleines Notizbuch notierte.

Die beiden hatten ein sehr gutes Verhältnis, lachten viel zusammen und amüsierten sich – aber mehr auch nicht: Die Frau in Charlotte schien Arthur ebenso wenig zu interessieren, wie sie sich für seinen roten Rock und seine breiten Schultern interessierte. Man hätte glauben können, sie wären Bruder und Schwester.

Charlotte war so ganz anders als Katherine Pakenham zu Hause in Irland oder Henrietta Smith in Kapstadt. Sie hatte ihrer Brille wegen bereits in Kindertagen viel Spott ertragen müssen, doch statt sie zu verschüchtern, hatten der Spott und die Ablehnung sie selbstsicher und stolz gemacht. Charlotte trat ganz anders auf als die meisten jungen Mädchen in ihrem Alter: Sie kokettierte nicht und schmeichelte nicht, sie war selbständig, aufrichtig, mitunter sogar ruppig, und sie schien weder ängstlich noch schutzbedürftig zu sein.

Vor allem war sie überaus gebildet und intelligent: Weil ihr die meisten gesellschaftlichen Vergnügungen trotz ihres hohen gesellschaftlichen Ranges verschlossen geblieben waren, hatte sie die Zeit damit verbracht, zu lernen und ihren Verstand zu schulen. Sir Edwin Hall hatte den Lerneifer seiner Tochter noch gefördert, indem er sie von teuren Privatlehrern aus Europa unterrichten ließ. Außerdem war es ihr zur Gewohnheit geworden, alleine – oft in Landeskleidung – die neue Welt zu erkunden und die Einheimischen zu beobachten.

Als Arthur an diesem Nachmittag bei den Halls eintraf, erwarteten ihn keine Schiefertafel und kein Sprachunterricht. Noch bevor er sein Pferd in Sir Edwins Stall abgesattelt hatte, tauchte eine schmächtige Gestalt in Reithosen, einem weiten Hemd und einer bunt bestickten ärmellosen Weste neben ihm auf. Die langen Haare wurden von einem sorgsam geschlungenen Turban aus dunkelblau gefärbter Baumwolle verborgen. Nur an der kleinen runden Brille konnte man erkennen, dass es sich um die Tochter des Hauses handeln musste. Mit einer forschen Bewegung warf sie dem Kommandeur des 33. Regiments ein Bündel Kleider vor die Füße.

»Los, Wesley! Lasse den Sattel, wo er ist, und zieh den roten Rock

aus. Wir werden uns heute amüsieren, und du wirst eine Menge über dieses Land erfahren.«
Während Arthur verdutzt das Kleiderbündel aufhob, schlug Charlotte ungeduldig mit einer Reitpeitsche gegen ihre Lederstiefel. »Beeil dich, oder wir verpassen das Spannendste«, trieb sie ihn an. Sie machte keine Anstalten, den Stall zu verlassen, also ergab sich der Offizier in sein Schicksal und zog Jacke und Hemd in ihrem Beisein aus. Charlottes blaue Augen blickten amüsiert hinter den Brillengläsern. Als Arthur sich ein weites Hemd, eine lange Jacke und eine Art Umhang mit Kapuze übergezogen hatte, nickte sie ihm zufrieden zu. Als er nach seinem Degen greifen und die Waffe wieder umgürten wollte, hielt Charlotte ihn zurück. »Lasse das Ding hier im Stall. Wo wir hinreiten, brauchst du es nicht.«
Sie öffnete die Tür der ersten Box und zog ein gesatteltes, dunkelbraunes Vollblut hinter sich in den Hof. Arthur folgte ihr mit seinem Goldfuchs. Nachdem beide aufgesessen und vom Grundstück der Halls zurück in die Chowringee getrabt waren, konnte Arthur seine Neugier nicht mehr zügeln.
»Was hast du vor, kleine Lady? Was soll diese Verkleidung?«
»Ich will dir etwas zeigen. Und wo wir hinreiten, ist es nicht angebracht, in europäischer Kleidung aufzutauchen. Wieviel Zeit hast du?« Charlotte trieb ihren Dunkelbraunen durch die Menschenansammlung, die um diese Tageszeit auf dem Shyambazar Gemüse und Obst einkaufte. Sie achtete dabei kaum auf die Fußgänger mit den schweren Lasten in geflochtenen Körben. Ab und an schimpfte man den beiden Reitern lautstark hinterher. Doch meist verstand Arthur die Schimpfworte nicht, denn Charlotte beeilte sich, und er hatte Mühe, ihr zu folgen.
»Der Rest des Tages und die Nacht gehören dir, kleine Lady. Und hinterher erschlägt mich dann dein Vater. Ich würde es ihm nicht einmal übelnehmen ...«
»Ach was! Papa weiß, dass ich mit dir ausreite!«
»Und er gestattet seiner Tochter eine solche Verkleidungskomödie? Was würden die anderen sagen, wenn sie wüssten, dass Sir Edwin Halls Tochter in Hosen und mit einem Turban auf dem Kopf durch die übelsten Viertel der Stadt reitet ... noch dazu mit einem Mann?«
»Was kümmern mich die anderen, Arthur. Ich will nichts von denen, und die wollen nichts von mir«, entgegnete Charlotte. Dann

trieb sie ihr Pferd in einen scharfen Galopp.
Die beiden Reiter hatten soeben den Stadtrand Kalkuttas hinter sich gelassen. Auf die Menschenmengen, den Lärm und die Aufregung folgten mit einem Mal Einsamkeit und eine unendlich weite, flache, baumlose Ebene. Zwei Stunden lang folgte der Offizier dem jungen Mädchen schweigend. Das Tempo war halsbrecherisch, und ihr kleines Pferd verfügte über eine erstaunliche Ausdauer. Nur ab und an, wenn sie Wesleys Goldfuchs laut schnaufen hörte, wählte sie für wenige hundert Meter eine langsamere Gangart.
So plötzlich, wie sie hinter Kalkutta auf eine menschenleere Ebene gelangt waren, stießen die beiden auf einen dichten, grünen Dschungel, der sich entlang eines Nebenarms des Ganges auftat.
»Wie heißt der Fluss, Charlotte?« erkundigte Arthur sich ein wenig atemlos.
»Matla!« erwiderte das Mädchen gelassen. Der schnelle Ritt schien sie nicht im Geringsten anzustrengen.
»Willst du mir jetzt nicht wenigstens sagen, wohin wir reiten?«
»Wir müssen in spätestens einer halben Stunde in Bramanagahr sein!«
Arthur sparte sich die Frage, wo sich Bramanagahr befand und warum sie so eilig dorthin mussten. Er beschränkte sich darauf, seinen Goldfuchs hinter dem Dunkelbraunen her zu treiben und von Zeit zu Zeit einem Hindernis auszuweichen. Sie mussten sich bereits mindestens zwanzig Meilen von Kalkutta entfernt haben, als Charlotte ihr Pferd zügelte und vom Weg ab mitten in den dichten Mangrovendschungel ritt. Arthur wusste, dass es Mangroven waren, weil er es auf einem Schild im Botanischen Garten von Kalkutta gelesen hatte.
Mit einem Mal wurde Charlotte gesprächig. Im ruhigen Schritt bahnten sich die beiden Pferde ihren Weg durch die Bäume. »Hier, siehst du? Diese Pflanzen heißen ›sundri‹. Die Gelehrten nennen sie auf Latein Heritiera litoralis. Sie haben der Gegend ihren Namen gegeben. Jetzt sind wir in den Sunderbans. Das wollte ich dir unbedingt zeigen. Außerdem ein Tier, das du noch niemals mit eigenen Augen gesehen hast ... Du musst jetzt nur genau hinter mir bleiben. Die Sunderbans sind eine Sumpflandschaft. Wer sich nicht auskennt, riskiert Kopf und Kragen.«
Arthur spürte, wie sein Hengst bis zu den Fesseln im weichen Boden versank. Doch Charlotte schien sich nicht zu bekümmern. Zielstrebig lenkte sie ihren Dunkelbraunen in einem Zickzack-

Kurs durch die Mangroven hindurch. Aus den Baumwipfeln tönte lautes Vogelzwitschern. Ab und an trafen Sonnenstrahlen die Reiter und erleuchteten die Blätter um sie herum in einem frischen, hellen Grün. Die Hufe der Pferde schienen immer tiefer in den Boden zu sinken. Und immer noch wich Charlotte nicht von ihrem Kurs ab.
Arthur focht einen inneren Kampf aus. Sollte er umkehren oder einfach darauf vertrauen, dass dieses junge Mädchen wusste, was es tat? Er entschloss sich für die zweite Lösung. Neugierig schweiften seine Blicke zwischen den Bäumen hindurch. Wenn er es rascheln hörte oder Bewegungen sah, fragte er Charlotte oft danach, wie die Tiere hießen, die den Mangrovenwald bevölkerten. Das Mädchen schien sie alle mit Namen zu kennen; auf Hindustani, auf Englisch und auf Latein.
Auf einer kleinen Lichtung zügelte sie ihren Dunkelbraunen und gebot dem Offizier abzusteigen. »Binde deinen Fuchs gut fest, damit er sich nicht von der Stelle rührt. Es ist nicht ganz ungefährlich hier – für Pferde.«
»Und du hast mich dazu überredet, meine Waffe in eurem Stall zu lassen ...«
Arthur folgte ihr durch das dichte, lichtlose Unterholz.
»Der Degen hätte dir nicht viel genützt, mein Freund.« Geschickt kletterte sie über einen umgestürzten Stamm auf eine große Wasserwurzel. »Setz dich neben mich und halt den Mund«, befahl sie dem Soldaten, während sie gleichzeitig ein kleines Paket aufschnürte, dass sie die ganze Zeit irgendwo in einer Jackentasche versteckt gehabt hatte. Arthur wunderte sich ein wenig über den Inhalt. Es war ein großes Stück blutigen Fleisches.
»So, jetzt sperre die Augen auf!« Ihre Hand deutete auf eine dicht von Schilf überwachsene Wasserfläche mitten im Wald. Man konnte nicht erkennen, ob es ein See oder das Teilstück eines Flusses war. Mit einer kräftigen Bewegung warf sie das blutige Stück Fleisch ins Wasser – und plötzlich herrschte im Schilf heller Aufruhr. Spitze Köpfe und lange, schuppenbewachsene Schwänze erschienen. Die Leiber waren schmutziggrün. Man konnte messerscharfe Zahnreihen blitzen sehen, die sich um die Beute schlugen, und tückische gelbe Augen, die durch das Schilf blitzten. Es mussten mindestens zehn Tiere sein. Keines war kürzer als anderthalb Meter.
»Krokodile!« Charlotte schmunzelte Arthur zufrieden an. »Sie können den ganzen Tag regungslos im Wasser liegen, so gut wie

unsichtbar. Nur ihre Augen kann man an der Oberfläche erkennen. Wagt sich ein Hirsch an die Tränke oder ein Wildschwein, tauchen zwanzig von ihnen auf und reißen ihr Opfer mit unglaublicher Geschwindigkeit in Stücke, um es zu verschlingen. Es ist kein schönes Schauspiel ...« Sie ließ dem Offizier noch einige Augenblicke Zeit, das Spektakel zu betrachten. Dann zog sie ihn leicht am Ärmel und mahnte zum Aufbruch. »Die Viecher sind hässlich, aber zeigen wollte ich sie dir trotzdem. Jetzt reiten wir zu meinem Freund Boubah und seiner Familie.

Er lebt in den Sunderbans. Diese Sümpfe sind nicht nur voller Krokodile, dort wachsen auch wunderschöne Orchideen. Die Inder kaufen Orchideengirlanden, um sie ihren Göttern zu schenken, oder um sich damit zu besonderen Anlässen zu schmücken.«

»Und was tun wir bei deinem Freund und seiner Familie?« Nach dem Erlebnis mit den Krokodilen war Arthur neugierig geworden.

»Die Pferde in einen sicheren Stall stellen und dann mit seinem Boot in die Sümpfe hinausfahren.« Mehr wollte Charlotte ihm nicht verraten. Die Pointe kam immer zum Schluss.

Boubah lebte unweit der Lichtung, an der sie die gefährlichen Echsen beobachtet hatten, in einer Hütte an einer Biegung des Flusses Matla. Obwohl die Hütte aus Bambus und Schilf errichtet war und mitten im Mangrovenwald stand, hatte Boubah genügend Bäume gerodet, um sich einen Garten anzulegen und eine Weidemöglichkeit für ein Dutzend Ziegen zu schaffen.

Charlotte stieg vom Pferd und begrüßte ihn nach indischer Sitte mit vor der Brust gefalteten Händen. Boubah erwiderte ihren Gruß. Eine Zeitlang tauschten die beiden sich in einer sonderbaren Sprache aus, die nicht wie Hindustani klang. Dann zeigte Charlotte auf ihren Begleiter und stellte ihn in der Sprache Westbengalens vor.

Arthur war ihrem Beispiel gefolgt und vom Pferd gestiegen. Und genau wie die junge Frau faltete er die Hände vor der Brust, um Boubah zu begrüßen. Während der Inder die Pferde der beiden Briten in seinen Stall brachte, erklärte Charlotte dem jungen Offizier, dass es sich um einen Angehörigen des Stammes der Khasis handelte, einem kleinen Volk, das vor tausend Jahren möglicherweise aus Burma in die Sunderbans gekommen war. Sie sprachen eine eigene Sprache, die offenbar stark dem Dialekt der Himalaja-Region ähnelte, und sie hatten eine eigene Religion, die

nur wenig mit dem Glauben der Hindus, der Sikhs oder der Moslems aus den Ebenen gemein hatte.
Boubah und Charlotte gingen voraus, wobei sie in der unverständlichen Sprache aufgeregt miteinander schwatzten. Arthur folgte ihnen gespannt. Einen kurzen Fußmarsch von der Hütte entfernt befand sich ein Bootssteg aus dickem Bambus. Ein flacher, aus einem großen Holzstamm geschnitzter Kahn lag im Wasser. Boubah sprang als erster behände ins Boot. Dann half er Charlotte und Arthur. Mit einer langen Stange stieß er den Kahn vom Ufer ab, dann deutete er auf kleine flache Paddel und wies seine Passagiere an, ihm dabei zu helfen, auf den Fluss hinauszufahren.
Die Sunderbans waren eine riesige Sumpflandschaft, die sich über das gesamte Gangesdelta zwischen der Mündung des Hoogley im Westen und dem Teuilia-Fluß erstreckten. Mangrovenwälder wechselten sich mit palmenbewachsenen Inseln und schmalen Wasserläufen ab. Bald schon hatte das Boot den Matla verlassen und sich zwischen mehreren Inseln hindurch in einen Seitenarm des Flusses geschoben, der von Bäumen so dicht überwachsen war, dass das Sonnenlicht kaum bis zur Wasseroberfläche drang. Rasch verlor Wesley die Orientierung. Boubah und Charlotte sprachen nur noch ab und an ganz leise miteinander.
Etwa eine halbe Stunde glitt das flache Boot fast lautlos über das tiefschwarze Wasser. Dann gab der Inder seinen beiden Passagieren Zeichen, die Paddel nicht mehr zu benutzen. Getrieben von der sanften Strömung des Flusses, glitt das Boot weiter und weiter in das grüne Labyrinth hinein. Man hörte die lauten Schreie von Papageien und Beos. Kleine, hellbraune Äffchen mit weißem Brustpelz schwangen sich durch die Baumkronen, um sofort wieder im Blätterwald der Mangroven zu verschwinden. Ab und an glitt ein Krokodil aus der Uferböschung ins Wasser.
Irgendwo tief im Dschungel, als das flache Boot nur noch ganz sanft dahintrieb, drängte Boubah es mit wenigen, fast lautlosen Schlägen seines Paddels gegen eine weit ins Wasser ragende Mangrovenwurzel. Charlotte stieg an Land, und der Inder warf ihr einen starken Strick zu, mit dem sie den Kahn geschickt festmachte. Dann folgte er ihr und bedeutete Arthur, es ihm gleichzutun.
»Du darfst jetzt keinen Lärm machen, Wesley«, flüsterte das

Mädchen ihm mit leuchtenden Augen zu. »Und du musst immer genau dort hintreten, wo Boubah hintritt, oder du versinkst im Sumpf. Es ist nicht mehr weit, aber dieser letzte Teil unserer kleinen Reise ist der gefährlichste.«
Irgendwann gelangten die drei auf eine kleine Lichtung, und der Boden unter ihren Füßen wurde wieder fester. Von der Lichtung aus führte der Inder seine beiden Begleiter in ein dichtes, schwer zugängliches Gebüsch, und plötzlich standen sie erneut vor einem schmalen Flussarm. Auf der anderen Seite des Flusses war die Böschung nicht so undurchdringlich, der Wald um vieles lichter. Eine Art Trampelpfad führte ins Wasser hinein. Arthur konnte mit bloßem Auge die unterschiedlichsten Tierspuren erkennen. Seine innere Uhr sagte ihm, dass hoch oben über dem Blättermeer gerade die Sonne unterging.
Boubah legte sich flach auf den Bauch. Charlotte tat es ihm gleich und zog auch Arthur neben sich zu Boden. »Jetzt ist alles nur noch eine Frage der Geduld, mein Freund.«
Sie mussten nicht lange warten. Während sie ganz still auf ihrer Seite des Flusses zwischen den Büschen verborgen lagen, regte sich am anderen Ufer plötzlich die Natur. Ein Rascheln. Blätter und Äste, die sich wie von Geisterhand bewegten. Schrille, panische Schreie kleiner Affen. Wildes Krächzen der Vögel, die aufgeregt davonflatterten. Und dann tauchte er auf.
Es war eine riesengroße, gelb und schwarz gestreifte Katze, die aus den Mangroven kam und majestätisch hinunter zum Fluss schritt. Bei jeder Bewegung bebten Muskelberge unter dem glänzenden, dichten Fell. Der Kopf des Tieres war gewaltig. Als es sich zu trinken anschickte, konnte Arthur ihm genau in die Augen sehen. Dann tauchte ein zweites Tier aus dem Dickicht auf. Es war ein wenig kleiner und zierlicher, jedoch nicht minder imposant als das erste. Als es sich dem Wasser näherte, riss der gelb-schwarze Koloss den Kopf hoch und öffnete weit das Maul. Ein tiefes, drohendes Knurren ließ das kleinere Tier zurückweichen, doch es flüchtete nicht, ging nur respektvoll auf Abstand. Erst als der Koloss getrunken hatte und genauso geschmeidig, wie er zuvor den kleinen Abhang hinuntergekommen war, wieder nach oben schritt und zwischen den Mangroven verschwand, wagte das kleinere Tier sich ans Wasser. Wenige Minuten später verschwand auch der weibliche Tiger wieder im Nichts.
Arthur hatte kaum zu atmen gewagt. Als das Schauspiel vorüber war, drehte Charlotte sich zu ihm hin und lächelte ihn zufrieden

und glücklich an. »Das war der bengalische Königstiger, mein Freund. In diesen Sümpfen gibt es viele von ihnen, aber sie sind so scheu und leben so zurückgezogen, dass man sie eigentlich nur beim Trinken beobachten kann ... und das auch nur, wenn man weiß, an welchen Stellen sie zum Fluss kommen.«
»Sie sind wunderschön, Charlotte. Sie sehen so ganz anders aus als die räudigen Katzen, die auf den Stichen und Gravuren in meinen Büchern zu sehen sind.«
»Kaum einer, der einen Königstiger zu zeichnen versuchte, hat wirklich einen gesehen, Arthur. Die meisten Gelehrten, die Fauna und Flora des Subkontinents erforschen, begegnen nur dem gewöhnlichen indischen Tiger oder Bergtigern. Der bengalische Königstiger aber ist der seltenste und der edelste. Es ist ein Privileg, ihn in seinem natürlichen Umfeld beobachtet zu haben. Selbst wenn du noch zehn Jahre in diesem Land verbringen solltest ... es ist unwahrscheinlich, dass du je wieder einem so prächtigen Exemplar begegnen wirst wie diesem riesigen Männchen. Auch ich habe ihn heute zum ersten Mal gesehen, obwohl ich oft in die Sunderbans komme.« Das Mädchen tauschte ein paar Worte in der sonderbaren Sprache mit ihrem Freund Boubah aus. Der Khasi schüttelte den Kopf. »Auch er hat den Riesen heute zum ersten Mal gesehen, obwohl er in diesen Sümpfen lebt. Du scheinst ein Glückskind zu sein, Wesley! Boubah sagt, es sei ein gutes Omen, den König selbst gesehen zu haben.«

Nach einem schlichten Abendessen vor Boubahs Hütte, bei der Arthur auch die Frau des Inders und seinen Schwarm munterer Kinder kennenlernte, machten die beiden Briten sich wieder auf den Rückweg nach Kalkutta. Doch Charlotte schlug eine andere Route ein als am Nachmittag. Der Sternenhimmel war klar, und obwohl bereits die Nacht hereingebrochen war, erleuchtete ein abnehmender Mond die Umgebung.
In ruhigem Schritt trotteten die beiden Pferde an einem breiten Flusslauf entlang in Richtung Stadt. So schweigsam und geheimnisvoll Sir Edwin Halls Tochter auf dem Weg in die Sunderbans gewesen war, so gesprächig wurde sie nun. Sie erzählte Arthur ausführlich über die anderen sonderbaren Tiere, die diese Küstenlandschaft bevölkerten – ein Gemisch aus Süß- und Salzwasser, denn die Flüsse vermengten sich in ihren Mündungsgebieten mit Meerwasser im Golf von Bengalen. Deshalb gab es hier große Wasserschildkröten und einen Delphin,

den die Hindus als heiliges Tier verehrten. Charlotte erklärte Arthur, dass es sich dabei allerdings bloß um einen rosafarbenen, rammsköpfigen Süßwasser- oder Gangesdelphin handelte, der ein Überbleibsel aus grauer Vorzeit sein musste und eigentlich gar nichts Heiliges an sich hatte.
Über die Fauna und Flora kam sie auf die buntgemischte Bevölkerung Bengalens zu sprechen, auf die Vielzahl unterschiedlicher Religionen, die jedoch friedlich miteinander lebten, auf das Sprachgewirr und die unzähligen Dialekte, und schließlich auf die eigentümliche Geschichte dieses Teils des Subkontinents. Arthur hörte ihr gebannt zu. Charlotte glich einer wandelnden Enzyklopädie, und so erfuhr der Offizier, dass die junge Frau nicht nur Hindustani sprach und den sonderbaren Dialekt der Khasis, sondern auch noch Farsi und Kannada, einen Dialekt, der in Orissa und bis hinunter in den Karnatik gebräuchlich war. Es war schon spät am Abend, als sie wieder in Chowringee eintrafen. Ein bengalischer Bursche schien die beiden erwartet zu haben, denn er nahm ihnen die Pferde ab und führte sie zum Stallgebäude des Anwesens von Sir Edwin. Charlotte zog sich den Turban mit einer lässigen Bewegung vom Kopf und schüttelte kräftig ihr langes Haar, bevor sie Wesley bedeutete, ihr ins Haus zu folgen.
Mit einem Mal war aus dem abenteuerlustigen Wesen, das ihn den ganzen Nachmittag begleitet hatte, wieder eine wohlerzogene Tochter aus guter Familie geworden. Arthur kam sich in seiner einheimischen Verkleidung plötzlich fehl am Platze vor. Doch man schien an alles gedacht zu haben. Lord und Lady Hall erwarteten die jungen Leute im Salon, und nach einer kurzen, aber herzlichen Begrüßung geleitete der alte Majordomus des hohen britischen Beamten Arthur in ein Gästezimmer, in dem seine Uniformjacke und seine übrigen Kleidungsstücke samt Waffe ordentlich ausgebreitet auf einem Bett lagen. »Gewiss möchten Sie sich vor dem Dinner ein wenig erfrischen, Sir!« erklärte der Bedienstete und wies auf ein Badezimmer, in dem ein mit Wasser gefüllter Zuber stand. »Miss Charlotte wird sich ebenfalls umkleiden. In einer halben Stunde erwarten Mylord und Mylady Sie unten im Salon.«

Als Arthur schließlich auftauchte – in der offiziellen Verkleidung eines ordentlichen britischen Offiziers –, war Charlotte bereits bei ihren Eltern und erzählte munter vom gemeinsamen

nachmittäglichen Ausflug in die Sunderbans. Lebhaft schilderte sie ihrem Vater und ihrer staunenden Mutter die Begegnung mit dem riesigen bengalischen Königstiger und seiner Gefährtin.
Der Richter und seine Frau machten auf Arthur den Eindruck, als würde die Abenteuerlust ihrer Tochter sie nicht im Geringsten beunruhigen. Sir Edwin winkte Arthur freundlich an seine Seite, und ein Mädchen in schwarzem Kleid mit ordentlich gestärkter weißer Schürze und Spitzenhaube bot ihm ein Glas Portwein an.
»Dann habt ihr zwei euch also gut amüsiert«, wandte Sir Edwin sich an Arthur.
»Es war beeindruckend, Mylord. Ich habe kaum zu atmen gewagt, als der Riese uns gegenüberstand. Ein prachtvolles Tier.«
»Ich bin jetzt schon seit fünfundzwanzig Jahren in diesem Land und habe noch immer keinen Königstiger gesehen.« Sir Edwin schmunzelte. »Charlotte hütet ihre kleinen Geheimnisse sehr eifersüchtig und erklärt mir andauernd, dass solch verwegene Ausflüge sich in meinem Alter nicht mehr geziemen.«
»Das ist nicht fair von dir, Papa! Wir waren letztes Jahr zusammen fast zehn Tage unterwegs, nur weil du dir in den Kopf gesetzt hattest, Schneeleoparden zu suchen. Erinnerst du dich noch? In Bagdogra hätten wir beinahe Ärger bekommen, und der alte Hickey wollte uns den Kopf abreißen, weil wir illegal die Grenze zum Sikkim überschritten hatten.«
»Eine engstirnige Krämerseele, der gute William. Als ob zwei Briten dem König in Gangtok gefährlich werden könnten ... Ich bin sicher, dass ›John Company‹ in die Hände geklatscht hätte, hätten sechshundert Mann im roten Rock sich bis in den Schnee vorgewagt.«
Sir Edwin hatte mit einem Mal nichts mehr von einem seriösen, ehrwürdigen britischen Beamten an sich. Seine Augen funkelten vergnügt, und in seinem Gesicht stand der pure Übermut geschrieben. »Lasst uns bei Tisch weiterreden«, meldete Lady Hall sich zu Wort. »Oberst Wesley muss nach einem so anstrengenden Tag hungrig sein. Und wenn er es nicht ist ... mir knurrt jedenfalls der Magen.«
Auch beim Abendessen ging es im Haus der Halls locker und wenig förmlich zu. Charlotte und ihr Vater warfen sich Schlagworte zu, und jeder erzählte Anekdoten über lustige oder denkwürdige Erlebnisse, die sie im Verlauf ihrer gemeinsamen Reisen durch den nördlichen Teil des Subkontinents gehabt hatten. Lady Hall lächelte Arthur zu und erklärte ihm

kopfschüttelnd, dass ihr Mann und ihre Tochter nicht besonders ernsthaft und wohlerzogen seien, denn sie mussten sich dauernd an Orte begeben, an die anständige Briten sich nicht wagten. Verkleidungskomödien waren an der Tagesordnung, und selbst Lahore, Lucknow und Amritsar waren vor ihnen nicht sicher gewesen, obwohl diese Gebiete nicht zum britischen Herrschaftsgebiet zählten. »Wie kommt es eigentlich, dass ein Jurist so gut die Landessprachen spricht?« wollte Arthur wissen.
»Wenn es in den unabhängigen Fürstentümern zu Konflikten kommt, gelten wir sozusagen als neutrale Vermittler. Ich bin schon mehr als ein Vierteljahrhundert auf dem Subkontinent ... außerdem sind die Personen, mit denen ich in Rechtsfragen zu tun habe, in den seltensten Fällen Briten. Oft geht es darum, dass irgendjemand >John Company< irgendetwas nicht oder beschädigt geliefert hat, oder die Angestellten von Hickey haben mal wieder zu spät oder zu wenig gezahlt, und der indische Lieferant hat eine Klage eingereicht. Aber jetzt haben wir genug von mir geredet, Oberst Wesley. Wir sehen Sie so häufig in unserem Haus und wissen immer noch nicht, wer der junge Mann, dem unsere Tochter Hindustani beibringt, denn nun wirklich ist.«
Arthur errötete leicht. Es gab ein Thema, über das er gar nicht gerne sprach: über sich selbst! Wenn er solch peinlichen Befragungen ausweichen konnte, tat er es für gewöhnlich, und wenn er reden musste, beschränkte er sich meist auf das Hinunterbeten seines Eintrags in der Regimentsliste. Charlotte blickte ihn provozierend über den Rand ihrer runden Brille hinweg an, Sir Edwin nickte ermunternd, und Lady Hall konnte ihre Neugier nur schwer hinter dem großen Rotweinglas verbergen. Arthur atmete tief durch und ergab sich in sein Schicksal.
Nachdem er seinen Eintrag in die Regimentsliste heruntergeleiert hatte, schüttelte Sir Edwin nur den Kopf. Charlotte lachte schallend. »Glaubst du, das alles hätten wir von Sir John Shore nicht schon längst erfahren? Na, komm schon ...«
Arthurs Blick war strafend, aber dieses Mal konnte er sich nicht drücken. Also beschloss er, von seiner Zeit an der Militärakademie in Angers zu erzählen. Zumindest war dies ein Teil seiner Jugend, an den er gerne und häufig zurückdachte. Die Jahre, die er bei Monsieur de Pignerolles in Südwestfrankreich zugebracht hatte, um die Grundlagen des Soldatenhandwerks zu erlernen, waren glückliche Jahre gewesen.

»Gütiger Himmel!« bemerkte Lord Hall nachdenklich, nachdem Wesley seine kleine Geschichte beendet hatte. »Wer hat Sie dermaßen eingeschüchtert? Ein Leben, das nur aus vier kurzen Jahren zu bestehen scheint ... Es ist wohl nicht leicht, Richard Lord Morningtons jüngerer Bruder zu sein?«
Beinahe hätte Arthur seinem alten Reflex nachgegeben und die Augen niedergeschlagen, doch eine innere Stimme befahl ihm, es nicht zu tun und es für einen Abend bei seinem üblichen Misstrauen bewenden zu lassen. Er zwang sich zu einer ehrlichen Antwort. »Nein, Mylord, es ist nicht einfach, der Bruder dieses Mannes zu sein. Doch es gibt auch Dinge, über die ich nicht sprechen möchte und die nichts mit Lord Mornington zu tun haben.«
»Vielleicht gibt es aber auch ein paar Dinge, über die Sie sprechen möchten. Shore hat mir Ihren Plan für den Aufbau eines militärischen Nachrichtendienstes gezeigt. Während Sie und Charlotte in den Sunderbans waren, haben wir in Fort William eine lange Diskussion über dieses Thema geführt ... Shore, Hickey, St. Leger, John Goldingham, der Astronom der Kompanie, William Petrie vom Geographischen Observatorium und noch einige andere ...«
Arthurs bedrückte Stimmung, die sich wegen der Erinnerungen an Mornington und seine Vergangenheit für kurze Zeit eingeschlichen hatte, wich augenblicklich einer unbändigen Euphorie. Der Kommandeur des 33. Regiments sprang fast aus dem Stuhl hoch. »Und? Was halten die Herren von der Idee?« platzte er mit einem Mal heraus wie ein Schuljunge.
Sir Edwin grinste breit. Mit seinem prachtvollen grauen Backenbart ähnelte er einer zufriedenen, satten Katze. »Sie haben gewonnen, junger Mann! Fünf zu eins! Aber was zählt schon St. Legers Stimme ... Ich glaube, er hat nur nein gesagt, weil er beim spannendsten Teil unserer Diskussion seinen Rausch von gestern abend ausgeschlafen hat.«
»Heißt das, man wird diesen Dienst einrichten?« Arthur war aufgeregt wie ein Kind am Weihnachtsabend.
»Nicht ›man‹, Oberst Wesley! Sie selbst werden ihn einrichten. Offiziell unterstehen die Mitarbeiter zwar dem kartographischen Dienst der Ostindischen Kompanie und dem Observatorium, aber ansonsten gehören die Spione, Agenten und anderen finsteren Gestalten zur Armee. Und gehen Sie nicht gleich auf die Palme,

weil ›John Company‹ die Finger im Spiel hat. Die ehrenwerten Direktoren in der Leadenhall Street werden nur finanziell für Ihr Informantennetz geradestehen. Ansonsten werden sie sich nicht einmischen. Der Profit für die Kaufleute besteht in der allgemeinen Verbesserung des Kartenmaterials über Indien. Dafür sind ihnen die schweren Silbermünzen, die Sie schon bald Ihren Spionen in die
Hand drücken können, nicht zu schade. Shore wird Sie morgen nach Fort William bestellen und Ihnen offiziell diese Entscheidung mitteilen. Seien Sie ein guter Junge, Oberst Wesley, und machen Sie ein erstauntes Gesicht. Sie müssen dem großen Shore ja nicht unbedingt verraten, dass der alte Hall sein loses Mundwerk wieder mal nicht halten konnte.«

Der Jurist zwinkerte Arthur fröhlich zu und stieß sein Weinglas gegen das seine. »Auf Ihre glückliche Zukunft in Indien! Den Anfang dürften Sie jetzt gemacht haben. Alles Weitere liegt nun in Ihren eigenen Händen. Das Rad des Lebens, wie die Inder so schön sagen. Halten Sie es immer ordentlich in Bewegung, und Sie werden Ihren Weg machen.«

Charlotte legte den Kopf schief und betrachtete Arthur aufmerksam durch ihre runde Brille. Trotz ihrer achtzehn Jahre war sie felsenfest davon überzeugt, dass ein ungefährliches, ruhiges Leben nur etwas für alte Frauen und die dummen Gänse von Kalkutta sei. Die Sache, über die ihr Vater und Wesley sich gerade so angeregt unterhalten hatten, war nicht uninteressant, und ihr war eine Idee gekommen, wie sie sich dabei auch ein bisschen amüsieren und gleichzeitig ein paar Gegenden des Subkontinents in Augenschein nehmen konnte, die sie bislang noch nicht besucht hatte. Wenn es ihr gelang, sich den Kommandeur des 33. Regiments in einem ruhigen Augenblick und unter vier Augen zu greifen, würde sie ihm einen Vorschlag machen, den er nur schwer ablehnen konnte.

Unerwartet nahm Lady Hall ihrer Tochter einen Teil der Sorge ab. Die alte Dame warf zufällig einen Blick auf eine große Standuhr und stellte fest, dass es bereits weit nach Mitternacht war.

»Oberst Wesley, es ist schon spät. Möchten Sie heute Nacht bei uns zu Gast bleiben? Der Ritt in die Sunderbans war weit, und Sie hatten einen langen Tag. Außerdem tut es Ihrem hübschen goldfarbenen Pferd sicher gut, wenn es Sie jetzt nicht mehr bis zu den Kasernen des 33. Regiments zurücktragen muss ...«

Arthur überlegte kurz. Charlottes aufmunternder Blick half ihm,

seine Entscheidung zu treffen. »Danke, Mylady. Sehr gerne!« Er fühlte sich in der Gesellschaft dieser freundlichen Familie wohl und hatte nichts dagegen, ausnahmsweise nicht um vier Uhr morgens aufzustehen und auf den Exerzierplatz hinaus zu hetzen.
Nachdem Sir Edwin Halls Neuigkeiten über seinen ersten großen Sieg in der Machtzentrale von Britisch-Indien Arthur in eine zutrauliche und redselige Stimmung versetzt hatte, ließ er es sich nicht nehmen, seinen aufmerksamen Zuhörern detailliert zu schildern, warum er auf die Idee gekommen war, einen militärischen Nachrichtendienst ins Leben zu rufen, dem nicht Soldaten, sondern einheimische Zivilisten angehören sollten. Ausführlich schilderte er den grauenvollen Flandernfeldzug der Jahre 1793 bis 1794 und die Probleme, die die Truppen des Herzogs von York mit ihren französischen Feinden gehabt hatten, weil sie nicht über zuverlässige Informationen bezüglich des Kriegsschauplatzes verfügt hatten.
Als Arthur Englands geschlagene Truppen gerade die Weser, Ems und Alle überqueren ließ, ging es Sir Edwin durch den Kopf: »Als hätte der Junge die Chronik des Feldzugs geschrieben. Er hat nicht ein einziges Wort über seine eigenen Erfahrungen und seinen eigenen Krieg gesagt. Er erzählt das alles völlig ruhig und ungerührt, obwohl es einen Soldaten doch prägen müsste, wenn er das erste Mal auf einem Schlachtfeld kämpft.«
Charlotte ging ein ähnlicher Gedanke durch den Kopf. Aber sie hatte im Gegensatz zu ihrem Vater sofort eine Erklärung parat: Die schlimmen Dinge, über die Arthur heute, vier Jahre später, so gelassen berichtete, waren in Wirklichkeit noch viel schlimmer und grauenvoller gewesen, und er hatte einfach Angst davor, sich zu erinnern. Also versteckte er sich hinter militärischen Fakten und spielte allen die Rolle des unbeteiligten Beobachters vor, der nur Schlüsse zog und neue Ansätze für die Zukunft aufzeigte.
Hätte Arthur die Gedanken der jungen Frau lesen können – er hätte ihr zähneknirschend Recht gegeben. Nur mit größter Selbstbeherrschung gelang es ihm, sich hinter der Fassade äußerer Ruhe und Unberührtheit zu verstecken. Manchmal, nachts, wenn er nach einem sehr anstrengenden Tag erschöpft die Augen schloss, schlich die grausame Realität des Krieges in Flandern sich in sein Unterbewusstsein, und tief in seinem Inneren durchlebte er den ganzen Krieg, wie er damals gewesen war: blutig, grausam und ohne Menschlichkeit. Meist schrak er irgendwann schweißgebadet

und zitternd vor Angst in seinem Bett hoch, weil er wieder die furchtbaren Schreie der Verletzten und Sterbenden hörte und das Grollen der Kanonen vernahm. Diese Alpträume von den Schanzen von Boxtel plagten ihn nur selten, aber jedesmal, wenn sie ihn heimsuchten, stellte er sich die Frage, ob er wirklich für den Soldatenberuf geschaffen war, oder ob es nicht besser wäre, die Armee weit hinter sich zu lassen und ein neues Leben zu beginnen. Dann aber stellte sich die Frage, was er eigentlich noch konnte, außer Soldat zu sein, und jedesmal lautete die Antwort: »Nichts, das dir ein erträgliches Auskommen sichert.« Deshalb ergab er sich nach jeder schlaflosen Nacht wieder in sein Schicksal und tröstete sich damit, dass man vielleicht nur von der ersten Begegnung mit dem Krieg Alpträume bekam und dass mit der Zeit und der Gewohnheit alles leichter und besser würde.
An diesem Abend beruhigte Arthur sich mit dem Gedanken, dass er nicht alleine war, sondern umgeben von freundlichen, gutherzigen Menschen und in einem friedvollen Haus. Er redete sich ein, dass die Gespenster des Krieges solche Orte mieden wie die Pest. Darum verabschiedete er sich zwei Stunden später voller Zuversicht von seinen Gastgebern und zog sich in sein Zimmer zurück. Der Nachmittag mit Charlotte und der herrliche bengalische Königstiger, dem er in den Sunderbans begegnet war, waren der Stoff, aus dem ein wunderbarer, erholsamer Traum gemacht sein würde.

Charlotte hatte die Tür ihres Zimmers sorgsam hinter sich geschlossen. Doch anstatt sich auszuziehen und brav ins Bett zu gehen, wie es sich für eine Tochter aus gutem Hause um drei Uhr morgens gehörte, schlüpfte sie aus ihrem Kleid in eine bequeme lange Hose und ein weites Hemd. Dann öffnete sie mit allergrößter Vorsicht die Tür, die hinaus auf die Veranda führte. Indische Häuser hatten einen großen Vorteil: Sie bestanden nur aus großen, luftdurchlässigen Öffnungen, die hier und da ein schmales Holzteil zusammenhielt.
Im Schlafzimmer von Lady Hall erlosch das Licht schnell. Die Dame des Hauses hatte sich prächtig unterhalten und entgegen ihrer sonstigen Gewohnheit drei Gläser schweren Rotweins getrunken. Rotwein und Wärme ließen jeden Menschen in einen Zustand wohltuender Trägheit und Müdigkeit verfallen. Bald schon vernahm Charlotte durch die dünnen Wände den gleichmäßigen Atem ihrer Mutter. Sie schien tief und fest zu

schlafen. Aus dem Schlafzimmer ihres Vaters drang zwar noch sanftes Licht auf die Veranda, aber das junge Mädchen bekümmerte es wenig. Sir Edwin hatte die leidige Angewohnheit, vor dem Schlafen noch zu lesen. Meist jedoch blieb es bei dem Versuch, und er schlief bereits nach der ersten Seite ein. So auch diesmal: Die Kerze brannte zwar noch, aber das Schnarchen des königlichen Justizbeamten war kaum zu überhören.
Wie ein Geist schlich Charlotte auf der Veranda um das Haus herum bis zu den Gästezimmern. Sie bewegte sich lautlos, denn seit frühester Kindheit wusste sie genau, auf welche Holzleiste man treten konnte und welche quietschte. Sie unternahm oft nächtliche Ausflüge durch Kalkutta, von denen weder ihre Eltern noch die Bediensteten etwas wussten.
Als sie auf der entgegengesetzten Seite des großen Hauses angekommen war, stellte sie zufrieden fest, dass ihr Opfer offenbar nicht nur fest schlief, sondern ihr auch leichtes Spiel gewährte. Sie hatte sich bereits eingehend überlegt, wie sie in Wesleys Zimmer gelangen könnte, ohne ihn sofort zu wecken. Doch statt sich mit einer schwierigen Aufgabe konfrontiert zu sehen, die das Geschick eines Diebes und das Feingefühl eines Chirurgen verlangt hätten, fand sie sich vor einer geöffneten Tür wieder. Einige Augenblicke verharrte sie still. Als sie nur ruhiges Atmen hörte, schlich sie auf nackten Füßen bis zum Bett und öffnete vorsichtig das Moskitonetz. Dann legte sich ihre kleine Hand leicht auf die Schulter des Schlafenden.
Charlotte hatte mit allem gerechnet, nur nicht mit dem, was nun folgte. Sie war dermaßen erschrocken, dass ihr der Schrei im Halse steckenblieb. Denn kaum hatte sie die Schulter berührt, schloss sich ein eiserner, schmerzhafter Griff um ihr Handgelenk, und sie spürte direkt unter der Kehle etwas Kaltes und Spitzes. Ein Paar graublauer Augen funkelte sie in der Dunkelheit an. Genauso schnell, wie man ihr Handgelenk gepackt hatte, ließ man es wieder los, und das kalte, spitze Objekt verschwand von ihrer Kehle. Leise hörte sie eine ruhige, emotionslose Stimme.
»Tu das nie wieder, kleine Lady! Ich hätte dir aus Versehen fast den Hals durchgeschnitten.« Und dann, mit einem leisen Vorwurf: »Es ist halb vier in der Früh, und du kommst ohne Vorankündigung in das Zimmer eines männlichen Wesens, ohne dich vorher zu überzeugen, ob der Herr in einem schicklichen Zustand ist oder nicht.«

Schemenhaft sah Charlotte in der Dunkelheit, wie zwei Hände blitzschnell das Leintuch über die Schultern zogen. »Dreh dich um, damit ich mich wenigstens wieder anziehen kann ...«, knurrte es nun etwas ungehalten unter dem weißen Stoff hervor. »Was willst du eigentlich?«
»Arthur, ich muss unbedingt mit dir reden! Unter vier Augen«, flüsterte Charlotte. Sie machte keine Anstalten, sich umzudrehen. Schließlich lief ganz Indien halbnackt durch die Gegend, aus Tradition oder wegen der Hitze. Charlotte kannte diese eigentümliche Scheu nicht, die den Offizier in diesem Augenblick plagte. Kalkutta und die Straße nach Benares waren voll mit Saddus, heiligen indischen Männern, die außer einer Blumengirlande um den Hals nichts trugen. Solange sie sich erinnern konnte, hatte sie nackte Menschen gesehen. Es dauerte einen Augenblick, bis Wesley begriff, dass das Mädchen weder provokativ noch schlecht erzogen war. Sie war einfach ein Kind ihrer indischen Welt. Während der ersten Tage in Indien hatten die unbekleideten Saddus Wesley schockiert. Inzwischen beachtete er sie gar nicht mehr. Wie konnte er da von Charlotte erwarten, dass sie sich umdrehte? Leicht beunruhigt kam er unter seinem Leintuch hervor. »Also, ich höre«, flüsterte er, während er den Baumwollstoff um die Hüften schlang und verknotete.
»Du kennst dich hier noch nicht richtig aus, und mit der Sprache hast du auch noch einige Probleme ... Ich dachte, du könntest vielleicht Hilfe brauchen, wenn du diesen militärischen Nachrichtendienst aufbaust ...«
»Kleine Lady, du musst völlig verrückt geworden sein. Überleg mal, was du da gerade gesagt hast. Weißt du, wie gefährlich solche Spiele werden können?« Arthur hatte sich neben Charlotte auf die Bettkante gesetzt und schüttelte verzweifelt den Kopf.
»Eben, Arthur! Du hast den Punkt getroffen. Solche Spiele können verteufelt gefährlich werden, wenn man nicht weiß, was man tut, oder wenn man nicht weiß, mit wem man es zu tun hat ... Wie willst du überhaupt deine Agenten und Spione finden, wenn du dich nicht vernünftig mit ihnen verständigen kannst? Erwartest du etwa, dass alle hier so gut Englisch sprechen wie dein Diener Vingetty oder Lutuf Ullah?«
Der Kommandeur des 33. Regiments schrak zusammen, als Charlotte den Namen des Pferdehändlers aus Kabul nannte. Er ließ stets allergrößte Vorsicht walten, wenn er Lutuf besuchte, und bis

vor wenigen Augenblicken war er felsenfest davon überzeugt gewesen, dass niemand das Geheimnis seiner nächtlichen Ausflüge nach Hoara kannte. »Wie bitte?« fauchte er Sir Edwins Tochter ungehalten an.

»Pssst, Arthur! Du weckst noch meine Eltern auf. Glaubst du etwa, du bist der einzige, der den alten Lutuf besucht? Ich kenne ihn, seit ich gehen kann. Man könnte ihn einen guten Freund nennen. Den Dunkelbraunen hat er mir letztes Jahr geschenkt, weil Papa ihm aus einer ziemlichen Patsche geholfen hat. Ein britischer Offizier wollte ein Pferd nicht bezahlen und hatte Lutuf verklagt, weil der Gaul angeblich schon krank war, als er ihn gekauft hatte ...«

»Hat Lutuf dir erzählt ...?« erkundigte Wesley sich misstrauisch.

»Nein. Du kannst beruhigt sein. Der alte Lutuf ist verschwiegen wie ein Grab, aber vor ein paar Tagen war ich zufällig draußen in Hoara. Ich habe mich im Kaschmir-Serai herumgetrieben und gesehen, wie du ihn besucht hast. Mitten in der Nacht und ohne deine rote Jacke ... Sei vorsichtig, Wesley! Dein Goldfuchs ist ein viel zu auffälliges Pferd, um unbeobachtet waghalsige Ausflüge zu unternehmen, und dein Hindustani ... Du gibst dir redlich Mühe, aber schon am Akzent kann man bis auf eine Meile genau bestimmen, in welcher Ecke Irlands du das Licht der Welt erblickt hast.« Charlotte hatte den Kopf schief gelegt und schaute Wesley herausfordernd an. Ihr Blick löste genau die gewünschte Reaktion aus.

»So? Aus welcher Ecke denn?«

»County Meath!« Das junge Mädchen lachte leise. »Vermischt mit einem Hauch Belgisch oder Französisch ... so genau kann ich's nicht sagen, weil mein Französisch etwas eingerostet ist. Und schließlich Dublin – wobei das Bemühen, das Erbe der grünen Insel aus der Aussprache verschwinden zu lassen, nicht zu überhören ist. Warum eigentlich? Ich find's hübsch.«

»Gut! Wirklich gut, kleine Lady. Wie kann jemand, der noch nie seinen Fuß auf britischen Boden gesetzt hat, so genau bestimmen, woher jemand kommt?«

Arthurs wissenschaftlicher Geist hatte die Oberhand gewonnen. Es bekümmerte ihn nicht mehr im Geringsten, mitten in der Nacht halbnackt auf einem Bett neben der Tochter des höchsten britischen Justizbeamten in ganz Indien zu sitzen.

»Eben darum, Wesley. Du hörst hier Briten aus allen Winkeln der Inseln, und dabei lernst du herauszuhören, wer aus Devonshire ist,

aus Connemara, aus Kent, von Arran oder Islay. Ihr hört doch immer nur die Leute aus eurer unmittelbaren Umgebung. Was unsere eigenen Leute angeht, ist es ein Kinderspiel. Schwieriger wird es bei den Indern. Du weißt zwar ziemlich schnell, wo jemand herkommt, aber du musst dich dann auch noch mit ihm verständigen können. Ein Mann aus Orissa oder dem Maharastra spricht eine ganz andere Sprache als einer aus Rajasthan oder dem Punjab. Um sich in diesem Turm von Babel miteinander zu unterhalten, gibt's das sogenannte ›Vernacular‹ ... es ist irgendwie Hindustani, aber immer von der Gegend gefärbt, in der du dich befindest. Und dann mischen sich noch Tamil und Englisch und sogar ein wenig Portugiesisch und Französisch hinein, wenn man unten im Süden ist.«
Wesley ließ sich eine Zeitlang Charlottes Darlegungen durch den Kopf gehen. Er musste zugeben, dass Lord Halls Tochter in fast jeder Beziehung recht hatte: Er musste Agenten rekrutieren, doch sein Hindustani reichte noch nicht aus, ganz zu schweigen von anderen Dialekten. Er kannte die Menschen nicht gut genug und wusste noch nicht einzuschätzen, wem man vertrauen konnte und wem nicht. Alles, was er über Sitten und Gebräuche seines zukünftigen Kriegsschauplatzes sorgfältig im Kopf gespeichert hatte, war nur Bücherwissen, untermalt mit ein bisschen Lokalkolorit aus Kalkutta und Umgebung ...
»Na gut, kleine Lady. Aber nur als Berater ... und ich will mit deinem Vater darüber sprechen.« Wesley malte sich bereits lebhaft Sir Edwins Reaktion aus, wenn er ihm diese Idee vortrug. Der freundliche alte Herr mit Backenbart würde sich in einen bengalischen Königstiger verwandeln und ihn kurzerhand in der Luft zerreißen – und er hätte nicht einmal Unrecht.
»Mit Papa? Aber erst, wenn ich dir sage, dass du es tun kannst. Und versprich mir bei deiner Soldatenehre – kein Wort zu meiner Mutter! Sie würde vor Angst einen Herzanfall bekommen.«
»Ich kann deine Mutter verstehen, Charlotte. Schon bei dem Gedanken, dich in irgendeiner Verkleidung durch einen Bazar streunen zu sehen, bekomme ich eine Gänsehaut ... Nicht alle Männer sind so wohlerzogen wie ... und sie könnten sich ... wenn sie merken, dass du ein Mädchen bist ...«
Charlotte fuhr von der Bettkante hoch und baute sich vor Arthur auf wie ein Racheengel: »Da haben wir's! Will das große Spiel spielen und kann's nicht lassen, wie ein Engländer zu denken. Wesley, du musst lernen, lernen und nochmals lernen. Du willst

dieses Land begreifen? Dann vergiss deine Vorurteile und Ansichten von zu Hause. Was du in England als unschicklich empfindest ...«, sie packte mit ihrer kleinen Hand energisch seine nackte Schulter, »... ist hier normal, und keiner stört sich dran. Weil ihr Jungs im roten Kittel nur noch unterhalb der Gürtellinie denkt, sobald ihr einen Weiberrock seht, heißt das noch lange nicht, dass der alte Lutuf Hintergedanken hat, wenn ich bei ihm aufkreuze ...« Charlotte hatte sich in Rage geredet. Über soviel Leichtgläubigkeit konnte sie sich nur ärgern.
»Gütiger Himmel! Das war eine erfolgreiche Unterrichtsstunde in indischer Zivilisation. Miss Hall, Sie haben mich überzeugt.« Arthur hatte sich ebenfalls von der Bettkante erhoben und verbeugte sich spielerisch vor Charlotte. Vor soviel Scharfsinn und einer so spitzen Zunge konnte man nur den Hut ziehen. Sie mochte ja erst achtzehn sei, aber sie war eine Meisterin ihres Fachs.
»Übrigens, kleine Lady«, fügte Arthur plötzlich sehr ernst hinzu, »nicht alle Männer, die den Rock des Königs tragen, denken beim Anblick einer klugen und sehr schönen Frau nur noch unterhalb der Gürtellinie. Du bist intelligent, und du weißt sehr viel, aber du musst trotzdem noch erwachsen werden. Nur weil der eine oder andere dich respektlos behandelt hat oder über dich spottet, weil du dieses Ding hier trägst ...«, er stupste Charlotte die kleine runde Brille mit dem Finger auf den Nasenrücken, »... und lieber mit anderen jungen Mädchen tanzt, darfst du uns nicht alle in einen Topf werfen und uns hassen oder uns Dinge unterstellen, an die wir überhaupt nicht denken. Du bist noch viel zu jung, um schon so bitter und so zynisch zu sein. Jeder erlebt Härten und Enttäuschungen, Charlotte, doch deswegen darf man nicht alles wegwerfen oder davonlaufen, nur um zu versuchen, das zu sein, was man nicht sein kann.«
Plötzlich sah Arthur nur noch eine junge, zutiefst enttäuschte Frau vor sich, die ihren Kummer und ihre Einsamkeit hinter einer Maske aus Selbstsicherheit, Ruppigkeit und Abenteuerlust verborgen gehalten hatte. Charlotte liefen Tränen über die Wangen – Tränen der Wut, weil Wesley sie durchschaut hatte, und Tränen der lang aufgestauten Trauer, stets von allen vor den Kopf gestoßen zu werden.
Arthur nahm vorsichtig ihr Gesicht in seine Hände und schüttelte den Kopf. Doch statt den Tränenfluss zu beenden, löste die

Berührung das Gegenteil aus. Er zog Charlotte an seine Schulter und nahm sie fest in die Arme, damit sie sich ausweinen konnte. Fünf Minuten später beruhigte das Mädchen sich wieder, aber den Weg zurück zu ihrer gewohnten Selbstsicherheit hatte sie noch nicht gefunden.

»Jetzt verachtest du mich und denkst, ich sei nicht besser als die anderen jungen Gänse, mit denen du sonst immer zu tun hast, nicht wahr?« flüsterte sie enttäuscht.

»Gewiss nicht, kleine Charlotte«, antwortete er sanft. »Manchmal tut es gut, seine Sorgen und seinen Kummer einem guten Freund anzuvertrauen, bei dem man weiß, dass man sich seiner Gefühle nicht zu schämen braucht. Glaubst du etwa, mir wäre noch nie zum Heulen gewesen, nur weil ich einen roten Rock und eine Waffe trage?«

Er bedeutete ihr, sich neben ihn auf die Bettkante zu setzen. Der Morgen dämmerte bereits, und weiches Licht drang durch die offene Tür ins Zimmer. Arthurs Gesichtsausdruck war nachdenklich.

»Weißt du, vor nicht allzu langer Zeit ging es mir ähnlich wie dir heute Abend. Nur hab ich nicht so vernünftig und mutig reagiert wie du ...«

»Mutig? Was für ein Unsinn, Arthur! Ich habe geheult wie ein kleines Kind.«

Charlotte gewann langsam ihre übliche Selbstsicherheit zurück. Arthur zog amüsiert die Brauen hoch und schaute ihr fest in die Augen. »Genau das ist mutig. Ich war nicht so klug wie du ... Als sie mich in die Armee gesteckt haben, war ich todunglücklich. Es war schrecklich. Ich hatte furchtbare Angst, habe mich allein und verlassen und von meinen Angehörigen verstoßen gefühlt. Dauernd sagten sie mir, ich sei völlig unnütz, deshalb wäre es am besten, wenn ich mich am anderen Ende der Welt totschießen ließe, damit sie keine Sorgen mehr mit mir hätten. Kanonenfutter! Außerdem hatten sie mir erfolgreich eingeredet, dass ich ein Vollidiot wäre, der nicht mal eins und eins zusammenzählen könne. Und ich hab's geglaubt, weil man es mir immer und immer wieder sagte ...«

»Und?«

»Und weil ich schließlich überzeugt war, dass sie recht hatten, habe ich mich aufgeführt, wie man es von mir erwartete – wie ein Vollidiot eben. Statt meiner heißgeliebten Familie zu zeigen, dass sie sich irrt, habe ich jeden Unsinn angestellt, um meiner besorgten

Mutter und meinem lieben Bruder zu beweisen, dass ich ein Taugenichts bin. Ich hab gespielt, gesoffen, Hurenhäuser besucht und hatte Umgang mit schlechten Menschen. Ich hab mich so oft duelliert, als ob's mein Lebensinhalt wäre, und ich hab mich dreimal täglich vor den Spiegel gestellt und mir gesagt, wie missraten und verachtenswert ich doch wäre und was für eine gute Tat es sei, meine noblen Angehörigen von meiner jämmerlichen Existenz zu befreien ...«
Jetzt schüttelte Charlotte ernst den Kopf. »Arthur, wenn hier einer bitter und zynisch ist ...«
Er lachte. »Kleine Lady, natürlich ist es zynisch, was ich dir gerade erzähle, und es gab eine Zeit in meinem Leben, da war ich verbittert und enttäuscht und habe hinter jedem Baum und jedem Strauch einen üblen Menschen vermutet, der mir Böses wollte. Was den Zynismus betrifft, hast du zwar immer noch recht, aber alles andere ... das ist vorbei, das legt sich, wenn man ein bisschen älter wird, ab und zu über den Zaun sieht und feststellt, dass nicht alles so furchtbar düster ist, wie man es sich einbildet.«
»Was hast du dann getan?« erkundigte Charlotte sich interessiert.
Wesley hatte das Gefühl, dass es eine gute Sache gewesen war, einen Teil seines gewohnten Schutzpanzers abzulegen und ein paar Karten offen auf den Tisch zu legen. Vielleicht würden seine Ehrlichkeit und Offenheit Charlotte davor bewahren, auf die schmerzhafte Art und Weise erwachsen zu werden.
»Ich habe versucht, meinen Kopf zum Denken zu benutzen und nicht nur, um einen Zweispitz durch die Gegend zu tragen. Dein Vater hat gestern Abend etwas sehr Kluges gesagt, über das Rad des Lebens, an dem man selbst nur fleißig drehen muss ... Ich hab mich gewehrt, hab nicht mehr alles ergeben hingenommen und bin zu der Einsicht gelangt, dass man nur vernünftig an alles herangehen muss, dann erledigen die Probleme sich irgendwann von selbst.«
»Ist das wirklich so, Arthur?«
»Ja! Ein Teil deines Ärgers und deiner Sorgen verschwindet. Glaub mir, kleine Lady. Sicher, manche Dinge sind zäh und nur schwer zu bekämpfen, aber irgendwann sieht man kleine Fortschritte und hat das Gefühl, dass sich mit der Zeit und mit ein wenig gutem Willen auch hier alles einrenken lässt ... Und dann gibt es immer wieder mal ein kleines Wunder, bei dem man viel von seinem verlorenen Glauben zurückgewinnt oder die Niederlagen und

Enttäuschungen vergisst, die einem trotzdem noch begegnen ...«
»Bist du sicher?« fragte Charlotte in einer Mischung aus Misstrauen und Hoffnung.
Der junge Offizier zog die Knie unters Kinn und grinste das Mädchen an. »Was dich betrifft, kleine Charlotte? Ja, hundert Prozent. Was mich betrifft? Vielleicht, vielleicht auch nicht.«
»Warum?«
»Hör mal, für eine durchwachte Nacht reicht es jetzt, sonst erschlägt dein Vater mich noch, weil er seine Tochter im Bett eines fast unbekleideten Mannes findet. Lasse uns ein andermal weiterreden und verschwinde brav zurück in dein Zimmer.«
Folgsam erhob Charlotte sich von der Bettkante und ging zur Tür, die auf die Veranda führte. Als sie fast schon im Freien war, drehte sie sich noch einmal um. »Versprich mir, dass du Papa um Erlaubnis fragst.« »Ich verspreche es. Du hast mich überzeugt«, erwiderte der Kommandeur des 33. Infanterieregiments Seiner Majestät.

Es geschah genauso, wie Sir Edwin Hall es angekündigt hatte: Der britische Generalgouverneur in Kalkutta, Sir John Shore, befahl Oberst Wesley an einem Sonntag dringlich nach Fort William. Das Gespräch fand nicht, wie ansonsten üblich, unter vier Augen statt: Arthur stand vor sechs Männern – den sechs wichtigsten Männern in Britisch-Indien. Nach einigen sehr förmlichen einleitenden Worten des Generalgouverneurs nahm Arthur seine Befehle in Empfang. Er hatte nicht nur in der Sache des Nachrichtendienstes gesiegt, er hatte die Gentlemen auch von seinen Vorschlägen überzeugt, was die Artillerie betraf. Vor allem aber hatten sie seinem Plan für einen Militärschlag gegen Spanisch-Manila zugestimmt.

Es war so viel auf einmal, dass dem jungen Offizier schwindlig wurde. Nur mit äußerster Selbstbeherrschung gelang es ihm, auf butterweichen Knien weiter vor den sechs Männern strammzustehen und mit ernstem Gesichtsausdruck zu erklären, dass er seine Befehle verstanden hatte und genau auszuführen gedachte.

Als man Wesley aus dem Amtszimmer des Generalgouverneurs entließ, musste er sich erst einmal für ein paar Minuten in eine ruhige Ecke setzen, um seine Emotionen wieder unter Kontrolle zu bekommen. Es war eine gewaltige Verantwortung, die innerhalb der kurzen Zeitspanne von nur fünfzehn Minuten – so lange hatte die Audienz bei Sir John gedauert – in seine Hände gelegt worden war. Das letzte Papier, das sie ihm feierlich überreicht hatten, war der Marschbefehl für Penang.

Er ritt im Schritt und am langen Zügel zurück zu den Kasernen seines Regiments. Als die beiden Wachposten ihren Kommandeur begrüßten, konnte dieser in der Ferne bereits ausmachen, wie seine Männer exerzierten. Auch am Tag des Herrn gab Wesley ihnen nicht frei: Er selbst hatte nichts mit Gott im Sinn, und was seine Soldaten betraf, war er davon überzeugt, dass eine ordentliche Ausbildung ihnen auf dem Schlachtfeld mehr helfen würde als alle Stoßgebete.

Er lenkte sein Pferd auf die lange Reihe im roten Rock zu. Als Sir John Sherbrooke den Freund bemerkte, befahl er laut: »Habt Acht! Der Kommandeur!«

In einer einzigen Bewegung schlugen die Männer die Hacken

zusammen und präsentierten die Gewehre. Arthur zügelte seinen Goldfuchs. Lange betrachtete er seine Soldaten schweigend. Die Männer verharrten regungslos. »Rühren!« befahl er ihnen leise. West, Shee, Sherbrooke und die anderen Offiziere mussten sich meist mit lauten Worten Aufmerksamkeit verschaffen. Arthur konnte flüstern – die Männer gehorchten.
Jeder von ihnen hatte mehr als drei Dienstjahre im 33. Infanterieregiment hinter sich. Jeder erinnerte sich bis ins kleinste Detail an den grauenhaften Flandernfeldzug und daran, wie ein dreiundzwanzigjähriger Junge mit silbernen Schulterstücken sie wieder nach Hause geführt hatte: über die Weser, die Alle und die Ems, über die eisigen, verschneiten Ebenen Hollands, durch die feindlichen Linien hindurch, auf die Schanzen von Boxtel und schließlich in den rettenden Hafen von Ostende.
Den Divisionskommandeur von Wesleys Brigade hatten die Männer während all der Schrecken nicht ein einziges Mal gesehen. Er hatte sich nicht darum gesorgt, ob sie aßen oder verhungerten, ob man für die Verletzten sorgte oder ob sie krepierten. Er hatte es nicht einmal für nötig befunden, sich darum zu kümmern, dass die Männer bis nach Ostende und lebend zurück nach England kamen. Nachdem man Frederick Augustus, Herzog von York und Albany, gemeldet hatte, dass der Tross und das Gepäck des Generalstabes in Sicherheit waren, hatte der Oberkommandierende sich erleichtert von seinem unglückseligen Kriegsschauplatz verabschiedet. Der dreiundzwanzigjährige Junge im roten Rock aber hatte die Männer nicht im Stich gelassen.
Als sie krank und halb tot vor Hunger nach Irland zurückkehrten, stellte sich heraus, dass das 33. Infanterieregiment das Regiment mit den geringsten Verlusten war – und eines der wenigen, das mit einem kleinen Sieg nach Hause kam. Vor dem Flandernfeldzug hatten die meisten der rauen Gesellen im roten Rock den Jungen mit den silbernen Schulterstücken nicht ernst genommen: Ein feiner Herr, der ein bisschen Soldat spielen wollte. Doch seit dem Flandernfeldzug verehrten sie ihren Obersten. Sie wussten, dass dieser feine Herr aus gutem Hause ein wahrer Soldat war und die Seele eines Kriegers besaß. Er hatte Not und Elend, Kälte und Hunger mit seinen Leuten geteilt. Nie hatte er sich selbst mehr zugestanden als ihnen. Oft hatte er den Schwächeren von dem Wenigen gegeben, das er selbst besaß – ohne Rücksicht auf den Rang. Heute waren die Männer des 33. Regiments bereit, Oberst

Wesley durch die Hölle zu folgen, falls er es von ihnen verlangte.
Der Goldfuchs stand vollkommen regungslos, als Arthur den Marschbefehl nach Penang aus der Tasche zog. Mit ruhiger Stimme verlas er den Mannschaften und Offizieren, was sie in Kürze erwartete. »Ich weiß, dass ihr mich nicht enttäuschen werdet, Männer!« beendete er seine Ansprache – die längste, die Oberst Arthur Wesley vor seinem Regiment je gehalten hatte.
Genauso langsam, wie er zu seinen Männern geritten war, ritt er nun wieder fort. Erst als er aus dem Blickfeld seiner Rotröcke verschwunden war, ging ein Murmeln und Raunen durch die langen Reihen. »Maul halten!« herrschte Major John Shee seine Kompanien an. »Ich bitte Sie, meine Herren!« versuchte Francis West, die Aufmerksamkeit seiner Soldaten zurückzuerobern.
Oberstleutnant Sir John Sherbrooke stand unter Schock. Er sagte gar nichts.

Wesleys und Sherbrookes kleines Haus verwandelte sich von einem Tag auf den anderen in einen Bienenstock, der einem Stabsquartier ähnelte. Das 33. Regiment würde in Begleitung eines provisorischen Sepoy-Regiments ins Feld ziehen, das sich aus handverlesenen Männern der besten indischen Einheiten im Dienste der Ostindischen Kompanie zusammensetzte. Alles in allem würden 2200 Soldaten aus
Kalkutta nach Penang segeln und dort auf eine etwa gleich starke Truppe aus Madras treffen. Die auserwählten europäischen Regimenter waren das 12. Infanterieregiment mit 461 Mann unter Henry Harvey Ashton, das 74. Hochlandregiment von Connor McLeod mit 438 Mann, sowie 673 Sepoys aus Südindien und Einheiten der Königlichen und der Madras-Artillerie.
Arthur versuchte seine Vorbereitungen geheimzuhalten, um den Schlag gegen Spanisch-Manila als Überraschungsangriff führen zu können. Doch in den drei Monaten, die er sich nun in Indien aufhielt, hatte er begriffen, dass Britisch-Indien ein Dorf und die Zivilisten geschwätzige Marktweiber waren, die jedem, der es hören wollte, alles erzählten, was sie wussten. Darum griff Arthur bereits im Anfangsstadium seiner Vorbereitungen zu einer Kriegslist, die zugleich den ersten Versuch darstellte, seinen neuen militärischen Nachrichtendienst ins Feld zu schicken. Außer den langen Beratungen mit den englischen Offizieren in seinem kleinen Haus unweit von Fort William, fanden noch andere Konferenzen an einem weniger frequentierten Ort statt: Howrah

und der Kaschmir-Serai entwickelten sich langsam, aber sicher zu Wesleys nächtlichen Stabsquartieren. Er hatte Lutuf Ullah für »die Sache« gewonnen. Einerseits gab es die Sympathie zwischen dem jungen britischen Offizier und dem alten Pferdehändler aus Kabul, andererseits erinnerte der Afghane sich mit einer gewissen Nostalgie an seine Jahre als »Gast« von Warren Hastings zurück. Er konnte seine pro-britische Einstellung nur schwer verbergen.
Doch Lutuf war für Arthur zu kostbar, als dass er den Kabuli wegen Penang eingesetzt hätte. Er setzte ihn nur ein, um zu ermitteln, ob die Männer, die Sir Edwin Halls abenteuerlustige Tochter anschleppte, für seine Zwecke geeignet waren oder nicht. Wesley und C 1 – so lautete seit kurzem der Deckname Lutuf Ullahs in den Büchern der Armee und der Ostindischen Kompanie – stellten erstaunt fest, dass die junge Frau sich nur selten irrte.
Bald schon schwirrten wilde Gerüchte durch die Märkte und Spelunken von Kalkutta. Einem dänischen Handelsschiff gestattete Kapitän Rodrick Brodham, der Hafenmeister, auf allerhöchsten Befehl sogar die Ausfahrt aus dem Hoogley in Richtung Spanisch-Manila. An Bord befand sich ein Seidenhändler aus Hyderabad, der nicht nur seine schönen teuren Stoffe im Gepäck hatte, sondern auch das Silber von »John Company« und eine Menge Neuigkeiten über einen bevorstehenden britischen Angriff gegen die Kolonie des neuesten französischen Verbündeten. Lutuf hatte den Mann empfohlen. Nicht etwa, weil er sich besonders zum Spion eignete, sondern weil er ein unverbesserliches Klatschmaul war. Rajendrah Singh wurde nicht bezahlt, um zu suchen und zu erkunden: Man hatte ihm die Silberlinge zugeschoben und ihn schwören lassen, dass er kein Wort sagen würde über das, was er wusste – was im Fall von Rajendrah Singh, dem geschwätzigen Seidenhändler aus Hyderabad, die beste Methode war, dafür zu sorgen, dass dem Feind jede Fehlinformation bis ins letzte Detail übermittelt wurde.
Während die Offiziere beratschlagten, Lutuf Ullah wilde Gerüchte in Umlauf setzte und Charlotte Hall Augen und Ohren nach vielversprechenden Rekruten für Wesleys Spionagedienst aufsperrte, mussten die Männer des 33. Regiments lernen, mit ihren indischen Kameraden aus den beiden Sepoy-Bataillonen zu kooperieren. Die Inder wurden von britischen Offizieren befehligt. Es waren Männer, die kein königliches Patent in der Tasche hatten, nur ein Patent der Ostindischen Kompanie. Sie waren meist um Jahre älter als ihre Kameraden im roten Rock und dienten

schon seit ewigen Zeiten in Indien. Dennoch unterstand ein Hauptmann der »Company« stets einem Hauptmann des Königs, was anfangs nicht nur zu Konflikten mit Arthurs Offizieren führte, sondern sogar zu Streitigkeiten zwischen den britischen und den einheimischen Soldaten.

Doch ein Machtwort des jungen Obersten führte zumindest zu einem Waffenstillstand und dem Versuch friedlicher Kooperation zwischen beiden Seiten. Wesley hatte weder die Zeit noch die Lust, sich einen Angriff gegen die Spanier und damit gegen den französischen Erzfeind durch sinnlose Geplänkel in den eigenen Reihen verderben zu lassen. Und er brauchte in seinem Stab die Männer von »John Company«.

Das Machtwort Wesleys war für seinen Charakter bezeichnend gewesen. Er hatte die Offiziere von König und Company auf die jasminüberwachsene Veranda seines provisorischen Stabsquartiers gebeten. Höflich, aber sehr bestimmt. Dann hatte er sich vor der versammelten Bande eitler und streitsüchtiger Pfaue aufgebaut und ihnen deutlich gemacht, dass es ihn nicht im mindesten interessierte, wer welches Patent in welcher Tasche hatte. Sein Stab sei ein Team und habe entsprechend zu arbeiten. Einzelkämpfer und bornierte Individualisten, die nur an die nächste Beförderung dachten, wären ihm ein Gräuel; außerdem habe er keine Lust, seine Zeit mit dem Schlichten kindischer Streitigkeiten zwischen erwachsenen Männern zu vergeuden.

Vor Wesley hatten Hauptleute der Ostindischen Kompanie gestanden, die doppelt so alt waren wie er, denn um Kosten zu sparen, beförderte »John Company« nur entsprechend der Dienstzeit. Von tausend Offizieren der britischen Handelsgesellschaft waren insgesamt nur 62 im selben Rang wie Arthur. Der Ire war gerade erst sechsundzwanzig Jahre alt, seine Kameraden dagegen standen meist kurz vor der Pensionierung. Die Männer hatten nach Wesleys kerniger Ansprache geschluckt und verwundert festgestellt, dass Autorität und Führungsqualitäten nicht unbedingt graues Haar voraussetzten. Dann hatten sie ihr Haupt vor dem jungen Offizier gebeugt und seine Entscheidung akzeptiert. Von nun an verfügte das Expeditionskorps gegen Spanisch-Manila über einen Stab, in dem die Funktionen gerecht zwischen Königlichen und »Company«-Offizieren aufgeteilt waren.

Auch die zwei Adjutanten Wesleys kamen aus den einst gegnerischen Lagern. Der eine war Francis West, der seine

Kompanien verlor und dafür eine Stabsfunktion gewann. Der andere war Hauptmann William Barclay von der Ostindischen Kompanie, der noch wenige Stunden zuvor mit West gestritten hatte, um herauszufinden, wer das Sagen hatte. Nun musste Barclay im Schnellverfahren lernen, nicht nur mit dem vorlauten Francis West zurechtzukommen, sondern auch die Befehle eines Obersten auszuführen, der an dem Tag auf die Welt gekommen war, an dem er selbst zum ersten Mal seinen Fuß auf indischen Boden gesetzt hatte.

Nachdem Arthur Wesley, der Kommandeur des 33. Regiments und Oberbefehlshaber in spe der Spanisch-Manila-Expedition, seinem verschüchterten und verunsicherten Umfeld erklärt hatte, was er von den Herren Offizieren erwartete – ohne dabei in Betracht zu ziehen, dass es Menschen gab, die mehr als vier Stunden Schlaf pro Nacht benötigten –, verschwand er wortlos in Richtung der Stallungen. Wenige Augenblicke später hörte man nur noch das Klappern von Hufen und sah einen wehenden, goldfarbenen Schweif zwischen den Wachposten hindurch in einer belebten Straße Kalkuttas verschwinden.

Seine Offiziere hatten nur eine einzige Aufgabe: die Soldaten tüchtig zu drillen und dafür zu sorgen, dass die Impedimenta einer militärischen Operation zum richtigen Zeitpunkt am richtigen Ort verladefertig vorbereitet waren.

Wesley dagegen hatte noch hundert andere Dinge zu erledigen. Zuerst fuhr er wie ein Tropensturm durch Fort William, um Sir John Shore und dem Vizegouverneur Bericht über die rein militärischen und die nicht-militärischen Aspekte der Operation zu erstatten. Dann machte Wesley denselben Blitzbesuch bei William Hickey, dem Residenten von »John Company«, am entgegengesetzten Ende von Kalkutta. Nach Hickey kamen das Observatorium und der kartographische Dienst an die Reihe. Ein sorgfältig geplanter Kriegszug verlangte mehr als nur vernünftiges Kartenmaterial. Details wie das voraussichtliche Einsetzen der Monsunstürme, die durchschnittliche Temperatur in Penang zur Zeit des geplanten Angriffs, die Höhe der Gezeiten an den Stränden von Penang, um Transportboote sicher an Land zu bringen und nicht sinnlos Soldatenleben zu opfern, spielten in Wesleys Planung eine genauso große Rolle wie die Anzahl der Patronen, die der Quartiermeister des 33. Regiments aus den Arsenalen von Kalkutta für die Briten und die Sepoys besorgen

musste.
Irgendwann nach Einbruch der Dunkelheit stellte Wesley seinen verschwitzten Goldfuchs im Stall von Sir Edwin Hall ab. Der bengalische Bursche des Justizbeamten kannte das kleine Spiel bereits in- und auswendig. Noch bevor er dem erschöpften Tier Sattel und Zaumzeug abnahm, rannte er zum Wohnhaus der Halls, klopfte dreimal an die Tür, die von der Veranda zu Miss Charlottes Zimmer führte, und eilte dann in den Stall zurück. Währenddessen hatte sich der Kommandeur des 33. Regiments in einen nicht besonders auffälligen Einheimischen verwandelt, seine rote Uniform samt Waffe ins Stroh geworfen und zwei gesattelte, durchschnittliche Pferde in den Hof geführt. Bereits eine halbe Stunde später überquerten zwei Reiter die Brücke über den Hoogley und bahnten sich ihren Weg durch die überfüllten Straßen von Howrah in Richtung Kaschmir-Serai.
Charlotte fand das neue Spiel sehr aufregend. Arthur fand es anstrengend, denn er schaffte es nicht, einem Tag mehr als vierundzwanzig Stunden abzuringen. Als er sich in die bunt bestickten Kissen im Salon von Lutuf Ullah fallen ließ und sich unter dem aufmerksamen Blick einer bis über die Nase verschleierten Frau mit den Fingern eine große Portion Reis und fettes Lammfleisch – »rogan josh« – in einen »chappatti« legte, entfuhr es ihm auf Hindustani: »Dem Himmel sei Dank für das gastliche Haus meines geschätzten Freundes Lutuf und die nahrhafte Küche seiner Sahibaa Huneefa! Nie ist mir ein köstlicheres Mahl serviert worden als hier unter deinem Dach, und glücklich ist der Mann, der dich zum Weib hat!«
Lutufs Hauptfrau errötete leicht unter ihrem Schleier. Der junge britische Offizier hatte zwar einen grauenhaften Akzent, aber sie hatte ihn nun schon so oft Hindustani sprechen hören, dass sie ihn trotz seiner holperigen Aussprache ausgezeichnet verstand. Charlotte lachte schallend, und der Kabuli brummte gerührt: »Wesley-Sahib lernt schnell. Hör ihn dir an, Weib! Wenn er nicht mein Freund wäre, würde ich ihn für dieses unziemliche Schäkern mit der Sahibaa eines strenggläubigen Muslims erschlagen. Schließlich bin ich ein ›hadji‹, der den Weg nach Mekka schon zweimal gemacht hat.«
Huneefa verschwand kichernd hinter den Vorhängen ihrer Küche. Charlotte kreuzte die Beine und bediente sich nun gleichfalls aus der großen Kupferschüssel. »Haan! – Du hast Recht, Lutuf! Er lernt schnell. Wenn wir uns ein bisschen Mühe geben, machen wir aus

diesem >gorah-log< noch einen echten >pahari<.«
Während Arthur sich seinen leeren Magen mit mehreren großen Portionen Hammelfleisch und Reis füllte und dazu Tasse um Tasse starken Kaffee trank, berichteten der Pferdehändler aus Kabul und Charlotte von der erfolgreichen Entsendung Rajendrah Singhs nach Penang. »Und du kannst mir glauben, Wesley-Sahib. Dieser Mann ist so geschwätzig, dass die Gerüchte eures bevorstehenden Angriffs bis zu den >heresi< nach Paris durchdringen werden, falls die Schiffe der Spanier schnell genug segeln, bevor der Monsun einsetzt.«
»Das wäre phantastisch, mein Freund. Aber so weit müssen die falschen Informationen gar nicht vordringen. Mir reicht es schon, wenn die Spanier davon überzeugt sind, dass wir Truppen von Osten her anlanden und dass nur Schiffe aus Kalkutta gegen Penang in See stechen ... Sag mal, warum nennt ihr die Franzosen >heresi<?«
Der alte Kabuli wischte sich die fettigen Finger an seinem Kaftan ab und rülpste genüsslich. Er war mit dem Mahl zufrieden, das Huneefa zubereitet hatte, und die Frage, die sein britischer Gast ihm gestellt hatte, gefiel ihm, denn er erzählte leidenschaftlich gerne von seinen weiten Reisen über den Subkontinent. Das Interesse an den »heresi«, den Franzosen, gab ihm nun Gelegenheit, von einem Winter im Maharastra zu berichten.
»Wesley-Sahib, was weißt du über den Süden?« leitete er seine Erzählung mit einer rhetorischen Frage ein.
Charlotte bediente sich genüsslich von einem silbernen Teller mit »gulab jamun«, »sandesh« und »gajar ka halwa«. Sie kannte die Geschichte, doch ihr war es lieber, dass der Kommandeur des 33. Regiments sie aus dem Munde von Lutuf Ullah vernahm. Es fiel ihr schwer einzuschätzen, ob die Trikolore über dem Palast des Sultans von Mysore eine Bedeutung für Britisch-Indien hatte.
Lutuf Ullah streckte sich bequem in seinen weichen Kissen aus und rülpste noch einmal. Für Wesley war dieses Verhalten befremdlich, für Huneefa, die Hauptfrau des Kabuli, ein Ausdruck äußerster Zufriedenheit mit einem opulenten Abendmahl und zugleich ein Befehl, ihrem Herrn und seinen Gästen eine weitere Kanne mit Kaffee zu servieren. Hinter den Teppichen, die ihre Küche vom Wohnraum abtrennten, huschte sie diensteifrig hervor. Zuerst schenkte sie ihrem Gemahl aus einer schlanken, hohen Kupferkanne das heiße, aromatische Getränk ein. Dann

bediente sie die beiden Gäste.
»Gesell dich ein wenig zu uns, Weib!« knurrte Lutuf ihr freundlich zu. Seine Hand wies auf ein Kissen hinter Charlotte. Obwohl der Kabuli seine Frau liebte und achtete, musste sie – nach den Gesetzen seiner strengen Religion – doch an ihrem Platz bleiben. Und der war weit hinten, außerhalb des Sichtfelds der Geladenen. Charlotte dagegen war eine Mamsahib, eine weiße Frau. Darum galten für die Tochter des höchsten britischen Justizbeamten in Indien andere Spielregeln. Lutuf hatte während seiner Jugendjahre als Geisel von Warren Hastings viel über die »firanguis« – die Europäer – gelernt. Auf ein Zeichen des Pferdehändlers schenkte seine Frau sich ebenfalls Kaffee ein, und ein anderes, tief verschleiertes Geschöpf brachte ihr demütig und mit gesenktem Haupt einen kleinen Teller voller orientalischer Süßigkeiten.
Als seine erwartungsvollen Zuhörer gut versorgt und die junge Nebenfrau wieder in der Küche verschwunden war, begann der Paschtune zu erzählen. Charlotte kannte ihn gut. Sie wusste, dass es eine lange Nacht werden würde, denn vor den aktuellen Ereignissen, die den Süden erschütterten, würde Wesley eine ausführliche Exkursion in die Geschichte des Maharastra über sich ergehen lassen müssen.
»Ah, meine Freunde! Ich führte ein unbeschwertes und leichtes Leben zwischen den Bergen meiner Heimat und den endlosen grünen Ebenen dieses Landes. Meine Jahre in Kalkutta, während ich die Gastfreundschaft des großen Hastings-Sahib genießen durfte – möge Allah sich seiner Seele annehmen, er war ein tapferer Krieger –, hatten mir eine zufriedene und treue Kundschaft unter den ›pardesi‹ geschaffen. Ich brachte meine Pferde auf den Markt von Bhawanipur und anschließend, nach einer weiten Reise durch Orissa und den Karnataka, auf den Pferdemarkt von Chennai im Süden. Mit jedem Handelsunternehmen wurde ich reicher und angesehener. Immer wenn ich von meinen Abenteuern nach Hause zurückkehrte, stellte ich erfreut fest, dass mein Weib Huneefa mir wieder einen gesunden Sohn geschenkt hatte. Eines Tages beschloss ich, mein Weib an einer meiner Reisen nach Chennai teilhaben zu lassen. Also verbrachten wir, nachdem ich – Allah ist gütig – einhundert Pferde verkauft hatte, ruhige, beschauliche Tage in Fort St. George. Huneefa besuchte die Märkte der Stadt und kaufte feine Seidenstoffe und duftendes Santal ein. Ich selbst trank zufrieden

Tee mit meinen Freunden, und wir unterhielten uns lange und ausführlich über die Geschäfte des vergangenen Jahres.« Er hielt kurz inne und seufzte.
»Genau in diese guten Tage an der Küste des heißen Meeres, das man auch den Golf von Oman nennt, fiel eine erschütternde Neuigkeit: Hyder Ali, der Herrscher von Mysore, ließ seine raubenden und plündernden Horden wieder auf den Karnataka los. Bis an die Zähne bewaffnet, unbeugsam und unbesiegt, bedrohten seine Maisuri-Krieger nicht nur das Landesinnere, sondern auch die Küste und Chennai – Fort St. George!«
Lutuf trank einen großen Schluck Kaffee und stopfte sich »lukkum« in den bärtigen Mund. »Schreckliche Tage erwarteten uns alle! Oh, ich muss es gestehen! Hyder Ali war ein großer Mann – tapfer, wagemutig und ohne Furcht. Ein wahrer Herrscher, den die >heresi< sich zum Freund und Verbündeten gemacht hatten. Der Sultan von Mysore verfolgte einen alten Traum seines Volkes: das Land unter einer Hand zu einen und wieder so stark zu machen wie in den glorreichen Tagen der Moguln ... Die >heresi< aber verfolgten einen anderen Traum – Indien und insbesondere den reichen Süden des Landes den >inglis< zu entreißen und wieder jene Vorherrschaft zu erringen, die Clive-Sahib ihnen so grausam entrissen hatte. Für die >heresi< war
Hyder Ali nur eine Schachfigur in ihrem neuen großen Spiel gegen die >inglis<. Mit jedem Schlag der Trommeln und Zimbeln kam der Schatten des Krieges näher und näher. Bald schon konnte man in Chennai am fernen Horizont den Rauch brennender Dörfer erkennen, und das Grollen der Kanonen raubte uns den Schlaf. Es waren furchtbare Tage. Als die Gefahr so groß schien, dass wir uns alle verloren glaubten, erwachten die >inglis< plötzlich aus ihrer sonderbaren Erstarrung. Cornwallis-Sahib zog die langen Stiefel an. Er war gerade erst, nach vielen Jahren auf der anderen Seite der Welt, nach Indien zurückgekehrt. Er sammelte die roten Röcke und die Sepoys um sich und Dutzende von großen, schweren Kanonen, die Tod und Verwüstung über Hyder Ali und das Maharastra bringen sollten. Ich war jung in diesen Tagen und hatte Geschmack am Abenteuer. Also vertraute ich Huneefa und meine Pferde einem alten Freund an – Orford-Sahib, dem Surveyor General von Fort St. George. Er und seine Sahibaa versprachen mir, die Ehre meines Weibes zu schützen, während ich mit den >inglis< gegen Hyder zog. Oh, Wesley, du kannst dir

nicht vorstellen, wie gerührt Cornwallis-Sahib war, als ich mit meinen Paschtunen zu ihm kam und anbot, gegen unseren Feind zu ziehen. Lutuf ist ein Freund der ›inglis‹, und Cornwallis-Sahib versprach uns, dass die Armee und die Kompanie immer meine Pferde kaufen würden, damit der Reichtum und die Macht nie das Haus Ullah verließen. Es waren ruhmreiche Tage. Wir haben Tausende unserer Feinde erschlagen. Die anderen flüchteten zusammen mit ihren ungläubigen französischen Beratern wie die Hasen. Die Rache Allahs kam über Hyder, denn er hatte gefrevelt und den Islam verraten. Bald schon standen wir mit den ›inglis‹ vor seiner Trutzburg – Seringapatam. Die Kanonen von Cornwallis-Sahib spien Tod und Verwüstung. Und obwohl die Mauern in sich zusammenstürzten wie Spielkarten, war der Kampf noch längst nicht entschieden. Die Monsunstürme setzten ein und ertränkten das Land. Die Geschütze konnten nicht mehr nach vorne und nicht mehr zurück bewegt werden. Zehntausend ›inglis‹ und Sepoys lagen vor Seringapatam, und die Nahrung wurde mit jedem Tag knapper. Der Monsun brachte Fieber. Viele der ›inglis‹ starben nicht durch die Hand des Feindes, sondern vor Hunger und Krankheit.« Wieder hielt er kurz inne, den Blick in die Vergangenheit gerichtet.
»Nach sechzehn endlos langen Wochen musste Cornwallis-Sahib aufgeben, obwohl wir alle Tag für Tag zu Allah gebetet hatten und um den Sieg flehten. Er zerstörte die Kanonen, und wir zogen wieder zurück nach Chennai. Obwohl wir Hyder Alis Trutzburg nicht hatten zerstören können, hatten wir den Maisuri und den ›heresi‹ doch einen Schuss vor den Bug versetzt, wie ihr so schön sagt. Die Bedrohung des Karnataka und der Küste war verschwunden. Cornwallis-Sahib hatte einen großen Sieg errungen und die ›heresi‹ von den Handelswegen vertrieben. Er hatte ihnen alle Häfen weggenommen und ihnen nur noch Pondicherry und das elende Fischerdorf Mahé gelassen ...«
Lutufs Blick war verträumt. Die Erinnerung an die Abenteuer seiner Jugend tat dem alten Paschtunen gut. Arthur hatte ihm aufmerksam zugehört. Er hatte nicht einmal gewagt, seinen Kaffee zu trinken, um auch ja kein Wort des Pferdehändlers zu verpassen. Nun aber hatte sein Freund aus den Bergen geendet, und er brannte vor Neugier und musste ihm einfach ein paar Fragen stellen.
»Lutuf, erinnerst du dich noch an die ›heresi‹, die mit Hyder Ali kämpften? Waren es viele, oder bildeten sie nur seine Maisuri aus?

Wie sieht diese Festung Seringapatam aus? Haben die Moguln sie erbaut, oder waren es unsere Leute? Warum ist Cornwallis mitten durch den Monsun gegen den Feind gezogen? Wieso ist euch die Nahrung ausgegangen?«

Charlotte grinste und knabberte an einer kandierten Mandel. Huneefa schüttelte unter ihrem Schleier den Kopf. Sie verstand genügend »inglis«, um der Erzählung ihres Gemahls zu folgen. Außerdem war sie ja selbst dabeigewesen.

Zufrieden strich Lutuf sich über den roten Bart. »Wesley-Sahib, ich freue mich, dass meine kleine Geschichte dir so gut gefallen hat. Was die ›heresi‹ angeht, kann ich dir natürlich einiges erzählen, doch was die Eingebungen von Cornwallis-Sahib und den ›inglis‹-Soldaten anbetrifft, ist es schwierig. Ich bin ein Pferdehändler und kein Berufssoldat, mein Freund.«

»Versuch dich zu erinnern, Lutuf! Was in den Büchern geschrieben steht, habe ich gelesen ... aber du hast alles selbst erlebt. Bücher ersetzen nicht den Bericht des Augenzeugen.«

Der Ire war aufgeregt wie ein Kind. Das erste Kapitel über Indien, das er am ersten Tag seiner Reise gelesen hatte, handelte von Mysore und Hyder Ali. Er hatte erfahren, dass die Maisuri und ihr Sultan Englands gefährlichster und aktivster Feind in Indien gewesen waren. Sein
Sohn, Tippu, schien Hyder in nichts nachzustehen. England hatte in Indien nicht nur Siege errungen, sondern auch grauenhafte und demütigende Niederlagen erlitten. Am 10. September 1780 war sogar eine ganze britische Armee von mehr als 3700 Mann vollständig aufgerieben worden: Hyder hatte das Gemetzel inszeniert und Tippu bei Perambakam die Pläne des Sultans in die Tat umgesetzt. Eine zweite britische Streitmacht, die sich nur zwei Meilen von Baillie und seinen bedrängten Soldaten befunden hatte, war durch den Lärm des Kampfes so verunsichert worden, dass General Hector Munro sich zurückzog, statt Baillie zu Hilfe zu kommen.

»Cornwallis zog von Vellore aus durch den Baramahal und die östlichen ›gauths‹ auf die südindische Hochebene. Zuerst hat er Bangalore genommen. Mit Bangalore als Nachschubbasis schickte er sich an, gegen Hyder Ali und Mysore zu marschieren«, konstatierte Arthur, um Lutufs Gedächtnis ein wenig auf die Sprünge zu helfen.

»Sicher, Wesley-Sahib! Auf der Karte, die Moll-Sahib vor achtzig

Jahren gezeichnet hat, sieht das auch sehr einfach aus. Aber in der Realität bedeutet dies, zuerst durch ein langes, enges Tal zu marschieren, zu dessen linker und rechter Seite sich nichts als Steinwüste befindet. Dann geht es über die Pässe. Sie sind unbefestigt. Nichts als Steine und Sand. Die Geschütze bereiten furchtbare Probleme; ihre Räder, ihre Achsen brechen, die Zugtiere sind zu Tode erschöpft. Sie müssen gut gefüttert werden, um die Strapazen zu überstehen. Für dieses Futter brauchen die Sahibs aber Trosswagen, und die haben Achsen, Räder und Zugtiere ... Der Weg, den Cornwallis gewählt hat, war gut und vernünftig – für eine Handelskarawane mit sechzig oder siebzig Dromedaren und ein paar Elefanten. Doch für eine große Streitmacht mit einem riesigen, unübersichtlichen und hungrigen Tross war es einfach zu weit. Der Gouverneur-Sahib ist nicht durch den Monsun gezogen. Der Monsun hat ihn nur eingeholt, mein Freund.«

Arthur nickte nachdenklich. Charlotte beobachtete ihn und Lutuf aufmerksam. Huneefa schien in ihrem weichen Kissenberg friedlich eingeschlafen zu sein.

»Du musst selbst in den Karnatik hinunterreiten und mit eigenen Augen sehen, welche Hindernisse die Natur einer Armee in den Weg legt. Für uns und unsere Handelskarawanen ist alles viel einfacher, Wesley-Sahib. Niemand zwingt uns, schnell zu reisen. Wir haben keine Feinde vor oder hinter uns. Gastliche Serais gibt es überall ...«

»Ich habe verstanden, Lutuf. Eine gute Karte allein reicht nicht, um einen Kriegszug zu planen. Erzähl mir von den Franzosen.«

Der Kabuli schenkte sich Kaffee nach und überlegte einige Minuten, bevor er antwortete: »Es sind sonderbare Männer, diese >heresi<, die Hyder Ali und heute Tippu dienen. Ich bin nicht nur unter den Fahnen des Krieges nach Mysore gezogen. Letztes Jahr waren mein Ältester, Barrak ben Lutuf ibn Ullah, und unser >jawan< Hadji Bedi ben Haleff ibn Ullah in Seringapatam. Tippu hatte eine große Anzahl Pferde von uns gekauft, und ich habe meinen Sohn geschickt, um das Geld für die Tiere zu holen und dem Sultan unsere Aufwartung zu machen. Weißt du, ich bin ein Handelsherr. Ich muss mich mit allen Kunden gut stellen.« Lutuf zwinkerte dem Iren verschmitzt zu. »Aber jeder hier in Bharat weiß um die vertrauliche Beziehung zwischen mir und den >inglis<, deswegen schicke ich immer Barrak und Bedi ben Haleff los, wenn wir mit unabhängigen Gebieten arbeiten, die George-

Sultan und dem ›Raj‹ nicht wohlgesonnen sind.«
»Weiter, mein Freund! Mach es doch nicht so spannend!« trieb Arthur den Paschtunen an.
Doch der alte Mann besaß die sonderbare orientalische Ruhe, und nichts konnte ihn erschüttern. »Acha, Wesley-Sahib! Acha! Gedulde dich ... Die Uhren in Bharat gehen viel langsamer als dieses schöne Stück von Piaget, das du in deiner Tasche versteckst.«
Arthur lachte schallend. Die Spannung, die von ihm Besitz ergriffen hatte, löste sich mit einem Schlag. »Du hast die Augen eines Adlers, mein Freund.«
»Ein Mann, der so pünktlich ist wie du, muss eine Uhr der ›heresi‹ besitzen. Man sagt, es seien die besten Uhren der Welt«, amüsierte sich der Kabuli. Dann erhob er sich aus seinen Kissen. »Du willst den Rest der Geschichte hören? Warte, es fehlt noch ein Mann in dieser Runde. Ich wollte ihn dir schon lange vorstellen, doch Allah hatte erst heute die Güte, mir den Stolz der Familie Ullah zurückzuschicken. Er hat einen weiten Weg hinter sich. Seine Karawane aus Dagestan ist erst vor wenigen Stunden im Serai eingetroffen, und meine gute Huneefa bestand darauf, dass ihr Augapfel sich zuerst ausruht ...«
Er verließ den schönen, teppichgeschmückten Salon und verschwand in den unergründlichen Tiefen seiner Gemächer. Arthur sah Charlotte neugierig an. Doch Sir Edwin Halls Tochter schwieg und knabberte genussvoll orientalische Süßigkeiten.
Eine Viertelstunde später tauchte Lutuf gemeinsam mit einem jungen Mann wieder auf. Er war etwa im selben Alter wie Wesley, hochgewachsen und sehr schlank. Seine Kleidung war prächtig. Ein edelsteingeschmückter Dolch steckte unter einer feuerroten, fein bestickten Schärpe. Im Gegensatz zu seinem konservativen Vater trug der junge Barrak europäische Reitstiefel und eine teure Reithose aus Leder unter seinen weiten Gewändern. Seine grünen Augen strahlten, als er Charlotte Hall erblickte. Langes, gewelltes schwarzes Haar fiel ihm locker über die Schultern. In der Intimität des Hauses seines Vaters trug der Patschtune keinen Turban. Wesley bemerkte, dass auch Charlottes Augen aufleuchteten, als Barrak den Raum betrat. Zuerst verbeugte der Sohn des Pferdehändlers sich vor seiner Mutter. Sie war aufgewacht, als sie seine Schritte vernommen hatte, und schnatterte besorgt unter ihrem Schleier. Doch Barrak beruhigt sie in der Sprache seiner

Väter, dann küsste er ihr die Hände und die Stirn. Vor Wesley verbeugte er sich kurz und respektvoll, senkte aber nicht das Haupt. Der Ire erwiderte den Gruß. Schließlich kam die Reihe an Charlotte. Lutufs Mund verzog sich zu einem breiten, wohlgefälligen Grinsen, als sein Sohn zu der jungen Frau hintrat.
»Sallam aleikkum! Der Friede sei mit dir und mit den Deinen, Charlotte!« begrüßte er sie in der persischen Hochsprache, während seine Rechte Stirn und Brust berührte.
»Em aleikkum esallam, Barrak ben Lutuf ibn Ullah! Und der Friede sei mit dir! Ich hoffe, dass Allah seinem getreuen Diener auf seiner langen Reise nach Dagestan all das gegeben hat, was du dir gewünscht hast. Ich freue mich, dich wohlbehalten wiederzusehen. Der Weg war weit und gefährlich, doch das Haus der Ullah steht unter einem guten Stern! Ich habe jeden Tag für deine glückliche Heimkehr gebetet!« antwortete die junge Frau in einem eleganten Farsi.
Der junge Paschtune lächelte sie glücklich an. Dann holte er aus seinem weiten Gewand ein kleines Päckchen hervor und hielt es Charlotte hin. »Allah war gnädig! Wir haben herrliche Tiere gekauft und zu einem sehr guten Preis ... Pferde mit einer goldenen Robe, des Propheten würdig und ausdauernd wie Windhunde. Deine Gebete sind von Allah erhört worden ...«
Sir Edwins Tochter kreuzte die Hände vor der Brust und beugte ihr Haupt leicht vor Barrak, dann nahm sie das Geschenk aus seinen Händen entgegen. Vorsichtig öffnete sie das Seidentuch. Ein sonderbarer, fast durchsichtiger Stein hob sich leuchtend vom dunklen Stoff ab. Charlotte hob den Blick. Fast strafend schüttelte sie den Kopf. Doch Lutuf warf ihr über die Schulter seines Sohnes nur ein munteres »Shabash, shabash!« zu und lachte.
Barrak hatte Charlotte einen fast eigroßen Rohdiamanten in die Hände gelegt. Leise, für Wesley unverständlich, dankte sie Lutufs Ältestem in der persischen Hochsprache. Noch einmal verbeugte der junge Mann sich vor ihr, berührte Stirn und Brust mit der Rechten und ließ sich dann – unter dem wohlwollenden Blick seines Vaters – neben der jungen Frau nieder. Interessiert hatte Arthur beobachtet, wie sehr Charlotte sich in der Gesellschaft des Paschtunen veränderte: Sie schien weiblicher, sanfter und weniger aggressiv als sonst.
»So, Wesley-Sahib! Nun können wir deine Neugier über Mysore und Tippu befriedigen. Mein Sohn wird dir erzählen, was er und der ›jawan‹ gesehen haben ... Übrigens, Barrak spricht eure

Sprache. Er hat sogar die >madrissah< der Sahibs besucht – St. John of Calcutta. Möge Allah sich meiner erbarmen, es sind Ungläubige, die die >madrissah< leiten. Aber Hastings-Sahib sprach immer davon, dass Wissen Macht sei, deswegen habe ich Barrak in die >madrissah< geschickt.«
»... und dann nach Europa, >baba<! Ich bin in London gewesen und habe dann ein ganzes Jahr lang Ihr Land bereist und viel gelernt, Oberst Wesley!« unterbrach Barrak seinen Vater sehr selbstbewusst. Sein Englisch war fast perfekt. Hätte der Paschtune nicht die Tracht seines Volkes getragen, Arthur hätte ihm ohne Frage geglaubt, dass er Europäer sei.
»Es ist nicht mein Land, Ibn Ullah«, erwiderte der Offizier leise. »Ich bin Ire.«
Barrak schmunzelte. »Während meiner Reise habe ich bemerkt, dass Ihr Volk und die >inglis< nicht gerade die besten Beziehungen haben. Nicht nur in Indien stiftet die Religion Unfrieden, nicht wahr?«
Wesley nickte. Sein Gesichtsausdruck war ein bisschen nachdenklich. Immer, wenn er weit von den Inseln fort in der Fremde war, spürte er, wie sehr er doch Ire war und wie wenig ihn mit den Engländern verband. Sie benahmen sich überall wie die Herren der Welt und konnten sich nirgendwo anpassen.
Lutuf hatte sich wieder bequem in seinen Kissen ausgebreitet und bediente sich vom großen Silberteller mit den orientalischen Süßigkeiten. Es schien, als wollte er seinem ältesten Sohn und Erben nun die ganze Initiative überlassen. Barrak tauschte sich zuerst leise auf Persisch mit Charlotte aus. Wesley verstand, dass er sich bei der jungen Frau sehr höflich dafür entschuldigte, dass er nun seine Aufmerksamkeit dem Gast von den britischen Landstreitkräften zuwenden müsse. Sir Edwin Halls Tochter lächelte ihm nur aufmunternd zu und legte ihre kleine Hand beschwichtigend auf seinen Arm.
»Als wir den letzten Winter in Mysore verbrachten, haben wir nur ein einziges europäisches Regiment im Dienst des Sultans bemerkt. Es wird von Franzosen befehligt, besteht aber aus einer bunten Mischung europäischer Söldner. Sogar Engländer, die aus Euren Truppen und denen der Ostindischen Kompanie geflüchtet sind, dienen Tippu. Er bezahlt die Männer und die französischen Offiziere fürstlich. Von Zeit zu Zeit empfängt er geheimnisvolle Boten, die über Pondicherry aus Frankreich zu ihm kommen. Die

Maisuri verfügen über viele europäische Kanonen. Die Wälle von Seringapatam sind reich bestückt, aber ich konnte nicht alles sehen ... es gibt streng bewachte Sperrgebiete an den Außenmauern der Stadt und ein Waffenlager, zu dem der Zutritt verwehrt ist. Die meisten Geschütze werden von den Europäern bedient. Einige wenige von ausgesuchten Männern aus der Leibgarde Tippus. Er selbst ist ein sehr beeindruckender Mann. Mutig wie ein Tiger, gerissen wie ein Affe und falsch wie eine Schlange. Sein Volk verehrt ihn. Obwohl er ein strenggläubiger Muslim ist, behandelt er die anderen religiösen Gruppen, die in seinem Herrschaftsgebiet leben, gerecht und respektvoll. Sein Fürstentum ist unendlich reich. Ein großer Teil dieser Schätze wurde in den Ausbau der Verteidigungsanlagen in Mysore investiert und in den Ankauf guter europäischer Bewaffnung für die Fußtruppen. Ich hatte im Verlauf der vier Monate, die ich dort war, irgendwie das Gefühl, dass Tippu große Pläne schmiedet. Täglich inspizierte er seine Truppen. Laufend ließ er sich von seinen französischen Offizieren vorführen, wie weit die Ausbildung der Männer gediehen war. Er muss Unsummen verschwendet haben, um seine Landsleute an den europäischen Geschützen mit scharfer Munition üben zu lassen ... und er verhandelt mit den Herrschern der Fürstentümer von Audh und Gujerat. Sogar Boten des Nizam von Hyderabad kamen und gingen. Ich bin kein Politiker, Oberst Wesley, aber selbst einem einfachen Kaufmann wie mir fiel diese unterschwellige Spannung in der Hauptstadt auf und die Wehrhaftigkeit, die die gesamte Provinz ausstrahlte. Die südliche Hälfte des Kontinents wird bald schon vor Tippu und seinen französischen Verbündeten zittern.«

Wesley pfiff durch die Zähne. Der Bericht von Barrak ben Lutuf ibn Ullah war all seine gelehrten Bücher und die schlafraubenden Studien wert. In Fort William war das Problem Tippu Sultan nie in dieser Schärfe und Tiefe angesprochen worden. Es schien auch keine bedrohlichen Meldungen aus Fort St. George zu geben, die Sir John Shore irgendwie in Aufregung versetzten. Das Gehirn des Iren arbeitete schnell: Falls der Generalgouverneur wusste, dass im Herzen Indiens eine solche Gefahr in Gestalt eines geachteten, einheimischen Herrschers und französischer Militärberater lauerte, war es sträflicher Leichtsinn, eine Expedition gegen Spanisch-Manila zu befehlen und die britischen und Sepoy-Kontingente auszudünnen, um sich mit einem unbedeutenden Gegner wegen eines lächerlichen Hafens zu schlagen.

»Gibt es eine Möglichkeit, diskret und schnell Informationen aus

Mysore zu bekommen?«
Es war Charlotte, die Arthurs Frage beantwortete. »Im Baramahal hat die Ostindische Kompanie einen tüchtigen Militärkommandeur: Oberstleutnant Read! Sein Vorname fällt mir nicht ein, Arthur, aber ich weiß von meinem Vater, dass es derselbe Read ist, der die neue Straße von Vellore nach Ryacotta und bis an die Grenze von Mysore gebaut hat. Read hat einen Steuerbeamten, Hauptmann MacLeod, der gleichzeitig für den Gouverneur von Madras, Lord Clive, herumschnüffelt ... zumindest hab ich das vor ein paar Wochen aufgeschnappt, als Sir John und Hyde Colebrooke bei uns zu Hause eingeladen waren.«
Barrak ben Lutuf ibn Ullah nickte der jungen Frau zu. »Du hast Recht. Ich habe nicht mehr an MacLeod gedacht. Aber der hat noch nie seinen Fuß über die Grenze nach Mysore gesetzt. Er muss sich an die Gebiete der Ostindischen Kompanie halten. Vielleicht wäre es einfacher, Oberst Wesley würde sein Glück bei den Führern der großen Handelskarawanen versuchen, oder bei den >hirrcarrahs<.«
»Du weißt, wie misstrauisch die Menschen unten im Süden sind, mein Sohn!« warf Lutuf ein. »Wenn Wesley-Sahib sich der >hirrcarrahs< bedienen will, muss er Leute aus dem Maharastra, dem Karnataka und dem Dekkan anwerben. Ein >brahmin< aus Kalkutta oder Chennai würde sofort alle Augen in Seringapatam auf sich ziehen ... Vielleicht, wenn du mit N Govinda Bhat Verbindung aufnehmen würdest ...«
»Den hätte ich fast vergessen, Vater! Aber N Govinda ist ein fetter, träger Feigling.«
»Trotzdem ist er seit zwanzig Jahren mein treuer Diener im Serai von Seringapatam. Er hat dem Hause Ullah noch nie einen einzelnen >pagoda< unterschlagen oder uns auch nur um das Kupferkleingeld betrogen. Und selbst wenn er vor Angst zittert – er wird Bedi ben Haleff keinen Wunsch abschlagen. Wir haben N Govinda immer gut für seine Dienste entlohnt. Er ist loyal und weiß, dass die Paschtunen kein großes Aufheben machen, wenn man sie betrügt ...«
Der Pferdehändler fuhr sich mit einer raschen Geste über die Stelle, an der sich unter seinem langen Bart offensichtlich der Hals verbarg. Wesley beobachtete still, während sein Verstand auf Hochtouren arbeitete. Lutuf hatte recht: Die Führer der Karawanen und die Kaufleute stellten eine unerschöpfliche

Informationsquelle dar. Doch einer einzigen Quelle zu vertrauen war Leichtsinn, darum brauchte er mindestens drei parallel existierende, aber voneinander völlig unabhängige Spionagenetze. Er hatte in Fort William sehr diskret Auskünfte über seinen Freund aus Kabul eingeholt. Man hatte ihm bestätigt, dass der Mann – seit er Geisel von Warren Hastings gewesen war – ein Freund der Briten war. Er hatte schon öfter Dienste und Gefälligkeiten erwiesen.

Damit hatte der Ire sein erstes Netzwerk abgesichert und guten Händen anvertraut. Er würde dafür sorgen, dass man dem Kabuli für die wertvollen Dienste, die er leistete, seine schönen Pferde zu Höchstpreisen abkaufte.

Was das zweite und dritte Spionagenetz anging, war er sich an diesem Abend plötzlich sicher, dass die Zeit dieses Problem von alleine lösen würde: der Zufall, gepaart mit seinem täglich wachsenden Verständnis des neuen Kriegsschauplatzes und ein paar ausgedehnten Reisen über Land ... Nach der Expedition gegen Spanisch-Manila wollte er weitersehen.

Erst in den frühen Morgenstunden des nächsten Tages verabschiedeten sich Arthur und Charlotte. Während der Offizier die junge Frau zurück nach Chowringhee begleitete, hatte er das Gefühl, dass sie Barrak ben Lutuf ibn Ullah nur ungern verlassen hatte, und auch in den grünen Augen des ältesten Sohnes seines Freundes aus den wilden afghanischen Bergen hatte er so etwas wie Trauer ausgemacht. Außerdem war Sir Edwin Halls Tochter ungewöhnlich schweigsam. »Du hast ihn gern, nicht wahr?« versuchte er sein Glück.

»Wir kennen uns seit ewigen Zeiten. Als der alte Lutuf Barrak aufs St. John's College schickte, hat er bei uns gewohnt, und Mama und Papa haben sich um ihn gekümmert, während sein Vater auf seinen ausgedehnten Handelsreisen war. Darum spricht er so gut Englisch. Er ist ein bisschen wie ein älterer Bruder. Barrak wäre damals fast von der Schule geflogen, weil er den Sohn eines Mitarbeiters von Hickey fürchterlich verprügelt hat.«

»Der Unglückliche hat sich ...«

»... über meine Brille lustig gemacht. Du hast's erfasst, Arthur.«

»Ich mag Lutufs Sohn. Er ist ein kluger Kopf.«

»Nicht nur ein kluger Kopf, mein Lieber! Eines Tages wird er in sein Land zurückkehren und dort einen sehr bedeutenden Platz einnehmen. Lutuf ist nicht bloß ein steinreicher Pferdehändler aus

den Bergen, er ist der Bruder des Amirs von Kabul.«
»Wessen Bruder?« Wesley hatte viel über Indien gelesen, aber mit dem Norden und Afghanistan hatte er sich nie auseinandergesetzt.
»Das ist so etwas Ähnliches wie ein Rajah oder ein Sultan. Lutuf ist nicht nur schon zweimal in Mekka gewesen, seine Vorfahren kommen aus der arabischen Wüste und können ihre Ahnenreihe bis in die Tage des Propheten zurückverfolgen. Sie sind sehr einflussreich und mächtig. Der Pferdehandel liegt den Paschtunen im Blut. Deshalb kommen sie hierher und verkaufen ihre Tiere. Aber sie brauchen den Handel nicht. Sie sind unermesslich reich. In ihren Bergen gibt es Edelsteine von sagenhafter Reinheit. Und auch Silber. Darum hilft Lutuf jetzt dir, und darum hat er seinen Sohn in die Schulen der Ungläubigen und sogar nach England geschickt. Der Amir hat keinen Erben. Der nächste Amir von Kabul wird Barrak ibn Lutuf ben Ullah heißen ...«

KAPITEL 7 FÜR ENGLANDS RUHM ZU STREITEN ...

Die Vorbereitungen für die britische Expedition nach Spanisch-Manila waren abgeschlossen. Die beiden europäischen Regimenter und ihre bengalischen Kameraden im Dienste der Ostindischen Kompanie waren in körperlicher Bestform und voller Angriffslust. Auch die Vorbereitungen des Kontingents aus Madras waren beendet, und alle Nachrichten, die aus Fort St. George nach Fort William geschickt wurden, ließen auf eine böse Überraschung für den neuesten Verbündeten des französischen Erzfeindes schließen. Henry Harvey Asthon hatte Arthur enthusiastisch geschrieben, während Lord Clive, der Gouverneur von Madras, sich kryptisch geäußert hatte.

Alle warteten jetzt nur noch auf das abschließende Wort von Sir William Shore. Wilde Gerüchte über das Oberkommando für dieses Expeditionskorps sorgten in den Offiziersmessen aller betroffenen Regimenter für Gesprächsstoff: Oberst Wesley vom 33. Regiment schien der Spitzenkandidat des stellvertretenden Generalgouverneurs zu sein; doch es fiel auch General Braithwaites Name, und der von General St. Leger. Natürlich bevorzugten die Männer aus Arthurs Stab ihren eigenen Kommandeur und gaben jeden Tag ihr Bestes, um Provision, Ausrüstung und Nachschub so perfekt zu organisieren, dass Wesleys Ernennung unumgänglich wurde. Braithwaite und St. Leger hatten sich an den Vorbereitungen weder aktiv noch passiv beteiligt. Ihr einziger Vorteil gegenüber dem jungen Offizier aus Irland waren ihr höherer Rang und ihr höheres Dienstalter.

Doch Wesley und seine Männer versuchten in diesen Tagen, ihre Jugend und ihre Unerfahrenheit dadurch wettzumachen, dass sie schlichtweg an alles dachten: Im Fall einer Landung in Penang waren die britischen Soldaten gegen jeden Zufall und jede Unwägbarkeit gewappnet. Die Rotröcke und die Sepoys hatten bei der Ausbildung mehr Munition verschossen als üblich. Die Männer hatten Gewaltmärsche unternommen und auf dem »maidan« manövriert; sie hatten gemeinsam und in kleinen Gruppen geübt und Mann für Mann die Aufmerksamkeit und den Ehrgeiz ihrer Offiziere zu spüren bekommen. Wesleys Soldaten waren in diesen Tagen die besten in der ganzen Kolonie.

Sogar Landungsübungen mit Transportbooten unter improvisiertem feindlichem Feuer war der Bevölkerung Kalkuttas an einer breiten und versandeten Stelle des Hoogley, oberhalb von

Fort William, als Spektakel geboten worden. Die Namen, die als Alternativen zu Oberst Wesley genannt wurden, brachten seine Stabsoffiziere und ihre Kameraden des 33. und 74. Regiments zum Lachen, denn sie waren zwischenzeitlich ganz in ihrem großen Spiel gefangen, und daraus war ein Zusammenhalt wie Pech und Schwefel gewachsen. Sogar die anfänglich skeptischen Offizierskameraden von »John Company« plädierten lautstark für den Iren und gegen die steinalte, alkoholvernebelte Konkurrenz.
Als sie sich gemeinsam auf der schattigen, mit Jasmin überwachsenen Veranda von Arthurs und John Sherbrookes kleinem Haus ein wenig von den Anstrengungen des Tages erholten und sich dabei – sehr pflichtbewusst – nur mit kühler Zitronenlimonade erfrischten, platzte Francis Ralph West, vorlaut wie immer, heraus: »Also wirklich! Auch nur daran zu denken, dass solch alte, betrunkene Tölpel wie St. Leger oder Braithwaite dieses Kommando übertragen bekommen ... Da könnten wir unsere Soldaten gleich in Urlaub schicken und die Schiffe versenken. In diesem Fall ist es sicher besser, man lässt die Spanier in ihrer Kolonie zufrieden.«
»Francis, Francis!« tadelte sein Alter Ego aus der Ostindischen Kompanie, Hauptmann William Barclay, den übermütigen jungen Offizier. »Wenn der Alte hört, was du hier von dir gibst, dreht er dir den Hals um.«
»Braithwaite?« spottete Francis gutgelaunt.
»Nein, Wesley!« knurrte Barclay.
»Will, stell dich nicht so an!« dröhnte Connor McLeods Bass vom Schaukelstuhl am äußersten linken Ende der Veranda. »Wenn ein Mann Recht hat, dann muss er es auch aussprechen dürfen. Schließlich sind wir unter uns.«
Der Blick des Schotten ruhte neugierig auf Oberst Wesley, der außer Hörweite der vorlauten Truppe gerade ausgiebig damit beschäftigt war, zwei überraschende Besucher beim 33. Regiment willkommen zu heißen. Eine Person hatte Connor sofort erkannt. Die kleine runde Brille auf der Nasenspitze war in Kalkuttas Damenwelt einzigartig, und seit dem Ball in seinem Haus spekulierte er genauso fleißig wie alle anderen darüber, wann Arthur Miss Charlotte Hall wohl einen Antrag machen würde, oder ob das Gerücht über die intensiven Sprachstudien des Obersten stimmte.
Was ihn jedoch neugieriger machte als die vertraute Gestalt der

einzigen Tochter von Englands höchstem Justizbeamten auf dem Subkontinent, war ihr Begleiter. Er war hochgewachsen und sehr schlank. Seine erlesene und offensichtlich sündhaft teure Kleidung schien geradewegs aus der Savile Row in London zu stammen oder – schlimmer noch – aus den Modesalons der französischen Hauptstadt Paris. Obwohl der Mann offenbar Zivilist war, trug er doch gut sichtbar und provokant einen Degen mit exzentrischem Knauf an der Seite. Und der sonst so zurückhaltende und schüchterne Arthur Wesley schlug ihm überschwänglich auf die Schulter, während lautes Lachen bis zur Veranda drang.
»Was schleppt der Alte denn da an?« ließ sich jetzt auch Hauptmann William Barclay vernehmen.
»Gütiger Himmel!« entfuhr es Hauptmann Allan Elphinstone. »Das schwarze Schaf der Familie! Es lebt und erfreut sich allerbester Gesundheit.«
Alle Köpfe auf der Veranda fuhren mit einem Schlag herum. Die Szene am Stall hatte jegliches Interesse verloren. Unzählige Augen starrten nun den jüngsten Kompanieführer in Arthurs Einheit erwartungsvoll an. Elphinstone war erst eine Woche vor der Abfahrt aus Cork zum *West Riding* gestoßen. Zuvor hatte er in der Kavallerie gedient. Niemand hatte verstanden, welcher Teufel ihn geritten hatte, ein Patent im Garderegiment der *First Life Guards* zu verkaufen, nur um einer Infanterietruppe von mittelmäßigem Ruf zugeteilt zu werden, die sich auch noch ans andere Ende der Welt einschiffte. Geldmangel war offenbar nicht der Grund gewesen...
»Du kennst diesen feinen Pinkel, Allan?« erkundigte Major West sich bei seiner Nummer zwei.
»Leider! Das ist mein Cousin, Montstuart Elphinstone, ein Spieler, Abenteurer und Glücksritter, den die Familie aus dem Haus gejagt hat wie einen räudigen Köter, damit er nicht noch mehr Schande und Unheil über sie bringt.«
»Was hat dein Cousin denn so Schlimmes angestellt?« Connor McLeod erinnerte sich kaum noch an die beiden kleinen, sturmgebeutelten Inseln im Nordatlantik, die einst seine Heimat gewesen waren. Die Skandale der feinen Gesellschaft in der britischen Hauptstadt drangen nur selten bis nach Indien.
»Siehst du den Degen an seiner Seite, Connor?«
Der Kommandeur des 74. Hochlandregiments zuckte enttäuscht die breiten Schultern. »Deswegen macht ihr so einen Aufstand? Jeder duelliert sich mit jedem. Sogar ich schlag mich von Zeit zu

Zeit mit irgendeinem vorlauten Trottel. Was ist schon dabei?«
Meinungsverschiedenheiten mit der Waffe in der Hand zu regeln, war im britischen Offizierskorps und in der britischen Gesellschaft so alltäglich, dass niemand dieser verhängnisvollen Gewohnheit große Bedeutung beimaß, solange alles den Regeln gemäß vonstattenging.
Wesley, Charlotte Hall und Montstuart Elphinstone hatten die Terrasse fast erreicht. Allan Elphinstone senkte die Augen und flüsterte seinen Kameraden zu, während er sich ganz klein machte, um von seinem Cousin nicht gesehen zu werden. »Der duelliert sich nicht wie normale Durchschnittsoffiziere und Gentlemen. Das ist ein Metzger. Als er noch zu Hause war, hat er vor seinem achtzehnten Geburtstag bereits mehr Männer ins Jenseits befördert, als du es in deinem ganzen Soldatenleben je auf allen Schlachtfeldern dieser Erdkugel schaffen wirst.«
»Chapeau!« zischte McLeod seinem Kameraden zynisch auf Französisch zu. Er selbst war auch kein Kind von Traurigkeit, obwohl er seine Meinungsverschiedenheiten nur selten mit Pistole oder Degen regelte. Connor McLeod war bärenstark und berüchtigt dafür, Männern, die seine Ehre beleidigten, mit bloßen Händen sämtliche Knochen im Leib zu brechen.
»Gentlemen!« Oberst Arthur Wesley strahlte seine Offiziere an. »Miss Hall brauche ich Ihnen ja nicht mehr vorzustellen ...« Alle Herren im roten Rock erhoben sich von ihren Sitzgelegenheiten und verbeugten sich höflich vor der jungen Frau. Vingetty, der indische Bedienstete, eilte bereits mit einem bequemen Stuhl heran. »Gestatten Sie mir, meine Herren, Sie mit Montstuart Elphinstone bekannt zu machen. Er wird uns auf unserem Ausflug nach Penang begleiten und dafür Sorge tragen, dass wir Freund und Feind verstehen können. Er spricht die Hauptsprachen der Region und beherrscht mehrere Dialekte des Subkontinents.«
Der Ire wusste um die dunkle Vergangenheit seines neuen Weggefährten. Barrak, Lutuf Ullahs Ältester, hatte die Männer zusammengebracht. Er hatte Montstuart auf der Rückfahrt von England nach Indien kennengelernt, und die beiden jungen Leute hatten sich während sieben langer, langweiliger Monate auf dem Schiff angefreundet. Als Elphinstone schließlich in Kalkutta an Land ging, war er nicht mehr nur ein einfacher Flüchtling, mittellos und von seiner Familie verstoßen. Seine Beziehung zum Hause bin Ullah und seine Fertigkeiten mit der Waffe eröffneten

ihm den Weg zu einem Leben ganz nach seinem Geschmack: Abenteuer und traumhafter Reichtum taten sich vor ihm auf. Er hatte mit beiden Händen zugegriffen und großen Gefallen an seiner neuen Welt gefunden, denn die Angewohnheiten, die ihn zur Flucht aus seiner Heimat getrieben hatten, waren hier zu seinem wertvollsten Gut geworden.
Inzwischen, fast zehn Jahre später, besaß er alles, was man ihm zu Hause genommen hatte: Geld, Ansehen, eine neue Familie und – Macht. Denn hinter dem »jawan« Hadji Bedi ben Haleff ibn Ullah, der erst kürzlich mit edlen Pferden von einer gefährlichen Reise nach Dagestan zurückgekehrt war, verbarg sich kein anderer als der ehrenwerte Montstuart Elphinstone, zum Islam bekehrt und von unschätzbarem Wert für jene, die ihn freundlich und ohne Vorbehalte in ihrer Mitte aufgenommen hatten.
Damit war der wahre Montstuart Elphinstone in Indien ein unbeschriebenes Blatt – ein sehr nützliches unbeschriebenes Blatt für einen ehrgeizigen jungen Offizier aus Irland, der nicht nur auf den Subkontinent gekommen war, um seine Schulden, sein gebrochenes Herz und seine düstere Zukunft am anderen Ende der Welt zu vergessen.

Während die Männer des 33. Regiments sich in der Dämmerung eines neuen, anstrengenden Tages unter den wachsamen Augen ihrer Unteroffiziere auf eine bevorstehende Operation gegen eine kleine Insel im Pazifik vorbereiteten und zum tausendsten Mal mechanisch die fünf Bewegungen durchführten, derer es bedurfte, um die Standardwaffe der britischen Infanterie feuerbereit zu machen – das sogenannte Modell »India Pattern«, eine schwere Muskete mit gut einem Meter langem, nicht gezogenem Lauf vom Kaliber .69, das man nur liebevoll »Brown Bess« nannte –, klang von einer abseits gelegenen Stelle des Übungsplatzes, die sich durch verhältnismäßig unebenes und damit schwieriges Terrain auszeichnete, der harte Klang von Metall zu ihnen, das rhythmisch und regelmäßig aufeinanderschlug. Für gewöhnlich benutzte jeder Offizier im Kampfeinsatz die Blankwaffe, die ihm am meisten zusagte, doch viele besaßen zusätzlich leichte, stumpfe Degen, mit denen sie sich regelmäßig in der Fechtkunst übten.
Oberst Wesley war unerbittlich, was seine Männer anbetraf. Seit Sir John Shore ihm den Marschbefehl für Penang in die Hand gedrückt hatte, müssten auch die höheren Ränge Tag für Tag stundenlangen Waffendrill über sich ergehen lassen. Lediglich die

Spielregeln waren andere, die Bewegungen weniger mechanisch und der Ausgang der Scheingefechte manchmal für eine der beiden betroffenen Parteien schmerzhaft.
Obwohl die Übungsdegen an Stelle einer Spitze eine kleine Kugel hatten und die Offiziere sich mit wattierten Westen und Fechtmasken schützten, führten Aggressivität und ungestümes Verhalten dennoch oft zu blauen Flecken und Prellungen. Gegner wurden nicht ausgewählt, sondern ausgelost. Arthur erklärte seinen Offizieren geduldig, dass sie auf dem Schlachtfeld schließlich auch keine Wahl hätten.
Während ein unausgeschlafener Major John Shee verzweifelt versuchte, den unbarmherzigen Hieben des jüngsten Offiziersanwärters des 33. Regiments – Fähnrich Fitzgerald – auszuweichen, der ihm nicht nur technisch bei weitem überlegen war, sondern seinen letzten Abend auch nicht bei einem Trinkgelage zugebracht hatte, schlenderte Montstuart Elphinstone neugierig von den Drillübungen der einfachen Soldaten zu den Fechtstunden ihrer Vorgesetzten hinüber. Er wusste so gut wie nichts über diese Männer im roten Rock, die bereit waren, sich für ein paar kümmerliche Shillings nur zum Ruhm einer Fahne und irgendeines fernen Königs totschlagen zu lassen. Wenn Elphinstone zur Waffe griff, ging es um andere Einsätze: viel Geld oder seine Ehre!
»Guten Morgen, Wesley!« begrüßte er einen sehr unzufriedenen Kommandeur, dessen Gesichtsausdruck man ohne Schwierigkeiten entnehmen konnte, dass er weder Major Shee noch dessen Umgang mit dem Degen schätzte.
»Guten Morgen, Elphinstone! Wollen Sie sich uns anschließen oder lieber ein paar Shillings auf den Sieger in diesem unbefriedigenden Spektakel setzen?« knurrte er, ohne sich umzudrehen.
»Der Einsatz würde sich nicht lohnen«, flüsterte Montstuart zynisch. »Ich bedaure manchmal, dass diese Degen stumpf sind ...«, flüsterte Arthur zurück.
Fitzgerald hätte Shee längst ins Jenseits befördert, wäre ihr Kampf nicht bloß ein Übungsgefecht gewesen. Wesley bedauerte, dass der Bruder seines Freundes, des Ritters von Kerry, an diesem Morgen eine so unwürdige Karte gezogen hatte. Erschöpft und atemlos senkte der Major vor dem Fähnrich die Waffe. Er gab sich geschlagen. Nur in Shees Augen konnte man lesen, wie groß sein

Hass auf sein Gegenüber war – und auf seinen Obersten, der ihn zu diesem entwürdigenden und demütigenden Spektakel gezwungen hatte, dem sich Wesley selbst nie aussetzte. Er schaute immer nur zu, und seine Blicke verrieten seine Verachtung.
»Und wem geben Sie heute die Ehre eines Waffengangs, Wesley?« erkundigte Elphinstone sich neugierig. Er wollte zu gerne wissen, mit welchem Mann er nach Penang fahren würde. Aus den Begegnungen im Hause von Lutuf Ullah konnte er sich keinen Reim auf seinen neuen Geschäftspartner machen.
»Niemandem, Sir!«
»Kämpfen Sie mit mir?«
»Wozu?«
»Um des Spiels willen.«
»Das ist kein Spiel, Elphinstone.«
»Dann eben, um nicht aus der Übung zu kommen.«
»Ich bin nicht aus der Übung.«
»Schlagen Sie sich mit mir, Wesley! Damit ich sehe, mit wem ich es zu tun habe ...«
»Kann man das nur mit einem Stück Metall in der Hand feststellen?« fragte Arthur spöttisch. Genauso wie er dem Alkohol und dem Spielteufel abgeschworen hatte, hatte er bei seiner Abfahrt aus England einem anderen Laster seiner Jugend Lebewohl gesagt: einer schwer zu bändigenden Aggressivität, die ihn immer dann überkam, wenn er eine Waffe hielt und man ihm aus Versehen ein falsches Wort an den Kopf warf. Nicht nur Montstuart Elphinstone hatte seiner Familie durch regelmäßige Treffen an verschwiegenen Orten in der Morgendämmerung Probleme bereitet.
Der Oberst ging zu John Sherbrooke und bedeutete ihm, die wattierte Weste auszuziehen.
»West, geben Sie Elphinstone Ihre Sachen und Ihren Degen!« befahl er, während er selbst den roten Uniformrock gegen den gepolsterten Körperschutz tauschte. Die Offiziere des 33. Regiments blickten gespannt auf die beiden Männer, die sich auf einen Übungskampf vorbereiteten. Sie hatten ihren Vorgesetzten seit Jahren nicht mit einer Waffe in der Hand erlebt. Das letzte Mal war es auf den Schanzen von Boxtel gewesen.
Elphinstone ließ seinen Degen wie eine Peitsche durch die Luft zischen und ging provozierend vor seinem Gegner auf und ab. Wesley schien ihn gar nicht zu beachten. Seine Aufmerksamkeit war offenbar von irgendetwas anderem in Anspruch genommen.

Während Elphinstone, der Zivilist, weiter aggressiv mit dem Degen durch die Luft schlug und ständig in Bewegung blieb, rührte Wesley, der Soldat, sich nicht von der Stelle. Wohin er schaute, konnte man der Maske wegen nicht erkennen. Plötzlich aber duckte er sich wie eine Katze, und Montstuart spürte die Metallkugel an der Kehle. Es war eine so blitzschnelle Bewegung gewesen, dass er nicht hatte reagieren können.
»Reicht es?« zischte Wesley ihm leise durch das feine Metallgitter der Maske zu. Der Druck auf Elphinstones Kehle verschwand.
»So nicht, Sir!« Der Zivilist wich geschmeidig einen Schritt zurück. Wesley ließ ihn gewähren. Nur das heisere Lachen unter der Maske verriet, wie wenig Elphinstones Imponiergehabe ihn beeindruckt hatte.
Die Offiziere hielten den Atem an, als nun zwei Degen durch die Luft peitschten und die beiden Kontrahenten einander umkreisten wie Raubtiere. Was ihren Kommandeur betraf, kannten die Offiziere ihn nur als ruhigen, gelassenen Menschen, dem man Gefühlsregungen meist nicht einmal an den Augen ablesen konnte. Manche hielten ihn für einen kalten Fisch, andere für einen pingeligen Buchhalter im roten Uniformrock. Nur John Sherbrooke wusste es besser. Er war in den schlimmen Tagen von Dublin mehrfach zu nächtlicher Stunde aus dem Bett geworfen worden, weil es bei einem Duell stets unparteiische Beobachter geben musste, die darauf achteten, dass die Streithähne sich an die Spielregeln hielten: Sekundanten! Sherbrooke war oft Wesleys Sekundant gewesen und wusste nur zu gut, was jetzt folgen würde: Wer als erster die Nerven verlor, griff an – und Arthur verlor niemals die Nerven, wenn er eine Waffe in der Hand hielt. Elphinstone hatte von dem aggressiven Raubtier, das ihn umkreiste, die Nase voll. Er sprang geschmeidig vor. Metall schlug hart auf Metall. Das Geräusch war durchdringend. Die eine Klinge schabte an der anderen entlang bis zum Schaft.
Wesley duckte sich weg und wich zur Seite. Sein Gegner verlor durch die Schnelligkeit der Bewegung fast das Gleichgewicht, doch er war erfahren genug, einem Schlag gegen seine Rippen auszuweichen. Kraftvoll drückte er die Klinge des Gegners nach unten weg. Dann versuchte er, Abstand zwischen sich und Wesley zu bringen.
Wesleys Degen sirrte von oben nach unten durch die Luft, die stumpfe Spitze war auf den Brustkorb des Gegners gerichtet.

Elphinstone parierte gekonnt. Was als Spiel begonnen hatte, schien plötzlich sehr ernst zu werden. Die Zuschauer spürten, dass hier zwei gleichwertige Gegner aufeinandertrafen, von denen keiner mehr nachgeben konnte und wollte. Die Schläge wurden härter, die Bewegungen schneller und gefährlicher. Die Klingen umkreisten einander auf Augenhöhe, bis Wesley seine Waffe blitzartig wegzog, um die eigene Achse wirbelte und Elphinstone offenbar den ungeschützten Rücken darbot. Eine Klinge flog durch die Luft, ein Schmerzensschrei ertönte unter einer der beiden Masken. Elphinstone rieb sich das schmerzende Handgelenk. Nur dank des ledernen Fechthandschuhs hatte Wesleys Klinge keine ernste Verletzung hinterlassen.
»Los, geben Sie ihm einen neuen Degen!« fauchte er unter der Fechtmaske. Sein Tonfall war ungewohnt herrisch, fast böse.
John Sherbrooke gehorchte seinem Kommandeur und warf dem sichtlich wütenden Montstuart eine andere Waffe zu.
Wesley hatte pariert, wie man es in Frankreich gelehrt hatte – vor der großen Revolution und durch Fechtmeister, die ihre Schüler nicht auf Spielereien und Scheingefechte vorbereiteten. Überhaupt kämpfte der irische Offizier auf eine Art und Weise, wie Elphinstone es nie erlebt hatte. Es schien ein Katz-und-Maus-Spiel zu sein, bei dem die Katze sich amüsierte, den unabwendbaren Todesstoß hinauszögerte und sich am Leid des unterlegenen Opfers ergötzte.
Doch Elphinstone hatte schon als Kind nicht verlieren können. Und auch er hatte ein paar Tricks und Schliche auf Lager. Schmerzhaft traf der geschmeidige, biegsame Stahl wie eine Peitsche den ungeschützten Rücken des Kommandeurs des 33. Regiments. Wäre der Degen nicht stumpf gewesen, hätte er eine tiefe, blutende Schnittwunde hinterlassen. Hier bedeutete es nur einen kurzen Augenblick der Nachlässigkeit. Doch es reichte aus, um die Garde von Elphinstones Klinge genau unter der Garde von Wesleys Klinge zu platzieren. Wie einen Hebel setzte der Zivilist nun seine Waffe ein. Erbarmungslos presste sie sich gegen die des Gegners, um sie zu zerbrechen. Doch auf Druck kam Gegendruck. Beide Männer atmeten schwer vor Anstrengung. Sie standen so dicht voreinander, dass sie sich durch die feinen Gitter ihrer Masken in die Augen sehen konnten. Jeder erschrak vor dem Blick des anderen: Sowohl Elphinstone als auch Wesley erkannten plötzlich, dass sie zu weit gegangen und nur noch einen kurzen Schritt davon entfernt waren, aus einem Spiel blutigen Ernst zu

machen. Die Klingen lösten sich mit einem harten, kratzenden Geräusch voneinander. Fast gleichzeitig zogen Elphinstone und Wesley die Masken vom Gesicht und verbeugten sich voreinander.
»Es war mir eine große Ehre, Oberst!«
»Sie sind ein Meister Ihres Fachs, Sir!«
Die Offiziere des 33. Regiments atmeten auf. Es war also doch nur Spiel gewesen ...
Ihr Kommandeur entledigte sich der wattierten Weste und zog seinen Uniformrock über das schweißnasse Leinenhemd. Dann bedeutete er Montstuart Elphinstone, ihm zu folgen. Seinen Untergebenen warf er gutgelaunt zu: »Sie dürfen weitermachen, meine Herren!« Wesley freute sich auf eine große Tasse heißen Kaffee und ein vernünftiges Frühstück. Anschließend wollte er sich zum britischen Generalgouverneur begeben, um endlich zu erfahren, wer das Expeditionskorps nach Penang führen würde und wann die vollgeladenen Transportschiffe und die Truppenschiffe endlich den Hafen von Kalkutta verlassen konnten. Es war nun schon Ende Juli; die Monsunstürme würden in Bengalen nicht mehr lange auf sich warten lassen und damit jede militärische Aktion erschweren. Inzwischen wäre es Wesley sogar recht gewesen, wenn Sir John Shore den Schlag gegen die Spanier bis ins nächste Jahr, 1798, verschieben würde. Die Nachrichten, die aus Mysore, dem Reich von Tippu Sultan, zu Wesley drangen, waren beunruhigend und hochinteressant zugleich: Warum gegen einen nahezu bedeutungslosen Hafen ziehen, der kaum ein Problem für die Schiffe der Ostindischen Kompanie darstellte und für König Georg nur mäßigen Wert besaß, wenn ein ernstzunehmender Feind vor der eigenen Haustür wartete und England damit einen Vorwand bot, neben Bombay, Madras und Kalkutta noch ein weiteres großes Stück vom indischen Kuchen abzuschneiden? Überdies würde man die Franzosen dabei direkt ins Herz treffen, was ihre Ambitionen auf dem Subkontinent anging.
Außerdem war Arthur schon seit längerem klar, dass er – in Anbetracht seiner Jugend und seines Dienstranges – nie das Oberkommando für Manila erhalten würde. Braithwaite war zwar eine militärische Katastrophe und in solch schlechter Verfassung, dass man ihn vermutlich aufs Schlachtfeld tragen musste, aber er war der dienstälteste Offizier in Indien, der somit für den Posten Spanisch-Manila in Frage kam. Was sollte man sich also aufregen

und seine Soldaten opfern, wenn am Ende doch wieder nur beschlossen wurde, dass bei einem vernünftigen Stabschef und einem geschickten Generalquartiermeister der Kommandeur bedeutungslos war? Und Arthur hatte nicht vor, als Stabschef zu fungieren, um hinterher mit einem Schulterklopfen belohnt zu werden, wenn Braithwaite – der weder die Operation organisiert hatte noch kompetent zu führen vermochte – die Lorbeeren und vor allem das Gros des Preisgeldes kassierte.

Auf der Terrasse bot der Ire Montstuart Elphinstone einen Stuhl an und rief nach Vingetty, seinem indischen Bediensteten, und dem Frühstück. Dann warf er den roten Rock und das durchgeschwitzte Hemd achtlos auf eine kleine Bank, die vor dem Haus stand, und schüttete sich einen Eimer kaltes Wasser über den Kopf. Es war noch nicht einmal neun Uhr, aber bereits unerträglich heiß.

»Wer hat Ihnen beigebracht, so zu kämpfen?« Elphinstone warf dem Offizier ein Handtuch zu, bevor er Vingetty das Tablett mit dem Frühstück abnahm und den Inder nach einem frischen Hemd für seinen Herrn losschickte.

Arthur zuckte die Schultern. »Frankreich!« war seine einsilbige und doch so eindeutige Antwort.

»Wo?«

»Militärakademie Angers!« Arthur ließ sich in den Stuhl fallen und grinste vergnügt. »Ich glaube, wir beide sollten uns in Zukunft nicht mehr auf solche Spiele einlassen.«

»Warum?« Elphinstone strahlte den Soldaten an. »Ich finde es viel reizvoller, mit einer Maske vor dem Gesicht und einer wattierten Weste einem würdigen Gegner gegenüberzustehen, als irgendeinem Dilettanten morgens um fünf die letzte Fechtstunde seines Lebens zu erteilen.«

»Es könnte uns beiden irgendwann passieren, dass wir auf Masken und Westen verzichten, um festzustellen, wer der Bessere ist, Sir. Sie kennen Ihre Schwächen und Unzulänglichkeiten so gut wie ich die meinen ...«

»Sie sind also der Meinung, dass man Raubtiere am besten gleich in einen Käfig sperrt oder ihnen die Krallen stutzt?«

»Elphinstone, ich brauche meine Krallen noch – auf dem Schlachtfeld.«

»Ah, um für Englands Ruhm zu streiten ...«, amüsierte sich Montstuart. »Sie sind ein Idealist, Oberst! Doch Sie werden schnell merken, dass hier alle nur für den Profit der Ostindischen Kompanie ins Gefecht ziehen ... oder für ihren eigenen.«

Arthur blieb seinem Gegenüber die Antwort schuldig. Er machte sich über sein Frühstück her wie ein ausgehungerter bengalischer Königstiger und wechselte das Thema.
»Erzählen Sie mir von Mysore und von Tippus französischen Verbindungen und Militärberatern.«

Der Palast des britischen Generalgouverneurs befand sich zwar hinter den Mauern von Fort William, aber doch am Ufer des Hoogley. Es war ein schönes, schneeweißes Gebäude, von kühlen, schattenspendenden Palmen umgeben. Lange Korridore, die mit dicken orientalischen Teppichen ausgelegt waren, führten zu kleinen, lichtdurchfluteten Patios, die zwar überdacht, an den Seiten jedoch offen waren. Überall standen in großen Vasen aus feinstem chinesischem Porzellan frische Blumen, und die Stille des Ortes wurde nur ab und an von den Geräuschen der »pankhas« durchbrochen – große, an den Decken befestigte Stoffbahnen, die indische Bedienstete mittels langer Kordeln hin und her bewegten, um die sommerliche Hitze zu vertreiben. Sir John Shore erwartete Oberst Wesley in seinem privaten Arbeitszimmer. Er hatte den Kommandeur des 33. Regiments bereits am frühen Nachmittag zu sich gebeten, um mit dem jungen Offizier unter vier Augen zu sprechen, bevor sich alle in einem großen, zentralen Konferenzsaal treffen wollten, um über die Expedition gegen Spanisch-Manila zu diskutieren.
Ein Bediensteter nahm Arthur Zweispitz und Handschuhe ab, dann bat der Gouverneur seinen Gast, Platz zu nehmen. Der Ire versuchte so gelassen wie möglich zu wirken. Er konnte sich bereits denken, warum der Generalgouverneur dieses Gespräch unter vier Augen vorgeschlagen hatte, und wenngleich es Wesleys logischem Verstand seit längerem klar war, dass ihm das Oberkommando vorenthalten blieb, hatte er tief in seinem Herzen doch einen kleinen Funken Hoffnung ...
»Mein lieber Arthur«, eröffnete Shore das Gespräch sehr familiär und freundschaftlich. »Sie werden vielleicht selbst bemerkt haben, wie sehr wir Sie in den wenigen Monaten seit Ihrer Ankunft in Kalkutta zu schätzen gelernt haben, und welches Vertrauen wir in Ihren klugen Kopf und Ihre militärischen Fähigkeiten setzen ...«
Wesley spürte einen schmerzhaften Stich in der Herzgegend. Doch das Unbehagen war nur von kurzer Dauer und zeigte sich nicht in seinem Gesicht. Eine so schmeichelhafte Einführung vom Stellvertreter des Königs auf dem Subkontinent bedeutete nur

eines: Das Kommando beim Feldzug gegen Spanisch-Manila ging an einen anderen Mann! Doch dass Sir John auf ein vertrauliches Gespräch bestanden hatte und offenbar bestrebt war, die Gefühle eines jungen Offiziers nicht zu verletzen, linderte den Schmerz. Arthur nahm sich vor, in der Zukunft nur auf seinen Verstand zu hören. Hoffnungen, Träume oder Gefühle führten bloß zu Unbehagen und Enttäuschung. »Trotz Ihrer unbestreitbaren Fähigkeiten werde ich in einer Stunde General Sir John St. Leger das Kontingent aus Kalkutta anvertrauen. General Braithwaite wird Oberkommandierender und erhält die Truppen aus Madras. Sie sind nur noch Nummer vier, als Generalquartiermeister und Kommandeur des 33. Regiments. Sie werden sicher verstehen, dass ich in Anbetracht Ihres Dienstalters St. Leger und Braithwaite den Vorzug geben muss, um Zwist und Streitereien zu vermeiden.« Shores Augen drückten aufrichtiges Bedauern über seinen Entschluss aus. Arthur atmete tief durch und nickte.

»Sie sind noch sehr jung, Oberst, und Sie haben noch ein ganzes Soldatenleben vor sich. Seien Sie nicht zu enttäuscht! Diese Expedition ist vielleicht nicht die Gelegenheit, sich einen Ruf zu erkämpfen. Zu viele Fragezeichen. Zuviel Unsicherheit, Schreiben aus London, Gerüchte aus Mysore und dem Karnataka ... Sie verstehen?«

Wieder nickte Arthur ergeben. Er stellte nicht einmal die Frage, warum er bloß die Nummer vier war und nicht Chef des Stabes, obwohl er die ganze Operation organisiert hatte und damit am besten wusste, was wann und aus welchem Grund geschehen könnte, wenn ...

Sir John lächelte. Er durchschaute den jungen Kommandeur des 33. Regiments inzwischen. Er hatte auf einer seiner vielen Reisen durch

Asien einmal einen Berg gesehen. Frisches Grün wuchs an den Hängen, sorgfältig kultivierte Reisfelder und saubere kleine Dörfer im Umland hatten den Anschein perfekten Friedens und völliger Harmonie zwischen Mensch und Natur vermittelt. Dann hatten seine Führer ihm erzählt, dass der idyllische Berg ein Vulkan sei, in dessen Innerem es beständig kochte und brodelte und der jederzeit ausbrechen konnte, um Tod und Verwüstung über das Tal und die Dörfer zu bringen. Es geschah nicht oft; manchmal passierte hundert Jahre lang gar nichts. Aber dann plötzlich – die Nemesis!

Wesley war diesem Vulkan nicht unähnlich. Oberflächlich ruhig, gelassen, immer freundlich und höflich und dabei offenbar konfliktscheu und nahezu emotionslos. Aber man hatte dem Generalgouverneur auch von Arthurs Katz-und-Maus-Spiel mit Montstuart Elphinstone auf dem »maidan« erzählt und von unzähligen anderen Spielen dieser Art, die vor den Stadtmauern von Dublin ein blutiges Ende gefunden hatten. Sir John hatte überall Augen und Ohren. Und man hatte ihm geschildert, wie ein sehr junger, unerfahrener, fast erfrorener und halbverhungerter Offizier mit einem grausam dezimierten 33. Infanterieregiment am 15. September 1794, während eines demütigenden Rückzugs von einem hoffnungslosen Kriegsschauplatz, über eine erschreckende französische Übermacht hergefallen war wie das Jüngste Gericht, nur weil die Soldaten der Revolutionsarmee ihm auf seinem Weg zu den Transportschiffen an der Nordseeküste im Weg gestanden hatten. Sir John wollte keinen unnötigen Ausbruch dieses schlafenden Vulkans provozieren, darum zog er den gesamten Gesprächsverlauf an sich.

»Übrigens, mein lieber Arthur! Sie sind auch deshalb die Nummer vier, weil ich sicher bin, dass Ihnen der Nachrichtendienst lieber ist als der Posten des Stabschefs. Sie haben ihn aufgebaut, darum sollen Sie ihn auch behalten. Ich glaube nicht, dass Henry Harvey Asthon großes Interesse an einer so schwierigen Aufgabe hätte, die ein spezielles Feingefühl verlangt.«

Wieder antwortete Wesley nur mit einem ergebenen Nicken. Doch tief in seinem Inneren atmete er erleichtert auf. Der Generalgouverneur hatte Recht. Wesley hielt lieber selbst die Fäden in der Hand, als mit Papieren hin und her zu hetzen, nur um zwei alte Männer zu erheitern, die vermutlich nicht einmal wussten, was in Spanisch-Manila auf sie zukam oder wem sie entgegentreten müssten.

»Sie haben eine hübsche Aussicht auf den Fluss, Sir John!« war die einzige Bemerkung, zu der Wesley sich durchringen konnte, bevor er gemeinsam mit dem Generalgouverneur das Arbeitszimmer verließ, um sich zur großen Diskussionsrunde über den anstehenden Feldzug zu begeben.

Die anderen Teilnehmer erwarteten Sir John bereits. Als er zusammen mit dem jungen Kommandeur des 33. Regiments eintrat, verfinsterten sich die Minen von St. Leger und Braithwaite schlagartig. Hatte der Generalgouverneur etwa über ihre Köpfe hinweg einen Grünschnabel zum Oberbefehlshaber bestimmt?

Arthur bemerkte die Blicke, doch da er nichts mehr zu verlieren hatte, schlug er nicht die Augen nieder und verzog sich auch nicht wie ein getretener Hund auf einen abgeschiedenen Platz am Tisch. Selbstbewusst nahm er gegenüber von Braithwaite Platz. Der Mann machte keinen sonderlichen Eindruck auf ihn. Sicher, seine Uniform war sehr elegant geschnitten, das Spitzenhemd sündhaft teuer, doch der Gesichtsausdruck des Generals ließ an Bestimmtheit und Entschlusskraft zu wünschen übrig. Ein schweres Doppelkinn ruhte behäbig auf einem gewaltigen, runden Körper, der den Hang seines Besitzers zu Ausschweifungen und übermäßigem Alkoholgenuss deutlich widerspiegelte. Unter den Augen hatte Braithwaite tiefe Tränensäcke. Dicke Schweißperlen rollten unter der gepuderten Perücke über fette Wangen und zeigten deutlich, dass dieser Mann das Klima des Subkontinents nur mühsam ertragen konnte. In seinen wässrig blauen Augen lag ein sanfter, fast trauriger Blick.
»Ihm fehlen nur noch die Schlappohren«, ging es dem jungen Iren durch den Kopf, »und der Mann sähe aus wie ein Cockerspaniel, der am Ende eines langen Jagdtages todmüde am warmen Ofen seines Herrn ausruht.«
Leicht verwundert fragte er sich dann, wie Braithwaite wohl unter feindlichem Feuer Verantwortung übernehmen und Männer in den Tod schicken würde.
»Sie werden eine lange und sehr anstrengende Reise unternehmen, meine Herren!« erklärte Sir John Shore. So freundlich und rücksichtsvoll er noch kurz zuvor in der Abgeschiedenheit seines Arbeitszimmers zu Wesley gesprochen hatte, so kalt und hart wandte er sich nun an die Anwesenden.
»General Braithwaite, Sie erhalten das Oberkommando aufgrund Ihres Dienstalters. General St. Leger, Sie werden das Kontingent aus Bengalen befehligen. Als Stabschef haben wir Oberst Henry Harvey Ashton vom 74. Regiment ausgewählt, und Oberst Wesley vom 33. wird Ihnen allen als Generalquartiermeister zur Seite stehen. Die Schiffe werden übermorgen bei Tagesanbruch auslaufen. Das Kontingent aus Madras folgt Ende dieser Woche und wird sich in Penang mit Ihnen zusammenschließen. Danke, meine Herren! Sie können gehen!«
Ohne ein weiteres Wort machte er auf dem Absatz kehrt und verließ den Konferenzraum. Laut fiel die Tür ins Schloss. St. Leger schien überrascht. Auf Braithwaites Gesicht spiegelte sich Verzweiflung. »Als hätte man ihm gerade das Todesurteil

verlesen!« ging es dem Kommandeur des 33. Regiments durch den Kopf. Dann stand er auf, verbeugte sich höflich vor seinen beiden neuen Vorgesetzten und verließ mit dem sonderbaren Gefühl noch nicht verwundener Enttäuschung und leichter Schadenfreude den Gouverneurspalast.

Bereits bei den Wachposten, die am Tor zu den Baracken seines Regiments postiert waren, hatte Wesleys Enttäuschung sich in Rauch aufgelöst. Und als er den Offizieren seines Stabes verkündete, wie der Plan für Spanisch-Manila aussah, konnte Sir John Sherbrooke sich nur noch über die ausgezeichnete Laune seines Freundes wundern. Während die Offiziere der Ostindischen Kompanie und die der königliche Regimenter empört miteinander tuschelten und sich über diese maßlose Ungerechtigkeit aufregten, trank Arthur genüsslich eine Tasse Kaffee und bediente sich von einem Teller mit indischen Süßigkeiten, der dank Vingettys Geistesgegenwart genau in dem Moment auf dem Tisch aufgetaucht war, als das Murren und Tuscheln der Offiziere eingesetzt hatte.
»Und was tun wir jetzt?« fragte Sherbrooke seinen Freund deprimiert. Die Mandeln in Marzipan, Karamelscheiben mit Nüssen und anderen Leckereien interessierten ihn nicht im Geringsten.
»Wir werden übermorgen in aller Frühe in See stechen und dann nach Penang fahren, John.« Wesley studierte mit großem Interesse den Teller und überlegte angestrengt, ob er sich über die mit Orangensirup gefüllten »jalebis« hermachen sollte, oder ob es für seine Uniform nicht besser wäre, die Schokoladen- und Pistazien-»barfis« zu verdrücken.
»Wie kannst du nur so gelassen dieses Zeug essen, wo man dir gerade dein Kommando gestohlen hat?« Sherbrooke schüttelte verärgert den Kopf.
»Ich hab Hunger, John. Tut mir leid, dass ich mich nicht wie alle anderen in Rage reden kann, aber irgendwie war es von Anfang an klar, dass man der Jugend die Arbeit aufs Auge drückt und die alten Herren die Sahne bekommen.«
Wesley hatte sich für einen »jalebi« entschieden. Die Dinger waren einfach unwiderstehlich, und Vingettys Kaffee war wunderbar stark und heiß. Es gab nichts Angenehmeres, als am Spätnachmittag unter fein duftendem Jasmin im Schatten ein bisschen zu entspannen und die angenehmen Seiten des Lebens zu

genießen.
»Meine Herren«, erklärte er zwischen zwei Bissen, »es bringt nichts, sich über diesen Unsinn aufzuregen. Setzen Sie sich, trinken Sie friedlich Ihren Kaffee ...«
Das Tuscheln und Murren hörte sich an, als würde ein ganzer Hornissenschwarm zum Angriff blasen; es störte die Ruhe und den Frieden auf der blumenüberwachsenen Terrasse im sanften Licht einer Sonne, die hinter den hohen Türmen des großen Kali-Tempels von Kalkutta am Horizont versank. Und Wesley war entschlossen, sich wegen der Enttäuschung am Nachmittag nicht den ganzen Abend verderben zu lassen.
Irgendwann waren die Kaffeekannen geleert, und auch der silberne Teller mit Vingettys Süßigkeiten ähnelte mehr der Wüste Gobi als einer Einladung zum Verweilen. Francis Ralph West sah seinen Vorgesetzten mit bettelndem Blick an. Angesichts der bevorstehenden Abreise hatte er noch einen wichtigen Termin mit einem hübschen Kind in einem schönen Garten, den er nur um seiner Dienstpflichten willen nicht verschieben konnte. John Sherbrookes Taschenuhr schnappte bereits zum dritten Mal hörbar auf, und auch die anderen anwesenden Offiziere legten ein so merkliches Verlangen zum Aufbruch an den Tag, dass es dem Oberst nicht verborgen blieb.
»Na los, verschwindet schon und amüsiert euch!« schickte er sie gutmütig ins wilde Nachtleben Kalkuttas. Er selbst würde sich noch eine oder zwei Stunden an den Schreibtisch setzen und die Befehle für sein Regiment niederschreiben. Anschließend hatte auch er noch private Pläne für die letzten verbleibenden Stunden des Tages. Der Verlust des Kommandos beim Feldzug gegen die Spanier bedrückte ihn viel weniger als der Gedanke, sich nun für längere Zeit von Miss Charlotte Hall verabschieden zu müssen.
Obwohl Wesley sich nach der bitteren Enttäuschung mit Kitty Pakenham geschworen hatte, einen großen Bogen um die Vertreterinnen des schwachen Geschlechts zu machen, war ihm Charlotte im Verlauf der letzten Monate weit mehr ans Herz gewachsen, als für einen Berufssoldaten gut sein konnte.

Irgendwann zur Abendessenszeit trabte Arthurs Goldfuchs den Weg zum Haus von Sir Edwin Hall hinauf, und wie immer wollte der indische Bursche zu Charlottes Fenster laufen, um ihr durch Klopfzeichen anzuzeigen, dass ein ganz besonderer Besucher gekommen war. Doch der Oberst schüttelte diesmal den Kopf und drückte dem Bediensteten die Zügel seines Pferdes in die Hand, bevor er sich selbst auf den Weg über die Terrasse machte. Das ganze Gebäude lag im Dunkeln, nur aus einem einzigen Zimmer leuchtete ein heller Schein in die Nacht hinaus.

Wesley klopfte an die Scheibe.

»Komm rein, Arthur!« forderte eine vertraute Stimme ihn auf. Doch sie war nicht so fröhlich wie sonst. Charlotte saß mit gekreuzten Beinen auf ihrem Bett und blickte den Offizier unglücklich an. Ihre ungeliebte Brille hatte sie in die langen Haare geschoben, die ihr offen und in weichen Wellen über die zarten Schultern fielen. In ihren weiten indischen Hosen, den »payjamas«, und dem knielangen hellen Hemd, dem »kameez«, sah sie einfach reizend aus.

»Was ist denn los, kleine Lady? War irgend jemand unfreundlich zu dir?« fragte er sanft.

»Papa hat mir alles erzählt, Arthur. Sie haben dem fetten Braithwaite und dem versoffenen St. Leger dein Kommando gegeben. Das ist nicht gerecht! Ihr habt euch die ganze Arbeit mit dem Expeditionskorps gemacht und geschuftet wie die Tiere, und jetzt nehmen euch diese alten Kerle alles weg ...«

»Das Leben ist oft ungerecht, Charlotte. Man bekommt nicht immer, was man sich wünscht.« In Wesleys Stimme lagen weder Trauer noch Enttäuschung. Er hatte bloß eine schlichte Tatsache festgestellt. »Ich bin gekommen, um Abschied von dir zu nehmen. Übermorgen früh stechen wir in See.«

Charlotte bedeutete ihm, neben ihr Platz zu nehmen. »Wirst du wiederkommen, Arthur?« fragte sie ihn leise.

Der Offizier zuckte mit den Schultern. »Was soll ich dir darauf antworten? Wenn ich ja sage, belüge ich dich vielleicht. Sage ich nein, ist es möglicherweise genauso falsch. Ich weiß es nicht. Vielleicht, vielleicht auch nicht.«

»Werdet ihr euch mit den Spaniern schlagen?«

Wesleys Antwort beschränkte sich wieder auf ein Schulterzucken. »Das weiß der Himmel, kleine Lady!« Behutsam legte er den Arm um ihre Schultern. Charlotte ließ ihn gewähren. »Die Sache mit dem Kommando macht mir wenig aus. Aber dir Lebewohl sagen zu müssen ... das tut sehr weh.«

»Dann sag es einfach nicht.« Sie war immer noch dasselbe junge Mädchen, das Wesley an jenem Abend im Hause von Connor McLeod aus purer Neugier zum Tanzen aufgefordert hatte. Aber aus ihrer anfänglichen Ruppigkeit war Zutrauen geworden, und sie

hatte gemerkt, dass es nicht notwendig war, ihre übliche kleine Komödie zu spielen.
»Barrak sagt auch nie Lebewohl, wenn er sich mit seiner Karawane auf den Weg zu den wilden Steppenvölkern macht, um Pferde zu kaufen. Gütiger Himmel, warum suche ich mir stets die Männer aus, die ständig durch die Weltgeschichte ziehen müssen und die mich immer wie eine Idiotin alleine in diesem unmöglichen Kalkutta zurücklassen, während sie sich selbst königlich amüsieren?« versuchte sie ihre Trauer mit Spott zu überspielen.
Arthur zog die kleine runde Brille aus den langen Haaren und fing an, mit ihren dunkelbraunen Locken zu spielen. Charlotte war keine Schönheit im klassischen Sinne. Ihre Züge waren zu hart, das Kinn zu energisch, die Nase zu schmal und die Haut zu gebräunt, um den Idealvorstellungen der meisten Männer zu entsprechen. Als Arthur sie nun betrachtete, fiel ihm zum ersten Mal auf, wie breit und kräftig die Schultern des Mädchens waren und wie knabenhaft ihr Körper. »Auf diese Frage kannst du dir nur selbst Antwort geben, kleine Lady. Pferdehändler und Berufssoldaten sind keine gute Wahl. Versuch's doch mal mit etwas Solidem. Hickey hat eine Menge braver junger Herren in seinen Verwaltungsgebäuden versteckt, die morgens um acht zur Arbeit gehen und pünktlich zum Tee nach Hause kommen ...«
»Und die mir dann den ganzen Abend erzählen, wie sie den Gewinn von ›John Company‹ errechnet oder Tuchballen begutachtet haben, bevor diese nach England verschifft werden. Viel zu langweilig und öde für meinen Geschmack. Ihr Soldaten könnt wenigstens etwas erzählen und habt Verständnis dafür, dass ich mich genauso austoben muss wie ihr.« Plötzlich wurde sie ernst. »Erzähl mir vom Krieg, Arthur! Wie ist es da draußen? Warum bist du eigentlich Soldat geworden?«
»Wieso fragst du gerade jetzt danach?«
»Weil wir vor ein paar Monaten in einer warmen Vollmondnacht auf deiner Bettkante darüber philosophiert haben und unser Gespräch bis heute nicht beenden konnten, obwohl wir es uns vorgenommen hatten ...«
Eine angenehm kühle Brise bewegte leicht die Vorhänge, die Charlottes Zimmer von der Terrasse trennten, und blies dabei die einzige Kerze aus, so dass nur noch das fahle Mondlicht ins Zimmer fiel. Wesley überlegte einen Augenblick, ob er sich zum zweiten Mal in seinem jungen Leben darauf einlassen sollte, seinen Schutzpanzer vor einer Frau abzulegen. Kitty hatte sein Vertrauen

missbraucht und ihn zutiefst verletzt, doch für sie hatte er damals in Irland anders empfunden als heute für Charlotte. Machte das Sir Edwins Tochter ungefährlicher? Wollte er sich überhaupt irgendjemandem anvertrauen?

»Du hast mir die falsche Frage gestellt, Charlotte. Eigentlich müsste sie heißen: Warum bist du bei den Soldaten geblieben? Und die Antwort lautet: Weil es die einzige Sache ist, von der ich genug verstehe, um ein bisschen Geld zu verdienen. Und weil ich mich an die Armee gewöhnt habe.«

»Das sind keine besonders überzeugenden Argumente dafür, dass du bereit bist, dich am anderen Ende der Welt totschießen zu lassen! Du hast schließlich eine Familie, die dir auch auf andere Art und Weise zu einem Auskommen hätte verhelfen können.«

»Familie! Was ist das eigentlich, eine Familie? Die Armee ist meine Familie, das 33. Regiment ist meine Familie. Seit mein Vater tot ist, waren meine reizenden Verwandten immer nur sorgfältig darauf bedacht, mich so wenig wie möglich zu sehen und so weit es geht aus ihrem Sichtfeld zu verbannen. Ich bin jetzt seit fast acht Monaten hier in Indien, und meine Familie hat sich noch nicht einmal die

Mühe gemacht, mir einen Brief zu schicken und nachzufragen, ob ich überhaupt noch existiere. Genau das ist vielleicht der Grund, warum ich bei den Soldaten geblieben bin. Weil wir Loyalität füreinander empfinden. Wegen des Zusammenhaltes und der Sorge, die wir füreinander tragen ... Es sind nicht die paar Guineas, die der gute König Georg uns in die Hand drückt, für die wir uns totschießen lassen. Es ist das Regiment, der Kamerad, der neben dir steht oder neben dir fällt, der dich dazu antreibt, nach vorne zu gehen, obwohl du weißt, dass dich dort nichts Gutes erwartet und du vielleicht gezwungen bist, einen Mann ins Jenseits zu befördern, der eine andere Uniform trägt, obwohl du ihn nicht kennst, ihn nicht hasst und auch sonst keine Rechnung mit ihm zu begleichen ist. Der Krieg ist pervers, Charlotte! Alle Gefühle, Empfindungen und Wertvorstellungen, die normalerweise den Charakter eines Menschen ausmachen, verschwinden, wenn du einem Gegner entgegentrittst. Irgendwie hörst du schlagartig zu denken auf und verwandelst dich in eine wesenlose, skrupellose Waffe aus Fleisch und Blut. Zu Hause in Irland, wenn ich auf die Jagd ging, brachte ich es nie übers Herz, auf ein Tier zu schießen und grundlos – nur wegen des Vergnügens und des Zeitvertreib –

ein Leben auszulöschen. In Flandern war es anders ... und leider nicht nur in Flandern.«
»Und was tust du nun?«
»Ich gehe nicht mehr auf die Jagd, Charlotte, aber ich ziehe wieder in den Krieg.«
»Für Englands Ruhm und die Ehre eines Soldaten?«
»Eher aus Gewohnheit, und weil ich mein Regiment nicht im Stich lassen kann. Dafür hänge ich viel zu sehr an diesen 733 Halunken im roten Rock, die nichts als Unsinn im Kopf haben und zu jeder Schandtat bereit sind.«
»Du liebst dein Regiment, wie andere Männer eine Frau lieben.«
Wesleys blaugraue Augen lächelten Charlotte im fahlen Mondlicht an. Er nickte. »Vielleicht sogar mehr, als ich je eine Frau lieben könnte ...«
Sie machte sich aus der Umarmung frei, stand vom Bett auf und ging zu einer kleinen Kommode aus Kirschholz, auf der ein Paket lag. Sie riss das Papier auf, mit dem es umwickelt war. »Dann zieh in den Krieg, Oberst, nimm deine Rotröcke mit und denk nicht an diejenigen, die dir mit Tränen in den Augen nachwinken. Wenn du zurückkommst, stehen sie sowieso wieder unten in Diamond Harbour am Kai, und wenn nicht ... Was soll's! Ich habe ein Abschiedsgeschenk für dich.«
Sie ließ ein langes, schmales Stück schwerer Seide durch ihre Finger gleiten. Eigentlich hatte sie Handarbeiten nie gemocht und sich bei ihrer Mutter regelmäßig lautstark beschwert, wenn irgendeine unglückliche Gouvernante ihr ein Stück Stoff und Stickfaden aufzwang. Aber dieses eine Mal war Charlotte über ihren eigenen Schatten gesprungen und hatte sich durchgerungen, kostbare Nachmittage und Abende zu opfern, um mit unzähligen feinen Stichen den Namen eines Regiments und den eines Offiziers, der ihr am Herzen lag, in scharlachrotes Tuch zu arbeiten.
»Offenbar hat sich noch nie jemand die Mühe gemacht, dir zum Abschied ...« Sie stockte, und Tränen liefen ihr über die Wangen. »Du bist der einzige Offizier in deinem Regiment, der keine Schärpe besitzt.«
»Ich habe nie eine besessen, kleine Lady.« Die Tradition verlangte, dass entweder die Mutter dem Sohn zum Abschied dieses bedeutungsschwere Stück Tuch um die Hüften legte oder die Frau, die bereit war, auf eine ungewisse Rückkehr und ein oft unwahrscheinliches Glück zu warten. Die meisten Schärpen

kamen alleine aus den Kriegen zurück, überbracht von einem treuen Freund, welcher der Familie oder der Geliebten erklären musste, dass der, auf den man lange und sehnsüchtig gewartet hatte, vor seinen Gott getreten war wie ein Soldat. Charlotte kannte den Brauch. Leise fragte sie Arthur: »Nimmst du sie an?«
Wesley war vom Bett aufgestanden und zu ihr ans Fenster getreten. Er nickte, legte die Arme um ihre Schultern und zog sie eng an sich. Sie schmiegte sich fest an seine Brust, und irgendwie hatte er plötzlich nicht mehr die Kraft, sie loszulassen. Das Mondlicht ließ Charlottes Augen glänzen, und sie zogen Wesley immer mehr in ihren Bann, während er spürte, dass eine letzte Schranke zwischen ihnen zu fallen drohte, denn seine Hände hatten die Perlmuttknöpfe ihres weiten indischen Hemdes geöffnet und glitten sanft über ihre seidige, gebräunte Haut. Der fahle, indische Mond warf seinen langen Schatten auf das Bett der jungen Frau, ganz so, als ob er ihnen den Weg weisen wollte, den sie nun gemeinsam zu gehen beschlossen hatten.
Nachdem Charlotte ihm das lange, schwere Seidentuch um die Hüfte geschlungen und sein Schwertgehänge darüber geschlossen hatte, wischte er ihr mit der Hand die Tränen aus dem Gesicht. Dann schloss er sie so fest in die Arme wie an ihrem ersten gemeinsamen Abend. Ohne ein weiteres Wort verschwand er einige Augenblicke später in der mondhellen, indischen Sommernacht.

Als die Schiffe mit dem 2200 Mann starken bengalischen Kontingent achtundvierzig Stunden später von Diamond Harbour aus in See stachen, fiel Sir John Sherbrooke zum ersten Mal auf, dass Wesley sich irgendwie verändert hatte. Er bevorzugte nicht, wie sonst üblich, den Blick vom Bug auf das offene Meer, sondern stand lange Zeit am Heck des Truppentransporters. Zuerst überlegte sich der Oberstleutnant, ob er seinen Kommandeur fragen sollte, was ihn bedrückte. Dann aber bemerkte er in der Menschenmenge, die vom Kai aus den Schiffen nachwinkte, einen dunkelbraunen Haarschopf und eine kleine runde Brille. Erst jetzt fiel Sherbrooke die scharlachrote Schärpe über Wesleys hellrotem Offiziersrock auf. Sie war Erklärung genug für die nachdenkliche Stimmung seines Freundes.

Arthur betrachtete den Inhalt seines Glases, als würde in dem alten schottischen Whisky die Wahrheit über den Abbruch der Operation gegen Spanisch-Manila geschrieben stehen. Einerseits war er über den sonderbaren Befehl erleichtert gewesen, andererseits ärgerte er sich als Berufsoffizier darüber, dass die wochenlange, anstrengende Arbeit an der militärischen Planung des Unternehmens sich im Rauch undurchsichtiger politischer Entscheidungen zwischen Fort St. George und Fort William aufgelöst hatte. Und niemand machte Anstalten, ihn offiziell über die Gründe für diesen Beschluss aufzuklären. Als Generalquartiermeister war er Chef des Militärischen Nachrichtendienstes und wusste auch ohne die Politiker nur zu gut um die unheilvolle Umtriebigkeit Tippu Sultans und seiner französischen Berater in Mysore, doch hätte er gerne von Sir John Shore persönlich vernommen, warum Spanisch-Manila plötzlich nicht mehr zu den Prioritäten der britischen Politik in diesem Teil der Welt zählte.

Lord Clive, der Gouverneur von Madras, verstand diesen gerechten Zorn des jungen und energischen Obersten, der sich nach zehn tatenlosen Wochen auf See und zwölf tatenlosen Wochen in Penang wieder am Ausgangspunkt seiner großen Reise befand, ohne auch nur einmal das Schwert mit dem Feind gekreuzt zu haben, doch er konnte für Wesley nicht viel mehr tun, als ihm erneut Whisky ins Glas zu gießen und ihn freundlich anzulächeln. Der Generalgouverneur hatte Kalkutta bereits wenige Tage nach dem Auslaufen der Truppentransportschiffe an Bord eines schnellen Seglers in Richtung England verlassen. Der Befehl der Krone war klar und deutlich gewesen: Man verlangte ihn umgehend in London zu sehen!

»Wie war es in Penang, mein junger Freund?« fragte Clive.

Wesley nippte geistesabwesend an seinem Glas und zuckte mit den Schultern. »Heiß, Sir!« Er machte sich in diesem Augenblick mehr Gedanken um den Gesundheitszustand seines schwer geprüften Regiments als über die Neugier eines hohen königlichen Beamten.

Clive schüttelte verzweifelt den Kopf. »Vergessen Sie es, Arthur! Ich weiß auch nicht, was ich von diesem Schwachsinn aus Kalkutta halten soll. Wir haben Ihre Männer ordentlich untergebracht, und die Pferde stehen bestens versorgt auf sattem grünem Gras. Sie sollten endlich aufhören, Trübsal zu blasen. Verdammt, mein Junge! Es war eine blödsinnige Idee, sich mit den Spaniern anzulegen. Dieser Marschbefehl nach Madras war das Beste, was passieren konnte ...«

Wesley sah zum ersten Mal seit einer Stunde von seinem Glas auf und lächelte. Eigentlich mochte er den starken, rauchigen Whisky überhaupt nicht und hätte lieber ein Glas Wasser getrunken oder starken türkischen Kaffee. »Mylord, es ist nicht die Operation gegen Spanisch-Manila. Das war Unsinn, von Anfang an. Ich frage mich nur, was Tippu eigentlich vorhat. Meine Agenten melden mir, dass Unterhändler aus Frankreich eingetroffen sind. Einer – ein sehr zuverlässiger Mann – berichtet von einer Aufstockung des Arsenals in Mysore. Der Sultan hat ein Vermögen verschwendet ... Sieben neue Geschützbatterien, Munition und Söldner. Die Männer der Company laufen scharenweise zum Feind über.«

Er trank den widerlichen Alkohol in einem Zug und stand auf. Die Arme hinter dem Rücken verschränkt, ging Wesley im Salon des Gouverneurs von Madras auf und ab wie ein eingesperrtes Tier. Obwohl er sechs Monate vom Subkontinent entfernt gewesen war, hatten Lutuf Ullahs Depeschen ihn doch erreicht, und mittels Karte und ein bisschen gesundem Menschenverstand war es ein Leichtes gewesen, sich einen Reim auf die Pläne eines Mannes zu machen, dem er nie begegnet war und von dem er nur wusste, was seine Bücher und Montstuart Elphinstone ihm berichteten.

Wesley drehte sich abrupt um. »Elphinstone ist letztes Jahr in Mysore gewesen ... Er weiß sehr viel, er kennt alle politischen Zusammenhänge. An sich ist es vernünftig, eine Expedition gegen Tippu zu planen und Manila den Spaniern zu überlassen.«

Clive runzelte die Stirn. Der junge Soldat, der ihm gegenüberstand und so leidenschaftlich argumentierte, hatte natürlich völlig Recht. Es war vernünftig, sich schnellstmöglich um das Problem an der Grenze zum Karnataka zu kümmern, doch Britisch-Indien war in diesen Tagen führerlos, und bevor der neue Generalgouverneur, Richard Lord Mornington, nicht eingetroffen war, konnte er als Gouverneur von Madras keine solch schwerwiegende Entscheidung treffen.

Lord Clive griff in die Tasche seines Rockes. »Wesley, bevor Sie sich zurückziehen ... Man hat mir einen Brief für Sie anvertraut.«

Er hielt Arthur den versiegelten Umschlag entgegen. Der Offizier faltete das Papier ungelesen zusammen und steckte es in die Rocktasche, dann glitt sein Blick über Lord Clives große Standuhr.

Es war bereits vier Uhr am Nachmittag. Außer den Depeschen, die zwischen ihm und Lutuf Ullah hin- und hergeschickt worden waren, hatte in den letzten Monaten noch ein zweiter reger Briefwechsel mit der Regierungszentrale des Subkontinents stattgefunden. Die Natur dieses Schriftverkehrs war alles andere als dienstlich gewesen. Als man den Rotröcken mitgeteilt hatte, dass die Expedition gegen die Spanier offiziell annulliert wurde und das 33. Regiment den Marschbefehl nach Madras erhielt, war Wesley im Hafen von Penang zum erstbesten Handelsschiff in Richtung Kalkutta geeilt und hatte dem Kapitän ein kleines Vermögen in die Hand gedrückt, um schnellstmöglich einen Brief zu überbringen. Nun, um fünf Uhr abends in der Bucht von George Town, würde er feststellen, wie die Antwort auf sein langes Schreiben ausgefallen war. Er war aufgeregt wie ein Schuljunge am letzten Tag vor den Ferien.
Lord Clive schmunzelte. Natürlich wusste er um den Grund für die Eile seines Gastes, denn Britisch-Indien war wie ein Dorf, in dem Gerüchte sich schneller verbreiteten als Kuriere reiten konnten. »Falls Ihre zahlreichen Verpflichtungen es erlauben, würde ich mich freuen, wenn Sie Samstag für einen kleinen Ausflug und ein Picknick im Grünen Zeit fänden. Wir sind alle sehr neugierig auf die künftige Miss Wesley. Ich habe Sir Edwins Tochter schon seit einer Ewigkeit nicht mehr gesehen ...«
Es bereitete dem Gouverneur von Madras diebisches Vergnügen, Arthur ein wenig in Verlegenheit zu bringen. Von Shore und Hickey hatte er aus Kalkutta nur Gutes über den jungen Mann gehört, und selbst sein ehemaliger Surveyor General, Sir Marmaduke Orford, hatte aus Kapstadt ein Empfehlungsschreiben geschickt. Lord Clive selbst hatte bereits bei der ersten Begegnung gespürt, dass die vernagelten alten Männer der Horse Guards hier aus Versehen einen Offizier nach Indien verschickt hatten, der alle Anlagen besaß, es weit zu bringen. In unruhigen Zeiten war es für jeden politischen Beamten der Krone wichtig, ein ordentliches Schwert an der Hand zu haben. Mit Henry Harvey Ashton und Arthur Wesley waren Fort St. George und Madras gut bedient worden, also musste Clive alles daransetzen, die beiden königlichen Regimenter und ihre Kommandeure in seiner Provinz zu behalten.

Das Postschiff war klein und überfüllt, denn außer den Briefsäcken befanden sich noch Teile eines Sepoy-Regiments aus Kalkutta an

Bord, welche die Garnison von Madras verstärken würden. Charlotte war der einzige weibliche Passagier. Nicht einmal die Tatsache, dass sie die Tochter eines der höchsten britischen Beamten auf dem Subkontinent war, hätte sie unter den rauen Matrosen und wilden Sepoys vor lüsternen Blicken und Annäherungsversuchen schützen können, doch als den Burschen klar wurde, dass der schweigsame bärtige Mann in afghanischer Tracht sie wie ein bissiger Wachhund nie aus den Augen ließ, behandelten sie alle mit Respekt.
Barrak ben Ullah war an diesem Nachmittag bedrückt, als er von der Reling aus bereits die Umrisse von Fort St. George erkennen konnte. Er hatte ein Versprechen gegeben, und seine Ehre zwang ihn, zu seinem Wort zu stehen und Charlotte bei Oberst Wesley abzuliefern, obwohl er bereitwillig seine Stellung, sein Vermögen, sogar sein Leben gegeben hätte, um dies nicht tun zu müssen. Barrak liebte das
Mädchen schon seit langem und hatte insgeheim gehofft, sie würde eines Tages seine Frau werden.
Dann aber war ein junger irischer Offizier in ihrer beider Leben getreten, und Charlotte hatte Wesley gewählt, obwohl der außer einem Patent, Schulden und einem harten, einfachen Leben irgendwo in einer fernen Garnison nichts zu bieten hatte. Zu gerne hätte Barrak Charlotte nach dem Grund für ihre Wahl gefragt, doch sein Stolz und seine Freundschaft mit dem Kommandeur des 33. Regiments untersagten es Barrak, diesem Wunsch nachzugeben.

Arthur stand am Strand und beobachtete das Postschiff aus Kalkutta. In diesen Tagen verfügte Madras noch nicht über einen richtigen Hafen mit Landungsstegen. Schiffe wurden auf offener See entladen, draußen in der Bucht, und ankerten dann an einer geschützten Stelle. Die Wellen, die der Golf von Bengalen an den Strand warf, waren beeindruckend hoch, und nur dank speziell konstruierter Landungsboote war es überhaupt möglich, Fracht, Post und Passagiere sicher bei Fort St. George an Land zu bringen.
Arthur und sein Regiment hatten erst wenige Tage zuvor eine ausgesprochen feuchte Erfahrung gemacht. Alle Offiziere waren an Land geschwommen, eine Hand in die Mähnen ihrer Pferde gekrallt. Die gemeinen Soldaten hatten es ein wenig leichter gehabt. Sie waren an Bord der flachen Boote von der Brandung lediglich bis auf die Knochen durchnässt worden.

Der Offizier beobachtete aufmerksam den Kran des Postschiffes und den Inhalt des großen Transportnetzes, der von Deck auf ein Landungsboot gehievt wurde. Seine Augen suchten bereits nach einer kleinen runden Brille und einem braunen Haarschopf. Auf der langen Reise nach Penang hatte er sich im Stillen Vorwürfe gemacht, weil er sich Charlotte gegenüber wie ein Landsknecht verhalten hatte. »Ich muss fort in den Krieg und weiß nicht, ob wir uns je wiedersehen.«
Er hatte seinen Gefühlen nachgegeben und seinem Wunsch, ihr – vielleicht ein letztes Mal – nahe zu sein. Sie hatten die Nacht zusammen verbracht, obwohl er Charlotte nichts hatte versprechen können. Vielleicht hatte sie in diesen Stunden mehr Vertrauen in ihn gehabt, als er es je selbst in sich gesetzt hätte. Während der langen Wochen in Penang war er oft stundenlang alleine am Strand entlang gewandert und hatte nachgedacht: Wie musste er auf diesen letzten Abend in Kalkutta reagieren? Sollte er sich an seinen Schwur halten? Dann würde er sich wie ein dummer Schuljunge für Kitty Pakenham an einem anderen Menschen rächen.
Irland, seine Vergangenheit, sein früheres Leben – das alles lag nun sehr, sehr weit zurück. Er war in einer neuen Welt, in einem neuen Land. Er hatte angefangen, am Rad des Lebens zu drehen. Er hatte Charlotte aus Penang geschrieben und ihr gestanden, wie sehr er sie liebte. Er hatte seinen ganzen Mut zusammengenommen und Sir Edwin Hall um die Hand seiner Tochter gebeten, obwohl er nur ein einfacher, mittelloser Offizier war.
Charlotte war nicht wie Kitty oder wie die kleine Henrietta Smith am Kap. Sie war eine echte Soldatenfrau. Sie beide waren jung und abenteuerlustig.
Und irgendwann, sinnierte Arthur, als er endlich mit Hilfe seines Sehrohrs den braunen Schopf und die kleine Brille ausmachen konnte, würden sie einer Horde munterer, staunender Kinder wunderbare Geschichten erzählen ...

Mary Seward biss sich auf den Finger. Dann blickte sie hilfesuchend Sergeant Dunn an und schließlich Rob, ihren Mann. Doch die beiden Soldaten grinsten nur. Sie hatten weder die Zeit noch die Geduld gehabt, sich mit den verwirrenden Landessprachen des Subkontinents zu befassen; das einzige, was sie an diesem Abend in Fort St. George wirklich interessierte, war ein reichhaltiges und gutes Abendessen. Der Fisch- und Gemüsemarkt, der sich vom Strand durch eine kleine Straße bis zur Kreuzung zwischen der Esplanade und Popham's Broadway hinaufwand, war ein lautes, farbenprächtiges, schmutziges und von Fliegen umschwirrtes Spektakel.

»Mary, ich habe keine Ahnung«, wand Sergeant Seward sich aus der misslichen Lage vor dem opulenten Stand eines Gemüsehändlers heraus. »Aber ich bin überzeugt, dass du genau die richtige Wahl treffen wirst.«

Sergeant Dunn schmauchte genüsslich an seiner Pfeife. Aus dem Augenwinkel hatte er bereits eine Kneipe ausgemacht, die von britischen Soldaten frequentiert wurde. Damit war ihm bald schon ein schönes, kühles Bier sicher. »Nimm mal diese Dinger hier, Mary! Die sehen einladend aus, und der Fisch macht mir keine Sorgen. Den braten wir am offenen Feuer. Und jetzt«, sein Finger deutete entschlossen in Richtung Kneipe, »muss ein alter Mann sich von diesem anstrengenden Markttag erholen.«

Rob nahm Mary das Gemüse ab und legte es in einen prall gefüllten Korb, den er über dem Arm trug. »Wir machen uns auf den Heimweg, John! Bleib sauber, mein Freund!«

Der alte schottische Zahlmeister des 33. Regiments schlug seinem jungen Kameraden herzhaft auf die Schulter und zwinkerte ihm zu. Dann verschwand seine rote Uniform in der Menschenmenge. Bald schon hatten Rob und Mary ihn aus den Augen verloren.

Schnell hatte der Zahlmeister in der Kneipe ein paar Kumpel aus Henry Harvey Ashtons 11. Infanterieregiment ausgemacht. Sie hatten sich gemeinsam in Penang gelangweilt. Munter gab man John Dunn ein Zeichen, sich an den großen Holztisch zu gesellen, und wie von Zauberhand tauchte ein kühles Pint vor ihm auf. Die Hitze in Fort St. George war eine gute Entschuldigung. Auf den ersten Krug folgten ein zweiter und bald schon ein dritter. Die Soldaten schwatzten miteinander, genossen ihre freien Stunden und beobachteten das bunte Treiben in der Bucht.

Doch nicht nur Zahlmeister Dunn wurde an diesem Abend von schrecklichem Durst geplagt. Abseits der Männer, an einem kleinen Tisch in einer dunklen Ecke, versteckte Major John Shee sich hinter einer Flasche Brandy vor unliebsamen Blicken. Seine Laune war so schlecht wie immer, und er verfluchte den Tag, an dem er mit seinem Regiment nach Indien verschickt worden war. Er hasste dieses Land, die unzivilisierten, halbnackten Wilden, die es bevölkerten, die Hitze, die Mücken ... und seine Offizierskameraden vom 33. Regiment, diese feinen Pinkel mit ihren vermögenden Vätern, ihren bornierten Manieren, ihrer Sorglosigkeit und ihren gemeinschaftlichen Vergnügungen – Polo, die Jagd, Tanzabende und den ganzen anderen Unsinn. Am meisten hasste Shee Oberst Wesley, obwohl auch ihm nicht verborgen geblieben war, dass sein Kommandeur, was die finanziellen Mittel anging, vielleicht sogar noch ärmer war als er selbst.

Charlotte hatte Arthurs Adlernase und seinen roten Rock schon lange vor Barrak ben Ullah ausgemacht. Sie war aufgeregt und glücklich. Sie konnte es kaum noch erwarten, ihn in die Arme zu schließen.
Seitdem sie seinen Brief aus Penang erhalten hatte, befand sie sich in einem Zustand, der ihr völlig neu war: Sie fühlte sich leicht wie ein Vogel und hatte das Gefühl zu fliegen. Alle Mädchen in Kalkutta hatten sie verspottet und ihr eine einsame Zukunft als ungeliebter Blaustrumpf prophezeit, und nun hatte sie – vor allen anderen – den hübschesten Oberst in ganz Britisch-Indien bekommen, und sie hatte ihm nicht einmal hinterherlaufen müssen.
Die dummen Gänse zu Hause ließen sich von ihren kleinen Leutnants ohne Manieren und ohne Stil tyrannisieren und verbrachten die Zeit damit, sich an der Brust ihrer Gouvernanten oder Mütter auszuweinen, weil die rotberockten Taugenichtse nur Polo, Saufgelage in der Messe oder das Glücksspiel im Kopf hatten ... lauter schräge Gestalten.
Ihr Arthur war anders. Er wusste, dass sie viel lieber auf dem Rücken ihres kleinen Braunen mit der Armee durch Indien ziehen würde, als in der Regierungszentrale des Landes bei langweiligen Abendgesellschaften und samstäglichem Krocketspiel zu versauern.
Kaum war das Landungsboot im seichten Wasser des Strandes angelangt, sprang sie – nicht sehr damenhaft – über die niedrige Reling und flog durch das warme Salzwasser direkt in Wesleys Arme. Der Oberst hatte nicht einmal Zeit gehabt, seiner kleinen Lady guten Tag zu sagen. Barrak ben Ullah schüttelte verzweifelt den Kopf und gab Arthur ein Zeichen.
»Ich kümmere mich um die Pferde und ums Gepäck, mein Freund. Mir scheint, du hast alle Hände voll zu tun.«

John Dunn schmunzelte hinter seinem Pint. Die kleine Szene am Strand war ihm nicht entgangen. Er hatte seinen Kommandeur schon lange im Auge gehabt, und natürlich kannte auch er das Gerücht um Wesley und Miss Hall. Mit dem Ellbogen stupste er seinen Kameraden vom 11. Regiment an, Sergeant-Major Fred Burnaby. Die beiden Männer hatten sich während der Reise nach Penang angefreundet. »Sieh mal, unser ernster und gestrenger Chef! So gefällt mir der Junge viel besser. Ist auch nichts in seinem Alter, immer alleine zu sein. Keine Familie, kein Liebchen, und in Irland war es immer nur das Regiment, das Regiment, das Regiment.«

Burnaby nickte Dunn zu. »Ashton hat es schon zu Hause in England wild getrieben. Ist einfacher, mit einem Kommandeur zu leben, der ständig gute Laune hat und sich nicht wie eine unzufriedene Krähe aufführt.«

»Du darfst Wesley gegenüber nicht ungerecht sein, Fred!« tadelte Dunn seinen Freund. »Der Junge hat's nicht leicht gehabt im Leben. Auch wenn es manchmal nicht den Anschein hat – er ist in Ordnung. Er bellt zwar laut, aber beißen tut er keinen, und seit wir Cornwallis losgeworden sind und dafür Wesley bekommen haben, geht es dem Regiment gut. Von Shee einmal abgesehen, aber an dem ist unser Oberst ja nicht schuld.«

Major John Shee hatte die kleine Szene genauso beobachtet wie Zahlmeister Dunn.

»Der Buchhalter und die Brillenschlange! Ein feines Gespann werden die beiden abgeben«, zischte er bösartig hinter seiner Brandyflasche.

Richard Lord Mornington war am 17. Mai 1798 in Fort William eingetroffen. Ohne auch nur einen Augenblick von den Anstrengungen der langen, gefährlichen Reise auszuruhen, hatte er sich an die Arbeit gemacht. Er war nun Generalgouverneur von Britisch-Indien und verfügte damit über Macht und Reichtum, die viele Herrscher europäischer Staaten vor Neid erblassen ließen. Seit fast zwei Jahrzehnten hatte er auf diesen Posten hingearbeitet. In Indien würde er nicht nur seine privaten Finanzen sanieren. Er würde den alten Männern in London auch beweisen, dass er ein politischer Faktor war, mit dem sie rechnen mussten. Richard Lord Mornington war ein ehrgeiziger Mann, und er hatte eine Menge ehrgeiziger Pläne mitgebracht.

»Henry«, erkundigte er sich ausnahmsweise friedfertig und höflich bei seinem jüngeren Bruder, der ihn als Privatsekretär begleitete, »dieser Taugenichts Arthur treibt sich doch auch hier in der

Gegend herum. Weißt du, wie man Hand an ihn legen kann?«
Henry Wellesley blickte von seiner Schreibarbeit auf. »Das 33. Regiment ist nach Madras abkommandiert worden und untersteht Lord Clive, Sir.«
Die Antwort war kurz und knapp. In der Stimme des jungen Mannes schwang eine sonderbare Furcht vor dem Älteren mit. Er hatte es kaum gewagt, Morningtons Blick zu begegnen. Richard fuhr mit dem Diktat fort und ging dabei in seinem neuen Amtssitz auf und ab. Sein Blick wanderte zufrieden über die sündhaft teuren Möbelstücke und die kostbaren Antiquitäten, die hier von Englands Mächtigen angehäuft worden waren. So hatte er sich sein Leben schon immer vorgestellt: Hunderte von Bediensteten, die auf das leiseste Zeichen von ihm sprangen, Prunk, Stil, grenzenloser Einfluss. Selbst die alten Trottel im Aufsichtsrat der Company hatten hier nach seiner Pfeife zu tanzen. Wenn ihm der Sinn danach stand, konnte er jede ihrer Entscheidungen aushebeln und tun und lassen, was er wollte – auf Kosten der ehrenwerten Kaufleute natürlich.
Abrupt drehte er sich um und verschränkte die Hände hinter seinem schmalen Rücken. Er hielt sich kerzengerade, um so noch größer zu wirken, als er es schon war. Er wusste genau um die Wirkung dieser Posen; trotzdem konnte er es nicht lassen, sie auch vor seinem kleinen Bruder Henry einzunehmen. Es war einfach zu reizvoll, das Kind in Angst und Schrecken zu versetzen. Henry würde all seine finsteren Geheimnisse und Pläne wahren wie ein Grab. Er war so eingeschüchtert, dass er es nicht einmal wagte zu schnaufen, wenn Mornington ihm nicht den ausdrücklichen Befehl dazu erteilte.
»Du schreibst an Sir Edwin Hall! Er hat morgen um acht Uhr hier zu sein. Ich will eine detaillierte Analyse der juristischen Folgen einer möglichen Aktion gegen Mysore und diesen Tippu Sultan von ihm. Diese ganzen Schutzverträge, die wir mit den Nachbarn dieses Mannes geschlossen haben, und so weiter, und so fort.«
Henry nickte ergeben und schrieb. Er war heilfroh, dass Mornington nach diesen letzten, herrischen Sätzen den Raum verließ. Immer schon war sein ältester Bruder eine erdrückende Persönlichkeit gewesen. Doch als er von seiner Nominierung für den Posten des Generalgouverneurs von Britisch-Indien erfahren hatte, war er geradezu unerträglich geworden.
Als er den Brief an Sir Edwin beendet hatte, verließ der junge

Mann Fort William. Er zog es vor, das Schreiben persönlich zu übergeben, denn der Inhalt war äußerst delikat und besaß mehr Sprengkraft, als Richards laue Worte vermuten ließen. Mornington brauchte Geld, und das meiste Geld verdiente man mit dem Krieg; deshalb hatte er beschlossen, eine bewaffnete Auseinandersetzung mit dem Sultan von Mysore anzuzetteln. Die Tatsache, dass Tippu französische Militärberater beschäftigte, während General Napoleon Bonaparte gleichzeitig einen Feldzug nach Ägypten vorbereitete, waren Grund genug.
Henry hatte bereits vor seiner Abreise aus England versucht, Arthur zu warnen. Er hatte ihm einen Brief geschrieben und von Morningtons Nominierung berichtet, obwohl er sich kaum noch an den Jungen erinnerte, der aus seinem Leben verschwunden war, als er selbst noch nicht einmal acht Jahre alt gewesen war. Damals hatte Lady Mornington den Trottel der Familie nach Angers an eine französische Militärakademie verbannt, während er, Henry, sich auf den Weg nach Eton machen musste, um gemeinsam mit Richard Latein und Griechisch zu lernen. Was hatte seine Mutter immer über Arthur gesagt? »Kanonenfutter, lediglich gut genug, sich für den König am anderen Ende der Welt totschießen zu lassen!«
Seit er hier in Kalkutta angekommen war und für Richard den Laufburschen spielte, hatte er andere Dinge über Arthur gehört: begabt, brillant, ein hervorragender Soldat. Sir Edwin Hall, mit dem Henry fast täglich zu tun hatte, hatte ihm sogar voller Stolz erzählt, dass Oberst Wesley um die Hand seiner Tochter angehalten hatte – und dass man sie ihm selbstverständlich gewährte. Henry schmunzelte vor sich hin, während er in der bequemen offenen Kutsche des Generalgouverneurs den »maidan« überquerte. Offenbar war es gut, sich von Mornington fernzuhalten, wenn man sein Glück machen wollte. Arthur hatte sich geweigert, den ältesten Bruder wiederzusehen, als er aus Angers nach Irland zurückgekehrt war. Er hatte sich nur schriftlich mit ihm in Verbindung gesetzt. Nicht einmal die Tatsache, dass der eine ein feines Stadthaus in Dublin bewohnte, während der andere sich – fünf Straßen weiter – mit einer ärmlichen Dachkammer zufriedengab, hatte ihn dazu bewegt, vor Richard Mornington in die Knie zu gehen. Arthur hatte sich zwar – aus unverständlicher Loyalität seiner lieblosen Familie gegenüber – gewissen Forderungen Richards gefügt, doch er war nie

aufgetaucht und hatte um Hilfe oder Geld gebeten, und obwohl er sich jahrelang kaum die Butter auf dem Brot hatte leisten können, hatte dieser unbekannte Soldatenbruder stur darauf bestanden, dem Älteren Penny um Penny sein Fähnrichspatent im 73. Hochlandregiment zurückzubezahlen ...

Sir Edwin Halls englischer Butler öffnete Henry Wellesley und führte ihn ins Arbeitszimmer des Juristen.

»Machen Sie es sich bequem, junger Mann!« dröhnte es freundlich aus dem Nebenzimmer, das gleichzeitig Bibliothek war. »Wir können sofort mit der Arbeit anfangen.«

»Sir Edwin«, sagte Henry leise. »Ich komme weniger wegen der Arbeit. Lord Mornington möchte von Ihnen lediglich diese Details wegen Mysore. Mein Besuch hat einen persönlichen Grund ...«

Charlottes Vater erschien hemdsärmelig im Zimmer. Hinter seinem langen Backenbart schimmerte ein katzenhaftes Grinsen. »Persönlich! Wenn ich nur ein Fünkchen Verstand in meinem alten Kopf habe, dann heißt das ›Arthur‹, nicht wahr?«

Henry Wellesley nickte verlegen. Seine Wangen waren feuerrot angelaufen, und ihm wurde plötzlich schrecklich heiß. Morningtons Geist verfolgte ihn. Selbst an diesem sicheren Ort befürchtete er, sein ältester Bruder könnte ihn belauschen.

»Haben Sie die Möglichkeit, Sir, ihm mitzuteilen, dass er sich am besten von Kalkutta fernhält?«

»Eigentlich wollten Charlotte und Arthur herkommen, sobald der alte Clive Ihrem Bruder ein paar Wochen freigibt. Wir müssen die beiden ja noch standesgemäß unter die Haube bringen, obwohl ich dem Wunsch meiner Tochter nachgegeben und sie schon vor der Hochzeit zu Arthur nach Madras geschickt habe. Nennen wir es verfrühte Flitterwochen.«

»Sir Edwin, bitte! Wenn er hier aufkreuzt ...« Henry wagte nicht weiter zu sprechen. Es war ihm zu peinlich, einem Fremden gestehen zu müssen, dass Morningtons größtes Vergnügen darin bestand, Schwächeren weh zu tun und sie zu demütigen. Auch er bekam seine tägliche Portion an Hieben und Tritten ab, doch ihm fehlte der Mut, Richard den Rücken zu kehren und seinen eigenen Weg zu gehen. Die einzige Form des Widerstands bestand für ihn darin, seinen unbekannten Bruder vor dem Gift dieser Schlange zu bewahren.

Hall war ein erfahrener Jurist. In seinem Beruf machte Menschenkenntnis fast genauso viel aus wie das Wissen um die

Gesetzestexte. Bereits an dem Abend, an dem Arthur Wesley nicht über seine Familie und seine Vergangenheit hatte sprechen wollen, hatte Hall erkannt, dass der Glorienschein Lord Morningtons wohl mehr Schein als Sein war.
»Mein Junge, dramatisieren Sie die Lage nicht ein wenig?« erkundigte Sir Edwin sich freundlich. »Arthur ist sicher Manns genug, seinem Bruder entgegenzutreten. Ich glaube nicht, dass er zu denen gehört, die vor unangenehmen Dingen im Leben davonlaufen.«
»Sie kennen Mornington nicht!« stieß Henry erregt hervor. »Sie kennen ihn doch gar nicht.«
»Gut, junger Mann! Ich werde Arthur von Ihrer Empfehlung berichten, Kalkutta zu meiden. Doch am Ende müssen Sie es ihm selbst überlassen, ob er herkommt oder nicht.«

Die Tage in Madras und an der Coramandel-Küste schienen wie im Flug zu vergehen. Nach dem Picknick, das Lord Clive organisiert hatte, war eine Einladung von Asthon gekommen, gemeinsam nach Mahabalipuram zu reiten und dort die Monumente der Pallava-Dynastie zu besichtigen. Der Ausflug war für alle ein Glücksgriff gewesen: Charlotte kannte die Geschichte der steinernen Skulpturen, die davon erzählten, wie der heilige Fluss Ganges aus dem Himmel nach Indien hinuntergestiegen war, um das Land fruchtbar und reich zu machen. Barrak ben Ullah wusste um phantastische Jagden in den tropischen Wäldern, welche die Hochplateaus von Tamil Nadu bedeckten, und sogar Sir John Sherbrooke schien sich endlich in dieser neuen Welt zu gefallen, denn er hatte Jemima Smith einen Antrag gemacht und ein verzücktes »Ja!« zur Antwort erhalten. Und die kleine Henrietta Smith, die sich in Kapstadt noch so sehr für Oberst Wesley interessiert hatte, erschien heiter und umtriebig mit einem schmucken jungen Offizier der Madras-Artillerie und einem rosigen Säugling im Arm. Aus diesem Grund zog sie es allerdings vor, zusammen mit ihrer Schwester die kühle Meeresbrise am Strand der Coramandel-Küste bei Mahabalipuram zu genießen, während der Rest der kleinen Gruppe lange Ausflüge in der Umgebung unternahm.
Charlotte stieg zufrieden von ihrem kleinen, dunkelbraunen Vollblut. Sie hatte sich prächtig amüsiert: Zuerst waren sie in Badami gewesen und hatten dort die Ruinen der Chalukayan-Festung angeschaut, und Arthur und seine Kameraden hatten sich

auf irgendeinem uralten Schlachtfeld herumgetrieben und gefachsimpelt, während sie mit Barrak und Montstuart Elphinstone zu den Höhlen hinaufgeklettert war, in denen sich uralte Skulpturen Vishnus und der kosmischen Schlange befanden. Dann hatten sie einen kleinen See entdeckt und waren stundenlang geschwommen, während die Pferde friedlich am Ufer gegrast hatten, und nun würden sie in der Sommerresidenz von Sir Charles Smith ein herrliches Diner aufgetischt bekommen und sich anschließend am Strand entspannen, tanzen oder Backgammon spielen.

Seit sie mit Arthur verlobt war, schloss man Charlotte nicht mehr wie früher von diesen angenehmen Seiten des gesellschaftlichen Lebens aus. Sogar ihre Brille schien keinen mehr zu stören, denn wenn es dem Kommandeur des 33. Regiments nichts ausmachte, dass sie mit dem Ding auf der Nase durchs Leben lief, dann durften seine Freunde auch keine dummen Bemerkungen darüber machen.

Sir John Sherbrooke war von hinten herangeschlichen und überraschte die Kleine in ihrer Tagträumerei.

»Charlotte, ich habe einen Anschlag auf dich und Wesley vor.«

Der Kopf der jungen Frau fuhr herum. »John! Musst du mich so erschrecken?«

»Ich wusste gar nicht, dass du schreckhaft bist.« Sherbrooke grinste. »Was hältst du davon, wenn ihr zwei eure Hochzeit um ein paar Wochen verschiebt, und wir machen dann ein gemeinschaftliches Fest daraus? Du und Arthur, ich und Jemima. Es scheint euch beide ja nicht allzu sehr zu stören, dass ihr noch nicht vor den Altar getreten seid!« »Schlitzohr!« fauchte Charlotte Sherbrooke an. »Schnüffelst du uns etwa hinterher?«

Sir John hob die Augenbrauen und setzte sein ernsthaftes Gesicht auf. »Auch wenn der weiße Sandstrand der Coramandel-Küste unendlich weit ist, meine Liebe – es gibt nächtens auch noch andere, die traute Zweisamkeit fernab der Adleraugen von Sir Charles suchen. Aber sorge dich nicht. Jemima und ich, wir haben genauso viel auf dem Kerbholz wie du und Arthur.«

Charlotte lief feuerrot an. Natürlich ziemte es sich nicht, gewisse Dinge zu tun, bevor man verheiratet war. Das hatte ihre Mutter immer gepredigt. Aber Papa hatte ihr während einer langen gemeinsamen Reise einmal spitzbübisch erklärt, dass man das alles nicht so eng sehen dürfe und dass erlaubt sei, was Spaß macht, solange man dabei nicht übertrieb ...

Natürlich hatte sie ihrem Vater gestanden, was in dieser Nacht vor dem Auslaufen der Truppentransporter nach Penang geschehen war. Doch er hatte sie nicht gescholten, sondern ihr nur gesagt, dass das in Ordnung wäre, denn schließlich war der junge Mann Soldat und zog in den Krieg, und falls er nicht zurückkam ... Außerdem, welchen Unterschied machte es schon? Ganz Britisch-Indien wusste inzwischen, dass sie und Wesley verlobt waren.
»In Ordnung, John! Ich überrede ihn, obwohl er ein bisschen drängelt, endlich eine ehrbare Lady aus mir zu machen.«
Eochaid trottete mit hängenden Ohren hinter seinem Herrn her. Wesley machte sich nicht einmal die Mühe, sein Pferd am Zügel zu führen. »Natürlich sind die Absichten des Tippus feindlich. Auch wenn er diesen freundlichen Brief nach Fort William geschickt hat.« Montstuart Elphinstone nickte beipflichtend. »Sein wichtigster Militärberater ist ein Franzose mit Namen Allessandro Cappellini.« Ein Grinsen folgte. Ashton, Connor McLeod und Hauptmann Barclay von der Ostindischen Kompanie schauten einander verwirrt an. Wesley schwieg geheimnisvoll.
»Cappellini!« entfuhr es dem Kommandeur des 12. Regiments. Arthur hatte nur auf diese Reaktion gewartet. »Ein Korse, wie der Jakobinergeneral selbst. Er besitzt das volle Vertrauen Bonapartes. Wir haben ein bisschen herumgeschnüffelt: Dieser Offizier überbrachte einen Brief des Direktoriums aus Paris, in dem man Tippu militärische Unterstützung zusicherte, falls er sich bereitfände, gegen uns vorzugehen. Bonaparte braucht einen Entlastungsschlag, der die britischen Truppen hier in Indien bindet, denn er operiert gerade am Nil und streckt seine langen Finger nach Dingen aus, die ihm nicht gehören.« »Verdammt!« Ashton pfiff durch die Zähne. »Euer Laden funktioniert! Seit Shore dir die Erlaubnis erteilt hat, einen militärischen Nachrichtendienst aufzubauen ...« Er stockte. »Apropos Shore! Weißt du eigentlich, wer ihn in Kalkutta ersetzt?«
Arthur griff in die Rocktasche und zog einen Brief seines künftigen Schwiegervaters Sir Edwin Hall hervor. »Die schwarze Pest, mein Freund! Die schwarze Pest! Es scheint, als ob mein Lieblingsbruder sogar wünscht, dass ich bei ihm antanze. Vermutlich, um vor ihm auf die Knie zu fallen und ihm die Füße zu küssen.« In der Stimme des Offiziers schwangen Hass und Verachtung mit.
»Und wirst du dieser freundlichen Bitte nachkommen?« Ashton wusste um das gespannte Verhältnis zwischen Mornington und Wesley. Die beiden Männer waren Freunde, seit sie gemeinsam an

der Militärakademie von Angers die Schulbank gedrückt hatten.
»Henry, mein Bruder kennt weder das Wort ›freundlich‹, noch weiß er, was eine Bitte ist. Aber er ist der mächtigste Mann in Britisch-Indien, also muss ich nach seiner Pfeife tanzen, wenn er es will.«
»Und? Will er?«
Wesley zuckte mit den Schultern und setzte eine gelassene Miene auf. »Keine Ahnung. Und es ist mir auch völlig gleichgültig.«
Trotz seines lockeren Spruches zog sein Magen sich beim Gedanken an Mornington schmerzhaft zusammen. Er wusste nicht, ob er diesem Mann gegenübertreten konnte, ohne dabei seine mühsam errungene Selbstachtung und sein inneres Gleichgewicht zu verlieren. Noch vor zwei Jahren war er felsenfest davon überzeugt gewesen, dass mindestens neun Monate auf See und Tausende von Meilen zwischen ihm und seiner Familie notwendig waren, damit er überhaupt Luft zum Atmen bekam. Jetzt – in diesem Augenblick – stellte er sich die Frage, vor wem er damals wirklich davongelaufen war. Vor Mornington oder vor seinen eigenen Unzulänglichkeiten und Problemen? Zwei Jahre waren eine lange Zeit, wenn man gerade seinen achtundzwanzigsten Geburtstag gefeiert hatte ...
»Nein, Henry, wenn Mornington den Kommandeur des 33. Regiments zu sehen wünscht, wird dieser dem Befehl seines Vorgesetzten selbstverständlich folgen«, antwortete Arthur.
»Erwartest du irgendetwas von Mornington, mein Freund?« Ashton war bereits während ihrer gemeinsamen Zwischenstation in Kapstadt aufgefallen, dass Wesley sich sehr verändert hatte. Während der langen Wochen in Penang war dies noch deutlicher geworden; die Schüchternheit an der Grenze der Angst vor anderen Menschen, die den Freund drüben in England verfolgt hatte, war von ihm abgefallen wie ein böser Fluch. Wenn er davon überzeugt war, dass er recht hatte, konnte Arthur eine Meinung sogar gegenüber Männern vertreten, die im Dienstrang weit über ihm standen und deren Missgunst Motiv genug war, eine militärische Karriere zu zerstören.
Wesley legte den Arm über Eochaids Hals und streichelte das schöne junge Tier gedankenverloren. Er blieb Ashton die Antwort schuldig. Natürlich erwartete er etwas von Mornington – nämlich genauso behandelt zu werden wie alle anderen Offiziere in Britisch-Indien. Er wollte keine Bevorzugung, nur weil er zufällig

der Bruder des Generalgouverneurs war. Aber vor allen Dingen wollte er keine Benachteiligung erfahren, nur weil Richard sich in den Kopf gesetzt hatte, dass der Jüngere ein Vollidiot und bestenfalls Kanonenfutter war ... Dieses Vorurteil Lord Morningtons hatte Wesley bereits die Kindheit und Jugend zur Hölle gemacht. Nun war es an der Zeit, dass seine Familie ihn zufriedenließ und ihm zugestand, sein eigenes Leben zu leben und Herr über sein eigenes Schicksal zu sein.

Sir Charles Smiths Haus in den Hügeln von Kelambakkam war strahlend hell erleuchtet. Die kleine, müde Gruppe zu Pferd konnte schon von weitem eine große Anzahl berittener Sowars und die prächtige Kutsche von Lord Clive in der Auffahrt ausmachen.

»Was hat denn das zu bedeuten?« wunderte sich Sir Charles' Schwiegersohn, Leutnant John Freese von der Madras-Artillerie.

»Sicher nichts Gutes, alter Junge. Wenn Clive mit einer Eskorte von mindestens fünfzig Mann vor dem Haus deines Schwiegervaters auftaucht, ist das kein freundschaftlicher Besuch und die Lust auf ein ausgelassenes Diner mit einem Haufen junger Leute«, meinte Henry Harvey Ashton.

Wesley, Elphinstone und Barrak ben Ullah schauten einander betreten an. »Das war's dann wohl!« konstatierte der Afghane in seinem fast akzentfreien Englisch. Wesley und Elphinstone nickten.

»Wollt ihr drei Verschwörer uns Unwissende nicht einweihen?« klagte Ashton.

Seit dem Ausflug nach Penang war ihm klar geworden, über wie viele Informationen Wesleys militärischer Nachrichtendienst verfügte und wie wenig von diesem Wissen in den Tagesbefehlen auftauchte. Nur Dinge, die die anderen Offiziere unbedingt erfahren mussten, wurden herausgegeben. Über dem Rest lag der bleischwere Schleier strengster Geheimhaltung.

»Erzähl's ihm, Barrak«, ermunterte Wesley seinen afghanischen Freund.

In der Tat war der Besuch Lord Clives an der Küste nicht freundschaftlicher Natur gewesen. Er hatte Sir Alured Clarke mitgebracht, den Oberkommandierenden von Britisch-Indien, General Lord Harris, ein steinaltes Relikt des amerikanischen Unabhängigkeitskrieges, Oberst James Stevenson von der Ostindischen Kompanie und einen jungen, farblosen Mann in schlichter ziviler Kleidung. Sir Alured legte seine Bärenpranken

herzlich um Asthons und Wesleys Schultern und dröhnte in seiner überschwänglichen Art: »Ah, meine beiden feinen Jungs, Arthur und Henry! Nun ist's vorbei mit den Ferien und der Spielerei. Ich bringe euch endlich die kleine Überraschung mit, auf die ihr seit Spanisch-Manila wartet.«
Der Mund des farblosen Zivilisten verzog sich auf sonderbare Weise. Henry Wellesley hatte seinen Bruder Arthur in den letzten zwanzig Jahren so gut wie nie zu Gesicht bekommen. Vor einer kleinen Ewigkeit hatte der Weg der beiden Männer sich noch einmal in der Oper gekreuzt – in London. Damals war Henry gerade aus Oxford zurückgekehrt und Arthur vom Flandernfeldzug.
Henry hatte eine magere, kränkliche Krähe in Erinnerung, der die Uniform vom Leib zu rutschen drohte. Jetzt sah er einen großen, braungebrannten und breitschultrigen Soldaten mit eindrucksvoller Adlernase vor sich, der vor Energie und Gesundheit zu bersten schien.
»Verschwindet, Mädels!« mischte Sir Charles Smith sich in die Begrüßungszeremonie ein und gab seinen Töchtern Jemima und Henrietta Zeichen, die nicht gerade schicklich angezogene Charlotte in ihren Reithosen und hohen Lederstiefeln gleich mit aus dem Raum zu befördern. Bevor Sir Edwin Halls Tochter ein wenig beleidigt das Feld räumte, traf sie Sir Alureds Pranke auf der Schulter, und der alte Offizier brummte freundlich: »Nachher bekommt ihr eure hübschen Offiziere zum Diner zurück, aber jetzt müssen die jungen Herren erst mal arbeiten.«
Arthur zwinkerte seiner Verlobten zu und gab ihr Zeichen, Sir Charles' Aufforderung zu folgen. Als alle Damen den Raum verlassen hatten, verabschiedete sich auch Smith. Doch bevor der Gouverneur von Madras das Wort ergreifen konnte, war Henry Wellesley aus seiner Ecke zu der Soldatengruppe in der Zimmermitte getreten. Beinahe unhöflich bahnte er sich einen Weg zwischen Barclay und Ashton. Seine Augen suchten die des älteren Bruders, doch irgendwie schien dieser nicht zu reagieren.
»Arthur?«
»Sir!« Der Offizier verbeugte sich steif und förmlich.
»Meine Herren, ich bitte Sie!« unterbrach Lord Clive das frostige Aufeinandertreffen der Brüder. »Sie haben beim Diner ausreichend Zeit, sich um den Hals zu fallen. Wir müssen uns jetzt dringend um ernsthafte Angelegenheiten kümmern.«

Dem Gouverneur von Madras war nicht entgangen, wie distanziert das Verhältnis zwischen Arthur und Henry war, und Sir Edwin Hall hatte ihm einen kurzen Brief geschickt und ihn – um ihrer alten Freundschaft willen – gebeten, den jungen Offizier von Kalkutta und Lord Mornington fernzuhalten. Es konnte heiter werden, wenn sie jetzt außer dem Ärger mit Mysore auch noch eine Familienfehde in Britisch-Indien erlebten ...

Erst kurz vor Mitternacht konnten Sir Charles Smiths Bedienstete das Diner servieren. Henry Harvey Ashton und Arthur Wesley würden gemeinsam mit dem Company-Oberst Barry Close die Armee der britischen Madras-Regierung reorganisieren und in einen kampfbereiten Zustand versetzen, damit man – falls Tippu auch nur den geringsten Anlaß dazu gab – sofort ins Feld ziehen konnte. Das 12. und 33. Infanterieregiment waren die Schlüsseleinheiten, um die sich der Reorganisationsprozeß der Truppen vollziehen sollte, sowohl der einheimischen Einheiten als auch der Truppen der Ostindischen Kompanie. Wesley würde in Madras bleiben und neben dieser rein militärischen Arbeit weiterhin für den lebensnotwendigen nachrichtendienstlichen Fluss Sorge tragen; Ashton schickte man nach Vellore, um auch die verbündeten Truppen des Nizam von Hyderabad auszubilden. Lord Clive hatte den Soldaten im Namen Lord Morningtons mitgeteilt, dass der Sultan von Mysore – trotz britischer Zusicherungen über die Integrität seines Reiches – weiter aufrüstete und das Direktorium um französische Truppen zur Unterstützung gebeten hatte.

Da die Partie der Franzosen am Nil noch nicht gespielt war und der Nachrichtenfluß nach Indien seine Zeit brauchte, wusste man nichts über den Ausgang einer möglichen Seeschlacht zwischen der britischen Flotte unter Nelson und den Schiffen der Revolutionstuppen, die sich in der Mündung des Nils angebahnt zu haben schien. Sollte Nelson geschlagen worden sein, musste man schon bald mit dem massiven Auftauchen französischer Kriegs- und Transportschiffe im Indischen Ozean rechnen. Die Gefahr für die Kolonie war groß. Vorsicht war das Gebot der Stunde.

Der Mann trug ein knielanges weißes Seidenhemd, passende Seidenhosen und hohe, blankpolierte schwarze Stiefel, deren Spitzen sich nach oben wölbten. Die kostbaren Juwelen, die seinen königsblauen Gürtel und seinen blutroten Turban zierten, bildeten einen sonderbaren Kontrast zu dieser schlichten Kleidung. Er war

nicht sonderlich groß, und auf den ersten Blick hätte man ihn für plump gehalten, wären da nicht dieses Paar energischer, stechender brauner Augen gewesen und dieser harte, entschlossene Zug um den Mund, den auch der sauber gestutzte Schnurrbart nicht verbarg.
Obwohl sein Körper so schwerfällig und plump erschien, ging der Inder mit einem leichten, energisch federnden Schritt neben dem jüngeren Mann in der französischen Uniform über den großen Innenhof der Festung von Seringapatam. Die beiden waren in eine angeregte Unterhaltung vertieft; nicht einmal die Schwierigkeiten des Dolmetschers, mit Tippu Sultan und Oberst Cappellini Schritt zu halten, bremsten den Redefluss der beiden Männer. Seit mehr als zwei Jahren diente der Franzose dem Herrscher von Mysore – auf Geheiß des Direktoriums in Paris – als Militärberater. Im Verlauf dieser langen Zeit hatten die beiden Männer so viele Stunden miteinander verbracht, dass der Dolmetscher bei ihnen fast schon überflüssiges Beiwerk geworden war.
»Und Sie versuchen mir hier gerade schonend beizubringen, dass Nelsons Sieg über Ihre Flotte auf dem Nil bedeutet, dass Paris mir keine Unterstützung schicken kann!« fauchte Tippu.
Der Dolmetscher schnaufte angestrengt, während er die Worte für Oberst Cappellini ins Französische übersetzte. Der korsische Offizier nickte betrübt. »Sire, natürlich bleibt die Allianz zwischen Mysore und Frankreich davon unberührt. Der Vertrag, der im Juni 1798 zwischen unseren beiden Ländern unterzeichnet wurde, ist weiterhin gültig, und ich habe mich in Paris eindringlich dafür verwendet, dass französische Truppen aus Mangalore nach Mysore geschickt werden. Doch Sie verstehen sicher, wie schwer es für unsere Flotte ist, Nachschub von der Île-de-France in den Karnataka zu bringen, wenn Admiral Rainier und seine Kriegsschiffe im Golf von Bengalen kreuzen und unsere schnellen Kriegsschiffe sich allesamt im Mittelmeer und im Atlantik mit diesem verdammten Nelson herumschlagen.«
Tippu hatte Oberst Cappellini auch ohne die Hilfe des Dolmetschers verstanden; deshalb wartete er gar nicht ab, bis die Worte aus dem Französischen ins Kannada übersetzt waren. »Zum Teufel mit der militärischen Unterstützung aus Paris! Zum Teufel mit Ihren Versprechungen, und zum Teufel mit Ihnen, Cappellini! Die Briten sind dabei, ihre Madras-Armee neu zu organisieren und durch Truppen aus Kalkutta zu verstärken. Die Männer des Nizam,

dieses ruchlosen Verräters aus Hyderabad, stoßen zu unseren Feinden. Es scheint, als ob dieser neue Mann in Fort William – Mornington – zu Ende bringen will, was Cornwallis vor sechs Jahren nicht geschafft hat, nämlich mein Reich in die gierigen Hände der Ostindischen Kompanie zu legen und mich selbst am höchsten Baum des Karnataka aufzuhängen.«

Er blieb stehen und stampfte wütend mit dem Fuß auf den Boden. Dann riß er seine kleine Hand nach oben und zeigte mit einem pummeligen, saphirgeschmückten Finger auf die Geschützbatterien auf den Wällen von Seringapatam. »Hier, Cappellini, hier sehen Sie die Antwort Tippus auf diesen Affront aus Kalkutta. Wenn dieser Mornington, oder wie immer er heißen mag, das Blut seiner Rotröcke und seiner Sepoys verschwenden will, soll er nur kommen. Die Briten werden in Mysore verbluten – mit oder ohne Hilfe Ihres großen Generals Bonaparte.«

Allesandro Cappellini war an Gefühlsausbrüche dieser Art durch den Herrscher von Mysore gewöhnt. Er nahm sie nicht sonderlich ernst, und sie beeindruckten ihn auch nicht. Er wusste, dass Tippu ein emotionaler und heißblütiger Mann war und dass er in der Öffentlichkeit, im Herzen seiner stärksten Festung und umgeben von seinen eigenen Soldaten mit dem Repräsentanten Frankreichs so grob umspringen musste, um seine Stärke und Macht zu demonstrieren. Heute abend, in der Ruhe und Stille der privaten Gemächer des Sultans, würden sie alle Unstimmigkeiten und Mißverständnisse aus der Welt schaffen und vernünftig miteinander sprechen wie zwei erwachsene Männer. Cappellini wusste um die große Gefahr, die von der Madras-Armee und dem Heer des Nizam von Hyderabad ausging. Er hatte ein paar eigene Spione in Fort St. George, und die Männer berichteten ihm regelmäßig. Insbesondere hatten sie den Korsen darüber informiert, dass es den Briten gelungen war, Männer in Mysore anzuwerben, die über die Bewaffnung der Truppen des Sultans Auskunft gaben – und über die Veränderungen der Befestigungsanlagen von Seringapatam, die seit Cornwallis' unglücklichem Versuch, den Sultan zu unterwerfen, mit Hilfe französischer Militäringenieure vorgenommen worden waren.

Früher hatten die Soldaten seiner Majestät, König Georg I., sich nie dazu hergegeben, den Gegner auszukundschaften. Sie hatten den offenen, ehrlichen Kampf gesucht, Mann gegen Mann, Armee gegen Armee; sie hatten sich auf die Informationen der indischen Meldereiter und Aufklärer verlassen und auf das Wissen der

Kaufleute, die im Namen von »John Company« das Land durchzogen. Doch seit knapp zwei Jahren hatte sich alles geändert. Irgendjemand – ein sehr kluger Kopf – warb im Namen des Generalgouverneurs Agenten an und schien sie gut genug zu bezahlen, so dass Fort William und Fort St.George sehr genau darüber informiert waren, was im Herzen der noch unabhängigen Fürstentümer vor sich ging. Cappellini hatte es sich zu einer persönlichen Aufgabe gemacht, diesen neuen Gegner, mit dem er sich schlagen musste, ausfindig zu machen, ihn auszuschalten und den Nachrichtenfluss aus Mysore ins britische Hauptquartier zu unterbrechen. Vorsicht war das Gebot der Stunde. Mysore und Tippu mussten bereit sein, Englands Soldaten und ihre indischen Verbündeten würdig zu empfangen. Paris erwartete von ihm, den Sultan so lange bei Laune zu halten, bis es – nach einem Sieg Bonapartes in Ägypten – möglich wurde, das Fürstentum als Sprungbrett gegen Britisch-Indien und die unermesslichen Reichtümer von »John Company« zu benutzen.

ZWEITER TEIL NIMMUKWALLAH

Kapitel 1 Kriegstreiben

Oberstleutnant John Sherbrooke hatte das 33. Infanterieregiment von Oberst Wesley übernommen und von Madras nach Wallajabad geführt. Henry Harvey Ashtons 12. Regiment unter Major John Picton stand bereits bei Arnee in der Nähe des Baramahal. Die beiden Kommandeure der Einheiten waren zum Stab von General Lord Harris abkommandiert worden. Während Ashton sich anschickte, die Probleme der Eingliederung einer elftausend Mann starken Armee des Nizam von Hyderabad zu lösen und mit dem verbündeten Herrscher zu einer Übereinkunft zu gelangen, was Kommandostruktur und Subordination der indischen Offiziere betraf, erfüllte Arthur die gleichen Aufgaben wie bei der Vorbereitung der Operation gegen Penang. Gemäß der britischen *Order of Battle* war er erneut Generalquartiermeister, doch für jeden, der sich ein wenig mit der verschlüsselten Sprache kämpfender Truppen auskannte, bedeutete dies, dass er den militärischen Nachrichtendienst leitete.
Außer seinem ältesten und bewährtesten Netzwerk um Lutuf Ullah verfügte er inzwischen auch über mehrere »hirrcarrahs« – indische Berufsagenten und Meldereiter, die der Kaste der Brahmanen angehörten. Arthur hatte sich Lutuf Ullahs Rat über die Sprachunterschiede im Lande zu Herzen genommen und ausschließlich Männer im Karnataka und an der Grenze zu Mysore rekrutiert. Seine eigenen Sprachkenntnisse – wenngleich seit der langwierigen Operation gegen Spanisch-Manila erheblich verbessert – reichten noch nicht aus, um alleine zu arbeiten. Da Montstuart Elphinstone in anderem Auftrag unterwegs war – er organisierte die Versorgung des Expeditionskorps und warb »brinjarries« an – kastenlose Getreide- und Viehhändler, die der Truppe mit ihren Vorräten und Herden folgen sollten –, gestattete er Charlotte, ihn zu begleiten. Wie stets bei solchen Ausflügen trug sie Landestracht und verkleidete sich als Mann. Arthur war nicht ganz wohl dabei, seine junge Verlobte Gefahren auszusetzen; ihm wäre es lieber gewesen, wenn sie bei den Smith-Schwestern geblieben wäre, um sich in Madras zu vergnügen, statt ihn auf halsbrecherischen Ritten über Land zu begleiten und oftmals die Nächte unter freiem Himmel zu verbringen. Doch die Logik der jungen Frau hatte ihn überzeugt: Er brauchte Informationen und

Agenten. Die Männer, die am interessantesten für ihn waren, würden sich einem Mann wie ihm niemals anvertrauen, den sie auf den ersten Blick als »pardesi« erkannten, als Fremden. Deshalb musste er von jemandem begleitet werden, der die Rolle des Einheimischen so überzeugend zu spielen vermochte, dass niemand misstrauisch und verschlossen reagierte.
Charlotte hatte Arthur überredet, die rote Uniform abzulegen und sich ebenfalls zu tarnen. Überdies ließ er Eochaid im Stall und wählte ein unauffälligeres Reittier. Sie hatte ihn sogar dazu gebracht, seinen männlichen Stolz und die Soldatenehre hintan zu stellen und es ihr zu überlassen, sich in den schaurigen Spelunken und finsteren Serais umzuschauen, während Arthur sich meist darauf beschränkte, das Gold von »John Company« zu zücken, wenn Charlotte ihm Zeichen gab, oder drohend die Hand an die Waffe zu legen, wenn man ihnen irgendwo zu nahe kam.
Sie waren ein sonderbares Gespann in diesen Tagen, doch irgendwie schien der Plan aufzugehen; General Harris erfreute sich eines Informationsflusses aus Mysore, den die anderen Stabsoffiziere kaum bewältigen konnten. Barrak ben Ullah war bereits weit hinter den »feindlichen« Linien. Als Sohn des größten Pferdehändlers auf dem Subkontinent konnte er ungehindert durchs Land reisen. Dass er genau in dem Augenblick in Seringapatam eintraf, da die Briten und der Nizam sich anschickten, gegen Tippu zu ziehen, verwunderte keinen. Für den Krieg brauchte man Pferde, und die besten Pferde bekam man von Lutuf Ullah. Allerdings gehörte die Herde, mit der er in Mysore eintraf, nicht seinem Vater, sondern der britischen Armee. Über den Residenten des Hauses Ullah in Seringapatam, N Govinda Bhat, sprach Barrak beim Sultan vor und wurde herzlich empfangen. Tippu schätzte es, die Pferde des Afghanen zu kaufen – gute Tiere zu fairen Preisen –, und einmal im Jahr kam der Händler ohnehin nach Mysore. Mit vor der Brust gekreuzten Armen verbeugte Barrak sich tief vor dem Herrscher. Dem »heresi« in französischer Uniform, der neben Tippu stand, schenkte er keinen Blick. »Salam aleikkum! Ich überbringe dem Sultan die ehrerbietigen Grüße meines Vaters und ein Geschenk des Hauses Ullah. Möge Allah Euch gewogen sein, Herr, und Euch Reichtum und Gesundheit im Übermaß schenken.«
Der junge Afghane klatschte in die Hände, und einer seiner Diener eilte mit einer prachtvollen, mit Perlmutt und Silber verzierten Kiste herbei. Barrak öffnete sie, und der Sultan blickte zufrieden

auf ein edles, afghanisches Schwert, dessen Scheide und Knauf über und über mit kostbaren Steinen eingelegt waren.
»Du bringst gute Pferde und hoffst, mir alle Tiere zu verkaufen, ibn Ullah. Die Ungläubigen bereiten einen neuen Kriegszug gegen Mysore vor. Dein Vater hat seine Augen und Ohren überall und schickt dich im richtigen Augenblick. Ich hoffe, ihr lasst euch von den üblen Absichten der ›heresi‹ nicht dazu verleiten, Tippu zu betrügen und überhöhte Preise zu fordern.«
Die Stimme des Herrschers klang vergnügt. Das Geschenk hatte ihn gefällig gestimmt, und er wusste, dass die Männer aus Afghanistan immer nur die besten und teuersten Tiere in sein Reich trieben.
Barrak verbeugte sich erneut tief vor dem Sultan. »Herr, die Preise entsprechen wie immer der Qualität unserer Tiere. Lutuf Ullah hat Euch noch nie betrogen.«
Munter schlug Tippu dem jungen Afghanen auf die Schulter. »Wenn er es je versucht hätte, mein Freund, würdest du deinen klugen Kopf nicht mehr auf den Schultern tragen ... Sprich morgen bei meinem Dewan Purneah vor. Er wird einen Offizier schicken, um Pferde für meine Kavallerie auszuwählen.« Tippu klatschte in die Hände und gab Barrak ben Ullah damit zu verstehen, dass die Audienz beendet war. Ein Offizier begleitete ihn aus dem Dowluth Baugh. Vor dem Palast des Sultans herrschte reges Treiben. Einheimische Soldaten und europäische Truppen tummelten sich in der brütenden Hitze; Geschütze rollten vorbei, schwerbeladene Proviantwagen bewegten sich auf das Fort zu, das sich etwa eine halbe Meile östlich bedrohlich gegen den gleißenden Sommerhimmel abhob.
Barrak gab vor, sich nicht sonderlich für diese Dinge zu interessieren. Doch während er munter mit dem Offizier plauderte und dabei überschwänglich die Schönheit und Qualität seiner Pferde rühmte, registrierten seine Augen jeden Wagen, jede Waffe, jede Regimentsfahne. Morgen würde er seinen Handel mit dem Dewan zu einem Abschluss bringen. Anschließend wollte er – aus Gründen der Tarnung – noch ein paar Tage in Seringapatam verbringen und die Offiziere des Sultans zu teuren und ausschweifenden Abendessen einladen. Dann musste er sich so schnell wie möglich auf den Weg nach Madras machen. Wesley hatte ihn wissen lassen, dass die Truppenkonzentrationen am Baramahal und zwischen Arnee, Vellore, Arcot und Wallajabad

fast abgeschlossen waren.

Die feinen, hellblauen Baumwollvorhänge bewegten sich leise in der Brise, die an diesem Nachmittag vom Golf von Bengalen aus landeinwärts wehte. Sie brachen das Sonnenlicht und ließen die Veranda des kleinen Hauses, das Lord Clive Wesley und Charlotte Hall zur Verfügung stellte, seltsam unwirklich erscheinen.
Henry Wellesley stellte seine Teetasse auf einen kleinen Tisch und räkelte sich behaglich in seinem Rattansessel. Eigentlich hatte er sich mit Arthur aussprechen wollen, denn der frostige Empfang in Sir Charles' Haus steckte dem empfindsamen jungen Mann noch in den Knochen. Doch statt auf Arthur war er nur auf dessen Verlobte gestoßen. Sie hatte den Soldaten ausnahmsweise nicht auf einem seiner »Ausflüge« begleitet, sondern es vorgezogen, ein paar Tage in Madras zu bleiben und sich endlich darum zu kümmern, dass ihre Hochzeit ausgerichtet wurde. Sie war beim Schneider gewesen, um sich ihr weißes Kleid nähen zu lassen, und sie hatte mit Jemima und Henrietta Smith herumgestöbert und sich eine kleine Aussteuer zusammengestellt, die ihrem künftigen Leben als Offiziersfrau entsprach: praktische Dinge, leicht zu transportieren und leicht zu verpacken; Geschirr für die Offiziere des 33. Regiments, denn man erwartete von einem Obersten des Königs, dass er seine jungen Offiziere täglich an seinem Tisch empfing; sowie ein paar praktische Kleider, denen auch das raue Garnisonsleben nichts ausmachte und die als Heilmittel gegen Charlottes chronisches Leiden dienen sollten, tagein, tagaus in Hosen und Stiefeln herumzulaufen. Schließlich hatte Lady Hall ihrer Tochter in einem langen Brief energisch zu verstehen gegeben, dass sie Arthur keine Schande machen dürfe, sondern ihn im Kreis der Soldaten Englands ordentlich repräsentieren müsse.
Henry Wellesley hatte Charlotte dabei überrascht, wie sie von ihren Einkäufen völlig erschöpft auf der Terrasse ausruhte und sich von Arthurs indischem Diener Vingetty Tee servieren ließ. Er hatte sich höflich vorgestellt, und obwohl er mit einer herben Abfuhr gerechnet hatte, rief Charlotte nach einer weiteren Tasse und nach Gebäck und forderte ihn zum Bleiben auf. Henry wusste nicht, dass die junge Frau von ihrem Vater den Inhalt seines vertraulichen Gespräches in Kalkutta mitgeteilt bekommen hatte. Sir Edwin war nach dem Abend, den der junge Wellesley in seinem Haus verbracht hatte, auf die Idee gekommen, dass seine Tochter einen Versuch unternehmen sollte, Frieden zwischen

Henry und Arthur zu stiften.
»Ich könnte mich an dieses Leben gewöhnen«, sagte Henry entspannt. »Wie lange bin ich eigentlich schon da?«
»Fast drei Stunden. Sie haben wohl nicht viel Gelegenheit, sich von Ihren Pflichten zu erholen, Henry? Nun sind Sie schon seit sechs Monaten in Indien und immer noch leichenblass.«
Charlotte fand Arthurs kleinen Bruder ausgesprochen liebenswürdig. Sie konnte sich beim besten Willen nicht vorstellen, weshalb ihr Verlobter eine so tiefe Abneigung gegen seine Familie hegte.
»Ich hoffe, ich belästige Sie nicht, Miss Charlotte. Ich wollte eigentlich nur mit meinem Bruder sprechen ...«
»Reden Sie keinen Unsinn, Henry. Ich freue mich, dass wir Gelegenheit haben, uns kennenzulernen, ohne dass mein rotberockter Zerberus Ihnen böse Blicke zuwirft. Bitte halten Sie mich nicht für unverschämt, aber ... was ist eigentlich mit Ihrer Familie los? Ihr scheint euch alle auf den Tod nicht ausstehen zu können.«
Henry zuckte hilflos mit den Schultern. »Ich habe keine Ahnung, warum Arthur sich mir gegenüber so benimmt. Wir haben uns aus den Augen verloren, als er an die Akademie nach Angers ging. Damals war ich acht Jahre alt, und er war zwölf oder dreizehn. Er hat sich nie mit Lord Mornington verstanden. Soviel ich weiß, hängt das mit dem Tod unseres Vaters zusammen, aber weder Richard noch Mutter haben mir erzählt, was damals geschehen ist, und Arthur hatte über Jahre hinweg nur Kontakt zu unserem jüngsten Bruder William. Der hat einmal angedeutet, dass es etwas mit dem Besitz der Familie in Irland und mit Vaters Schulden zu tun hat.«
Weder Charlotte noch Henry hatten bemerkt, dass eine weitere Person auf die Terrasse getreten war. Arthur hatte eine Zeitlang schweigend zugehört. Während sein Bruder berichtete, verfinsterte seine Miene sich zusehends. Er war schlecht gelaunt, denn er hatte einen schlimmen Tag hinter sich. Sein Rücken schmerzte von den langen Stunden im Sattel, und in Ashtons Hauptquartier in Vellore war General Sir John Baird aufgetaucht und hatte Unfrieden gestiftet. Der Kommandeur des 12. Infanterieregiments und der schottische Generalmajor hatten so heftig gestritten, dass nur Wesleys Eingreifen eine Forderung zum Duell durch einen der beiden Männer verhindert hatte.
Wesley nahm seinen Säbel ab und legte die Waffe auf ein Kanapee.

In diesem Augenblick bemerkte Charlotte ihren Verlobten.
»Arthur!«
Er lächelte sie traurig an. »Lass es gut sein, kleine Lady! Du hast Recht gehabt, Henry zum Tee zu bitten. Ich bin der Vollidiot.«
Er ging auf seinen jüngeren Bruder zu und umarmte ihn. »Es tut mir leid. Der Abend in Sir Charles' Haus und die letzten zwanzig Jahre ... Du hattest nie etwas damit zu tun, nur ... Du warst Richard immer so nahe und ich ...«
Der Offizier ließ sich in einen Sessel fallen und fuhr sich mit der Hand müde über die Augen. »Er hat sich damals geweigert, Vaters Schulden zu begleichen. Ihm war es gleich, was sie über Papa sagen würden ... seine Ehre, alles. Für ihn war es bedeutungslos, was aus Dungan und Killdare wurde. Er wollte nur so schnell wie möglich zu Geld kommen und mit diesem Geld seinen eigenen Weg gehen ...« Charlotte schaute ihren Verlobten bedrückt an. Sie wusste um seine kritische finanzielle Situation, doch sie hatte nie ergründen können, ob es sich dabei um die Folgen jugendlichen Leichtsinns handelte oder um Probleme, die tiefer gingen.
Arthurs Blicke wurden kalt, und seine Stimme hatte einen zynischen und bösen Klang, als er erwiderte: »Glaubst du, ich hätte meinen Sold beim Glücksspiel durchgebracht?«
»Arthur!« fauchte sie ihn an. »Wage es nicht ...«
»Tut mir leid, Charlotte! Du hast in dieser traurigen Geschichte nichts zu suchen, aber dieses dürftige Haus, der bescheidene Verlobungsring ... Alles, was ich dir außer einem Offizierspatent, meinem Herz und meiner ewigen Treue und Liebe bieten kann, sind die Schulden meines Vaters.«
Henry Wellesley hatte es tunlichst vermieden, sich in das Gespräch einzumischen. Nur sein Gesicht verriet, was er dachte. Zu Hause hatten Richard und seine Mutter Arthur stets als Taugenichts und Schandfleck der Familie hingestellt, der durch seinen Lebenswandel und mit seinen Schulden nichts als Ärger bereitete und bei dem gute Worte nichts halfen. Stets hatten sie behauptet, Arthur wäre aus diesem Grund von der Familie verstoßen worden, und es sei nicht angebracht, den Kontakt zu dieser »Katastrophe« für den Ruf der Morningtons' zu suchen. Nun aber erkannte Henry die Haltlosigkeit dieser Vorwürfe gegenüber seinem Bruder. Arthur war weder feige noch ehrlos, und er weigerte sich auch nicht, für die Schulden des Vaters geradezustehen. Im Gegenteil, er hatte sich wie ein wahrer Gentleman verhalten.

»Hast du Mornington aus diesem Grund nie um Hilfe gebeten, Arthur?« fragte er den Älteren.
Wesley zuckte mit den Schultern. »Ich brauche niemandes Hilfe, Henry, und ich erwarte nichts. Es wird Krieg geben, und wir werden kämpfen ... Es sind noch knapp tausend Pfund Sterling. Ich brauche Richard nicht, um die Ehre meines Vaters wiederherzustellen. Und wenn die Schulden bezahlt sind, werde ich Killdare zurückkaufen. Entschuldigt mich jetzt bitte.«
Er verließ die Veranda, ohne ein weiteres Wort an Henry und Charlotte zu richten. Augenblicke später klang die Melodie einer irischen Volksweise durch das kleine Haus. Charlotte wollte nachsehen, wer da spielte, doch Henry hielt sie am Arm fest. »Ich glaube, Sie sollten nicht gehen, Miss Charlotte. Lassen Sie Arthur ein wenig in Ruhe ...« Dann erzählte er ihr von seinem Vater, dem ersten Lord Mornington, diesem Schandfleck des anglo-irischen Adels, der sein Geld damit verdient hatte, am Trinity College in Dublin Musik zu lehren. Er hatte ihnen nichts hinterlassen, außer den wunderschönen irischen Weisen, die sein älterer Bruder gerade auf dem Klavier spielte. In diesem Augenblick erinnerte Henry sich wieder genau an ihre Jugend auf Dungan Castle und daran, wie abgöttisch Arthur den Vater geliebt hatte, der ihm beigebracht hatte, Geige und Klavier zu spielen. Arthur wiederum war der Liebling des alten Lord Mornington gewesen, denn er hatte die Begabung und Liebe für die Musik geerbt wie auch den Hang zur Poesie und zur Träumerei. Von den vier Söhnen war Arthur ihrem Vater am ähnlichsten gewesen. Vielleicht hatten seine Mutter und Richard ihn deswegen so sehr gehasst und ihn nach dem Tod des Vaters aus dem Haus gejagt.

Baird hatte bis zum Morgengrauen kein Auge zugetan. Unruhig warf er sich auf dem Feldbett hin und her. Kurz nach fünf Uhr stand er auf und steckte den Kopf in einen Eimer mit kaltem Wasser. Henry Harvey Ashton hatte ihn aufgefordert, sich nicht in die Organisation der Truppen des Nizam einzumischen und seiner Wege zu ziehen. Mit
Lord Clives Befehl in der Hand hatte er es gewagt, dem Generalmajor zu erklären, dass dieses Kommando seines wäre und dass Baird besser daran täte, sich wieder aus Vellore zu verabschieden und nach Madras zurückzureiten. Bereits beim Zusammentreffen von General Harris' Stab hatte Sir Davie lautstark sein Missfallen darüber kundgetan, dass das faktische Kommando

über eine fast elftausend Mann starke Streitmacht an einen Offizier gefallen war, der gerade halb so alt war wie er selbst, und der auf den Dienstlisten der Horse Guards weit hinter ihm stand. Lord Clive hatte damals nur kühl erklärt, die Zusammenarbeit mit den indischen Verbündeten erfordere ein diplomatisches Geschick, das Baird fremd sei. Dem Gouverneur von Madras gegenüber hatte der Schotte sich nicht durchzusetzen vermocht. Er hatte einen bitteren Brief an Lord Mornington gesandt, den neuen Generalgouverneur von Britisch-Indien. Morningtons Antwort war enttäuschend ausgefallen. Er verschanzte sich hinter der Entscheidung Sir Alured Clarkes und bedauerte, dass er für Baird nicht viel mehr tun könne als zu empfehlen, ihm die schottischen Regimenter zu unterstellen, falls dies in General Harris' Sinn sei.
Seit Baird in den Kerkern des Sultans drei Jahre lang durch die Hölle gegangen war, wartete er auf eine Gelegenheit, Rache zu nehmen. Nun plante man einen Kriegszug gegen Mysore und schloss ihn von dieser Operation aus. Er zog sich Hemd und Uniformrock über, nahm seine Waffe und verließ zornig das Zelt. Es gab Dinge, die ein Offizier und Gentleman in dieser Zeit nicht hinnehmen konnte. Henry Harvey Asthon unziemliche Worte – vor dem gesamten Offizierskorps des 12. Regiments und den Generalen des Nizam – waren ein Affront, der Blut forderte. Hätte sich dieser verdammte irische Buchhalter, dieser Wesley, am Vorabend nicht so energisch zwischen ihn und diesen Schnösel Ashton geworfen, hätte Baird das Problem bereits bereinigt – mit der Waffe in der Hand. Grob trat er seiner Ordonnanz ins verlängerte Rückgrat und herrschte den Soldaten an, ihm Brandy und sein Frühstück zu bringen. Dann ließ er sich in einen Stuhl vor dem Zelt fallen und grübelte.

Henry Harvey Ashton war bereits seit einer Stunde auf den Beinen. Es war ihm endlich gelungen, den indischen General Meer Allum zu überzeugen, dass es besser sei, die Regimenter aus Hyderabad dem britischen Oberkommando direkt zu unterstellen. Meer Allum war an sich kein Problem gewesen. Der Mann war ein erfahrener Soldat und ein vernünftiger Bursche. Er hatte eingesehen, dass es einfacher war, wenn alle nach derselben Pfeife tanzten. Nur der Nizam hatte sich anfangs gesträubt: Es war ihm seit langem bewusst, dass er nicht viel mehr als eine Marionette in britischer Hand war und seinen »muzznud« lediglich den Truppen verdankte, die »John Company« ihm finanzierte. Aus reiner Selbstachtung und

um zumindest den Schein einer gewissen Unabhängigkeit zu wahren, hatte er einige Zeit mit Ashton und damit indirekt auch mit Lord Clive und Lord Mornington gerungen. Doch ohne den Gouverneur in Madras und den Generalgouverneur in Kalkutta konnte er nichts gegen die Marattha unternehmen, die regelmäßig die Grenzen seines Reiches bedrohten. Seit 1795 existierte ein Schutzvertrag, in dem England seine Sicherheit garantierte und Militärhilfe zusicherte, falls die Lehnsfürsten des Bajee Rao II. sich zu weit vorwagten. Aus diesem Grunde hatte er Mornington auch ein elftausend Mann starkes Kontingent zugesichert, um mit Tippu Sultan, dem Tiger von Mysore, zu einer Einigung zu kommen, obwohl gar keine unmittelbare Feindschaft zwischen ihm und dem Herrscher in Seringapatam bestand.
Henry Harvey Ashton konnte mit sich und der Welt zufrieden sein. Der Nizam hatte am Ende doch nachgegeben, ohne sich von England brüskiert zu fühlen, und die Truppen von General Meer Allum würden ausgezeichnet mit den britischen Einheiten zusammenarbeiten. Als er seinen hellgrauen Araberhengst Diomed vor dem Eingang seines Zeltes zügelte, dachte der Offizier nur an den Erfolg seiner Mission, den aufregenden Feldzug, der nun bald beginnen würde, und ein reichhaltiges Frühstück. Den heftigen Streit mit Sir Davie Baird am Vortag hatte er fast schon vergessen. Er öffnete den Rock und rieb sich den schweißnassen Hals trocken. Ein leichter Wind streichelte seine erhitzte Haut. Wohlbehagen durchrieselte seine Glieder.
»Das Leben ist eine feine Sache, wenn es Krieg gibt und man fernab der Zivilisation im Felde steht«, ging es ihm durch den Kopf, während er seinem indischen Diener zuschaute, der ihm eine Tasse mit heißem, starkem Tee füllte.

Sir Davie Baird spuckte den Kautabak aus und nahm noch einen großen Schluck aus der Brandyflasche, der er seit dem Frühstück bereits große Aufmerksamkeit gewidmet hatte. »Verdammter Ashton!« zischte er zwischen den Zähnen hindurch. Seine Miene drückte eine gewisse Selbstgefälligkeit aus, als er aufstand und nach seinem Schwert griff. »Verdirbt mir die Stimmung mit seinem Geschwätz, dieser Rotzbengel.« Er warf einen Blick in Richtung des Zeltes des Kommandeurs des 12. Regiments. Ashton war allein. Außer seinem Boy würde niemand Zeuge dessen sein, was nun folgen sollte. Und wer würde einem indischen Boy schon Glauben schenken? Entschlossen stiefelte Baird los.

Lord Clive hatte den Kurier sofort empfangen. Der Mann war aus Vellore nach Madras geeilt und hatte bei diesem halsbrecherischen Ritt zwei gute Pferde lahm geritten. Doch General Meer Allums Depesche war so wichtig, dass die Pferde nicht zählten. Baird und Ashton hatten sich in den frühen Morgenstunden duelliert. Ashton war von einer Kugel in die Seite getroffen worden. Der Arzt des 12. Regiments und der Leibarzt des Nizam hatten alles versucht, doch es war aussichtslos: Ashton würde nicht mehr lange leben. Meer Allum hatte Baird unter Arrest gestellt, obwohl er nicht dazu befugt war, und wollte jetzt wissen, wer denn nun die Kontingente aus Hyderabad befehligen würde, und was er mit dem heißblütigen schottischen Generalmajor anfangen sollte.
»Baird behauptet, dass Ashton ihn angegriffen und er sich nur verteidigt hat?« Lord Clive konnte der Geschichte Meer Allums keinen Glauben schenken. Er kannte sowohl den Generalmajor als auch den Kommandeur des 12. Regiments.
»Unser General hat nach Zeugen gesucht, aber es gibt keine. Ashtons Boy ist spurlos verschwunden. Wir haben nur Sir Davies Wort. Das alles hat sich in den frühen Morgenstunden abgespielt, Mylord«, antwortete der Offizier des Nizam in korrektem Englisch.
»Man wird Ihnen ein neues Pferd und eine Eskorte geben, Sir. Richten Sie Meer Allum meinen Dank aus, dass er sich um diese traurige Geschichte gekümmert hat. Er soll Baird nach Madras schicken. Ich werde sofort einen neuen Offizier nach Vellore entsenden. Der General soll mir nur ein paar Stunden zum Nachdenken lassen, damit ich den richtigen Mann abkommandieren kann.«
Im Geiste hatte Lord Clive seine Entscheidung bereits getroffen. Er würde Arthur Wesley von seinem Posten des Generalquartiermeisters abberufen und ihn zur Armee des Nizam entsenden. Der Junge sprach nicht nur Hindi, auch sein Vernacular war mehr als respektabel. Außerdem verfügte er über das nötige Feingefühl, einen problematischen Verbündeten nicht zu brüskieren, und über beachtlichen militärischen Sachverstand. Damit musste die Armee in nächster Zeit zwar auf eine ihrer besten Nachrichtenquellen über Mysore verzichten, doch der Gouverneur war sicher, dass Elphinstone und der Afghane Barrak ben Ullah den Verlust von Oberst Wesley wettmachen konnten. Eilig schrieb Clive eine Depesche an Meer Allum. Dann informierte er den Kommandeur des 33. Regiments, dass er das Kontingent aus Hyderabad de facto befehligen musste, weil sein

bester Freund einem unsinnigen Ehrenkodex zum Opfer gefallen war.

Arthur verlor keine Zeit. Er verließ Madras alleine, ohne irgendeine Eskorte in Anspruch zu nehmen. Er kannte den Weg nach Vellore gut, und es störte ihn nicht, durch die Nacht zu reiten. In den frühen Morgenstunden des 18. Dezember erreichte er die Grenze zum Karnataka. Ashton war blass und augenscheinlich schwer verletzt; trotzdem machte er einen ruhigen und überlegten Eindruck. Zuerst hofften alle, er würde sich erholen, und sogar die Ärzte zeigten sich optimistisch. Arthur verbrachte viel Zeit am Krankenlager des Freundes. Irgendwie glaubte auch er daran, dass Ashton eines Morgens aufstehen würde und alles wieder so war, wie vor dem Duell mit Baird. Alles, was die Ärzte tun konnten, war für den Kommandeur des 12. Regiments getan worden. Doch trotz aller Hoffnung geschah am Ende doch, was in einem so unbarmherzigen Klima wie dem Indiens passieren musste. Ashtons Wunde entzündete sich, und aus der Entzündung entwickelte sich in nur wenigen Stunden eine Peritonitis. Arthur konnte nicht viel mehr tun, als die Hand des Freundes zu halten und darüber nachzudenken, wie sinnlos dieser Tod doch war.
Am 23. Dezember 1798 starb Henry Ashton. Er hinterließ Wesley das Kommando über die Armee des Nizam und Diomed, seinen schönen hellgrauen Araberhengst. Doch Arthur konnte sich weder über das eine noch über das andere freuen: Mit Henry und dessen guter Laune und Unbekümmertheit war auch ein Teil seiner eigenen Jugend gestorben. Doch der Nizam nahm keine Rücksicht auf den Gemütszustand eines britischen Obersten. Darum blieb ihm nicht viel übrig, als sich in seine neue Verantwortung zu fügen und das Beste aus dieser traurigen Situation zu machen. Das 33. Regiment erhielt Befehl, von
Wallalabad nach Arnee zu marschieren. Zusammen mit Sir John Sherbrooke und dem Regiment kam auch Charlotte an die Grenze des Bramahal und tat das ihre, um Arthurs trübe Gedanken zu vertreiben, die sich nach Ashtons Tod eingeschlichen hatten.

Nach dem Zwischenfall um Ashton und Baird war Henry Wellesley umgehend nach Kalkutta geeilt, um den Generalgouverneur darüber zu informieren, dass das Expeditionskorps gegen Tippu einsatzbereit war.

Richard Lord Morningtons Miene hellte sich schlagartig auf, als sein Bruder und Privatsekretär ihm eine Zusammenfassung der nachrichtendienstlichen Informationen über Mysore auf den Tisch legte. Er hatte seine Wahl längst getroffen, doch gegenüber der Krone und dem Aufsichtsrat der Ostindischen Kompanie war es immer besser, ein schlagendes Argument in der Hand zu halten, wollte man sich großer finanzieller Mittel bedienen. Der Krieg gegen Tippu war sein erster Schritt, einen Plan umzusetzen, an dem er schon in England jahrelang gearbeitet hatte: Es war gut, dass die Handelsherren aus der Leadenhall Street in Britisch-Indien fürstliche Gewinne machten und sämtliche Schätze des Orients nach Hause transportierten, um dort noch höheren Profit zu erzielen.
Doch für England und den König war außer vollen Geldtruhen nicht viel zu gewinnen. Großbritannien war eine maritime europäische Großmacht, die durch ihre Insellage in ihren Expansionsbestrebungen behindert wurde, sich aufgrund ihrer Transportkapazitäten jedoch auf allen Meeren der Welt ausdehnen konnte. Außer den Territorien um Kalkutta, Madras und Bombay strebte der Generalgouverneur an, die reichen Gebiete in Südindien für seinen König zu erobern. Es gab einen Schutzvertrag mit Hyderabad, der – geschickt manipuliert – den Nizam immer stärker in die Abhängigkeit von London treiben würde. Mysore würde nach dem Sieg über den Sultan das nächste Juwel in Englands indischer Krone werden; dann – Morningtons Augen glitten über eine riesige Landkarte an der Wand seines Arbeitszimmers – würde er sich Bajee Rao und den Marattha zuwenden. Er musste nur einen Grund finden, um die Soldaten König Georgs über die Grenze marschieren zu lassen.
Ein wenig unsanft riss Henry Wellesley seinen Bruder aus seiner Tagträumerei. »Richard, Sir Edwin Hall ist mit der juristischen Expertise eingetroffen, und der Rat tagt in zwei Stunden, um über die Kriegserklärung gegen Tippu zu befinden.«
Mornington blickte von dem Papier auf und lächelte seinen Bruder an. »Ausgezeichnet, Henry. Richte Sir Edwin aus, dass ich ihn in zehn Minuten empfange. Und ...« Der Generalgouverneur stockte kurz. Inzwischen war sogar zu ihm durchgedrungen, dass sein unmöglicher Bruder Arthur die unmögliche Tochter von Lord Hall zu heiraten gedachte. Zu Anfang hatte ihn dieser Gedanke belustigt. Sie würden ein feines Gespann abgeben, der kränkliche, magere Buchhalter im roten Rock und die kleine, ungezogene

Brillenschlange...
»Einen Augenblick noch, Henry!« Mornington deutete mit dem Finger auf den Papierberg auf seinem Schreibtisch. »Willst du mir weismachen, unser dummer Bruder Arthur hat das alles bewerkstelligt?« Henry Wellesley mochte es nicht, dass Richard so abfällig über Arthur sprach, denn er hatte ihn während der langen Wochen in Madras kennen und schätzen gelernt. Doch seine Angst vor Richard saß zu tief, als dass er gewagt hätte, offenen Widerstand zu zeigen. »Ja, Richard. Er hat diesen Dienst auf Geheiß von Sir John Shore aufgebaut. Lord Clive und Sir Alured Clarke sagten mir, dass er ausgezeichnet funktioniert und für die Armee geradezu unabkömmlich geworden ist.«
Mornington grinste hinterhältig. Beinahe wie im Selbstgespräch murmelte er: »Sieh mal einer an. Vielleicht hat Papas Liebling außer Notenpapier und Musik ja doch noch etwas anderes im Kopf. Erstaunlich! Ich werde mir unseren kleinen, dummen Arthur irgendwann mal ansehen müssen. Falls er den Feldzug gegen Mysore aus Versehen überlebt...« Er wandte sich wieder an Henry. »Bitte Sir Edwin herein!«

Oberst Allessandro Cappellini war bis an die Grenze geritten, nur von einem »Pathan«-Offizier des Sultans begleitet. Die beiden Männer hatten die kühle Nacht dem Tageslicht vorgezogen. Als sie in der reichen, fruchtbaren Ebene ankamen, konnten sie am fernen Horizont unzählige Dörfer, Zisternen und ordentlich bestellte Felder im Abendrot sehen. Cappellini hatte als Treffpunkt einen alten Hindutempel ausgewählt. Der Tempel war Balarama geweiht, einem der Brüder Krishnas. Manche glaubten, Balarama sei die siebte »avatar« Vishnus. Die Menschen kamen an hohen Festtagen zum Tempel und opferten der Gottheit, damit diese sie vor Krieg und Verwüstung beschützte und ihnen Regen und eine reiche Ernte bescherte.
Cappellini schmunzelte, als er an diesen Aberglauben dachte. Er war hierhergekommen, um Feuer und Eisen über das Land zu bringen und einen Krieg, der Frankreichs Macht im Herzen von Britisch-Indien derart stärken würde, dass die verfluchten Engländer über kurz oder lang an diesem Dorn in ihrer Ferse verrecken mussten. Die Armee des Sultans war gigantisch; die Waffen und Ausrüstung seiner Soldaten entsprachen dem neuesten Stand der Militärtechnik; Seringapatam, die Hauptstadt von Mysore, war eine fast unbezwingbare Festung, und er, Allessandro

Cappellini, war der beste Berater, den das Direktorium auf diesen Posten hatte entsenden können. Interessiert glitten seine Augen über die reichverzierten Altäre. Wenn kein religiöser Festtag war, beherbergten sie Affen, Schlangen, Skorpione und anderes Ungeziefer, das sich an den Opfergaben gütlich tat. Es war ihm unverständlich, wie eine dermaßen ausgebeutete Bauernschaft wie die von Mysore bereit sein konnte, Reis, Früchte und Eier in der Hoffnung auf ein besseres Morgen diesem Viehzeug zu überlassen, statt sich die leeren Bäuche damit zu füllen.
»Sahib, da kommt unsere Kontaktperson!« unterbrach der Offizier des Sultans die Gedanken des Franzosen. Am Horizont konnte man eine Staubwolke ausmachen, die sich im Abendrot dem verlassenen Tempel näherte.
»Und Ihr seid davon überzeugt, Oberst Wao, dass diese Person Licht in das Dunkel des britischen militärischen Nachrichtendienstes bringt?«
Dhoondia Wao nickte zufrieden. Er hatte viel Zeit, Mühe und Geld seines Herrn investiert, um im Herzen von Fort St. George selbst einen Spion unterzubringen, dessen Augen und Ohren nichts verborgen bleiben konnte. Natürlich war es teuer, das feinste Hurenhaus von Madras zu unterhalten, doch in den Armen der teuren und gefügigen Schönen war so mancher britische Offizier weitaus gesprächiger als bei einem Glas Brandy.
Der »Pathan« bedeutete seinem französischen Gefährten, ihm zu folgen. Die Staubwolke hatte sich derweil in einen einsamen Reiter verwandelt, der sein Tier an den Stufen des Tempels zügelte und behände aus dem Sattel sprang. Als er des Mannes neben Dhoondia Wao gewahr wurde, wollte er zur Waffe greifen, doch ein paar knappe Worte des »Pathans« beruhigten den Reiter wieder. Oberst Cappellini war erstaunt, als ein prächtiger, schwarzglänzender Zopf und die feinen Züge einer Frau unter dem staubigen Turban zum Vorschein kamen. »Lakshmi, ich möchte dir den Sahib vorstellen, der unserem Herrscher als Militärberater dient«, erklärte Wao in der Landessprache. Die Frau lachte verächtlich. »Spar dir dein Gerede von ›unserem Herrscher‹! Wenn du das Geld hast, können wir reden. Wenn nicht, soll dich der Teufel holen, Dhoondia.«
Cappellini verstand ausreichend Kannada, um die Worte Lakshmis auch ohne Dolmetscher zu verstehen. Er lächelte freundlich und zeigte auf einen prallen Beutel, der an seinem Gürtel hing. Oberst Wao wollte seinen Agenten bereits zur Ordnung rufen, doch ein

Zeichen des Franzosen überzeugte ihn davon, dass in diesem Augenblick die Informationen aus Madras wichtiger waren als sein Stolz und seine Ergebenheit dem Sultan gegenüber.

»Also, Madame! Erzählen Sie! Wenn Ihre Geschichte gut ist, werde ich Sie fürstlich entlohnen.«

Lakshmi blickte Dhoondia Wao triumphierend an. Fürs erste hatte sie gewonnen. Tippu war ihr gleichgültig, doch der Beutel am Sattel des Franzosen besaß Überzeugungskraft genug, um ihre Zunge zu lösen. »Der Mann, der die Spione der britischen Armee anwirbt und führt, heißt Wesley! Ein junger Oberst, der vor gut zwei Jahren in Kalkutta aufgetaucht ist. Er hat genug Geld, um unzählige ›hirrcarrahs‹ aus dem Karnataka für sich arbeiten zu lassen. Doch der Mann verlässt sich nicht nur auf bezahlte Berufsspione. Ich habe gehört, dass er außer den ›hirrcarrahs‹ noch über weitere, unabhängige Agentennetze verfügt. Es geht das Gerücht, dass Ihr die Schlange in Mysore direkt am Busen liegen habt. Ihr solltet Euch bei den Kaufleuten und Pferdehändlern umtun, die regelmäßig in Seringapatam erscheinen.« Dhoondia Wao übersetzte für Cappellini. Lakshmis Augen waren gierig auf den Franzosen gerichtet.

»Interessant, Madame, aber noch nicht den Inhalt meines Beutels wert. Ich kann mir auch ohne Eure liebenswürdige Hilfe denken, dass er sich der ›hirrcarrahs‹ bedient. Das tut schließlich jeder in diesem Land. Und was Kaufleute und Pferdehändler betrifft ...« Cappellini machte Anstalten, sich umzudrehen und davonzugehen. Auf Dhoondia Waos Miene spiegelte sich Entsetzen. Wenn der Franzose dem Sultan berichtete, dass seine Spione in Fort St. George nichts taugten, konnte er bestenfalls damit rechnen, die Abendmahlzeit für die Tiger des Sultans abzugeben.

Lakshmi reagierte schneller als der »Pathan«. »Was wollt Ihr noch wissen?« rief sie Cappellini in passablem Französisch nach.

»Gebt mir Namen, Madame, und ich gebe Euch reichlich Gold.« Der Franzose verbarg sein triumphierendes Grinsen in der Abenddämmerung. Seine Stimme klang unbeteiligt.

»Ein Offizier aus dem Stab von General Harris, der zu meinen guten Kunden gehört, hat erzählt, dass Oberst Wesley sich eines afghanischen Pferdehändlers bedient. Er kannte den Namen nicht, doch er erzählte mir, dass dieser Afghane ein Kontor in Seringapatam betreibt und einmal im Jahr nach Mysore kommt.«

»Es gibt zwei Paschtune, die ihre Herden ins Reich Tippus

treiben«, flüsterte Dhoondia Wao Cappellini zu. »Wir knöpfen uns die Residenten vor. Dann erfahren wir, wer der Spitzel ist!«

Der Franzose nickte zustimmend. Dann wandte er sich an Lakshmi. »Was noch? Denkt nach! Ich habe das Gold, das Ihr begehrt.«

Die Frau wischte sich mit einer fahrigen Bewegung den Schweiß von der Stirn. »Er schnüffelt selbst in der Gegend herum. Dieser britische Oberst spricht die Landessprachen, und ein junger ›pardesi‹ begleitet ihn. Wenn Ihr ihn hört, glaubt Ihr, ein Inder steht vor Euch. Er hat keinen Akzent und kennt alle Sitten und Bräuche. Ich weiß nicht, wer er ist, und es gibt auch keine Gerüchte über ihn, aber ich will mich gern erkundigen ... Vergesst nicht, Oberst, diese Briten wissen ihre Zungen zu hüten, selbst dann, wenn sie im Arm einer dunkelhäutigen Schönheit ihre Selbstbeherrschung verlieren.«

»Gut!« Cappellini schnürte den Beutel Gold los und zählte ein paar Münzen in Lakshmis geöffnete Hand. »Das hier ist für den Anfang und die Afghanen. Wenn die Armee abmarschiert, erwarte ich von Euch, dass Ihr mit Euren Huren den Rotröcken folgt. Sobald Ihr etwas wisst, informiert Ihr Oberst Wao. Solltet Ihr versuchen, wegen dieser hübschen, glänzenden Münzen ein doppeltes Spiel zu treiben ... Indien ist nicht groß genug, als dass Ihr Euch vor mir verstecken könntet. Habt Ihr verstanden?«

Lakshmis Hand schloss sich fest um die Münzen. Trotzig blickte sie Cappellini in die Augen. Dann aber nickte sie.

Dhoondia Wao bedeutete seiner Agentin, zu verschwinden. Dann schlugen er und Oberst Cappellini wieder den Weg nach Mysore ein.

Die offensichtlichste Schwachstelle der britischen Truppen in Indien war ihr Transport- und Versorgungssystem. Der Grund dafür war, dass in England meist die Marine für die Lösung solcher Probleme herangezogen wurde und man sich nur wenig mit Ochsenkarren und ähnlichen Hilfsmitteln auskannte. Dank Montstuart Elphinstones phantastischer Kenntnis des Landes und seiner unglaublichen Ressourcen war die Transportfrage für General Harris' Expeditionskorps gegen Mysore jedoch mehr als zufriedenstellend gelöst worden. Er hatte »brinjarries« angeworben, eine Art indischer Zigeuner, die keiner Kaste und Religionsgemeinschaft angehörten und ihren Lebensunterhalt als Vieh- und Getreidehändler verdienten. Ein bemerkenswerter Tross – alle Händler hatten ein Patent von Lord Clive erhalten und

waren autorisiert, an die Truppe zu verkaufen – würde der Armee folgen, ohne dass die Offiziere und der Stab sich um die Versorgung kümmern mussten. Die »brinjarries« hatten im Gegenzug für ihre Patente und eine feste Preisabsprache zugesagt, eigenständig alles heranzuschaffen, was Harris' Rotröcke und Sepoys benötigten. Lediglich ein Offizier wurde als Trossmeister abgestellt und sollte den geregelten Ablauf dieser neuen Beziehungen überwachen.
General Harris war mit Wesleys Idee und Elphinstones Umsetzung des Planes so zufrieden, dass er sich für einen Abend Anfang Januar 1799 im Hauptquartier der Armee des Nizam bei Arnee angekündigt hatte. Neben dem »brinjarry«-Tross, über den ihm sein Adjutant, Oberstleutnant Barry Close von der Ostindischen Kompanie, wahre Wunderdinge berichtet hatte, wollte er auch die militärische Organisation seines Ersatzmannes für den verstorbenen Henry Harvey Ashton in Augenschein nehmen. Obwohl Arthur sich als Nachrichtendienstoffizier schon seit langem bewährt hatte und die Achtung aller besaß, fragte Lord Harris sich dennoch, wie ein so junger Mann, dessen einzige Erfahrung mit dem Krieg der unglückselige Flandernfeldzug gewesen war, plötzlich mit elftausend einheimischen und fast zweitausend britischen Soldaten zu Rande kam. An sich mochte er diesen jungen Offizier und vertraute auf dessen gesunden Menschenverstand. Doch schien es ihm vernünftiger, die ganze Sache persönlich in Augenschein zu nehmen.

Wenngleich Oberst Wesley und sein kleiner Stab nach außen hin vorgaben, die Ruhe selbst zu sein und sogar General Meer Allum erfolgreich ihre kleine Komödie vorspielten, musste Arthur sich im Stillen eingestehen, dass General Harris' freundschaftlicher Besuch ihm wie ein Stein im Magen lag. Natürlich hatten sie alle ihr Bestes gegeben und waren überzeugt, dass ihr Teil des Expeditionskorps perfekt war. Doch würden sie vor dem kritischen Auge eines Mannes bestehen können, der mehr als fünfundzwanzig Dienstjahre auf dem Buckel und sich seinen Ruf im amerikanischen Unabhängigkeitskrieg erkämpft hatte, bei Bunker Hill, als sie alle noch in den Windeln lagen?
»Sir, wenn ich Sie darum bitte, die Männer noch einmal auf den Exerzierplatz zu holen und scharf schießen zu lassen, dann liegt es nicht daran, dass ich Sie in dieser Hitze quälen will«, sagte er aufgeregt zu seinem Freund Connor McLeod.

Der Schotte hob die Augen gen Himmel und schüttelte verzweifelt den Kopf. »Gütiger Himmel, Wesley! Harris will uns nicht fressen. Der Alte inspiziert bloß die Armee des Nizam – und das war's dann schon.«
Der Kommandeur des 33. Regiments warf einen kurzen Blick über die Schulter. Als er feststellte, dass er und McLeod von niemandem belauscht wurden, packte er den Hochländer am Arm und zischte ihm zu: »Connor, in Gottes Namen, lasse das Vierundsiebzigste antanzen und schießen, und wenn es nur um meinen Seelenfrieden geht. Willst du etwa, dass Harris uns eine alte Kröte wie St. Leger aufs Auge drückt, nur weil er meint, wir könnten mit dieser Geschichte nicht alleine fertig werden?«
Noch bevor McLeod etwas erwidern konnte, hatte Wesley die Zügel von Eochaid gepackt und war in den Sattel gesprungen, ohne die Steigbügel zu benutzen. Er hatte bei den Einheiten der Madras-Artillerie ein paar Geschütze ausgemacht, die ihm nicht gefielen. Eine Staubwolke hüllte den Schotten ein, als sein Freund vom 33. Infanterieregiment über den Exerzierplatz stob, als wäre der Leibhaftige hinter ihm her. Grinsend beobachtete McLeod, wie ein Hauptmann der Ostindischen Kompanie immer kleiner wurde, als sein irischer Kamerad wie der Erzengel Gabriel mit seinem Racheschwert über ihn herfiel. Natürlich war es eine große Ehre, dass dreizehntausend Mann mit insgesamt vierzig großen Feldgeschützen einem achtundzwanzigjährigen Offizier anvertraut worden waren, den sie alle schätzten und achteten. Doch dass Wesley glaubte, der alte Harris wolle ihn auffressen, falls er am Huf eines Gauls auch nur einen Strohhalm entdeckte, grenzte an Verfolgungswahn.

Während ihr Verlobter seine Soldaten und Sepoys drillte, als würde die Ehre Englands davon abhängen, ließ Charlotte alles ruhiger angehen. Natürlich war es schwierig, Harris und seinen riesigen Stab zu bewirten und in einem Zelt, dessen Fläche gerade mal die Ausmaße der Bibliothek ihres Vaters in Kalkutta besaß, fünfzig hungrige Gäste zu empfangen, doch man durfte das alles nicht so eng sehen. Charlotte hatte ein paar Soldatenfrauen aus dem 33. Regiment eingespannt, ihr zur Hand zu gehen. Arthurs indischer Diener Vingetty war für den großen Abend mit Harris zum »Maître des Ceremonies« ernannt worden; er schlug sich leidlich mit den »brinjarries«, dem Gemüse und einem Haufen indischer Köche, die alles vorbereiten mussten. Außerdem war es

Charlotte gelungen, Wesley einen Mann abzuschwatzen, in den sie ihr ganzes Vertrauen setzen konnte: Zahlmeister Dunn – ausnahmsweise nicht mit den betrüblichen Konten des 33. Regiments befasst – stand ihr mit Rat und Tat zur Seite. Wenn es ihr nun noch gelingen würde, diesen nichtsnutzigen Adjutanten, Major Francis West, ins Geschirr zu spannen...

»Francis, falls es Ihnen gelingt, dieses Sherryglas aus der Hand zu stellen«, sagte sie hinterlistig, »und statt dessen darüber nachzudenken, wie wir hundertzwanzig Flaschen Champagner kalt gestellt bekommen ... Denken Sie an England! Denken Sie an das 33. Regiment!« West verschluckte sich vor Lachen an dem Porto Fino, den er gerade erfolgreich aus den Vorratskisten seines Chefs entwendet hatte. »Miss Charlotte, wenn es um Champagner geht, verlassen Sie sich auf den alten Francis. Er steht gut gekühlt in eiskaltem Wasser und wartet nur darauf, durch durstige Soldatenkehlen zu fließen.«

»Dieser kleine Halunke!« ging es Charlotte durch den Kopf. Stets drückte er sich, doch wenn man ihm irgendeine Aufgabe anvertraute, gab es niemals Probleme. Wie konnte ihr armer Arthur nur mit diesem Schlitzohr West arbeiten, ohne dabei die Geduld zu verlieren? »Francis, Sie sind schrecklich ungezogen«, sagte sie spitzbübisch. »Ich mache das heute zum ersten Mal, und statt mir Mut zuzusprechen, amüsieren Sie sich.«

West nahm einen großen Schluck von dem exzellenten, sündhaft teuren Porto Fino, den sein Chef sich zuweilen gönnte. Dann setzte er sein gewinnendstes Lächeln auf. »Miss Charlotte, wenn es um das 33. Regiment geht, kennen mein Enthusiasmus und mein Eifer keine Grenzen.«

»Sehr gut!« konstatierte Zahlmeister Dunn mit einem zufriedenen Blick auf das strahlend weiße Leinen, die Kristallgläser und das hübsche Porzellan auf dem Tisch. »Nachdem wir jetzt alles fertig haben und nur noch auf den alten Harris und unseren Chef warten müssen ...«, er griff zu einem Taschentuch und wischte Charlotte mit einer väterlichen Geste den Schweiß von der Stirn, »... wird die kleine Lady sich ausruhen und sich dann für den Abend feinmachen. Mary, schenke Miss Charlotte doch eine Tasse Tee ein und sorge dafür, dass sie sich ein paar Minuten hinlegt.«

Sergeant Sewards junge Frau nickte dem alten Zahlmeister ergeben zu und packte dann energisch Wesleys Verlobte, um sie aus dem Zelt zu bugsieren.

General Sir George Harris war ein warmherziger, gutmütiger und reger Mensch, dem jegliche Arroganz und Selbstgefälligkeit abgingen. Er hatte als junger Offizier ebenfalls sein Quantum an Erfahrungen mit spitzfindigen und kleinkrämerischen Vorgesetzten gesammelt und verstand aus diesem Grunde Oberst Wesleys Sorge und innere Unruhe. Nachdem er die Truppen des Nizam und die britischen Regimenter bei Arnee inspiziert und in voller Kampfbereitschaft vorgefunden hatte, vermied er es sorgfältig, seinen jungen Untergebenen zu ängstigen. Es hatte ihm gefallen, was er auf dem Exerzierplatz gesehen hatte. Das Diner, zu dem Oberst Wesley geladen hatte, sollte aus diesem Grunde lediglich ein familiäres Vergnügen und keine Manöverkritik werden. Gemütlich nahm der alte General seinen Platz zwischen Wesleys Verlobter und dem indischen General Meer Allum ein, während Arthur sich mit Ameisen im Magen und Angstschweiß auf der Stirn auf den Platz gegenüber von Lord Harris begab. Als Rückendeckung hatte er Elphinstone und Barclay dabei.
»Nun«, begann der Oberkommandierende des Expeditionskorps, »ich muss zugeben, dass ich es nach diesem Tag fast bedaure, dass ich ein paar Herren mitgebracht habe« – er winkte den Generälen Floyd, Stuart und Baird fröhlich zu –, »die ein wenig länger auf den Dienstlisten unseres guten König Georg stehen als einige andere, die sich viel Mühe gemacht haben, hier alles in Gang zu bringen.« Dann wandte er sich direkt an Arthur. »Dennoch möchte ich sagen, dass ich für die meisterlichen Arrangements von Oberst Wesley und seinem Stab und für die hervorragende Disziplin hier in Arnee kaum die passenden Worte finde.«
Während Harris sein Glas hob und die Generäle Floyd und Stuart es ihm gleichtaten, suchte Arthur ein Mauseloch, in dem er verschwinden konnte, denn auf seinen braunen Wangen hatte sich ein feuriges Rot ausgebreitet, das nicht vom Champagner, sondern der Verlegenheit über so viele gute Worte herrührte. Charlotte und die Herren Offiziere grinsten vergnügt. Der alte Harris hob seinen schweren Körper aus dem bequemen Stuhl.
»Gentlemen, ich möchte mein Glas auf den Kommandeur unseres 33. Regiments erheben und ihm für seine Arbeit danken. Selbstverständlich wird der Nizam von Hyderabad, repräsentiert durch General Meer Allum, nicht auf seinen bewährten militärischen Berater verzichten müssen.«
Arthur versank immer tiefer in seinem Stuhl. Vor Verlegenheit und Freude wurde ihm so heiß, dass er sich am liebsten in den

nächsten Fluss gestürzt hätte. Er bemerkte nicht einmal, wie die Miene von Sir Davie Baird immer finsterer und bösartiger wurde. »Oberst Wesley, gestatten Sie mir, auf einen erfolgreichen Feldzug gegen Mysore zu trinken und Ihnen und Ihrem Stab viel Glück zu wünschen. Ich habe den Marschbefehl des Generalgouverneurs vor zwei Tagen erhalten. Am 29. Januar geht es los. Gott schütze England und König Georg!« Alle Offiziere erhoben sich und stimmten in Sir Georges Trinkspruch ein. Arthur konnte sich nur mit Mühe auf seinen butterweichen Knien halten. Das Champagnerglas zitterte in seinen Händen. Er hätte nie geglaubt, dass es so weit kommen würde. De facto hatte man ihm das Kommando über eine Armee von 13 000 Mann anvertraut, obwohl er gerade erst achtundzwanzig Jahre alt war und noch viel zu jung, um über wirkliche militärische Erfahrung zu verfügen.
Als Wesley gemeinsam mit den anderen sein Glas leerte, schwor er sich, Lord Clive und General Harris nicht zu enttäuschen. Seringapatam und Tippu sollten nur kommen! Die schlimmen Tage des Flandernfeldzugs lagen weit zurück, und zwischen den Düften des Orients und den weichen Armen der kleinen Charlotte hatte Wesley alle Schrecken und Ängste vergessen, die er an einem nebligen Novembertag auf den Schanzen von Boxtel durchlitten hatte.

KAPITEL 2 ERSTE GEFECHTE

Die Armee bestimmte, wann Major John Shee aufwachte und wann er sich schlafen legte. Oberst Wesley bestimmte, ob der Major sich besaufen oder seinen natürlichen Trieben in den Armen einer der »bibbies« von Lakshmi nachgeben durfte. Doch – o Wunder – inzwischen war es Major Shee selbst, der darüber entscheiden konnte, wer in seinen Kompanien des 33. Regiments nach welcher Pfeife tanzen musste. Seit dem geschichtsträchtigen Abend in Arnee, an dem der alte Schwachkopf Harris dem staubigen Buchhalter Wesley die Truppen des Nizam in den Rachen warf, hatte Shee Ruhe vor seinem Kommandeur. Und Oberstleutnant Sir John Sherbrooke war viel zu sehr mit dem Regiment beschäftigt, als dass er sich großartig um Shee und die Kompanien hätte kümmern können. Sir John hatte Shee sogar die Schützen anvertraut – was Wesley, dieser bornierte Buchhalter, sicher nie getan hätte. Wesley hätte seinen kleinen Freund West damit beglückt ... Aber West spielte ja inzwischen den Laufburschen für Atty, wenn er nicht gerade mit der Brillenschlange Tee trank oder diesem fetten indischen Bock Meer Allum in den Hintern kroch.

Major Shee blickte vom Rücken seines Pferdes zufrieden in die weite Ebene des Karnataka. Es war schön, Soldat zu sein, wenn ein Krieg bevorstand, Preisgelder lockten und Brandy und geile »bibbies«, die für jedermann erschwinglich waren. Nur zu schade, dass die verdammte Brillenschlange seines verdammten Obersten sich die kleine Seward unter den Nagel gerissen hatte. Schon seit der Überfahrt aus England hatte Shee immer wieder einen Blick auf ihren hübschen Hintern geworfen. Zahlmeister Dunn, dieser bigotte alte Trottel, musste ihn bei Wesley verpetzt haben: Zuerst war Sergeant Seward aus seiner Kompanie verschwunden und in die unendlichen Höhen der Regimentsbuchhaltung entsandt worden, und dann hatte die Brillenschlange Mary entdeckt und ihr ihre Gunst geschenkt.

Doch Shee war sicher, dass der Krieg ihm Gelegenheit bieten würde, sich ungestraft mit der Kleinen zu amüsieren. Vorerst jedoch musste er mit Lakshmi und ihren Mädchen vorliebnehmen. Immerhin hatte er inzwischen genug Geld in der Tasche, um sich seinen kleinen Zeitvertreib leisten zu können, und sein verdammter Kommandeur war weit weg und Sir John Sherbrooke zu beschäftigt, um ihm Aufmerksamkeit zu widmen. Es war eine feine Sache, wenn nur ein Brite sich um den Haufen stinkender »brinjarries« kümmerte – und der war strohdumm und blind und bemerkte nicht einmal, wie Shee sich still und heimlich die Taschen füllte, weil er entdeckt hatte, dass nicht nur die Soldaten König Georgs an Getreide, Pulver und Munition interessiert waren.

Harris' Teilstreitmacht erreichte Amboor am 18. Februar 1799 und schloss sich dort mit der Hyderabad-Armee zusammen. Außer den Sepoys hatte der Nizam noch sechs Regimenter der Ostindischen Kompanie bereitgestellt. Die Maratthas bedrängten seine Grenzen. Der Nizam setzte alles daran, Mornington-Sahib zu zeigen, was für ein guter Verbündeter er war. Wenn sie mit Tippu abgerechnet hatten, würde er auf sein Recht pochen und als Gegenleistung für seine Militärhilfe königliche Regimenter fordern – und einen Kriegszug gegen Scindia und Holkar!

General Meer Allum – der Premierminister des Nizam und einer seiner zahllosen unehelichen Söhne – war glücklich mit seinem britischen Obersten. Wesley sprach seine Sprache; er besaß Taktgefühl und Diplomatie und drängte sich nie in den Vordergrund. Und Wesley kam mit allen klar, auch mit Generalmajor Baird. Und der war ein Problem, seit er drei Jahre in den Kerkern von Hyder Ali zugebracht hatte.

Baird befehligte jene drei europäischen Bataillone, die die rechte Flanke der Armee des Nizam bildeten. Tag für Tag versuchte er, sich in Meer Allums Angelegenheiten einzumischen. Meer Allum konnte diesen Kerl nicht ausstehen. Ihm kam schon die Galle hoch, wenn Baird ihm näher war als fünfzig Meter. Der Inder dankte General Harris und den Göttern, dass zwischen ihm und diesem schottischen Teufel Baird der junge Wesley stand. Arthur war ein feiner Soldat. Arthur liebte Indien und hatte keine Vorbehalte gegen die Einheimischen.

Der Vormarsch gegen Mysore begann am 21. Februar 1799 von Amboor aus. Das Tal war breit und flach wie eine Suppenschüssel. Die britischen Truppen marschierten in Kolonne an der rechten Flanke. Die Soldaten des Nizam bewegten sich in gleicher Formation auf der linken Seite. Zwischen den beiden Teilstreitkräften floss gemächlich ein Strom von mehr als 50000 Zivilisten: Kaufleute, Huren, Familienangehörige britischer und Sepoy-Soldaten ... und mittendrin, zahlreicher noch als die

menschliche Flut, fast 100000 Ochsen, Tausende von Maultieren, unzählige Elefanten, Pferde und Kamele.
Bei seinem Vorstoß durch den Baramahal glich das Expeditionskorps mehr einem Wandervolk als einer Armee. Das Fortkommen war beschwerlich und beschränkte sich jeden Tag auf spärliche zehn Meilen. Doch so langsam alles auf den ersten Blick auch schien, so unaufhaltsam walzte General Harris' Armee in Richtung der Grenzen von Mysore. Der Oberbefehlshaber hatte aus den Fehlern von Lord Cornwallis gelernt und folgte dem Rat von Lutuf Ullah, dem afghanischen Pferdehändler und Wesleys Kopf im militärischen Nachrichtendienst der Briten. Statt durch Kistnagherry zu ziehen, überquerte das Expeditionskorps den Ryacotta-Pass. Lediglich für die schweren Geschütze, die von sechzig Ochsen in Viereranspannung gezogen wurden, wählte man die schmale befestigte Straße über die Höhe. Alle anderen suchten sich ihren Weg entlang der Schlucht, nördlich und südlich von Ryacotta. Am 5. März schlug Harris sein Feldlager auf. Leichte Schützeneinheiten hatten Befehl, gegen die Grenzposten von Mysore vorzustoßen und sie zu vertreiben. Wesleys Nachrichtendienst hatte dem Hauptquartier übermittelt, dass der Sultan – über die Ankunft der Briten und ihrer Verbündeten bestens unterrichtet – Bangalore und das Umland in Schutt und Asche gelegt hatte, um dem Feind Vorratslager und Nachschubbasen zu entziehen. Somit musste die Truppe von nun an direkt durch das feindliche Territorium auf die Hauptstadt Seringapatam marschieren. Um dem Monsun auszuweichen und die Niederlage von Cornwallis im Jahre 1791 nicht zu wiederholen, wurde es unabdingbar, Seringapatam noch vor Mitte Mai zu nehmen, wenn der Monsunregen einsetzte.

Oberst Dhoondia Wao hatte sein Versprechen eingelöst. In der Hauptstadt von Mysore hatte er sich der beiden Repräsentanten afghanischer Pferdehändler mit dem gleichen Maß an Freundlichkeit angenommen. Der erste Mann hatte offenbar wirklich nichts zu verbergen gehabt, denn er war unter der Folter gestorben, ohne ein vernünftiges Wort über die Lippen zu bringen. Man hatte ihm die Haut in dünnen Streifen vom Leib gezogen, hatte ihn gepeitscht und mit glühenden Eisen gebrannt. Trotzdem hatte er nichts Interessantes von sich gegeben.
Der andere Mann war ein schwierigerer Fall gewesen: N Gowinda Bath gehörte einer einflussreichen Hindu-Familie an, die mit dem

ehemaligen Herrscherhaus von Mysore, Wodeyar, eng verwandt war. Außerdem besaß der Mann die Gunst von Purneah, dem »Dewan« des Sultans von Mysore. Purneah war auch ein Hindu der obersten Kaste. Doch Oberst Wao war ein gerissener Fuchs: Anstatt N Gowinda Bath ernsthaft ins Gebet zu nehmen, ließ er ihn beschatten. Oft war ein lebender Verräter aussagekräftiger als ein lebloses Stück Fleisch, das nicht einmal mehr für die Tiger des Sultans gut genug war.

Als N Gowinda Bath das Kontor der Familie Ullah in Seringapatam verließ, fühlte er sich ausgesprochen unwohl. Die ganze Stadt rüstete sich für die Ankunft der britischen Truppen und glich mehr einem befestigten Heerlager als einem Handelsknotenpunkt im Herzen des Subkontinents. Soldaten des Sultans tauchten an allen Ecken und Enden auf; die indischen und ausländischen Offiziere schienen misstrauischer und wachsamer als sonst. N Gowinda kam am Tempel des Sri Ranganathaswamy vorbei und konnte beobachten, wie ausländische Offiziere auf den Wällen des Forts Geschütze in Stellung brachten. N Gowinda wusste in diesem Augenblick nicht, vor wem er mehr Angst haben sollte: vor den Augen und Ohren des Sultans oder dem Zorn seines afghanischen Herrn Lutuf Ulla und dem scharfen Schwert des »jawan« Bedi ben Haleff ibn Ullah.

Als er die Stadtmauern hinter sich gelassen hatte, siegte die Treue zum Hause Ullah über seine Angst. N Gowinda beschleunigte seine Schritte. Er bemerkte nicht, wie ein Paar aufmerksamer brauner Augen jede seiner Bewegungen durch ein französisches Fernrohr beobachtete.

Dhoondia Wao stieß Oberst Cappellini leicht in die Seite und hielt ihm seine »longue-vue« hin. »Hier, Sahib, seht selbst! Der da ist ein Verräter. Er hat etwas zu verbergen. Er paktiert mit den ›inglis‹, wägt jeden Schritt ab und bebt vor Angst.«

»Lassen Sie ihn nicht aus den Augen, Oberst Wao. Aber tun sie ihm nichts. Ich will an seine Auftraggeber herankommen und das Übel an der Wurzel ausreißen.« Allessandro Cappellini verließ seinen Aussichtsposten auf dem Festungswall und kehrte zu seinen militärischen Pflichten an der Seite Tippus zurück.

Die Hitze in General Harris' Zelt war erdrückend. Obwohl es ein großes Zelt war und man beide Seitenwände hochgeschlagen hatte, bewegte kein Windstoß die schwüle, feuchte Luft. Das Licht im

Innern wurde durch den Zeltstoff zu einem schalen Gelb gebrochen, das dem Gras auf dem Boden eine ungesunde bräunliche Farbe verlieh. Sechs Männer warteten im Zelt des Oberkommandierenden auf eine Entscheidung. Der unruhigste von ihnen schien Montstuart Elphinstone zu sein. Er war nach einem halsbrecherischen Ritt über die Ebene erst vor einer knappen Stunde aus dem Herzen von Mysore zurückgekehrt. Ein Teil seiner Unruhe war darauf zurückzuführen, dass N Gowinda Bath ihm sehr genaue Informationen über die Truppenstärke des Sultans und die Positionen der Geschütze auf den Wällen von Seringapatam überbracht hatte. Oberst Arthur Wesley saß Elphinstone gegenüber. Von Zeit zu Zeit zog er seine Uhr aus der Tasche, ließ den Deckel aufschnappen, starrte aufs Zifferblatt und steckte die Piaget kommentarlos zurück. Immer wieder trafen seine Blicke die von Elphinstone, und in diesem stummen Austausch spiegelte sich eine schreckliche Spannung.
General Harris starrte auf die Landkarte, die vor ihm ausgebreitet lag. Mit einem hellblau karierten Taschentuch wischte er sich immer wieder den Schweiß von der Stirn, während sein Hirn unablässig arbeitete und abwägte, was er nun tun sollte: Der Weg, den das Expeditionskorps nach Seringapatam wählte, war von kriegsentscheidender Bedeutung. Stieß er berechenbar gegen die Hauptstadt des Sultans vor, bestand die Gefahr, dass seine schwerfälligen Truppen und der riesige Tross von der beweglichen Reiterei des Sultans bedrängt wurden, oder – schlimmer noch – dass das trockene Gras auf den Ebenen in Brand gesetzt und dem Expeditionskorps auf diese Weise unermesslicher Schaden zugefügt wurde.
Doch eben dieses Gras, das die Ebene so gefährlich machte, benötigte Harris, um die Zugochsen, Elefanten und Maultiere seines Trosses mit Futter zu versorgen. Teilte er sein Heer, wie Oberst Wesley es ihm empfohlen hatte, konnte er die Aufmerksamkeit der Reiterei des Sultans ablenken und seine Zugtiere mit den Vorräten und dem Belagerungsapparat gefahrlos bis vor Seringapatam bringen. Doch Teilung bedeutete Schwächung, und niemand konnte ihm in diesem wilden, kaum kultivierten Landstrich dafür garantieren, dass die Wiedervereinigung beider Heere pünktlich vollzogen werden konnte. Der Bericht, den Montstuart Elphinstone soeben aus Seringapatam mitgebracht hatte, erleichterte dem General seine Entscheidung auch nicht gerade.

»Viertausend Mann unter General Read haben wir bereits verloren. Natürlich sind die Getreideversorgung und das Depot in Cauveryporam strategisch sehr wichtig, aber ...«, dachte Harris laut nach.
»Mit Verlaub, Mylord! Sie müssen das Expeditionskorps teilen.« Meer Allum, der General des Nizam, war der gleichen Ansicht wie Oberst Wesley. Die Armee aus Hyderabad war durch ihre starken Kavallerie-Einheiten sehr mobil. Die Reiter des Nizam würden schneller ins Feindesland vorstoßen als die britischen und einheimischen Fußsoldaten, die durch den riesigen Tross zusätzlich behindert wurden. Harris nickte Meer Allum zu. »Sie haben Recht, mein Freund! Das Gelände hier ist ideal, um uns übel zuzusetzen. Die bewaldeten Hügel bieten besten Schutz für die Kavallerie des Sultans.«
»Nicht nur für seine Kavallerie«, meinte Wesley finster. »Aus dem Tross verschwinden schon seit Tagen Munition, Kanonenkugeln, Getreide ... Sogar die ›brinjarries‹ haben ihre Probleme. Uns sind bereits mehr als zweihundert Zugtiere abhandengekommen.«
Harris zog die Brauen hoch. »Also gut, Wesley. Wir teilen das Expeditionskorps auf. Bis Achel rücken wir so vor, als wäre unser eigentliches Ziel Bangalore. Dann schwenken wir nach Südwesten. Der Weg über Cankelli nach Seringapatam ist zwar schwierig, aber kurz. Außerdem melden die ›hirrcarrahs‹, dass die Kavallerie des Sultans dort noch nicht alles dem Erdboden gleichgemacht hat.«
Der Oberkommandierende bemerkte den finsteren Gesichtsausdruck von Sir Davie Baird. Baird hatte sich wiederholt bei ihm beschwert, dass Oberst Wesley, obwohl er auf den Dienstlisten der Horse Guards weit hinten stand, mit einem ebenso wichtigen Posten betraut worden war wie er selbst. Nun hatte Harris auch noch den Plan Wesleys akzeptiert und Bairds Einwände nicht einmal in Betracht gezogen. Nach dem leidigen Zwischenfall um Ashtons Tod schien sich ein neuer Konflikt um den schottischen Offizier anzubahnen, was Harris nicht entging. Der Oberkommandierende nahm sich vor, sowohl Baird als auch Wesley in den nächsten Tagen genau im Auge zu behalten. Im Angesicht des Feindes konnte er es sich nicht leisten, zwei wertvolle Offiziere wegen eines unsinnigen Ehrenkodex' zu verlieren. In Madras hatte man die Affäre Ashton wegen des Feldzuges bereits heruntergespielt und vertuscht. Sollte Baird nun allerdings versuchen, sich auch noch Wesley vorzunehmen, wurde

ein Kriegsgerichtsverfahren unausweichlich. Harris verabschiedete seine Stabsoffiziere und blieb nachdenklich in seinem Zelt zurück.

»Und du bist ganz sicher, Mary?« Charlotte hielt die Hände von Sergeant Sewards zitternder junger Frau fest in den ihren. Barrak ben Ullah goss ihr ein kleines Glas Brandy ein, um sie zu beruhigen.

»Natürlich, Madam! Ich war heute schon sehr früh hinten bei den >brinjarries<. Sie wollten doch, dass ich Gemüse und ein paar Hühner zum Abendessen besorge. Vingetty verhandelte gerade mit einer der Frauen, als ich Major Shee gesehen habe. Er kam mit einem dicken Inder aus einem der Zelte. Der Inder drückte ihm einen Beutel in die Hand, und ich hörte ihn sagen, dass er in der Nacht seine Männer mit Zugtieren schicken würde, um das Pulver abzutransportieren.«

Barrak ben Ullah runzelte die Stirn. Er wusste von Arthur Wesley, dass seit ungefähr zwei Wochen regelmäßig Pulver und Munition verschwanden. Sogar aus der Pferdeherde der Ullahs waren schöne, teure Tiere auf unerklärliche Weise verschwunden, obwohl die Paschtunen seines Vaters die Tiere kaum eine Sekunde aus den Augen ließen. Zuerst hatte Barrak seinem jungen Cousin Moukthar vorgeworfen, er habe die Tiere verloren und nicht den Mut, dies zuzugeben. Der Zug gegen Mysore war Moukthars erste große Reise, und dreihundert Vollblüter stellten für einen Mann von gerade erst zwanzig Jahren eine große Verantwortung dar. Doch Moukthar respektierte Barrak viel zu sehr, als dass er ihn belogen hätte.

Der Afghane drückte Mary Seward das Glas in die Hand und sagte leise zu ihr: »Trink, mein Kleines! Du brauchst dich nicht zu fürchten. Erzähl uns nur ganz genau, was du gesehen und gehört hast. Aus welchem Zelt kam der Major mit dem Inder?«

Mary schlug die Augen nieder. »Es war das Zelt der schlechten Frauen ...« Sie errötete beim Gedanken an Lakshmi und deren Mädchen, die sich jedem hingaben, der dafür bezahlte. Dann nippte sie vorsichtig am Glas. Sie war sehr streng erzogen worden; es war der erste Schluck Brandy ihres Lebens. »Wird Oberst Wesley dann nicht böse auf meinen Rob sein?« fragte sie Charlotte Hall schüchtern. »Und mich aus dem Dienst verjagen?«

»Ach, Unsinn! Du hast doch nichts Böses getan.«

»Wenn Major Shee erfährt ...« Die Stimme von Sergeant Sewards Frau zitterte. Bereits auf der Überfahrt von England nach Indien

hatte Shee ihr übel nachgestellt; die Soldatenfrauen hatten Mary regelrecht verstecken müssen. Sie hatte schreckliche Angst vor Shee. »Shee wird nichts erfahren. Hat Vingetty auch irgendetwas von dieser Sache mitbekommen?«
»Nein, Mister Ullah, er war doch dabei, die Hühner für die Offiziersmesse einzukaufen.«
»Hast du ihm davon erzählt?«
»O nein, ich bin gleich zu Madam gelaufen, Sir.« Mary schien sich ein wenig zu beruhigen.
Charlotte strich ihr besänftigend über die Schultern. »Keine Sorge, meine Liebe! Ich werde mit dem Oberst reden, wenn du Angst vor ihm hast. Er wird dir nicht böse sein. So, und jetzt geh wieder an die Arbeit und ängstige dich nicht. Mister Ullah und ich, wir werden uns um Major Shee kümmern.«
Mary stand auf, strich ihre Schürze glatt und machte einen kleinen Knicks vor Charlotte. Dann verschwand sie aus Wesleys Zelt.
Barrak ben Ullah nahm ihren Platz ein. Seine Augen suchten die von Charlotte. »Weißt du, meine Liebe, ich glaube, Arthur hat im Augenblick andere Sorgen als diesen versoffenen Shee. Ich werde dafür sorgen, dass meine Paschtunen die Augen offen halten. Vielleicht gelingt es uns ja, den Tunichtgut in flagranti zu erwischen. Shee treibt sich also bei Lakshmi und ihren Huren herum. Das macht die Sache leichter.«
Er hatte Farsi gesprochen, denn man wusste ja nie, wessen Ohren an dünnen Zeltwänden lauschten. Und einen königlichen Offizier auf einem Kriegszug der Veruntreuung und der Beihilfe zum Diebstahl anzuklagen, war eine schwerwiegende Sache. Ohne handfeste Beweise gegen den Major konnte nicht einmal General Harris etwas ausrichten. Barrak ben Ullah hatte die Affäre Ashton-Baird miterlebt. Er wunderte sich ein bisschen über die Mühlen der britischen Militärjustiz, die offensichtlich sehr langsam mahlten.

Am 5. März erreichte ein Meldereiter des Rajahs von Koorg das Expeditionskorps. Der Rajah war ein alter und treuer Verbündeter der Briten. Er hatte nicht nur irreguläre Kavallerie zu General Stuart und dessen Bombay-Armee geschickt, sondern auch Aufklärer ausgesandt, die den Briten über die Truppen des Sultans im Grenzgebiet berichteten. Man hatte ungewöhnliche Aktivitäten zwischen Periapatam und Seringapatam beobachtet. Der Rajah von

Koorg selbst hatte in der Tiefebene ein grünes Zelt erkennen können, auf dem die Standarte des Sultans aufgepflanzt war. Es schien offensichtlich, dass der Sultan von Mysore für den nächsten Tag einen Angriff gegen General Harris' Expeditionskorps plante, das sich im Schneckentempo einen steilen Pass unweit des Cauvery hinaufplagte. Der Oberkommandierende schickte eilig zwei Bataillone der Ostindischen Kompanie und Oberstleutnant Montresor in Richtung der feindlichen Truppen. John Montresor war einer der besten und begabtesten Offiziere im Dienste von »John Company«. Er kannte Indien in- und auswendig. Nachdem er die Soldaten des Sultans vom Aussichtsposten auf der Feste Koorg einige Zeit beobachtet hatte, brachte er seine Männer in Stellung. Er wollte Tippu den direkten Weg gegen die Flanke des Hauptheeres verbauen. Natürlich hatte der Offizier in so kurzer Zeit keine Möglichkeit, seine Position zu festigen. Doch er ließ eine Lichtung ausschlagen und formierte die zwei Bataillone. Sie waren gut ausgebildet und sehr beweglich.

In den frühen Morgenstunden des 6. März griff Tippu an. Er hatte nicht erwartet, an dieser Stelle auf einen so verbissenen Widerstand zu stoßen. Das Gefecht zog sich über Stunden hin. Montresor und seine Männer kämpften gegen eine riesige Übermacht. Bis drei Uhr am Nachmittag hielt Montresors Linie. Dann aber ging den Männern die Munition aus. Genau in diesem Augenblick stürmte General Stuart persönlich mit dem 77. Infanterieregiment den Pass hinauf und fiel den Soldaten des Sultans in den Rücken. Die Männer aus Mysore waren so überrascht worden, dass viele ihre Waffe fortwarfen und ihr Heil in der Flucht suchten. Der Weg für General Harris' Hauptstreitmacht war frei. Nur die mehr als zweitausend Gefallenen, die das blutige Feld bedeckten, ließen die Nachzügler erkennen, was an diesem 6. März am Pass von Periapatam in der Nähe von Sedaseer geschehen war.

Charlotte ritt auf ihrem kleinen, dunkelbraunen Vollblut langsam neben Arthur. Sie konnte die Augen nicht von dem schrecklichen Schauspiel abwenden, das sich ihr bot. Über dem Pass kreisten laut schreiend Hunderte von Aasgeiern. Die Hitze in der Vormonsunzeit war so drückend, dass bei den meisten Kadavern bereits der Verwesungsprozess eingesetzt hatte. Ein süßlicher Geruch hing in der Luft. »Bereust du es nicht, dass du mitgekommen bist, kleine Lady?« fragte der Oberst seine junge

Verlobte. Ihm lag der Geruch genauso schwer im Magen wie Charlotte, doch als Berufssoldat durfte er so etwas natürlich nicht zugeben.
Charlotte betrachtete den roten Rock an ihrer Seite nachdenklich und antwortete mit einer Gegenfrage. »Und du? Bereust du es nicht, dass du bei den Soldaten geblieben bist?«
Wesley hob die Augen zum Himmel. »Wenn ich das nur wüsste!«
In diesem Augenblick sprengte ein Reiter auf Wesley zu. Es war ein Sepoy-Offizier aus dem Stab General Meer Allums. »Wesley-Sahib! Harris-Sahib hat endlich den Befehl zum Einschwenken erteilt. Die Hauptarmee hat die große Straße von Bangalore nach Seringapatam sicher erreicht.«
Arthur entschuldigte sich bei Charlotte und stieß Eochaid die Sporen in die Flanken. Das Tier hatte lange unruhig unter seinem Reiter getänzelt und galoppierte nun die Marschkolonnen entlang. Meer Allums Offizier auf seinem »Kathiawari« konnte kaum mit dem goldfarbenen Hengst mithalten. Als Arthur Eochaid vor Meer Allum zügelte, hatten sich seine Gedanken über die Toten von Sedaseer und Charlottes sonderbare Frage bereits verflüchtigt. Er war wieder ganz und gar in diesem großen Spiel gefangen, das Krieg hieß.

Am 21. März hatte General Harris Cankanelli erreicht. Am 26. März war die Hauptarmee aus dem unwegsamen Dschungel ins flache Land vorgestoßen und konnte bereits die großen Getreidespeicher von Malavelly am Horizont erkennen. Sechs oder sieben Meilen trennten die Teilheere noch. Zufrieden bemerkte der Oberkommandierende die lange Reihe ordentlich errichteter Zelte, die davon kündeten, dass Meer Allums Hyderabad-Armee pünktlich zum vereinbarten Treffpunkt gekommen war.

Arthur Wesley und Connor McLeod beobachteten von einem Hügel aus besorgt die schweren Zugelefanten des Sultans. Noch befanden die Tiere und Geschütze sich am anderen Ufer des Cauvery, doch es würde nicht mehr lange dauern, dann würde Tippus Armee den Fluss an den drei großen, flachen Furten durchqueren. Ein Sowar trabte den Hügel hinauf. »Oberst-Sahib, eine Meldung von Oberstleutnant Sherbrooke!«
Arthur öffnete den Umschlag. Mit zusammengekniffenen Lippen las er die Meldung. Sherbrooke und die leichten Kompanien des 33. Regiments befanden sich gut versteckt im Dschungel entlang

des Cauvery. Sie hatten die Aufgabe, Tippus Truppen zu beobachten und Alarm zu schlagen, sobald der erste Elefant seine gewaltigen Füße ins seichte Wasser setzte. »Bei Sirsoli haben die Aufklärer fast 10000 Reiter des Sultan gezählt ... vierunddreißig riesige Feldgeschütze entlang des Cauvery ... 14000 Fußsoldaten, ein Teil davon Europäer. Verdammt, Connor, das wird knapp. Wir haben 21000 Mann und vierzig Geschütze, aber nur dreitausend Mann Kavallerie. Die anderen sind noch zwischen Harris und der Hyderabad-Armee, und ich kann sie auch nicht zurückpfeifen, weil Baird und die Schotten sonst Probleme bekommen.«

Connor McLeod drehte sich im Sattel um, holte sein Fernrohr hervor und starrte auf die riesige Staubwolke in Richtung Cankanelli. »Harris ist noch fast einen Tagesmarsch entfernt. Es dürften sieben oder acht Meilen sein.«

»Sechs!« verbesserte Wesley den Freund. »Aber das hilft uns nicht weiter. Harris hat den ganzen Tross dabei, und selbst wenn er den Männern befiehlt, schneller zu marschieren ... Du kannst mitten im Feindesland nicht einfach Munition, Proviant und Viehherden unbewacht zurücklassen.« Mit einer heftigen Bewegung stieß der Offizier sein eigenes Fernrohr zusammen und warf es in die Satteltasche. »Was soll's. Wir wollten unseren Krieg, jetzt haben wir ihn.« Er spornte Diomed zu einem halsbrecherischen Tempo an und galoppierte den Aussichtshügel hinunter in Richtung Feldlager des Nizam. Meer Allum erwartete den britischen Offizier bereits aufgeregt. Seine Offiziere hatten ihm eine Kopie von Sherbrookes Meldung vom Cauvery gebracht; während Arthur auf dem Hügel ausgeharrt hatte, war er durch den Dschungel bis fast an den Fluss geritten. Meer Allum war ein guter, tapferer Soldat. Er konnte es kaum noch erwarten, mit den Männern des Sultans die Waffen zu kreuzen.

»Nun, Wesley-Sahib! Ich habe Sherbrookes Meldung bereits gelesen.« erklärte der General ausgelassen und zeigte dabei fröhlich auf einen Feldstuhl in seinem Zelt.

Arthur schüttelte den Kopf und grinste. »Dann, mein ehrenwerter Freund, werden wir sie angreifen. Eure Zustimmung vorausgesetzt natürlich.«

Meer Allum schlug Wesley herzhaft auf die Schulter. »Das gefällt mir, Wesley-Sahib! Kein Zögern mehr und kein Taktieren, keine faulen Ausreden und lauen Verhandlungen mit dem Tiger. Warten wir auf Harris?«

»Wozu, Mylord? Der Befehl ist eindeutig. Die Hyderabad-Armee

sichert den Vormarsch von Hauptheer und Tross.«
Der junge Offizier hatte allerdings vergessen, dass die Armee aus Mysore über eine doppelt so starke Kavallerie verfügte wie er selbst. Er hatte von seinem Hügel aus die Gegend betrachtet: Sie war für einen Angriff bestens geeignet. Während er mit Connor McLeod diskutierte, hatte sich vor seinem inneren Auge bereits ein Angriffsplan gebildet. Mit seinen achtundzwanzig Jahren war Arthur noch viel zu sorglos und unbekümmert, um sich von einer feindlichen Armee einschüchtern zu lassen. Er wollte endlich kämpfen. Nicht dass Wesley seinem Bruder, dem Generalgouverneur in Kalkutta, oder sich selbst irgendetwas beweisen musste, aber die Gelegenheit war einfach zu günstig...

Charlotte Hall war kreidebleich, als sie die Schärpe um Arthurs Hüften legte und das Schwertgehänge schloss. Sie hatte die ganze Nacht kein Auge zugetan. Zum ersten Mal seit Wochen war sie in dem großen Zelt alleine gewesen. Keine Schulter, an die sie sich hätte lehnen können, um einzuschlafen; keine beruhigenden Worte, wenn sie trotz ihrer Abenteuerlust doch ein bisschen Angst vor der eigenen Courage bekam; keine zärtliche Berührung und die Nähe seines lebendigen, warmen Körpers, bevor sie die Augen schloss, um sich von einem langen und anstrengenden Tag auszuruhen.
Arthur hatte die Nacht mit den Offizieren des Stabes und Meer Allum zugebracht. Sie hatten an ihrem Plan gefeilt, Einheiten in Stellung gebracht, Geschütze bewegt, Palisadenzäune errichten lassen. Als er Charlotte zum Abschied umarmte und sich ihre Lippen zu einem innigen Kuss trafen, schaute sie in die Augen ihres Verlobten. Sie waren anders als sonst – kalt und berechnend. Sie erinnerten Charlotte an den Blick des großen bengalischen Königstigers, dem sie vor langer Zeit gemeinsam in den Sunderbans begegnet waren. Alles schien nur noch Jagdtrieb und Mordlust. Irgendwie fehlte seinen Augen an diesem kühlen Märzmorgen die Menschlichkeit.
Mary Seward hatte die ganze Nacht geweint und Rob bittere Vorwürfe gemacht, weil er damals in Schottland den Trommeln des Anwerbungssergeanten gefolgt war, statt sich brav in sein Schicksal zu fügen und wie seine Väter und Vorväter Schafe zu züchten. Irgendwann war Rob die Heulerei auf die Nerven gegangen, und er hatte sich zu seinen Kumpels verzogen, um die Nacht friedlich an einem Lagerfeuer zu verbringen, Karten zu

spielen und nicht an den nächsten Tag und den Kampf zu denken, der sie erwartete. Als Rob schließlich um fünf Uhr früh seinen Tornister und sein Gewehr aus dem Zelt holte, hatte Mary so getan, als würde sie tief und fest schlafen, und hatte sich nicht gerührt. Seine Worte klangen ihr jetzt noch in den Ohren. »Albernes Weibervolk!« hatte er geschimpft und war in der aufgehenden Sonne des indischen Morgens verschwunden. Mary hatte sich um sechs Uhr früh schließlich aus ihrer Decke geschält und war wie ein geprügelter Hund zum Zelt von Oberst Wesley und Madam Hall geschlichen. Erst als sie Charlottes rotgeweinte Augen sah, fasste die junge Frau von Sergeant Seward sich wieder.

»Ist das eigentlich immer so, wenn die Männer in den Krieg ziehen?« fragte Charlotte verschämt ihr Mädchen. Sie flüsterte, denn irgendwie hatte sie Angst, Arthur könne sie hören und würde sie zurück nach Kalkutta schicken, weil er keine Lust hatte, seine Zeit mit einer Heulsuse zu vergeuden. Charlotte war überzeugt, dass Mary einen reicheren Erfahrungsschatz als Soldatenfrau besaß als sie selbst.

Mary Seward blickte verlegen zu Boden. »Weiß nicht, Ma'am! Ist das erste Mal, dass mein Rob in den Kampf zieht. Wir sind noch nicht lange bei den Soldaten.«

Ein dumpfes Dröhnen ließ das Zelt erzittern, und Mary warf sich hilfesuchend in Charlottes Arme. Tränen rannen ihr über die Wangen. »Wenn sie mir meinen Rob totschießen, was soll ich dann bloß machen? Wie soll ich dann bloß zurück nach Hause kommen?« schluchzte sie.

»Pssst, Mary! Was soll denn das?«

»Sie schlagen sich gegenseitig tot!« rief die Kleine verzweifelt. »Und Johnny hat mir gesagt, man würde sich nicht um uns kümmern, wenn unsere Männer fielen. Dann müssten wir selbst sehen, was aus uns wird, oder zu Hause bleiben und den Priester um Almosen bitten. Denn den Sold bekämen wir nicht im Hochland.«

Charlotte wischte sich die Tränen aus dem Gesicht. Angesichts der Verzweiflung Marys kamen ihr die eigenen Sorgen um Arthur lächerlich und unerheblich vor. Sie war die Tochter von Sir Edwin Hall. Sollte ihrem Verlobten etwas zustoßen, würde sie als »Witwe« eines Helden zu ihren Eltern zurückkehren und genauso weiterleben wie früher, bevor sie Arthur kennengelernt hatte. Geld besaßen die Halls im Überfluss, und als »Witwe« eines toten Helden würden Englands Soldaten sich – nach einer angemessenen

Trauerzeit – um Charlottes Hand reißen. Sie hatte nichts zu befürchten, außer Trauer und Tränen. Aber Tränen trockneten wieder, wenn man gerade erst zwanzig Jahre alt und viel zu unbekümmert und sorglos war.
Bei Mary Seward sah die Sache anders aus. Sie überlebte nur deshalb, weil Zahlmeister Dunn ihrem Mann einmal im Monat den Shilling des Königs in die Hand drückte. Sollte Rob fallen, stand sie ohne einen Penny da – neun Monate und eine teure Seereise von zu Hause entfernt. Viele Soldatenfrauen fanden ihr Heil nur darin, sich am Abend nach der Schlacht dem Erstbesten an den Hals zu werfen, der heil zurückgekommen war. Die Frauen, die zu alt oder hässlich waren, um einen neuen Versorger aufzutreiben, verhungerten oder verkauften sich in finsteren Löchern an Inder, die Lust auf weißes Fleisch hatten. Es war eine grausame Welt.
»Mary, deinem Rob wird nichts passieren!« versuchte Charlotte zu trösten, während von draußen der Lärm des Kampfes ins Zelt drang. Die Worte kamen der jungen Frau hohl und leer vor, aber sie konnte in diesem Augenblick nichts anderes tun, als zu warten, bis das Donnern der Geschütze und das Geschrei der Männer sich legte – und dann zu hoffen, dass niemand kam, der ihr eine schreckliche Nachricht überbrachte ...

Die sieben Bataillone marschierten auf die Anhöhe zu. Sie waren in Kolonne formiert, jeweils eine halbe Kompanie stark. Aus der Vogelperspektive hätten sie wie einhundertundvierzig kleine, scharlachrote Rechtecke im grünen Feld ausgesehen, als sie sich zielstrebig auf die feindlichen Kanonen zubewegten. Neben jeder halben Kompanie marschierte ein Sergeant. Die Offiziere ritten oder marschierten voraus. Aus der Ferne sahen die Rechtecke ordentlich aus, wie mit dem Lineal gezogen, denn die Männer trugen ihren scharlachroten Rock mit weißem Lederzeug und schwarzem Tschako. Aus der Nähe betrachtet konnte der aufmerksame Beobachter allerdings feststellen, wie staubig und zerrissen alle waren. Der lange Marsch von Madras zum ersten Treffen mit Tippu hatte seinen Tribut gefordert. In den Haaren der Männer, die gefettet und gepudert worden waren, tummelten sich die Läuse. Viele hatten blutigen Ausschlag im Nacken, der von dem hohen, harten Lederkragen und dem Schweiß stammte, den kaum einer abwischte, obwohl Indiens Hitze die Hölle war.
Die Sepoys der Ostindischen Kompanie wuselten durchs hüfthohe Gras. Endlich fand eine feindliche Kanonenkugel ihr Ziel, und eine

halbe Kompanie des Dreiunddreißigsten stob auseinander wie ein aufgescheuchter Hühnerhaufen. Niemand war getötet oder verletzt worden, lediglich die Marschordnung war durcheinander.
»Zurück in die Formation, ihr feigen Säcke!« brüllte Major Shee aufgebracht zu Sergeant Seward und seinen Männern hinüber. Die Trommlerjungen schwangen ihre Stöcke, und von neuem übertönte schon bald der tiefe, durchdringe Klang das dumpfe Grollen der Kanonen.
»Wann können wir endlich laden?« fragte Soldat Coley den Sergeanten Seward mit zitternder Stimme.
»Bald, Junge, bald! Bleib nur ganz ruhig und befolg die Befehle der Offiziere.« Rob lächelte den jungen Soldaten an. Er machte sich vor Angst zwar selbst in die Hose, doch er war Sergeant, und seine Aufgabe bestand darin, die Jungs heil in die Schlacht und heil nach Hause zu bringen.
»Maul halten, ihr Säcke, oder ich lasse dem Erstbesten, der mir in die Finger kommt, Disziplin einprügeln!« brüllte Shee von seinem grobknochigen Schimmel aus die halbe Kompanie an. Er war überzeugt, dass die Soldaten nur nach vorn gingen, weil ihnen die Angst vor der Neunschwänzigen und ihren eigenen Offizieren im Nacken saß.
Oberst Wesley hatte den heftigen Wortwechsel in seinem Regiment mitbekommen, obwohl er in diesem Augenblick alle Hände voll zu tun hatte. Er stieß seinem Pferd die Sporen in die Flanken und sprengte zu Shee hinüber. »Zügeln Sie sich! Diese Männer müssen kämpfen!« fauchte er den Major böse an. Er konnte Shee auf den Tod nicht ausstehen. Der launische und ständig betrunkene Offizier war ihm schon seit Jahren ein Dorn im Auge.
Shee senkte die Augen, damit sein Kommandeur nicht den Hass darin lesen konnte. Wie sehr wünschte er sich in diesem Moment, dass es Nacht wäre und er sich mit diesem Buchhalter allein an irgendeinem abgelegenen Ort befände. Er hätte ihm eine Kugel in den Kopf gejagt. Seit Wesley das 33. Regiment von Cornwallis übernommen hatte, hackte er nun schon auf ihm herum. An allem, was Shee tat oder sagte, hatte Wesley etwas auszusetzen. Und dann war da dieser Beiklang in seiner Stimme ... herablassend und verächtlich. In diesem Augenblick eilte ein Sepoy heran, und der Kommandeur des 33. Regiments wandte seine Aufmerksamkeit wieder dem Kampfgeschehen zu.
»Dreiunddreißigste – in Linie nach links!« hörten die Männer ihren

Kommandeur über das Kanonengrollen hinweg brüllen. Sie gehorchten.

»In Zweierreihe!« befahl Wesley. Die Führungskompanie des Regiments hielt. Alle anderen halben Kompanien beschleunigten ihren Schritt und schlossen von der linken Seite zu ihren Kameraden auf. Die Männer rissen noch im Laufen die Pulverhülsen mit den Zähnen auf und stießen ihre Kugeln mit den Ladestöcken tief in den Rachen ihrer *Brown Bess.* Ein scharfes, metallisches Klicken bedeutete Arthur, dass alle Männer ihr Bajonett aufgepflanzt hatten.

»Nach rechts! Langsam, Jungs!« befahl Major Francis West. »Sergeant Howard! Erste Reihe – kniet!«

»Feuer!« rief Arthur Wesley den Männern zu. Dann sahen sie, wie ihr Kommandeur sein Pferd zur Seite trieb und ihnen das Schussfeld frei machte.

»Laden! Feuer! Laden! Feuer! Laden! Feuer!« brüllten sämtliche Sergeanten ihren Männern zu, bis Wesley schließlich den erlösenden Befehl gab: »Feuer frei! Vorwärts, Männer!«

Er hatte die beiden Pistolenhalfter vorn an Diomeds Sattel geöffnet. Wesley hatte eine etwa 3000 Mann starke Kolonne Infanterie ausgemacht, die über eine Anhöhe aus den Linien des Sultans direkt auf sein Regiment und das 11. Regiment der Madras-Infanterie zukam ... und in diesem Augenblick begriff der junge Offizier, dass dies sein Moment der Wahrheit war. Jeder Soldat des 33. Regiments und die Sepoys, die an ihrer Seite kämpften, schienen es ebenfalls zu erkennen. Sechs lange Jahre hatte er diese Männer gedrillt, hatte sie Tag für Tag immer wieder mechanisch die gleichen Bewegungen ausführen lassen, ihnen Mut zugesprochen, wenn sie niedergeschlagen waren und sie gelobt, wenn sie seinen hohen Anforderungen gerecht wurden ...

Arthur zog den Säbel. Der Feind marschierte geradewegs auf die Regimentsfahnen zu. »Dreiunddreißigstes! Halt! Schwenkt halbrechts! Fertig machen!«

Der Feind war mindestens dreimal so stark und schien diszipliniert und siegessicher zu sein. Vor vier Jahren hatten die Veteranen seines Regiments zum letzten Mal das Feuer auf einen Feind eröffnet – damals, während des grauenvollen Flandernfeldzugs, als sie gemeinsam die Schanzen von Boxtel stürmten. Es war eiskalt gewesen, und starkes Schneetreiben hatte ihnen die Sicht verwehrt. Heute fiel kein Schnee, und die Finger der Männer

waren nicht steif gefroren. Sie waren ausgeruht, und jeder hatte sich am Vorabend den Bauch vollgeschlagen. Stolz leuchteten die Augen des jungen Offiziers, als er auf die ruhige rote Linie blickte, die sich hinter ihm aufgebaut hatte. Das Kriegsgebrüll der Soldaten des Sultans war ohrenbetäubend.
Nach außen hin war Arthur gelassen. Er war der Fels in der Brandung, um den das 33. Regiment sich geschart hatte. Innerlich stellte er sich allerdings beunruhigt die Fragen: Ist der Feind nahe genug? Soll ich feuern lassen? Sie werden keine Zeit mehr haben, nachzuladen! Kann ich den Bajonettangriff wagen? Arthur konnte die wilden, dunklen Gesichter der Männer aus Mysore deutlich erkennen. Keine sechzig Meter trennten das 33. und das 11. Regiment aus Madras vom Feind. Mit einer heftigen Bewegung zischte Arthurs Säbel durch die Luft, während er gleichzeitig den Feuerbefehl brüllte. 733 Abzüge wurden gedrückt. Flammen sprangen aus jeder Pulverpfanne. Ein scharfes, metallisches Klicken. Die ersten Reihen der Infanteriekolonne des Sultans stürzten in sich zusammen wie ein Kartenhaus. Sie waren frontal in die eiserne Wand der britischen Kugeln hineingelaufen. Kaum einer der Getroffenen regte sich noch auf dem blutigen Gras.
Das 33. Regiment war genauso ruhig wie ihr Kommandeur. Niemand geriet außer Kontrolle. Die beiden Flanken des Regiments bewegten sich lediglich etwas schneller in Richtung der überlebenden Feinde. Die Sepoys von der Madras-Infanterie taten es ihren Kameraden gleich. Nach dem undurchdringlichen Kugelhagel bohrte sich kalter Stahl in die Körper der überlebenden Soldaten aus Mysore. Sie hatten nicht damit gerechnet, dass in den Augen ihrer Gegner die pure Mordlust geschrieben stand.
Als der Sultan sah, wie seine Infanterie zwischen den Zähnen der Briten zermahlen wurde, hob er die Augen zum Himmel und fragte Allah um Rat. Oberst Cappellini, der neben ihm auf dem Pferd saß und auf Französisch vor sich hin schimpfte, dass man nun endlich die Kavallerie zum Einsatz bringen sollte, um die schwer bedrängte Infanterie zu entsetzen, hörte der Sultan überhaupt nicht. Dann sprach Allah zu ihm: Der Gott aller Gläubigen befahl seinem Diener Tippu, diese feigen Hunde ihrem Schicksal zu überlassen, denn das »baraka« war an diesem Tag nicht mit ihnen. Allah befahl dem Sultan, nach Seringapatam zurückzukehren und sich dort darauf vorzubereiten, die Ungläubigen würdig zu empfangen.

Sherbrooke und Stapelton Cotton hatten beide den gleichen Gedanken, als sie mit ansehen mussten, wie Wesley den konzentrierten Angriff des Gegners abwehrte. Auf der linken und rechten Seite führten sie rasch frische Einheiten um die fliehenden Männer des Sultans herum, um diesen dann am Cauvery in den Rücken zu fallen. Doch die Soldaten aus Mysore rannten so schnell, dass ihre britischen Gegner sie nicht einholen konnten. Als die Nacht sich über das blutige Schlachtfeld von Malavelley senkte, gaben Sherbrooke und Cotton die Verfolgung auf. Sie hatten gewonnen! Und was für ein Sieg es war! Außerdem konnten die beiden Offiziere ihre Soldaten nicht mehr im Zaum halten. Viele machten sich bereits über die Toten und Sterbenden her, um zu plündern, was diese am Leib trugen. Gerüchte von sagenhaftem Reichtum, von Edelsteinen, die die Männer des Sultans in ihren Schärpen oder unter ihren Turbanen versteckt trugen, hatten die Runde gemacht. Wer nur den mageren Shilling des Königs und seine Autorität gegen sie zu setzen vermochte, war verloren. So diszipliniert Englands Soldaten und ihre indischen Verbündeten am Tag gekämpft hatten – im Schutze der Nacht entwickelten sie sich zu einem wüst plündernden, unkontrollierbaren Haufen.
General Harris war außer sich vor Freude über diesen ersten großen Erfolg gegen den Sultan. Und nicht nur die Hyderabad-Armee hatte sich glänzend geschlagen. Davie Baird, der griesgrämige Schotte, war an der Flanke von irregulärer Kavallerie angegriffen worden. Sein Zorn und sein Hass – über viele Jahre aufgestaut, aber nie verdrängt – hatten sich entladen wie ein Donnersturm: Für nur siebenundzwanzig tote britische Soldaten schrieb der Generalmajor sich fast vierhundert tote Reiter aus Mysore auf die Fahnen.
Natürlich war Oberst Wesley stolz auf den Sieg, doch der gute Ton und die herausragende Stellung von Meer Allum geboten es, dass er sich in dem Augenblick zurückzog, als General Harris zum großen Schulterklopfen und Lobpreisen ansetzte. Offiziell war er ja nur Berater des Generals aus Hyderabad. Außerdem war er hundemüde, schmutzig und durchgeschwitzt, und sein Nervenkostüm, das den ganzen Tag im Feld so bemerkenswert robust gewesen war, begann sich nun in einer Woge von Emotionen und Ängsten aufzulösen. Statt sich an eine festlich gedeckte Tafel im Hauptquartier zu begeben und dabei zu riskieren, dass seine Selbstbeherrschung in sich zusammenfiel wie

ein Kartenhaus, wollte er sich lieber bei Charlotte verkriechen.
Die junge Frau hatte schon lange vor Wesleys Rückkehr von diesem Sieg gehört und davon, wie tapfer ihr Verlobter sich geschlagen hatte. Mit dieser Neuigkeit und der Gewissheit, dass Wesley heil aus der Schlacht zu ihr zurückkehrte, war ihre seltsam pessimistische Stimmung vom frühen Morgen in das genaue Gegenteil umgeschlagen. Sie hatte zwei Gläser und eine Flasche Champagner auf den kleinen Tisch gestellt und ein ausgezeichnetes Diner auftragen lassen, bei dem sich ausnahmsweise einmal Fleisch im gedünsteten Reis befand. Charlotte hatte eine Kerze angezündet, ihr schönstes Kleid angezogen und wartete nun ungeduldig wie ein Kind auf ihren Helden.
Bevor Arthur die Zeltplane zurückschlug, fuhr er sich mit der Hand über die Augen, um sich die Tränen aus dem Gesicht zu wischen. Es waren Tränen der Erschöpfung und der Erleichterung gewesen, die ihn überfallen hatten, als er langsam vom Cauvery ins Feldlager bei Malavelley zurückgeritten war, doch er schämte sich trotzdem. Was würde seine kleine Lady von ihm denken, wenn er nach einer siegreichen Schlacht mit rotgeweinten Augen bei ihr auftauchte?
Er setzte seine tapferste Miene auf und umarmte Charlotte mit gespielter Fröhlichkeit. Beim endlos langen Abendessen zwang er sich, amüsant zu sein und in lockerem, unbefangenem Tonfall auf ihre neugierigen Fragen zu antworten. Natürlich konnte auch er aufrichtig darüber lachen, dass die Soldaten des Sultans gerannt waren wie die Hasen, und er bedachte sogar die kleine Seward mit einer erfundenen Anekdote über ihren heldenhaften Sergeanten, nachdem sie brav das Geschirr abgetragen und den Kaffee serviert hatte. Erst als Charlottes warmer, weicher Körper sich in der Vertrautheit und Stille ihres schmalen Feldbettes an ihn kuschelte und ihre Hände ihn sanft liebkosten, verlor er die Selbstbeherrschung.
Eine Armee gegen einen übermächtigen Gegner zu führen, ohne wirklich zu wissen, wie so etwas eigentlich ging, und dabei jede Sekunde gewahr zu sein, dass der kleinste Fehler den Tod Hunderter guter Männer bedeuten konnte, war viel Verantwortung auf einen Streich für einen jungen Offizier, der erst ein einziges Mal im Leben Pulverdampf gerochen hatte. Jeden Augenblick während des Waffengangs von Malavelley war Wesley sich dessen bewusst gewesen: Sein kluger Kopf hatte immer nur

großartige Theorien in sich aufgenommen und wunderbare Memoranden verfasst. Von der Quintessenz des Krieges aber wusste Arthur nur wenig. Er hatte Cäsar gelesen und die »Träumereien« des Marschalls von Sachsen; er hatte kluge Bücher über Friedrich den Großen verschlungen und in seiner Phantasie schon hundertmal auf dem Feld von Ephesus gestanden, doch im Grunde wusste er nichts. Er war ein Schüler, ein Dilettant, ein Spieler, bestenfalls ein Theoretiker, der brav seinen Lloyd auswendig gelernt hatte. Vor allem aber war Arthur ein Regimentsoffizier, ein Oberst, wie viele andere auch. Nun ja, vielleicht kein gewöhnlicher Oberst, denn er besaß diesen seltenen Charakterzug der Bescheidenheit und des Lerneifers, der so vielen seiner Waffenbrüder abging ... Während Charlottes kleine, warme Hände sanft über seinen müden Rücken strichen, wurde Arthur plötzlich klar, wie überheblich es doch gewesen war, General Meer Allum den frontalen Angriff gegen einen übermächtigen Feind zu empfehlen. Mit einem Mal wurde ihm klar, was alles hätte passieren können, wenn ... und dann sah er in seinem Halbschlaf ein Feld vor sich, auf dem tote Rotröcke lagen, und er hörte die Frauen der Soldaten jammern und sah Mary Seward, die sich schluchzend über die Leiche eines toten Sergeanten seines Regiments beugte, und irgendwie gingen ihm diese anklagenden, tieftraurigen Augen nicht aus dem Sinn ...

»Arthur«, flüsterte Charlotte ihrem Verlobten ganz leise ins Ohr. »Warum hörst du nicht auf, dich so zu quälen? Es ist vorbei! Keiner von deinen Jungs liegt da draußen. Ihr habt hoch gespielt und gewonnen. Was ist schon dabei?«

Wesley rollte sich auf den Rücken und starrte auf die schmutziggelbe Zeltplane. »Was ist schon dabei?« wiederholte er leise Charlottes Worte. »Wenn ich das nur wüsste, Liebste. Irgendwie ist es seltsam.« Er setzte sich auf, zog Charlotte in seine Arme und spielte mit ihren langen braunen Locken. »Aber es macht mir Spaß, Soldat zu sein. Heute früh, als du mir adieu sagtest, hat es mich eigentlich nicht gekümmert, dass ich dich allein zurücklassen musste. Irgendwie wollte ich nur raus, wollte mit den Männern des Sultans kämpfen, auf die Jagd gehen ... Vielleicht wollte ich meinem Bruder Mornington etwas beweisen, oder mir selbst, aber es ist ein ganz sonderbares Gefühl, wenn du plötzlich dastehst und es zwischen Leben und Tod nur noch deinen Befehl gibt. Es ist schrecklich! Große unvernünftige Jungen, die

Krieg spielen und sich dabei königlich amüsieren ... der Klang der Trompeten, das Dröhnen der Kanonen, die Trommler, die Regimentsfahnen, schreiende Männer, die übereinander herfallen, obwohl sie einander nicht kennen und hassen ...«
Charlotte wand sich aus Arthurs Umarmung und presste ihre Lippen auf die seinen. »Hör auf mit deinem Philosophieren und deinen Gedankenspielereien, Wesley! Akzeptiere einfach, dass du mit Leib und Seele Soldat bist, und such nicht irgendeine laue Entschuldigung dafür. Mich stört's nicht. Und ich gebe ehrlich zu, dass ich verdammt stolz auf meinen Arthur war, als die Männer mir in den leuchtendsten Farben geschildert haben, wie ihr die Truppen des Sultans fertiggemacht habt. Du wolltest deinen Krieg. Jetzt hast du ihn und ... zum Teufel, wenn du dich auf den Feldern der Ehre schon wacker für König Georg und England schlägst, dann schlag dich hinterher wenigstens auch wacker mit mir ...«
Sie rollte sich energisch über ihn und krallte ihre kleinen Finger in seine breiten Schultern, ohne Rücksicht darauf zu nehmen, ob der hehre Ritter in Kampfesstimmung war oder nicht. Zwölf Stunden hatte sie gezittert und gebangt, und nun lag er neben ihr – lebendig, warm und unversehrt, und sie wollte diese Stunde genießen und nicht über den Krieg nachdenken oder über die Moral oder Tippu. Charlotte war gerade erst zwanzig Jahre alt geworden, doch an diesem 27. März bei Malavelley hatte sie begriffen, dass man das Leben nehmen musste, wie es kam, denn manchmal war es kurz...

Kapitel 3 Die Belagerung von Seringapatam

Oberst Cappellini seufzte und verscheuchte zum tausendsten Mal in dieser Stunde die Fliegen von seinem Gesicht. Er mochte Indien und er mochte die Inder, doch er hasste Fliegen. Sie erinnerten ihn an die heißen Sommer zu Hause in den rauen Bergen Korsikas – und an Korsika wollte Cappellini nicht denken, denn er liebte seine kleine Insel im Mittelmeer noch viel mehr als Indien und alle Abenteuer seines Soldatenlebens. Immer wenn er an Ajaccio und Mama Cappellini dachte, traten ihm unsoldatische Tränen der Wehmut in die Augen, die auf seinen Herrn, den Sultan, sicher keinen guten Eindruck machten.

»Majestät«, versuchte der französische Offizier eine Unterhaltung in Gang zu bringen. Seit den beiden Niederlagen gegen die Briten – Sedaseer und Malavelley – war der Sultan von Mysore kaum ansprechbar. Der Dolmetscher bemühte sich, die Aufmerksamkeit des Herrschers zu gewinnen. Obwohl der Sultan ein wenig Französisch sprach, zog er es vor, sich der Hochsprache Farsi zu bedienen, um jedermann deutlich zu machen – auch dem Repräsentanten des Direktoriums in Paris –, dass er von den ältesten Geschlechtern Persiens abstammte. Er war ein Muslim und ein »hadji«; er führte den Propheten in seinem Stammbaum. Er war nicht nur den Menschen, über die er herrschte – dunkelhäutige, zierliche Hindus – haushoch überlegen, er stellte auch Oberst Cappellini weit in den Schatten, denn dieser war nur der Sohn eines kleinen Schreibers, und erst die Französische Revolution hatte es überhaupt möglich gemacht, dass ein Mann von solch bescheidener Herkunft seinen Platz im Leben erhielt.

»Majestät ...«, versuchte Allessandro Cappellini sein Glück noch einmal.

»Ich höre, mein lieber Oberst«, erwiderte der Sultan mit einem freundlichen Lächeln. »Und ich weiß, was Ihr mir sagen möchtet. Obwohl meine Armee tapfer ist und bestens ausgerüstet, und obwohl Ihr und Eure Kameraden uns unschätzbare militärische Hilfe geleistet und uns ausgebildet habt, ist es kein Leichtes, die ›inglis‹ in einer offenen Feldschlacht zu besiegen.«

Cappellini nickte. »Darum müssen wir jetzt alles daran setzen, Seringapatam zu verteidigen und gleichzeitig Verhandlungen mit dem britischen Generalgouverneur ...

»Niemals, Cappellini! Ich werde nicht mit Mornington verhandeln.

Wenn sie uns besiegen, dann war das ›baraka‹ nicht mit mir. Ich will nicht enden wie der Rajah von Koog oder der Nizam – Marionetten, die tanzen, wenn die ›inglis‹ in die Hände klatschen.«

»Ihr wisst, Sire, dass es sinnlos ist. Über kurz oder lang ...«

»Mein Freund, Ihr dürft nicht vergessen, was Cornwallis widerfahren ist. Wir haben einen starken Verbündeten – außer Frankreich natürlich. Warten wir einfach auf den Monsun.«

Cappellini nickte ergeben. Er wollte dem Herrscher von Mysore nicht widersprechen. Natürlich würde der Monsun kommen, aber die Engländer konnten ihn entweder aussitzen oder im nächsten Jahr zurückkehren. Sie konnten so lange wiederkommen und kämpfen, bis sie hatten, was sie wollten: die Herrschaft über das Herzstück Indiens! Er hatte verzweifelte Briefe an den Gouverneur der Île-de-France und nach Paris geschrieben und um Truppen gebeten. Als Antwort hatte man ihm Männer aus Mangalore geschickt. Sie hatten ihm ganze 150 französische Soldaten gesandt, und auf der anderen Seite standen 50000 Briten und Sepoys! Wenigstens hatte General Bonaparte dem Freund aus Kindertagen ein kleines Billet zukommen lassen: Falls Mysore ihm zu langweilig oder die Lage zu aussichtslos wurde – in Ägypten ging es zur Sache, und Napoleon hatte immer Platz für einen guten, vertrauenswürdigen Mann.

Cappellini hatte eine Weile über das Angebot seines korsischen Waffenbruders nachgedacht und dann freundlich abgelehnt: In Ägypten wäre er einer unter vielen, die sich im Kometenschweif des brillanten, jungen Generals nach der Sonne streckten. Hier in Mysore war er die Nummer eins. Wenn die Sache gelang – wider alle Unbill und alle Zweifel –, konnte er eine ähnliche Rolle spielen wie sein Landsmann Benoit le Boigne vor einem halben Jahrhundert. Vom einfachen Soldaten war er zum Maharadscha aufgestiegen und mit den unendlichen Reichtümern des Orients in der Tasche heimgekehrt, um sein Leben im Luxus zu beschließen. Jeder kannte die Geschichte von Benoit dem Maharadscha.

Lakshmi war heilfroh, dass General Harris' Expeditionskorps endlich die Gegend von Seringapatam erreicht hatte. Sie hatte die endlosen, gefährlichen Ritte allein und über Land satt. Dhoondia Wao wollte sich mit ihr nur an diesem verdammten Tempel treffen, keinen Steinwurf von der Festung des Sultans entfernt. Jedes Mal, wenn Lakshmi verschwand, um zu berichten und ihre Goldstücke zu kassieren, musste sie ihre Mädchen alleine lassen. In einer riesigen Armee, in der es vor hungrigen Soldaten und Offizieren nur so wimmelte, waren ihre Huren wertvoller als alles Gold des Sultans,

und Lakshmi liebte Gold so sehr, dass sie jede Möglichkeit ausschöpfte, mehr davon zu besitzen.
Dhoondia Wao erwartete sie an diesem Maiabend alleine im Tempel. Der französische Offizier, der ihn ansonsten immer begleitete, war offenbar zu sehr mit den Vorbereitungen der Verteidigung von Seringapatam beschäftigt, um sich noch um nachrichtendienstliche Aufgaben kümmern zu können. Lakshmi band ihr Pferd an einem Baum fest und setzte sich Dhoondia Wao gegenüber auf eine Steintreppe.
»Seit dem Kampf bei Malavelley haben meine Mädchen mächtig zu tun, Dhoondia. Jeder, vom einfachen Soldat bis zu den Offizieren, scheint im Geld zu schwimmen.« eröffnete sie die Unterhaltung. »Wie gut für dich, Lakshmi! Welche Neuigkeiten hast du für mich?« »Gute und sehr teure Neuigkeiten, mein Freund! Ich habe seit einigen Wochen einen Stammkunden, einen Offizier aus dem Regiment dieses Wesley-Sahib, der das Spionagenetz eures Feindes in Händen hält. Ein versoffener, stinkender geiler Bock, der nur darauf aus ist, Geld zu machen, um es dann bei mir zu verhuren. Doch vor allem ist er unglaublich geschwätzig. Ich hab ihm ein bisschen geholfen, in einträgliche Schwarzmarktgeschäfte einzusteigen. Man könnte sagen, wir sind Partner.«
»Und?« Oberst Wao grinste wölfisch. Seine dunkle Hand schüttelte einen schweren Lederbeutel. Lakshmi konnte deutlich hören, wie die Goldstücke verlockend aneinanderschlugen.
»Du hattest Recht, diesen N Govinda Bath beobachten zu lassen. Wesley-Sahib hat einen guten afghanischen Freund, der auch ein guter Bekannter von dir sein dürfte – Barrak ben Ullah. Er verkauft der Armee sämtliche Pferde, und sie wiegen ihm die Tiere in Gold auf. Warum wohl?«
»Ullah! Deswegen also hat er sich so lange in Seringapatam herumgetrieben und keine Kosten gescheut, die Offiziere meines Herrn fürstlich zu bewirten! Er hat Purneah, dem Dewan, vor seiner Abreise noch ein wundervolles Pferd überlassen, ein Tier, das mehr wert ist, als der Dewan in Jahren von Tippu erhält ...«
»Übrigens, Dhoondia! Der Paschtune mit der hellen Haut, von dem du mir erzählt hast, der >jawan< der Ullahs ... ich weiß jetzt, wer es ist. Einer der >inglis< treibt sich ständig mit Wesley herum. Shee hat mir erzählt, dass sein Name Elphinstone sei und dass er einen Cousin habe, der im 33. Regiment dient. Dieser Mann verschwindet immer wieder und taucht dann überraschend auf. Und jedes Mal, wenn er erscheint, verschwinden Harris-Sahib und die höchsten Offiziere der

>inglis< in einem Zelt, das so dicht von Posten umstellt ist, dass nicht einmal eine Maus durchschlüpfen könnte, um sie zu belauschen.«
»Das >baraka< ist mit diesem verdammten Wesley! Ich habe gesehen, wie seine Männer die Männer meines Herrn bei Malavelley in Stücke geschlagen haben. Oberst Cappellini hat mir gesagt, dieser ungläubige >rishti< sei der böse Geist von Harris. Ihm hätten wir zu verdanken, dass das Expeditionskorps noch vor dem Monsun den Weg nach Mysore bewältigt hat.«
»Shee hält nicht viel von ihm. Er behauptet, der >rishti< wäre nur ein feiger Buchhalter.« Lakshmi grinste.
»Du sollst nicht auf diesen Shee hören, Lakshmi. Er ist ein Verräter, der seine Leute verkauft. Dieser Wesley-Sahib ist ein gefährlicher Mann, und wir müssen uns überlegen, wie wir ihn ausschalten können. Der Sultan – Allah sei meinem Herrscher gewogen und schenke ihm ein langes Leben – vertraut auf uns. Finde einen Weg, und ich werde dafür sorgen, dass du bis ans Ende deiner Tage im Gold badest. Reite jetzt zurück. In drei Tagen treffen wir uns hier wieder.«
Lakshmis kleine Hand schnappte sich Oberst Waos schweren Lederbeutel. Mit einem Satz war sie auf ihrem Pferd. »In drei Tagen, Dhoondia. Ich lasse mir etwas einfallen.«

Als Lakshmi das Tempelgelände verließ, wendete auch der Paschtune sein Pferd. Er trieb das Tier vorsichtig in den Dschungel, damit die Hure nicht bemerkte, dass er ihr gefolgt war. Sein Herr, Moukthar ibn Jusuf ben Ullah, würde stolz auf ihn sein. Er brachte den »inglis« den Namen des Verräters in ihren Reihen.

Major John Shee hatte schlechte Laune wie so oft in diesem verdammten, stinkenden heißen Land. Er war unzufrieden, weil er nach Malavelley keine Zeit gehabt hatte, Lakshmis Mädchen einen Besuch abzustatten; denn obwohl er in der Nacht auf dem blutigen Schlachtfeld einige wertvolle Dinge gefunden hatte, musste er sich doch darum bemühen, die Lumpenhunde in ihren roten Uniformen herumzukommandieren, die dieser Buchhalter Wesley ihm widerstrebend anvertraut hatte. Sherbrooke hatte nach dem Tag von Malavelley ein eigenes Regiment bekommen – ganz für sich allein –, so zufrieden war General Harris mit ihm gewesen. Natürlich war es kein tüchtiges britisches Regiment, sondern nur die Schweizer, die sich nach der Kapitulation von Ceylon geschlossen an die Ostindische Kompanie verkauft hatten, doch Sherbrooke schien zufrieden zu sein, denn er hatte nun ein eigenes Spielzeug. Wesley hätte sein

heißgeliebtes Dreiunddreißigstes natürlich gern Major Francis West anvertraut; dann aber hätte er auf seinen nicht minder heißgeliebten Adjutanten Major Francis West verzichten müssen, der stets so fügsam den Laufburschen spielte und mit der Brillenschlange Tee trank. Also war Buchhalter Wesley über seinen eigenen Schatten gesprungen und hatte das 33. Regiment bei John Shee abgeliefert.
Solange Wesley Zeit hatte, ein wachsames Auge auf ihn zu werfen, wollte Shee gute Miene zum bösen Spiel machen, doch sobald der kleine Schnösel wieder seine ganze Aufmerksamkeit auf Harris und die Festung des Sultans richtete, konnte er endlich tun und lassen, was er wollte. Als erstes würde er bei Lakshmi vorbeischauen, sich eines der Mädchen greifen und seine Geschäftspartnerin dann eingehend darüber befragen, wie ihr reger Handel mit Pulver, Zugtieren und anderen Dingen sich auf seinen Geldbeutel ausgewirkt hatte. Dann würde er sich eine schöne, große Flasche Brandy gönnen...

Richard Lord Mornington saß bequem in einem Sessel auf der Veranda vor seinem Arbeitszimmer. Ein indischer Boy bewegte mit gleichmäßigen Bewegungen schon seit Stunden den großen »palan« und fächelte ihm angenehme Kühlung zu. Auf dem geschnitzten Tisch aus Mahagoni, direkt neben seinem bequemen Sessel, stand ein großes Glas mit Zitronentee, und auf den Knien hielt er die letzten Neuigkeiten von General Harris und dessen Expeditionskorps.
Richard Mornington war mit sich und der Welt zufrieden. Bei Sedaseer und Malavelley hatten die britischen Truppen Tippu immense Verluste zugefügt. Nun war der gesamte Belagerungsapparat heil vor den Mauern von Seringapatam angekommen und wurde in Stellung gebracht. Seine erste Amtshandlung als neuer Generalgouverneur von Britisch-Indien schien ein herausragender Erfolg zu werden. Er hatte die Landkarte gut im Gedächtnis und konnte exakt abschätzen, wieviel Land, Macht und Einfluss die Niederlage Tippus einbringen würde. Noch einmal las er die Meldung über Malavelley. Der kleine, dumme Arthur schien seine Sache gut gemacht zu haben: Harris fand in seiner Begeisterung keine Worte, und Meer Allum hatte einen überschwänglichen Brief geschrieben und dem Generalgouverneur im Namen seines Herrn, des Nizam, nicht nur Reichtum und ein langes Leben gewünscht, sondern ihm auch erklärt, dass er die Gunst Allahs besäße, der ihm einen so brillanten Soldatenbruder geschenkt hatte – einen Bruder, mit dem das »baraka« war und den sie alle liebten und schätzten.

»Henry«, wandte er sich seinem Privatsekretär zu, »hättest du die Güte, an unseren lieben Arthur zu schreiben und ihm mitzuteilen, dass er endlich seinen Namen ändern soll? Ich kann es nicht ausstehen, in jeder Depesche aus Mysore dieses verdammte ›Wesley‹ zu lesen. Die Leute werden noch glauben, wir hätten uns den Adelstitel ausgedacht. Wellesley, so wie es in den Tagen Wilhelms des Eroberers geschrieben wurde. Er soll sich endlich mal vernünftig aufführen, unser Familientrottel, oder ich sorge dafür, dass seine Soldatenkarriere in Vandeemann's-Land endet. Da kann er für den Rest seines Lebens britische Sträflinge bewachen, wenn er nicht an irgendeiner tropischen Krankheit verreckt.«
Henry zuckte zusammen. Kein Wort des Lobes für den Sieg bei Malavelley, keine Anerkennung für all die großartigen Leistungen Arthurs, nicht einmal ein freundliches, aufmunterndes Wort für ihn oder eine Frage nach seinem Wohlbefinden. Henry schrieb, was Richard Mornington ihm befohlen hatte, doch er nahm sich vor, an diesem Abend bei Sir Edwin Hall vorbeizuschauen und Arthurs künftigen Schwiegervater darum zu bitten, seinem Bruder diskret die Kopien der Briefe von General Harris und Meer Allum zukommen zu lassen.

Am 5. Mai hatten die Briten und ihre indischen Verbündeten die halbmondförmige Bewegung um Seringapatam erfolgreich vollzogen und in zwei Meilen Entfernung von Stadt und Festung Lager aufgeschlagen. Arthur hatte sich seit Malavelley eingehend Gedanken über den Sultan und seine Truppen gemacht. Hätte der Herrscher von Mysore größere Anstrengungen unternommen, säßen sie mit ihren 57000 Mann immer noch auf der Straße von Bangalore fest, und der Monsun hätte bald schon jedes Vorwärtskommen unmöglich gemacht. Doch der Sultan war nicht energisch genug gewesen, und so standen sie nun vor den Toren von Seringapatam. Krieg war eben immer auch ein Glücksspiel, und das Glück lachte meist dem, der bereit war, sich auf ein verrücktes Wagnis einzulassen.
Er hatte sich in den frühen Morgenstunden die Festung von Seringapatam aus der Ferne angesehen. Montstuart Elphinstone war mit ihm geritten. Außer einem Blick auf die eindrucksvollen Wälle war ihm vergönnt gewesen, eine ausführliche Vorlesung über das Leben innerhalb der Mauern von Seringapatam zu hören. Elphinstone kannte Stadt und Festung und besaß ein ausgezeichnetes Gedächtnis. Er hatte Wellesley auch von Tippus Außenposten berichtet, die sich auf fünf großen, mit Kakaopflanzen, Bambus und Betelbäumen

bewachsenen »topes« zwischen Stadt und Feldlager befanden. Um genau diese Außenposten hatte Elphinstone ihn auch misstrauisch herumgeführt. Wenn sie zu zweit den Spähern des Sultans begegnet wären ... Anschließend hatte der junge Offizier an seinen Bruder in Kalkutta geschrieben. »Ich bin sicher«, hatte er den Brief beendet, »dass wir den Platz noch vor Einsetzen des Monsunregens nehmen werden, obwohl unsere Stellungen hier, zwei Meilen vor Seringapatam, nicht ungefährlich sind und wir langsam spüren, welch verheerende Wirkung die Politik des Sultans, alles dem Erdboden gleichzumachen, auf unsere Zugtiere hat. Die Ochsen sterben wie die Fliegen, doch jetzt, wo wir den gesamten Belagerungsapparat in Stellung haben, sind die Tiere unwichtig geworden. Wir werden die Geschütze nicht nach Madras zurückbringen müssen, wie Cornwallis, denn wir sind schnell marschiert und haben dem Monsun ein Schnippchen geschlagen.« Charlotte spähte über Arthurs Schulter. »Und auf den bösen Brief von deinem Bruder willst du nicht reagieren, mein Lieber?« frotzelte sie.
Arthur warf die Feder ins Tintenfass und ließ Sand auf den Brief an Henry rieseln, um die Tinte zu trocknen. Dann drehte er sich zu seiner Verlobten um und legte die Hände um ihre schmale Taille. »Warum sollte ich? Kalkutta ist weit, Richard ist fern und außerdem ... stört es dich, ein paar Buchstaben mehr im Namen zu haben?« Er war bester Laune, denn nach Malavelley hatte General Harris Preisgelder verteilt. Obwohl Meer Allum den größten Batzen abbekommen hatte – denn der uneheliche Sohn des Nizam von Hyderabad hatte, zumindest auf dem Papier, die Soldaten aus Mysore geschlagen –, war Arthur doch gut bedient worden. Knapp tausend Pfund Sterling machten ihn zumindest theoretisch zu einem freieren Mann. Sobald sie wieder in Madras waren, würde er den Residenten der Coutt's Bank aufsuchen und einen Wechsel über 955 Pfund Sterling nach Dublin schicken.
Arthur hatte sich natürlich über das Preisgeld gefreut, doch das Geschenk General Meer Allums hatte ihn stärker berührt. Der General des Nizam hatte ihm – vor allen Offizieren – einen herrlichen »tulwar« überreicht! Keines dieser juwelengeschmückten Spielzeuge, die Englands Soldaten so gern in ihre Feldkisten legten, um sie zu Hause staunenden Freunden und einer stolzen Familie vorzuführen, sondern eine wunderbare, leichte Waffe. Die Klinge war aus bestem Stahl gefaltet und so scharf, dass man ein Haar damit spalten konnte. Arthur hatte seinen schmucklosen Offizierssäbel, Modell 1796,

seitdem in die Feldkiste verbannt und trug das Geschenk Meer Allums stolz an der Seite. Die Waffe lag so leicht in der Hand, dass er bei seinen morgendlichen Übungen zu Pferde das Gefühl hatte, eine Feder zu halten. Jetzt – vor Seringapatam – würde er schon bald Gelegenheit haben, Meer Allums Geschenk im Kampf zu benutzen. Er hatte sich geschworen, dass er nicht der letzte britische Offizier sein würde, der über die Wälle ging.

»Sobald wir die Festung genommen haben, werde ich Lord Harris um zwei Monate Urlaub bitten, kleine Lady.« Er strahlte Charlotte an. »Dann fahren wir nach Madras, lassen deine Eltern mit dem Postboot kommen und heiraten endlich. Und diesen dürftigen Verlobungsring«, er zeigte auf einen kleinen goldenen Reif mit einem winzigen Saphir, »wirst du dann in die Bucht von Bengalen werfen ...«

Charlotte nahm sein braungebranntes, schmales Gesicht in ihre kleinen Hände und drückte ihm einen Kuss auf die Nase. »Nichts werde ich, Arthur! Es ist nicht die Größe des Steins, die zählt, oder der Preis. Du hast den Ring ausgesucht, und dein Geschenk kam von Herzen. Das macht ihn so wertvoll für mich.«

»Mein kleiner Engel.« Der junge Offizier seufzte glücklich. »Du bist eine Gabe des Himmels. Du bist das Beste, was mir auf dieser Welt je widerfahren ist.« Er ließ Charlottes Taille los und stand auf.

»So, jetzt aber genug gefaulenzt! Ich muss mich an die Arbeit machen.«

»Was ist es denn heute, Arthur? Spion oder Soldat?« erwiderte Charlotte spitzbübisch. Seit Malavelley war er nicht nur die Nummer zwei von Meer Allum, sondern neben dem unmöglichen Davie Baird die zweite Nummer Zwei von Lord Harris. Den militärischen Nachrichtendienst hatte Arthur trotzdem nicht abgegeben. Es wollte sich ohnehin kein anderer britischer Offizier um diese schwierige Aufgabe mit ihm schlagen.

»Soldat, meine Liebe! Ausnahmsweise Soldat«, erwiderte Arthur, als er sein Zelt verließ. Vier Sepoys schlossen sich dem jungen Obersten als Eskorte an, als er sich auf den Weg zu Lord Harris machte.

»Davie, streiten Sie sich doch nicht dauernd mit mir!« stöhnte Harris in der schwülen, bleischweren Luft in seinem Zelt. »Punkt, aus und Schluss. Oberst Wellesley und Sie arbeiten friedlich zusammen und sorgen gemeinsam dafür, dass wir siegen. Ich befehle Ihnen, sich miteinander zu vertragen! Wegen der üblen Geschichte mit Ashton konnte ich Ihnen nur deshalb den Rücken decken, weil wir bereits mitten in einer wichtigen militärischen Operation waren. Doch wenn

Sie auf die Idee kommen sollten, den Bruder des Generalgouverneurs und meinen Stellvertreter ins Jenseits zu befördern, nur weil Sie wieder einmal schlechte Laune haben, dann stelle ich Sie – Freundschaft hin, Freundschaft her – vors Kriegsgericht.«

Generalmajor Baird grunzte ungehalten. Eine üble Bemerkung lag ihm auf der Zunge, doch das plötzliche Erscheinen von Oberst Wellesley bewog ihn, sie herunterzuschlucken. Ein freundliches Lächeln oder eine höfliche Begrüßung konnte er sich aber trotzdem nicht abringen, obwohl er persönlich eigentlich gar nichts gegen den jungen Kommandeur des 33. Regiments hatte.

Wellesley musste sich weder das freundliche Lächeln noch die Begrüßung abringen. Er war ein höflicher Mensch und begegnete seiner Umgebung genauso, wie er selbst von ihr behandelt werden wollte. Er hatte viel Verständnis für Baird, nachdem Connor McLeod ihm während eines gemeinsamen Abends einmal die ganze traurige Geschichte erzählt hatte: Nach Baillies Niederlage war der Schotte gefangengenommen worden. Er hatte nicht nur drei grauenvolle Jahre in Hyder Alis Kerker zugebracht, sondern war auch körperlich misshandelt worden – auf die schlimmste Weise. Die muslimischen Herrscher von Mysore waren grausam, denn ihre Macht beruhte zum großen Teil darauf, dass sie Angst und Schrecken verbreiteten. Folter, Hinrichtungen, menschenfressende Tiger und Elefanten, die abgerichtet waren, einen Mann unter ihren stämmigen Füßen zu Tode zu trampeln, gehörten genauso zum Herrscher über Mysore wie sein sagenhafter Reichtum, die prunkvollen Bauwerke und das weite, fruchtbare Land, in dem Englands Soldaten sich nun befanden.

Vier Stunden später hatten Arthur und Baird, die sich bei aller Feindschaft ziemlich friedlich verhielten, dem Oberkommandierenden den Plan für die Belagerung von Seringapatam dargelegt und seine Zustimmung erhalten, mit der Operation gegen Tippus Hauptstadt zu beginnen.

Arthur Wellesley ließ seine Taschenuhr aufschnappen: Es war kurz vor sieben. In einer Stunde würden die elf Offiziere seines eigenen 33. Regiments und Kameraden aus Sherbrookes 73. Regiment sowie aus McLeods 74. Regiment zusammen mit Meer Allum und dessen Stab in seinem Zelt aufkreuzen – Arthur war heute mit dem Dinner an der Reihe. Seine graublauen Augen streiften Davie Bairds massige Gestalt. »Sir«, setzte er zu einer plötzlichen Friedensmission an, »es wäre mir eine große Ehre, wenn Sie die Einladung des 33. Regiments zum Diner annehmen würden. Ich wollte Ihnen schon lange meine Offiziere vorstellen und ... die künftige Miss Wellesley, aber wir

hatten wenig Zeit, uns besser kennenzulernen ...« Er stockte. Es hatte ihn einige Überwindung gekostet, diesen Schritt in Richtung Frieden mit dem schottischen Generalmajor zu machen.
Baird hob den Kopf und fixierte die graublauen Augen und das junge Gesicht. Plötzlich huschte ein Lächeln über seine Lippen. Dieser Junge im roten Rock war vernünftiger und klüger als er mit seinen fast fünfzig Jahren. Er streckte Wellesley die haarige Pranke entgegen. »Gern, Oberst! Ich komme gern!«
Als Arthur General Harris' Zelt verließ, fiel ihm ein Stein vom Herzen. Sie hätten nie und nimmer miteinander arbeiten können, wenn stets die Gefahr einer persönlichen Konfrontation bestanden hätte. Irgendwann wäre die Geschichte zu einer zweiten Affäre Ashton ausgeartet. Arthur schluckte. Stolz und Offiziersehre waren eine gute und wichtige Sache, doch manchmal war Weisheit der bessere Ratgeber. Im Stillen dankte er seinem ungeliebten Bruder Richard für die unzähligen Demütigungen und Tritte, die er hatte hinnehmen müssen. Zumindest hatte Richard ihn eines gelehrt: nachzugeben, wenn es sein musste.

Als Baird spät am Abend die Messe des 33. Regiments verließ, musste er sich eingestehen, dass er sich mit den jungen Burschen prächtig amüsiert hatte. Sie waren alle sehr lebendig, unbekümmert und irgendwie herzlich. Vor wenigen Tagen noch hatte er zornig über Oberst Wellesleys Ernennung zum stellvertretenden Oberkommandierenden des Expeditionskorps geschimpft und über den »kleinen Buchhalter« geflucht, der nur das Glück hatte, der Bruder des Generalgouverneurs zu sein. Heute musste Baird seine Meinung revidieren: Der Junge verstand nicht nur sein Geschäft als Soldat, er war auch menschlich in Ordnung. Natürlich war er noch so sorglos, unbekümmert und übermütig wie ein kleiner Hund, aber das musste man ihm in Anbetracht seines Alters wohl nachsehen. Baird beschloss, das Kriegsbeil für die nächste Zeit zu begraben und sich zusammen mit seinem Kameraden vom 33. Regiment ernsthaft darum zu kümmern, dem Sultan endlich Feuer unterm Hintern zu machen.

General Harris hatte dem Feind schließlich andeuten müssen, aus welcher Richtung er seinen Angriff gegen Seringapatam führen wollte, denn alles entwickelte sich zu einem Wettrennen zwischen den Briten und dem Einsetzen des Monsuns. Im Norden deckte der Fluss Cauvery das befestigte Lager der Angreifer. Im Süden verließ der Oberkommandierende sich auf die Hyderabad-Armee und Oberst

Wellesley. Bereits am 5. April riegelte eine lange Reihe von Außenposten die Position gegen die Kavallerie und irreguläre Einheiten aus Mysore ab. Inzwischen mussten Tippu oder seine französischen Militärberater entdeckt haben, dass der Ausgang des Wettrennens zwischen dem Monsun und den Briten sich darauf beschränkte, wem es gelang, das Aquädukt von Mysore in die Finger zu bekommen: Die Soldaten aus Mysore hatten es, und General Harris wollte es.

Doch zwischen Harris und seinem Ziel lagen die fünf »topes« mit den verschanzten Soldaten des Sultans und ihren gefährlichen Geschützbatterien. Solange diese Batterien sich auf den Anhöhen befanden und feuerbereit waren, konnte Harris seine eigene Belagerungsartillerie nicht in Schussweite der Mauern von Seringapatam bringen. Das Aquädukt zog eine weite Schleife im Südwesten und näherte sich auf etwa eine halbe Meile den Wällen der Festung des Sultans. Genau aus dieser Schleife hatten die schweren Mörser die beste Chance, exakt in einen Seitenturm zu schießen und so – über kurz oder lang – eine Bresche in das Bollwerk des Sultans zu schlagen. Und die war notwendig, um Tausende von Rotröcken und Sepoys in die Stadt zu befördern. Die Soldaten des Sultans von Mysore schossen von den »topes« regelmäßig auf die Briten und ihre indischen Verbündeten – und wie sie schossen. Über mehr als einen Kilometer Entfernung hatte eine Granate einen Munitionswagen getroffen; das Ding war mit einem Riesenknall in die Luft geflogen, worauf die Hälfte der Zugelefanten in Panik davongerannt war und Zelte und Zivilisten niedergetrampelt hatte.

Bis zu diesem Augenblick hatte Lord Harris das feindliche Feuer stoisch ertragen. Doch nachdem sie die Toten gezählt hatten, hatte er beschlossen, dass es nun an der Zeit war, aus dem Spiel ernst zu machen, das Aquädukt endlich zu nehmen und dann die Waldlandschaft auf den »topes« vom Feind zu säubern.

»Sechzig Schuss Munition für jeden Mann?« Leutnant Fitzgerald schaute Sergeant Seward fragend an. Der jüngste Bruder des Ritters von Kerry war auf seinem ersten Feldzug und in seinem ersten Krieg, und seit er erfahren hatte, dass das 33. Regiment das Aquädukt nehmen und die »topes« säubern sollte, trieb er Robin zur Verzweiflung. »Natürlich, Sir! Jeder Mann trägt sechzig Schuss mit sich. Ich hab's selbst kontrolliert. Alle sind fertig und warten nur noch auf den Befehl.« Er lächelte Fitzgerald freundlich an. Dieser junge Offizier war immer schrecklich bemüht, alles richtig zu machen, doch weil er sich nie überheblich oder unfair benahm, halfen ihm die Sergeanten des 33. Regiments, wo sie nur konnten. Aber wie oft hatten sie in den letzten Wochen bedauert, dass Oberst Wellesley nun die ganze Zeit mit der Belagerung und seinen neuen Aufgaben zu tun hatte, während der gute Sherbrooke sie für das 73. Regiment verlassen hatte und Major West im Stab verschwunden war. Geblieben war ihnen nur Shee. Und der war ein ungerechter, bösartiger Tyrann, der gefährlich mit seiner neuen Macht spielte. In den drei Jahren, die Oberst Wellesley das Regiment befehligt hatte, waren nicht so viele Männer ausgepeitscht worden wie in den drei Wochen unter Shee. Es schien ihm Vergnügen zu machen, Menschen zu quälen – und er wusste genau, dass niemand mehr da war, der ihm Einhalt gebot.

Rob dankte dem Himmel, dass wenigstens seine kleine Mary aus der Schusslinie war. Den größten Teil des Tages verbrachte sie im Zelt von Miss Hall. So konnte Shee wenigstens nicht Hand an sie legen.

Der Gedanke, dass Shee die Männer in dieser Nacht zu den Hügeln von Seringapatam führen würde, um mit den Soldaten des Sultans zu kämpfen, beunruhigte Rob. Arthur Wellesley wäre er in die Hölle gefolgt, doch mit Shee und seiner Brandyflasche an der Spitze konnten sie nur damit rechnen, dass von Anfang bis Ende alles in die Hosen ging und man am nächsten Morgen schwarze Kreuze hinter einer sehr großen Zahl von Namen auf der Regimentsliste machen musste. »Sehen wir uns die Männer an, Sergeant!« schlug Leutnant Fitzgerald vor. »Ich glaube, es ist besser, wenn wir ihnen gemeinsam erklären, was heute Nacht von ihnen erwartet wird.«

Robin nickte. Zumindest der jüngste Offizier des Regiments dachte an die Soldaten. Shee hatte sich den ganzen Tag über nicht blicken lassen, obwohl ein Adjutant von General Baird bereits verzweifelt nach ihm gesucht hatte und irgendein Inder aus Meer Allums Stab, der nun als Wellesleys Adjutant fungierte, mit dem Befehl durch die Zeltreihen gewandert war wie eine verlorene Seele. Schließlich hatte er den Wisch Johnny Dunn, dem Zahlmeister, in die Hand gedrückt, und der alte Johnny war mit hängendem Kopf und traurigen Augen in Richtung des Lagers der »brinjarries« getrottet. Sicher trieb Major Shee sich wieder bei den Huren von Lakshmi herum. Mary hatte ihm erzählt, dass sie ihn aus dem Zelt hatte kommen sehen...

»Davie, erklären Sie uns genau, was Sie gestern Nacht in diesem Bereich sehen konnten!« General Harris starrte auf eine Karte auf seinem Arbeitstisch, um vor den anwesenden Offizieren zu

verbergen, wie unwohl ihm bei dieser ganzen Geschichte war: Der Befehl, den er gerade Wellesley und Shawe erteilt hatte, schien auf den ersten Blick leicht und verständlich. Doch in Wahrheit war es ein Himmelfahrtskommando! Keiner der beiden kannte das Gebiet, das sie in einer mondlosen Nacht angreifen und stürmen sollten. Die Gegend des »nullah« war von unzähligen Bewässerungsgräben und winzigen Reisfeldern durchsetzt, die jede Orientierung erschweren würden, und mit Sicherheit wimmelte es dort von Soldaten des Sultans, die jeden Stein und jeden Strauch in- und auswendig kannten und die sich mit verbundenen Augen und mitten in der Nacht noch sicher bewegen konnten.
Baird knurrte irgendetwas von »Wahnsinn« vor sich hin und sah dabei Shawe und Wellesley an, als ob er sie fressen wollte. Doch Arthur hatte im Verlauf der letzten Wochen mitbekommen, dass dieser Blick des schottischen Generals etwas ganz anderes verbarg: Sorgen und Probleme. Beim Gedanken an den derzeitigen Kommandeur seines 33. Regiments wurde Arthur noch viel unwohler. Shee, der »nullah«, die mondlose Nacht, die fehlenden Informationen über das Operationsgebiet ...
»Zum Teufel noch mal, das ist doch hirnrissig, Sir!« Davie Baird konnte seinen Zorn nicht verbergen. Er hatte brav von seinem Ausflug am Vorabend berichtet, doch dann war ihm der Gaul durchgegangen: 1800 gute Männer aus der Hyderabad-Armee zu verheizen, als ob sie getrocknete Kuhfladen wären! Arthurs Blicke trafen sich mit denen Generalmajor Bairds. Der junge Offizier lächelte. Baird zwinkerte ihm zu und schimpfte weiter, während Harris versuchte, sich wieder Gehör zu verschaffen.
»Der Junge glaubt es also auch, aber er traut sich noch nicht, den Mund aufzumachen.« dachte Baird und schmunzelte. »Ich beneide ihn nicht um diesen Auftrag. Wenn er es schafft, lebend aus dieser Hölle zurückzukommen, ist er ein verdammt fähiger Bursche.«
Erstaunlicherweise stand »der Junge« auf und stellte Harris genau die Frage, die Davie Baird sich in seinem Inneren bereits seit einer guten Stunde stellte. »Sir, welchen ›tope‹ sollen wir nehmen? Den hier«, sein Finger deutete auf eine Erhebung links des Cauvery, die knapp achthundert Meter von der Außenmauer der Festung Seringapatam entfernt lag, »oder den da?« Er deutete auf eine Stelle direkt in der Biegung des Cauvery. Auf welcher Seite des Flusses sie allerdings lag, wusste niemand zu sagen, denn der ›nullah‹, der von Kanambaddy zur Stadt führte, war fünf Meter breit und an vielen Stellen bis zu zwei Meter tief. »Wenn Sie den ›nullah‹ nehmen, Sir ...«

»Wellesley, tun Sie mir einen Gefallen!« Harris wusste auch nicht, auf welcher Seite des Flusses das nächtliche Operationsgebiet lag. »Ersparen Sie mir dieses eine Mal Ihre komplizierten Gedanken und tiefgreifenden Überlegungen. Stürmen Sie die Position, jagen Sie die Männer des Sultans zum Teufel, und die Sache ist erledigt. Meine Herren, Sie können sich jetzt zurückziehen!«
Als die Offiziere sein Zelt verlassen hatten, atmete der Oberkommandierende des Expeditionskorps erleichtert auf. Und Davie Baird konnte für seinen jungen Kameraden vom 33. Regiment nicht viel mehr tun, als ihm schweigend die Hand auf die Schulter zu legen.

Shee war gerade noch rechtzeitig aufgetaucht, um mit in den Kampf zu ziehen. Wellesley war beim Regiment. Er hatte seinen stolzen Fuchs einem seiner Sepoys anvertraut und ihm irgendetwas auf Hindustani zugeflüstert. Der Mann verschwand mit dem Tier in der Nacht. Wie immer hatte der Kommandeur des 33. Regiments nicht einmal einen Blick oder ein Kopfnicken für Shee übrig. Shee war es einerlei. Er würde sich irgendwo nach hinten verkrümeln und so tun, als ob er Krieg spielte. Sollte der verdammte Buchhalter das verdammte Regiment doch durch die Nacht führen! Shee wusste sowieso nicht, um was es ging und was sie vorhatten, denn er hatte den Tag hinten bei den »brinjarries« verbracht und sich um seine Vergnügungen und privaten Geschäfte gekümmert.
Als Sergeant Rob Seward sah, wer das Regiment führte, atmete er erleichtert auf. Er blinzelte seinen Männern zu, und viele antworteten dem jungen Schotten mit einem Kopfnicken oder einem knappen Handzeichen. Sie hatten es also alle bemerkt: Shee hatte so viel Arrak oder Brandy intus, dass er sich kaum noch auf dem Pferd halten konnte. Niemand hatte sich gewünscht, mit diesem Säufer an der Spitze in den Kampf zu ziehen.
Hinter dem 33. Regiment hatten die Sepoys des 10. Bengalischen Infanterieregiments Aufstellung genommen. Die Sonne versank dunkelrot hinter der Festung von Mysore. Ein kühler Nachtwind wehte und ließ die Regimentsfahnen flattern.
»Was werden wir jetzt tun?« erkundigte Soldat Coley sich unsicher bei niemand Bestimmtem.
»Schnauze halten in den Rängen!« brüllte Shees versoffene Stimme durch die Nacht. »Oder ich lasse euch allen die Seele mit der Katze aus dem Leib prügeln.«
»Der Soldat hat sich mit mir unterhalten, Sir.« Die Stimme war völlig

ruhig. »Und ich möchte Sie höflichst darum bitten, sich in Zukunft nicht mehr in meine Privatgespräche einzumischen.«
Leutnant Fitzgerald konnte sich ein Grinsen kaum verkneifen. Die ruhige Stimme gehörte dem Freund seines Bruders, Arthur Wellesley. Als hätte der Oberst im Augenblick keine anderen Sorgen, fuhr er fort: »Sehen Sie die Bäume dort oben, Soldat? Dorthin müssen wir, und dann werden wir die Jungs des Sultans verjagen.«
Soldat Coley fasste Mut. Genau wie Fitzgerald hatte er die Stimme erkannt, die ihm in der Dunkelheit so ruhig Rede und Antwort stand. »Wie viele von diesen Kerlen treiben sich dort herum, Sir?«
»Hunderte, Soldat, und allen schlottern die Knie, weil sie in diesem Augenblick daran denken, dass das West Riding sich auf den Weg macht, um ihnen die Abreibung ihres Lebens zu verpassen.«
»Ay, Sir! Die sollen sie bekommen, diese Bastarde!« erwiderte Soldat Coley fröhlich. Plötzlich hatte er keine Angst mehr, in die Nacht zu ziehen und zu kämpfen. Oberst Wellesley war da, wie damals in Flandern, und er würde gut auf sie aufpassen.
»So, meine Jungs!« hörte das West Riding ihren Kommandeur leise murmeln. »Keinen Laut mehr und vorwärts!«

Vielleicht standen die Männer des Sultans tatsächlich auf dem »tope« und schlotterten vor Angst, weil unten das West Riding die Messer wetzte, zumal sie die Silhouetten der Briten und Sepoys in der Nacht klar erkennen konnten. Zur Begrüßung ließen sie Raketen aufsteigen. Die langen, brennenden Schweife flogen durch den Himmel, um dann über den Köpfen der Angreifer zu explodieren.
»Ruhig, Männer! Ganz ruhig!« rief ein britischer Offizier durch die Nacht. Die zwei Bataillone setzten ungerührt ihren Weg ins Niemandsland fort. Der eine oder andere fluchte in Richtung Feind oder lästerte über das ungenaue Raketenfeuer, doch die Offiziere und Sergeanten brüllten dagegen an und forderten die Soldaten auf, nicht durch ihre Rufe und Schreie auf sich aufmerksam zu machen.
Eine Rakete explodierte direkt vor dem Schützenschleier des 33. Regiments. Scharfe Metallsplitter flogen den Männern um die Ohren. Es zischte und brodelte. Einige warfen sich zu Boden. Leutnant Fitzgerald kam schwankend zu Rob Seward.
»Sir!«
»Es ist nichts, Sergeant.« Der Bruder des Ritters von Kerry zog mit der Linken ein Taschentuch aus dem Uniformrock und band es sich um den rechten Oberarm. Ein Splitter hatte ihn getroffen. »Gehört mehr dazu als eine verdammte Rakete, um einen echten Iren umzubringen,

nicht wahr, Jungs?«
Wie ein Mann antworteten die Coleys, Colleys, O'Reillys und O'Shaugnessys: »Jep, Sir!« Fitzgerald hatte sich auf der Jagd schon üblere Verletzungen zugezogen als diese lächerliche Schramme.
Eine Gestalt war aus dem Nichts neben ihm aufgetaucht und fragte: »Alles in Ordnung, Fitz?«
»Alles in Ordnung, Arthur!«
Die Silhouette verschwand wieder in der Nacht. Die Feuerschweife der Raketen des Sultans wurden immer länger. Blindgänger lagen auf dem Boden, und Rauchwolken stiegen zum Himmel. Diese sonderbaren indischen Waffen waren vielleicht spektakulär, aber nicht besonders wirkungsvoll. Die Männer des Dreiunddreißigsten hatten keine Angst mehr vor dem Sultan. Wenn seine Soldaten kämpften wie seine Raketen schossen, war dieser Einsatz ein Kinderspiel.
Arthur Wellesley wurde unruhig. Je mehr Raketen in den Himmel stiegen und die Nacht zum Tag machten, desto besser konnte er das Gelände erkennen, auf dem sie voranmarschierten. Was er in Harris' Zelt gedacht hatte, sprach er nun laut aus: »Ein großer Haufen Scheiße!«
»Sir?«
»Das Gelände ist ein großer Haufen Scheiße, Will Howard!« erklärte der Kommandeur dem Sergeant, der unweit von ihm einen Weg durchs seichte Wasser suchte. »Wissen Sie, wo ungefähr die Männer Ihrer Kompanie sind?«
»Jawohl, Sir! Hinter uns, Sir!« kam die schneidige Antwort.
»Flanken, vorwärts Marsch! In Zweierreihe!« befahl der Kommandeur.
Wie, zum Teufel, sollten sie in diesem Morast Zweierreihen bilden, fragte sich Arthur, kaum dass er den Befehl erteilt hatte. Doch er hatte keine andere Wahl. Seine Augen hatten sich an die Nacht gewöhnt, und er konnte etwas erkennen, dass ihn...
»Pflanzt die Bajonette auf! Vorwärts!« rief Arthur, während er seinen »tulwar« dazu benutzte, eine Schneise in das hüfthohe Schilf zu schlagen. Es war tiefste Nacht und trotzdem drückend heiß. Die Brise, die geweht hatte, als sie losgezogen waren, konnte sich ihren Weg durch den Sumpf genauso wenig bahnen wie das 33. Regiment. »Wir müssen zuerst die Sandbänke freikämpfen«, rief Arthur durch den Lärm der Raketen zu den Männern des Schützenschleiers. »Major West, suchen Sie Major Shee und sagen Sie ihm, er soll den Rest des

Bataillons hinter uns in Stellung bringen und uns unterstützen!«
»Jawohl, Sir!« West wusste nicht einmal, wo Arthur sich genau befand, weil er irgendwo zwischen Schilf und Bambusstauden im Sumpf steckengeblieben war und versuchte, sich aus dem Matsch zu befreien.
»Ruhig, Jungs! Ganz ruhig und voran! Folgt dem Oberst!« rief Robin Seward seiner halben Kompanie zu. Im Feuerschweif einer Rakete hatte er einen Fetzen roten Tuches zwischen dem Grün des Schilfs ausgemacht. Er nahm an, dass es sich um Wellesley handelte. Die ersten Kugeln flogen ihnen um die Ohren. Ein paar Soldaten fingen laut zu beten an. Andere fluchten. Die Soldaten des Sultans feuerten mit Musketen auf die Silhouetten vor den Sandbänken am Aquädukt. Instinktiv zog die feine, rote Linie sich auseinander und suchte Deckung. Die Männer rannten auf die Sandbank zu, als wäre ihnen der Teufel auf den Fersen. Im Laufen und Stolpern luden sie nach und feuerten.
»Schlagt sie tot!« dröhnte Sergeant Howards Stimme durch die Finsternis. Als er oben auf der Sandbank ankam, bremste der Unteroffizier hart. Da war kein Feind, nur Wasser! Er wäre beinahe ins Aquädukt gestürzt. Andere Soldaten hatten nicht so gute Reflexe wie der alte Schotte. Sie stürzten viele Fuß tief ins Nichts, bevor sie hart aufschlugen. Ein Kugelhagel ergoss sich über Oberst Wellesley und den Schützenschleier. Er kam von weiter hinten, von einer anderen Sandbank, einem anderen Hügel...
Sie hatten sich geirrt! Der Cauvery lag noch vor ihnen. Rote Röcke fielen in den Morast. Schreie tönten durch die Nacht. Raketen pfiffen über ihre Köpfe hinweg und drehten sich wild, bevor sie schließlich explodierten. Wellesley hob die Augen verzweifelt zum Himmel. Dann sprang er. Er spürte Wasser, bis zu den Achseln, bis zum Hals. Wieder hob er den Blick zum Himmel; dann schlug der Cauvery über ihm zusammen, und Sekunden später hatte er wieder Sand unter den Füßen. Er schaute nach links und rechts. Andere Rotröcke kamen ans Ufer. Sie hielten ihre Musketen hoch über den Köpfen, spuckten und fluchten und schüttelten sich wie Hunde im Regen. »Das sind ja gar nicht so viele«, brüllte Soldat Coley seinen Kameraden zu.
»Weiter, weiter, vorwärts!« drang die Stimme ihres Kommandeurs zu ihnen. »Lasst ihnen keine Chance, sich neu zu formieren.« Er schickte ein verzweifeltes Stoßgebet zum Himmel und hoffte, es würde helfen, Shee und den Rest des Dreiunddreißigsten ans andere Ufer des Cauvery zu befördern. Das Musketenfeuer am »tope« war wie eine eiserne Wand. Ein Soldat schrie verzweifelt nach seinen Kameraden.

Ein Sergeant befahl den Männern aufzuschließen. Verwundete und Sterbende stöhnten irgendwo in der Dunkelheit. Auf Kannada und Hindustani wurden Befehle gegen die englischen Befehle gebrüllt. Harter Stahl kratzte auf hartem Stahl und warf Funken. Der Wald auf der Anhöhe hinter dem Aquädukt hatte sich in einen blutigen Ameisenhaufen verwandelt. Wieder rannten die Schützen und Grenadiere in eine Wand aus Eisen. Arthurs »tulwar« drang in etwas Weiches ein, und er hörte ein Krachen, bevor er die feuchte, warme Flüssigkeit spürte, die ihm übers rechte Handgelenk rann. Mit der freien Linken stieß er grob die weiche, stöhnende Masse von sich und rannte weiter. Wieder glitt der »tulwar« an einem Widerstand ab. Er konnte im Feuerschweif einer explodierenden Rakete zwei Augen sehen und einen weit geöffneten Mund, aus dem eine dunkle Flüssigkeit lief.

Plötzlich spürte Arthur einen harten Schlag an der Seite, und die Beine knickten unter ihm ein. Es dauerte ein paar Sekunden, bis er sich aufgerappelt und seine Waffe wiedergefunden hatte. »Wo ist Shee? Wo sind die anderen Kompanien des Dreiunddreißigsten?« rief er durch den dichten Wald auf der Anhöhe. Niemand antwortete ihm. »Dreiunddreißigstes, erste Kompanie?« Seine Waffe schlug hart auf eine andere Waffe, doch immer noch kam keine Antwort. »Dreiunddreißigstes, zweite Kompanie?« versuchte er erneut sein Glück, während er sich mit dem schmutzigen Ärmel den Schweiß aus den Augen wischte und irgendein Hindernis umging. Er suchte sie alle, die Kompanien seines Regiments, doch niemand hörte ihn – auch nicht die beiden Sepoy-Bataillone, die seinem Dreiunddreißigsten gefolgt waren. Er versuchte es auf Englisch, auf Hindustani ... Niemand antwortete, niemand folgte ihm...

Verzweifelt versuchte er, seine Männer in der Nacht zu finden. Er fand nicht einmal mehr den Feind. Egal wohin er lief – niemand war zur Linken und niemand zur Rechten, niemand vor ihm und niemand hinter ihm. Hatten die Soldaten aus Mysore sie alle getötet? Träumte er einen bösen Traum, aus dem er nicht erwachen konnte? War er verrückt geworden? War er vielleicht selber im Reich der Toten?

Kurz nach Mitternacht stand Arthur vor dem Zelt von General Harris. Wie er dorthin gekommen war, wusste er nicht. Der Boy des Oberkommandierenden antwortete ihm nur lakonisch, dass der General-Sahib schliefe und nicht gestört werden dürfe. Eine große, haarige Pranke legte sich auf Arthurs Schulter und schob ihn von Harris' Zelt weg zu einem anderen.

»Üble Geschichte, so ein Nachtangriff!« ließ sich eine bekannte

Stimme vernehmen. Ein paar Kerzen wurden angezündet. Arthur erkannte das rote, zornige Gesicht von Sir Davie Baird. Der Generalmajor stieß den jungen Offizier in einen Stuhl. Grob öffnete er die Uniformjacke des Jüngeren. »Wenn du deine Kameraden suchst, Kleiner, die sind alle schon seit einer Stunde zurück. Wie die Hasen sind sie gerannt, ohne sich darum zu kümmern, ob der Tiger von Mysore dich gefressen hat oder nicht.« Die Schärpe löste sich. Baird zog ein schmutziges Taschentuch aus seiner Jacke, knüllte es zusammen und goss reichlich Alkohol darüber. Augenblicke später spürte Arthur einen stechenden Schmerz in der Seite. Schließlich zog Baird seine Schärpe fest über dem Taschentuch zusammen und knöpfte den Uniformrock wieder zu. »So! Und jetzt mach die Augen zu und schlafe! Bis heute Mittag um zwölf bist du diensthabender Brigadekommandeur. Nimm dir den Rest von deinem Regiment bei Tagesanbruch, und jag die verdammten Hurensöhne des Sultans endlich von dieser verfluchten Anhöhe ...«

Arthur versuchte den Mund aufzumachen und etwas zu erwidern, doch Davie Baird schnauzte ihn grob an: »Tu, was ich dir sage, oder ich versetz dir die schlimmste Tracht Prügel deines Lebens! Und wenn du auf meine Meinung wert legst, Kleiner ... Harris' Befehl war idiotisch. Der ganze Angriff war idiotisch. Es war heller Wahnsinn, dir dieses Himmelfahrtskommando aufs Auge zu drücken. Hoffentlich bist du jetzt klüger als heute Nachmittag. Wenn man dir einen verrückten Befehl erteilt, dann steh auf und sag es laut und deutlich, statt wie ein Schuljunge durch die Nacht zu rennen und ... Ach, zum Teufel, mach die Augen zu und schlaf endlich!« Die Kerzen wurden ausgeblasen. Arthur ließ den Kopf auf die Arme sinken. Dunkelheit schlug bleischwer über ihm zusammen.

Die kampffähigen Reste des 33. Regiments und die Schottische Brigade standen im Morgengrauen bereit. Zwei indische Bataillone hatten hinter ihnen Aufstellung bezogen. Als die Sonne aufging, setzten die britischen Zwölfpfünder dazu an, ihre schweren Eisenkugeln dem Feind entgegenzuschleudern. Raketenfeuer antwortete ihnen. General Harris hatte die Perücke vom Kopf gezogen und kratzte seine alte Narbe von Bunker Hill. »Er wird nicht kommen, Davie! Er hat die Prügel der letzten Nacht noch nicht verdaut. Er wird nicht kommen, der Kleine!«

»Oh, zum Teufel, George! Zuerst bejubelst du den Jungen, und dann trittst du ihn in den Hintern. Nachts in einem Gelände zu operieren, das man überhaupt nicht kennt! Warum hast du Wellesley dieses

Himmelfahrtskommando überhaupt aufs Auge gedrückt?« knurrte Generalmajor Baird. »Wolltest du ihn loswerden, oder glaubst du an Wunder?«
»Davie, wir müssen diese Anhöhe haben. Nimm die Bataillone, und wirf die braunen Bastarde da drüben ins Wasser. Du hast eine Rechnung mit ihnen zu begleichen.«
»Ja«, höhnte Baird, »ich habe eine Rechnung mit diesen kleinen, feigen Bastarden offen, George. Aber gib dem Jungen noch fünf Minuten. Es ist nur fair, ihm eine Gelegenheit zu geben, die Demütigung dieser Nacht wettzumachen. Es war ein Himmelfahrtskommando! In dem Moment, als du den Befehl erteilt hast, wusstest du, dass du etwas Unmögliches von ihm verlangst ...«
Baird hatte seinen Satz kaum beendet, als Arthur Wellesley auf seinem hellbraunen Hengst aus einer Staubwolke auftauchte. Der junge Offizier sah aus, als wäre er gerade den Fängen der heiligen Inquisition entkommen. Davie Baird grinste.
»Tut mir leid, Sir!« entschuldigte Arthur sich für seine Verspätung. Der Adjutant des Oberkommandierenden hatte ihn in seinem eigenen Zelt gesucht, aber nicht gefunden. Der Befehl, die Anhöhe bei Tageslicht und mit Artillerieunterstützung zu nehmen, hatte ihn im letzten Augenblick erreicht.
»Sind Sie bereit, Wellesley?« erkundigte Harris sich mit einem Grinsen.
Arthur nickte.
»Pass auf meine Jungs auf, Kleiner!« rief Davie Baird ihm respektlos hinterher. Der Kommandeur des 33. Regiments wendete kurz seinen Hengst und legte die Hand zum Gruß an den Zweispitz. Ein Lächeln huschte über Bairds Gesicht. Die Regimentsfahnen der Schotten und des 33. Regiments wurden auseinandergerollt, die Trommlerjungen schlugen den Marschtakt, die Dudelsackpfeifer spielten »Blue Bonnets Over the Border«. Hinter den Briten marschierten die Sepoy-Regimenter in die aufgehende Sonne.
Baird und Harris beobachteten, wie eine zwei Mann tiefe Linie das Aquädukt in seiner ganzen Breite angriff; dann kletterten die Rotröcke die Sandbänke hinauf, und schließlich verloren sie die Männer und den jungen Obersten aus den Augen, denn die Bäume, die den »tope« in frisches Grün hüllten, schlugen hinter der Angriffswelle zusammen wie die See. Einen Augenblick lang hörte man das Krachen von Musketen. Es war unschwer zu erkennen, wer da schoss. Der Klang der *Brown Bess* war so prägnant und

absonderlich, dass keine zweite Muskete auf der Welt ihn nachahmen konnte.
Dann trat plötzlich Stille ein. Die Raketen des Sultans zogen keine Feuerschweife mehr über den Himmel von Mysore. Niemand schrie, niemand schoss. Aus den Bäumen an der Nordseite der Anhöhe löste sich eine Gestalt. Sie flog den »tope« hinunter; das Wasser des Cauvery teilte sich zwischen den Hufen des Pferdes, und Sand stob nach oben. Eine Staubwolke hüllte den Mann ein. Dann brachte der indische Meldereiter sein Tier vor Harris und Baird zum Stehen. »Wir haben das Aquädukt und die Anhöhe genommen, General-Sahib. Die Soldaten des Sultans fliehen in Richtung Seringapatam. Oberst Wellesley lässt Ihnen mitteilen, dass wir keine Verluste zu beklagen haben.«
Ein Lächeln huschte über das Gesicht von Davie Baird. »Guter Junge!« sagte er mehr zu sich selbst als zu Harris.
»Zeit für ein ordentliches Frühstück«, meinte der Oberkommandierende des Expeditionskorps fröhlich.

Endlich hatten sie mit den Belagerungsarbeiten anfangen können. Es war wie ein Ritual. Ein genau festgelegter Schritt folgte auf den anderen. Zuerst die Geschützbatterien, dann die Gräben, dann die Verbindungsgräben, dann vorgezogene Parallelgräben und schließlich wieder Geschützbatterien.
Dieses Ritual, das vor Seringapatam zelebriert wurde, hatte einen Erfinder: Sebastien de Vauban, der berühmteste Militäringenieur seiner Zeit. Er hatte für König Ludwig den XIV. von Frankreich 150 Festungen konstruiert und 40 Belagerungen geleitet. Vauban war Franzose. Und trotzdem gehorchte General Harris ihm mit geradezu sklavischer Ergebenheit.

Lakshmi war nie zu dem mit Oberst Wao vereinbarten Treffen am Tempel erschienen. Doch das war dem Offizier des Sultans inzwischen gleichgültig. Er hatte andere Sorgen, als den militärischen Nachrichtendienst des Feindes zu bekämpfen. Seit Tagen schon hämmerten die großen Mörser und Zwölfpfünder von Harris gegen die Außenwälle der wichtigsten Verteidigungsanlage von Mysore. Die Soldaten des Sultans leisteten heldenhaften Widerstand. Unablässig pfiffen Raketen über die Köpfe der grabenden Briten und Sepoys hinweg. Fast alle schweren Geschütze der Festung von Mysore waren auf den Westwall bewegt worden, das Zentrum der feindlichen Aktivitäten. Zu den Raketen gesellten sich Zwölfpfünder, kurzläufige Mörser, kleinere Geschütze, die Splittermunition verschossen, und unablässiges Musketenfeuer. Tippu selbst war neben seinen Männern oben auf den Wällen. Das »baraka« war mit ihm. Wild leuchteten seine Augen bei jedem Schuss, der den Feind traf. Oberst Allessandro Cappellini wusste schon seit langem, dass der Herrscher von Mysore ein mutiger Mann war, der den Tod nicht fürchtete. Mochte er als Soldat nicht so brillant sein wie sein Vater Hyder Ali es gewesen war – seine Männer gingen für ihn durchs Feuer. In diesen schweren Augenblicken benötigte der Sultan keinen militärischen Berater aus Frankreich. Seringapatam war seine Hauptstadt. Er verteidigte sein Reich, seine Macht, seine Zukunft.
Erstaunt stellte Cappellini fest, dass der Sultan alles richtig machte. Obwohl Harris versuchte, mit ihm Versteck zu spielen, erkannte er, gegen welche Stelle des Walles sich der Hauptangriff richten sollte. Bewundernd beobachtete der französische Offizier, wie Tippu selbst seine Militäringenieure anleitete. Sie waren dabei, eine riesige Mine

im alten Zeughaus einzugraben, direkt am Westwall. Die Erdarbeiten wurden so präzise ausgeführt, dass die Mine Hunderte von Rotröcken und Sepoys das Leben kosten würde, wenn der britische Sturm losbrach. Die Lunte wurde in einer Art und Weise ausgelegt, dass es fast unmöglich war, die Mine zu entschärfen oder sie, im Fall der Zündung, vor einer gewaltigen Explosion unschädlich zu machen. Rings um die Mine legten die Militäringenieure Abertausende spitze Stahlnägel aus, welche die Wirkung und Grausamkeit der Mine im Augenblick der Explosion noch verstärken sollten. Die Nägel würden die Angreifer zerfetzen, ihnen Arme oder Beine abreißen und tödliche Wunden hinterlassen.
Der Krieg ist eine furchtbare Sache, dachte Cappellini. Wenn diese Geschichte hier vorbei war, würde er Napoleons Angebot annehmen und nach Ägypten reisen. Egal wie wütend und verzweifelt Tippu sich mit den Briten schlug, am Ende würde Harris ihn doch besiegen. Ein Satz des Sultans kam dem französischen Offizier in den Sinn: Es ist besser, zwei Tage wie ein Tiger zu leben, als zweihundert Jahre wie ein Schaf. Der Sultan hatte sicher recht, doch im Fall einer Niederlage bedeutet dies, den ehrenvollen Tod eines Soldaten wählen zu müssen. Allessandro Cappellini war gerade erst neunundzwanzig Jahre alt geworden. Er fühlte sich noch zu jung, um schon zu sterben. Vielleicht war seine Entscheidung nicht so ehrenvoll wie die des Sultans, doch er würde Mysore den Rücken kehren, sobald Seringapatam sich in britischer Hand befand. Man würde ihn ziehen lassen. Die Briten waren Ehrenmänner und behandelten Kriegsgefangene respektvoll.

Seine Kraft war erschöpft gewesen, als Zahlmeister Dunn das letzte schwarze Kreuz auf die Regimentsliste gesetzt und hinter acht weiteren Namen das lakonische Wort ›vermisst‹ eingetragen hatte. Arthur war kaum mehr fähig, in sein Zelt zu gehen, sich an den Tisch zu setzen und seinem Freund, dem Ritter von Kerry, zu schreiben, dass sein kleiner Bruder vor Gott getreten war wie ein Soldat. Arthur fühlte sich genau so, als hätte er den jungen Fitz mit seinen eigenen Händen ermordet. Seit der grauenvollen Nacht auf dem »tope« hatte sein Verstand die Arbeiten eingestellt. Und Arthur fand keinen Schlaf. Immer wenn er versuchte, die Augen zu schließen, griffen die toten, kalten Arme seiner gefallenen Soldaten nach ihm und versuchten ihn in einen eisigen schwarzen Abgrund zu ziehen. Er aß nicht, denn jedes Mal, wenn man einen Teller vor ihn stellte, lag dort kein Reis, sondern dickes, geronnenes Blut; es quoll über den

Tellerrand und lief ihm über die Hände. Seit jener verhängnisvollen Nacht ließ er sich nicht mehr ablösen: Vierundzwanzig Stunden am Tag hielt er sich in den Belagerungsgräben auf – immer dort, wo die meisten Kugeln der Verteidiger von Seringapatam einschlugen, immer dort, wo die meisten Rotröcke und Sepoys starben. Verzweifelt hoffte er, dass eine der Kugeln ihn treffen würde, damit es endlich vorbei war...

General Harris ließ den jungen Offizier gewähren. Ihm war es nur recht, wenn einer seiner beiden Stellvertreter vor Ort war, sich um alles kümmerte, alles überwachte. Wenn der Junge sich unbedingt umbringen wollte! Es gab einen ganzen Haufen guter Offiziere, die nur darauf lauerten, dass sein Platz frei wurde. Der Krieg war eine üble Sache.

Baird hatte in seiner rauen, bärbeißigen Art versucht, Wellesley zur Vernunft zu bringen, doch der Oberst hatte seine Ohren verschlossen, und die Worte waren an ihm hinuntergeronnen wie Wassertropfen. Der alte Davie hatte das Gefühl gehabt, sich mit einer Wand zu unterhalten. Arthur aber hatte überhaupt kein Gefühl mehr: Er spürte weder seine Erschöpfung, noch den Hunger, noch die Kugel, die ihm seit dem Sturm auf den »tope« in der Seite saß ... Ganz besonders nicht die Kugel. Hätte sie ihn doch nur vier Handbreit weiter oben getroffen, mitten ins Herz! Dann wäre es jetzt vorbei, und er hätte seine Ruhe und müsste nicht mit den Toten und den Vermissten und dem grauenvollen Fehlschlag weiterleben.

Als ob er den Teufel herausfordern wollte, scherte er sich nicht um die Verletzung. Bairds schmutziges Taschentuch steckte immer noch unter seiner feuchten, schmutzigen Schärpe ... Baird hatte bereits Ashton sechs Fuß tief unter indische Erde befördert. Vielleicht musste er sich ja nur an Baird halten, um seinen Willen zu bekommen.

Major Shee hatte in der Nacht auf dem »tope« seine Kompanien nicht nach vorn, Richtung Aquädukt geführt, sondern nach hinten, zur Seite weg aus der Schusslinie. Er hätte sie ohne die geringste Schwierigkeit über die Anhöhe in den Wald führen können, nachdem die Grenadiere und Schützen die Sandbänke und den »nullah« freigekämpft hatten. Doch Major Shee hatte stur behauptet, dass Major West und der Befehl ihn zwar erreicht hatten, West ihm dann aber eine falsche Stoßrichtung gedeutet hätte. Arthur hatte Shees Ausrede nicht einmal zur Kenntnis genommen, und der Major war verwundert gewesen, ohne das kleinste Wort der Kritik entlassen worden zu sein. Doch in Arthurs Kopf gab es keinen Platz für Kritik,

Fragen oder Schuldzuweisungen. Alles war einzig und allein seine Schuld gewesen. Er war für das Fiasko verantwortlich und würde es bis zum Ende seiner Tage sein. An seinen Händen klebte das Blut der Toten des 33. Regiments, der Toten des Regiments aus Madras und der Toten aus Shawes Regiment...
Als General Harris die Besprechung beendete, bekam Arthur lediglich mit, dass der Oberkommandierende sich erkundigte, wer den »Verlorenen Haufen« dieser Nacht gegen die erste Bresche im Westwall von Seringapatam führen wollte. Doch bevor Arthur sich aus dem Stuhl erheben konnte, um vor Harris zu treten und um diesen Auftrag zu bitten, drückte ihn eine große, haarige Pranke grob nach unten, und eine raue Stimme flüsterte neben ihm: »Einen Teufel wirst du tun, Junge!«
Arthur versuchte sich gegen Davie Baird zur Wehr zu setzen, doch der Griff des Generalmajors war eisern, so dass er sich nicht zu befreien vermochte.
»Gut, Gentlemen!« beendete Harris soeben die Besprechung. »Wenn die Ingenieure der Auffassung sind, dass die Bresche noch nicht benutzt werden kann, werde ich jetzt der Bombay-Armee und Stuart Zeichen geben, zuerst die Wehr bei Agrarum zu nehmen und das Nordufer des Cauvery von der Kavallerie des Sultans zu befreien. Sie können sich zurückziehen, meine Herren.«
Baird hatte Arthurs Arm immer noch nicht losgelassen. Grob stieß er seinen jungen Kameraden aus Harris Zelt in Richtung seines eigenen. Er herrschte die Soldaten seiner Eskorte an, während der nächsten Stunde niemanden zu ihm vorzulassen. Dann schloss sich die gelbe Zeltplane hinter den beiden Männern. Der Griff um Arthurs Handgelenk wurde immer eiserner, immer schmerzhafter. Sein schottischer Kamerad zwang ihn regelrecht in einen Stuhl. Ein Donnerwetter brach los. Als Baird sich anschließend erschöpft auf sein Bett fallen ließ und nach einem Glas Wasser griff, fing Wellesleys Verstand allmählich wieder zu arbeiten an. Es war, als ob er aus einem bösen Traum erwachte und in die Realität und ins richtige Leben zurückkehrte.
»Wellesley«, flüsterte Baird heiser. »Da wartet irgendwo eine kleine Lady auf dich, mein Junge. Es wäre vernünftiger, bei ihr vorbeizuschauen und sie ein bisschen zu beruhigen.«

Obwohl der Sultan vor Cappellini und seinen Soldaten laut und deutlich gesagt hatte, dass er die Hölle mit den Seelen der ungläubigen

Briten und ihrer verräterischen indischen Verbündeten zu füllen gedachte, verließ er sich doch nicht nur auf diese Worte und seine schweren Geschütze. Jeden Tag, wenn der Ruf des »muezzin« über das Grollen der Kanonen hinwegtönte, fiel er als gläubiger Muslim auf die Knie und flehte Allah um ein früheres Einsetzen der Monsunregen an. Jeden Abend starrte er zum Himmel und suchte nach Wolken. Damit auch die Hindu-Götter ihm gnädig gestimmt waren, ließ er Opfer bringen: Sein Hofastrologe forschte in den Eingeweiden der Opfertiere nach Zeichen über den Ausgang des Kampfes, doch irgendwie schien der Himmel sich noch nicht zwischen England und Mysore entschieden zu haben. Obwohl Tippu einen weißen Elefanten hatte töten lassen, stand nichts im Gedärm des Tieres geschrieben. »Assad Allah al-ghalib«, ging dem Herrscher eine Zeile aus dem Koran durch den Kopf. Der Löwe Gottes wird siegen! Ja, genau, das war es, das Opfer, das er bringen musste, um die Gunst Allahs zu erringen. Der Sultan befahl, man solle die zwölf gefangenen britischen Soldaten in den Innenhof seines Palastes bringen lassen. Dann möge man die »jettis« holen.

Unsicher standen die Männer in ihren zerrissenen roten Röcken im Innenhof des Palasts von Seringapatam. Die Sonne brannte erbarmungslos heiß auf sie nieder. Tippu schritt würdevoll bis zum Geländer der inneren Veranda des Palasts. Dann sprach er zu seinen Truppen: Der Feind, sagte er, habe einen leichten Sieg im Westen der Stadt bei Agraraum errungen. Die Bresche im Westwall sei ohne Bedeutung. Es gäbe keinen Grund sich zu fürchten. Wohl wissend, dass sie Mysore nicht mit der bloßen Gewalt ihrer Waffen nehmen konnten, hätten die Briten versucht, einen Bannfluch über Mysore zu werfen. Doch Allah habe ihm, Tippu, ein Zeichen gegeben. Der Bannfluch sei nicht stark genug, den Tiger zu bezwingen.

Die Soldaten murmelten ihre Zustimmung. Es klang wie ein wildgewordener Hornissenschwarm. Die Rotröcke in der Mitte des Innenhofs machten sich allmählich Sorgen, obwohl nicht einer von ihnen den Sinn der Worte des Sultans verstand. Männer der Palastgarde bildeten einen engen Kreis um die Gefangenen. Ein Brite wurde nach vorn gestoßen, aus dem Kreis heraus. Er versuchte zu seinen Kameraden zurückzukehren, doch der Schaft einer Lanze traf ihn hart in der Nierengegend, und der Mann brach stöhnend in die Knie. Mysores Soldaten und der Sultan lachten schallend.

Oberst Cappellini zog sich klammheimlich von der Veranda zurück. Er hatte nicht die geringste Lust, diesem würdelosen Spektakel beizuwohnen. Ein »jetti« trat aus dem Schatten der Veranda vor und verbeugte sich tief vor dem Sultan. Der Herrscher über Mysore nickte. Der »jetti« trat gelassen auf den einsamen Rotrock im Innenhof zu. Plötzlich packten seine riesigen Hände den Kopf des wehrlosen Mannes und drehten ihn mit einem harten Ruck um hundertachtzig Grad. Der Sultan warf dem »jetti« ein Goldstück zu. Die Soldaten von Mysore klatschten Beifall, als der unglückliche Mann aus der 33. Infanterie mit dem Gesicht nach hinten und toten Augen in die gleißende Sonne starrte.

N Govinda Bath hatte lange auf diesen Augenblick warten müssen. Seringapatam war genauso schwer einzunehmen, wie es zu verlassen war. Doch als der Sultan beschlossen hatte, die gefangenen Briten den Göttern zu opfern, hatte die Wachsamkeit der Männer an den Toren der Stadt nachgelassen, denn alle waren zum Palast geeilt, um dem Spektakel der blutrünstigen »jettis« beizuwohnen. Seit N Govinda mitbekommen hatte, was unter dem alten Zeughaus vergraben worden war, suchte er einen Weg ins Lager der Briten. Angesichts der Lage, in der Seringapatam sich befand, konnte Govinda nichts Besseres geschehen, als sich in die Arme seines Herrn Barrak ben Ullah zu flüchten. Als er ihn das letzte Mal aufsuchte, hatte ibn Ullah ihm klar und deutlich zu verstehen gegeben, dass die »inglis« siegen würden und dass sein Vater mit Mornington-Sahib wäre, dem Nachfolger des guten Hastings-Sahib, der ihn zum Freund der »gorah-logs« hatte werden lassen. N Govinda kümmerte sich nicht einmal mehr um die Kasse. Das Haus Ullah konnte die Goldstücke verschmerzen. Jetzt zählte nur, ihnen mitzuteilen, was der Sultan am Zeughaus hatte vergraben lassen.

Fasziniert betrachtete Oberst Dhoondia Wao das Spektakel im Innenhof des Palasts. Er hatte die »jettis« schon oft beobachtet, aber es erstaunte ihn jedes Mal, mit welcher Kunstfertigkeit sie einen spitzen, zwanzig Zentimeter langen Belegnagel ohne Hilfsmittel, nur mit ihrer Handfläche, in den Schädel eines Mannes treiben konnten. Der britische Soldat brach zusammen, ohne einen Laut von sich zu geben. Der Tod hatte ihn schneller ereilt, als sein Gehirn den Nagel und den Schmerz hatte wahrnehmen können. Dhoondia klatschte wie alle anderen Soldaten Mysores begeistert Beifall.

Der Eröffnungsschuss des Tages zielte auf einen »cavalier«, der schon lange von den britischen Mörsern aufs Korn genommen worden war.

Der Schuss saß, und der »cavalier« stürzte mit lautem Krachen in sich zusammen. Die britischen Soldaten und Sepoys an den Geschützbatterien jubelten und ließen ihre Mützen in die Luft fliegen.

»Was für ein Spektakel«, seufzte Barrak ben Ullah, während seine Hände sich abmühten, einen wundervollen Schimmel zu bändigen, der nur daran dachte, sein Heil in der Flucht zu suchen.

»Was für eine Goldgrube!« meinte Montstuart Elphinstone vom Rücken seines Rappen. N Govinda Bath zitterte wie Espenlaub. Herzlich traf die Hand von Elphinstone den Rücken des ehemaligen Residenten des Hauses Ullah in Seringapatam. »Gute Arbeit, mein Freund! Du hast Hunderte von Leben gerettet. Warte nur noch ein paar Tage ab, und du wirst sehen, wie das Haus Ullah seine Getreuen belohnt.«

N Govinda pfiff auf die Belohnung und Bedi ben Haleff und alles Gold der Welt. Er wollte nur so schnell wie möglich aus diesem Narrenhaus verschwinden. General Baird beobachtete den sich drehenden und windenden kleinen braunen Mann mit einem amüsierten Lächeln auf den Lippen. Manchmal sind es die Feiglinge, die Kriegsgeschichte schreiben, ging es ihm durch den Kopf. Dieser N Govinda hatte allem Anschein nach kein Fünkchen Mut im Leib; trotzdem war er mitten in der Nacht durch die Linien geflitzt wie ein Karnickel, dem die Hunde auf den Fersen waren. Dann hatte er treu und brav seinem Herrn aus Kabul erzählt, was sich am Westwall unter dem Zeughaus versteckte. N Govinda war ein guter brauner Bastard. Baird nahm sich vor, ihm nach dem Fall des Platzes die fette, kleine braune Hand zu schütteln, obwohl er eigentlich alle Inder hasste wie die Pest.

Sein Blick schweifte vom zitternden Residenten der Ullahs zu Oberst Wellesley. Regungslos wie eine Statue saß der junge Offizier auf seinem stolzen Fuchs. Das Pferd rührte sich im Sturmgewitter der riesigen Belagerungsartillerie genau so wenig wie sein Herr. Harris unterschätzt die heilsame Wirkung des Hasses gewaltig, überlegte Baird. Die Affäre vom »tope« lag nun fast vier Wochen zurück. Eigentlich hätte die unversorgte Wunde in Seite seinen jungen Kameraden Wellesley in diesem mörderischen Klima schon vor ewigen Zeiten umbringen müssen. Doch der Kleine stand wie ein Fels in der Brandung. Am 26. April hatte er mit einer Handvoll Männer die Steinbrücke über den südlichen Cauvery genommen und dann vier Batterien des Sultans auf einem Außenfort zerstört. Zwei Tage später war er mit dem Regiment de Meuron und dem 74. Hochlandregiment von Connor McLeod bis zur Insel vor

Seringapatam vorgestoßen. Glücklicherweise hatte er seine Männer gebremst, bevor sie auf die verrückte Idee kommen konnten, das Haupttor von Seringapatam anzugreifen. Und in der letzten Nacht hatte er sich auch noch die Arbeit an den Gräben aufgebürdet. Er hatte sich mit seinen Männern eine gewaltige Last auferlegt.
Sie hatten es zwar nicht geschafft, vor dem Morgengrauen noch die letzten Sandsäcke zu füllen, aber ein paar abenteuerlustige junge Offiziere waren durch das seichte Wasser gewatet, hatten den südlichen Verlauf des Cauvery inspiziert und an sicheren Stellen für die Sturmtruppen Markierungen gesetzt. General Harris hatte sich fest vorgenommen, dass sein erster Angriff auf die Bresche im Nordwall auch sein letzter sein sollte. Das starke Geschützfeuer am Westwall war lediglich ein Ablenkungsmanöver, um den Sultan in die Irre zu leiten und ihn glauben zu machen, dass alle bereit waren, auf die Mine im Zeughaus hereinzufallen und als ahnungslose Trottel für England den Heldentod zu sterben. Der Sultan hatte immer noch mehr als dreißigtausend Soldaten in und um Seringapatam unter Waffen...
Nachdem die Neuigkeit über die riesige Mine unter dem Zeughaus ihren Weg ins britische Hauptquartier gemacht hatte, gab es nur noch einen einzigen praktikablen Weg, zu ihnen zu gelangen. Baird hatte sich freiwillig gemeldet, um sechstausend britische Soldaten zweihundert Meter durchs Wasser und dann über die Bresche nach Seringapatam zu führen. Niemand hatte Einspruch erhoben. Baird hatte vierundvierzig Monate in der Hölle der Kerker des Hyder Ali überlebt, und damit hatte er ein Recht darauf, Rache zu nehmen.
Sir Davie ließ seine goldene Taschenuhr aufschnappen: Es war kurz vor zwölf Uhr mittags. Man schrieb den 4. Mai 1799, ein Samstag. Ein Schweißtropfen fiel auf das Uhrenglas. Der Schotte wischte ihn sorgfältig mit seiner dunkelroten Schärpe ab, bevor er die Uhr wieder in der Tasche verschwinden ließ. Dann wandte er sich seinem jungen irischen Kameraden zu. »Es wird Zeit, Wellesley!«
Arthur wendete Eochaid. Er würde die zweite Angriffswelle in die Stadt führen.
Baird trieb seinen Schimmel neben Wellesleys Fuchs. »Ich hoffe, du hast deiner kleinen Lady nicht Lebewohl gesagt, mein Junge!« »Nein, aber das wollte ich gerade.«
»Lasse es, Arthur! Bringt Unglück! Ein guter Soldat darf nie daran denken, dass irgendetwas Schlimmes geschehen könnte. Manchmal genügt alleine schon der Gedanke...! «

»Gott mit euch, Jungs!« rief der Schotte den Freiwilligen des »Verlorenen Haufens« zu. Es war eine bunte Mischung aus Europäern und Sepoys.
Halunken, dachte Davie. Verdammte Halunken. Aber jeder einzelne von ihnen ist mutig wie ein Löwe. Ein wenig Sentimentalität für diese Soldaten überkam den Generalmajor. Sogar für die braunen Bastarde, die mit seinen feinen Schotten über die Wälle stürmen würden, verspürte er so etwas wie Sympathie.
»Gibt's da drinnen was Vernünftiges zu beißen?« fragte ihn einer der Schurken.
»Was du dir nur wünschen kannst, Junge!«
»Und ›bibbies‹?«
»In dieser verdammten Stadt wimmelt es von ›bibbies‹, und alle warten nur auf dich. Vielleicht bleiben sogar ein paar hübsche Hintern für einen alten Knochen wie mich übrig!« scherzte Baird. Er war ein emotionaler Mensch, voller Gefühle, Leidenschaften, geheimer Wünsche ... und voller Zorn wegen der drei verlorenen Jahre, die er im Kerker von Seringapatam durchlitten hatte, und voller aufgestautem Hass gegen Tippu, den Sohn von Hyder Ali, obwohl der für die Schandtaten des Vaters ja gar nicht verantwortlich gemacht werden konnte.
General Harris hatte strikte Anweisungen erteilt, den zivilen Bevölkerungsanteil von Seringapatam zufrieden zu lassen. Doch die Männer, die sich anschickten, neben Davie Baird über die Wälle zu gehen, pfiffen auf Harris und auf die Anordnung. Baird grinste. Krieg ist Krieg, sagte er sich. Solange die Jungs die Bresche nahmen, war es ihm gleichgültig, was diese Halunken und Strauchdiebe in des Königs oder »John Company« Uniform mit den Zivilisten anstellten. Sollten sie sich doch alle »bibbies« nehmen und alles Gold, das ihnen in die Hände fiel. Sollten sie jeden umbringen, der sich ihnen in den Weg stellte.
In den Schützengräben hinter Bairds »Verlorenem Haufen« hielten die »laskaris« und ihre britischen Kameraden die glimmenden Zündstöcke. Oberst Wellesley starrte gedankenverloren auf die kleinen Kohlefeuer neben den Geschützen. Er würde die zweite Angriffswelle führen. Die Männer, die mit ihm gingen, waren hervorragende Soldaten: die Schweizer aus dem Regiment de Meuron, ein tapferes Regiment – Calvinisten, die nicht spielten, nicht tranken und nicht zu den Huren gingen. Er hatte sie sich ausgesucht, denn er hatte das dumpfe Gefühl, dass Davie Baird mit der ersten Welle eine

alte Rechnung begleichen würde, bei der auch viele unschuldige Menschen in den Mahlstrom seines alten Hasses geraten konnten. Vielleicht würden sie Seringapatam sogar nehmen. Vielleicht würde der Sultan beim Angriff ums Leben kommen. Doch es war unerheblich, wie die Sache letztendlich ausging. Es zählte allein, die Freundschaft der Menschen von Mysore zu erringen, obwohl dieser schreckliche Krieg über sie alle hereingebrochen war.
Arthur knöpfte seinen roten Rock zu, zog seinen »tulwar« ein paar Zentimeter aus der Scheide, um sicher zu sein, dass die Waffe nicht verkantet war, schloss die Augen und bat den »Allmächtigen Baumeister«, seine Hand schützend über die wackeren Soldaten an seiner Seite zu halten. Der »Verlorene Haufen« wand sich derweil hinter Davie Baird durch die Gräben auf den Nordwall zu. Die Taschenuhren der Offiziere tickten leise, und der Cauvery glitt friedlich durch sein breites, sonnendurchflutetes Bett.

Meer Allum konnte von seinem Hügel aus den Angriff hervorragend beobachten. Drei Regimenter aus Hyderabad hatten die Ehre, sofort mit der zweiten Welle über die Mauern zu gehen. Wellesley-Sahib hatte ihn höflich um diese tapferen Krieger gebeten, und Meer Allum hatte sie ihm huldvoll unterstellt. Natürlich wusste der uneheliche Sohn des Nizam, dass Wellesley-Sahib ihn eigentlich um nichts bitten musste. Die Hyderabad-Armee war sein, auch wenn er, Meer Allum – auf dem Papier – der Befehlshaber war. Doch Wellesley-Sahib hielt sich an die Spielregeln und bat höflich. Deshalb fiel es dem General des Nizam so leicht, sich von seinem jungen irischen Berater herumkommandieren zu lassen.
»Sehen Sie, Miss Hall! Da unten, das sind die Schotten von Baird.« Er hielt Charlotte sein Fernrohr hin. Die junge Frau hatte beschlossen, dieses Mal nicht zitternd im Zelt zu warten. Vielleicht war es ja einfacher zu ertragen, wenn man mit eigenen Augen sah, was geschah. Seit der verflixten Geschichte am »tope« sorgte Charlotte sich ernsthaft um Arthur. Er hatte sich schrecklich verändert. Eine Zeitlang hatte sie sogar befürchtet, er habe den Verstand verloren.
Sie drückte sich Meer Allums Fernrohr ans Auge und starrte in die Gräben. Die Schotten interessierten sie wenig. Sie suchte nach den Röcken der Schweizer und nach einer Gestalt, die ihr vertraut war. Doch dort unten ging es so wild zu, dass es für ihr ungeübtes Auge unmöglich war, die einzelnen Regimenter voneinander zu unterscheiden.
Der »Verlorene Haufen« und Davie Baird waren bereits im seichten,

lauwarmen Wasser des Cauvery. Die ersten Musketenkugeln schlugen neben ihnen ins Wasser ein und ließen kleine Fontänen aufspritzen, doch die Männer nahmen dies gar nicht wahr. Ihr Blut war bis zum Überkochen aufgeheizt. Sie waren Jäger, und nur der Trieb beherrschte sie.

»Feuer!« brüllte der Sultan, und die Mauern der Stadt schienen plötzlich mannshohe Flammen zu schlagen. Tausende von Musketen spien Blei in die britischen Gräben hinunter. Raketen jagten in den gleißenden, wolkenlosen Himmel. Trompeten schmetterten im Lärm der Waffen. Das Musketenfeuer der Verteidiger wollte nicht enden. Wolken aus Pulverdampf vernebelten die Sicht.
Arthur atmete tief durch und zog seinen »tulwar«. Bairds Männer waren bereits zur Hälfte auf der Bresche. Nun war es an der Zeit, die zweite Welle heranzuführen. Ruhig folgten die Schweizer und die Sepoys ihrem jungen Kommandeur. Es hatte keine sechs Minuten gedauert. Bairds »Verlorener Haufen« war oben auf der Bresche. Eine britische Fahne flatterte im Wind. Ein Offizier riss jubelnd seinen Zweispitz vom Kopf. Zwei weitere Fahnen wurden gepflanzt. Die Verteidiger flohen wie die Hasen. Viele benutzten ihre langen Turbane als Seile, um sich am Außenwall abzulassen und hinter dem zweiten Verteidigungswall Schutz zu suchen. Der Kampf war entbrannt.
Männer schrien, fluchten, beteten, töteten, starben. Die Verluste waren für beide Seiten grauenerregend.
Arthur hatte seine Schweizer fast vollständig über die Bresche gebracht, als eine furchtbare Detonation ganz Seringapatam erbeben ließ. Der junge irische Offizier erlaubte sich inmitten dieses Chaos ein kleines Lächeln. Die Mine unter dem Zeughaus war in die Luft geflogen und hatte hoffentlich eine zweite Bresche für Englands Soldaten geöffnet. Mochte Montstuart Elphinstone ein Spieler, Glücksritter, Duellant und das schwarze Schaf seiner Familie sein – vor allem war er ein mutiger und sehr kluger Mann, dem es als Zivilist gelungen war, General Harris von seinem Vabanquespiel zu überzeugen. Drei Freiwillige aus der Hyderabad-Armee waren mit ihm gegangen, zwei Sepoys und ein britischer Artillerieoffizier, der sich mit Minen auskannte. Wellesley hoffte, dass sein Freund die Explosion unbeschadet überstanden hatte. Dann wandte er seine Aufmerksamkeit wieder dem Kampf zu.
Baird hatte die laute Explosion ebenfalls wahrgenommen. Wellesley hatte ihn überredet, auf Elphinstone zu vertrauen. Der Nordwall war

in sich zusammengestürzt wie ein Kartenhaus. Durch die Trümmer konnten Sir Davie und seine hart kämpfenden Schotten rote Röcke ausmachen: Wie eine große, blutige Flut fegte der Entsatz über die zerstörte Stadtmauer von Seringapatam.
Die Breschen waren genommen, die Wehren von Seringapatam mehr oder weniger rauchende Trümmerhaufen, doch die Stadt selbst war noch nicht gefallen. Oberst Allessandro Cappellini und seine 150 Franzosen schlossen den letzten Verteidigungsring um den Palast des Sultans.
»Die Geschütze nach links, ans Haupttor! Schafft die beiden Mörser in den Innenhof! Mehr Munition, Männer! Los, beeilt euch!« brüllte Cappellini seinen Soldaten im blauen Rock der Revolution zu. Die gesamte Familie des Sultans und sein riesiger Harem befanden sich hinter diesen Mauern. Cappellini wusste, dass ihnen vom Gegner kein Unheil drohte, doch er wusste auch, dass Soldaten nach einem blutigen Sturm oft außer Kontrolle gerieten und sich den schlimmsten Ausschweifungen hingaben. Er hatte Tippu überredet, sein hervorragendes Regiment von den Wällen abzuziehen und hier am Palast zum Einsatz zu bringen.
Der Sultan stand in der ersten Linie und kämpfte Seite an Seite mit seinen Männern wie ein Tiger. Allah hielt seine schützende Hand über ihn. Bis zu den Knien watete der Sultan im Blut vieler ungläubiger Seelen, die er in den letzten Stunden in die Hölle geschickt hatte. Seine Soldaten sahen ihn kämpfen und jubelten, denn es hatte den Anschein, als wäre er unverwundbar und unsterblich. Und er tötete kaltblütig. Seine Hand war sicher, egal ob sie den »tulwar« führte oder zur Muskete griff.
Der Herrscher von Mysore verteidigte nicht nur seine Hauptstadt und seine Herrschaft, er verteidigte auch seinen Traum von Freiheit, Unabhängigkeit und Macht. Er verteidigte den wahren Glauben gegen diese ungläubigen Hunde, die sich nur zu bereichern suchten und ihm Mysore stehlen wollten. Zuerst hatten sie es mit Worten versucht. Nun versuchten sie es mit Waffengewalt. Doch der Sultan hatte Allah geschworen, dass die »inglis« nur über seine Leiche Seringapatam nehmen würden. Er hatte seinen Soldaten an diesem Morgen von seinem Traum erzählt: In der Nacht vor dem Sturm hatte er einen riesigen Tiger gesehen. Unter der Pranke des Tigers lag ein Mann im roten Rock der Engländer. Blut war aus allen Leibesöffnungen des Ungläubigen geflossen. Er hatte sich in der tödlichen Umklammerung des Tigers gewunden wie eine Schlange, doch das Raubtier hatte nicht nachgelassen. Am Ende seines Traumes, so Tippu, habe der Tiger

seine scharfen Zähne tief ins Fleisch des Ungläubigen gegraben ... und plötzlich war alles nur noch rot gewesen, rot von Blut...
Sein Astrologe hatte ihm versichert, dieser Traum sei ein gutes Omen, und sie würden die Feinde besiegen. Die Männer, die an der Seite des Sultans kämpften und sehen konnten, wie er mit eigener Hand die Ungläubigen abschlachtete und bis zu den Knöcheln in ihrem Blut stand, glaubten tatsächlich, dass der Traum des Sultans Wahrheit würde. Doch die Männer, die am Südwall verzweifelt mit den Truppen von Baird und Wellesley rangen, wussten, dass die Geschichte mit dem Tiger bloß Schall und Rauch gewesen war. Die Angreifer hatten zwar schreckliche Verluste erlitten, und die Trümmer der Befestigungsanlage waren von toten und sterbenden Briten und Sepoys so dicht übersäht, dass man sich kaum noch bewegen konnte, doch für jeden Mann, der zu Boden ging, stand sofort wieder ein neuer Soldat im roten Rock vor ihnen und kämpfte weiter. Und die Bresche war so breit, dass die Verteidiger den beständigen roten Strom einfach nicht mehr aufhalten konnten. Immer weiter wurden sie in Richtung auf die Stadt Seringapatam zurückgedrängt. Bald schon gab es keine Erdwälle oder Palisaden mehr, hinter denen sie sich verschanzen konnten.

Davie Baird war Generalmajor, doch in diesem Augenblick war er bereit, all seine goldenen Litzen zu opfern, nur um wieder so kämpfen zu dürfen wie die gemeinen Rotröcke. Seine Augen hatten die Gestalt trotz des Aufruhrs ausgemacht und deutlich erkannt: Tippu, der Sohn seines Peinigers Hyder Ali. Dort stand er, in einem Meer von britischem Blut. Er kämpfte wie ein Tiger.
Baird stürzte voran in Richtung auf die kämpfende Gestalt. Seine Herausforderung übertönte den Lärm der Musketen und Geschütze und die Schreie der kämpfenden Soldaten. Als wären sie vom gleichen Wahnsinn gepackt wie der Generalmajor, folgten die Überlebenden der beiden schottischen Regimenter Baird dichtauf. Die Lücke, die sie gelassen hatten, füllte sich schlagartig mit Soldaten des Sultans. Plötzlich hatten das Regiment de Meuron und die beiden Regimenter der Madras-Infanterie den Feind nicht nur vor sich, sondern auch im Rücken. Wellesley hatte aus den Augenwinkeln Bairds Voranstürmen bemerkt und wie alle anderen den schrecklichen Schrei voller Hass und Zorn gehört. »Nicht, Davie!« hatte er seinem Kameraden hinterher gebrüllt. Doch lediglich die zwanzig oder dreißig Männer, die an seiner Seite kämpften, hatten den Schrei im Lärm des Kampfes

überhaupt gehört.
Baird war zu einem wahnsinnigen Gott des Krieges geworden. Auf seinem Weg zum Sultan hieb er wie ein Berserker auf alles ein, was ihm in den Weg kam. Seine Schotten taten es ihm gleich. In den Gräben, vor dem Angriff, hatten die Männer fleißig dem Brandy und Arrak zugesprochen. Die Angst, das Grauen, der penetrante Geruch nach Blut und Tod hatte sie genauso wahnsinnig gemacht wie den alten Davie. Niemand konnte sie mehr zügeln oder zurückhalten.

Arthur hatte Glück gehabt mit seinen Schweizern. Obwohl sie nun mit dem Feind vor und hinter sich kämpfen mussten, verlor kein Mann die Nerven. Wie ein Uhrwerk hatten sie auf seinen Befehl hin sechs Karrees geformt. Ihre präzise Bewegung und das ununterbrochene Feuer aus fast 700 Musketen verliehen auch den Sepoys Flügel. Sie taten es ihren europäischen Kameraden gleich und verschanzten sich hinter diesem undurchdringlichen, beweglichen Wall aus Bajonetten und Kugeln.
Plötzlich begannen ihre Angreifer auf beiden Seiten zu wanken. Dann ergriffen die ersten Männer des Sultans die Flucht.
»Ihnen nach, erste und zweite Kompanie!« rief ein Offizier des Nizam auf Hindustani.
»In Linie – vorwärts!« folgte ein britischer Befehl.
Wie die Schafe trieben sie die Soldaten des Sultans vor sich her. Keiner nahm die Männer wahr, die getroffen zu Boden fielen. Sie stiegen ungerührt über die blutigen Leiber hinweg. Es war unmöglich, diesen Sturm noch aufzuhalten.

Tippu hatte den Berserker gesehen, der auf ihn zustürmte, gefolgt von einer Horde schwitzender, schreiender und tötender Furien. Der Sultan hatte auch gesehen, dass dieser Tag nicht mehr der seine werden konnte, denn die Ungläubigen strömten von allen Seiten über die Wälle nach Seringapatam hinein. Er würde seine Hauptstadt verlieren, seinen Tigerthron, seinen Harem mit den mehr als 600 Frauen, seinen Palast und seine Reichtümer. Doch dies bedeutete nicht das Ende der Dynastie. Es gab große Festungen in den Bergen im Norden von Mysore. Er hatte noch die Zeit zu fliehen und eine dieser Festungen zu erreichen. Von dort aus würde er mit diesen ungläubigen roten Teufeln weiterkämpfen. Oder er konnte sich jetzt diesem Berserker stellen, der auf ihn zustürmte und sehen, ob das »baraka« mit ihm war. Vielleicht, wenn er ihn tötete ...

Tippu verwarf diesen Gedanken. Sicher, er hatte seinen Astrologen und war ein gläubiger Muslim. Aber das bedeutete nicht, dass er ein verrücktes altes Weib war. Laut brüllte er nach seinen Leibwächtern. »Oberst Wao, zu mir! Wir ziehen uns zurück!« Ein Schutzschild aus unzähligen Leibern in gelb-schwarz gestreiften Umhängen bildete sich um den Tiger von Mysore und verbarg ihn vor dem Blick des Berserkers und allen anderen Ungläubigen.

Davie Baird brüllte seine Verzweiflung und seine Wut in den dunkelroten Himmel und die untergehende Sonne von Seringapatam, als er sah, wie sein Opfer ihm durch die Hände glitt.

Wellesley hatte sich mit den Schweizern und der Madras-Infanterie den Weg freigekämpft. Der Palast war keine hundert Meter mehr von ihnen entfernt. Er hatte Befehl, den Palast zu nehmen und dafür zu sorgen, dass die Rotröcke und Sepoys sich nicht an der Familie und den Frauen des Sultans vergriffen, oder die Kassen von Mysore im Übermut leer räumten, bevor der Generalzahlmeister ordnungsgemäß nachgezählt hatte, was in britische Hände gefallen war. Die Kasse scherte Arthur wenig. Wenn die Halunken im roten Rock nach diesem grauenvollen Kampf noch vor dem Generalzahlmeister Hand an die Schätze des Sultans legten, war er der letzte, der den Soldaten dieses Preisgeld nicht gönnte. Natürlich war er kein Freund von Plünderungen. Doch nach einer solch langen und blutigen Belagerung musste man Verständnis für die Rotröcke und Sepoys haben, die mit ihrem Leben oder ihrer Unversehrtheit den Preis für den Sieg bezahlt hatten. Wellesley ging es mehr darum, seine braven Schweizer so zu platzieren, dass niemand den unschuldigen Frauen und Kindern hinter diesen Mauern Leid zufügte.

Er befahl seinen Soldaten, Aufstellung zum Kampf zu nehmen. Die erste Reihe der Männer fiel auf die Knie und legte an. Die darauffolgende Reihe machte sich feuerbereit. Dann wandte Wellesley sich dem indischen Offizier an seiner Seite zu. »Eine weiße Fahne, bitte! Sicher hat der Sultan mindestens ein Regiment zum Schutz des Palasts abgestellt. Wir werden sehen, ob der Kommandeur dieser Einheit vernünftig ist, oder ob wir stürmen müssen.« Der Inder tat wie geheißen. Arthur bat ihn, auf Kannada zur Übergabe aufzufordern.

Oberst Allessandro Cappellini hatte den Aufmarsch vor dem Haupttor des Palasts beobachtet. Da draußen stand eine rote Wand aus mehr als tausend Gewehren. Selbst wenn er die Geschütze einsetzte, Seringapatam war verloren. Den Palast fanatisch zu verteidigen, würde nur zu unnötigem Blutvergießen führen. Schließlich befanden sich mehr als sechshundert Frauen und unzählige Kinder hier

»Leutnant de la Rodière, hätten Sie die Güte, die weiße Fahne zu hissen und den Herren vor dem Tor zu bedeuten, dass ich mit ihrem Kommandeur zu sprechen wünsche?«

Der junge französische Offizier nickte erleichtert. Ihm stand weiß Gott nicht der Sinn danach, für einen Haufen gottloser Halunken am anderen Ende der Welt sein Leben zu geben.

Obwohl Tippu der Rache von Generalmajor Davie Baird entkommen war, hatte er doch seinem Schicksal nicht entrinnen können. Trotz der menschlichen Wand seiner Leibwächter hatte eine verirrte Kugel den Sultan in die Brust getroffen. Als der Mann, den seine Soldaten für unverwundbar und unsterblich hielten, blutend zu Boden stürzte, lichteten sich die Reihen in den schwarz-gelben Umhängen schlagartig. Nur vier Getreue blieben bei dem sterbenden Herrscher.

Oberst Dhoondia Wao kniete neben Tippu und versuchte mit der Hand das Blut zurückzuhalten. Doch es wollte ihm nicht gelingen. Die Kugel musste eine Arterie durchschlagen haben.

Die Züge des Sultans wurden immer bleicher, seine Augenlider flatterten, und ein dunkler Fluss ergoss sich aus seinem Mundwinkel über die vormals strahlend weiße Seidentunika. Er versuchte zu sprechen, doch das »baraka« war nicht mehr mit ihm. Er fühlte, wie sich die Pforten von Allahs Garten auftaten. Gleißendes Gelb, leuchtendes Blau, tiefes Rot ... Er war wie ein Mann im Kampf gefallen, im Kampf gegen die Ungläubigen, und würde nun zur Rechten Allahs im Paradies sitzen. Er fürchtete den Tod nicht, denn sein Reich war verloren. Seine braune Hand zog mit letzter Kraft den Kopf von Oberst Wao bis dicht an seine Lippen. »Du bist der Treueste der Treuen gewesen, Dhoondia. Versprich mir, dass du dafür sorgst, dass die ›inglis‹ für diesen Frevel bezahlen. Geh in die Berge, sammle Männer, führe meinen Kampf fort und räche mich! Versprich es!«

Oberst Wao standen die Tränen in den Augen. Er hatte dem Sultan und zuvor Hyder Ali treu gedient. Seine Augen hatten über die Leben der Herrscher von Mysore gewacht, solange er denken konnte. Nun war es mit Mysore vorbei. Doch er würde sich nicht den Ungläubigen unterwerfen.

»Ich schwöre bei Allah, dem Gott meiner Väter, dem einzig wahren Gott und bei Mohammed, seinem Propheten, dass ich Euren Wunsch erfüllen werde, großer Tippu. Ihr könnt beruhigt ins Paradies aufsteigen, um Euren würdigen Platz an der Seite Allahs

einzunehmen. Euer unwürdiger Diener Dhoondia Wao – beim Blute des Propheten – wird das Schwert Eurer Rache sein!«
Tippu lächelte. Fest drückte seine Hand die des Obersten. Dann fiel sein Kopf zur Seite. Dhoondia Wao befahl den drei verbliebenen Männern der Leibwache, sich aus der Stadt zu schleichen und ihn beim Tempel des Balarama vor den Toren von Seringapatam zu erwarten. Dann erfüllte er eine letzte Pflicht. Vorsichtig nahm er den schweren, leblosen, aber immer noch warmen Körper des Sultans in die Arme.

Oberst Cappellini und seine 150 Franzosen hatten die Waffen niedergelegt. Der britische Offizier, mit dem sie die Übergabe ausgehandelt hatten, hatte ihnen versprochen, dass man sie gehen lassen würde, wenn sie schworen, Indien den Rücken zu kehren und ein Jahr und einen Tag ihre Waffen nicht gegen England zu erheben. Die Rückreise nach Frankreich dauerte neun Monate. Alle hatten genug von diesem heißen Land. Außer Pondicherry und Mahé war der Republik auf dem Subkontinent nichts mehr geblieben. Der Traum von einem Stützpunkt im Landesinneren war mit dem Fall von Seringapatam ausgeträumt. Es war ihnen leichtgefallen, den Eid zu leisten.
Der junge britische Offizier, dem sie gerade ihr Wort gegeben hatten und der so gut ihre Sprache beherrschte, schien zufrieden. Es hatte ihm gereicht, dass Cappellinis Männer ihre Waffen auf einen Haufen warfen und sich friedfertig auf die Stufen des Palasts setzten. Sie waren Europäer und gewohnt, einen zivilisierten Krieg zu führen. Er selbst ließ sich neben Oberst Cappellini in den Schatten fallen.
»Ich muss Sie jetzt verlassen, Oberst. Das Schweizer Regiment wird sich um Ihre Sicherheit und die Sicherheit derer kümmern, die noch im Palast sind.« Arthur gab ein paar Offizieren und Unteroffizieren Zeichen. Dann verschwand er zurück in die Stadt.
Die Truppen des Sultans leisteten kaum noch Widerstand. Aber die Männer, die den Sturm überlebt hatten, wüteten nun in den Straßen und Gassen. Der Lärm kam Arthur schlimmer vor als das Getöse in den endlosen Stunden des Kampfes. Bald schon verstärkten die Überreste des 33. Infanterieregiments das Regiment de Meuron am Palast. Doch die Suche nach dem Sultan blieb lange Stunden erfolglos. Das einzige, was sie gefunden hatten, war ein grauenvolles Massengrab. Die Gesichter der Toten waren halb verwest oder von Würmern zerfressen. Trotzdem gelang es dem Obersten, jeden seiner Männer zu identifizieren. Es war nicht schwer zu sehen, auf welche

Weise man sie umgebracht hatte.
»Jetzt musst sogar du wissen, was Hass ist, mein Junge!« zischte Davie Baird ihm leise ins Ohr. Arthur wandte sich dem Generalmajor zu. Seine Augen waren kalt wie Eis. Er sagte kein Wort.
Dhoondia Wao hatte den Leichnam des Sultans durch einen geheimen Gang ins Herz des »Dowluth Baugh« zurückgetragen. Er hatte seinen Herrn in eine Kammer direkt unter dem Tigerthron gebracht, ihm die Augen geschlossen und ihm sein Schwert in die immer noch warmen Hände gelegt. Dann schleppte der Offizier in einem gewaltigen Kraftakt die Leichen gefallener Soldaten seines Herrn in den Gang, der zu der Kammer führte. Vielleicht würden diese toten Leiber ja die Ungläubigen davon abhalten, bis zu den sterblichen Überresten des Sultans vorzudringen. Als alles vollbracht war, zog er seinen »tulwar« aus der Scheide und salutierte ein letztes Mal vor dem Herrscher von Mysore. Dann verschwand er wie ein Geist aus der brennenden Stadt. Er hatte einen Schwur geleistet und würde ihn erfüllen.

Sergeant Robin Seward und seine halbe Kompanie durchsuchten den Palast sorgfältig. Ihr Kommandeur hatte sie beauftragt, nach den Söhnen des Sultans zu suchen und diese – sollte man ihrer habhaft werden – so lange zu bewachen, bis sie ins Feldlager von General Harris eskortiert werden konnten. Doch anstatt auf die Kinder war Seward auf eine sonderbare Ansammlung von Leichen gestoßen. Es sah nicht danach aus, als wären diese Männer im Kampf gefallen. Irgendjemand hatte sie absichtlich an diesen sonderbaren Ort gebracht. Seward band sich ein Taschentuch vor den Mund, denn Millionen von Fliegen umschwirrten die Toten und labten sich gierig an dem dunklen, geronnenen Blut.
Eine um die andere zogen Sewards Männer die Leichen aus dem engen Gang. Die Arbeit schien Stunden in Anspruch zu nehmen. Schließlich hatten sie sich einen Weg freigemacht. Robin rief nach einer Fackel. Die *Brown Bess* mit aufgepflanztem Bajonett in der Hand, schob er sich vorsichtig in die Dunkelheit. Der Gang schien unter den Palast zu führen. Ein paar Rotröcke folgten ihrem Sergeant wachsam. Plötzlich befahl er allen, aus dem Gang zu verschwinden und draußen auf ihn zu warten. Nach einigen Minuten kehrte er zu seinen Männern zurück. »Gütiger Himmel! Lauft, so schnell ihr könnt! Versucht, Oberst Wellesley und General Baird zu finden!« Mit diesen Worten schickte er vier Rotröcke auf den Weg in die Stadt und sandte ein Stoßgebet zum Himmel, dass die Männer ihm gehorchten und sich nicht, wie alle anderen, dem Plündern hingeben würden.

Doch Rob hatte bei der Auswahl seiner Boten Glück gehabt. Eine knappe halbe Stunde später tauchten Wellesley und Baird auf. Man sah den Offizieren den harten Tag an. Sie waren genauso abgekämpft, erschöpft, schmutzig, zerrissen und verschwitzt wie ihre gemeinsten Soldaten.

Die dunklen Augen waren fest geschlossen. Der Mann lag so ruhig da, als ob er schliefe. Das Gesicht zeigte einen strengen, würdigen Ausdruck. Im fahlen Licht der Fackel konnte man glauben, er lebte noch. Arthur kniete sich neben ihn. »Ich glaube, wir haben Tippu gefunden, Gentlemen«, konstatierte er, nachdem er zuerst den Puls gefühlt hatte, um nach Lebenszeichen zu suchen. Ihm war ein Amulett am Handgelenk ins Auge gefallen. Elphinstone hatte es ihm beschrieben. »Er ist vor seinen Gott getreten. Holt eine Bahre, und bringt den Sultan nach draußen!«
Baird hatte sich neben Wellesley gedrängt. »Endlich! Diese Ratte! Schade nur, dass es mir nicht gelungen ist, ihm das Lebenslicht eigenhändig auszupusten.« Der Schotte spuckte kräftig auf den Boden, dann machte er auf dem Absatz kehrt und stürmte aus dem dunklen Gang zurück in den Aussenhof des Palasts, der sich direkt am Wassertor befand.
Arthur legte die Hand des Toten zurück auf das Schwert. Tippu hatte gekämpft wie ein Soldat. Er hatte das Recht, seine Waffe mit ins Paradies zu nehmen. Trotz seiner Grausamkeiten und trotz der verstümmelten Leiber der Männer des 33. Regiments, die Arthur vor weniger als einer Stunde in dem schrecklichen Massengrab gesehen hatte, fand er den Mut, für den gefallenen Gegner ein Gebet zu sprechen. Er war nicht religiös, doch Barrak ben Ullah, ein gläubiger Muslim, hatte ihn die Zeilen gelehrt. Arthur fand, dass sie gut zu diesem toten Tiger passten: »Ich bin voll der Sünde. Du bist ein See voll der Gnade. Wo Deine Gnade ist, dort zählt meine Sünde nicht mehr.« Es war eine Strophe aus dem Koran. Der Sultan war trotz seiner Sünden ein bemerkenswerter Mann gewesen. Nun war er vielleicht dorthin gegangen, wo Gnade auf ihn wartete.

Der Sturm war vorüber. Tippu hatte den Weg ins Paradies gefunden; keine organisierten Einheiten seiner Armee leisteten mehr Widerstand, und zwei Söhne des Tigers von Mysore befanden sich – unter sicherer Eskorte der Schützen des 33. Regiments – auf dem Weg zu General Harris. In der Stadt wütete das Armageddon, doch damit hatte Arthur nichts mehr zu tun. Bairds Männer waren als erste auf

den Schanzen gewesen und hatten den Blutzoll entrichtet. Vierundzwanzig Stunden lang war es nun ihr gutes Recht...
Langsam durchquerte der junge irische Offizier die Gräben und verdrängte den Gedanken an die Plünderungen. Auf dem Weg zurück ins Feldlager versammelte er die überlebenden Männer seines Regiments. Dann erstattete er General Harris Bericht. Schließlich erlaubte der Oberkommandierende ihm, sich in sein Zelt zurückzuziehen und auszuruhen. Seit mehr als sechzig Stunden war Arthur auf den Beinen. Er hatte nicht geschlafen, nicht gegessen ... Wasser, Seife, ein sauberes Hemd, eine Schüssel kalter Reis, ein paar ruhige Stunden auf dem engen Feldbett. Er war sicher, dass der Schlaf ihn rasch überkommen würde. Die jüngst erlittene Demütigung war zwar noch nicht aus seinen Gedanken verschwunden, doch Tippus Tod und der Fall von Seringapatam mussten ausreichen, um die Toten mit ihm zu versöhnen.

In Charlottes Augen spiegelte sich Erleichterung. Sie hatte diesmal nicht so sehr unter der Ungewissheit gelitten wie während des Kampfes bei Malavelley. Es war einfacher zu verstehen und zu begreifen, wenn man das Geschehen mit den eigenen Augen verfolgte. Die Gesellschaft General Meer Allums, sein unerschütterlicher Optimismus, seine ruhigen, gelassenen Worte und seine lange Erfahrung als Soldat hatten das ihre dazu beigetragen. Charlotte hatte sich vorgenommen, nie wieder in einem Zelt zu warten. Als sie Arthur in die Arme schloss und ihn fest an sich drückte, spürte sie plötzlich, wie seine Knie unter ihm nachzugeben drohten. Sie ließ ihn los. Fragend blickte sie ihm in die Augen. Arthur hatte ihr nie von der Kugel erzählt, und sie war ihm im Verlauf der letzten vier Wochen nie nahe genug gekommen, um selbst etwas zu bemerken. Doch jetzt, nachdem Seringapatam gefallen war und Arthur seine Aufgabe erfüllt hatte, war es vielleicht vernünftiger...
Er löste sein Schwertgehänge und die schwere Seidenschärpe, die die Verwundung und den schmutzigen Verband so lange verborgen hatten. Kein Wort des Tadels kam über Charlottes Lippen; sie zeigte sich nicht einmal sonderlich erschreckt, als sie die entzündete Wunde sah.
Sie bedeutete Arthur, sich zu setzen. Vorsichtig wusch sie den Eiter aus. Es kostete Charlotte ihre ganze Beherrschung, nicht dabei zu zittern. Doch sie hatte sich einen Soldaten erwählt, und solche Dinge passierten nun mal im Kampf. Es war wirklich nicht der richtige Augenblick, die Nerven zu verlieren. Sie wollte Arthur nicht

enttäuschen.
»Die Kugel steckt noch«, sagte sie so gelassen wie möglich. Arthur nickte nur. »Ich glaube, es ist besser, ich schicke Vingetty los. Er soll den Regimentsarzt des Dreiunddreißigsten holen ...«
Arthur schüttelte den Kopf.
»Du kannst nicht mit diesem Stück Blei in der Seite herumlaufen, Arthur. Irgendwann wird die Entzündung ...«
»Ich will nicht, dass er mich auf die Krankenliste setzt, Charlotte. Harris würde mich fortschicken. Wenn ich das Kommando verliere ...«
»... verlierst du den Anspruch auf das Preisgeld. Ich weiß. Ruh dich aus, ich will sehen, ob ich bei den ›brinjarries‹ einen indischen Arzt auftreiben kann.«
Charlotte fand einen Inder, und dank einiger Goldstücke versprach er nicht nur, seine Heilkunst anzuwenden, sondern auch sein Schweigen zu wahren. Der Arzt verstand sein Handwerk und hätte jedem britischen Mediziner in London Konkurrenz machen können. Er gab sich redliche Mühe, seinem widerspenstigen Patienten so wenig Schmerz wie möglich zuzufügen, aber in Anbetracht des Zustands der Wunde blieb ihm am Ende doch nur eine sehr radikale Lösung.
»Du wirst eine hässliche Narbe behalten«, übersetzte Charlotte. Arthur zuckte nur mit den Schultern. Seine Augen beobachteten jeden Handgriff des Inders. Obwohl es ihm mit viel Mühe gelang, keinen Laut von sich zu geben, stiegen ihm die Tränen in die Augen. Halb verrückt vor Schmerzen, wand er sich unter den Händen des Arztes. Und er schwor sich, nie wieder einen Nachtangriff zu führen, ohne vorher genau das Gelände und den Feind ausgekundschaftet zu haben.
Währenddessen plünderten Bairds Männer Seringapatam. Schüsse drangen in Arthurs Zelt, Schreie und die gegrölten Lieder stockbetrunkener Rotröcke.

Am Morgen des 5. Mai 1799 fand General Harris sich in einer ausgesprochen peinlichen Situation wieder: Er hatte den Sultan besiegt, Seringapatam war gefallen, die Überreste der Armee von Mysore hatten sich ergeben, man hatte über den Daumen gepeilt mehr als zwei Millionen Pfund Sterling Kriegsbeute gemacht ... Alles hätte so wundervoll sein können! Ruhm und Ehre waren sein – ein ansehnliches Preisgeld natürlich auch. Und trotzdem war der alte Offizier todunglücklich: Seine siegreiche Armee wütete immer noch in Seringapatam, und Generalmajor Sir Davie Baird, der zurzeit den Befehl führte, unternahm nichts, um diesem Treiben Einhalt zu gebieten. Bairds Rachegelüste gegen die muslimische Herrscherdynastie von Mysore schienen auch mit dem Tod des Sultans noch nicht befriedigt. Ganz so, als würde Bairds zerstörte Seele nur in den Trümmern der gefallenen Stadt Ruhe finden.

Doch der Generalgouverneur befahl eine vollständige Befriedung der Provinz, eine problemlose Wiedereinsetzung des alten Herrscherhauses Wodeyar, einen Schutzvertrag, Konzessionen gegenüber »John Company« ... Und er, Generalleutnant Sir George Harris, der Held von Bunker Hill und Bezwinger Tippus, musste nun die Suppe auslöffeln. Man erwartete, dass er nach dem Fall der Stadt den Gouverneur von Mysore ernannte. Es gab zwei Kandidaten für diesen schwierigen und verantwortungsvollen Posten. Der eine hieß Davie Baird. Er hatte den »Verlorenen Haufen« geführt und die erste Bresche genommen. Er hatte gekämpft wie ein Löwe, und sein Anteil am Sieg war immens. Doch Sir Davie hasste die Inder, und die Inder hassten Sir Davie. Kein Inder würde je in Frieden unter Baird leben können. Daran änderte weder sein Löwenmut noch sein Dienstalter etwas. Baird war ein unverbesserlicher Hitzkopf, ohne Takt und Fingerspitzengefühl und ohne jeden Sinn für Diplomatie. Doch Baird hatte einen berechtigten Anspruch auf den Posten.

Wie auch Arthur Wellesley. Der Junge hatte sich mit demselben Löwenmut geschlagen, den auch sein älterer Kamerad an den Tag gelegt hatte. Er hatte einen fast gleichwertigen Anteil am Sieg, denn ohne Wellesley und seinen Nachrichtendienst wären sie niemals vor der Stadt angekommen oder über den Nordwall am Zeughaus gestürmt. Und Arthur liebte die Inder, und die Inder hingen mit geradezu leidenschaftlicher Zuneigung an dem jungen

irischen Offizier. Es gelang ihm mit schlafwandlerischer Sicherheit, immer den richtigen Ton zu treffen, wenn er vor einem der stolzen, dunkelhäutigen Verbündeten König Georgs erschien, und was er von den Indern einforderte, bekam er auch. Er war tüchtig, besaß eine Engelsgeduld und verfügte über Takt und Sinn für Diplomatie. Er beherrschte die Sprachen des Landes und kam mit allen und jedem klar – sogar mit Sir Davie Baird.
Doch Arthur hatte zwei große Nachteile: Er war blutjung und stand auf den Dienstlisten der Horse Guards ganz weit hinten. Und er war der Bruder von Mornington. Nicht etwa, dass der Generalgouverneur je Anstalten gemacht hätte, eine bestimmte Gunst für Arthur einzufordern. Eher das Gegenteil war der Fall, und die Gerüchte über das ausgesprochen schlechte Verhältnis zwischen dem stolzen Richard und dem jungen Arthur hatten ihren Weg bereits bis in Harris' Zelt gemacht. Trotzdem konnte es so aussehen, als ob er, Harris, sich im Fall der Nominierung Wellesleys die Gunst des Generalgouverneurs erschleichen wollte oder ihm irgendeinen Gefallen tat. Harris ließ sich die Sache bei einer Tasse Tee durch den Kopf gehen. Dann befahl er einem seiner Adjutanten, den Kommandeur des 33. Regiments zu holen.

Arthur fühlte sich an diesem Morgen des 5. Mai 1799 nicht besonders sicher auf den Beinen. Charlotte hatte ihm in den Rock helfen müssen, und sogar mit den Reitstiefeln war er nicht klargekommen, denn die Wunde in seiner Seite bereitete ihm höllische Schmerzen. Hätte er nicht den schweren, hölzernen Zeltpfosten im Rücken gehabt – Arthur war sich nicht sicher, ob er stehen geblieben wäre. Hinsetzen konnte er sich auch nicht, denn dann spürte er seine Verletzung noch viel mehr. Mit einigen guten Worten hatte seine Verlobte ihn überredet, Tee und Reis hinunterzuwürgen. Arthur war bleich wie ein Leichentuch. Doch es half nichts, irgendwie musste er in den Sattel seines Pferdes gelangen und dann bis zu General Harris' Zelt. Der Oberkommandierende hatte ihn zu sich befohlen, sofort und ohne Aufschub. Sein indischer Bursche warf ihm einen mitleidigen Blick zu, als er sich mühevoll in Eochaids Sattel hievte.
Als er eine Stunde später General Harris verließ, war Arthur noch bleicher als zuvor. Er spürte nicht einmal mehr die Verletzung in der Seite, so tief saß der Schock. Nicht dass er Angst vor der Verantwortung hatte oder Zweifel an seiner Befähigung, Seringapatam und damit ganz Mysore zu befehligen. Seine neue

Aufgabe schreckte ihn nicht. Aber Harris hatte von ihm verlangt, diese Neuigkeit Davie Baird zu überbringen. »Sie sind der geborene Diplomat, junger Mann!« hatte der Oberkommandierende noch vor wenigen Minuten gespottet. »Reiten Sie in die Stadt, übergeben Sie Baird seinen Marschbefehl nach Madras und kümmern Sie sich darum, dass das Plündern und Brandschatzen ein Ende hat.»
Arthur trieb Eochaid vorwärts. Vielleicht war es besser, das Ganze schnell hinter sich zu bringen.

Sir Davie und sein Stab saßen beim Frühstück. Sie hatten einen feinen Platz für diese erste Mahlzeit seit drei Tagen: die große, sonnenüberflutete Terrasse des »Dowluth Baugh«. Vor drei Tagen hatte hier noch Tippu mit seinen Höflingen gespeist. Es bereitete dem Schotten diebische Freude, an ihn zu denken. Er war zur Hölle gefahren. Hoffentlich auf direktem Weg und mitten ins Feuer. Und er, Baird, würde sich nun Seringapatams und Mysores annehmen. Er hatte die erste Bresche gestürmt; er war der dienstälteste Offizier an Harris' Seite, und Harris musste in den nächsten Stunden den Gouverneur von Seringapatam ernennen...
Als er Oberst Wellesley erkannte, gab Baird ihm ein Zeichen, sich an den reichgedeckten Tisch zu gesellen. Vielleicht würde er Harris bitten, ihm den Kleinen zu lassen – als seine Nummer zwei. Sie kamen gut miteinander aus, und der Ire war ein tüchtiger Soldat.
Arthur atmete ein paarmal tief durch. Es kostete ihn einige Überwindung, ruhig und gelassen zu erscheinen, als er Davie Baird das Schreiben General Harris überbrachte. »Guten Morgen, Sir!« begann er die schwierige Unterhaltung. »Ich möchte Ihr Frühstück nur ungern unterbrechen, aber ich muss unter vier Augen mit Ihnen reden.«
Baird wirkte immer noch gutgelaunt und aufgeräumt. »Verschwindet, Jungs! Amüsiert euch draußen weiter!« verscheuchte er die Offiziere seines Stabes fröhlich. »Setz dich, Arthur!« wandte er sich dann jovial an Wellesley.
Der Ire zog es vor, stehen zu bleiben. Er spürte seine schmerzhafte Wunde und war sich nicht sicher, ob er ohne fremde Hilfe aus dem tiefen Rattansessel hochkam. Baird grinste und zeigte auf seine Seite. »Tut verdammt weh, nicht wahr, mein Junge?«
Arthur nickte. »Ich möchte Ihrer Aufforderung ja gerne folgen, aber ...«
»Bleib stehen, Arthur, oder leg dich ein paar Stunden hin.

Vielleicht sollte der Regimentsmetzger des Dreiunddreißigsten sich die Sache mal ansehen.«
»Ich habe letzte Nacht einen indischen Metzger bemüht.«
»Ah, dann brauchst du eher ein großes Glas Brandy, mein Junge. Ist wohl ziemlich rau mit dir umgesprungen, der dunkelhäutige Halunke.«
Arthur nickte. Er hoffte, dass diese erste Erfahrung mit rotglühendem Eisen auch seine letzte bleiben würde. Er nahm das Glas aus Bairds Hand und nippte daran.
»Sir, bitte glauben Sie mir, dass ich Harris wirklich nicht darum gebeten habe ...«, setzte er an.
Sir Davies Miene verfinsterte sich mit einem Schlag. »Spuck's schon aus! Du brauchst mit mir nicht so herumzuplänkeln wie mit diesem stinkenden Bastard Meer Allum. Sag mir, was du mir zu sagen hast, Junge!«
»Sir, ich überbringe Ihnen den Befehl von General Harris, sich umgehend nach Madras zu begeben.«
»Wie bitte?« Das breite Gesicht des Schotten war feuerrot geworden. Seine Wangen glühten. Er fuhr aus dem Sessel hoch und baute sich vor dem jungen Iren auf. In seinen Augen brannte grenzenloser Hass. Natürlich wusste er, dass Wellesley an dieser Sache keine Schuld trug, doch Harris war im Feldlager des Expeditionskorps, und Baird besaß einen hitzigen Charakter. Wenn er wütend wurde, brauchte er irgendjemanden, an dem er sich abreagieren konnte, und da kam ihm Arthur gerade recht. Bairds große, haarige Pranke knallte wuchtig auf die Schulter des Kommandeurs des 33. Regiments, und vor Zorn stieß er den Offizier über die Terrasse des »Dowluth Baugh«. Arthur ließ ihn gewähren, obwohl jeder Stoß des Schotten ihm höllische Schmerzen bereitete. Lediglich seine Augen fixierten ruhig die von Baird – in der Hoffnung, der Mann würde zur Vernunft kommen, wenn er sah, dass die Stöße und die zornigen Worte keine Reaktion auslösten. Plötzlich hielt Sir Davie inne. Die Zornesröte verschwand aus seinem
Gesicht. »Tut mir leid, mein Junge!« presste er angestrengt hervor. Dann brüllte er im lautesten Kommandoton nach seinen Stabsoffizieren, machte auf dem Absatz kehrt und verschwand aus dem »Dowluth Baugh«. Erschöpft ließ Arthur sich in einen tiefen Sessel sinken.

Richard Lord Mornington war zufrieden mit sich und der Welt:

General Harris' Kurier hatte ihn innerhalb von nur sieben Tagen in Kalkutta erreicht und ihm einen ausführlichen Bericht über die Erstürmung und den Fall von Seringapatam zukommen lassen. Die überaus ansehnliche Summe von zwei Millionen Pfund Sterling Beute in Form von Gold, Edelsteinen und Antiquitäten war neben dieser militärischen Glanzleistung natürlich auch nicht zu verachten. Im Kopf rechnete Richard sich bereits aus, wie groß der Löwenanteil sein würde. Es war nicht schwierig, die Direktoren des Rates hier in Kalkutta zu beeinflussen. Er würde seine »goldene Kartoffel« bekommen und vielleicht auch – sobald der gute König Georg von dieser Geschichte hörte – einen hübschen englischen Adelstitel.

»Marquis von Mornington ...«, ließ er sich seinen Traum auf der Zunge zergehen.

Fünfzig Prozent der Beute für die englische Krone. Das würde den guten Georg gewogen stimmen. Harris hatte saubere Arbeit geleistet: 150000 Pfund Sterling für den Oberkommandierenden der Expedition! Richard notierte sich den Betrag auf einem Blatt Papier. Die anderen Offiziere im Generalsrang – 10.000 englische Pfund für jeden. Man durfte schließlich nicht geizig sein, wenn man sich treue Freunde machen wollte. Um die Sepoys und die indischen Offiziere konnten seine Finanzbeamten sich kümmern. Man würde ihnen zukommen lassen, was sie bei solchen Angelegenheiten üblicherweise bekamen. Blieb noch sein dummer, kleiner Bruder Arthur. Er hatte sich offenbar wacker geschlagen. Harris hatte ihn – wie immer – in höchsten Tönen gelobt.

Richard nahm noch einmal Papier und Bleistift zur Hand: das Offizierspatent als Fähnrich im 73. Hochlandregiment zu Arthurs 17. Geburtstag – 1000 Pfund. Die Offiziersschule in Angers – drei Jahre zu je 500 Pfund pro Jahr. Das machte noch einmal 1500 Pfund. Zins und Zinseszins für diese hübschen Anleihen. Der Generalgouverneur schmunzelte vergnügt vor sich hin. Unter dem Strich kamen dabei 3863 schöne, silberne Sterling heraus. Er notierte: Preisgeld für Oberst Wellesley – 3863 Pfund. Zusammen mit einer Depesche an Harris würde er einen netten Brief an Arthur schreiben. Ab und an musste man Schuldner an ihre Verpflichtungen erinnern. Henry konnte dieses Schreiben ja mitnehmen. Er würde ihn zusammen mit Oberstleutnant William Kirkpatrick, seinem militärischen Sekretär, nach Mysore schicken, um den Herren im roten Rock, die sich vor Ort befanden, klarzumachen, was er in Zukunft von ihnen erwartete. Harris hatte Arthur bereits zum Gouverneur von Seringapatam gemacht, statt sich mit dem unmöglichen Davie Baird zu belasten. Das war ein guter Anfang. Es würde einfacher sein, Arthur nach der Pfeife des Generalgouverneurs tanzen zu lassen. Der Kleine hatte ja immer schon treu und brav wie ein Schaf das getan, was Richard ihm aufgetragen hatte. Warum also nicht dort unten im Süden? Offenbar sprach er inzwischen sogar die Landessprachen und hatte bewiesen, dass er mit den Indern gut zurechtkam.

Arthurs erste und wichtigste Aufgabe als Gouverneur von Seringapatam hatte darin bestanden, Ruhe und Ordnung zu schaffen. Nach dem Fall war die Stadt zu einem Vorhof der Hölle geworden: Plünderungen, Vergewaltigungen, Raub, Mord und Totschlag waren an der Tagesordnung. Viele Einwohner dieses wichtigen Handelsplatzes im Herzen des Subkontinents waren bereits vor den unbezähmbaren Rotröcken und den Sepoys geflohen. Glücklicherweise waren die Verluste des 33. Regiments nicht weltbewegend gewesen. Die Schweizer de Meurons unter dem bewährten John Sherbrooke waren vollständig. Hinzu kamen noch die Sepoy-Regimenter der 17. und 18. Madras-Infanterie.
Der junge irische Offizier räumte mit eiserner Hand auf. Die Gesetze des Krieges gewährten dem Sieger vierundzwanzig Stunden in der gefallenen Stadt. Doch das Chaos dauerte nun schon zwei Tage. Arthur konnte es den schwergeprüften Männern nicht verdenken, dass sie sich wie die Wilden aufführten. Dennoch musste er ein Exempel statuieren. Er ließ die vier übelsten Burschen, deren seine Provos-Marschalls habhaft werden konnten, aufhängen. Zwei Hundertschaften unbelehrbarer Rotröcke – die Sepoys durfte er auf diese Weise nicht bestrafen – tanzten mit der Katze. Und um der Gerechtigkeit willen strich er den zweihundert schlimmsten Indern für vier Wochen den
Sold. Natürlich scherten diese Halunken sich einen feuchten Kehricht darum, denn sie hatten genauso wild geplündert wie ihre Kameraden. Immerhin hatten auch sie seinen Schuss vor den Bug verstanden und benahmen sich wieder vernünftig.
Kaum eine Woche war vergangen und es schien, als ob Seringapatam trotz der schweren Prüfung zur Ruhe käme. Der Gouverneur war überall – meist persönlich, manchmal vertreten durch Oberstleutnant Barclay oder Oberstleutnant Close von der Ostindischen Kompanie. Mit Engelszungen redeten sie auf die

Bevölkerung ein: »Vertraut uns! Ihr könnt die Märkte wieder aufmachen, der Handel kann weitergehen, es wird Frieden geben. Wir kümmern uns um alles.« Irgendwie ging die Rechnung auf, denn bereits eine Woche nach dem Fall der Stadt begannen sie mit dem Wiederaufbau. Waren und Lebensmittel fanden ihren Weg zurück in die belebten Straßen und auf die großen Plätze. Die Nachricht über die neue Ordnung erreichte auch die Flüchtlinge. Die meisten beschlossen, den Versuch zu wagen und nach Seringapatam zurückzukehren. Dann verschwanden General Stuart und seine Bombay-Armee zurück an die Malabar-Küste und nach Kanara. Arthur hatte mit einem Schlag 7000 Sorgen weniger. Als nächster verabschiedete sich Read mit 5000 Rotröcken nach Bangalore. Arthur atmete auf. Als auch noch Archibald Brown und die Armee von Coimbatore auf dem Heimweg waren, befand der junge Offizier sich in beinahe übermütiger Stimmung. Er musste andere Fragen lösen als die wildgewordener Soldaten in einer besiegten Stadt. Man erwartete von ihm, dass er so etwas wie eine Regierung auf die Beine stellte.

Die alte Hindu-Dynastie Wodeyar bekam ihren Thron zurück, doch der neue Rajah war gerade erst fünf Jahre alt und trug noch Windeln am Hintern. Montstuart Elphinstone hatte den ehemaligen Dewan des Sultans aufgetrieben und Wellesley versichert, dieser Brahmane Purneah wäre ein vernünftiger Mann. Der Ire hatte ihn zu einem Gespräch unter vier Augen bestellt. Drei Stunden später konnte der kleine Krishna Wodeyar wieder in die Arme seiner Mutter und zu seinen kindlichen Spielen zurückkehren. Mysore hatte einen neuen Herrscher und dieser einen neuen Premierminister, der einem jungen irischen Offizier hoch und heilig geschworen hatte, im Gegenzug für Großbritanniens militärischen Schutz brav zu tun, was man von ihm verlangte.

Natürlich hatte Arthur ihm noch nicht genau darlegen können, was das denn sein würde, denn Henry Wellesley und Morningtons militärischer Sekretär Kirkpatrick waren mit den detaillierten Anweisungen des Generalgouverneurs noch unterwegs. Doch er hatte Purneah bei seiner Offiziersehre versprochen, dass England sich anständig benehmen würde, und Purneah hatte sich dazu durchgerungen, dem Iren vorläufig Glauben zu schenken, denn die Lage, in der Seringapatam und Mysore sich in diesen letzten Maitagen des Jahres 1799 befanden, machte jeden Widerstand zwecklos.

General Harris war glücklich über seine kluge Entscheidung: Wellesley war der richtige Mann auf dem richtigen Posten. Er machte seine Sache sehr gut. Die schlimme Auseinandersetzung mit Davie Baird hatte der Oberkommandierende einfach ausgesessen. Als der alte Davie zu unverschämt wurde und kochte, weil man ihm den Jüngeren vorgezogen habe, nur weil dieser das Brüderchen des Generalgouverneurs sei, war Harris dann aber doch der Kragen geplatzt.
»Nimm das zurück, oder verlass die Armee, Davie!« hatte er den Schotten angefaucht. Glücklicherweise war Baird vernünftig genug gewesen, die Feldkiste zu packen und nach Madras zu verschwinden. Sollte er seine üble Laune dort doch an Lord Clive auslassen oder sich bei Sir Alured Clarke in Kalkutta beschweren.
Zumindest konnte Harris sich jetzt – mit Wellesley an der Front in Seringapatam – vernünftig um seine militärischen Aufgaben kümmern. Er musste Armeen zu ihren Besitzern zurückschicken, Kanonen durch den Monsunregen nach Madras, Bombay und Hyderabad rollen lassen, sich mit den Preisagenten von »John Company« prügeln, kleinere Expeditionskorps gegen Rebellen ausschicken, die im Bergland von Mysore nach dem Tod des Sultans Widerstandsgruppen bildeten, und so weiter, und so fort. Als der Oberkommandierende sich Ende Juli schließlich selbst auf den Heimweg nach Madras machen durfte, war er beruhigt: Seringapatam hatte ein paar ordentliche, neue Militärhospitäler, die Kasernen der Garnison waren luftig und sauber, und Briten und Inder erfreuten sich einer funktionierenden Wasserversorgung, denn irgendjemand hatte sich umgehend darum gekümmert, das halbzerstörte Aquädukt wieder herzurichten.
Derselbe gute Geist war klug genug gewesen, sich sowohl der verbleibenden britischen Artillerie als auch der neu hinzugekommenen Geschütze, Munitionslager und Waffenreserven von Mysore anzunehmen. Natürlich wusste Harris nur zu genau, wie der gute Geist hieß, und im stillen freute er sich darüber, dass der Generalgouverneur in Kalkutta seiner Empfehlung gefolgt war und Oberst Wellesley – über einige sture alte Köpfe hinweg – in seinem Posten als Kommandeur der neuen Mysore-Armee bestätigt hatte. »Armee« war zwar ein großes Wort für die vier Regimenter, die er Arthur überließ, doch er spürte instinktiv, dass der junge Mann klarkommen würde: Malavelley,

der Sultan-»pettah«, der Sturm von Seringapatam waren eine harte Schule gewesen...

Richard Lord Mornington kochte vor Wut. Er saß in seinem prächtigen Arbeitszimmer mitten im prächtigen Palast von Fort William und besaß Machtbefugnisse, um die so mancher europäische Souverän ihn beneidet hätte. Trotzdem hatte er nachgeben müssen! Als Henry mit seinen Forderungen bezüglich des Schutzvertrages mit dem Rajah von Mysore bei Arthur aufgetaucht war, hatte sein dummer kleiner Bruder es gewagt, sich hinzusetzen und ihm einen langen Brief zu schreiben, in dem er ihm ausführlich und sehr logisch dargelegt hatte, warum so etwas nicht gutgehen konnte. Dann war der Soldat waghalsig geworden und hatte weiter ausgeführt: »Sir, die Annexion des Territoriums von Mysore zu befehlen, würde Ihnen auf lange Sicht nur große Probleme mit einem neuen Sultan einbringen ... Die Klausel, >John Company< und den Geldhaien aus der Leadenhall Street zu gewähren, die Autorität des Rajahs an sich zu reißen und ein Staatsgebiet zu beherrschen, dass vier oder fünfmal so groß ist wie England, ist keinesfalls akzeptabel ... Insbesondere in Anbetracht der angrenzenden Gebiete der Marattha und deren aggressive Haltung, was die Grenze Mysores betrifft, wäre es empfehlenswert, dem legitimen Herrscherhaus Wodeyar einen Schutz- und Bündnisvertrag anzubieten. Allein die Tatsache, dass der Nizam von Hyderabad – im Gegenzug für seine vorbildliche Treue auf dem Feldzug gegen den Sultan – einen Teil des nördlichen Staatsgebietes von Mysore erhalten hat, war ein Punkt, der hier zu heftigen Diskussionen führte. Nur die diplomatischen Fertigkeiten der Herren Close und Barclay erlauben mir, Ihnen heute zu berichten, dass der Premierminister des Rajah am Ende doch überzeugt werden konnte ...«
Dann hatte der jüngere seinen langen Brief mit einer Reihe von Empfehlungen abgeschlossen. Natürlich würde England Mysore regieren, doch eine gewisse Autonomie war unumgänglich, um Frieden und gute Beziehungen zu gewährleisten. Natürlich sollte der Rajah das Geld für den militärischen Schutz der Engländer alljährlich nach Kalkutta schicken, doch alles musste sich in einem wirtschaftlich erträglichen Rahmen halten. Natürlich sollte »John Company« sämtliche Schätze des Orients aus dem Herzen des Subkontinents über den Ozean nach London verschiffen, doch nur gegen faire Bezahlung. Arthur erinnerte Richard sogar daran, dass

ein Diener der Krone in erster Linie ein Beispiel in Sachen Integrität, Ehrlichkeit und Sorge um das Allgemeinwohl zu sein hatte. Menschen, egal welcher Nationalität und Hautfarbe, zu berauben und zu knechten, war unwürdig. Jeder sollte in Ruhe, Frieden und Freiheit leben dürfen, denn dies seien die großen Grundprinzipien, auf denen Englands Staatswesen seit einem knappen Jahrtausend beruhte, und England hatte bewiesen, dass diese Prinzipien gut und richtig waren. Arthur schrieb, dass er sicher sei, Richard könne sich seiner Auffassung anschließen, denn er fühle, dass dieser als Generalgouverneur nach Britisch-Indien gekommen sei, um den Indern Gutes zu tun und nicht, um sie – wie manche seiner Vorgänger – gnadenlos auszurauben.
»Zum Teufel!« zischte Lord Mornington leise durch die Zähne. »Mein kleiner Bruder Arthur hat doch einen Kopf und benutzt ihn sogar zum Denken! Ich kann ihm nicht einmal unterstellen, dass er mir irgendwelchen Unsinn empfohlen hat ... Alles zum Besten Englands, alles für König und Vaterland, und alles für diese kleinen braunen Bastarde ... Es soll mich nicht stören, ›John Company‹ ein wenig auf die Finger zu klopfen und mehr an den König zu denken als an die Kassen in der Leadenhall Street, doch dass ausgerechnet Arthur mir unterstellt, mein einziges Streben sollen Ehrlichkeit, Integrität und Dienst für Krone und Volk sein, berührt mich doch tief. Er soll seinen Willen haben und sich in Mysore austoben ...« Laut rief er nach Hyacinte, seinem Sekretär. »Eine Depesche für Oberst Wellesley, den Gouverneur von Mysore! Sag dem Kurier, er soll sich in der nächsten Stunde auf den Weg machen!« Dann nahm er seine Feder und schrieb eigenhändig: »Mein lieber Arthur! Nichts könnte mich je dazu bewegen, die Rückerstattung der Summen zu akzeptieren, die Du mir in Deinem Schreiben vom 15. Mai dieses Jahres angeboten hast. Es fehlt mir nicht an Mitteln, und möglicherweise werde ich nie in die Situation kommen, Dich an diesen kleinen Vorschuss unter Brüdern zu erinnern. Sollte ich je in Not geraten weiß ich, dass Du mir zur Seite stehen wirst ...«
Ein kleines Geschenk am richtigen Ort und zum richtigen Zeitpunkt tat nicht weh. Insbesondere dann nicht, nachdem »John Company« ihm gerade die stattliche Summe von 200000 Pfund Sterling für die Eroberung Mysores aufgedrängt hatte. Natürlich hatte er sich – um des guten Tons Willen – ein paar Tage von den Direktoren bedrängen lassen und eine bescheidene Miene aufgesetzt.

Wie hatte der kleine Arthur das genannt? »Für König und Vaterland!« Morningtons Kassen füllten sich, und er konnte nicht darüber klagen, dass er den Posten des Generalgouverneurs akzeptiert hatte. Sollte Arthur, der wackere Soldat, vor Gott und der Welt doch zeigen, wie sehr er, Mornington, um das Allgemeinwohl und die Krone besorgt war. Solange alle Augen sich auf seinen Schwertarm richteten, der sich gerade damit abmühte, im Herzen des Subkontinents einen Musterstaat aufzubauen, solange konnte er sich um lukrativere Dinge kümmern. Zum Beispiel Schutz- und Bündnisverträge mit befreundeten Herrschern aushandeln, die diese unpraktische Zweiteilung der Macht zwischen »John Company« und der britischen Krone ersetzen würden.

Natürlich würden die Rajahs, Maharadschas und andere gekrönte Häupter Indiens sich Englands Schwert und seine Gunst einiges kosten lassen müssen. Es war ein genialer Plan. Seine neue Politik würde König Georgs Einflussgebiet verdoppeln, verdreifachen, vervierfachen ... Wo würde es enden? Das wusste nur Gott. Und sie würde ihn zu einem reichen, geachteten Mann machen, zu einem wichtigen Faktor der britischen Politik. Richard hatte bereits in Oxford davon geträumt, einen Platz im Kabinett einzunehmen ... Finanzminister, Außenminister, vielleicht sogar eines Tages Premierminister!

»Und wie sieht es mit Euren Heiratsplänen aus?« Henry Wellesley legte das Besteck zur Seite und griff nach dem Weinglas.

Charlotte hob die Schultern und lächelte ihrem Schwager in spe fröhlich zu. »General Harris hat Arthurs Urlaubsgesuch abgelehnt, bevor er nach Madras verschwunden ist, und Oberst Wellesley kann Oberst Wellesley keinen Urlaub genehmigen. Wir haben beschlossen, den gordischen Knoten zu durchschlagen.«

Arthur hob die Augen zum Abendhimmel und seufzte: »Ob du's glaubst, oder nicht, ich habe dem Oberkommandierenden einen Brief geschickt und dringend um einen Kaplan für das Dreiunddreißigste gebeten.«

Henry prustete und verschluckte sich dabei fast am Wein. »Mein Freimaurerbruder, treuer Adept des ›Großen Baumeisters‹ und ergebener Diener der ›Witwe‹! Ich kann es nicht glauben. Dein Regiment hatte doch nie einen Kaplan. Du hast die Stelle immer mit einem zweiten Arzt ausgefüllt.«

Die jungen Herren aus Arthurs Stab grinsten verstohlen. Es war offensichtlich, dass alle an diesem Tisch sich über ihn lustig machen wollten. »Diese kleinen Krähen, die hier versammelt sind, nur um sich der Völlerei und der Trunksucht hinzugeben ... Sieh sie dir an! Keine Ehrfurcht vor dem Alter. Über ihren Kommandeur zu spotten ... Also, einen Kapitän zur See finden wir wohl kaum im Herzen Indiens, und wenn wir zum Mullah oder zu einem Hindupriester gehen, ist die Sache nach britischem Gesetz nicht rechtsgültig.«

»Du willst unbedingt so schnell wie möglich eine ehrbare Lady aus mir machen?«

»Es wird Zeit, kleine Charlotte! Ansonsten zerfleischt Sir Edwin mich noch wie ein bengalischer Königstiger.«

Charlotte winkte ab. »Ach was. Papa hat drei Jahre gebraucht, um Mama zu heiraten. Als die beiden hier angekommen sind, gab's noch weniger Geistliche als heute. Als ich schon unterwegs war, hat sich schließlich Vater O'Shea von der Missionsschule ihrer erbarmt, obwohl es zwei ketzerische Protestanten waren, die den noblen Jesuiten um seinen Segen baten.«

Montstuart Elphinstone hob abwehrend die Hände, als Wellesleys Blick den seinen traf. »Nein, mein Freund! Ich weiß zwar über fast alles hier in der Gegend Bescheid, aber einen Jesuiten kann ich dir trotzdem nicht besorgen, oder wir müssen ihn aus Goa holen, von den Portugiesen. Aber dann kannst du auch auf den Mann aus Kalkutta warten ...«

»Der in drei Monaten, vielleicht auch vier, hier eintreffen soll.«

»Sei froh, dass sie überhaupt einen Verrückten für dein Regiment gefunden haben, Arthur. Ich darf durch den Regen bis nach Madras traben, nur um Jemima das Jawort zu geben.« John Sherbrooke strich zufrieden mit der Rechten über seinen Urlaubsschein.

»Du hast ja auch einen Trottel gefunden, der dir deinen Wisch unterschreibt.« Arthur war trotz der kleinen privaten Komplikationen, die sein Kommando in Mysore mit sich brachte, glücklich und zufrieden. »Der Preis der Verantwortung, alter Freund! Ich bin ein unbedeutender, einfacher Oberst mit einem unwichtigen kleinen Regiment ...« Der Abend war nach den Regenstürmen des Tages angenehm kühl. Das Abendessen im Freundeskreis zog sich in die Länge und wurde immer munterer und vergnügter. Sie hatten die Gartenlaube des Sultans bezogen und waren nicht mehr auf den knappen Platz von Arthurs Zelt beschränkt. Charlotte schmunzelte, als sie an ihre Gartenlaube dachte. Das Ding war genauso unverhältnismäßig groß wie alle anderen Bauwerke, die Tippu in Seringapatam errichtet hatte. In Kalkutta hätte man es als Sommerresidenz bezeichnet: ein Speisesaal, acht oder neun Gästezimmer, ein paar große, prachtvoll eingerichtete Räume für Charlotte und Arthur sowie ein Seitenflügel für die Bediensteten. Sie hatten im »Loll Baugh«, dem Zypressengarten des Sultans, sogar ihren eigenen See mit Seerosen, Wasservögeln, einem kleinen Boot und einer Vollière voller bunter Papageien. Nach dem anstrengenden Feldzug und der schrecklichen Belagerung war es herrlich, hier zu leben. Jeden Abend empfingen sie Freunde – die Offiziere der Regimenter, die Offiziere von »John Company«, manchmal kam sogar der Premierminister des jungen Rajahs vorbei, begleitet von seiner ganzen Regierung ... Sie schmunzelte, als sie an die Regierung des kleinen Krishna Wodeyar dachte: Arthur ließ die zwölf würdigen Herren in dem Glauben, dass sie Mysore regierten und nur von England beschützt wurden – und Purneah und seine Minister taten so, als ob sie *ihm* das glaubten.

Die Leute, die wirklich das Sagen hatten, waren Arthur, Close und Barclay, Henry Wellesley und – Montstuart Elphinstone. Daneben hatte ihr cleverer Verlobter dem guten alten General Harris noch Hauptmann McLeod ausgespannt, einen Cousin von Connor, der sich auf Geldgeschäfte und Steuereintreibungen verstand und so ehrlich war, dass selbst der durchtriebene Dewan keine Hand an die Kasse des kleinen Rajahs legen konnte. Irgendwie war es ihm dann noch geglückt, eine alte Haut der »John Company« zu überreden, dem schönen Madras den Rücken zu kehren und in Mysore Soldat zu spielen: Oberst Stevenson war eine lebende Legende in Britisch-Indien. In diesem Augenblick befand er sich in den Bergen im Norden Mysores und verfolgte Banditen und Strauchdiebe. Arthur nannte es sehr diplomatisch eine »Befriedungsmission«. Er wollte Ruhe in Mysore haben.

»Wie läuft's in den Bergen?« Henry Wellesley schien Gedanken lesen zu können.

Arthur zuckte mit den Schultern. »Mühselig! Ich habe nach Kalkutta gemeldet, dass die zentrale Tiefebene des Gebietes befriedet ist: Das heißt, wir beherrschen im Moment einen Landstrich mit 120 Meilen von Osten nach Westen und 200 Meilen von Norden nach Süden. Und sogar diese Herrschaft ist etwas fragwürdig, denn die ›polygars‹ sind nicht immer meiner Auffassung.«

Montstuart Elphinstone war aufgestanden, um sich bequem gegen die Brüstung der Veranda von Wellesleys Gartenlaube zu lehnen. Mit einem kleinen Messer schnitt er die Spitze einer Zigarre ab. Dann zündete er sie an und paffte ein paar Züge schweigend vor sich hin. Die »polygars« machten ihm wenig Sorgen. Sie waren mit Luntenschloßmusketen und Lanzen ausgerüstet und würden es sich dreimal überlegen, ihre Waffen gegen britische Musketen und Kanonen zu erheben. Arthur hatte eine Engelsgeduld und redete mit ihnen wie eine tibetanische Gebetsmühle, doch wenn sie dem Iren dumm kamen und er schlechte Laune hatte, konnte es durchaus passieren, dass sie mit dem 33. Regiment des Königs und den Madras-Regimentern Bekanntschaft machten. Hinter dem umgänglichen und freundlichen Charakter des jungen Gouverneurs verbarg sich die eiserne Hand eines Berufssoldaten.

»Die ›polygars‹ können wir vorerst vergessen, Henry. Der Generalgouverneur in Kalkutta kennt die Einschätzung der Lage und hat unsere Verhandlungsstrategie gutgeheißen. Worum ich mich im Augenblick sorge ...« Er paffte weiter und spähte auf eine große Karte an der Wand, die Mysore darstellte. »Ach, verdammt, wie konnten wir nur so blöd sein, den Kerl entwischen zu lassen!« Elphinstones Wangen röteten sich, und Wut stand in seinen Augen.

»Welchen Kerl?« Henry Wellesley verstand kein Wort, obwohl er schon seit zwei Monaten in Seringapatam war.

»Oberst Dhoondia Wao, besser bekannt unter dem Namen ›König zweier Welten‹, Bruder!« Arthurs Miene war finster geworden. Die Strauchdiebe und Briganten, die Stevenson angeblich in den »gauths« verfolgte, waren leider eine etwa 50000 Mann starke, ziemlich gut organisierte Armee. Purneah, Tippus Dewan, hatte ihn über Dhoondia aufgeklärt. Oberst Wao war der Kommandeur der Leibgarde des Tigers gewesen und sein enger Freund und Vertrauter. Oberst Wao hatte in den Tagen der Herrschaft des Sultans das Wetter in Mysore gemacht, denn er hatte Spitzel, Spione und Agenten, die jeden Anflug von Widerstand oder Aufruhr gegen den Sultan dem Palast meldeten. Oberst Wao hatte es geschafft, nicht nur seine Spitzel, Spione und Agenten zu retten, nachdem Seringapatam gefallen war; er hatte es auch fertiggebracht, Teile der Armee des Sultans zu überzeugen, nicht dem neuen Rajah Krishna Wodeyar zu dienen, sondern ihm in die

Berge zu folgen und den Kampf fortzusetzen. Es gab ein strenggeheimes Papier, das seinen Weg in der Tasche eines Sonderkuriers zu Sir Alured Clarke gemacht hatte: Arthurs Nachrichtendienst schätzte die Anhängerschaft des »Königs zweier Welten« auf etwa ein Viertel der Bevölkerung von Mysore.
Sir Alured hatte umgehend geantwortet. Seine Antwort war eindeutig gewesen. Sie trug einen roten Rock und belief sich auf 1500 Mann – zu Pferd und bestens bewaffnet. Die Befriedung Mysores würde ein langer, anstrengender Bewegungskrieg werden. Doch nun hatte der junge Gouverneur Kavallerie zur Verfügung...
Endlich waren sie allein. Charlotte liebte die geselligen Abendgesellschaften in der Gartenlaube und hatte die meisten von Arthurs jungen Offizieren fest ins Herz geschlossen; trotzdem war sie jedes Mal froh, wenn die Jungs wieder in ihre eigenen Quartiere verschwanden und ihr ein paar stille Stunden mit Wellesley ließen. Seine Aufgaben und Pflichten waren so umfangreich geworden, dass sie ihn manchmal tagelang nicht zu Gesicht bekam. Er kümmerte sich um die Regierungsgeschäfte in Seringapatam und um die Angelegenheiten des Generalgouverneurs von Britisch-Indien. Doch daneben war ihr Verlobter in erster Linie immer noch Soldat, und er hatte nicht nur Sorgen mit Dhoondia Wao. Der Rajah von Bullum plante eine Rebellion gegen Englands Herrschaft; Plünderer und Mörder hielten sich schadlos an den wehrlosen Bauerndörfern des Dekkan; die Maratthas überfielen mit ihren Reitern regelmäßig Mysores Grenzland; im Malabar kursierte seit Jahren schon ein Streit zwischen den »nair« und den »moplas«, der nun kurz davor war, auszuufern.
»Wann ziehst du wieder los?« erkundigte sie sich vorsichtig. Sie wollte nicht, dass er den Eindruck bekam, sie würde ihm einen Vorwurf machen, weil er die Armee möglicherweise ein wenig mehr liebte als sie. Als sie ihm die scharlachrote Schärpe geschenkt hatte, hatte sie gewusst, worauf sie sich einlassen würde.
In dieser hellen Mondnacht schien ihm Charlottes Gesicht noch schöner als sonst. Das Licht brach sich im hauchdünnen, weißen Stoff des Vorhangs, der sich über ihr Bett spannte, um die blutgierigen Moskitos fernzuhalten. Hinter dieser weißen Dunstwolke verborgen, schimmerte Charlottes Haut in einem zarten, dunklen Pastellton. Sie lächelte. Dieses sonderbare Lächeln! Traurig und stolz zugleich. Sie wusste, dass er gehen musste. Glaubte sie vielleicht, sie würde ihm den Abschied mit diesem

Blick leichter machen?
»Morgen, bei Tagesanbruch!« Wie unverfroren hatte er sie doch angelogen, als er ihr vor einer kleinen Ewigkeit zugeflüstert hatte, er könne keine Frau je so sehr lieben wie die Armee. Sich in ihre Arme sinken zu lassen, das bedeutete im Glück zu versinken, sich ganz hinzugeben, seine Schwächen einzugestehen und dabei nicht zu fürchten, dass sie ihm weh tun würde. Damals in Irland hatte er Miss Pakenham geliebt wie ein unerfahrenes Kind, und sie hatte schnell gemerkt, dass sie sich seiner für ihre eigenen Zwecke bedienen konnte, denn er hatte schreckliche Angst davor, verletzt zu werden. Das Herz, das sich hinter seinen ruhigen, fast kalten Augen verbarg, war schutzlos, auch wenn der Verstand es zwang, nicht zu zeigen, wie sehr es oftmals litt.
Als hätte Charlotte seine Gedanken gelesen, zog sie ihn fester in ihre Arme. Es war ein Gefühl von Sicherheit und Frieden, das ihn durchströmte. Er schmiegte sich an ihren warmen Körper. »Willst du mit uns kommen, abenteuerlustige kleine Lady?«
Charlottes Arme umfingen ihn noch fester als zuvor. Sie presste ihre Lippen auf die seinen. Er spürte, wie sie zitterte. Eine warme, salzige Träne rann über ihre Wange. »Ich glaube, ich werde dich einige Zeit nicht begleiten können, Liebster.« Die Stimme hatte einen sonderbaren, weichen Klang. Sie nahm seine Hand in die ihre und zog sie vorsichtig auf ihren leicht gewölbten Leib. »Dem Kleinen bekommt das Reiten nicht.«
Arthur brachte keinen Laut hervor. Er war wie vom Blitz getroffen. Er hob das Gesicht, das er in den langen braunen Locken der geliebten Frau vergraben hatte.
»Dem Kleinen bekommt das Reiten nicht«, ließ er sich ihre Worte noch einmal durch den Kopf gehen. Vielleicht hatte er Charlotte nicht richtig verstanden? Seine Hand streichelte sanft ihren zierlichen Körper. Es dauerte ein paar Minuten, bevor er begriff. Charlotte hatte mit allem gerechnet, nur nicht mit dieser Reaktion. Sie glaubte, er würde sie mit Küssen ersticken oder sie ungestüm in seinen kräftigen Armen erdrücken. Sie bekam kaum noch Luft. »Langsam, langsam, Liebster!« versuchte sie ihn ein wenig zu bändigen.
»Ein Kind! Unser Kind!« platzte es aus ihm heraus. »Und du bist ganz sicher?«
»Natürlich! Sonst hätte ich's dir nicht gesagt«, erwiderte sie vergnügt. Ihre Augen leuchteten.
Arthur stützte sich gegen ein Kissen und zog sie auf seine Brust.

»Aber wie kriege ich diesen verflixten Kaplan nur so schnell in dieses verflixte Seringapatam?«
»Vergiss den Kaplan, Arthur. In Indien kommen dauernd Siebenmonatskinder zur Welt.«
»Ein Kind«, sagte er leise. »Wir bekommen ein Kind!«

Die Gestalt schlich vorsichtig von der Terrasse zurück in den dichten Zypressenwald des »Loll Baugh«. Es hatte sich gelohnt, stundenlang auszuharren und diese ungläubigen Teufel zu beobachten. Es waren nur noch wenige Stunden bis zum Tagesanbruch. In Seringapatam war Markt, und die »gorah-logs« würden die Tore der Stadt weit öffnen, um Bauern und Händler einzulassen. Es würde ein leichtes sein, sich im allgemeinen Aufruhr zwischen Ochsenkarren und schwerbeladenen Kamelen nach draußen zu schleichen. Dann noch einen kurzen, gefährlichen Weg entlang des Aquädukts – und der Tempel des Balarama würde Schutz und Zuflucht bis zur nächsten Nacht bieten. Die »gorah-logs« in ihren roten Röcken trieben sich nie beim Tempel herum. Man hatte ihnen befohlen, die Heiligtümer der Hindus und Moslems in und um Seringapatam strengstens zu respektieren. Die »gorah-logs« in den roten Röcken taten, was der junge Oberst-Sahib ihnen befahl. Sie zitterten vor ihm. Bald schon würde er selbst das Zittern lernen.
Der »König zweier Welten« hatte den heiligen Schwur geleistet, den Tiger von Mysore zu rächen und die zu richten, die für seinen Tod verantwortlich waren. Purneah, der Verräter, der sich nun den Ungläubigen an den Hals geworfen hatte und ihnen ergeben diente, würde der erste sein. Dann sollte der Oberst-Sahib für den Sultan bezahlen. Schon bald würden auch die anderen »inglis« in Schrecken leben, und dann würden sie aus Mysore fortrennen wie die Kaninchen. Gewiss, sie hatten Musketen und Kanonen und die roten Röcke, die den Tod nicht fürchteten, aber der »König zweier Welten« hatte den wahren Glauben – und der wahre Glaube würde siegen.
Die Gestalt verschwand zwischen den Bäumen.

Oberst Stevenson konnte schon von weitem den Staub sehen, den die Reiter aufwirbelten. Er gab seinem Adjutanten Zeichen. Dann spornte er sein Pferd zu einem schnellen Galopp durch die Ebene an. Sie würden sich bei Saligrama treffen, hatte Arthur Wellesley ihm mitgeteilt. Der Ire war pünktlich wie eine Schweizer Uhr. Von

weitem schon sah Stevenson die Sepoys, Major West und Arthur. Er winkte ihnen erleichtert zu. Dhoondia Wao befand sich mit mehr als der Hälfte seiner Truppen in der Gegend des Godavery, direkt an der Grenze zum Maharastra. Die Gelegenheit, sein zweites Teilheer in die Zange zu nehmen, war günstig. Seine Späher berichteten ihm, dass die Banditen versuchten, sich nordwestlich von Seringapatam in das Gebiet des Rajahs von Bullum zu schleichen. Seit Monaten schon war Stevenson ihnen auf den Fersen. Einmal war es ihm fast gelungen, sie aufzureiben, doch der Befehl aus Kalkutta war deutlich genug: kein Eindringen in die unabhängigen Gebiete, wenn der Feind nicht aktive Kampfhandlungen gegen die britischen Truppen unternahm.
»Stevenson, ich freue mich, Sie zu sehen!« rief Wellesley schon von weitem seinem Kameraden zu. In der Tat war der Ire glücklich, dass alle so pünktlich am vereinbarten Treffpunkt eingetroffen waren. Sein Nachrichtendienst meldete ihm, dass Arapaoha Singh, Dhoondias Nummer zwei, sich vehement mit Sudhir Sahay und K Bhumeshwar stritt – Männern, die unter dem »König zweier Welten« in Seringapatam gedient hatten und daraus Anspruch auf mehr Befehlsgewalt ableiteten. Es war gut, wenn der Feind im Inneren zerrissen war. Persönliche Feindschaften schwächten jede Armee der Welt: General Harris' Expeditionskorps, Wellesleys Mysore-Armee, Dhoondias Banditentruppe ... sie alle konnten nur überleben, wenn die Führung sich einig war.
»Zur Sache, James! Über Familiengeschichten können wir uns heute beim Abendessen auslassen.«
Stevensons Blick begegneten dem seines jungen Vorgesetzten. Der Blick war strafend. »Arthur, es gibt in diesem Kuhdorf Britisch-Indien nichts Wichtigeres als Gerüchte und Familiengeschichten. Haben Sie das noch nicht gemerkt?«
»Jamie, zuerst die Banditen, dann die Gerüchteküche!« Der Ire grinste. »Behalten Sie die Neuigkeit von unserem Kleinen vorerst für sich.«

Dhoondia Wao hörte dem Spion mit großem Interesse zu. Er hatte dem sterbenden Tiger einen heiligen Schwur geleistet: Der Dekkan stand in Flammen; die britischen Hunde hetzten ihn, doch er war schneller als die Ungläubigen. Sie würden keinen Frieden über Mysore bringen können.
»Geh jetzt!« befahl Dhoondia dem Spion. Dann setzte er sich alleine unter eine schattenspendende Mangrove, um eine Weile

nachzudenken.

Der Tempel lag tief im Dschungel verborgen. Äußerlich glich er eher einer riesigen, finsteren Festung als einem heiligen Ort. Er hatte die Form eines Quadrats und war von dicken Mauern umgeben. Zu allen vier Seiten öffnete sich ein Tor in die Wildnis. Die Mauern des Tempels waren so dicht von Dschungelpflanzen überwuchert, dass ein ungeübtes Auge ihn nie wahrgenommen hätte. Eines der Tore wurde von zwei grauenvollen steinernen Bestien, den »rakshasa«, bewacht. Ihre Augen glichen Feuerkugeln, ihre plattgedrückten Nasen unterstrichen noch die scharfen Hauer, die aus ihren toten Kiefern ragten. Zwischen diesen Ungeheuern konnte der »König zweier Welten« die Treppe aus weißem Stein ausmachen, die ins Heiligtum führte. Er gebot seinen Gefolgsleuten, zurückzubleiben. Dann hob er die Augen zum Himmel und bat Allah um Schutz für seine gefährliche Mission. Entschlossen setzte er den Stiefel auf die erste weiße Stufe. Dumpf dröhnten Tam-Tams und Trommeln an sein Ohr. Untermalt wurde diese Höllenmusik von einem Brummen, das ihn an einen Schwarm wildgewordener Hornissen erinnerte. Das einzige, was er verstehen konnte, war die regelmäßige, monotone Anrufung der Göttin Kali – Kali die Schreckliche. Kali, die furchtbare Inkarnation Devis, der Gemahlin Shivas! Kali die Grausame, eingehüllt in eine schwarze Tierhaut, aus der Blut rinnt; umgeben von Schlangen, trägt sie einen Halsschmuck aus menschlichen Schädeln.

»Kali, Kali, Kali!« drang es immer lauter und bedrohlicher zu ihm. Der Trommelwirbel wurde wilder, ekstatischer. Dhoondia stand im Innenhof des Tempels. Steinerne Ungeheuer, schrecklicher als jene, die das Tor bewacht hatten, behüteten das Heiligtum. Sie waren über und über mit Blut beschmiert, und auf den Altären vor ihren grausamen Klauen lagen Opfertiere. Es stank ekelerregend nach Blut.
Mit einem Schlag endete der höllische Trommelwirbel, und das Summen der wildgewordenen Hornissen verstummte. Dhoondia Wao nahm seinen ganzen Mut zusammen und trat durch die blutbeschmierte Pforte ins Zentrum des Kali-Tempels von Aymangala. Die Anhänger des grauenhaften Kali-Kults, der seit mehr als fünfhundert Jahren den ganzen Subkontinent in Angst und Schrecken versetzte, gewährten Außenstehenden nur selten

Einlass. Die »thugs« wurden von den indischen Herrschern genauso unbarmherzig verfolgt wie von den Briten, Franzosen und Portugiesen. Doch es war schwer, Hand an sie zu legen. Sie lebten im Verborgenen, erkannten sich untereinander an geheimen Zeichen und Gesten, scheuten das helle Licht des Tages und trafen nie mit Fremden zusammen. Sie zogen durch Indien wie blutrünstige Wölfe; zu Ehren ihrer Göttin Kali brachten sie Menschenopfer dar. Sie erwürgten ihre Opfer wahllos auf den Straßen und in den Serais, stets mit einem gelben Schal aus schwerer Seide und immer im Schutz der Nacht. Als Dhoondia Wao noch dem Sultan gedient hatte, hatte er selbst auf die »thugs« Jagd gemacht. Heute war er zu ihnen gekommen, um für seinen Kampf gegen die »inglis« Verbündete zu gewinnen. Er wusste, dass der Preis, den die Diener Kalis ihm abverlangen würden, hoch war. Doch er hatte dem Tiger von Mysore einen heiligen Schwur geleistet und war bereit, im Namen Allahs jedes Opfer zu bringen.

Stevensons Sepoys und Wellesleys Kavallerie trieben Dhoondia Waos Leutnant Arapaoha Singh mit seinen Banditen immer mehr in die Enge. Im Verlauf der letzten Tage hatten sie mehrfach blutig miteinander gekämpft; viele der Anhänger des »Königs zweier Welten« waren vor ihren Gott getreten. Andere hatten die Flucht ergriffen. Obwohl sie den wahren Glauben für sich in Anspruch nahmen, schien Allah ihnen nicht gewogen zu sein. Die ungläubigen »inglis« und ihre Sepoys schlugen sich wie die Teufel. Sie waren unbesiegbar und unverwundbar. Arapaoha Singh verfügte vielleicht noch über sechstausend Mann. Wellesley und Stevenson konnten kaum mehr als dreitausend Männer entgegenstellen.

In seiner Verzweiflung beschloss Arapaoha, den Tombuddra zu durchqueren und seine Gefolgsleute auf dem Gebiet des Rajahs von Bullum in Sicherheit zu bringen. Er wollte auf Dhoondia warten. Es war unmöglich, sich mit einem Gegner zu messen, wenn die Männer, die er im Namen des »Königs zweier Welten« befehligte, ihm nicht folgten. Arapaoha Singh konnte sich nicht gleichzeitig mit Sudhir Sahay, K Bhumeshwar und dem irischen Oberst-Sahib anlegen. Noch war der Rajah von Bullum nicht bereit, seine Waffen gegen die »inglis« zu erheben, doch er gewährte der Armee des »Königs zweier Welten« bereitwillig Zuflucht. Er vertraute darauf, dass die »inglis« es nicht wagen würden, die Grenze seines Reiches zu verletzen.

Wellesley ließ Diomed am Ufer des Tombuddra halten. Während das Tier seinen Durst stillte, dachte der Offizier angestrengt nach. Schon seit Tagen überlegte er, ob sie es wagen sollten, die Grenze nach Bullum zu überschreiten. Bullum war unabhängiges Gebiet und der Rajah ein eigenständiger Herrscher, den kein Schutzvertrag und keine Handelskonzession an Kalkutta band. Wellesley ließ sich den Befehl des Generalgouverneurs noch einmal durch den Kopf gehen. »Strengste Anweisung, die Grenze zum Maharastra nicht zu überschreiten ...« Von Bullum hatte Richard nichts gesagt, und Sir Alured wollte, dass alle Gebiete nordwestlich von Seringapatam befriedet wurden. Bullum, diese riesige Wildnis, die nur aus Dschungeln und schroffen Felsen bestand, lag nordwestlich von Seringapatam.
»Sei's drum!« sagte Arthur zu sich selbst. »Die Gelegenheit ist günstig, und diese verdammten Bastarde haben schon zu viele Dörfer in Schutt und Asche gelegt.« Er ließ Diomed wenden und galoppierte zu seinen Reitern zurück. »Wir überqueren den Fluss!«
Richard Lord Mornington legte die Depesche aus Mysore zufrieden zur Seite. Am Siebzehnten des Monats hatten Arthur und Stevenson Dhoondia Waos Leutnant Arapaoha Singh in einem blutigen Kampf bei Shikapoor im Gebiet des Rajahs von Bullum aufgerieben. Sein kleiner Bruder hatte mit den Überlebenden kurzen Prozess gemacht und sie aufgehängt. Richard hatte nie geglaubt, dass Arthur den Mumm dazu hatte, aber irgendwie musste er den Kleinen falsch eingeschätzt haben. Dhoondia selbst, so ging das Gerücht, war im Maharastra verschwunden und leckte seine Wunden. Solange der »König zweier Welten« die britisch beherrschten Gebiete unangetastet ließ, war es Richard gleich, zu welchem noch unabhängigen Strauchdieb er floh. Irgendwann, so hatte der Generalgouverneur geschworen, würden auch Männer wie der Rajah von Kolapoor »chaute« nach Kalkutta bezahlen oder von ihren »muzznuds« geworfen und durch gefügigere Herrscher ersetzt werden.
Richard grinste. Nun benutzte er selbst schon indische Ausdrücke. Vermutlich deshalb, weil er so oft Depeschen, Berichte, Briefe und Empfehlungen von seinem kleinen Bruder bekam. Arthur liebte es, seinen Schriftverkehr mit diesen fremden Worten zu gestalten. Seine Sepoys kämpften nicht mehr tapfer, sie bemühten sich um »izzat« oder zeigten »ghairat«. Er kommandierte »gotras« und »jatis«, fütterte Pferde und Zugochsen mit »gram« oder »dal«, und

sein Tross benutzte »garees«. Der Generalgouverneur schüttelte den Kopf: Fehlte nur noch, dass der Kleine den Zweispitz mit dem Turban vertauschte, wie der verrückte Resident von »John Company« in Hyderabad. Arthur musste im engen Kontakt mit diesem heißen, schmutzigen Land durchgedreht sein, aber er war tüchtig und verdammt nützlich.
Richard griff zur Feder und setzte einen aufmunternden kleinen Brief an den wackeren Gouverneur von Mysore auf. Ein bisschen mehr Arbeit und Verantwortung würden ihm vielleicht seine verrückten indischen Gedanken aus dem Kopf vertreiben. Nach der Expedition gegen Tippu hatte Kalkutta zwei Marattha-Anführer mit den Gebieten von Soonda und Bednore für ihre Neutralität im Konflikt mit Mysore belohnt. Sie hatten die Gebiete unter der Bedingung erhalten, dass England zwischen ihnen und dem Nizam das letzte Wort hatte und sie umgehend alle französischen Militärberater und Truppen zum Teufel schickten.
Kalkutta hatte den Maratthas sechs Monate Zeit gegeben, doch keine der Bedingungen war von diesem hinterlistigen Lumpenpack auch nur annähernd erfüllt worden. Der Nizam heulte ihm die Ohren voll, weil seine Grenzgebiete ständig überfallen wurden, und die Franzosen aalten sich immer noch unter der indischen Sonne.
Arthur sollte sich diese Territorien erst einmal wieder zurückholen – wenn möglich mit Diplomatie, wenn nötig mit Waffengewalt!

Kapitel 6 Kalis Fluch

Barclay, Close und Henry Wellesley hatten sich in Arthurs Arbeitszimmer in der »Gartenlaube« eingeschlossen.
»Vielleicht ist es ja nur ein dummer Zufall, Hauptmann«, murmelte Henry.
»Es fällt mir schwer, an einen Zufall zu glauben. Immer ist es ein gelber Seidenschal, immer legt man dem Toten dieses Stück Papier mit diesem seltsamen Zeichen auf die Brust – die Art und Weise, wie die Männer erwürgt wurden. Es hat den Anschein, als ob jemand ein Zeichen setzen will. Es scheint eine Art Nachricht zu sein. Aber für wen ist sie bestimmt?«
Close senkte die Augen. Nachdenklich betrachtete er den Papierfetzen, den man auf der Brust des letzten Toten gefunden hatte. »Barrak ben Ullah war bei der ersten Leiche noch versucht, die ganze Sache herunterzuspielen. Er sagte, die ›thugs‹ würden schon seit fünfhundert Jahren die Handelsplätze unsicher machen und Reisende erwürgen, um Kali ihr Blutopfer zu bringen. Doch dieses Mal ... in seinem Kontor ... sein eigener Resident, N Govinda Bath ...«
»Wie viele Tote haben wir inzwischen?« Henry Wellesley nahm Papier und Bleistift zur Hand. Die ganze Geschichte war merkwürdig: Nummer eins war ein Sekretär des »Dewan« Purneah gewesen, Nummer zwei ein junger Sepoy, der sich um die Pferde seines Bruders Arthur kümmerte und im Dienstbotenflügel der Gartenlaube wohnte, Nummer drei ein Gast, der die Nacht im Hause von Montstuart Elphinstone zugebracht hatte, und Nummer vier war jetzt N Govinda Bath, der Resident der Ullahs!
Henry notierte sich hinter jedem Namen den Zeitpunkt des Todes. Dann starrte er schweigend auf sein Stück Papier, während er verzweifelt versuchte, irgendeinen Zusammenhang zu erkennen. Schließlich schüttelte er den Kopf.
»Ich schlage vor, wir warten auf die Rückkehr von Elphinstone und Barrak ben Ullah. Die beiden kennen sich mit den Sitten und Gebräuchen des Subkontinents besser aus als wir.«
Barry Close legte die Papierfetzen mit den sonderbaren Zeichen in seine Mappe zurück.

Wellesley ritt durch dasselbe Gelände, auf dem noch vor wenigen

Monaten die Hyderabad-Armee ihr großes Feldlager aufgeschlagen hatte, um den Sturm von Seringapatam vorzubereiten. Er überquerte

das Aquädukt auf der steinernen Brücke unweit der Ruinen eines kleinen Dorfes, das nun allgemein als »Shawes Außenposten« bekannt war. Es war Spätnachmittag, und die Regenzeit hatte noch nicht geendet. Warme, dicke Tropfen prasselten auf den Oberst und seine Sowars nieder. Das Unwetter hatte sich schon vor Stunden angekündigt. Bevor sie den »Kleinen Cauvery« erreichten, waren sie nass bis auf die Knochen. Dann ritten sie über die Brücke, die Skelly und Wallace im Morgengrauen des 26. April besetzt hatten, kurz bevor Arthurs zweiter Sturm gegen den Sultan-»pettah« das Schicksal der Hauptstadt des Sultans endgültig besiegelte.
Arthur fühlte sich zum ersten Mal seit langen Tagen wieder wohl in seiner Haut. Das Fieber war verschwunden, sein geschundener Rücken quälte ihn nicht mehr, die Soldaten hatten den langen Weg von Shikapoor nach Hause gut überstanden, und seine geliebte Charlotte erwartete ihn.
Wie so oft in Indien schlug das Wetter binnen weniger Minuten um; kaum konnte er die Spitze des goldenen Minaretts der großen Moschee von Seringapatam ausmachen, schien die Sonne wieder brennend heiß auf die Reiterschar nieder. Die Stadt schälte sich aus einem Dunstschleier: die wuchtigen graubraunen Mauern, die hübschen kleinen Türme der Hindu-Tempel mit ihren in Stein gemeißelten Ornamenten, die dunkelblauen, zwiebelförmigen Zwillingsminarette der kleinen Moschee. Zu seiner Linken konnte Arthur bereits die Spitzen der Zypressen des »Loll Baugh« ausmachen. Zu seiner Rechten erinnerten die Trümmer der großen Geschützbatterie noch an den blutigen Kampf, der erst vor wenigen Monaten England zum Beherrscher dieses Gebietes gemacht hatte.
Ein leichter Stoß mit den Sporen in die Flanke, und Diomed trug ihn über die Periapatam-Brücke und durch das Mysore-Tor. Keine halbe Meile trennte ihn mehr von zu Hause.

Dhoondia Wao hörte sich finster den Bericht seines Agenten an. Arapaoha Singhs Niederlage bei Shikapoor hatte dem »König zweier Welten« einen schlimmen Schock versetzt. Er hatte erkennen müssen, dass seine Anhänger uneinig waren und dadurch

schwach wurden, wenn die Teufel im roten Rock vor ihnen Aufstellung nahmen. Der junge »rishti« Wellesley und Stevenson-Sahib waren mit einer Handvoll Männer über Arapaohas fast sechstausend Mann starke Armee hergefallen und hatten sie in weniger als vier Stunden in einen führerlosen, fliehenden Haufen verwandelt. Sudhir Sahay und K Bhumeshwar hatten das blutige Schauspiel aus sicherer Entfernung verfolgt, doch statt an die Seite ihres Bruders Arapaoha zu eilen und die Ungläubigen zu vernichten, waren sie nur schneller ins Herzland Bullums marschiert und versteckten sich jetzt irgendwo im Dschungel wie ängstliche alte Weiber. Und sie hatten die Kühnheit besessen zu verbreiten, dass der »baraka« mit den »inglis« sei, denn die Briten hatten die Überlebenden aus Arapaohas Armee aufgeknüpft, und der Rajah von Bullum hatte sich nicht einmal in Kalkutta über diese unberechtigte Verletzung seiner Grenzen beschwert.
Dhoondia ballte die Hand zur Faust und erhob sie drohend zum nächtlichen Sternenhimmel. »Dafür werden die Ungläubigen bezahlen! Sie werden sterben! Sie alle werden sterben!«
Viermal schon hatte der »König zweier Welten« den Tod in die unmittelbare Nähe seiner Feinde geschickt, doch es hatte ihnen offenbar keine Angst gemacht. Nun würde er den Tod direkt zu ihnen schicken. Es war der Wille Allahs und Kalis Fluch!

Purneah spürte in dieser warmen, mondhellen Nacht zum ersten Mal seit langem wieder die ganze Last seiner dreiundfünfzig Jahre. Nicht etwa, dass er krank war oder von einem Fieber gequält wurde. Er lächelte, als der Diener ihm half, eins ums andere seiner prachtvollen, seidenen Gewänder abzulegen. Diese wilden jungen Männer in ihren roten Uniformen waren manchmal sehr anstrengend. Wellesley und
Stevenson waren aus den Bergen zurückgekommen, wo sie den Banditen dieses Verräters Dhoondia Wao eine ordentliche Tracht Prügel versetzt hatten, und er, Purneah, hatte mit ihnen und ihren Mädchen feiern müssen. Als ob sie nicht wüssten, dass er mehr als ein halbes Jahrhundert auf dem Buckel hatte und die Last vieler Kriege und unzähliger politischer Intrigen.
Der Premierminister gab dem Diener ein Zeichen, ihn allein zu lassen. Endlich würde er seinen müden Gliedern während der wenigen verbleibenden Stunden der Nacht Ruhe gönnen. Purneah blies die Kerze neben seinem Bett aus und schloss sorgfältig das Moskitonetz. Sanft bewegte eine kühle Brise die Vorhänge.

Zwei kräftige Hände zogen sich über die Balustrade auf den Balkon. Ein Augenpaar suchte vorsichtig den Raum ab ... Purneah war zurückgekehrt, und er schien fest zu schlafen. Die Gestalt schlich wie eine Katze durch die Dunkelheit. Sie war kaum wahrzunehmen. Nur das helle Tuch um die schmalen Hüften hob sich im Mondlicht ab. Purneah drehte sich zwischen den Kissen um und gab einen grunzenden Laut von sich. Die Gestalt erstarrte. Einige Sekunden blieb sie völlig regungslos. Als sie sicher war, dass der Premierminister in seinem prachtvollen Bett immer noch ruhig schlief, schlich sie weiter. Mit geschicktem Griff teilte sie das Moskitonetz. Dann zog sie den gelben Seidenschal von den Hüften und wickelte ihn stramm um beide Hände. Der Schal senkte sich über Purneahs Kehle.

Der ehemalige Dewan des Sultans war nicht nur ein erfahrener alter Politiker, sondern auch ein erprobter und mutiger Soldat. Obwohl er schon lange nicht mehr in den Kampf gezogen war, hatte er seine Reflexe aus den Tagen des Schwertes bewahrt. Er war dünn und zäh, und obwohl der erste Blick es nicht vermuten ließ, verfügte er trotz seines fortgeschrittenen Alters noch über enorme Kraft und körperliches Geschick. Als das leichte, weiche Stück Stoff seine Haut berührte, fuhr er plötzlich hoch. Er hatte tief geschlafen, doch es bedurfte nur des Bruchteils einer Sekunde, und er war hellwach.

Die Hände, die das Tuch um seine Kehle zu schlingen versuchten, waren jung und kräftig, doch Purneah besaß die Erfahrung vieler Kämpfe. Es war ein stilles, verzweifeltes Ringen. Der schwarze Todesengel wurde zurückgeschleudert und prallte gegen das große Fenster. Im Mondlicht bildete er einen sonderbaren Schattenriss; seine Arme waren zur Seite ausgestreckt wie die eines Gekreuzigten. Der gelbe

Seidenschal flog durch die Luft. Endlich gelang es dem Premierminister, den Angreifer zu packen. Seine sehnigen Arme schlossen sich wie ein Schraubstock um den Hals des Mannes und rissen ihn vom Fensterkreuz. Mit gewaltiger Anstrengung presste Purneah ihm das Knie gegen die Wirbelsäule, dann zog er den vermummten Kopf mit einem harten Ruck nach hinten. Ein dumpfes Geräusch ertönte; ein Gurgeln, dann das Knacken der Knochen – endgültig, unwiderruflich. Es durchbrach die Stille der Nacht.

»Wachen! Wachen! Sofort zu mir!« rief der Dewan, noch bevor der leblose Körper aus seinen Armen zu Boden geglitten war.

Bisnapah hämmerte mit beiden Fäusten gegen die Pforte des Pavillons im »Loll Baugh«. Die Berittenen, die ihn vom »Dowluth Baugh« bis zu Oberst Wellesleys Unterkunft begleitet hatten, saßen nicht einmal ab. Ihre Tiere schnaubten aufgeregt und brachten mit ihren harten, eisenbeschlagenen Hufen die Erde leicht zum Beben.
Es kam Bisnapah wie eine kleine Ewigkeit vor, bis die Pforte sich endlich vor ihm auftat. Er machte kein großes Aufheben. »Bring mich sofort zu Wellesley-Sahib!« fauchte er einen verstörten Bediensteten an.
»Der Oberst-Sahib schläft, Herr!« antwortete der Mann. Bisnapah stieß ihn zur Seite und durchquerte mit eiligen Schritten die Gartenlaube bis zu Arthurs Schlafzimmer. Wellesleys Bediensteter folgte ihm laut schimpfend. Es war ein Höllenlärm.
Arthur hatte – wie viele Soldaten, die gerade aus dem Feld zurückkamen – einen ausgesprochen leichten Schlaf. Bereits das Hämmern an die Pforte war ausreichend gewesen, ihn zum Aufstehen zu bewegen. Vorsichtig zog er den Arm unter Charlotte weg. Sie schlief wie ein Murmeltier. Kaum hatte Arthur sich seinen Morgenmantel übergezogen, als es auch schon gegen die Tür des Zimmers hämmerte. Selbst das Schimpfen des Bediensteten und der Lärm, den Bisnapah machte, weckten seine kleine Lady nicht. Er schmunzelte, als er die Tür öffnete. »Gütiger Himmel, es ist zwei Uhr morgens!« entfuhr es ihm.
»Wellesley-Sahib! Bitte, Sie müssen sofort kommen. Etwas Furchtbares ...«, stieß der Privatsekretär des Premierministers von Mysore atemlos hervor.
»Geben Sie mir fünf Minuten!« Arthur zog sich Hemd und Hose über und hauchte seiner Verlobten einen Kuss auf die Stirn. »Ich bin gleich wieder da, Liebste«, flüsterte er, obwohl sie fest schlief und ihn sicher nicht hörte.

Die Schattengestalt wartete, bis das Trampeln der Hufe sich in der Nacht verlor. Geräuschlos glitt sie aus dem grünen Labyrinth des »Loll Baugh« in Oberst Wellesleys Schlafzimmer. Der gelbe Seidenschal legte sich leicht wie eine Feder um den zarten Hals des Opfers. Mit einem festen Ruck spannte sich der Stoff. Der schlanke Körper bäumte sich nur einen kurzen Augenblick auf. Der Tod war so rasch gekommen, dass sie nicht einmal die Augen geöffnet hatte. Zufrieden betrachtete der »thug« sein Werk. Kali würde über dieses Opfer besonders erfreut sein. Sorgfältig drapierte er die langen braunen Haare um das Gesicht der jungen Frau. Auf den ersten Blick konnte man glauben, sie würde fest schlafen. Der »thug« heftete den Papierfetzen mit dem stilisierten Tiger auf die Decke, wie man ihm aufgetragen hatte. Dann verflüchtigte die Schattengestalt sich wieder im endlosen Zypressenmeer des »Loll Baugh«.

»Schade, dass der Mann nicht mehr reden kann«, sagte Montstuart Elphinstone zum Dewan des Rajahs.
»Ein ›thug‹«, spie Purneah aus. »Wie viele von diesen gefährlichen Raubtieren habe ich in meinem langen Leben schon gejagt und zur Strecke gebracht! Irre Fanatiker, die nachts Blut trinken und dann im Drogenrausch töten. Hier in Seringapatam hatten wir lange Zeit Ruhe vor ihnen.«
Arthur hatte sich auf der Bettkante des Dewan niedergelassen. Er starrte auf den Fetzen Papier, den man bei dem nächtlichen Angreifer gefunden hatte. Er hatte dieses Zeichen schon einmal gesehen ... Sein Verstand arbeitete fieberhaft. Als Close ihm die anderen Papierfetzen zeigte, hatte er im ersten Augenblick nicht reagiert. Er hatte andere Sorgen im Kopf gehabt als einen 500 Jahre alten Hindu-Kult, den viele als Aberglauben abtaten und manche als Hirngespinst belächelten. Er selbst wusste nur, dass fanatische Anhänger der schwarzen Todesgöttin Kali in den anonymen Serais entlang der Great Trunk Road ab und an ihr Unwesen trieben und mit gelben Seidenschals wahllos Menschen zu Tode würgten. Meist geschahen diese Ritualmorde in der Zeit des »depavali«, eines religiösen Festes Ende Oktober, Anfang November. Er hatte immer geglaubt, dieses Unwesen würde sich auf die Gegend von Kalkutta – »khalikata«, Kalis Stadt – beschränken. »Das alles ist nicht logisch! Wir sind mitten in den Vorbereitungen des ›dushera‹!« wandte er sich an Purneah.
Der Dewan zuckte mit den Schultern. »Wellesley-Sahib, ich verstehe es auch nicht. Und dieser Papierfetzen! Die Anhänger Kalis töten ohne Ziel und Plan. Es sind nur Blutopfer.«
Elphinstone legte dem Dewan die Hand auf die Schulter: »Verdammt, genau das ist es! Henry und Barry Close haben diese Liste mit den Opfern zusammengestellt ... Das sind keine Ritualmorde! Gütiger Gott, der erste Tote war Euer Sekretär, dann Arthurs Sepoy, dann mein Bekannter Lockhart und schließlich N

Govinda Bath ...«
Arthur erhob sich von der Bettkante und knallte den Papierfetzen mit dem sonderbaren Zeichen auf Purneahs Schreibtisch. »Der König zweier Welten! Das ist ein stilisierter Tiger. Dhoondia Wao! Er rächt den Tod des Sultans. Großer Gott, Purneah, schicken Sie sofort einen Mann zum Kontor der Ullahs. Wenn wir nicht total vernagelt sind und Henrys Liste stimmt, müssten heute Nacht Meuchelmörder versuchen, Hand an Barrak zu legen ...« Er stockte. Seine Blicke trafen die Elphinstones. »Und an uns beide!« Er hatte den Satz noch nicht beendet, als er bereits aus den Gemächern des Dewan stürmte, als wäre der Leibhaftige hinter ihm her.
Vielleicht war er verrückt oder besessen, oder von allen guten Geistern verlassen. Es scherte ihn nicht, was Purneah und Elphinstone von seiner plötzlichen Aufregung hielten. Auf dem Weg durch die Gänge des »Dowluth Baugh« brüllte er jedem Sepoy, den er sah, den Befehl zu, ihm zu folgen. Die Liste! Wenn Henrys Liste und die Todesdaten richtig waren, würde der nächste Mörder in der »Gartenlaube« des »Loll Baugh« erscheinen, und Charlotte und Henry waren allein. Arthur hasste Wachen oder Posten, die vor seiner Tür lungerten. Die Bediensteten hatten ihre eigenen Räume, weit weg von den seinen. Er riss einem Soldaten die Zügel eines Pferdes aus der Hand und stob durch die Nacht. Die Kieselsteine flogen unter den Hufen des Tieres durch die Luft.

Die Männer aus Kabul saßen mit gekreuzten Beinen vor dem kalten Leichnam. Sie schlugen sich mit den Fäusten auf die Brust und lamentierten in einer Sprache, die dem Offizier des Dewan fremd war.
Einer, offensichtlich der Älteste und Bedeutendste, hatte die Hände gen Himmel erhoben. Seine Augen waren geschlossen. Monoton sprach er immer wieder dieselben Worte. Seine langen schwarzen Haare hingen ihm wirr ins tränenüberströmte Gesicht.
Wellesley starrte auf ihr Antlitz. Sie schien friedlich zu schlafen. So friedlich wie vor einer Stunde, als er sie verlassen hatte. Der gelbe Schal um ihren schmalen Hals hob sich sonderbar grell von den weißen Leintüchern ab. Seine Hand tastete nach der ihren. Obwohl die Finger bereits steif waren, wollte er es nicht wahrhaben.
»Charlotte, bitte! Mach die Augen auf! Bitte!« Tränen strömten ihm über die Wangen. Er schüttelte den zierlichen Körper seiner Verlobten. Erst vorsichtig, dann heftiger, und schließlich voller

Verzweiflung. »Charlotte, bitte!« schrie er.

Henry Wellesley löste sich als erster aus seiner Erstarrung. Er tastete sich an der Bettkante entlang, bewegte sich langsam wie in einem Alptraum auf den Leichnam Charlottes und seinen Bruder zu. Sein Körper gehorchte ihm nicht mehr. Alles schien so weit entfernt, undeutlich, getrübt, als würde er durch einen langen Tunnel blicken. Jede Bewegung bereitete ihm Mühe. Seine Arme umfassten die Schultern seines Bruders. Zuerst zögernd, dann kräftiger.

»O Gott!« stieß er hilflos hervor. »Wer konnte das nur tun?«

Langsam glitt Charlottes kalter, toter Körper aus Arthurs Armen. Seine Hände ballten sich zu Fäusten. Er richtete sich auf und schaute seinem Bruder lange in die Augen. Sein Gesicht war totenblass, seine Stimme kaum mehr als ein Flüstern, und trotzdem war sie vollkommen beherrscht. »Ich wäre gern einen Augenblick allein.«

Die Zeit war vergangen, ohne dass er es gemerkt hätte. Obwohl die fette, dunkle Erde sich schon vor Stunden über ihrem Sarg geschlossen hatte, glaubte er immer noch, ihr Gesicht zu sehen: ruhig, friedlich, als ob sie nur schliefe. Er konnte sich nicht von der Stelle rühren, denn eine verrückte Hoffnung sagte ihm, dass alles nur ein böser Traum sei und die Erde sich wieder auftun würde.

Die anderen hatten den Takt besessen, ihn mit seinem Kummer allein zu lassen und ihn nicht durch mitfühlende Worte oder Gesten zu quälen, auf die er keine Erwiderung wusste. Er kniete regungslos neben dem frischen Grab. Er war unfähig zu denken, zu fühlen, zu weinen ... Sein Herz war tot, so tot wie Charlotte und das ungeborene

Kind. Es lag neben ihnen begraben, unter einer Zypresse in einem blühenden Garten, dem der Monsun Kraft und Leben geschenkt hatte. Arthur spürte nicht, wie große, warme Tropfen ihn bis auf die Haut durchnässten und wie die brütend heiße, gleißende Sonne seinen Körper wieder wärmte und trocknete. Er schwebte zwischen dem harten Sonnenlicht und der lastenden Schwärze des schwülen Sommerabends. Das Band zwischen ihnen war stärker gewesen als Liebe, Zuneigung, Vertrauen und Zärtlichkeit.

Er weinte bitterlich, als der fahle Mond auf das frische Grab hinunterleuchtete – und er weinte immer noch, als die Nacht dem bleichen neuen Tag wich. Irgendwann erhob er sich und wankte auf gefühllos gewordenen Beinen in das grüne Zypressenmeer hinein. Er wusste nicht mehr, wo er sich befand, oder warum er an diesen Ort gekommen war. Eine hauchdünne, zartblaue Decke lag weit ausgestreckt zwischen dem frischen Grün der Bäume. Die Zeit war ohne Bedeutung. Seine Augen starrten in die stillen Wasser des Sees im »Loll Baugh«. Irgendwann spürte er eine Hand auf seiner Schulter. Folgsam erhob er sich von seinem Stein und ging mit Barrak ben Ullah zurück nach Seringapatam. Die beiden Männer gingen schweigend nebeneinander her. Sie schlugen einen weiten Bogen um die »Gartenlaube« des Sultans.

Henry Wellesley fühlte sich nicht besonders wohl in seiner Haut, als er nach fast sechsmonatiger Trennung wieder vor seinen Bruder Mornington treten musste: Nicht dass es diesmal an Richard, seinem aufbrausenden Charakter oder seinem beißenden Zynismus lag – Arthur war der Schuldige. Er hatte Henry ein Schreiben an den Generalgouverneur in die Hand gedrückt. Doch Henry war sich nicht sicher, dass sein Bruder ganz bei Sinnen gewesen war, als er dieses Schreiben verfasst hatte. Seit Charlottes grauenvollem Tod machte er sich Sorgen um Arthur: Drei Tage lang war Arthur nicht ansprechbar gewesen. Am vierten Tag war er zusammen mit seinem afghanischen Freund Barrak ben Ullah und Elphinstone im »Dowluth Baugh« aufgetaucht. Sie hatten sich etwa eine Stunde mit dem Dewan des Rajahs eingeschlossen und über irgendetwas beraten.
Niemand, nicht einmal Barry Close oder James Stevenson hatte je erfahren, worüber die vier Männer gesprochen hatten, doch als Arthur Purneahs Arbeitszimmer verlassen hatte, schien er ruhiger, aufgeräumter und vernünftiger als in den Tagen zuvor. Er hatte seine Amtsgeschäfte als Gouverneur wieder aufgenommen wie vor Charlottes Tod. Er kümmerte sich gewissenhaft um seine Provinz und um seine immer größeren politischen und militärischen Verpflichtungen. Er verhandelte mit den »vakels« des Rajahs von Bullum, des Rajahs von Wynaad und den »polygars«, die Gebietsansprüche im Nordwesten Mysores erhoben. Er kümmerte sich fanatisch um seine Truppen und die Armee des Rajahs von Mysore.
Henry hatte zwar genau gespürt, dass Arthur nicht über den Tod seiner jungen Verlobten hinwegkam, doch er war wochenlang davon ausgegangen, dass Arthur seinen Kummer in Arbeit ertränkte und hatte ihn in Ruhe gelassen. Nicht einmal die Tatsache, dass der Ältere die »Gartenlaube« mied wie die Pest und

es vorzog, seine Nächte im Kontor der Ullahs zu verbringen, hatte Henry zum genaueren Hinsehen veranlasst. Er hatte sich eingeredet, dass es seinem Bruder möglicherweise leichter fiel, über den Verlust hinwegzukommen, wenn er seine Trauer mit Barrak teilen konnte, für den Charlotte immer so etwas wie eine kleine Schwester gewesen war. Sie hatten ihre Kindheit und Jugend zusammen in Sir Edwins Haus in Kalkutta verlebt. Es war Henry nicht einmal aufgefallen, dass Elphinstone zusammen mit einer Gruppe Paschtunen wochenlang verschwunden war. Und dann war Montstuart wieder aufgetaucht – abgemagert, ausgehungert, erschöpft und halbtot vor Müdigkeit, doch mit einem sonderbar triumphierenden Blick in den Augen. Eine weitere geheimnisvolle Versammlung im »Dowluth Baugh« hatte stattgefunden.
Am nächsten Morgen war Arthur bei ihm aufgekreuzt und hatte ihn gebeten, sofort nach Kalkutta zu reisen. Er hatte ihm einen gewaltigen Stoß Papiere für den Generalgouverneur in die Hand gedrückt und einen Brief, in dem er den Stellvertreter der Krone in Britisch-Indien um Erlaubnis bat, ins Feld ziehen zu dürfen. Das Banditenunwesen im Norden war erneut zu einem Problem geworden. Trotz der Zerstörung eines Teilheeres bei Sikapoor im Spätherbst letzten Jahres war es dem »König zweier Welten« gelungen, neue Anhänger um sich zu scharen. Seine Streitmacht war mehr als 50000 Mann stark. Er stand im direkten Kontakt mit dem Rajah von Bullum, dem Rajah von Wynaad und den »polygar«-Clanführern in den Bergen. Sie planten, sich gemeinsam gegen die Briten zu erheben, und paktierten mit den Franzosen.
Man hatte ein Schreiben des Gouverneurs der Île-de-France an Dhoondia abgefangen: ein Versprechen, militärische Hilfe zu entsenden, und gute Wünsche für den Erfolg im Kampf mit den Briten! Bonapartes Armee stand noch in Ägypten, der Weg war nicht weit. Sie könnten an der Küste von Wynaad landen, zwischen Mangalore und Tellicherry. Wenn alles vorbei war, würden Bullum und Wynaad sich das Gebiet des Rajahs von Koorg teilen können, dieses Hundes, der mit den Briten paktierte ... Mysores Thron für einen Sohn Tippus und französischer Schutz für alle!
Henry wusste, dass sein Bruder einen Rachefeldzug plante und die Mysore-Armee und die Truppen des Rajahs zum Instrument seiner Rache am »König zweier Welten« machen wollte. Doch statt

kopflos mit dem Schwert in der Hand loszuziehen und sich von seinem Hass hinreißen zu lassen, hatte Arthur alles mit kalter Berechnung geplant. Und nun benutzte er Richard. Nach all dem, was er über Arthur gehört hatte, hätte er ihn nie für fähig gehalten, so weit zu gehen.

Nach dem Sieg über Tippu war aus Lord Mornington der Marquis von Mornington geworden; nun erhob sich die schwarz gekleidete Gestalt des Marquis zu ihrer vollen Höhe und trat ans Fenster. Ohne den Blick von den blauen Wassern des Hoogley zu nehmen, sagte Richard: »Die Geschichte Indiens hat es oft genug gezeigt: Jeder bessere Bandit kann sich hier einen Thron erobern, wenn er über ein wenig Glück, willige Schwerter und ausreichend Unverschämtheit verfügt ... Sevajee Rajah war ein Bandit. Tippus Vater, Hyder Ali, war ein Bandit. Er hat den Thron von Mysore fast ein halbes Jahrhundert besetzt. Sie fangen als Räuberbanden an und begründen Dynastien ... Wir dürfen nicht zulassen, dass in unserem Einflussgebiet solche Dinge geschehen. Der Nizam von Hyderabad beschwert sich bereits bitter. Lord Clive ist zutiefst beunruhigt ... Wir werden eine Depesche an den Gouverneur von Mysore schicken und ihm befehlen, Dhoondia Wao Einhalt zu gebieten und diesen Verbrecher am erstbesten Baum aufzuknüpfen.«

Henry saß regungslos in seinem Sessel. Er schien nicht mitbekommen zu haben, was sein Bruder soeben gesagt hatte. »Henry«, sagte Richard leise, »ich bin weder blind noch ein gutgläubiger Tölpel. Ich weiß, was geschehen ist, und dass unser Bruder dort unten einen geliebten Menschen begraben hat ... Trotzdem lasse ich ihn ziehen.

Selbst wenn er nur Rache nehmen will, in diesem Augenblick ist sein Hass von Nutzen für die Krone ... und für mich.«

In Bullum und Wynaad zogen sich die wichtigsten Verbindungswege immer durch feindlichen, dichten Dschungel. Diese Straßen verbanden Seringapatam und Mysore mit Canara und der Malabar-Küste. Sollte es dem Gegner gelingen, diese Verbindung zu unterbrechen, war nicht nur Arthurs Kontrolle über das ganze Gebiet gefährdet, sondern auch die Versorgung der Truppen. Zuerst hatte es so ausgesehen, als würde der Dschungel für reguläre Einheiten zu einer tödlichen Falle, wenn britische und Sepoy-Kolonnen sich auf die Straßen wagten, denn hinter jedem Baum und Strauch konnten sich irreguläre Einheiten verbergen

und angreifen, wann es ihnen beliebte, um sich anschließend wieder im Nichts der grünen Hölle aufzulösen. Doch der Gouverneur von Mysore hatte seinen Untergebenen befohlen, diese grüne Hölle verschwinden zu lassen. Es gab genug Arbeitskräfte in diesem Gebiet. Tausende Holzfäller konnten ohne Probleme durch das dichteste Gestrüpp Breschen schlagen. Eine Straße, die auf diese Art gesäubert wurde, war leicht gegen Überraschungsangriffe zu sichern; es wurde für die disziplinierten britischen und Sepoy-Regimenter möglich, zu manövrieren und ihre ganze Feuerkraft gegen den Feind zum Einsatz zu bringen; die Wege öffneten sich für das Nachschubwesen, und Ochsenkarren im Konvoi – gut geschützt durch Berittene – würden jeweils 120 bis 140 Pfund Proviant oder Munition etwa acht Meilen pro Tag ziehen können. Der Gedanke, der dahinterstand, war einfach: Sicherheit durch Mobilität und Feuerkraft!
Während die Holzfäller und Militäringenieure sich langsam, aber unaufhaltsam Richtung Küste vorarbeiteten, machte der Gouverneur sich mit einer sehr unkonventionellen bewaffneten Gruppe auf den Weg: zwei Kompanien seines eigenen Regiments, verstärkt um bewährte Sepoys der Madras-Infanterie, »silledar« aus Mysore und irreguläre afghanische Reiter. Barrak ben Ullah und Montstuart Elphinstone hatten sich angeschlossen. Barry Close blieb zurück, um sich um die Regierung des jungen Rajahs zu kümmern.

Die feuchte Luft stank nach Blut und Verwesung. Millionen von Fliegen krochen über die grauenhaften Ornamente, die die Säulen verzierten. Obwohl der Dschungel im Verlauf der Jahrhunderte seinen Tribut gefordert hatte, wurde doch aus der Nähe ganz deutlich, wie gigantisch dieser Tempel einst gewesen war. Die Steinstufen, die ins Heiligtum der schwarzen Göttin Kali führten, mussten einst weiß gewesen sein. Heute überwucherten grüne Schlingpflanzen sie bis zur halben Höhe. Der Weg von Seringapatam in dieses Niemandsland zwischen den Ausläufern des Cauvery und des Hagary war weit und beschwerlich gewesen. Hinter Narsipur war die Gruppe im Dschungel verschwunden. Die britischen Soldaten in ihren warmen roten Wollröcken hatten geflucht und in der drückenden Hitze gestöhnt, doch sie waren ihrem Obersten so tapfer gefolgt wie die Sepoys und die Paschtunen. Offiziell hatte man ihnen gesagt, es wäre eine der zahlreichen Befriedungsaktionen, zu denen sie seit dem Fall von

Seringapatam immer wieder losgezogen waren, doch die meisten Männer ahnten, dass dieser Ausflug einen anderen Zweck verfolgte. Jeder wusste um die grauenvolle Mordserie, die Seringapatam heimgesucht hatte, und jeder hatte in den letzten Wochen beobachtet, wie sehr Wellesley sich verändert hatte, seit er sein Herz im Garten des »Loll Baugh« zu Grabe getragen hatte.

»Wo, zum Teufel, stecken die braunen Bastarde?« Soldat Coley lag dicht neben Robin Seward im Dschungel verborgen und starrte fasziniert auf die blutverschmierten Ungeheuer, die zwischen den Bäumen Wache zu halten schienen. »Was liegt da unten auf dem Boden?« Seward wandte sich Coley zu. »Willst du wohl den Mund halten, Junge! Ich weiß nicht, wo diese Mistkerle sich verstecken, aber ich bin sicher, der Alte weiß es. Lieg still, beweg dich nicht!« Dann warf er den anderen Männern seiner halben Kompanie einen bösen Blick zu, um sie zum Schweigen zu bringen.

Wellesley und Elphinstone steckten die Köpfe zusammen. Der eine zog seine Uhr aus der Tasche und warf einen raschen Blick auf das Zifferblatt, der andere spielte unruhig mit seiner scharfen Waffe. »Wir geben Barrak und den Paschtunen noch zehn Minuten Zeit, Arthur. Die Sepoys liegen gut im Wald versteckt, und die ›silledar‹ versperrt den einzigen Ausweg aus dieser Falle.«

Arthur hatte Mühe, ruhig zu bleiben, doch sein Verstand sagte ihm, dass es sinnlos war, über die Männer im Tempel herzufallen, wenn nicht alle an ihren Plätzen waren, um sicherzustellen, dass keiner der Mörder entkam. »Seward«, rief er seinen Sergeant zu sich, »sorgen

Sie dafür, dass die Männer sich lautlos vorarbeiten. Niemand darf die Nerven verlieren und den Abzugshahn drücken, wenn er nicht den Befehl dazu erhält.«

In den Bäumen über ihren Köpfen kreischten bunte Vögel. Affen schrien. Der Wald erwachte in diesen Augenblicken vor dem Einbruch der Nacht zu seinem absonderlichen Leben. Rob legte die Hand an den Hut und nickte Wellesley zu, obwohl ihm durch den Kopf ging, dass kein normaler Mensch in diesem Aufruhr hören konnte, ob die Soldaten oder irgendwelche wilden Tiere durchs Gestrüpp schlichen. Montstuart Elphinstone bemerkte den Gesichtsausdruck des jungen Sergeanten. »Lautlos, mein Freund! Der Feind, auf den wir dort stoßen werden ... es sind keine Menschen wie Sie oder ich. Es sind Bestien! Wahnsinnige Bestien!«

»In Ordnung, Sir!« Rob verschwand zu seinen Männern.

Wellesley hatte der Unterhaltung beigewohnt, sich aber nicht beteiligt. Ihm war es gleich, wie verrückt diese Mörder in ihrem grauenhaften Versteck waren oder welche Drogen sie genommen hatten, um sich mit ihrer verdammten Gottheit eins zu fühlen. Ihm war auch gleich, ob die beiden Kompanien des Dreiunddreißigsten mitkamen, um diese Bande abzuschlachten oder nicht. In seinen Augen loderte ein unbändiger Hass, der keinen Platz mehr für Vernunft und kühles Nachdenken ließ. Er zog seine Waffe aus der Scheide. »Wie lange noch?« Ein seltsamer Käuzchenruf ließ ihn zusammenschrecken. »Vorwärts, Elphinstone! Es ist Zeit!«

Wie Schatten schlichen die Rotröcke und ihre indischen Kameraden durch den Dschungel auf die steinernen Stufen des Kali-Tempels von Aymangala zu. Im Inneren begann genau in dem Augenblick, als der erste Mann seinen Fuß auf die Treppe setzte, ein dumpfes Tam-Tam, und ein Brummen wie von einem Schwarm wildgewordener Hornissen vermischte sich mit den Geräuschen des Dschungels. Es gab kein Entkommen mehr. Die Paschtunen und Barrak ben Ullah schlichen bereits in den grauenvollen Schlund des Tempels hinab. Das TamTam und die Hornissen wurden lauter. Man konnte die monotonen, rhythmischen Anrufungen der Göttin des Todes ausmachen. Sie wurden immer schneller, immer wilder, immer wahnsinniger. Im Inneren des Tempels wiegten die drogenberauschten »thugs« sich mit nackten, schweißglänzenden Oberkörpern frenetisch zum Donner der Trommeln.

»Kali Ma, Kali Ma!« kreischten sie, während der Hohepriester im schwarzen Gewand – das Gesicht hinter einer schrecklichen Maske verborgen – den Dolch tief ins Herz des Opfertieres stieß.

»Feuer!« brüllten Wellesley und Elphinstone gleichzeitig ihren Männern zu.

»Macht sie nieder! Lasst keinen entkommen!« schrie Barrak ben Ullah, und seine Paschtunen schlugen mit ihren Krummsäbeln auf die schweißbedeckten, berauschten Leiber.

Im ersten Augenblick begriff der Hohepriester der »thugs« gar nicht, wie ihnen geschah; dann aber reagierte auch er und stürzte mit dem Opfermesser in der Hand auf einen Angreifer.

»Kali, Kali!« vermischten sich die wilden, ekstatischen Schreie seiner Anhänger mit denen der Briten, Sepoys und Paschtunen. Das fahle Licht der Fackeln, die das Innere des Tempels beleuchteten, erhellte eine grauenvolle Blutorgie, in der nur noch der Tod und die schwarze Göttin regierten. Sterbende Leiber wanden sich auf dem Stein; unmenschliche, schreckliche Schreie sterbender Männer ersetzten das Dröhnen der Trommeln und die Anrufung der finsteren Gottheit. Wellesleys »tulwar« schlug fast beiläufig das Haupt eines »thugs« ab, der versucht hatte, ihn anzugreifen. Dann grub sich die Klinge tief in weiches Fleisch. In seinem Gesicht stand nackter Hass. Er fixierte die Augen seines Opfers. Hart drehte er den »tulwar« in den Gedärmen des schreienden Mannes; dann zog er die Waffe zurück und beförderte den sterbenden »thug« mit einem Tritt aus dem Weg. Seine Hände waren rot vom Blut. Sein Verstand hatte ausgesetzt; er wurde nur noch von seinen Instinkten beherrscht: Mordlust, Jagdtrieb, die Gier nach Blut, Blut, Blut!

Seine Männer schrien neben ihm. Es schien, als ob dieselbe Ekstase, die noch wenige Augenblicke zuvor die Anhänger Kalis ergriffen hatte, nun auf die Soldaten und die Paschtunen übersprang. Sie töteten ohne Gnade. Sie schlachteten alles Leben im Tempel ab. Der Geruch nach frischem, warmem Blut schien sie genauso zu berauschen, wie zuvor die Drogen die Anhänger Kalis in den Bann der schwarzen Göttin gezogen hatten. Das Gemetzel dauerte nur wenige Minuten. Als der Hohepriester getroffen zusammenbrach und im Todeskampf grauenvolle, gurgelnde Laute ausstieß, versuchten die letzten überlebenden »thugs« sich den Weg nach draußen zu bahnen. Doch sie liefen in eine Wand britischer Bajonette. »Keine Gefangenen!« rief Wellesley den Soldaten des 33. Regiments zu. Schließlich durchsuchten sie noch den ganzen Komplex von Aymangala. Die Paschtunen beendeten derweil im Inneren des Tempels ihre grausige Arbeit. Den blutenden Verwundeten, die sich noch bewegten oder Laute von sich gaben, durchtrennten sie die Kehlen. Drei leichtverletzte Sepoys trugen sie vorsichtig von diesem Ort des Schreckens hinaus ins Freie.

»Zündet alles an!« befahl Wellesley dem Kommandeur der »silledar«. »Kali kann sich über das heutige Opfer nicht beklagen!« Er wischte seinen blutigen »tulwar« im Gras ab und verschwand in der Nacht.

»Allah ist groß, und Sein ist die Rache«, sagte Elphinstone leise zu Barrak ben Ullah, als der Kali-Tempel von Aymangala in Flammen aufging.

»Erst wenn Dhoondia Wao tot ist, werden die Seelen von Charlotte und Moukthar Ruhe finden und ihren Weg in den Garten Allahs«, erwiderte der Afghane traurig. »Es ist noch nicht genug Blut geflossen, mein Freund. Diese Wahnsinnigen hier waren nur die Waffe, die Dhoondia benutzt hat, um zu töten. Lasse uns zurück nach Seringapatam reiten.«

Dhoondia Wao hatte von der Zerstörung des Tempels in Aymangala gehört. Es war ihm gleichgültig, dass dieser ungläubige »rishti« die Anhänger Kalis niedergemetzelt hatte. Sie waren nur ein Mittel zum Zweck gewesen.
»Ich verlange, dass Du die Söhne des Sultans sofort freilässt und in meine Hände gibst«, hatte er vor kurzem dem Generalgouverneur in Kalkutta geschrieben, »oder ich werde alles Land zwischen Seringapatam und Madras in eine unfruchtbare Wüste verwandeln, jeden Mann, jedes Weib, jeden Greis und jedes Kind töten, die Dörfer niederbrennen, das Vieh nehmen und die Getreidereserven zerstören, derer Du Dich bedienst, um Deine ungläubigen roten Röcke und die Verräterbande des Nizam zu ernähren. Ich werde den Zorn Allahs über Dich und die Deinen bringen, und das ganze Land wird widerhallen vom Geheul der Witwen und Waisen. Mein Schwert ist das Schwert Allahs. Ich bin der König zweier Welten!«
Dhoondias Wagemut, so mit dem Generalgouverneur von Britisch-Indien umzuspringen, hatte gewaltige Anziehungskraft für Zehntausende Abenteurer, Freibeuter und Soldaten des Sultans, die der Dewan des neuen Rajahs von Mysore ohne Sold und Brot ins Elend geschickt hatte. Sie waren zu ihm gelaufen, hatten ihm die Treue geschworen und waren bereit, gemeinsam mit dem »König« seinen Racheschwur umzusetzen. Bald schon würde Mysore in Flammen aufgehen ... und dann Karnataka, Malabar, Madras, Bombay und schließlich Kalkutta. Am Ende würden sie die ungläubigen »inglis« zurück ins Meer treiben, aus dem sie gekommen waren.
Die grüne Fahne des Propheten flatterte im Wind. Zum Zeichen seines heiligen Krieges hatte Dhoondia Wao die beiden gekreuzten Schwerter des Propheten gewählt. Und unter den Schwertern glänzten auf den Fahnen die schlanken, muskulösen Körper von Tigern. Der Tiger von Mysore war nicht tot. Er war unsterblich, und bald schon würden seine scharfen Krallen sich ins Fleisch der Feinde graben, und das Blut Tippus würde sich mit dem Blut der »inglis« und ihrer Hunde aus Koorg, Hyderabad, Bangalore und Tanjore vermischen, und aus der Asche des Heiligen Krieges

würde ein neues Reich erstehen, größer und mächtiger als Mysore: das Reich des »Königs zweier Welten«.

Arthur verließ Seringapatam Anfang Juni 1800. Bereits am vierundzwanzigsten Tag des Monats durchfurteten seine Männer den Tombuddra und drangen in Dhoondias Reich vor. Der junge Oberst hatte zwei königliche Regimenter, fünf Regimenter der Ostindischen Kompanie sowie fünf starke Kavallerie-Einheiten dabei. Oberstleutnant John Montresor war Arthurs ranghöchster Offizier. Er war schon seit einer halben Ewigkeit in Indien und kannte das Land und die Leute. Im März 1799 hatte er bei Sedaseer in einem verzweifelten Kampf eine riesige Übermacht des Sultans geschlagen.
Arthur hatte die Offiziere, die ihm auf diesem Feldzug folgten, mit ebenso großer Sorgfalt ausgewählt wie die einfachen Soldaten. Er hatte auch Feldartillerie mitgenommen; jeweils zwei Sechspfünder pro Regiment. Seine Armee bestand aus tüchtigen, hervorragend ausgebildeten Berufssoldaten. Sein Unternehmen forderte eine solche Sorgfalt. Noch nie hatte ein britischer Kommandeur in Indien gewagt, gegen bewegliche, irreguläre einheimische Einheiten vorzugehen, die in einem Gelände operierten, das allen Grundregeln der Kriegskunst widersprach. Bereits am 27. Juni nahm Arthur Rannee und Bednore im Sturm. Die beiden Forts des »Königs zweier Welten« hatten dem Zorn des Iren und der Disziplin seiner Männer keine acht Stunden standgehalten. Er verweilte nicht, sondern übergab die gefallenen Anlagen bereits am Abend Ball Kishen Bow, dem örtlichen Befehlshaber des Peshwa. Wie ein Besessener trieb Wellesley Dhoondia vor sich her. Er wollte ihn zu einer alles entscheidenden Zusammenkunft zwingen. Er wollte Blut sehen und dem Mörder seiner Verlobten entgegentreten.
Anfang Juli schien es endlich soweit. Der Ire brachte seine Truppen in Position. Doch statt sich zu stellen und auf das »baraka« zu vertrauen, verweigerte Dhoondia den Kampf. Man hatte ihm von den blutigen Stürmen auf Rannee und Bednore berichtet. Man hatte ihm berichtet, dass ein wahnsinniges Feuer in den Augen des ungläubigen »rishti« brannte, und dass er den Tod nicht fürchtete, sondern ihn herausforderte. In diesem Augenblick der Gefahr konnte der »König zweier Welten« sich keine Niederlage leisten, die seinem selbsterschaffenen Mythos der Unbesiegbarkeit geschadet hätte. Anstatt zu kämpfen zog er es vor, sich in die

Festung Dummul zurückzuziehen und den Feind dort zu erwarten, hinter starken, uneinnehmbaren Mauern.

Arthur kochte vor Wut. Der einzige Frieden, den er noch fand, waren das Donnern der Kanonen, das ohrenbetäubende Feuer der Musketen und der Anblick eines blutigen Feldes nach dem Kampf. Beim Sturm von Rannee und Bednore hatte er keinen einzigen Gefangenen gemacht. Die wenigen Feinde, die den Angriff überlebt hatten, hatte er hängen lassen, ohne sich um Recht und Gesetz zu scheren. Der Tod ging ihm leicht von der Hand, denn sein Herz lag im »Loll Baugh« begraben, und seit Charlottes Tod war der einzige Sinn seines Lebens das Schwert, das er führte.

Oberst James Stevenson hatte mit Wellesleys Kavallerie die Festung von Dummul von der Außenwelt abgeschnitten. Dhoondia saß wie die Ratte in der Falle. Es gab kein Zurück mehr für den »König zweier Welten«. Sollte Dummul fallen – wie zuvor Bednore, Rannee, Hurryhur und Savanore –, blieb ihm keine Zuflucht mehr, nur noch die wilde Flucht in die Territorien der Marattha-»jaghidars«. Bereits im letzten Jahr hatte der Rajah von Kolapoor ihm Asyl gewährt, doch als der ungläubige »rishti«-Hund es gewagt hatte, den Tombuddra zu überschreiten, Sikhapoor in Schutt und Asche zu legen und seinen
General Arapaoha Singh zu hängen, hatte der »jaghirdar« nichts unternommen, sondern – um seiner eigenen Unabhängigkeit willen – die »inglis« gewähren lassen.

Dhoondia betrachtete den Aufmarsch der Rotröcke und Sepoys vor Dummul nachdenklich. Die Festung war so gut wie uneinnehmbar. Im Gestein des Berges, auf dem sie sich befand, konnten die Ungläubigen keine Gräben ziehen wie vor Seringapatam. Außer Felsblöcken fanden sie kaum Deckung vor dem Feuer seiner Musketen und Kanonen. Er hatte ausreichend Proviant und Wasser, um hier Monate auszuharren, während die »inglis« darauf angewiesen waren, durch Ochsenkarren und Lastelefanten versorgt zu werden. Der »rishti« hatte zwar Bednore und Rannee an den Peshwa übergeben, aber er hatte Chittledroog und Hurryhur zu seinen eigenen Basislagern gemacht, nachdem er Dhoondias Anhänger dort besiegt und abgeschlachtet hatte.

Nichtsdestoweniger brauchten die strahlend weißen, prachtvollen Zugochsen des Sultans, die Wellesley-Sahib gestohlen hatte, mindestens drei Wochen von Chittledroog bis zu diesem befestigten Lager vor Dummul. Er hatte ausreichend Kavallerie, um dem »rishti« das Leben schwerzumachen und einfach abzuwarten, bis die Rotröcke schwach vom Hunger wurden oder Krankheiten sie heimsuchten. Dhoondia grinste zufrieden. In dieser Nacht würde ein »karkun« sich zwischen den feindlichen Linien hindurchschleichen und versuchen, zu Sudhir Sahay zu gelangen. Sudhir war der einzige Getreue, den der Zorn des »rishti« noch nicht das Leben gekostet hatte und der sich außerhalb der schützenden Mauern von Dummul befand.

Wellesley, Montresor und Elphinstone hatten sich in der drückenden Sommerhitze bis zur Spitze der Anhöhe hinaufgequält. Der Weg war so steil und von spitzen Steinen übersät, dass es selbst für den wendigsten »kathiawari« unmöglich wurde, voranzukommen, ohne sich die vier Beine unter dem Leib zu brechen, doch es war der beste Platz, um Dummul zu beobachten. Arthur wischte sich den Schweiß von der Stirn und zog die rote Jacke aus.
»Gut befestigt, die ganze Geschichte!« fluchte er. Alle anderen Anlagen des »Königs zweier Welten« waren mehr oder weniger verfallene Forts mit ein bisschen Holz und ein paar Palisaden gewesen. Dummul bestand aus massivem Granit, und die Mauern besaßen eine beeindruckende Höhe.
»Er hat jede Menge Artillerie da oben stehen.« John Montresor fand die Idee einer langwierigen, nervenaufreibenden Belagerung nicht sonderlich attraktiv. Er war sich deswegen schon einige Male mit James Stevenson, seinem älteren Kameraden, in die Haare geraten. Früher war Wellesley in solchen Fällen immer dazwischengefahren wie der Teufel, denn er hatte es nie ausstehen können, wenn seine Offiziere miteinander stritten. Seit Charlottes Tod mischte er sich nicht mehr ein; er mied die gemeinsamen Abendessen und die Gesellschaft der anderen und tauchte in der Regel nur auf, wenn sich ankündigte, dass man irgendjemanden totschlagen konnte.
Montresor empfand es bereits als absonderlich, dass der Gouverneur von Mysore ihm und Elphinstone erlaubt hatte, mit auf die Anhöhe zu kommen. Normalerweise sah er sich die Stellungen des Feindes alleine an, plante seine Strategie, ohne Rücksprache zu nehmen, verfasste präzise, unpersönliche Befehle an alle Beteiligten und suchte sich dann – beim Angriff – einen Platz, den jeder vernünftige Soldat, der am Leben hing, gemieden hätte.

Während Montresor und Elphinstone noch Kanonen zählten – beeindruckt von der Artillerie des Feindes –, hatte Wellesley sich einen großen Stein gesucht. Seine kalten Augen glitten langsam an den Wällen von Dummul entlang, auf der Suche nach einer Schwachstelle. Er wusste, dass es sinnlos war, sich auf eine langwierige Belagerung einzulassen. Sie hatten nicht genug Vorräte dabei, und der Nachschubweg von Chittledroog war weit und gefährlich. Barrak ben Ullahs Paschtunen und seine »hirrcarrahs« folgten Sudhir Sahay und Dhoondias Kavallerie. Er hatte viele, gut bewaffnete und gewandte Reiter, und alle befanden sich im Bereich seiner Nachschublinien. Er würde sich dieser Banditen später annehmen. Heute hatte er den »König zweier Welten« in der Zange und war nicht bereit, den Bastard lebend aus dieser steinernen Rattenfalle entkommen zu lassen. »Es wäre interessant zu erfahren, wie viele Mann Besatzung der Bursche hatte«, dachte Arthur. Er hätte sich gern den Westwall mit dem Haupttor aus der Nähe angeschaut. Eine innere Stimme sagte ihm, dass irgendetwas mit diesen Mauern nicht in Ordnung war: Von seinem Aussichtsposten aus gesehen, erschien ihm der Stein dunkler als die Quader, aus denen die anderen Wälle hochgezogen worden waren.
Dummul hatte eine gute Wasserversorgung aus mehreren, unterirdischen Quellen. Konnte es sein, dass die Feuchtigkeit, die es Dhoondia und seinen Bastarden ermöglichte, eine Belagerung auszusitzen, die Quader seiner Wehr angegriffen und über die Jahrhunderte zerfressen hatte?
»Wir werden uns eine weiße Fahne besorgen und diesem Bastard erst einmal Gespräche anbieten.«
»Du willst mit Dhoondia verhandeln, Arthur?« Elphinstone war überrascht. Seit acht Wochen schon redete Arthur nicht mehr, sondern schlug jeden tot, der ihm über den Weg lief.
Arthur hob die Augenbrauen. Ein böses Lächeln umspielte seine Lippen. »Verhandeln!« spie er verächtlich. »So weit wird es noch kommen, dass ich mit diesem Bastard rede. Ich will mir die Mauer aus der Nähe ansehen und einen Blick auf das Haupttor werfen.«
Er hielt Elphinstone sein Fernrohr hin. »Seltsam, diese dunkle Verfärbung der Steine.« Montresor folgte dem Blick seines Vorgesetzten. »Das ist nicht seltsam, Sir. Die haben da unten ein ziemliches Problem.« Er erklärte seinen beiden Begleitern kurz, wie die »jaghidars« in der alten Zeit ihre Befestigungsanlagen

konstruiert hatten; dann fuhr er fort: »Und Dummul ist ein Kasten, der noch aus der grauen Vorzeit stammt. Ich würde mich wundern, wenn etwas anderes als Eigengewicht diese Mauer aufrecht hält. Sehen Sie, Sir, dort unten verschwindet ein Rinnsal in den Bäumen, obwohl es knochentrocken ist und seit Monaten nicht mehr geregnet hat. Die Quellen, die die Brunnen in Dummul füllen, haben den Wall unterspült. Wenn Sie da zweimal mit einem Sechspfünder draufhauen, ist die Bresche fertig.«
Arthur klopfte seiner Nummer zwei anerkennend auf die Schulter. Ihm war ein ähnlicher Gedanke durch den Kopf gegangen. Graben konnten sie nicht, aber zwei leichte Geschütze im Schutze der Nacht auf achthundert Meter heran zu bewegen, musste möglich sein. Dann ein paar gezielte Schüsse ins erodierte Gestein ...
»Vorwärts, meine Herren! Wir bieten Dhoondia Gespräche an und betrachten diese Sache genauer.«

Natürlich lehnte der »König zweier Welten« die Bedingungen des Gouverneurs von Mysore ab. Sie waren so unannehmbar, dass selbst der größte Trottel aller Zeiten nein gesagt hätte, doch die Verhandlungen zwischen John Montresor und K Bumeshwar zogen sich ewig in die Länge. Während die beiden »vakels« sich auf Persisch unterhielten, betrachtete ein Mann der britischen Eskorte aufmerksam jeden Stein des Nordwalls von Dummul. Arthur hatte zu diesem Anlass seinen roten Rock gegen die rote Tunika eines Sepoys vertauscht. Braungebrannt, dünn und zäh wie er war, fiel er Dhoondias Abgesandten nicht auf. Als Montresor und K Bumeshwar sich nicht einigen konnten, gab der britische Offizier dem Inder bis zum nächsten Tag Zeit zum Nachdenken. Er wusste in diesem Moment bereits, dass es kein neues Palaver geben würde, sondern nur einen blutigen Sturm.

Dummul fiel im Morgengrauen. Der Nordwall war unter den gezielten Schüssen zweier Sechspfünder wie ein Kartenhaus in sich zusammengestürzt. Wellesley ließ den Feind von drei Seiten zugleich angreifen. Mit Sturmleitern ausgerüstet, stürmten drei königliche Kompanien den Wall, während die Sepoys der Madras-Infanterie ihnen Deckungsfeuer gaben. Als die ersten Männer auf der Mauer waren, stürmte ein »Verlorener Haufen« des 33. Regiments mit einem Sechspfünder, der doppelt geladen war, gegen das Tor an. Der erste Schuss reichte nicht, das Tor zu zerstören, doch die Männer wagten einen zweiten Vorstoß, und

schließlich gab auch das Haupttor nach. Eine halbe Stunde später fiel Dummul. Dhoondia Wao entkam im letzten Augenblick mit einer Handvoll Getreuer und seinem kleinen Sohn in den Dschungel. Er wollte versuchen, zu seiner Armee zu stoßen, die sich knapp dreißig Meilen von der Festung entfernt in einem kaum zugänglichen Tal verschanzt hatte. Doch Wellesleys Nachrichtendienst arbeitete auch im Niemandsland zwischen dem Maharastra und Mysore schnell und effizient.
Bevor der »König zweier Welten« mit seinen Anhängern aufschließen konnte, war Oberst Stevenson über sie hergefallen wie das Jüngste Gericht. Arthur hatte seine Infanterie in einem nur neunstündigen Gewaltmarsch die sechsundzwanzig Meilen von Dummul ins Tungabhadra-Tal geführt und den Rebellen jeden Ausweg aus dieser Falle verstellt. Das Zusammentreffen zwischen Dhoondias Gefolgsleuten und dem Iren ähnelte mehr einer Hinrichtung als einer Schlacht. Diejenigen, die das Glück hatten, dem britischen Schwert zu entrinnen, flohen in die weiten, undurchdringlichen Wälder. Die
Armee des »Königs zweier Welten« hatte an diesem 30. Juli 1800 aufgehört zu existieren. Alles, was Dhoondia noch blieb, waren Sudhir Sharay und seine Kavalleristen, die irgendwo in den Weiten des kaum bewohnten Grenzlandes zwischen Mysore und dem Maharastra vor Wellesley auf der Flucht waren.

Dhoondia begann an Allah zu zweifeln. Nach dem Desaster von Dummul und der blutigen Katastrophe im Tungabhadra-Tal liefen ihm die Anhänger scharenweise davon. Er verfügte nicht einmal mehr über 6000 Mann; er hatte seinen Tross und fast seine gesamte Artillerie eingebüßt. Trotzdem ließ der »rishti« in seinem Hass immer noch nicht von ihm ab. Ein »hirrcarrah« hatte dem »König zweier Welten« berichtet: Die Ungläubigen hatten sich in vier Gruppen aufgeteilt: Stevenson, Montresor, Elphinstone, der räudige Hund der Ullahs und Dulles von der Ostindischen Kompanie. Sie waren sich ihrer Sache sicher: Keiner der Kommandeure hatte mehr als 1500 Mann dabei, und der »rishti« ließ sich nicht einmal von den schweren Monsun-Stürmen aufhalten. Er war dem König am dichtesten auf den Fersen. Egal wie schnell Dhoondia flüchtete – Wellesley hielt mit ihm Schritt. Wenn ein vom Regen angeschwollener Fluss ihm den Weg verstellte, baute er Boote und Flöße und setzte seine Rotröcke über. Wenn er auf eine Schlucht stieß, kletterten ein paar

Männern mit Seilen die Abhänge hinauf und wieder hinunter, und man spannte eine Hängebrücke oder ließ Lastenkörbe über das Hindernis gleiten. Egal wohin Dhoondia auch floh – der »rishti« folgte ihm wie ein böser Geist. Und er hatte den »König zweier Welten« tief in seinem Innersten getroffen.
Er hatte allen bewiesen, dass das »baraka« nicht mit Dhoondia war, sondern mit den ungläubigen Rotröcken, und er hatte Dhoondia bewiesen, dass Allah seine Hand nicht schützend über ihn hielt, denn jedes Mal, wenn sie aufeinandertrafen, siegte der »rishti«. Egal wie klein die Gruppe der Ungläubigen war, die auf die Anhänger des Königs stieß – es gab nur zwei Möglichkeiten: entweder den Kampf aufzunehmen und geschlagen zu werden, oder um sein Leben zu laufen. Dhoondia hatte den Tombuddra überschritten – ein wenig in der Hoffnung, der »rishti« würde es nicht wagen, so tief ins Territorium der Marattha einzudringen, ohne sicher zu sein, dass Verstärkung und Nachschub ihm folgen konnten.
»Sir, es ist unmöglich, mit den Pferden über den Fluss zu setzen!« Major John Blackinston betrachtete nachdenklich den Tombuddra, der sich als reißende, schlammige Flut durch gefährliche Gesteinsmassen wand und alles mitriss, was ihm in den Weg kam. Der Monsunregen war in diesem Jahr besonders ergiebig und anhaltend. Während der Ingenieur mit Oberst Wellesley sprach, ergoss sich ein warmer Strom über die Männer, der sie alle bis ins Mark durchnässte. Viele Männer und einige der Pferde litten unter Fieber, denn mit dem Monsun kamen Schwärme von Stechmücken, die in den kurzen Pausen zwischen zwei Regenschauern über sie herfielen und sich mit Blut vollsogen.
Arthur war genauso fiebrig und erschöpft wie seine Reiter, doch der Wille, Dhoondia endlich zu stellen und ins Jenseits zu befördern, war stärker als Müdigkeit, Hunger, Krankheit und der reißende Tombuddra. Der Bastard hatte den Fluss mit seinen letzten Getreuen – einer etwa 5000 Mann starken Reiterschar – überquert und dann die einzige Brücke in einem Umkreis von 50 oder 60 Meilen zerstört. Falls Wellesley sich für den Umweg über Madhavaram entschied, würde er vier bis fünf Tage verlieren, während sein Feind die Möglichkeit hatte, sich in Luft aufzulösen.
»Blackinston, wir müssen hier auf die andere Seite. Egal wie und so schnell wie möglich«, erklärte Arthur.
Der Ingenieur schüttelte den Kopf. »Da verlangen Sie ein Wunder

von mir, Sir. Die Männer könnten wir in den Booten über ...« Er stockte und schlug sich mit der flachen Hand gegen die Stirn. »Aber natürlich! Wir setzen zuerst Männer in Booten über, dann spannen wir feste Seile und ziehen die Pferde ... Verdammt, Oberst! Das wird eine lange Nacht.«

Wellesley nickte zufrieden. Am 8. September standen 1500 Berittene am Nordufer des Tombuddra. Es hatte den Gouverneur von Mysore zwei Tage und zehn ertrunkene Tiere gekostet, um über den Fluss zu kommen, doch er war Dhoondia Wao so dicht auf den Fersen wie nie zuvor. Er gönnte seinen Männern keine Ruhepause, sondern machte sich sofort auf den Weg. »Hirrcarrahs« und Späher der 4. Madras-Kavallerie meldeten schon bald, dass sie Dhoondias Heer gesichtet hätten. Es waren etwa 5000 Berittene. Sie befanden sich in der Nähe eines winzigen Nestes, das die Einheimischen Conagull nannten. »Eins zu drei! Das geht ja noch«, war die einzige Bemerkung, zu der

Arthur sich im Angesicht des Feindes hinreißen ließ. Er wollte Dhoondia. Nur Dhoondias Tod würde ihn vielleicht wieder zu Ruhe und Vernunft bringen. Er setzte 30000 Rupien Preisgeld aus für den Mann, der ihm den »König zweier Welten« brachte – tot oder lebendig! Am liebsten lebendig, denn er wollte den Bastard baumeln lassen und zusehen, wie ihm die Zunge langsam aus dem Mund quoll, während der Strick sich immer enger um seinen widerwärtigen Hals zusammenzog. Er war für Charlottes Tod verantwortlich. Nun sollte er auf die gleiche Weise sterben; nur langsamer, qualvoller...

Er hatte zwei Regimenter britische Dragoner und zwei Regimenter indische Kavallerie. Arthur wusste, dass er mit Dhoondia zu einem Ende kommen musste, wollte er nicht den Verstand verlieren. Wenn so wenige sich mit so vielen schlugen, durfte er taktisch nicht konventionell vorgehen: Er würde sie alle in einer langen Reihe aufstellen, Seite an Seite ... keine Reserve, keinen Schutz für den Fall eines Fehlschlags ... Und dann würde er den Bastard frontal angreifen und ihn endlich zum Teufel schicken oder in den Garten Allahs, wie Barrak immer zu sagen pflegte. Arthur zog den Teufel vor, denn Barrak versuchte ihm dauernd einzureden, dass Charlotte und das Kind in diesem verdammten Garten wären.

Arthur ließ den Hengst auf der Hinterhand wenden und kehrte ins Feldlager zurück, um seinen Offizieren zu erklären, wie der morgige Tag aussah.

Ein spektakulärer Sieg, dessen Kunde sich wie ein Lauffeuer verbreitete, und schon war alles für Monate friedlich in diesem verrückten Land. Der Marquis von Mornington starrte gedankenverloren auf die dunkelblauen Fluten des Hoogley hinunter, während seine Rechte auf einem Berg von Papieren ruhte. England und Frankreich lagen immer noch im Krieg. Die Krone hatte ihm eine unbestimmte Order erteilt, ein Expeditionskorps gegen die von Frankreich kontrollierten Territorien in seinen Teil der Welt zu schicken: Java, Sumatra, Borneo. In Gedanken machte Mornington sich die Notiz, auch noch Mauritius hinzuzufügen, denn die französischen Korsaren peinigten von diesem Stützpunkt aus schon seit Monaten die schwerfälligen Frachtschiffe von »John Company«.
Es würde ein riesiger Aufwand werden, ein sechs- oder siebentausend Mann starkes Expeditionskorps vorzubereiten, auszurüsten und zu verproviantieren. Die Überfahrt in die ehemaligen niederländischen Besitzungen nahm rund sechs Monate in Anspruch ... Er überlegte eine Weile, wem er dieses vergiftete Geschenk machen sollte: St. Leger, Campbell und Braithwaite waren steinalt und überfordert. Baird war ein Hitzkopf, der keinen Funken Geduld hatte und nur daran dachte, braunen Bastarden die Kehle durchzuschneiden. John Henry Fraser – vernünftig, umgänglich, mutig – kurierte eine Verwundung aus. Floyd verstand nicht viel von der Infanterie, und Stuart jammerte ihm die Ohren voll, er solle die Aufgabe doch bitte Oberst Wellesley anvertrauen, denn der habe schon bei der abgeblasenen Manila-Operation hervorragende Arbeit geleistet und kenne sich mit dieser Art von Geschäft aus.
Richard saß in einer ziemlichen Zwickmühle. Natürlich hatte Stuart Recht, wenn er Arthur empfahl, denn der Kleine hatte sich inzwischen als Soldat einen solchen Namen gemacht, dass selbst gestandene Generäle mit Respekt von ihm sprachen. Andererseits würde Arthurs Ernennung schrecklichen Ärger mit Baird bringen, der sich immer noch über die Mysore-Geschichte aufregte und überall laut herumposaunte, der Generalgouverneur würde sich den Wonnen des Nepotismus hingeben ... Als ob er jemals seinem Bruder geholfen hätte! Baird war verrückt, aber das machte den

Schotten nicht weniger lästig.

»Und er hat seine Kavallerie in einer Linie auf diesen Halunken losgelassen, ohne Reserven und ohne zu wissen, wo Stevenson und die anderen standen.« Connor McLeod streckte sich gemütlich in seinem schweren Ledersessel, während ein indischer Boy ihm nachschenkte. Die Männer, die um ihn versammelt saßen, hörten dem schottischen Offizier gebannt zu. Er war vor wenigen Tagen aus Seringapatam nach Kalkutta zurückgekehrt, um seine Frau zu besuchen und eine Verletzung auszukurieren. Er war bei der spektakulären Jagd auf den »König zweier Welten« dabei gewesen und konnte ihnen mehr erzählen als die paar offiziellen Informationen besagten, die Fort William zaghaft und zusammenhanglos herausbrachte.

»Und es waren fast viermal so viele Feinde?« Hauptmann Gore schien besonders an der Geschichte interessiert, denn er war gerade erst mit 150 neuen Rekruten für das 33. Regiment aus England eingetroffen und würde sich in den nächsten Tagen auf den Weg nach Seringapatam und zu seinem neuen Vorgesetzten machen, Oberst Wellesley.

Der große »pankha« bewegte sich monoton über den Köpfen der Männer, um die Schwüle des indischen Sommers im Offiziersclub von Kalkutta ein wenig zu mildern. An den holzverkleideten Wänden kündeten unzählige Waffen vom Ruhm der britischen Armee, und Aquarelle zeigten mehr oder weniger realistisch die Heldentaten des großen Clive oder des legendenumwobenen Hastings.

Connor grinste und ließ den französischen Cognac im Kristallschwenker durch seine warme Handfläche gleiten. »Die Dragoner des Neuzehnten, die des Fünfundzwanzigsten, und die erste und zweite Madras-Kavallerie. Alles in allem eintausend vierhundert Mann mit Arthur Wellesley an der Spitze, mein Freund. Doch auf der anderen Seite standen über den Daumen gepeilt sechstausend Mann. Wir haben in diesem Land unzählige Siege auf dem Schlachtfeld davongetragen, aber nie zuvor ist es einem von uns gelungen, so wie Wellesley, mitten im Dschungel, mitten im Feindesland, eine Banditenarmee dieser Größe zu vernichten. Nie zuvor ist einer von uns so schnell und so weit marschiert. Nie zuvor ist es gelungen, im Niemandsland Männer mit allem zu versorgen, was sie benötigen, um anständig zu kämpfen. Nehmen Sie sich ein Beispiel an Wellesley, Gore! Er ist

der beste Soldat in diesem Land, und Sie haben die Ehre, unter ihm zu dienen.«
McLeod wollte sein Glas heben und die jungen Herren auffordern, gemeinsam mit ihm auf diese militärische Glanzleistung seines Freundes, des Gouverneurs von Mysore, zu trinken, als aus einem Ledersessel in einer dunklen Ecke eine Stimme erklang: »Der beste Soldat in diesem gottverdammten Land! Dass ich nicht lache! Er mag ja der Bruder des Generalgouverneurs sein, aber ein guter Soldat ist er deshalb noch lange nicht.«
Sir Davie Baird hatte die Geschichte mit dem Kommando in Seringapatam immer noch nicht verdaut. Er hatte sich hitzig mit dem Gouverneur von Madras gestritten und mit dem Oberkommandierenden Britisch-Indiens, Sir Alured Clarke. Schließlich hatte er sogar Mornington selbst aufgesucht und war über ihn hergefallen wie das Jüngste Gericht. Nicht dass er persönlich etwas gegen Wellesley hatte. Er mochte den Jungen gern und kam nicht umhin zu bewundern, wie er sich als Soldat machte und mit welchem Mut er sich schlug. Trotz allem war Bairds gekränkter Stolz stärker als seine Vernunft. Er ließ keine Gelegenheit aus, zu lästern und zu stänkern und an jedem Ort und zu jeder Zeit über die himmelschreiende Bevorzugung zu jammern, die Oberst Wellesley mit dem Kommando über Mysore, Malabar, den Karnataka und die Küste erfahren hatte.
Natürlich war das alles nur deshalb so gelaufen, weil der Bruder des Kleinen der große Chef in Kalkutta war. Er, Baird, hatte drei Jahre in den Kerkern des Sultans zugebracht und die ersten Truppen über den Wall der Festung von Seringapatam geführt. Als Harris Wellesley zum Gouverneur gemacht hatte – eine Ernennung, die sowohl Madras als auch Kalkutta binnen Monatsfrist bestätigten –, hatte er ihn, Sir Davie Baird, nicht nur beraubt, sondern zutiefst gedemütigt.
Der Schotte nahm einen kräftigen Schluck Brandy, um sich wieder zu beruhigen. Connor seufzte und schüttelte verzweifelt den Kopf. Der alte Davie würde sich nie ändern. Er war und blieb eine bösartige Schnapsdrossel. Trotzdem war er auch ein Offizierskamerad, und der Anstand gebot es, ihn an den Tisch zu bitten. McLeod erhob sich aus seinem bequemen, dunkelgrünen Chesterfield und trat zu Baird. Sein Blick glitt über eine große, fast leere Brandyflasche. Der Alte musste ziemlich geschluckt haben, bevor er sich zu seinem bösen Ausfall hatte verleiten lassen. Baird allein war schon eine gefährliche Sache. Baird und eine Flasche im

Verband machten den Generalmajor zu einem Raubtier, das in nichts dem Königstiger nachstand.
»Sir Davie, wir sind in angenehmer Runde. Es wäre uns eine große Ehre, wenn Sie sich zu uns gesellen würden!« versuchte der Kommandeur des 74. Infanterieregiments sein Glück in der Diplomatie. Baird schenkte sich Brandy nach und brummte seinen Landsmann unfreundlich an: »Verschwinden Sie zu Ihren Amazonen und Kleinkindern, und bejubeln Sie Ihren guten Freund Wellesley weiter wie ein tumber Idiot! Lassen Sie mich zufrieden, Mann!«
»Sir!« Connor McLeod war ein ausgesprochen freundlicher und umgänglicher Mensch und ließ sich so leicht nicht aus der Ruhe bringen. Doch Bairds Worte waren ein Affront, der nach einer Entschuldigung verlangte. Das 74. Regiment als »Amazonen« zu bezeichnen, grenzte an eine Forderung zum Duell. Die Ehre seines Regiments, die Ehre eines Soldaten standen auf dem Spiel. »Sir Davie, ich wäre Ihnen sehr verbunden, wenn Sie sich für Ihre rauen Worte in aller Form bei mir entschuldigen würden.« Der Schotte sprach leise, um kein Aufsehen im Offiziersclub zu erregen. Er wollte es Baird so leicht wie möglich machen.
»Einen Teufel werde ich, McLeod!« Sir Davie war aus seinem Sessel gesprungen, als wollte er sich auf Connor stürzen. Doch als der Kommandeur des 74. Regiments mit einem Schritt nach hinten auswich, fiel Baird wieder zurück in den Sessel. »Einen Teufel werde ich, McLeod«, lallte er mit alkoholschwerer Zunge.
Alle Köpfe im Offiziersclub von Kalkutta waren herumgefahren, um die Szene zu beobachten. Doch als Connor sich nur höflich von Sir Davie verabschiedete und wieder zur Gruppe seiner Freunde zurückkehrte, verloren die meisten das Interesse. Jeder wusste um Bairds unmöglichen, heißblütigen Charakter und seine Ausfälle. Man erwartete eigentlich nichts anderes von ihm.

Privat! Geheim! Beide Umschläge lagen vor Oberst Wellesley auf dem Schreibtisch. Er blickte sie neugierig an. Eigentlich bekam er selten mysteriöse Post und noch seltener Verstärkung für sein 33. Regiment. Doch den jungen Offizier, der vor ihm stand wie eine Kathedrale aus dem Mittelalter, betrachtete er noch neugieriger als die beiden Briefe aus Kalkutta.
»Einhundertfünfzig Rotröcke und ein Hauptmann direkt aus Irland! Das ist eine feine Sache.« Er strahlte übers ganze Gesicht. Dann wandte er sich dem kleinen Jungen zu, der auf seinem Schoß

saß und mit den großen, schweren Siegeln der geheimnisvollen Post spielte. »Aber du willst zuerst wissen, was für Neuigkeiten es aus Kalkutta gibt«, sagte er und lächelte den kleinen Salabuth an. Einige plündernde Soldaten hatten das Kind nach der Schlacht bei Conagull zwischen den Gepäckwagen Dhoondia Waos aufgegriffen. Zuerst hatten sie den Zeugen ihrer Missetaten ins Jenseits befördern wollen, doch dann hatte sich irgendein Rotrock darauf besonnen, dass die Ehre eines Soldaten es gebot, sich nicht an Witwen und Waisen zu vergreifen. Er hatte Salabuth bei einem Sergeant abgeliefert, der ihn an einen Offizier weiterreichte, und so weiter. Irgendwann war der Junge bei Wellesley gelandet.
Inzwischen wusste man, dass er der Sohn des verblichenen »Königs zweier Welten« war: Soviel hatte irgendjemand aus dem weinenden, verstörten Vierjährigen herausgebracht. Zuerst hatte Arthur nicht gewusst, was er mit einem Kind – noch dazu dem Sohn seines Feindes – anfangen sollte. Doch dann hatte er Charlottes Stimme gehört, wie jedes Mal, wenn er nicht weiterwusste oder verzweifelt war. Seine kleine Lady hatte ihm aufgetragen, er solle sich um den Jungen kümmern.
Dhoondia hatte Arthur Frau und Kind genommen, und Arthur wiederum hatte den »König zweier Welten« getötet. Irgendwie waren er und der Kleine in der gleichen Situation und teilten den gleichen Kummer. Er hatte beschlossen, Salabuth zu adoptieren, obwohl die meisten seiner Freunde ihn für verrückt erklärten. »Was willst du mit einem Kleinkind anfangen, Wellesley?« klang ihm noch Connor McLeods Stimme in den Ohren. »Du bist Berufssoldat. Wenn der König ruft, musst du marschieren. Wer soll sich dann um den Bengel kümmern?«
Salabuth hatte inzwischen erfolgreich den Brief mit der Aufschrift *Geheim* geöffnet, ohne sich mit dem scharfen Federmesser in die kleinen Finger zu schneiden. Arthur las verwundert über die Schulter des Jungen hinweg und ignorierte Hauptmann Gore. Ein britisches Expeditionskorps, hieß es in dem Schreiben, sammele sich auf Ceylon; die Soldaten sollten den Franzosen das Leben schwermachen und ihnen Java, Sumatra, Mauritius oder sonst etwas abjagen, schrieb der Marquis von Mornington an den Gouverneur von Mysore. Oberst Wellesley sollte diesen ganzen Unfug übernehmen.
»Verstehst du das, mein Kleiner?« fragte er Salabuth auf Persisch, ohne sich um Gore zu kümmern, der immer noch wie eine

Salzsäule vor ihm stand. Salabuth schüttelte heftig den Kopf und packte besitzergreifend das schöne große Wachssiegel mit dem komischen Vogel in der Mitte, der dem »Uma« des Sultans nachempfunden war. Arthur hatte nie so richtig verstanden, warum sein Bruder, der ehrenwerte Marquis von Mornington, sich ausgerechnet ein Wappentier ausgesucht hatte, das wie ein Gockel auf dem Misthaufen aussah. Er entwand Salabuth Siegel und Federmesser, schnitt das Wachsding vom Geheimpapier, drückte es dem Kleinen in die Hände und vertrieb ihn von seinem Schoß, damit er anderswo spielte und sein Unwesen trieb. »Tut mir leid, Gore! Nachher sehen wir uns die neuen Männer an.
Dann werde ich Sie offiziell Ihren Kameraden vorstellen. Haben Sie schon eine Unterkunft?«
Natürlich war die Frage rhetorisch. Wie sollte ein Offizier, der gerade aus dem Dschungel gekommen war – nach einem schrecklich langen Marsch von Madras über Arnee und Vellore nach Seringapatam –, ein Quartier haben? Bevor der Hauptmann antworten konnte, hatte Wellesley bereits einen seiner Sepoys zu sich beordert und ihm auf Hindustani aufgetragen, schnell in die »Gartenlaube« zu laufen und Vingetty mitzuteilen, dass er in den nächsten Tagen einen Gast haben würde. Wellesley selbst bewohnte sein Quartier nicht. Seit Charlottes Tod konnte er keinen Fuß mehr in die »Gartenlaube« setzen oder sich auch nur auf hundert Meter nähern. Er zog es vor, weiterhin die Gastfreundschaft Barrak ben Ullahs in Anspruch zu nehmen und im Kontor des Handelsherrn zu wohnen.
Außerdem hatte er nicht die Absicht, aus dem kleinen Salabuth einen Briten zu machen. Der Junge war Inder und sollte es bleiben. Er sollte in einem Umfeld aufwachsen, in dem seine Sprache gesprochen, seine Sitten und Gebräuche gepflegt wurden. Als der Kaplan des 33. Regiments einmal versucht hatte, Hand an den Kleinen zu legen, um ihn den Katechismus zu lehren, war Arthur dazwischengefahren wie der Teufel. Der Kaplan hatte sich einen langen Vortrag über die Achtung vor einem anderen Glauben und ähnliche Dinge anhören müssen und verzweifelt mitverfolgt, wie ein potentielles neues Schäfchen seiner Gemeinde den Mullahs in der örtlichen »madrissah« anvertraut wurde.
»Francis!« rief Wellesley nach seinem Adjutanten. »Kümmern Sie sich um Hauptmann Gore, und machen Sie ihn mit den Offizieren des Dreiunddreißigsten bekannt!« Dann schrieb er einen kurzen Befehl für den Quartiermeister, damit dieser die neuen Männer

unterbrachte. »Ich habe noch zu tun, Gore. Ruhen Sie sich aus, lernen Sie Ihre Kameraden kennen. Wir sehen uns heute Nachmittag pünktlich um vier Uhr«, verabschiedete er den Hauptmann.

Während der kleine Salabuth auf einem Teppich zufrieden mit seinem großen Siegel spielte, öffnete Arthur das zweite Schreiben. Es war ein Brief seines Bruders Richard: »... natürlich bin ich mir darüber im Klaren, dass Deine Ernennung an die Spitze dieses Expeditionskorps zu großer Aufregung unter den Herren Generälen führen wird. Nichtsdestoweniger möchte ich Dir sagen, dass ich Dir dieses

Kommando übertrage, weil ich weiß, dass ich mich auf Deine militärischen Fähigkeiten, Deinen gesunden Menschenverstand, Deine Diskretion und Deinen wachen Verstand verlassen kann ...«

Arthur las die letzte Zeile noch einmal und schmunzelte. Richard wollte irgendetwas von ihm, wenn er solch schmeichlerische Worte benutzte. Jahrelang hatte er sich anhören müssen, was für ein Trottel er sei – und nun so etwas. Arthur beschloss, sich genauestens zu überlegen, ob er diesen Sack Flöhe in Trincomale akzeptierte oder lieber in Mysore blieb. Hier wusste er, was er hatte. Hier war er sein eigener Herr, und niemand pfuschte ihm ins Handwerk. Und hier hatte er sein Herz begraben. Charlotte war nun seit mehr als einem Jahr tot. Trotzdem kam er nicht darüber hinweg. Arthur hatte geglaubt, er würde sich besser fühlen, sobald er mit Dhoondia abgerechnet hatte, doch eher das Gegenteil war der Fall gewesen. Viel Blut war geflossen, und beide Seiten hatten sich zu den unmenschlichsten Grausamkeiten hinreißen lassen.

Arthur hatte versucht, den Tod in der Schlacht zu suchen. Doch der Gevatter hatte abgelehnt, und außer ein paar Schrammen und einem Gefühl der Bitterkeit und der Hilflosigkeit war nichts geblieben. Dhoondias Tod hatte Charlotte nicht wieder lebendig gemacht. Sein Verstand sagte Arthur, dass es vielleicht gut war, wenn er Mysore und die Last der Erinnerungen eine Zeitlang hinter sich ließ. Er beschloss, das Kommando anzunehmen, obwohl er sich nichts davon versprach außer Vergessen und ... Ach, der Himmel wusste, was er sich davon versprach! Eigentlich war es ihm auch völlig gleichgültig. Er würde nach Trincomale verschwinden und dann weitersehen.

»General Baird, Mylord!« Der junge Adjutant öffnete die Tür zu Sir Alureds Arbeitszimmer, um den schottischen Offizier hereinzubitten.
»Setzen Sie sich, Davie, setzen Sie sich! Was haben Sie auf dem Herzen?« fragte der Oberkommandierende von Britisch-Indien leutselig. Baird hatte seine saubere Uniform angelegt und war – entgegen seiner Gewohnheiten – frisch rasiert und nüchtern. Er hatte eine Menge auf dem Herzen, aber die meisten Dinge gingen den alten Bürotiger Clarke und seine borstige graue Stutzperücke nichts an. »Sir, ich wollte Sie nur darüber informieren, dass ich ein Schreiben an den Oberkommandierenden der Streitkräfte in London schicken möchte.« Es kostete den Schotten viel Überwindung, so ruhig und aufgeräumt mit Clarke zu reden. Am liebsten wäre er dem alten Trottel an die Kehle gefahren. »Wir haben lange über diese Sache debattiert, Sir – St. Leger, Braithwaite und ein paar andere ...«
Clarke wurde hellhörig. »Sie reden mit St. Leger und Braithwaite? Sie fühlen sich doch wohl, Davie, oder ist es ein Anfall von Fieber?« Der Oberkommandierende konnte zynisch sein. Insbesondere wenn er das Gefühl hatte, dass einer seiner Untergebenen den Aufstand probte. »Lassen Sie mich raten, Davie. Batavia?«
»Sir, es geht nicht an, dass man einem Obersten und noch dazu einem der jüngsten Männer auf den Dienstlisten über unser aller Köpfe hinweg dieses Kommando anvertraut, nur weil er der Bruder des ...« Clarke schlug mit der Faust auf den Tisch. Sein Gesicht rötete sich unter der Stutzperücke, und ihm wurde schlagartig heiß. Wie ging sie ihm doch auf die Nerven, diese Bande habgieriger und böswilliger Straßenköter, die sich um jeden Knochen prügelten, der irgendwo herumlag! »Baird! Verflixt, ich kann es nicht mehr hören! Wann werden Sie endlich damit aufhören, auf Oberst Wellesley herumzuhacken? Was hat der Junge Ihnen bloß getan?«
Sir Davie hatte ganze zehn Minuten die Stimme nicht erhoben und war auch nicht aus der Haut gefahren. Eine Meisterleistung! Ein Glanzstück vollkommener Selbstbeherrschung, wenn man den Schotten besser kannte. Doch nun war es zu viel für ihn. Mit einer heftigen Bewegung riss er sich die Perücke von der schweißüberströmten Stirn und knallte sie auf Clarkes Schreibtisch. Der Mehlpuder stob nach allen Seiten. »Zuerst wirft man ihm Seringapatam in den Rachen, obwohl ich die ersten

Truppen auf die Bresche geführt habe. Dann kriegt der Rotzlöffel ganz Mysore. Inzwischen hat er schon das Kommando über halb Indien, und Sie schieben ihm auch noch den Feldzug gegen die Franzosen in den Rachen. Ist dieses verdammte Land zu einem Privatunternehmen des Wellesley-Clans geworden? Hat Mornington denn kein Fünkchen Scham im Leib, alle fetten Brocken für sich und seinen Bruder zu sichern? Das geht zu weit! London wird von mir hören! Der Oberkommandierende wird von mir hören! Ich werde sie fertigmachen, diesen verdammten Mornington und diesen Rotzlümmel, der glaubt, er könne hier alle nach seiner Pfeife ...«

»Baird, nehmen Sie sich zusammen, oder ich lasse Sie von den Wachen aus meinem Amtssitz entfernen!« fuhr Clarke den General aufgebracht an.

Davie erhob sich mit feuerrotem Gesicht. »Das wird nicht nötig sein, Mylord.« Er schlug die Tür wuchtig ins Schloss und riss dem verdutzten Diener seinen Zweispitz, die Handschuhe und die Waffe aus der Hand. Dann schwang er sich in den Sattel seines Dunkelbraunen und machte sich auf den Weg nach Fort William.

»Mornington, du übergehst mich kein viertes Mal«, knurrte er vor sich hin, während er über den »maidan« trabte.

Die Hitze war kaum zu ertragen, und obwohl Trincomale sich direkt an den strahlendblauen Fluten des Indischen Ozeans befand, erbarmte sich keine kühlende Brise der Männer, die im feinen weißen Sand zu Exerzier- und Schießübungen angetreten waren. »Wir müssen die Jungs unbedingt beschäftigen«, hatte Oberst Wellesley seinem Stab befohlen. »Sonst werden sie an Bord der Schiffe krank oder – schlimmer noch – verrückt.« Also hatte man die Rotröcke, trotz des verzweifelten Protestes des britischen Gouverneurs von Ceylon, des ehrenwerten Frederick North, an Land gebracht.

Ceylon war unglücklich mit dem großen Expeditionskorps, und das Expeditionskorps war unglücklich mit Ceylon. Nicht etwa, dass der ehrenwerte Mr. North vernagelt oder stur gewesen wäre! Aber es fehlte ihm selbst an den notwendigsten Dingen des Lebens, um seine kleine, verlorene Insel zu versorgen und zu verwalten, seit sie 1796 in britische Hand gefallen war. Betrübt saß er auf einem Schaukelstuhl auf der Veranda seines Häuschens, das den hochtrabenden Namen »Gouverneurspalast« trug. Ein dunkelbrauner Boy bewegte abwechselnd den Fächer aus

Palmwedeln, der ein bisschen Kühlung spendete, oder schenkte Zitronenlimonade in die Gläser der Anwesenden.
»Oberst, ich kann Ihnen nur raten, sich mit den verschiedenen Handelsherren in Trincomale direkt auseinanderzusetzen. Wir haben keine Organisation oder Struktur, auf die Sie zurückgreifen könnten.«
Wellesley hob die Schultern. »Das macht nichts, Sir. Wir haben's lieber so. Ich wollte Sie nur wegen der Unterbringung meiner Männer ...«
»Ich habe selbst keine Unterkünfte für die Truppen, die hier stationiert sind, Wellesley. Im Augenblick haben Sie all Ihre Männer in
Zelten oder auf den Schiffen, und es ist besser, wenn es so bleibt. Halten Sie die Kerle nur ruhig und friedlich und sorgen Sie dafür, dass sie hier in Trincomale keinen Unsinn machen. Das ist alles, worum ich Sie bitte.« Der ehrenwerte Frederick North erschauderte täglich bei dem Gedanken, Wellesley könne seinen Truppen Landgang gewähren und sie würden wie wilde Plünderer über sein friedliches kleines Paradies herfallen.
Arthur erhob sich und bedeutete seinen jungen Herren, es ihm gleichzutun. Dann verbeugte er sich vor Gouverneur North. »Machen Sie sich keine Sorgen, Sir. Danke für Ihre Aufmerksamkeit und Ihre Gastfreundschaft!«
Sie wollten gerade die Terrasse verlassen, als North den Offizier zurückrief. »Wellesley, beinahe hätte ich's vergessen. Ein Handelsschiff aus Madras hat diese Depesche für Sie gebracht.« Er winkte nach seinem Sekretär, der ein sehr offiziell aussehendes Schreiben mit dem Siegel des Gouverneurs in den Händen hielt.

Francis West schüttelte aufgebracht den Kopf. »Das ist eine bodenlose Unverschämtheit!« William Barclay und Hauptmann James Scott tauschten nur einen kurzen Blick, während Major Samuel Ogg, der Dolmetscher in Wellesleys Stab, böse grinste. »Sie haben uns reingelegt, die hohen Herren in Kalkutta und Madras. Es ist genau das gleiche wie mit Spanisch-Manila. Wir, die jungen Burschen, reißen uns den Arsch auf, um alles in Gang zu bringen, und dann erscheint ein alter Trottel, der mehr Goldlitzen an der Uniform hat ...«
»Mäßigen Sie sich, meine Herren!« Wellesley war genauso entrüstet wie die Stabsoffiziere. Dennoch musste er mit gutem Beispiel vorangehen, selbst wenn er sich dabei die Zunge abbiss.

»Sollten die Umstände mich dazu zwingen, dieses Expeditionskorps nach Ägypten zu entsenden, wird diese Unternehmung so viele Truppen umfassen, dass ich einen oder zwei Offiziere im Generalsrang mit der Führung beauftragen muss.« Er las seinen Leuten laut vor: »Selbstverständlich werde ich dem Generalgouverneur mitteilen, dass diese Entscheidung inakzeptabel ist. Nichtsdestoweniger wäre ich Ihnen allen verbunden, wenn Sie sich wieder an Ihre Arbeit machen könnten. Java, Mauritius, Ägypten ... wir haben noch eine Menge zu tun!«
Barclay, Ogg, Scott und West verzogen sich wie eine Bande getretener Hunde. Seit Wochen schon schufteten sie sechzehn Stunden am Tag, um Proviant zu besorgen, Männer zu drillen, Offiziere einzuweisen, Strategien zu entwickeln. Und dann so etwas ...
Arthur atmete auf, als sein Stab endlich das Zelt geräumt hatte. Es kostete ihn viel Kraft, diese ewige gute Laune, diesen unerschütterlichen Gleichmut vorzuspielen. Der Brief aus Madras hatte ihn stärker berührt, als er offen zugeben konnte. Natürlich hatte er sich damals in Mysore selbst belogen, als er behauptet hatte, ihm wäre alles egal. Er war Berufssoldat, und seine Aufgabe in der Armee bedeutete ihm alles, denn außer dieser Aufgabe gab es nichts mehr in seinem Leben, das noch Bedeutung hatte: Charlotte und das Kleine lagen sechs Fuß tief unter indischer Erde begraben. Er kam über den Verlust seiner kleinen Lady einfach nicht hinweg. Immer wenn er einen kurzen Augenblick nicht an seine Aufgabe dachte, nicht mit den Truppen befasst war, keine ellenlangen Listen für die Proviantmeister zusammenstellte, musste er an sie denken – und immer wenn er an sie dachte, wurde ihm so schwer ums Herz, dass er die Lust am Leben verlor. Er sehnte sich nach dem Jenseits, nach einem kühlen, ruhigen Platz an Charlottes Seite. Die Hoffnung, sie in einer anderen, besseren Welt vielleicht wieder in die Arme schließen zu können, beherrschte seine Nächte. Er war todunglücklich und des Daseins müde, und nur seine Arbeit gab seinem Leben noch einen Sinn. Und nun nahm Mornington ihm diesen letzten, dünnen, seidenen Faden. Sein Bruder hätte ihn ebenso gut eigenhändig totschlagen können.

Zwei Tage lang war es in Fort William hoch hergegangen. Sie hatten gestritten, geschimpft, geschrien, sich wie eine Bande

ungezogener Gassenbuben aufgeführt und jeden Anstand vergessen. Mornington war des Kampfes müde. Er war am Ende seines Arbeitszimmers angelangt und machte kehrt. »Und dann soll ich von einem Tag auf den anderen einen neuen Mann nach Trincomale schicken? Und denen, die den schwersten Teil der Arbeit erledigt haben, soll ich erklären, dass es das war! Wissen Sie, was das heißt, meine Herren?«
»Mylord, der Platz eines Obersten ist neben dem General.« Braithwaite hob seine müden Cockerspanielaugen, und ein Funken von Leben huschte plötzlich über sein ausgelaugtes, erschöpftes Gesicht. »Wo kämen wir denn hin, wenn die jungen Männer, die keine Erfahrung haben und keinen Ruf ...«
»General, ich bitte Sie! Oberst Wellesley hat zur Genüge bewiesen, dass er ein hervorragender Soldat ist!« Sir James Stuart war die Streiterei leid. Er hatte Arthur auf dem Feldzug gegen den Sultan erlebt. Er war achtzehn Monate lang der unmittelbare Vorgesetzte des Offiziers gewesen. »Versuchen Sie sich wie vernünftige Menschen zu benehmen! Lord Clive vertritt dieselbe Auffassung. Wellesley soll das Kommando behalten.«
Bairds Gesicht war feuerrot. Er hatte bereits am Tag vor dieser großen Runde wild mit Mornington gekämpft. Er wollte dieses Expeditionskorps, koste es, was es wolle. »Stuart, erinnern Sie sich an die Affäre vom Sultan-»pettah«? Sie scheinen zu vergessen, dass diese jungen Männer rasch die Nerven verlieren. Sie brauchen eine führende Hand. Dann verdienen sie sich ein paar Jahre lang die Sporen, und schließlich ...«
»Davie, Ihr einziges Pulver scheint dieser verdammte Nachtangriff zu sein! Vergessen Sie etwa, dass Sie sich in Harris' Zelt vehement gegen ihn ausgesprochen haben? Sie waren es doch, der – zu Recht – behauptet hatte, Harris würde von dem Jungen ein Wunder erwarten.«
Stuart hatte einige Übung mit Baird. Während des Feldzugs gegen den Sultan von Mysore waren sie dreimal am Tag aneinandergeraten. Der Charakter des Schotten war einfach unmöglich. Außerdem schätzte Sir John Arthur über alle Maßen: Er hatte mit ein paar Regimentern einem gefährlichen Banditen das Handwerk gelegt, ohne dabei auch nur den kleinsten Fehltritt zu machen oder gar die Nerven zu verlieren. Der Junge hatte Talent. Es war eine Schande, ihn wie einen Anfänger zu behandeln. Stuart fluchte in sich hinein. »Wenn ihr ihm nur eine Chance geben würdet, ihr Vollidioten! Gebt ihm doch dieses

verdammte Kommando und lasst ihn zeigen, wie gut er ist, oder ihr verliert ihn für immer.« Hilfesuchend blickte der General auf Sir Alured Clarke.
»Mylord Mornington, ich bin derselben Auffassung wie General Stuart!« versuchte der Oberkommandierende von Britisch-Indien sein Glück.
Am anderen Ende des Tisches erklang ein Getuschel wie in einer Nähstube: St. Leger, Braithwaite und Baird steckten die Köpfe zusammen, als wären sie die besten Freunde der Welt. Clarke wünschte diese intrigante Bande auf den Mond oder besser noch zurück nach England. »Ceylon hat einen eigenen Oberkommandierenden, und damit ist Oberst Wellesley der ranghöchste Offizier des Expeditionskorps. Also steht ihm dieses Kommando zu.«
»Zustehen! Sie und Mornington entfernen alle ranghöheren Offiziere aus Wellesleys Umfeld. So verdient er sich sein Kommando. Es ist ein fauler Trick, Clarke. Ein ungesetzlicher fauler Trick! Wenn London davon hört ...« Baird schnurrte wie eine zufriedene alte Katze. Er hatte sein As aus dem Ärmel gezogen. Keine fünf Jahre war es her, seit Sir John Shore in einer ähnlichen Situation zu Fall gekommen war. Eine Gruppe hoher Offiziere der Truppen von »John Company« hatte sich ihm widersetzt und die Unterstützung Londons gefunden. Shore war abberufen worden, und die Soldaten hatten ihren Willen bekommen. Mornington zuckte zusammen, als Baird seine Drohung aussprach. Clarke war sichtlich erbleicht. Nur Stuart schien noch einen Funken von Widerstand im Leib zu haben. Eine Handbewegung Clarkes brachte ihn zum Schweigen. Morningtons Miene verriet, welches Unbehagen die Situation ihm bereitete. Er sprach ungewöhnlich leise. »Meine Herren, in Anbetracht der Tatsache, dass das Expeditionskorps nun nach Ägypten zieht und um vier Regimenter verstärkt wird, stimme ich der Ernennung von Sir Davie Baird zum Oberkommandierenden zu. Sir Davie, ich werde den Marschbefehl ausstellen lassen. Mit dem nächsten Transport werden Sie sich nach Trincomale begeben und das Kommando von Oberst Wellesley übernehmen.« Ein zufriedenes Funkeln erschien in Davies dunkelbraunen Augen. Mit einem Streich wich die Röte aus seinem Gesicht, und er schien sich zu entspannen. »Ich danke Ihnen, Mylord Mornington«, erwiderte er mit honigsüßer Stimme. »Und ich versichere Ihnen, Sie nicht zu

enttäuschen!«
»Gut. Meine Herren, Sie können gehen! Ich habe noch viel Arbeit«, fuhr Richard die Generalsrunde böse an. »Guten Tag, Getlemen.« Er richtete sich zu seiner ganzen Höhe auf, verschränkte die Arme hinter dem Rücken und trat ans Fenster. Die Männer am Tisch ignorierte er völlig. Erst als die Tür sich schloss, ließ er sich erschöpft in einen Sessel fallen. Sie hatten es geschafft, ihn zu manipulieren. Wie er sie hasste, diese Rüpel in ihren schmierigen roten Röcken. Sie hatten keine Manieren, stanken nach Alkohol und Schweiß, verfügten über weniger Hirn als ein Suppenhuhn, und trotzdem – sie hatten ihn in der Hand. Sie drohten mit London, und er tanzte. Es war ein erbärmliches, erniedrigendes Gefühl.
Doch sein Tag würde kommen. Nicht dass er bedauerte, dass sein kleiner, dummer Bruder einen Schuss vor den Bug bekam. Arthur war ihm gleichgültig. Doch er bedauerte, dass er nun die Chance auf eine spektakuläre militärische Aktion gegen den französischen Feind in seinem Hoheitsgebiet vertan hatte. Die Einnahme und Eroberung der Île-de-France wären seiner Karriere sehr förderlich gewesen. Er hatte Englands Macht vergrößern wollen, und nun würde der dämliche, versoffene Davie zusammen mit achttausend Rotröcken nach Ägypten verschwinden.
Er rief nach Henry. Sollte sein jüngerer Bruder den peinlichen Marschbefehl für Baird aufsetzen und sich mit dieser ungezogenen Bande im roten Rock herumschlagen. Er hatte andere Probleme zu lösen. Indien war groß, die Macht der Marattha-»jaghidars« reichte weit. Der Rajah von Satar – auf dem Papier der höchste und wichtigste Kriegsherr dieser braunen Gaunerbande – hatte große Probleme mit zwei seiner Vasallen. Der Peshwa Bajee Rao II. ließ durchklingen, dass er bereit sei, brav »nuzzer« zu entrichten und »John Company« Zugeständnisse einzuräumen – für britische Militärhilfe gegen Scindia und Holkar, zwei kriegerische Marattha-»jaghidars«, die versuchten, ihm Amt und Einfluss abspenstig zu machen.

Den Kopf gesenkt, die Hände an die Schläfen gelegt, versuchte Arthur sich zu konzentrieren, doch immer wieder zog es seinen Blick auf den Brief aus Kalkutta. Er hatte schon vor vierzehn Tagen über Lord Clive erfahren, dass das Expeditionskorps nach Ägypten umgeleitet wurde. Clive hatte ihm die Kopie eines Befehls aus London geschickt. Zufällig war der Landweg über Madras

einmal schneller gewesen als das Schiff nach Kalkutta.
Arthurs Blicke glitten über das vertraute, wettergegerbte Gesicht von Kapitän Pultney Malcolm, dem Vertreter der Royal Navy auf Ceylon. Es wirkte robust, dieses Gesicht, obwohl es von der Seite betrachtet irgendwie feinnervig, beinahe verletzlich aussah.
»Ein frühzeitiges Auslaufen der Transportschiffe ist notwendig, wenn wir sicherstellen wollen, dass sie spätestens Anfang Mai in Aden sind ...«
»Arthur, von Aden durchs Rote Meer bis hinauf nach Suez sind es tausend Seemeilen. Nach dem fünfzehnten Mai können die Schiffe nicht mehr auslaufen. Das Wetter, die Winde ... es ist unmöglich, zu dieser Jahreszeit durch den Engpass zu fahren.«
Der Oberst seufzte und schaute Pultney Malcolm nachdenklich an. »Bombay liegt etwa sechshundert Seemeilen näher an Aden. Der direkte Weg von Trincomale aus ist möglich, aber nicht empfehlenswert, und die Schiffe haben nur Proviant und Wasser für sechs Monate an Bord. Das reicht für Java, aber niemals für Ägypten von hier aus.«
»Arthur, es ist Wahnsinn! Du hast keinen Marschbefehl, keine Order aus Madras oder Kalkutta. Alles, was du in Händen hältst, ist die Kopie eines Schreibens von Dundas an Mornington.«
Arthur schüttelte den Kopf. »Nein, Pultney, ich habe noch diesen Wisch hier.« Er hielt ihm die Depesche aus Fort William unter die Nase: Sir Davie Baird war Oberkommandierender für die Expedition nach Ägypten. »Und dann habe ich einen giftigen Brief von General McDowall, dem Oberkommandierenden von Ceylon, und eine Einladung zum Abendessen von North. Vermutlich, um mir auszureden, die Schiffe nach Bombay zu schicken. Aber die Herren hier können mir gar nichts befehlen. Ich unterstehe Clive.«
»Du setzt deinen Kopf und deine Karriere aufs Spiel!« warnte Pultney den Freund seines Bruders.
Der Oberst grinste. Er hatte seinen Entschluss gefasst. Die Schiffe würden nach Bombay auslaufen und damit vielleicht noch eine kleine Chance haben, pünktlich in Ägypten zu sein.

Baird litt aus Versehen unter einem Anfall guter Laune. »Hallo, junger Freund! Wie geht's meinen wackeren Rotröcken? Wo treibt Wellesley sich herum?« Der General entstieg der *H.M.S. Wasp* wie Herkules dem Hades. Sein breites Gesicht war von der Sonne feuerrot gefärbt. Dicke Schweißperlen rannen ihm über die Stirn. Er hatte den steifen Kragen seines noch leidlich sauberen

Leinenhemdes sehr unmilitärisch aufgerissen, und der rote Rock aus bester schottischer Wolle baumelte lässig über der breiten Schulter. Ein steinalter Soldat seines Regiments – Baird hasste die Inder und weigerte sich, einen Sepoy als Burschen zu beschäftigen – folgte ihm, bepackt mit Sattel, Zaumzeug, Gepäcktasche und anderen Dingen.»Fergus!« donnerte Bairds Stimme. »Lasse den Krempel und kümmere dich erst einmal um die armen Gäule!« Dann knallte seine Bärenpranke so fest auf Francis Wests Schulter, dass der junge Offizier stöhnend in die Knie ging. »Also, wo ist der ganze Haufen?«
Francis gewann seine Haltung mit einiger Mühe wieder und baute sich schneidig vor seinem künftigen Vorgesetzten auf. »Sir, Oberst Wellesley ist mit den Schützeneinheiten am Strand bei Chowpatty. Sie machen Landeübungen unter schwerem Feuer.«
Derweil hatten sich hinter Baird ein paar Offiziere eingefunden – vermutlich sein Stab. Er verscheuchte sie unwirsch. »Haut ab! Kümmert euch um eure Quartiere und steht mir nicht im Weg herum!« Gehorsam huschten die roten Röcke Richtung Hafenmeisterei. Baird wandte seine Aufmerksamkeit wieder West zu. »Das wäre erledigt. Und jetzt vorwärts nach Chowpatty, Junge! Wo immer das auch sein mag.«
Francis sträubte sich ein bisschen. »Sir Davie, Oberst Wellesley hat befohlen, dass man Sie zuerst gut unterbringt. Die Seereise war sicher anstrengend ...« Er konnte seinen Satz nicht beenden.
»Blödsinn! Ausruhen kann ich mich, wenn ich sechs Fuß unter der Erde liege! Los, West! Nach Chowpatty! Ich will mir ansehen, was der gute Wellesley mit meinen Truppen anstellt. Hoffentlich ersäuft er nicht die Hälfte dieser Halunken im Meer.«

Die Landungsboote kämpften mit verzweifelten Ruderschlägen gegen den kräftigen Seegang des Indischen Ozeans an. An Bord jedes Bootes befanden sich ein Dutzend Rotröcke und ein Unteroffizier oder ein junger Offizier. Die Matrosen der Royal Navy schienen sichtlich Spaß daran zu haben, die Landratten kräftig zu wässern. Vom Strand her wurde vehement gefeuert: Wellesley hatte den Schützenkompanien aller Regimenter die Rolle des französischen Feindes zugeteilt. Um der Übung einen noch realistischeren Anstrich zu geben, donnerten nur mit Pulver geladene Geschütze in Richtung der Landungsboote. Die Aufgabe der Rotröcke bestand darin, einen Brückenkopf gegen einen imaginären Feind einzurichten und dann die Landung des

Hauptkontingents zu sichern.
Arthur und sein Stab spielten an diesem heißen Morgen die Schiedsrichter: Sie hatten weiße Armbinden angelegt und sich – für alle deutlich erkennbar – mitten ins Kampfgetümmel gestürzt. Die Offiziere, die sie während der Zeit in Trincomale eingewiesen und ausgebildet hatten, spielten die Hauptrollen. Ab und an beschieden die vier Unparteiischen über den Tod oder die Verwundung eines Mannes oder die Zerstörung eines Landungsbootes. Die Opfer beider Seiten verzogen sich geknickt in die Dünen, um dem Spektakel nur noch als Zuschauer beizuwohnen. Baird musste grinsen, als er den hitzigen Streit zwischen Wellesley und einem jungen Major aus einem Hochlandregiment verfolgte.
»Sir, Sie täuschen sich! Ich bin nicht gefallen, nur leicht verwundet, aber immer noch einsatzfähig.« versuchte der Offizier den Unparteiischen zu überzeugen. Wenn er nachgab und sich in die Dünen zurückzog, waren seine beiden Kompanien führerlos. Bei der Landung hatte Barclay ihm bereits den Verlust seiner Sergeanten bescheinigt.
»Major, glauben Sie mir! Wir befördern Sie nicht ungerechtfertigt ins Jenseits: Sie sind frontal in eine Salve gerannt. Eigentlich müsste ich neben Ihnen auch gleich die Hälfte Ihrer Männer beerdigen.«
»Es war doch nur eine ganz kleine Salve, Sir! Vielleicht bin ich verwundet, aber ...« Der Schotte kämpfte ums Überleben.
Wellesley schüttelte unbarmherzig den Kopf und zeigte mit dem Finger auf die Dünen. »Tot! Verschwinden Sie vom Schlachtfeld! Leichen dürfen nicht mehr mitkämpfen.«
Der Offizier trottete mit hängendem Kopf und traurigem Blick von dannen. Seine beiden Kompanien bemühten sich redlich, das Kommandoproblem zu lösen. Ein Korporal übernahm den Befehl, und er machte seine Sache sehr gut. Er beschloss, die Schützen zu umgehen und sein Glück mit einem Überraschungsangriff von der Flanke zu versuchen.
West hörte, wie Baird von seinem Aussichtsposten hinter dem Schlachtfeld seine Zustimmung brummte. Wellesley pfiff dem Korporal hinterher. »He! Ihr Name?« rief er.
Der Korporal wandte kurz seine Aufmerksamkeit vom Kampfgeschehen. »McDuff!«
»Sehr gut, Korporal McDuff! Machen Sie weiter!« lobte Arthur den

Unteroffizier. Er machte sich eine kleine Notiz. Begabte Unteroffiziere waren ein wertvolles Gut.
Baird hatte sich bequem in den Sand gesetzt und West bedeutet, es ihm gleichzutun. »Sagen Sie mal, Junge, zum wievielten Mal lässt Wellesley die Halunken dieses Spiel schon spielen?« Es sah gut aus, was da im Sand am Strand von Chowpatty ablief. Die Rotröcke waren – trotz des energischen und aggressiven Feindes – verteufelt selbstsicher. Jede Bewegung stimmte, jeder Griff saß; die Art und Weise, wie sie aus den Landungsbooten durchs Wasser an Land wateten – mit hervorragender Rückendeckung in Form eines vehementen Gegenfeuers –; die Offiziere, die genau wussten, wo sie ansetzen mussten, um den Weg für ihre Männer freizumachen ...
West wusste nicht recht, ob Baird die Frage im positiven oder negativen Sinn stellte. Er hatte beim Feldzug gegen den Sultan so manchen Gefühlsausbruch des Schotten miterlebt. Seine Antwort fiel zögerlich aus. »Dieses Szenario spielen wir zum ersten Mal, Sir. Aber Oberst Wellesley hat sich noch ein paar andere Varianten ausgedacht, die wir auch schon durchprobiert haben ...«
»Welche?«
»Nun, wir haben schon mit verschanzten Feinden am Strand geübt, mit Kavallerie – aber das waren nicht viele. Nur die, die wir in Trincomale ausleihen konnten. Und McDowall war nicht sonderlich ... na ja! Dann haben wir auch versucht, an einem Strand zu landen, wo es Felsen als Hindernisse gibt, die überdies dem Feind natürliche Deckung bieten.«
Baird nickte anerkennend. Seine Laune hob sich. Mit dieser Truppe in Ägypten einzufallen, würde ein wahres Vergnügen werden. Er nahm sich vor, Wellesley ein bisschen ins Gewissen zu reden. Es wäre eine Sünde, wenn der Kleine sich weigerte, ihn als Nummer zwei zu begleiten, nur weil er ihm mit dem Kommando auf die Zehen getreten war. Schon vor Seringapatam hatte Baird das Gefühl gehabt, dass Morningtons Bruder ein hervorragender Soldat war. In ein paar Jahren vielleicht – falls er es bis zum General brachte – würde man von dem Jungen noch hören.
»Los, West! Begleiten Sie mich zu meiner Unterkunft. Lassen wir Oberst Wellesley seine Übung ungestört beenden. Und dann teilen Sie ihm mit, dass ich ihn heute zum Dinner bei mir sehen möchte!«
Francis klopfte sich den feinen, schneeweißen Sand aus den Reithosen und trottete fügsam vor Sir Davie her. Das Quartier des alten Griesgrams war Gott sei Dank nicht weit entfernt. Wellesley

hatte ihm ein nettes Haus in den Malabar-Hügeln besorgt, mitten im kühlen, schattenspendenden Grün.
Die Landungsübung am Strand in der schwülen Maihitze und unter einer drückenden Sonne hatte Arthur den Rest gegeben. Dr. Scott hatte bei ihm bereits vor Tagen ein schweres Tropenfieber diagnostiziert und ihn mit einer Mixtur aus stark gekampfertem Weinspiritus, Kantharida-Tinktur, Opium und drei Tropfen Laudanum traktiert. Arthur hatte sich nach dieser Rosskur noch elender gefühlt als zuvor und Dr. Scott mit einem freundlichen »Danke« und dem heiligen Versprechen, das Zeug zu schlucken, aus seinem Quartier verscheucht. An diesem Abend kam zum Fieber noch sein Unbehagen über das Treffen mit Baird hinzu. Entgegen seiner sonstigen Gewohnheit, Problemen ins Auge zu sehen, legte Arthur sich mit Schüttelfrost ins Bett und schickte – zur Entschädigung – seinen gesamten Stab und ein Wort der Entschuldigung an Sir Davie. Sollte der Alte wegen dieses Affronts ruhig einen seiner berüchtigten Wutanfälle bekommen. Er konnte und wollte sich nicht rühren und zog sich die Decke über den Kopf: Das Tropenfieber war eine feine Entschuldigung, auch wenn er vor sich selbst offen zugab, dass das Fieber seiner verletzten Soldatenehre schlimmer war als Schüttelfrost und Malaria.

West, Ogg, Barclay und Scott waren brav in Bairds Quartier aufgetaucht. Pünktlich, in ihren guten Uniformen, sauber gewaschen und frisch rasiert. Der Stab des Alten und das Ungeheuer selbst hatten sich bereits vor ihrer Ankunft um einen großen Tisch versammelt, und man sprach eifrig kräftigen Getränken und einem reichhaltigen Mahl zu. Die Stimmung schien bestens zu sein, denn Davies Stimme dröhnte über die ganze Malabar-Hügelkette wie der Ausbruch eines zornigen Vulkans.
Francis West schüttelte sich. Er war der Adjutant Nummer eins, und damit hatte er die unangenehme Aufgabe, Wellesleys Fernbleiben zu erklären. Den ganzen Weg die Hügel hinauf hatten sich seine drei Kameraden schon über ihn lustig gemacht und ihm lebhaft ausgemalt, wie der bärbeißige Schotte ihn in der Luft zerreißen würde. Francis brauchte diese Anregungen von Ogg, Scott und Barclay nicht. Er hatte selbst eine rege Phantasie. Bei einem Jagdausflug in der Gegend von Seringapatam hatte er einmal beobachtet, was ein Tiger mit einer Axis-Gazelle anstellte, wenn er sie erwischte. An diesem Abend hatte der Major das Gefühl, dass

das Schicksal dieser Gazelle wahrscheinlich gnädiger gewesen war als ihm.
Die Hitze an der Malabar-Küste machte durstig. Sir Davie Baird wollte gerade nach dem nächsten Gang Claret verlangen, als er Francis Wests betretenes Gesicht auf seiner Veranda erblickte. »Nur immer herein mit euch, Jungs!« brüllte er sie an wie ein wütender Braunbär. »Lieber spät als nie. Wir waren hungrig und vor allem schrecklich durstig.«
Seine Offiziere schienen in ähnlich heiterer Laune wie der General. Einer trat vor und bugsierte mit einer einladenden Handbewegung die Kameraden aus Mysore zum Tisch. Man hielt ihnen gefüllte Gläser hin und stellte sich reihum vor, ohne die Gäste zu Wort kommen zu lassen. Davies Offiziere waren genauso laut und überschwänglich wie der Alte. Zumindest ersparte Francis das Schulterklopfen und die Trinkzeremonie die peinliche Frage nach Arthur. Vielleicht war Davie schon nicht mehr nüchtern genug, um bis fünf zu zählen, überlegte der junge Major. Doch ein Kanonengrollen riss ihn in die Wirklichkeit zurück. »Wo ist euer Kommandeur, zum Teufel? Habt ihr Wellesley vergessen, oder wollt ihr euch etwa allein besaufen, ihr Halunken?« Ogg, Scott und Barclay grinsten Francis West aufmunternd zu. Francis atmete dreimal tief durch und schickte ein Vaterunser gen Himmel. »Sir Davie, Oberst Wellesley ist untröstlich, aber er hat hohes Fieber und Schüttelfrost, und Dr. Scott wollte ihn nicht aus dem Haus lassen.« Er atmete auf. Jetzt war es heraus, und sein Kopf saß immer noch auf den Schultern.
Baird fasste West scharf ins Auge. Hatte der Bengel ihm eine faule Ausrede aufgetischt, weil Arthur wegen des Kommandos bockte wie ein ungezogener Rotzlöffel, oder stimmte die Geschichte? Seine braunen Augen bohrten tiefer und tiefer, und West wurde es immer heißer und heißer. Fast beneidete er Wellesley um den Schüttelfrost, mit dem dieser sich nun schon seit Wochen herumquälte. Mit einem Mal ließen Bairds Augen von ihrem Opfer ab. Francis West hatte ihn nicht angeschwindelt. Er zog die Augenbrauen hoch. »Ist es schlimm?«
Der Major zuckte mit den Schultern. »Es kommt, es geht. Heute, nach der Landeübung am Strand, ging's ihm wirklich dreckig, Sir. Eigentlich ist er schon seit zwei Wochen mehr tot als lebendig. Aber wegen der Expedition nach Ägypten ignoriert er's tagsüber und kippt erst nach dem Dienst um.« So, das hatte gesessen. Baird hatte ihnen ihr schönes Kommando weggenommen. Sollte er ruhig

ein schlechtes Gewissen bekommen. Francis war mit sich zufrieden.
Sir Davies Reaktion überraschte Wellesleys Offiziere. »Wenn der Berg nicht zu Moses kommt, dann muss Moses eben zum Berg gehen.« Er warf seinen Adjutanten einen kurzen Blick zu. »Kümmert euch anständig um eure Kameraden. Sie haben verdammt hart geschuftet, während ihr den Weiberröcken von Kalkutta hinterhergerannt seid.« Dann wandte er sich an West und die anderen. »Meine Herren, genießen Sie den Abend! Ich entschuldige mich. Ich glaube, es ist angebracht, dass ich Oberst Wellesley einen Besuch abstatte.«

Baird hatte nicht die geringsten Schwierigkeiten, den Weg zum »Surrey Cottage« zu finden. »Wer zuerst kommt, mahlt zuerst«, ging es ihm durch den Kopf. Der Kleine hatte sich das Quartier mit dem spektakulärsten Ausblick über die ganze Bucht unter den Nagel gerissen. Es war ein herrliches Panorama: das Fort und der Ozean im dunkelroten Schein einer untergehenden Sonne. Draußen auf dem Wasser die strahlendweißen Segel der Last- und Kriegsschiffe, die das Expeditionskorps beherbergten – und das Ganze umgeben von wunderbaren, blühenden und duftenden Tamarinden und Jacarandas. Zu schade, dass Arthur sich mit Fieber herumquälte, statt das schöne Bombay zu genießen, bevor sie zusammen in den Sand der ägyptischen Wüste verschwinden würden, um Boney die Seele aus dem Leib zu prügeln.Davie überrannte Wellesleys Sepoy ohne großes Aufheben. Der Mann kannte den Schotten noch von der Belagerung Seringapatams und ging ihm geistesgegenwärtig aus dem Weg, als er erkannte, dass der General-Sahib guter Laune war. In einem Anfall von Höflichkeit klopfte Baird an Arthurs Zimmertür, bevor er sie fast aus den Angeln riss.»Was machst du für Sachen, Junge?« dröhnte es dem Oberst in seinem Halbschlaf entgegen. Trotz des Fiebers und der tief gekränkten Soldatenehre war Wellesley noch klar genug im Kopf, um Davie zu erkennen. Er versuchte sich mühevoll hochzurappeln, doch Bairds Pranke presste ihn zurück in die Kissen. »Scheiß Indien! Hab ich damals auch gehabt, diese verdammten Anfälle. Da hilft nur eins, Junge.« Baird drückte gegen allen Widerstand eine Flasche an Arthurs Lippen und gebot ihm zu schlucken. »Whisky! Runter mit dem Zeug! Entweder es bringt dich um, oder es hilft.«Dr. Helenus Scott hatte Arthur strengstens verboten, Alkohol zu trinken, doch Bairds Rosskur schlug besser an als die grausige Opiummischung des Arztes vom 69. Regiment. Arthur war zwar immer noch fürchterlich kalt, aber das Gebräu aus dem Hochland war so kräftig, dass der Nebelschleier vor seinen Augen sich schlagartig verzog.»Siehst du, Junge! Es geht schon besser. So, nun lasse uns zur Sache kommen! Du fährst als meine Nummer zwei mit nach Ägypten! Was ihr da unten am Strand veranstaltet habt, hat mich verdammt beeindruckt. Ich muss zugeben, dass es eine Schweinerei von mir gewesen ist, bei deinem Bruder so lange Druck zu machen, bis er dir den Haufen Halunken weggenommen hat. Nimmst du meine aufrichtige Entschuldigung an, Wellesley?« Die braunen Augen lächelten. Als Arthur nicht sofort antwortete, fuhr Baird etwas leiser fort: »Ich weiß, dass ich einen scheußlichen Charakter habe, Junge. Aber deiner ist auch nicht besser. Wir sind zwei verdammte Dickköpfe ... Alles eine Frage der Ehre. Ich hab mich damals, nach Seringapatam, auch elend gefühlt, weil du mir den Knochen weggeschnappt hast. Sagen wir, es steht unentschieden. Und beim nächsten Mal ... lerne endlich zu beißen, und lasse dir von deinem Bruder in Kalkutta nicht alles gefallen.« Arthur legte den Kopf schief und lächelte Baird an. Dann streckte er ihm die Hand entgegen. »Danke, Sir!«

Es war sonderbar. Sir Davies offene Worte, das Eingeständnis, dass er in Fort William intrigiert hatte, die Tatsache, dass er den ersten Schritt getan hatte und zu ihm nach »Surrey Cottage« gekommen war ... Der tiefe Schmerz über seine verletzte Soldatenehre war mit einem Mal wie weggeblasen. Wenn Richard denselben Mut gehabt und dieselbe Größe bewiesen hätte – es wäre Arthur von Anfang an nicht schwergefallen, die Geschichte mit dem Kommando hinzunehmen. Baird hatte sich derweil einen bequemen Stuhl ans Bett gezogen und zwei Gläser besorgt. Er schenkte sich und dem Iren einen kräftigen Schluck ein. »Können wir ein paar ehrliche Worte miteinander wechseln, Arthur?« Der Schotte hielt ihm das Glas unter die Nase.
Arthur nickte.

Der Marquis von Mornington genoss diesen Spaziergang in den frühen Morgenstunden: Der Gouverneurspalast von Kalkutta war vor etwa siebzig Jahren am Rande des »maidan«, entlang des Hoogley, mitten im europäischen Viertel der Stadt errichtet worden. Ursprünglich hatte es sich um ein großes Gebäude aus weißem Stein gehandelt, doch im Laufe der Jahrzehnte war es mehrmals renoviert und erweitert worden und verdiente heute zu Recht die Bezeichnung Palast. Mit jeder Vergrößerung waren hübsche, palmenüberwachsene Patios hinzugekommen, wo es sich angenehm im Schatten verweilen ließ.
Viele bunte Vögel bewohnten diese Gärten inmitten des Gebäudes. Tropische Pflanzen verströmten einen starken, süßen Duft. Mornington ließ sich auf einer Bank aus dunkelrotem Teakholz nieder und richtete seinen Blick auf den Fluss. So konnte er am besten nachdenken. Der Verlust der amerikanischen Kolonien war für die Wirtschaft Großbritanniens ein herber Schlag gewesen. Nur durch die Schaffung eines neuen, großen Imperiums auf dem Subkontinent konnte sein Heimatland sich eine beständige Quelle des Reichtums schaffen und so die kostspieligen Kriegshandlungen mit Frankreich finanzieren. William Pitt, Lord Granville und der Kriegsminister Henry Dundas teilten seine Meinung und unterstützten seinen Plan. Er hatte London vorgeschlagen, die Maratthas zu isolieren und die Bündnisverträge mit dem Nizam und den Rajput-Prinzen auszuweiten, nachdem Großbritannien nun endgültig den Karnatik dominierte und auch die letzten Franzosen aus Indien vertrieben hatte. Die Feindschaft zwischen den Maratthas und dem Nizam war eine wohlbekannte Tatsache: Seit der Herrscher von Hyderabad im Jahre 1795 eine verhängnisvolle Niederlage in der Schlacht bei Kharda hatte hinnehmen müssen, sann er auf Rache. Doch erst der Streit um die Thronfolge weichte die Einheit der Marattha-Konföderation auf und erlaubte, dass man realistisch über Schritte gegen die unabhängigen Fürsten nachdenken konnte. Bajee Rao II., der Sohn Raghobas, trug die Gewänder des Peshwa zwar seit vier Jahren – jedoch nur deshalb, weil sein wichtigster Minister, Nana Phadnis, ein Mann von erstaunlicher Intelligenz war. Allerdings hatte Bajee auf dem Weg zur Macht einen Fehler gemacht, dessen Folgen erst in diesen Tagen sichtbar wurden. Er hatte sich in eine uralte Fehde

zwischen den Shindes und den Holkars verwickeln lassen, um seinem Freund aus Kindertagen, Daulatrao Shinde, einen Gefallen zu tun. Tukoij, Yeshwantrao Holkars älterer Bruder, war verurteilt und von einem Kriegselefanten Bajee Raos zu Tode getrampelt worden, während sein Sohn in einem Verlies in Poona verrottete. Holkar hatte abgewartet und klammheimlich eine Armee gesammelt und ausgebildet. Er hatte sich der Hilfe europäischer Söldner versichert, und nun schien es, als ob er bereit sei, auf die Hauptstadt des Peshwa zu marschieren, um endlich seinen Bruder zu rächen.

Mornington hatte verstanden, dass dieser Augenblick für die britische Krone günstig war. Die vormals so starke, unabhängige Konföderation im Herzen Indiens zerbröckelte wegen einer dummen Familienfehde. Interne Rangeleien, Streitereien, Verrat und übertriebener Stolz, Korruption und Hass beherrschten den Maharastra, und nur Nana Phadnis starke Hand hielt die tollwütigen Hunde noch davon ab, sich gegenseitig zu zerfleischen. Doch der Minister des Peshwa war alt und krank, und seine Tage waren gezählt...

Arthur Gore wurde immer schweigsamer. Seit Oberst Wellesley Seringapatam verlassen hatte, um die Expedition nach Batavia vorzubereiten, ging ein böser Geist im 33. Regiment um. Die Rotröcke befanden sich am Rande des Aufruhrs. Gevatter Tod raffte viele von ihnen dahin wie die Fliegen; täglich schlugen die Trommeln, und die Katze zerfetzte Rücken um Rücken. Manch einer suchte sein Heil in der Flucht und wagte den Weg in die unabhängigen Gebiete. Die Augen der Sergeanten waren stumpf und glanzlos.

Arthur Gore hatte gerade seinen zwanzigsten Geburtstag gefeiert und wusste nicht viel über das Soldatenhandwerk. Vor allem wusste er nicht, wie man sich einem Mann entgegenstellte, der mit so viel Tücke und Hinterlist agierte wie Major John Shee. Shee regierte das Regiment mit eiserner Hand; er zwang Offizieren und Männern seinen Willen auf und verdammte sie dazu, sich dem Gesetz des Schweigens zu beugen oder unterzugehen.

Auch John Dunn machte sich Gedanken darüber, als er in seinem bequemen Schaukelstuhl unter einer feuerrot blühenden Akazie saß, die im Garten der Zahlmeisterei in der Zitadelle von Seringapatam stand. Gedankenverloren stopfte er Tabak in die Pfeife. John Price und William Howard waren letzte Nacht in

seine Unterkunft geschlichen wie Gespenster. Sie hatten ihn um Rat gefragt, doch er hatte nicht gewusst, was er den beiden Sergeanten seines alten Regiments antworten sollte.
Oberst Wellesley hatte John Dunn zusammen mit Sergeant Seward an Hauptmann McLeod ausgeliehen, weil sie beide ehrlich waren und ausgezeichnet mit Zahlen zu spielen wussten, und er war schon seit Monaten nicht mehr in die Nähe des 33. Regiments gekommen, das außerhalb der Wälle, bei Brindavan, Kasernen hatte. Jedenfalls berichteten John und Will sonderbare Dinge. Der Sold war seit Monaten nicht ausgezahlt worden, Rotröcke fielen vor Hunger tot um, Krankheiten dezimierten die Kompanien, und die neunschwänzige Katze prügelte Tag für Tag...
Der alte Schotte verstand die Welt nicht mehr. Obwohl Oberst Wellesley sein Kommando in Mysore an Barry Close und Purneah abgetreten hatte, quollen die Märkte mit billigen Waren über. Die Wirtschaft blühte, die Händler bevölkerten die Stadt und das Umland, und sie brachten täglich Stunden damit zu, für Hauptmann McLeod ellenlange Zahlenreihen zu addieren, silberne Münzen in Säcke abzuzählen und zu expedieren, und Rechnungen von Kaufleuten zu begleichen, die von den Regimentern geschickt wurden.
In Mysore herrschte Frieden, und Geld und Waren zirkulierten mit einer solchen Geschwindigkeit, dass Dunn oft bis tief in die Nacht über den Büchern saß, nur um die »ruppees« für den König, »John Company« und den Rajah zu zählen. Wie war es möglich, dass sich in diesem Meer des Wohlstands 733 Männer am Rande des Abgrunds bewegten, obwohl Dunn regelmäßig den Sold nach Brindavan weiterleitete und Rechnungen beglich, auf denen sich Major John Shees Unterschrift wiederfand?
Er erhob sich aus seinem Schaukelstuhl und kehrte in die Zitadelle zurück. Sein rechter Zeigefinger glitt an einer langen Reihe Papier in der zentralen Registratur entlang. Schließlich zog er einen Ordner hervor, zündete eine Kerze an und nahm die Brille aus der Rocktasche. »Das kann nicht wahr sein!« entfuhr es ihm wenig später. »Diese Jungs bekommen ihren Sold doch überhaupt nicht mehr aus der Regimentskasse! Wie konnte so etwas nur passieren?«
Oberst Wellesley hatte zwei Dutzend kräftige und für ihre Freude am Alkohol bekannte Rotröcke lange vor seiner Abreise aus Seringapatam zu Hauptmann Scott ins Arsenal verschickt, weil die Geschütze

Lafetten aus Hartholz benötigten; den zierlichen Indern fehlte die Kraft, um hartes Teak zu bearbeiten. Die Zimmermänner erhielten monatlich Beträge aus einer Schatulle des Rajahs, da die schweren Geschütze Mysore gehörten. Dunn wühlte weiter in den Unterlagen. »Neue Uniformen für hundertfünfzig Rekruten aus Irland ... abgezogen vom Sold!« Wellesley hatte beschlossen, dass die Kosten für die zweite Uniform, die in einem heißen Klima notwendig war, vom Regiment getragen würden, weil ihm lieber war, dass die Jungs ihr Geld für vernünftiges Essen ausgaben.
Jedes Mal, wenn er auf eine krumme Geschichte stieß, fand der Zahlmeister Major John Shees Unterschrift auf dem Papier. Natürlich hatten weder er noch Rob bislang etwas bemerkt. Wenn zwei Buchhalter sich um zwischenzeitlich mehr als achttausend Soldaten kümmern mussten, entgingen einem Details, wie diese. Entschlossen packte der Schotte die Unterlagen des 33. Regiments und machte sich auf den Weg zum Quartier von Hauptmann McLeod.

Lakshmi ließ den Vorhang wieder fallen und verschwand. Shee lag auf dem Bett ausgestreckt und schnarchte laut: Er war ein versoffener, bösartiger Mistkerl, der schlimmste Hurenbock, dem sie in ihrer langen Karriere begegnet war. Er war aber auch die beste Geldquelle, die sich seit Dhoondias Tod vor ihr aufgetan hatte. Als Seringapatam gefallen war und die Trümmer der Stadt noch rauchten, hatte Shee ihr und ihren Huren bereits ein phantastisches Haus besorgt sowie eine Genehmigung von »John Company«, dem ältesten Gewerbe der Welt in aller Form nachzugehen. Der Oberstleutnant, der Abgaben und Steuern eintrieb, vergaß regelmäßig, seine Hand bei Lakshmi aufzuhalten, und neben den Diensten ihrer Mädchen verkaufte sie nun auch noch Waren, die auf unerklärliche Weise aus dem britischen Arsenal verschwanden. Dann tauchte Shee bei ihr auf, nahm die Hälfte aller Einkünfte und beanspruchte nicht nur die Gunstbezeugungen der Mädchen, sondern auch Lakshmis zierlichen braunen Körper. Aber das war ihr einerlei. Zu Anfang ihrer Laufbahn hatte sie für weniger Profit schmierigeren Typen gefällig sein müssen. Lakshmi hatte Shee nie gefragt, wie er seine Geschäfte machte und wie er zu all den wertvollen Dingen kam, die in ihrem Haus lagerten – und es war ihr auch gleichgültig, solange bei seinen finsteren Machenschaften nur genügend Geld in ihre eigene Kasse floss.

Hauptmann William McLeod hatte nicht mit einem so späten Besucher in seinem Haus gerechnet. Gerade als er friedlich mit Frau und Kindern bei Tisch saß, kündigte ihm ein »pion« Zahlmeister Dunn an. Zuerst hatte der Offizier ungehalten reagiert, denn er mochte es nicht, wenn man ihn in seiner freien Zeit mit Dienstlichem belästigte, doch als er sah, was sein schottischer Landsmann vor ihm ausbreitete, änderte seine Laune sich schlagartig.

»Dunn«, fragte er den Zahlmeister, während sein Finger eine Tabelle entlang glitt, »sind Sie ganz sicher?«

Der Zahlmeister verzog die Lippen. Ein sonderbarer Ausdruck legte sich über sein faltiges, sonnenverbranntes Gesicht. McLeod nickte nur wissend. Dann entfuhr ihm ein tiefer Seufzer. »Zuerst reiten wir beide morgen früh nach Sedaseer und überprüfen die Bücher der Regimenter. Lassen Sie mir ein bisschen Zeit zum Nachdenken. Seward soll in der Zitadelle bleiben und die Augen offen halten. Ich glaube, wir können Ihren Kollegen ins Vertrauen ziehen, aber er muss schweigen wie ein Grab!«

Der Hauptmann wusste, welche Überwindung es Dunn gekostet haben musste, eine so schwerwiegende Anschuldigung gegen einen Offizier zu erheben, doch er hatte keine Zweifel an dem, was der Schotte berichtete, zumal Arthur Wellesley eine sehr hohe Meinung von ihm hatte. Das war Empfehlung genug für McLeod.

»John«, sagte er leise, »es geht das Gerücht, der Oberst würde bald wieder nach Mysore zurückkehren und seinen alten Posten übernehmen ... Taktisch könnte es klüger sein, wenn wir auf Wellesley warten. Und zwischenzeitlich versuchen wir zu dritt dieser wunderlichen Sache auf den Grund zu gehen.«

Dunn nickte.

»Und nicht nur im Dreiunddreißigsten geht es nicht mit rechten Dingen zu. Das Arsenal hat große Probleme. Vielleicht gibt es eine Verbindung zwischen den Diebstählen, über die Scott jammert, und diesem Shee!«

Die regelmäßigen Ausflüge von Sedaseer nach Seringapatam behagten William Dodd. Sein guter Freund John Shee drückte ihm mit Geld gefüllte Säcke in die Hände und besorgte ihm Weiber – Lakshmis Huren, die in diesem verdammten Land die einzige Abwechslung waren. Dodd war nun schon seit zwanzig Jahren Leutnant; er war es leid, seine Haut für die geldgierigen Direktoren in der Leadenhall Street hinzuhalten und immer nur mit den

abgenagten Knochen abgefunden zu werden. Dieses einträgliche Geschäft, Shees Pulver und seine britischen Gewehre an die braunen Halunken in Bullum und Soona zu verscherbeln, war befriedigender, als Tag für Tag lange Zahlenreihen zu addieren, wohl wissend, dass dieser Profit nicht der seine war.
Shee hatte sich dreier durchtriebener Offiziere im Arsenal der Hauptstadt von Mysore versichert, und Dodd besorgte die Kunden. Sie teilten sich den Gewinn, und bald schon würde Dodd sich aus Indien verabschieden können und irgendwo in Europa ein Leben im Reichtum führen ... Oder er würde seine Dienste dem General des Rajahs von Shinde anbieten: Der Franzose Perron überhäufte britische Deserteure mit Gold und mit anständigen Diensträngen. Shinde lag in einem Bruderkrieg mit Yeshwantrao Holkar – der Rajah wollte um jeden Preis siegen, und William Dodd wollte um jeden Preis reich werden. Energisch trieb er seinen Schimmel durchs Dickicht des Dschungels. Seringapatam tauchte in der Ferne aus einem feinen Nebelschleier vor ihm auf.

»Wenn sie uns erwischen, mein lieber Francis, werden sie mich aufknüpfen, weil ich der Bruder des Generalgouverneurs bin. Und Sie werden baumeln, weil man Sie in schlechter Gesellschaft angetroffen hat.« Wellesley schüttelte amüsiert den Kopf und verstaute Landkarte und Kompass in Eochaids Satteltaschen.
West blickte betreten zu Boden. »Dann war meine Idee mit der Abkürzung wohl nicht so gut, Sir?«
Sie hatten ein Schiff von Bombay nach Mangalore genommen und waren durch die »gauths« geritten, um schneller nach Mysore zu gelangen. Beide Männer hatten Grund zur Eile; den einen erwartete eine niedliche Kleine unter einer blühenden Tamarinde, und den anderen viele Erinnerungen an bessere Tage.
Arthur klopfte seinem Fuchs den Hals. Er war glücklich, im Sattel zu sitzen und nach Hause zu reiten. Baird befand sich gewiss schon auf halbem Weg nach Aden. Arthur wäre mit dem alten Davie gesegelt, ohne sich groß Gedanken zu machen, doch eines Nachts war Charlotte an seinem Bett aufgetaucht, und in einem fürchterlichen Fiebertraum hatte sie ihn gebeten, sie in Seringapatam nicht allein zu lassen. Am nächsten Morgen hatte Dr. Scott geglaubt, es gäbe für seinen Patienten keine Rettung mehr, und die Malaria würde den Oberst besiegen, wie schon viele Männer vor ihm auf diesem verlorenen Flecken Erde, den die britische Krone für sich beanspruchte. Es hatte Wochen gedauert,

bis sich herausstellte, dass Arthurs Lebenswille stärker war als die Krankheit. Baird hatte nicht auf seine Nummer zwei warten können, ohne den Erfolg der Operation in Ägypten aufs Spiel zu setzen. Schweren Herzens war der alte Mann abgereist. »Vergessen Sie den verflixten Rajah und seine >sawans<. Wir beide haben doch immer Glück!« spottete Arthur, während er seinen Hengst in den Dschungel lenkte. West folgte ihm mit misstrauischem Gesichtsausdruck. Scheinbar war es nun mit seiner Führungsrolle vorbei, und der Oberst verließ sich lieber auf Instinkt und Orientierungssinn. »Irgendwo am Horizont taucht jetzt gleich Krishnarajah Sagara auf. Dann sind wir in sechs oder sieben Stunden zu Hause!« Es fiel Arthur immer noch schwer, ständig gute Laune und Gleichmut vorzutäuschen. Obwohl er seinen Frieden mit Baird geschlossen hatte, lastete Morningtons Ungerechtigkeit bleischwer auf seinem Gemüt. Dazu kamen noch das kaum auskurierte Fieber und der Gedanke an das Grab im »Loll Baugh«. Sein Geist hatte ihm oft dazu geraten, sich mit Hilfe der Malaria einfach aus dem Diesseits ins Jenseits zu schleichen, doch sein Körper hatte gekämpft, und Charlotte war immer wieder gekommen, um ihm ins Gewissen zu reden und ihm zu sagen, dass es noch viele Dinge zu tun gab, bevor sie sich wiedersehen durften ...

Die Zwiebeltürme der großen Moschee leuchteten strahlend blau am Horizont, und die Mauern von Seringapatam nahmen vertraute Formen an. Von den Hügeln bei Pandavapura konnte Arthur durch sein Fernrohr bereits rote Röcke auf dem Exerzierplatz vor der Stadt erkennen, und Francis West hatte plötzlich wieder eine gesunde Farbe im Gesicht und den hoffnungsvollen Blick des Heimkehrers, der wusste, dass man ihn sehnsüchtig erwartete.

»Na los, mein Junge! Es ist nicht mehr weit«, spornte der Ire Eochaid zu einem letzten Galopp durch die Wälder an.

Die Wolken türmten sich am Himmel. Trotzdem brachte die Sonne mit beinahe unirdischem Licht das herrliche Grün des »Loll Baugh« zum Strahlen. Am großen Tor des »Dowluth Baugh« stand ein einsamer Sepoy und hielt Wache. Arthur erkannte den Mann und grüßte ihn freundlich. Dann ritt er zusammen mit West langsam die Viertelmeile am Wall entlang. Plötzlich tauchten überall vertraute Gesichter auf. Vingetty packte Eochaid am Zaum, als Arthur aus dem Sattel stieg. Purneah, Elphinstone, Stevenson und Barclay stürmten aus dem Gebäude, um ihn zu begrüßen. Miss

Stevenson saß mit Salabuth auf den Knien in einem bequemen Schaukelstuhl und schwatzte mit Barrak ben Ullah. Sie hatten alle auf seine Rückkehr gewartet und sich hier eingefunden, um ihn willkommen zu heißen. In diesen Tagen reisten Gerüchte in Indien schneller, als das beste Pferd galoppierte.
Arthurs kleine Familie war wieder vereint. Ein hoher Offizier hatte in diesem Land immer eine Familie, auch wenn er, wie Arthur, unverheiratet war. Die jungen Herren, für die er sorgen musste und die an seinem Tisch aßen, waren wie eigene Söhne; es gab Freunde, die zu Besuch kamen, um dann ewig zu bleiben; es gab Findelkinder wie Salabuth ... Der Kleine hatte sich Miss Stevensons Armen entwunden und war auf Arthur zugestürmt wie ein Wirbelwind. Arthur hob ihn hoch und drückte ihn fest an sich.
»Du hast mir gefehlt, mein Junge! Warst du brav?«
Salabuth nickte eifrig. In seinen Augen lag ein neugieriger, hoffnungsvoller Blick. Der Offizier schmunzelte und ging mit dem Kind zu Eochaids Satteltaschen. »Schau mal da rein. Ich habe dir etwas mitgebracht, was du dir sehr gewünscht hast.«
Salabuths Augen leuchteten. Aus einer weichen Decke blinzelte ihn ein kleiner Hund mit schwarz-weiß getupftem Fell verschlafen an. »Er heißt Jack.«
»Und er ist für mich?« Immer wenn der Junge aufgeregt war, schwatzte er auf Farsi. Seine Hände streichelten begeistert das Tierchen.
»Ja. Und du musst dich gut um ihn kümmern und sehr lieb zu ihm sein, dann wird er dein Freund«, flüsterte der Offizier seinem Adoptivsohn vergnügt ins Ohr. Vorsichtig hob er das Hündchen aus der Tasche und drückte es Salabuth in die Arme. »Er hat schrecklichen Hunger und Durst«, sagte er. Dann endlich umarmte er seine Freunde. Es tat gut, zu Hause zu sein. Es gab viel zu erzählen, und kaltes Wasser, ein frisches, trockenes Hemd, ein vernünftiges Abendessen, ein Glas Sherry auf der Veranda...
Erst in den Morgenstunden des neuen Tages warf Arthur sich erschöpft, aber zufrieden auf sein Bett. Der Schlaf kam sofort. Charlotte und das Kind waren da, und in seinem Traum fühlte er ihre samtweiche Haut und hörte ihre geliebte Stimme, die ihm sagte, dass es gut sei, dass er nicht mit Baird gesegelt war.

Hauptmann McLeod ging mit Sergeant-Major Dunn in seinem Garten auf und ab. Seit Wochen schon vermieden sie es, in geschlossenen Räumen miteinander zu beraten, denn in diesem

Land hatten die Wände Ohren. Die Reise nach Sedaseer war erfolgreich gewesen, doch McLeod lief es eiskalt den Rücken hinunter, wenn er an diesen Erfolg dachte ... Sie hatten die Bücher der Regimenter geprüft; alles war scheinbar in Ordnung gewesen. Dann hatten sie sich im Schutz der Nacht ins Lager der Garnison begeben, vorsichtig Kisten mit Waffen und Munition geöffnet und Manufakturstempel und Seriennummern mit einer Liste verglichen. Jede zweite Muskete schien zu fehlen. Was das Pulver anbetraf, hatte man eine Geschichte über »Feuchtigkeit« aufgetischt und davon, dass Teile des Vorrats vernichtet worden seien.
Von Sedaseer waren McLeod und Dunn nach Honganur geritten, ohne sich anzukündigen. Die Zustände dort waren ähnlich. Schließlich hatten die beiden Männer Hauptmann William Barclay ins Vertrauen gezogen und sich diskret im Hauptarsenal von Seringapatam umgeschaut. Auch hier fehlten Waffen und Munition in großem Umfang. Alles wies auf eine ausgefeilte Schieberei hin, denn die Registraturakten stimmten nicht mit den tatsächlichen Beständen überein. Barclay hatte Wellesleys Nachrichtendienst bemüht, um den Gewehren nachzuspüren, und das Ergebnis war verhängnisvoll gewesen: Der Rajah von Bullum und der Rajah in Soonda hatten von diesem illegalen Handel profitiert. Einige Lieferungen waren sogar bis in die unabhängigen Marattha-Gebiete gelangt, um Männer auszurüsten, die täglich die Grenzen Mysores bedrohten und vor blutigen Raubzügen gegen Bauerndörfer und kleine Garnisonsstädte nicht zurückschreckten. Der Name Mohammad Begh Khan war gefallen – ein Vasall des Rajahs von Wynaad!
Sämtliche Indizien führten zu drei Offizieren der Ostindischen Kompanie im Arsenal von Seringapatam und zu einem Leutnant mit Namen Dodd, der in Sedaseer das Arsenal befehligte. Beweismaterial gegen Major Shee vom 33. Regiment des Königs konnten sie allerdings nicht finden. Es gab nur die vage Aussage eines Paschtunen der Ullahs, und mehrmals fiel der Name einer stadtbekannten Prostituierten, die mit dem Expeditionskorps aus Madras nach Seringapatam gekommen war.

Im Großen und Ganzen waren Barclay, Close und Purneah mit ihrer Arbeit zufrieden. Trotz Arthurs langer Abwesenheit war der wirtschaftliche Aufschwung beeindruckend. Natürlich gab es in diesem riesigen Gebiet, das sich von der Malabar-Küste bis an die

Grenzen von Madras und Hyderabad erstreckte, noch unzählige Probleme, doch nun, da sie ihren bewährten Gouverneur wieder zurückbekommen hatten, konnte eigentlich nichts mehr schiefgehen. Drei Augenpaare fixierten Arthur erwartungsvoll. Sie hatten gemeinsam im Garten des »Dowluth Baugh« gefrühstückt, sich bei starkem Kaffee von der anstrengenden letzten Nacht erholt und waren nun bereit, willens und fähig, mit ganzer Kraft für die »Pax Britannica« zu streiten.

Arthur stützte den Kopf auf die Hände und ließ den Blick von der Kaffeetasse zu den erwartungsvollen Gesichtern und zurück schweifen. Die drei schien es nicht sonderlich zu beeindrucken, dass er gerade erst zweihundert Meilen im Sattel hinter sich gebracht und dann bis vier Uhr morgens mit ihnen geschwatzt und getrunken hatte. Er spürte nicht nur seine Knochen; der französische Champagner, den sie – weiß der Himmel, wo – aufgetrieben hatten, klopfte schmerzhaft an seine Schläfen. Purneah schmunzelte und schenkte ihm Kaffee nach. »Das war aber die letzte Tasse, mein lieber Freund. Wir haben jede Menge wichtiger Angelegenheiten zu besprechen, und es liegen Stapel von Briefen auf dem Schreibtisch, die wir natürlich nicht angerührt haben.«

»So? Was steht denn drin, Purneah?« Arthur kannte die chronische Neugier des »Dewan« und seine Fingerfertigkeit, wenn es darum ging, wichtig aussehende Wachssiegel diskret zu entfernen.

Barclay half Purneah aus seiner peinlichen Lage. »Gute Nachrichten aus Madras! Stuart hat Braithwaite als Oberkommandierender abgelöst.«

Arthurs champagnervernebelter Blick wurde schlagartig klar. »Der alte Cockerspaniel ist endlich weg? Gott sei Dank!«

»Du kannst Stuart gleich einen netten Brief schreiben und ihm danken, dass er dir Generalmajor Nicolls – frisch aus England hier eingetroffen – vom Leib hält. Den wollten sie uns nämlich schicken, damit er hier herumkommandiert.«

Arthur verschluckte sich beinahe an seinem heißen Kaffee. »Generalmajor? Was, zum Teufel, sollen wir mit einem Generalmajor in Mysore? Wir wollen hier keine Generalmajore.« Er stellte seine Tasse lautstark ab und sprang aus dem bequemen Stuhl auf. Selbst der Champagner vom Vorabend wagte es nicht mehr, hinterhältig an seine Schläfen zu klopfen. Er schnappte seinen »tulwar« und gürtete das unhandliche Ding im Laufen um. »Los, wir haben zu tun! Ihr habt euch lange genug ausgeruht ...

Wenn die Katze aus dem Haus ist, tanzen die Mäuse.«

Noch vor Sonnenuntergang war Arthur in Brindavan und bei seinem Regiment. Er wurde von seinen Rotröcken stürmisch begrüßt, obwohl Major John Shee verzweifelt versuchte, die Männer mit bösen Worten zum Schweigen zu bringen. Als er von der Ankunft den Obersten erfahren hatte, hatte er einige Mühe und Zeit investiert, das 33. Regiment kräftig einzuschüchtern, doch das Auftauchen der wohlbekannten Gestalt löste den Bannfluch des bösen Geistes.
Arthur zügelte Diomed vor den Männern und blickte sie an. Glücklich glitten seine Augen die langen roten Reihen auf und ab. Es tat gut, zu Hause zu sein ... Plötzlich stutzte er, und seine Blicke schweiften die lange Reihe zurück. Als er nach Trincomale verschwunden war, hatten mehr rote Röcke von ihm Abschied genommen.
Shee beobachtete seinen Vorgesetzten beunruhigt. Ein eiskalter Schauer lief sein Rückgrat hinunter. Um ein Ablenkungsmanöver einzuleiten, gab er der Regimentskapelle Zeichen. Sollte der Alte nur schnell die Parade abnehmen und zurück nach Seringapatam verschwinden. Er brauchte keinen verdammten irischen Buchhalter, der ihm auf die Finger schaute.
»British Grenadier!« brüllte er ungehalten den Musikern zu. »Habt Acht, der Kommandeur!« Die Rotröcke präsentierten das Gewehr, doch anstatt kräftig Blech zu hören, drang nur eine einsame Querflöte und eine traurige Trommel an Shees Ohren. Sein unrasiertes, schmutziges Gesicht erbleichte. Arthur war bereits nach den ersten Flötentönen von Diomed gestiegen und ging langsam die lange rote Reihe entlang. Seine graublauen Augen fixierten jeden einzelnen Soldaten. Das letzte Mal hatten sie den »Bruce« gespielt, als sie sich gemeinsam durch ein gnadenloses Schneetreiben in Richtung Ostende geschleppt hatten.
Vor einem jungen Soldaten hielt der Offizier. Er packte Duncan Coley am Lederzeug und riss ihn fast aus der Reihe. »Was geht hier vor?« fauchte er. »Dieser Mann ist krank. Warum ist er nicht im Lazarett, sondern auf dem ›maidan‹?« Dann wandte er sich an Coley. »Drehen Sie sich bitte um, Soldat«, befahl er mit ruhiger, freundlicher Stimme. Auf dem schäbigen, halb verrotteten roten Rock waren deutlich feuchte Spuren sichtbar. »Blut! Gehen Sie, Coley! Gehen Sie zu unserem Regimentsarzt, und lassen Sie Ihren

Rücken versorgen! Was ist hier geschehen?«
Der Mann hatte die Augen niedergeschlagen. Er wagte kaum, den Mund zu öffnen. Traurig schlug die Trommel den Takt des alten Liedes.
»Der Doktor ist ...« Coley fixierte John Shee über Wellesleys Schulter hinweg. Panische Angst stand in seinen Augen geschrieben. Hauptmann Arthur Gore tauschte einen Blick mit Hauptmann Allan Elphinstone. Die beiden jungen Offiziere nahmen ihren ganzen Mut zusammen und traten vor. »Der Arzt ist davongelaufen, Oberst. Und viele Männer ebenfalls, sofern sie nicht hinter den Kasernen verscharrt liegen. Auch der Kaplan ist nicht mehr beim Regiment ...« Shee saß erstarrt und kreidebleich auf seinem grobschlächtigen Dunkelbraunen. Er hätte nie damit gerechnet, dass dieses Lumpenpack genug Mut in den Knochen hatte, um offen den Aufstand gegen ihn zu proben. »Provos«, befahl er, »nehmen Sie diese Herren in Arrest! Das ist Insubordination!«
Der Regimentsprovos des 33. Regiments rührte sich nicht von seiner Stelle neben Sergeant William Howard. Er stand wie in Stein gemeißelt. Sein Blick war unerschütterlich auf Oberst Wellesley gerichtet. Arthur winkte die beiden Hauptleute zu sich. »Shee?« war die einzige Frage, die er Gore und Elphinstone stellte. »Jawohl, Sir!« antworteten die jungen Männer mit fester Stimme. Wellesley hob die Augen zum Himmel und schüttelte den Kopf. »Wie konnte ich nur so leichtsinnig sein, diesem Halunken das Regiment anzuvertrauen!« dachte er. »Provos, der Major wird vorläufig in seinem Quartier bleiben. Sorgen Sie dafür, dass mein Befehl ausgeführt wird«, flüsterte er mit tonloser Stimme. Die Flöte hörte auf, den »Bruce« zu spielen. »Meine Herren, ich erwarte Sie um sieben Uhr in der Messe. Ich befürchte, Sie haben mir viel zu erzählen.« Er rief nach seinem Sepoy und Diomed; dann verschwand er erschüttert in Richtung Seringapatam. Die Soldaten des 33. Regiments atmeten erleichtert auf, als der Provos-Marshall und vier Grenadiere Major John Shee in sein Quartier begleiteten und zwei Bewaffnete vor seiner Tür Aufstellung nahmen. Gore und Elphinstone schüttelten sich die Hände. Shees Schreckensherrschaft über das Regiment war vielleicht zu Ende.

Die Straße, die von Brindavan nach Seringapatam führte, lag verlassen da. Die Dächer der Häuser leuchteten im Abendrot, aber Arthur sah die Stadt mit den Augen der Erinnerung wieder:

Trümmer, rauchende Trümmer und Berge von Toten, die Wälle zerstört, die Märkte in Schutt und Asche, fliehende Menschen, die Bäume kahl – so wie es vor zwei Jahren hier ausgesehen hatte, nachdem sie den Sultan besiegt hatten. Oder war es die Zukunft, die sich ihm zeigte? Sein Regiment, das in den Stunden des Sturms wie ein Mann hinter ihm gestanden hatte, war nur noch ein Schatten seiner selbst. Wenn er genau hinsah, dann entdeckte er viele andere Dinge, die nicht so waren, wie sie sein sollten: Niemand hatte sich darum gekümmert, die zerstörten Wälle wieder aufzubauen; niemand hatte daran gedacht, die verwesten Tierkadaver, Knochen und stinkenden Exkremente aus dem inneren Belagerungsgraben zu schaffen. Das Land, das vor zwei Jahren dem britischen Expeditionskorps als Lager gedient hatte, glich einem Trümmerfeld. Natürlich hatten Close, Barclay und Purneah ihr Bestes getan, aber das war eben nicht genug gewesen. Sie hatten vieles nicht bedacht, vieles nicht gesehen, und vor allem hatten sie nicht verstanden, dass man sich um Soldaten kümmern musste, auch wenn sie nicht im Feld standen.
»Was soll ich bloß tun?« murmelte er vor sich hin, während er Diomed den Wall entlang in den Innenhof des »Dowluth Baugh« lenkte.

Leutnant William Dodd hatte drei Stunden am vereinbarten Treffpunkt auf Shee gewartet. Als die Nacht hereinbrach, gab er auf und ritt zu Lakshmis Hurenhaus, obwohl er mit seinem Partner eigentlich vereinbart hatte, sich dort nicht zu treffen. Doch Shee war ein versoffener geiler Bock, und es hätte Dodd nicht gewundert, wenn er seinen Freund zu dieser Stunde mit einer Flasche Brandy in der Hand in den Armen einer dunkelhäutigen Schönen wiedergefunden hätte. John war es gewesen, der um dieses Treffen gebeten hatte. Sein Brief war vage: Veränderungen in Seringapatam, Vorsicht war angesagt; sie müssten sich für die Zukunft eine neue Geschäftsstrategie überlegen oder herausfinden, zu welchen Konditionen Oberst Perron Europäer für den Dienst in Scindias Armee anwarb. Dodd war zutiefst beunruhigt von Sedaseer nach Brindavan geritten.

Die Gänge des »Dowluth Baugh« waren schlecht beleuchtet. Ab und an hing eine traurige Ölfunzel von der Decke, und nur jede zweite brannte vernünftig; in den anderen flackerten winzige, grünliche Flammen. Arthur hörte seine Schritte durch die Stille

hallen und das Geräusch missfiel ihm so sehr, dass er unbewusst versuchte, leiser aufzutreten. Vor dem Arbeitszimmer des »Dewan« blieb er kurz stehen. Er zog den roten Rock glatt und zupfte die Ärmel des Leinenhemdes über die Handgelenke, um Zeit zu schinden. Was er mit Close, Barclay und Purneah zu besprechen hatte, war mehr als eine üble Geschichte; es würde einen Sturm auslösen.
Er hatte sich zwei Stunden lang Gores und Elphinstones Geschichte über Shees Schreckensherrschaft im 33. Regiment angehört. Worte über Sold, den man nie erhalten hatte, waren gefallen und Erklärungen über Männer, die vor Hunger umgekommen seien und hinter den Kasernen von Brindavan verscharrt lagen. Und dann hatte Gore eine Andeutung gemacht, die Arthur noch mehr erschüttert hatte. Nicht nur in seinem Regiment war es nicht mit rechten Dingen zugegangen; Hauptmann Scott aus dem Arsenal war verzweifelt, denn Waffen verschwanden, und Pulver löste sich in Luft auf ...

Zahlmeister Dunn schob die Brille wieder auf die Nase. »Gleich sind wir durch, Sir! Muss nur noch zusammenzählen.« Er war mitten in der Nacht mit seinen Büchern zu diesem sonderbaren Treffen im »Dowluth Baugh« abkommandiert worden und hatte sich denken können, worüber beraten werden sollte.
Barrak ben Ullah und Montstuart Elphinstone saßen schweigend in einer Ecke. Barraks Blick war undurchdringlich und finster. Hinter ihm versteckte sich Mary Seward. Sie war die einzige Augenzeugin, die es gab und die Zeugnis über Shee ablegen konnte. Was die anderen faulen Äpfel im Militärbezirk Mysore betraf, hatten sie stichhaltige Beweise in der Hand, und die Sache würde leichter werden. Sie hatten Arthur am ersten Tag diese grauenhafte Geschichte ersparen wollen, denn niemand hatte in der Freude über seine Rückkehr Worte gefunden, die beschreiben konnten, was während seiner Abwesenheit hinter ihrer aller Rücken vorgefallen war. Als die Tür zu Purneahs riesigem Arbeitszimmer aufschwang zuckten sie zusammen.

Viele Stunden später hatte jeder der Anwesenden berichtet, was er wusste oder herausgefunden hatte. Wellesley hatte nur aufmerksam zugehört und geschwiegen. Erst jetzt zog er das Gespräch an sich. »Das heißt, wir haben vier Offiziere, denen wir nachweisen können, dass sie Waffen entwendet und an den Feind verscherbelt haben, und bei denen wir sicher sind, dass sie für so viele Unterschlagungen verantwortlich sind, dass sie selbst für Newgate eine Schande wären. Außerdem gibt es noch einen, bei dem wir alle annehmen, dass er die Finger im Spiel hat, dem wir außer seinen Sünden in meinem Regiment jedoch nichts nachweisen können?«

Er fuhr sich nachdenklich mit der Hand durch das streichholzkurze Haar. Das schlimme Fieber und der Kummer um Charlotte hatten seine Schläfen grau werden lassen, obwohl er gerade erst seinen einunddreißigsten Geburtstag hinter sich gebracht hatte. Alle Sorglosigkeit und alles Ungestüm waren ihm unter der Last der Verantwortung abhanden gekommen: Er war immer noch jung, aber er hatte schon lange vergessen, was es hieß, unbekümmert zu sein. Über seinen ruhigen, graublauen Augen lag ein eiskalter, undurchdringlicher Schleier, der sorgfältig alle Gefühle und Regungen vor seinem Umfeld verbarg. Er hatte die Frage so gelassen gestellt, dass Barry Close und William Barclay, seine Freunde aus besseren Tagen, einen Augenblick lang glaubten, ein Fremder stünde vor ihnen.

»Du kannst das doch nicht einfach hinnehmen, Arthur!« ereiferte sich der Resident der Ostindischen Kompanie. Er erinnerte sich gut an einen lebhaften, emotionsgeladenen Vulkan, der in Kalkutta und auf dem Feldzug gegen den Sultan zum Ausbruch gekommen war und der achtzehn Monate lang voller Enthusiasmus Mysore auf den Kopf gestellt hatte.

»Was Oberstleutnant Saxon, Oberstleutnant Mandeville, Hauptmann Macintire und Leutnant Dodd angeht, können wir ein Kriegsgerichtsverfahren einleiten. Ich werde den Oberkommandierenden in Madras informieren, und wenn der militärische Vorgang beendet ist, übergebe ich die Übeltäter der zivilen Justiz dieses Gebietes«, erwiderte er steif. Dann schaute er Purneah ernst an. »Die Listen von Zahlmeister Dunn sind korrekt?« Der »Dewan« nickte. »Folglich haben diese Herren nicht nur England bestohlen, sondern auch den Rajah von Mysore. Gentlemen, Sie kennen die Regularien. Ich werde noch in dieser Nacht die Haftbefehle unterschreiben und die Offiziere des Kriegsgerichts benennen.«

»Und Shee?« Elphinstone war aus seiner Ecke gekommen. Seine »hirrcarrahs« waren dem Waffenhandel auf den Grund gegangen. Doch er spürte ein Gefühl der Unzufriedenheit aufsteigen. Trotz größter Anstrengungen hatte er keine Beweise gegen den Major in

der Hand.
»Shee ist in erster Linie mein Problem, Montstuart. Das Dreiunddreißigste ist mein Regiment. Verdammt, dieser Halunke hat ein königliches Patent, und ich habe lediglich die Anschuldigungen jüngerer Offiziere, ein paar blutig geschlagene Rücken und die Regimentsmusiker, die sich geweigert haben, ›The British Grenadier‹ zu spielen. Wenn dieser Teufel sich geschickt anstellt, bekommen Gore und dein Cousin Allan den Ärger, und er ist fein raus. Ich versuche schon seit Jahren, den Mann loszuwerden.«
Montstuart verstand den Freund nicht ganz. Er wusste wenig über die Männer im roten Rock.
»Es ist genau das gleiche Problem wie zwischen mir und diesem Generalmajor, diesem Nicolls. Shee hat sein Patent. Damit hat er Anspruch auf den Dienstrang. Und wenn kein höherer Offizier da ist, führt er – als Dienstältester – das Kommando. Gore und Allan unterstehen ihm in der Befehlskette. Was sie getan haben, kann er als Rebellion oder Anstiftung zur Rebellion auslegen. Wenn er Recht bekommt – und davon können wir ausgehen – verlieren dein Cousin und Gore die Epauletten. Im schlimmsten Fall gibt's morgens um fünf zwölf Kugeln in die Brust.«
Elphinstone war drauf und dran, aus der Haut zu fahren. Was der Oberst da gerade von sich gegeben hatte, klang nach purer Buchhaltermentalität.
Arthur grinste hinterhältig und packte den Freund am Arm. Seine graublauen Augen blitzten. »Reg dich nicht gleich auf! Wir sind in Mysore, nicht in Kalkutta oder Madras ... Die Generäle sind weit weg, und wo kein Kläger, da kein Richter. Die Geschichte, die Mary Seward und Barrak erzählt haben, reicht mir persönlich. Außerdem ... Shee hat sich an meinem Regiment vergriffen.«
»Und?« Elphinstone hatte die Hände energisch in die Seite gestemmt und blickte Arthur herausfordernd an.
»Und! Ich schicke einen ›tapa‹ nach Brindavan und befehle dem Provos, seine Wachen vor Shees Tür abzuziehen. Dann werden wir sehen, wer von uns beiden die besseren Nerven hat. Du erinnerst dich an die Geschichte zwischen Baird und Harvey Asthon?«
»Du willst dich mit ihm schlagen?« Elphinstone hatte auch noch eine andere Szene vor Augen; einen Sommermorgen auf dem »maidan« in Kalkutta: Leutnant Fitzgerald gegen Major Shee, und er gegen Wellesley. Es waren nur Fechtübungen gewesen.

»Wenn er mich herausfordert, werde ich gezwungenermaßen zur Waffe greifen. Die Ehre eines Offiziers ...« Arthur stand von seinem Stuhl auf und trat zu Miss Seward. »Mary, du bist dir deiner Sache sicher?«

Die Frau des Sergeanten blickte auf den Boden. Sie kannte Wellesley seit ewigen Zeiten; trotzdem beunruhigte er sie irgendwie. Der Ire schüttelte den Kopf und packte ihre Hände. »Was soll das? Erzähl's mir noch einmal von vorn bis hinten und hör endlich auf, diesen verdammten Teppich anzustarren ... Du hattest vor Charlotte keine Angst, und ich fresse dich auch nicht auf ...«

Die Kleine warf John Dunn einen hilfesuchenden Blick zu.

»Mary!« tadelte Wellesley die junge Frau.

Sie entwand ihre Hände den seinen und strich die Schürze glatt. Dann atmete sie tief durch und versuchte ihm in die Augen zu sehen. »Es war an dem Tag, an dem Sie General Baird eingeladen hatten, Sir. Miss Hall hatte Vingetty und mich losgeschickt. Shee sprach lange mit dem Inder. Er war klein, sehr dick und trug diese komischen dunkelgrünen Gewänder ... Shee schien aufgebracht ... Ich konnte nicht verstehen, was er sagte, aber plötzlich griff der Inder in seine Tasche und zog einen kleinen Sack aus dunkelrotem Leder hervor. Shee schnappte sich den Sack, öffnete ihn und ließ die Münzen in seine Hand gleiten. Dann klopfte er dem Dicken auf die Schulter ...«

»Aus welchem Zelt ist er gekommen?« fragte Wellesley drängend. Sergeant Sewards Frau hatte inzwischen erkannt, dass diese heißblütige Reaktion des Iren nicht gegen sie gerichtet war. »Sir, es war das Zelt der ...« Sie stockte, dann fuhr sie leiser fort: »Es war das Zelt dieser unredlichen Geschöpfe ...«

Sie ließ sich auf einen Stuhl fallen und legte die Hände in den Schoß. »Dann wurde der Sturm befohlen, und niemand hatte mehr die Zeit, an Shee und den Inder zu denken.« Mary schaute den Oberst an. Plötzlich fragte sie sich, warum sie Angst vor ihm hatte. Seine Augen waren ehrlich; keine Hinterlist darin zu lesen und keine Arroganz. »Du wirst in nächster Zeit im »Dowluth Baugh« bleiben, falls Shee dich damals gesehen hat und sich noch erinnert. John, sagen Sie Rob Bescheid, dass er sich nicht um seine Frau sorgen soll.« Arthur überlegte kurz. Mary war eine brave, zuverlässige Frau mit gutem Charakter und freundlichem Wesen. Er wandte sich wieder ihr zu. »Vielleicht kümmerst du dich ja um die Kinder von Stevenson und Freese und um meinen kleinen Salabuth.« Auf diese Weise hatten sie Mary stets im Auge, und Shee konnte keine Hand an sie legen. Arthur hatte beschlossen, den faulen Apfel des Dreiunddreißigsten zu beseitigen. Der Kerl war ein Feigling, aber es gab immer einen Weg, um auch solche Männer dazu zu bringen, die Waffe zu ziehen.

Shee war nicht nur versoffen, hinterlistig und bösartig, er war auch dumm und von seiner eigenen Person eingenommen. Als der Provos ihm mitteilte, dass er nicht mehr unter Arrest stand, hatte er lauthals den »Buchhalter Wellesley« verflucht und ihm vor Sergeant O' Shaugnessy die Pest an den Hals gewünscht. Er war auch kopfüber zu Lakshmi und ihren Huren gerannt, um sich erst einmal mit einer Flasche Brandy zu beruhigen und seine üble Laune an einem der Mädchen auszulassen. Dabei war er natürlich über seinen Kumpan Dodd gestolpert und hatte ihm die ganze Geschichte erzählt. Doch der Leutnant der Ostindischen Kompanie hatte sich in seinen langen, frustrierenden Dienstjahren weniger dem Alkohol verschrieben als der königliche Offizier. Statt der Aufforderung zu folgen, noch mehr Brandy zu trinken und sich die Nacht mit Shee und den Huren um die Ohren zu schlagen, hatte er sich entschuldigt und war aus der Höhle des Löwen verschwunden.
Er kannte Arthur Wellesley nicht persönlich. Er wusste nur, dass der
Bruder des Generalgouverneurs den Ruf hatte, ein kluger Kopf zu sein. Außerdem unterstand ihm der militärische Nachrichtendienst für den halben Subkontinent und es ging das Gerücht, dass der Oberst ein wahres Spinnennetz aus »hirrcarrahs«, Spionen, Agenten und geheimen Quellen an der Hand hatte und sehr wohl zu nutzen wusste. Es ging auch das Gerücht, dass er nicht gerade Samthandschuhe trug, wenn ihm etwas nicht in den Kram passte. Dodd wusste genau, unter wie vielen Ausgangszetteln des Arsenals von Sedaseer seine Unterschrift stand. Außerdem gab es seine drei Helfer – Mandeville, Macintire und Saxon. Diese drei alten Trottel würden plappern, wenn man ihnen das Messer an die Kehle setzte. Sie hatten seinen Waffenhandel mit Bullum, Soonda und den Maratthas gedeckt und dafür ihren Teil vom Kuchen bekommen. Sollten sie nun die Suppe auslöffeln. Dodd wusste, wohin sein Weg ihn führte: Seine Taschen waren gut gefüllt, und in Poona wartete Oberst Perron mit ansprechenden Konditionen für britische

Deserteure. Bevor Wellesley ihm auf den Pelz rücken konnte, war er schon über die Grenze.
Dodd stieß seinem Schimmel die Sporen in die Flanken und verschwand in der Nacht.

Jeder Mann in der Kronkolonie kannte William Dodds Beschreibung. Jeder Rotrock, jeder Sepoy wusste, dass es seine Pflicht war, Hand an den Verräter zu legen und ihn der Justiz auszuliefern. Sie hatten das Kriegsgerichtsverfahren gegen Saxon, Mandeville und Macintire streng nach Dienstvorschrift durchgeführt. Es war eine widerwärtige Sache gewesen: die Verhandlung, der Schuldspruch, die Trommeln ... man hatte vor allen britischen Soldaten und ihren indischen Waffenbrüdern laut die Verbrechen von Saxon, Mandeville und Macintire verlesen, ihre Blankwaffen zerbrochen, ihnen die Epauletten von den Schultern gerissen, nach dem Waffenrock verlangt. Ein Sergeant hatte jeden der drei Männer mit der gelben Farbe des Verrats gezeichnet. Schließlich stieß man sie durchs Tor der Militärkommandantur und in die Arme der zivilen Justiz von Mysore.

Arthur hatte den Prozessen von Anfang bis Ende beigewohnt, auf seinem Platz in der letzten Reihe, unbewegt, kalt und ohne irgendeinen Ausdruck von Gefühl oder menschlicher Regung. Oberstleutnant Saxon hatte dreißig Jahre treu »John Company« gedient, bevor er sich zu seinen Schandtaten hatte verleiten lassen. Der Gouverneur von Mysore war der erste gewesen, der im hellen Licht des Tages die Anklage erhob, doch in der Stille der Nacht konnte er nicht anders handeln: Er hatte an Clive geschrieben und ihm in einem langen Brief dargelegt, wie treu der alte Oberstleutnant seine Pflicht erfüllt hatte, bevor er in die Hände von Shee gefallen war. Arthur hatte deshalb gebeten, Saxon ein bisschen Geld zuzugestehen, damit der Mann seinen Lebensunterhalt bestreiten konnte und nicht der Fürsorge zur Last fiel oder ins nackte Elend abrutschte. Natürlich hatte Arthur unterstrichen, dass es keine Pension der Armee sein durfte, sondern nur ein Almosen von »John Company«, doch er hatte es nicht übers Herz gebracht, Saxon ins Verderben zu schicken.
Major Shee war in diesen Tagen seine größte Sorge. Saxon, Mandeville, Macintire waren bloß Mitläufer gewesen. Sie hatten einem bösen Geist gehorcht, einem Mann, dessen Schwarze Magie

sie verleitet hatte. Dass Dodd vor der Gerechtigkeit geflohen war ... nun, selbst Indien war nicht groß genug, dass ein Mann seinem Schicksal entrinnen konnte.
Jedenfalls hatten diese Männer den Feinden Waffen verkauft, und nun planten Bullum und Soonda den Aufstand. Shee und die anderen hatten auch das Pulver über die Grenze geschafft, damit die Truppen des Herrschers von Poona ihre privaten Streitereien auf dem Rücken seiner Schutzbefohlenen austragen konnten. Arthur hatte lange gezögert, aber am Ende siegte sein Pflichtgefühl über die Ehre eines Soldaten. Er hatte das Salz des Königs gegessen, und es war seine Pflicht, mit allen Kräften zu tun, was sein Herrscher von ihm verlangte. Der Ire kannte die Lage im Maharastra gut, und er wusste auch um die Folgen für Mysore, wenn Holkar, Scindia und Bajee Rao ihren Bruderkrieg auslösten...

Der Generalgouverneur starrte auf die Zeilen, die sein Bruder ihm geschrieben hatte. Auch er kannte die Situation im Maharastra. Er wusste, dass der Zeitpunkt gekommen war, sich mit Holkar und Scindia zu schlagen und Bajee Rao II. zu unterstützen, wenn er die Macht der Krone auf einen Streich verdoppeln wollte. Doch obwohl er seine Studien in Oxford mit einem »magna cum laude« beendet hatte, vermochte er nicht, die Worte des Gouverneurs von Mysore zu verstehen.
»Henry«, fragte er seinen jüngeren Bruder, »was soll dieses Memorandum? Was sollen diese Andeutungen und dieser Vorschlag, einen Schutzvertrag mit Bajee Rao auszuhandeln?« Der Marquis von Mornington kannte Arthur kaum und hatte eine so geringe Meinung von ihm, dass er sich keinen Reim auf die Depesche aus Mysore machen konnte. Sie hatten sich seit einem Jahrzehnt nicht mehr in die Augen geblickt...
Henry Wellesley kreuzte bequem die dünnen Beine. Er hatte ein Glas Zitronentee in der Hand und die beste Laune der Welt: Die zwei Stunden, die er am Morgen bei General Harris zugebracht hatte, waren Anlass genug, einmal nicht vor Richard Mornington zu zittern. »Sir, Bajee Rao der Zweite sitzt wirklich in der Klemme. Sein Vorschlag, nach Bassein zu fahren und einen Vertrag mit der britischen Krone auszuhandeln, ist ernst gemeint. Holkar – sein Cousin – verfügt über mehr als 30000 Soldaten. Die Hauptstadt Poona würde in weniger als vierundzwanzig Stunden fallen ... Der Rat des Generalstabs hat das Memorandum von Oberst Wellesley begutachtet, und vom militärischen Standpunkt aus gesehen ist

sein Vorschlag brillant.«
Er lehnte sich zufrieden zurück. Seine Stimme war fest gewesen. Er hatte seine Meinung entschlossen vertreten, denn er wusste, dass Arthur recht hatte, auch wenn er in seinem Schreiben vor allem darauf hinwies, dass die Hälfte seines Arsenals während seines Kommandos in Trincomale und Bombay über die Grenze zu den Maratthas verschwunden war. Dieser sonderbare Soldatenbruder Arthur, den er so wenig kannte, war ins Feld gezogen. Er hatte den Rajah von Bullum und den Rao von Soonda vom Thron gestoßen, um seine Musketen zurückzubekommen und sicherzustellen, dass die Märkte und Handelsplätze in seinem Bezirk nicht von Banditen belästigt wurden. Er hatte kurzen Prozess mit Kisnapah Naig gemacht und ihn zusammen mit seinen Ministern einfach aufgeknüpft. Seitdem verwaltete Barry Close kommissarisch Bullum.

General Sir James Stuart legte die lange Depesche aus Seringapatam zur Seite. In seinem Gesicht spiegelte sich äußerste Zufriedenheit. Wellesley war ein kluger Kopf: Er hatte die leidige Geschichte mit den illegal nach Bullum und Wynaad verkauften Waffen nicht aufgebauscht, sondern ruhig abgewartet, bis Kisnapah Naig und der Rajah ihm einen Vorwand lieferten, um mit Truppen gegen sie vorzugehen. Der Vorwand war schneller gekommen, als alle es sich hatten träumen lassen. Man verwehrte den Steuereintreibern des Rajahs von Mysore den Zugang zu Dörfern in Bullum. Purneahs eigenen Truppen gelang es nicht, eine funktionierende zivile Kontrolle über dieses Grenzgebiet zu etablieren. Der Rajah von Mysore hatte daraufhin die Klauseln des Schutzvertrages hervorgeholt und seinen britischen Verbündeten um Militärhilfe ersucht.
Stuart konnte sich natürlich denken, dass der sieben Jahre alte Krishna Wodeyar andere Sorgen hatte als die Steuerhoheit seines Reiches. Doch das Prozedere entsprach dem, was im Vertrag mit Großbritannien festgelegt worden war. Arthur hatte sich mit vier Infanterieregimentern und zwei Kavallerieregimentern, zehn Feldgeschützen, vier Mörsern und 500 Pionieren in Marsch gesetzt. Der Rajah von Bullum war schon zu lange ein Dorn im Fleisch des Gouverneurs von Madras, Wellesleys unmittelbarem Vorgesetztem. Es hatte Arthur drei Tage gekostet, seinen Plan gegen Kisnapah Naig auszutüfteln: Der Rajah hatte sich mit einer beeindruckenden Streitmacht und den nagelneuen britischen

Waffen in Arrakerry – mitten im Dschungel von Bullum – verschanzt. Er hatte sich ganz und gar auf diese starke Festung verlassen und nicht damit gerechnet, dass ein junger irischer Oberst verwegen genug sein konnte, sechstausend Männer in drei Kolonnen zu teilen, um sie mitten durch ein undurchdringliches, feindliches Gebiet gegen eine kaum einnehmbare Festung zu schicken. Doch die Rotröcke und Arthurs Sepoys stießen mit einer solchen Präzision und Geschwindigkeit gegen Arrakerry vor, dass Kisnapah gerade noch Zeit hatte, mit ein paar Getreuen die Flucht zu ergreifen, bevor Arrakerry fiel.
Der Gouverneur von Mysore hatte sehr genau gewusst, dass die Untertanen des Bullum nun keinen großen Widerstand mehr leisten würden. Die Festung war nicht nur eine Schutzanlage, sie war auch ein Symbol der Macht. Barry Close und Wellesley teilten sich nach dem Sturm die Arbeit: Der eine bot den befestigten Dörfern des Rajahs Verhandlungen an, der andere drohte, jedes Dorf und jede Festung, die sich widersetzte, mit Waffengewalt zu nehmen. Und die Wälle der Dörfer waren nicht hoch genug, um entschlossene europäische Soldaten mit Sturmleitern draußen zu halten, die Tore nicht so stabil, als dass zwei oder drei Salven aus einem Mörser sie nicht zu sprengen vermochten.
Arrakerry war in weniger als einer halben Stunde gefallen; keiner der »zemindars« des Bullum war mutig genug gewesen, Arthur Wellesley die Stirn zu bieten. Alle hatten die Bedingungen akzeptiert und sich der Regierung in Mysore gebeugt. Kisnapah Naig war ein paar Tage auf der Flucht gewesen, doch ein Mann, der keine Freunde mehr hat und den man jagt wie ein wildes Tier, vermag einem entschlossenen Verfolger nicht viel entgegenzusetzen.
Stuart schüttelte den Kopf, als er an Wellesleys Methoden dachte. Sein junger Untergebener hatte Kisnapah und die Minister von Bullum ohne viel Federlesen aufknüpfen lassen. Seit seinem erfolgreichen Feldzug gegen Dhoondia Wao, den »König zweier Welten«, entwickelte Arthur eine Vorliebe für radikale Lösungen. Als sie damals gemeinsam vor Seringapatam standen, hätte Stuart nicht gedacht, dass der Bruder des Generalgouverneurs eine Hand aus Eisen haben könnte. Er hatte Arthur lange Zeit nur für einen sehr klugen jungen Mann gehalten, der hervorragende Theorien über die Kriegskunst verfasste und mit ausreichend Logik und Organisationstalent gesegnet war, um eine Provinz vernünftig zu verwalten. Natürlich hatte Stuart nie am persönlichen Mut des

Iren gezweifelt, aber in einer Armee und in dieser Zeit, in der sie lebten, war Mut keine Seltenheit. Oft sogar neigten Englands Offiziere zu unvernünftigem Draufgängertum, nur um der Ehre eines Soldaten willen. Doch Arthur schien ein gesundes Gleichgewicht zwischen Kopf und Schwert entwickelt zu haben, obwohl der Kommandeur des 33. Regiments gerade einmal die Dreißig überschritten hatte.

Der Oberkommandierende von Madras schmunzelte still vor sich hin. Die Inder hatten Wellesley schneller Anerkennung zuteilwerden lassen als König Georg. Bahadour – der Unbesiegbare! Man würde dem Jungen bald schon Gelegenheit geben, zu beweisen, dass er sich diesen ehrenvollen Titel redlich verdient hatte. Mit dem Befehl des Generalgouverneurs, einen Feldzug gegen die Marattha vorzubereiten, würde er ihm das Schreiben zukommen lassen: Für Sedaseer, Seringapatam, die Vernichtung Dhoondia Waos und seine Befriedung des indischen Herzlandes hatte man Arthur zum Generalmajor befördert. Lord Clive hatte sich für ihn eingesetzt und Sir Alured Clarke, der Oberkommandierende von ganz Britisch-Indien, hatte zugestimmt, ohne sich lange mit London oder dem Generalgouverneur zu beraten. Vielleicht hielt der Marquis von Mornington ja nicht viel von seinem Bruder, aber alle anderen bewunderten Wellesley. Selbst

Stuart als gestandener, erfahrener Soldat konnte diese Beförderung nur begrüßen.

Arthur würde allerdings noch lange zu kämpfen haben, bevor die Horse Guards oder alte Offiziere wie St. Leger, Braithwaite und Campbell akzeptierten, dass ein so junger Mann bereits einen so hohen Dienstrang innehatte. Er würde noch ab und an um ein Kommando streiten müssen, nur weil ein dienstälterer General ihm den Knochen aus Eitelkeit oder Habgier wegschnappen wollte...

Stuart schmunzelte. Der Generalgouverneur war in Bassein, um einen Schutzvertrag mit Bajee Rao II. auszuhandeln. Wenn Arthurs Einschätzung der Lage im Maharastra stimmte, würde der Kleine schon bald alle Hände voll zu tun haben. Er hatte sich mit Sir Alured Clarke inoffiziell geeinigt, dass man vorerst das gesamte wilde Generalspack von Britisch-Indien aus dem Herzland des Subkontinents entfernte. Sie hatten bereits haufenweise wichtige Stabsfunktionen in Kalkutta geschaffen. Das einzige Risiko für

Wellesley lag darin, dass die Horse Guards einen Mann übers Meer schickten. Aber mit dem würden sie auch noch fertig. Wenn es Krieg mit Holkar und Scindia geben sollte, dann sollte Arthur die Truppen führen. Sie waren einfach neugierig zu sehen, wie er sich in dieser Sache schlagen würde. Wenn er im Großen fertigbrachte, was er im Kleinen bereits erfolgreich gegen Dhoondia Wao, den Bullum und den Rajah gezeigt hatte, standen Englands Chancen auf dem Subkontinent nicht schlecht!

Dritter Teil Bahadour

KAPITEL 1 DER ZAUBERLEHRLING

Montstuart Elphinstone küsste Lutuf Ullah beide Hände, als der alte Paschtune den Serai von Seringapatam betrat. »Baba, es tut gut, dich zu sehen!« Dann umarmte er Huneefa, Lutufs Hauptfrau, mit einer Herzlichkeit, die er seiner eigenen Mutter nie entgegengebracht hätte. »Es war ein gutes Jahr, Bedi. Ich komme aus Kalkutta. Clarke-Sahib hat all unsere Pferde gekauft, und wir haben hervorragende Preise bekommen. Ibrahim und Mullaih bringen noch einmal fünfhundert Tiere für die >inglis< aus Dagestan.«

»Komm, Baba! Wir haben uns viel zu erzählen. Alle warten auf euch!« Elphinstone legte den Arm um Lutufs Schulter und geleitete ihn in einen prächtigen Saal, in dem bereits aufgetragen wurde. Wie einen ungezogenen kleinen Jungen packte der Paschtune Wellesleys politischen Offizier an der Nase. »Du meinst, ich habe euch viel zu berichten, denn ihr seid gewiss neugierig, aus erster Hand zu erfahren, was Mornington-Sahib in Bassein ausgehandelt hat?«

Montstuarts junges, sonnengebräuntes Gesicht wurde rot vor Verlegenheit. »So kann man's auch interpretieren. Arthurs Verhältnis zu seinem ehrenwerten Bruder ist ...«

Lutuf schlug Elphinstone herzhaft auf die Schulter und lachte laut auf. »Im besten Falle frostig. Ganz Indien scheint es zu wissen. Übrigens, es geht das Gerücht, ihr hättet einen Generalmajor für das Kommando in Mysore bekommen, obwohl man mir zugetragen hat, jemand würde hier sehr laut verkünden, solche Schnösel seien überflüssig in eurem kleinen Reich.«

»Er hat sich noch nicht von diesem Schock erholt, Baba. Die Schulterstücke hat Miss Seward ihm erst heute mit sanfter Gewalt angenäht, und er hat's nur über sich ergehen lassen, weil Du Sir Edwin mitbringst. Wo ist der eigentlich?«

»Bedi, die Mission ist delikat, die Sache geheim ... Sir Edwin muss sich erst den Walnusssaft aus dem Gesicht waschen und wieder europäische Kleider überziehen. Er hat es vorgezogen, in Landestracht zu reisen, denn meine Karawane ist durch Marattha-Land gezogen.« »Du machst es spannend, Lutuf!«

»Warte ab, Bedi! So, jetzt lasse mein Weib ihren Augapfel begrüßen, oder ich werde mir heute Nacht schlimmes Gezeter und

Geschimpfe anhören müssen.« Der Paschtune gab seiner Frau einen liebevollen Klaps und schickte sie zu Barrak.
Arthur Wellesley befreite sich mit einiger Mühe von den Kindern und ihrem vierbeinigen Spielgefährten Jack, um Lutuf zu begrüßen. »Gebt mir fünf Minuten, ihr kleinen Racker!« versuchte er gutmütig, sie zu verscheuchen. »Habt Mitleid mit einem alten Mann!«
Salabuth überhörte die Aufforderung geschickt, denn Lutufs beeindruckendes Äußeres faszinierte ihn. Er schlich sich hinter Arthur an den Afghanen heran und fingerte begeistert an dessen großem, edelsteingeschmücktem »tulwar« herum.
»Hast du schon viele Männer besiegt? Erzählst du mir von euren Kriegszügen?« drängte der Junge auf Persisch, ohne sich um die Erwachsenen zu kümmern. »Barrak hat versprochen, dass du alles erzählst, wenn du kommst!«
Lutuf strich dem Kleinen über die schwarzen Haare und schmunzelte Arthur an. »Deiner?«
»Meiner!« antwortete der Ire. Ein trauriger Schleier legte sich über seine Augen. Wenn Dhoondia Wao nicht gewesen wäre, hätte er heute vielleicht voller Stolz Charlottes und seinen Sohn oder ihre kleine Tochter präsentieren dürfen.
Der Paschtune umarmte ihn fest. »Arthur, du musst eines Tages darüber hinwegkommen«, flüsterte er ihm ins Ohr. »Du kannst nicht dein ganzes Leben mit den Toten verbringen. Wenn es Allahs Wille ist, dann ruft er dich zu sich, und du wirst Charlotte und dein Kleines im Paradies wiedersehen. Allah u akkbar – Allah ist allmächtig, und in seiner unendlichen Weisheit hat er dir ein anderes Schicksal bestimmt.« Er blickte nachdenklich Salabuth an. »Es gehört viel Mut dazu, den Sohn seines Feindes großzuziehen.«
Wellesley befreite Lutufs »tulwar« mit geübten Händen von dem kleinen, neugierigen Quälgeist. Dann nahm er ihn in die Arme. »Es gehört auch viel Mut dazu, dem Mann zu vertrauen, der deinen Vater erschlagen hat.«
»Ihr ›inglis‹ seid sonderbare Menschen! Ihr führt Krieg, obwohl ihr nicht hasst. Wieso dann?«
Sir Edwin Hall war inzwischen sauber und in europäischer Kleidung in den überfüllten Speisesaal gekommen. Trotz seines Alters hatte er scharfe Ohren. Er nahm Wellesley die Antwort ab. »Wir sind ein kleines Land, umgeben von einem wilden Meer, Lutuf! Und wir haben Männer wie den Marquis von Mornington, die ihre Blicke weit in die Zukunft richten ...«

Als der Name seines Bruders fiel, verzog Arthur den Mund. Sir Edwin schüttelte den Kopf. Er hatte dem Jungen bestimmt schon hundertmal geschrieben, dass er lernen müsse, Gefühle zu unterdrücken. Es konnte nicht so weitergehen, dass er seinen Bruder Mornington mit dem Generalgouverneur Mornington in einen Topf warf. Man konnte dem Marquis berechtigterweise auf menschlicher Ebene Vorwürfe machen, doch seine Strategie für Großbritannien auf dem Subkontinent war brillant und sehr geschickt. Sie war vor allem erfolgreich ... Als er den Generalgouverneur zu den Verhandlungen in Bassein begleitet hatte, um nach dem Massaker von Poona einen Schutzvertrag mit Bajee Rao II. auszuhandeln, war ihm im Verlauf der zähen Gespräche klar geworden, welches Ziel Mornington verfolgte. Er wollte eine befriedete Marattha-Konföderation, welche die Oberherrschaft König Georgs akzeptierte; Großbritanniens politische Strukturen und das Rechtssystem sollten auf den Subkontinent übertragen werden; es sollte ein Allianzensystem entstehen, das der Ostindischen Kompanie das Monopol für die endlosen Gebiete von der Coramandel-Küste bis hinauf zum Himalaja garantierte. Und – nicht zu vergessen – Mornington dachte stets an den Hof von St. James.
Man munkelte, dass die Regierung Addington schwankte. Ein gelungener Streich gegen die Marattha, eine Verfünffachung des britischen Einflussgebiets ... dann winkte das Amt des Außenministers, vielleicht sogar des Premiers. Mornington wurde von brennendem Ehrgeiz angetrieben und scheute nicht davor zurück, seinen Bruder Arthur erbarmungslos auszunutzen. Eine der Grundlagen für die britischen Vorbereitungen der Gespräche von Bassein war Arthurs genaue und tiefgründige Analyse des Herzstücks Indiens gewesen, die von dem jungen Offizier vor knapp einem Jahr mit dem Gedanken verfasst worden war, Fort William zu einer weniger aggressiven Politik zu bewegen. Sir Edwin nahm sich vor, unter vier Augen ein paar ernste Worte mit Arthur zu wechseln.

Lakshmi hatte ein langes, erfrischendes Bad genommen. Nun saß sie bequem auf einem weichen Kissen, während eines ihrer Mädchen geschickt ihr rabenschwarzes Haar bürstete und ölte. Lakshmi war nach der Aburteilung von Saxon, Mandeville und Macintire und nach Dodds spektakulärer Flucht über die Grenze des Maharastra heilfroh gewesen, dass ihr schmieriger

Geschäftspartner John Shee sich nicht mehr in ihrem feinen Hurenhaus blicken ließ.
Genauso wie General Wellesley, der Gouverneur von Mysore, überall Augen und Ohren hatte, verfügte auch Lakshmi über Zuträger. Einer ihrer treuesten einheimischen Kunden, ein reicher und ausgesprochen fetter, parfümierter Tamile, der mit Seidenstoffen handelte und die britischen Truppen ab und zu mit Tuch oder Leinen versorgte, hatte ihr anvertraut, dass im »Dowluth Baugh« so laut über sie gesprochen wurde, dass es sogar durch die Wände drang. Wellesley-Sahib schien Nachforschungen über ihre Person angestellt zu haben, und entgegen seiner sonstigen Gewohnheiten posaunte er es überall laut herum. Lakshmi war nicht dumm. Sie verstand diesen diskreten Wink des britischen Offiziers: Ich habe nichts gegen dich in der Hand, aber ich weiß über dich Bescheid! Beim nächsten falschen Schritt bezahlst du für deine Taten...
Was sie dabei verwirrte und zutiefst beunruhigte war die Tatsache, dass er ihr feines Hurenhaus weiterhin in Seringapatam duldete und seinen britischen und indischen Offizieren Besuche bei ihren Mädchen nicht untersagte. Hatte er Spitzel unter ihre Kunden gemischt? Wusste er weniger, als er vorgab? Versuchte er ihr eine Falle zu stellen, oder war sie ihm gleichgültig?
Lakshmis langes Haar wurde zu einem straffen Knoten im Nacken gelegt. Man parfümierte ihren Körper mit Patschuli-Öl. Eine Bedienstete trat mit einem Armvoll Kleidungsstücken ein. Lakshmis schwarze Augen glitten nachdenklich über die Auswahl kurzer Seiden-»cholis«. Sie wählte ein edles Stück mit großen, ineinander verschlungenen feuerroten Blumen. Warum befreite sie sich eigentlich nicht von Shee und schloss auf diesem Weg Waffenstillstand mit der Regierung von Mysore? Sie hatte viel Geld mit dem Diebesgut aus dem Arsenal gemacht, ihre Geschäfte in Seringapatam liefen prächtig ... Während Lakshmi einen dunkelgrünen, schweren Sari mit einer zart gestickten Bordüre aus Blumen und Kolibris auswählte, beschloss sie, ihrem fetten Stoffhändler Damodar Ratha für seinen nächsten Ausflug in den »Dowluth Baugh« einen Brief anzuvertrauen.

Der Raum war verqualmt und dämmrig. Nur über dem Tisch in der Ecke brannte noch eine Lampe. Halb verborgen hinter einem großen Bierfass saß ein einsamer Gast. Vor ihm standen eine leere und eine halbvolle Brandyflasche.

Major John Shee hatte den ganzen Tag keinen Bissen heruntergebracht. Seit Wellesley ihm das 33. Regiment weggenommen hatte, verbrachte er seine Zeit damit, unter dem verächtlichen Blick des Generals administrativen Kleinkram zu erledigen, den jeder des Schreibens kundige gemeine Soldat auch abarbeiten konnte. Doch Wellesley, der irische Buchhalter, hatte Shees elender Beschäftigung einen klangvollen Namen gegeben und damit pro forma die Spielregeln eingehalten, die es erlaubten, dass Gore das Regiment übernahm. Draußen in Brindavan gab es keinen ranghöheren Offizier mehr. Obwohl Wellesley bis zum Hals mit Arbeit zugeschüttet war, schien es ihm nicht an der Zeit zu fehlen, Shee hingebungsvoll zu tyrannisieren. Immer wieder provozierte der General Augenblicke trauter Zweisamkeit, weitab von den anderen. Immer wieder behandelte er den Major mit einer solchen Arroganz, dass jeder normale Offizier – Vorgesetzter hin, Vorgesetzter her – bereits zur Waffe gegriffen hätte, um Genugtuung zu fordern. Shee konnte nachvollziehen, dass der junge General ihn zu demütigen versuchte, doch er fraß alles voller Hass in sich hinein. Er spürte instinktiv, dass Wellesley darauf wartete, dass er den Degen zog. Seit Wellesley aus Gores und Elphinstones Mund detailliert das Ausmaß von Shees Schreckensherrschaft über das 33. Regiment vernommen hatte, war klar, dass er ihn endgültig loswerden wollte.
Doch der Anstand ließ es nicht zu, dass ein Ranghöherer den Untergebenen forderte. Wellesley war viel zu sehr auf seine Ehre bedacht, um diese Grenze zu überschreiten und ihm an irgendeinem verschwiegenen Ort im Schutze der Nacht die Kehle durchzuschneiden, um dann zu behaupten, Shee hätte ihn angegriffen ...
Vor wenigen Jahren noch hatte er Wellesley gar nicht ernstgenommen und sich einen feuchten Kehricht um ihn geschert, doch seit er gesehen hatte, zu welch kaltblütigem Handeln der Kleine fähig war und wie ungerührt er Männer hinrichten ließ – oder sie selbst tötete –, hatte John Shee geradezu panische Angst vor seinem Vorgesetzten. Als Shee die erste Flasche geleert hatte, war sein Entschluss gefasst: Er würde es Dodd gleichtun und die Grenze zum Maharastra überschreiten. Mit der zweiten Flasche trank er sich den Mut an, seinen Entschluss in die Tat umzusetzen. Doch bevor er verschwinden konnte, musste er ein letztes Mal Lakshmi besuchen und seinen Anteil des Gewinnes

aus ihren gemeinsamen Geschäften abkassieren.

Mary Seward schnaufte energisch und laut, um sich General Wellesleys Aufmerksamkeit zu verschaffen. Es war fast schon Mitternacht, und der kleine Salabuth gehörte ins Bett, nicht in eine fröhliche Männerrunde, die um eine große Flasche Whisky versammelt saß.
Arthur stellte seine Kaffeetasse auf den Tisch und musterte Mary Seward mit einem schiefen Lächeln. Charlotte hatte die Kleine gern gehabt. Er hatte sie aus Gewohnheit bei sich behalten, obwohl er eigentlich niemanden brauchte und Vingetty völlig ausreichte, um die paar Hemden und die drei Uniformjacken sauber zu halten, die er besaß. »General, der Junge muss ins Bett!« sagte Mary. Seit sie ihre Angst vor Wellesley verloren hatte, herrschte zwischen den beiden ein liebevoll-rauer Umgangston.
Arthur seufzte ergeben und schlug die Augen nieder. »Miss Seward hat gesprochen, mein kleiner Salabuth! Also bleibt uns allen nichts anderes übrig, als ihr brav zu gehorchen. Du und Jack, ihr verschwindet jetzt!« Er gab dem Jungen einen Kuss auf die Stirn und knuddelte das Hündchen, das vergnügt mit dem Schwanz wedelte.
Hilfesuchend richtete Salabuth seinen Blick auf Barrak und Lutuf Ullah. Der Paschtune war gerade dabei gewesen, eine alte Geschichte zum Besten zu geben, und der Junge hatte hingebungsvoll zugehört. Doch weder Barrak noch Lutuf ergriffen Partei für ihn, und Arthur sah auch nicht wie ein rettender Engel aus. Also nahm der Junge das Hündchen und trottete mit hängendem Kopf zu Mary. »Morgen musst du mir aber das Ende erzählen«, rief er Lutuf auf Persisch zu. »General, ich hätte es beinahe vergessen.« Mary Seward trat noch einmal zu Wellesley. »Ein Händler hat John diesen Brief für Sie übergeben. Zuerst wollte John ihn nicht annehmen, denn der Tamile hätte ja direkt um einen Gesprächstermin bei Ihnen bitten können, aber dann hat er sich gedacht« – ihre grünen Augen streiften kurz Barrak und Montstuart – »dass es vielleicht einer der Korrespondenten von Mister Ullah oder Mister Elphinstone sein könnte.«
Arthur nahm der jungen Frau das Schriftstück ab. »Hat der Tamile irgendwas gesagt?«
»Nur dass man ihn gebeten habe, den Brief bis in den »Dowluth Baugh« mitzunehmen, wenn er sein Tuch für die Regimenter abliefert.« Mary machte einen Knicks vor den Anwesenden; dann

nahm sie Salabuth an der Hand und verschwand von der Terrasse. Wellesley erbrach das Siegel und überflog den Text. Er war in einem grauenvollen Englisch verfasst, aber durchaus verständlich. Seine Miene verfinsterte sich.
»Schlechte Nachrichten?« Sir Edwin Hall schenkte sich Whisky nach. Elphinstone und Barrak ben Ullah beobachteten Wellesley ohne ein Zeichen der Ungeduld. Lutuf kratzte sich zufrieden den roten Bart. Stoffhändler waren geschwätzig und immer gut dafür, Gerüchte in Umlauf zu setzen oder Unruhe zu stiften. Der fette, parfümierte Damodar Ratha machte da keine Ausnahme.
»Endlich!« seufzte Arthur und reichte Lakshmis Schreiben an Elphinstone weiter.
»Klär mich bitte auf, mein Junge.« Sir Edwin hasste es, einer Unterhaltung nicht folgen zu können. Jedes Mal, wenn Barrak, Montstuart und Arthur miteinander tuschelten, hatte er das Gefühl, den undurchsichtigen Ritualen einer Geheimgesellschaft beizuwohnen. »Ein fauler Apfel in meinem Regiment, Edwin! Es hat nichts mit Morningtons glorreichen Plänen für unseren geliebten König und ›John Company‹ zu tun«, flachste der Ire. »Der Mann hatte seine Finger in dieser schmierigen Unterschlagungsgeschichte im Arsenal. Wir hatten keine Beweise, und ich konnte ihn nicht loswerden ... da hatte Barrak die Idee, ihm eine kleine Falle zu stellen. Es ist ziemlich kompliziert ...«

In der Nacht fuhr Shee auf. Er wollte nach der Brandyflasche greifen, die draußen in Brindavan stets auf seinem Nachttisch stand; stattdessen geriet seine Hand in ein feines Netz und Shee wusste wieder, wo er war. Er setzte sich mit schmerzendem Kopf auf und schob den Stoff zur Seite. Das Mädchen neben ihm atmete tief. Es war ein günstiger Augenblick, um sich aus Lakshmis Hurenhaus zu schleichen und weit fortzureiten. Der Gedanke an seinen prall gefüllten Geldbeutel und ein neues Leben weitab der britischen Armee und dieses tyrannischen Buchhalters Wellesley war verlockend.
Schon wollte Shee den Fuß auf den Boden setzen, als der kleine Hintern neben ihm sich bewegte. Zwei Arme umschlangen ihn und zogen ihn zurück in die Kissen. Als er das nächste Mal erwachte, erfüllten eine sanfte Helligkeit und die zarten Pastelltöne eines Frühlingsmorgens im Herzen Indiens den Raum. In der Magnolie vor dem Fenster sangen Vögel. Die Zweige, in denen der Wind spielte, bewegten sich leicht auf und ab.

Diesmal hielt der hübsche kleine Hintern Shee nicht zurück, als er aufstand. Bevor er in sein schmutziges Hemd fuhr, verfluchte er seine Dummheit, die letzte Nacht nicht für die Flucht aus Mysore genutzt zu haben. Er wusste nicht, wann Wellesley ihn wieder für ein paar Stunden von der Leine lassen würde, und er glaubte nicht, dass er der Tyrannei des Iren noch lange standhalten konnte. Das Mädchen im Bett rollte sich zufrieden in die Leintücher und drehte ihm den Rücken zu.
Als Shee die Tür hinter sich schloss, ging ein leichtes Lächeln über ihr Gesicht. Der brutale Mistkerl würde sich wundern! Sie bedauerte, dass sie dem Spektakel nicht beiwohnen durfte, aber Lakshmi hatte ihr streng aufgetragen, Shee bis zum Morgengrauen im Bett zu halten und dann dort zu bleiben, um keinen Verdacht zu erwecken. Der Gouverneur von Mysore hatte sein Wort gegeben: All ihre Sünden und Missetaten der Vergangenheit waren vergeben und vergessen. Sie musste ihren Anteil aus den Unterschlagungen im Arsenal nicht zurückgeben und durfte ihr Hurenhaus weiter betreiben, wenn sie in Zukunft ordentlich ihre Steuern zahlte und den Behörden nicht mehr ins Auge fiel.

Er war an der Tür stehengeblieben, und sie ließ sich Zeit, ihn eingehend zu betrachten. In seinem schmalen, braungebrannten Gesicht konnte sie weder wilde Entschlossenheit noch Hass lesen. Er war allein gekommen, als sie die Nachricht in den »Dowluth Baugh« geschickt hatte. Während ihr Mädchen Shee im Bett beschäftigte, hatten sie lange miteinander gesprochen. Lakshmi beherrschte die englische Sprache, doch General Wellesley schien es vorzuziehen, sich mit den Einheimischen auf Hindustani zu unterhalten.
Für einen »inglis« sprach er ausgezeichnet und verfügte über einen reichen Wortschatz. Obwohl er Lakshmi sehr genau spüren ließ, wieviel er über sie wusste, war er doch höflich, beinahe freundlich. Sie wunderte sich, dass er nicht versucht hatte, sie zu brüskieren oder zu erpressen – oder einfach auf sein Versprechen der Straffreiheit zu pfeifen, wo er ihre schriftliche Aussage gegen Shee in der Hand hatte.
»Was wird mit ihm geschehen, General? « fragte sie schließlich.
»Es gibt Gesetze, Madam! Sie haben ausgesagt, und ich habe einen Augenzeugen. Shee wird vor ein Kriegsgericht gestellt und verurteilt.« Doch Arthur hoffte, dass Shee es gar nicht erst dazu kommen ließ. Der Major war direkt oder indirekt für den Tod von

dreißig guten Männern des 33. Regiments verantwortlich. Es hatte Arthur Wochen gekostet, den Arzt und ein paar Soldaten zurückzuholen, indem er in halb Indien verbreiten ließ, dass er ihre verzweifelte Flucht nicht als Desertion betrachtete. Für diejenigen, die ungerechtfertigter Weise die Zeichnung der Neunschwänzigen auf dem Rücken trugen, konnte er nicht viel mehr tun, als sie fühlen zu lassen, wie leid es ihm tat. Es wäre nicht akzeptabel gewesen, hätte er – als General – wegen einer Bestrafung auch nur ein Wort mit einem gemeinen Soldaten gewechselt. Die Dienstvorschriften der britischen Armee sahen es nicht vor, dass ein Offizier sich bei einem Soldaten entschuldigte.

Arthur drehte an dem dünnen silbernen Reif an seinem rechten Handgelenk – wie immer, wenn er über Dinge nachdenken musste, für die er eine tiefgreifende Antwort suchte. Irgendwie hoffte er, Charlotte würde ihm raten, was er mit Shee machen sollte. Schwere Schritte waren auf der Treppe aus dem Obergeschoß zu hören.

Bereits als die Zimmertür ins Schloss gefallen war, hatte sich sein Magen zusammengekrampft. Shees Gesicht war fahl, und die Haut besaß den Glanz eines polierten Steins. Nur in den dunklen Augen war Leben. Arthur las den ganzen Hass und die ganze Angst darin, die sich über Monate in Shee aufgestaut hatten und die durch sein unerwartetes Auftauchen in Lakshmis Hurenhaus noch verstärkt wurden. Shees Blick glitt von Lakshmi zu Arthur, und das Flackern in den Augen wurde immer heftiger. Sah Shee vielleicht den Moment vor sich, in dem das Kriegsgericht sein Urteil verkündete und man ihn mit verbundenen Augen vor zwölf auf ihn gerichtete Gewehre führte? Eine Falte erschien auf der Stirn des Majors. Wellesley sah eine bläuliche, klopfende Ader an der rechten Schläfe des Mannes. Shee trat einen Schritt zurück, seine Hand zuckte. Es bedurfte keiner Worte des Generals, um klarzumachen, welchen Zweck sein frühmorgendlicher Besuch in einem verrufenen Hurenhaus am Rand der Wälle von Seringapatam hatte. Sein Leben war zerstört. Der Major wusste es. Es gab keinen Ausweg.

»Sie werden mir nicht das Fell über die Ohren ziehen, Sie verdammter Teufel.« Shees Stimme war hasserfüllt. »Seit dem Tag, an dem Sie zum Regiment gekommen sind, wollen Sie meinen Untergang.« Die Hand zuckte immer wilder, während er Stück um Stück in Richtung Treppe zurückwich. Er fühlte sich wie ein Tier,

das in eine Falle geraten war, und er glaubte in Arthur Wellesleys ruhigen, graublauen Augen die Genugtuung des erfolgreichen Jägers zu lesen.
Der General rührte sich nicht. Seine Arme waren über der breiten Brust verschränkt. Er war völlig entspannt und gelassen. Shee hatte ihn schon oft in diesem Zustand erlebt: immer dann, wenn er einem Feind entgegentrat und die Absicht hatte, ihn gnadenlos zu zerbrechen. Shee wandte einen kurzen Augenblick den Kopf. Es gab keine Fluchtmöglichkeit aus Lakshmis Hurenhaus. Die Treppe führte hinauf in die Zimmer; vor der Tür in den Garten stand eine große Schranktruhe, und den Schritt in die Freiheit versperrte sein Kommandeur.
Wellesley sagte nichts. Sein Schweigen war Antwort auf alle Fragen, die John Shee sich über seine Zukunft stellte.
Shees zuckende Hand hatte die Blankwaffe an seiner Hüfte endlich gefunden. Doch der Mann, der ihm gegenüberstand, reagierte nicht. »Warum, Sir?« hörte Shee die emotionslose Stimme Wellesleys. Selbst in diesem Augenblick schien der Kerl nicht in der Lage zu sein, seine guten Manieren und seinen grenzenlosen Gleichmut abzulegen.
»Verdammte Bande von verzogenen, arroganten Adelssprösslingen!« stieß Shee hervor. »Was wisst ihr schon, was uns einfachen Leuten in dieser verdammten Armee aufgezwungen wird! Zum Leben zu wenig und zum Sterben zu viel ... das bekommen wir von diesem verdammten König, obwohl wir unsere Haut für ihn riskieren. Halbe Kinder dürfen uns herumkommandieren, nur weil ihre Väter irgendeinen verdammten Titel tragen, und wenn wir alt und lahm sind, bleibt uns außer einer erbärmlichen Pension bloß die Hoffnung, dass einer von euch gerade einen Erzieher für seine Brut sucht oder einen Verwalter für eines seiner Güter.«
Shee wollte sich plötzlich vor Wellesley rechtfertigen, wollte seine Haut retten, indem er an etwas appellierte, von dem er wusste, dass es in Arthur existierte, seit sie in Flandern gekämpft hatten: Der Kleine hatte ein weiches Herz und war gutmütig, obwohl er allen seine Komödie von der eisernen Hand vorspielte. Burschen, die irgendeinem stinkenden Rotrock ihre Wasserflasche reichten oder die Bälger ihrer Feinde aufsammelten, um sie großzuziehen, konnte man mit der weinerlichen Tour immer um den Finger wickeln. Sie waren zu dumm, um einen Halunken einen Halunken zu nennen.

Arthur lächelte den Major an. »Natürlich, Sie hatten allen Grund, die Armee zu bestehlen. Ich kann Sie verstehen, Major. Ihr Leben war an dem Tag zerstört, als Sie als Sohn Ihres Vaters zur Welt kamen. Ihr Weg war vorgezeichnet. Sie mussten sich einfach nehmen, was Ihnen zustand, weil Ihr alter Herr nicht daran gedacht hatte, Ihnen einen hübschen Titel und ein paar hundert Acker Land zu hinterlassen. Natürlich war es dabei unabdingbar, dass Sie eine Handvoll unnützer Saufköpfe im roten Rock zu Tode geprügelt haben. Zählt ja nicht viel, so ein roter Rock. Kann nicht lesen, kann nicht schreiben, bringt seinen Tag mit Faulenzen zu und schlägt sich die Nächte mit Huren um die Ohren ... nichts als der Abschaum dieser Erde.«
Die Stimme war freundlich, beinahe sanft. Shee lief ein eiskalter Schauer über den Rücken. Lakshmi hatte sich von ihrem Stuhl erhoben und war wie ein Geist aus dem Haus verschwunden.
»Dass Sie das Arsenal bestohlen haben, Shee, dass Sie geholfen haben, gegnerische Truppen mit unseren Waffen auszurüsten ...« Die Stimme des Generals war immer noch ruhig und freundlich, doch in seinen graublauen Augen flackerte es. »Sie haben sich an meinen Männern vergriffen. Sie haben meine Männer um ihren verdienten Sold betrogen. Sie haben sie gedemütigt und ohne Grund bestraft ... Shee, das einzige, was in einer Armee zählt, sind diese Halunken im roten Rock. Sie und ich, wir sind nichts ohne die Männer. Ich werde Sie persönlich vors Kriegsgericht zerren. Man wird Sie verurteilen, und ich werde Ihnen die Epauletten eigenhändig von der Schulter reißen und Ihren Säbel zerbrechen. Ich werde dafür sorgen, dass jeder der zwölf Halunken, denen Sie in Kürze in die Augen schauen werden, eine Kugel in seinem Lauf hat und einen Grund, auf Sie anzulegen.« Wellesleys Stimme war immer noch ruhig, freundlich und gelassen, aber in seinen Augen blitzte inzwischen der blanke Hass. Shee wich ein letztes Mal zurück. Er spürte das warme Holz des Treppengeländers in seinem Rücken. Das schmutzige Leinen des abgetragenen Hemdes klebte auf seiner schweißnassen Haut. Zwei Seelen kämpften in seiner Brust einen verzweifelten Kampf: Die Stimme der Hoffnung gebot ihm, die Hand von der Waffe zu nehmen und aufzugeben. Oberst Saxon war mit einem blauen Auge davongekommen, obwohl Wellesley lauthals geschrien hatte, er würde dem alten Trottel den Kopf abreißen ... Die Stimme der Vernunft sagte Shee, dass er zu lange schon zu weit gegangen war. Die Diebstähle hätte der General verziehen. Die Toten des 33. Regiments konnte Wellesley

nicht verzeihen. Der Augenblick war gekommen, an dem er einen Strich unter sein jämmerliches Leben ziehen und ein einziges Mal wie ein Offizier und Gentleman zu seinen Taten stehen musste.
Arthur schüttelte nur kurz den Kopf, als Shee den Degen zog, dann bohrte sich sein schwerer »tulwar« in die Eingeweide des Majors, und warmes Blut floss über seine Rechte. Einen kurzen Augenblick hatte er den Gegner nicht töten wollen, doch dann hatte die Vernunft gesiegt. Das 33. Regiment würde bald schon ins Feld ziehen, um zu kämpfen. Das einzige, was je zwischen ihm und den 700 Halunken im roten Rock gestanden und ihre Vertrautheit gestört hatte, war dieser Mann gewesen.
Shee existierte nicht mehr. Shee würde nie wieder einen braven Burschen quälen. Sein Regiment konnte nun in den Krieg ziehen. Wellesley zog die Klinge aus Shees Leib und wischte sie an dessen schmutziger Uniformjacke ab. Charlottes Geist tadelte ihn leise für das, was er gerade getan hatte, doch entgegen seiner sonstigen Gewohnheit zischte er dem Schatten zu: »Verschwinde, kleine Lady! Misch dich nicht in Dinge ein, die du nie verstehen wirst!« Dann verließ er Lakshmis verrufenes Haus. Ihm war leicht ums Herz.

»Bajee Rao II. hat den Schutzvertrag akzeptiert!« Sir Edwin Hall legte die Kopie des Textes auf das riesige Möbelstück, das dem »Dewan« des Rajahs von Mysore als Schreibtisch diente. »Aber die Verhandlungen waren zäh. Nur der Fall von Poona und der Verlust seines Thrones haben ihn zu einem Abkommen mit dem Generalgouverneur bewegt.«
»In diesem Augenblick ist der Peshwa nicht mehr als ein Flüchtling, der auf den Schutz der britischen Krone angewiesen ist«, bemerkte Purneah nachdenklich. »Ein Schutzvertrag – aber es gibt nichts zu schützen. Zahlungen an die Ostindische Kompanie für eine Armee, die kein Gebiet mehr zu verteidigen hat. Seit dem Fall von Poona gibt es erhebliche Sicherheitsprobleme an den Grenzen von Mysore ...«
Arthur Wellesley hörte schweigend zu, während Sir Edwin und der »Dewan« diskutierten. Neben ihm hatten Elphinstone und Barclay Platz genommen. Sie hatten die letzte Nacht gemeinsam über den Karten verbracht und Stapel von Agentenberichten durchforstet, um eine Antwort auf die alles entscheidende Frage zu bekommen: War es möglich, Bajee Rao II. mittels einer 6000 Mann starken Armee zurück auf den Thron von Poona zu befördern?

Arthur hatte die Frage verneint, denn Dowluth Rao Scindia, der Maharadscha von Gwalior und Ragojee Bhoonslah, der Rajah von Nagpor, konnten 50000 Mann gegen sie schicken und verfügten über einen ausgezeichneten Geschützpark. Sollte sich noch Jeswant Rao Holkar, der Maharadscha von Indore, anschließen, standen ihnen plötzlich mehr als 100000 Gegner gegenüber. Arthur wollte verhandeln und Holkar treffen, mit dem er sich schon mehr als einmal vernünftig geeinigt hatte ... John Malcolm, der Resident von »John Company« in Poona, hatte ihm geschrieben und bestärkte ihn in dieser Auffassung. Obwohl Holkar den Peshwa geschlagen hatte, hatte er Barry Close höflich darum gebeten, weiterhin als britischer Resident in der Hauptstadt zu verweilen. Arthur hatte nicht den Wunsch, die unabhängigen Herrscher zu vernichten, wie Mornington es plante. Ihm war lediglich daran gelegen, ihre Regierungen so zu beeinflussen, dass sie friedlich wurden, Mysores Grenzen respektierten und verantwortungsvoll handelten.
Mornington kannte seine Position. Er hatte dafür gesorgt, dass über Sir Alured Clarke ein Papier den Weg in den Palast des Generalgouverneurs fand. Natürlich hatte Richard ihm auf ähnlich indirektem Weg eine gesalzene Abfuhr erteilt: Mit seinem Generalspatent war ein Schreiben von Stuart nach Seringapatam geflattert. Der Befehl des Gouverneurs von Madras, Lord Clive, ließ keine Fragen offen. Richard war wie immer ein glänzender Taktiker: Er hatte sich Stuarts und Clives bedient, um Hand an seinen Bruder zu legen. Er musste gespürt haben, dass Arthur nach der Trincomale-Affäre durchaus in der Lage gewesen wäre, sich auf eine langatmige Diskussion mit Fort William einzulassen. Diesen Weg hatte man ihm nun versperrt, denn man wusste, dass er weder Clive noch Stuart in eine peinliche Lage manövrieren würde. Stuart hatte Arthur immer geschätzt, hatte ihm sein Vertrauen geschenkt, hatte seine Ernennung zum General durchgeboxt, ihn in den Generalstab von Madras geholt ... Mornington wusste, dass sein kleiner Bruder eine große Qualität besaß: Er war loyal und unfähig, um eines eigenen Ränkespiels willen einem Offizierskameraden in den Rücken zu fallen. Sogar mit dem unmöglichen Davie Baird vermochte er in Freundschaft zu leben. Unzählige lange Briefe über die Lage in Indien hatten ihren Weg in der diplomatischen Post bis nach Ägypten gefunden. Es war ein offenes Geheimnis, dass Davie und Arthur Frieden geschlossen

hatten.
Arthur betrachtete Sir Edwin. Charlottes Vater war nicht nur deshalb aus Bassein nach Seringapatam gekommen, weil er ihr Grab besuchen und den trauernden, immer noch verzweifelten Verlobten seiner Tochter tröstend an die Brust drücken wollte: Sir Alured Clarke hatte ihn gebeten, seinem jungen, heißblütigen Offizier zu erklären, dass Mornington sich in den letzten fünf Jahren eine solche Macht angeeignet hatte, dass jeglicher Widerstand gegen seine expansive Politik sinnlos war. Nicht einmal der Unwille der Direktoren in der Leadenhall Street schüchterte ihn ein, obwohl er Clives und Hastings' Schicksal vor Augen hatte.
Purneah nickte, als er den Vertragstext zu Ende gelesen hatte. »Natürlich werden wir alles tun, was in unserer Macht steht, um England zu unterstützen, Sir Edwin! Wenn der Nizam Truppen stellt, werden auch wir Truppen ins Feld schicken. Doch der Rajah hat eine Bedingung.« Ein Lächeln umspielte seine Mundwinkel, und die Augen blitzten vergnügt. »Er kommandiert unser Kontingent!« Sein schlanker Finger zeigte auf Arthur. »Und Bisnapah Pundit befehligt Krishnas Kavallerie!«
Wellesley schlug die Augen nieder. Elphinstone lachte schallend. Er kannte die Bedenken seines Freundes. Arthur quälte ihn seit Wochen, Spione in die unabhängigen Gebiete zu schicken und die Region entlang des Tombuddra auszukundschaften, während er ihm gleichzeitig mit seinem Gejammer über Morningtons Kriegstreiberei in den Ohren lag und über Barry Close eine Friedenstaube um die andere auf Holkar hetzte.
»Was wirst du Stuart und Clive antworten, mein Junge?«
»Der Befehl ist sehr vage, Edwin. Einerseits bin ich Soldat ... Er hat mir einen geradezu beunruhigend großen Handlungsspielraum eingeräumt für einen Generalmajor, den die Horse Guards nicht auf der britischen Liste bestätigt haben. Andererseits rede ich seit fast fünf Jahren mit den Maratthas. Man kann mit ihnen reden. Es ist nicht gut, sie in die Kniekehlen zu treten und ihnen die Zepter aus den Händen zu reißen. Goklah ... sogar Holkar ... im Grunde akzeptieren sie uns doch. Warum müssen wir zum Teufel noch mal versuchen, einen Mann zurück auf den Thron zu bringen, den keiner dort sehen will, seit sein Minister Nana Phadnis tot ist? Bajee ist jung, unvernünftig, beeinflussbar und biegsam wie ein Weidenzweig. Wer nur ein bisschen klüger ist als der Peshwa, der kann ihn lenken und leiten, wie es beliebt.« Arthur biss sich auf

die Zunge. Er hatte eigentlich sagen wollen, dass sowohl Holkar als auch der Gaiwar von Baroda oder der Maharadscha von Gwalior genauso gut in Poona sitzen konnten wie Bajee, und sie würden die Sache mit den Regierungsgeschäften allemal besser machen als er. Doch ihm wurde plötzlich klar, dass er sein eigenes Urteil verkündet und Morningtons Plan laut und deutlich unterstützt hatte.

Aber genau das wollten sie: Einen Mann, der so leicht zu manipulieren war, dass sie in seinem Gebiet tun und lassen konnten, was sie wollten! Politiker zettelten Kriege an – Soldaten mussten sie beenden!

»Ja, ja, mein Junge. Der Generalgouverneur hat dein kluges Papier sorgfältig gelesen. Wir alle haben es gelesen – Mornington, Clive, Clarke, Stuart. Sogar mir hat man es in die Hand gedrückt, um festzustellen, ob dein Text für einen Schutzvertrag Hand und Fuß hat. Das war übrigens der einzige Punkt, der nicht durchgegangen wurde. Mornington meinte, er wolle kein Bündnis, sondern ein Gebiet für den König und die ›Company‹.«

»Ich hab's gemerkt, Edwin! Ihr knöpft Bajee 260000 Pfund Sterling im Jahr ab, und wir riskieren unsere Haut. Wo soll ich sechstausend Mann für Poona finden? Ich kann sie nicht herzaubern, und ich habe nicht die Artillerie, die ihr dem Peshwa versprecht. Selbst wenn Purneah und der Nizam ihre Kräfte in die Waagschale werfen – was ich bezweifle. Der Nizam hat eine lange gemeinsame Grenze mit Scinde, und Purneah hat Holkar am Hals. Sie brauchen jedes ihrer Geschütze selbst.« Arthur kannte die Situation in Zentralindien inzwischen besser als die Landkarte Großbritanniens.

»Arthur, wenn du Clives Schreiben zu Ende gelesen hättest, dann wüsstest du, woher der Wind weht. Mornington und du, ihr seid zwei Dickköpfe ersten Ranges, doch dein Bruder hat etwas eingesehen, was du ihm vielleicht nicht zutraust: Wenn der Generalgouverneur dem Oberkommandierenden von Madras freie Hand gibt, den Befehlshaber dieses Expeditionskorps zu ernennen und Stuart seit Monaten jeden britischen General aus dem Weg räumt, der auch nur fünf Minuten länger auf den Dienstlisten steht als du, dann heißt das, man will *dich* in Hurryhur sehen und nicht St. Leger oder Campbell oder Davie Baird, der übrigens auf dem Rückweg aus Ägypten ist!«

»Ich weiß. Davie hat mir geschrieben. Wie oft habe ich diesen Spruch eigentlich schon gehört, Edwin? Ich darf mit meinem Stab immer die Drecksarbeit machen ... Weißt du, wie groß allein der Tross dieses Expeditionskorps wird? Um einen Sechspfünder durch unwegsames Gebiet zu ziehen, braucht man zwölf Ochsen. Und um die Männer zu versorgen, benötigt man über den Daumen gepeilt allein dreißigtausend Pfund Salz. Und mein Vorgesetzter in Madras hat mir aufs Papier geschrieben, ich soll den Peshwa zurück auf den Thron setzen, ohne England in einen Krieg zu verwickeln. Wer würde mir das glauben, wenn ich mit knapp sechstausend Mann durch die Gegend ziehe? Wer lässt einen gerade erst beförderten Oberst, der halb so alt ist wie neunundneunzig Prozent seiner hohen Offizierskameraden, mit sechstausend Mann von der Leine?«

Arthurs Widerstand gegen das Kommando schwand mit jedem Augenblick. Während sein Herz noch heiß mit Sir Edwin Hall, den Befehlen aus Madras und der bitteren Erinnerung an Ceylon kämpfte, rechnete sein Verstand bereits eifrig Transportochsen, Futtermittel, Verpflegung und Pulver für das Expeditionskorps durch, und sein geistiges Auge inspizierte die Gegend zwischen der Grenze und dem Tombuddra, die er vor zwei Jahren auf dem Zug gegen Dhoondia genau kennengelernt hatte. Sie würden Boote brauchen und Pontons, um über die vielen Flüsse zu kommen. Natürlich war es kein Problem, sich mitten in der Regenzeit mit den Maratthas herumzuschlagen. Arthur war nun einunddreißig Jahre alt und Soldat mit Leib und Seele. Er war viel zu sehr in diesem aufregenden Spiel gefangen, um sich einen Feldzug entgehen zu lassen, auf dem er all seine Theorien, seine Erfahrungen, seine Kämpfe gegen Bullum, Wynaad und Soonda umsetzen konnte. Ein ruhiges Leben war noch nichts für ihn, und Mysore kam inzwischen auch ganz gut ohne ihn klar. Vielleicht war das Spiel ja den Einsatz wert. Ein vollständig befriedetes Zentralindien mit guten und gerechten Gesetzen für alle, egal ob sie weiß, grau, braun oder schwarz waren ... Und seit dieser langen Nacht, in der er sich mit Baird ausgesprochen hatte, fühlte er, dass er nun stark genug war, um für ein Kommando zu kämpfen und sich jedem entgegenzustellen, der es ihm wegnehmen wollte.

Niemand kannte die unabhängigen Gebiete besser als er. Niemand hatte je Armeen durch die Dschungellandschaften geführt und Männer über Flüsse ohne Brücken gesetzt. Niemand, seit den Tagen des großen Clive, hatte es fertiggebracht, die Versorgung im

Feindesland so zu organisieren, dass alles seinen Weg dorthin fand, wo es gebraucht wurde – auf den Kriegsschauplatz.
Mornington vermutete, dass Arthur nicht mehr dienen konnte, wo er nicht befahl. Sollte er ihm ruhig unterstellen, dass er als unzufriedene Nummer zwei einen Feldzug hinschmeißen würde, nur um seinen Stolz zu befriedigen! Sollte er ruhig glauben, dass sein Bruder im Herzen ein Rebell war und nicht der Diener seines Königs! Richard hatte ihn hintergangen und ausgetrickst, und Arthur kannte den Charakter seines Bruders und wusste, dass er jedem unterstellte, genauso durchtrieben zu sein wie er selbst. Richard hatte ihn ausgenutzt, seit er denken konnte. Nun würde er Richard ausnutzen.
Richard wollte das Gebiet, die Macht, den Ruhm des Eroberers und einen Platz an der Sonne zu Hause in England ... Arthur wollte nur eines: beweisen, dass der Krieg sich verändert hatte und dass man in diesem neuen, fortschrittlichen Jahrhundert nicht mehr mit philosophischen Ansätzen siegen konnte, die im Spanischen Erbfolgekrieg bereits von aufgeklärten Männern wie John Churchill abgelehnt worden waren.
Er verspürte plötzlich ein neues, unbekanntes Gefühl: Ehrgeiz! Und dann ging ihm noch etwas anderes durch den Kopf: Als er nach dem Flandernfeldzug in der Armee geblieben war, hatte er Geister gerufen – und die wurde er jetzt einfach nicht mehr los. Er hatte beschlossen, den Weg des Schwertes zu gehen.
»In spätestens sechs Wochen hat Stuart eine vollständige Armee und einen Tross stehen, Edwin. Die Arsenale von Chitteldroog, Hullihall und Hurryhur werden aufgefüllt sein. Wenn Stuart Ende Januar nach Hurryhur kommt, sind wir bereit.« Seine Augen blitzten, und er lächelte Purneah an. »Zweitausendfünfhundert Reiter, Freund! Und Bisnapah und unsere feinen, schneeweißen Zugochsen!«
Der »Dewan« schüttelte verzweifelt den Kopf. »Ich werde dich nie begreifen, Wellesley-Sahib!«

KAPITEL 2 SEPOY-GENERAL

Leutnant William Dodd hatte Glück. Nachdem die Grenzen zum Maharastra überschritten waren, gelangte er ohne große Schwierigkeiten bis in die portugiesische Besitzung Goa. Obwohl die Portugiesen Großbritanniens ältester Verbündeter waren, kümmerten sie sich nicht im Geringsten um Deserteure der Armee König Georgs. Seine Goldmünzen erkauften Dodd eine diskrete Passage entlang der Küste bis hinauf nach Bharuch im Golf von Cambay. Gujerat wurde zwar von den Briten beherrscht, aber es war trotzdem kein Problem gewesen, mit einem verschwiegenen Flussschiffer den Nerbudda hinaufzufahren und Indore zu erreichen. Der Gaikwar von Bharuch – ein Mann, der nur auf die richtige Gelegenheit wartete, sich Scindia anzuschließen und seine Waffen gegen die »inglis« zu erheben – erlaubte britischen Deserteuren die Durchreise in die Gebiete, die direkt oder indirekt vom Maharadscha von Gwalior abhängig waren. In Indore befanden sich mehrere »campoos« des Franzosen Perron. Er hatte im Jahre 1796 das Erbe des berühmten Savoyarden Benoit de Boigne angetreten. Doch er beherrschte seine »jaguirs« mit einem noch unabhängigeren Geist als Benoit – Scindias treuer General und der Hüter seines Throns – es je getan hatte. Perron wusste um das Unheil, das sich in Form einer großen Armee an der Grenze zu den unabhängigen Gebieten zusammenbraute.
Als man Dodd zu ihm brachte, zögerte er nicht lange, sondern nahm den Leutnant sofort auf und ernannte ihn zum Major. Es waren weniger Dodds Vergangenheit und seine Absichten, die Perron überzeugten, sondern die Tatsache, dass der Offizier den künftigen Gegner offensichtlich gut zu kennen schien: Der Oberkommandierende von Madras, Sir James Stuart, hatte den größten Teil seiner bei Hurryhur gesammelten Truppen einem Offizier anvertraut, von dem Perron nur wusste, was sein Landsmann Allessandro Cappellini ihm Jahre zuvor anvertraut hatte. Es war in den Tagen nach dem Fall von Seringapatam gewesen. Doch Arthur Wellesley war inzwischen vom Obersten und Truppenoffizier zum General aufgestiegen; er hatte Soonda, Bullum und Wynaad genommen, Mysore regiert und die riesige Armee des »Königs zweier Welten«, Dhoondia Wao, ins Verderben geschickt. Der Ire konnte daneben noch eine beeindruckende Liste politischer Erfolge vorweisen: Sechs unabhängige Marattha-Fürsten hatten es vorgezogen, sich gegen Scindia zu wenden und

an Wellesleys Seite zu kämpfen. Er hatte sogar mit Holkar immer wieder zu einer gemeinsamen Sprache gefunden und damit provoziert, dass Jeswant Rao entweder bald die Seiten wechseln würde, oder sich zu einer gefährlichen Neutralität verleiten ließ, nur um Scindia zu schaden und sich selbst den größten Teil der Macht im Maharastra zu sichern.

Perron hatte den Engländer Dodd aufgenommen und ihn zum Major befördert, und er hatte ihm ein Bataillon im »campoo« seines alten Kampfgefährten Anton Pohlmann besorgt. Pohlmann war ein ehemaliger Sergeant, der in einem der hannoverschen Regimenter der Ostindischen Kompanie gedient und dann mit Benoit de Boigne die Seiten gewechselt hatte. Dodd war zuerst sorgfältig ausgefragt worden: Er hatte über General Wellesley, seine Truppen, seine Vorgehensweise und seine Ideen bereitwillig Auskunft gegeben. Dabei stach Perron ins Auge, dass der Mann nicht nur wegen einer schmutzigen Geschichte aus Mysore verschwunden war: Nach fünfundzwanzig frustrierenden Jahren in den Truppen von »John Company« besaß er eine reiche militärische Erfahrung, und er war verbittert und hatte Ehrgeiz.

Nur weshalb Dodd ihm seinen Gegner durch die Augen eines anderen beschrieb, war Perron im Verlauf des langen Gesprächs ein Rätsel geblieben. Der Deserteur wusste nur, was sein ehemaliger Kumpan Major John Shee ihm erzählt hatte. Er war Wellesley niemals selbst begegnet. Er hatte an keiner der Expeditionen des Iren teilgenommen, und er hatte seinen Dienst in Sedaseer, nicht in Seringapatam verrichtet.

Allessandro Cappellini hatte die Gespräche Perrons mit dem Engländer oft schweigend mitverfolgt. Nach dem Fall von Seringapatam war er nicht zu Bonaparte nach Ägypten gereist, sondern hatte beschlossen, sein Glück auch weiterhin in Indien zu suchen. Einer unter vielen an der Seite eines aufstrebenden Sterns, Staub im Kometenschweif Bonapartes? Nein, dieses Leben zog den jungen korsischen Offizier nicht an. Perron hatte ihm die Chance gegeben, den »campoo« der Begum von Sumroo zu übernehmen, nachdem ein irischer Kommandeur, Oberst George Thomas, sich zu Tode getrunken hatte. Die Begum war die Witwe eines der ersten europäischen Offiziere Scindias: Walther Reinhardt hatte ihr seinen »campoo« und seine politische Position im Maharastra hinterlassen.

Wenngleich die Begum die Vierzig überschritten hatte, war sie immer noch eine schöne und vor allem hochintelligente Frau. Als Perron ihr Cappellini vorgestellt hatte, war ihre Entscheidung sofort gefallen: Sie hatte beschlossen, George Thomas zu vergessen und einen neuen, attraktiven Offizier für ihre Truppen und für ihr Bett zu rekrutieren. Cappellini hatte schnell begriffen, dass diese Position ihn in Indien zu den gleichen Höhen führen konnte, wie de Boigne und Perron sie erreicht hatten. Er hatte die Frau und den »campoo« genommen und stand damit hinter Perron und Pohlmann an dritter Stelle in der Hierarchie der europäischen Söldner des Maharadschas von Gwalior.

Perron füllte sein Glas mit kräftigem, dunkelrotem Madeira. Seine Augen suchten nachdenklich die von Oberst Cappellini. Er hatte den Offizier während der letzten Stunden mit dem Engländer Dodd eingehend beobachtet. Cappellini hatte kaum den Mund geöffnet, doch sein Schweigen war Perron unbehaglich. Er wusste, wie nützlich Cappellini dem Sultan gewesen war und über welch glänzendes militärisches Potential der Mann verfügte. Er wusste, wie wichtig ein Soldat dieses Schlages in Scindias Reihen war.

»Was ist los, mein Freund? Du hast etwas auf dem Herzen, aber aus einem unerfindlichen Grund hast du beschlossen, mich nicht ins Vertrauen zu ziehen.«

Cappellini fuhr sich mit der Hand durchs rabenschwarze Haar. Es war eine Geste, um Zeit zu schinden und eine Antwort hinauszuzögern. Man diente nicht Scindia, weil man sich den Luxus leisten wollte, seine Pflicht als Offizier und Ehrenmann zu erfüllen. Die Tage der Revolution lagen lange hinter ihm. Außer Bitterkeit und Narben war ihm nichts geblieben, und die Ideale, für die er einst sein Leben gelassen hätte, waren verschwunden.

Man schloss einen Vertrag mit den Marattha, um reich zu werden und eines Tages wohlhabend nach Hause zurückzukehren, nicht aus Idealismus. So war es schon bei Perron und den anderen gewesen. Sollte er seine Chancen aufs Spiel setzen und jetzt offen sprechen, oder sollte er schweigen, kassieren und sich mit vollen Taschen absetzen, falls es den Marattha nicht gelingen würde, die Briten und ihre indischen Verbündeten schachmatt zu setzen? Cappellini wand sich. Perron musterte ihn immer noch.

»Jean-Francois, die Geschichte dieses Dodd ist interessant. Sicher, er hat die letzten Jahre in Mysore verbracht und ist möglicherweise mit dem Iren ins Feld gezogen, doch ich habe aus den Tagen Tippus andere Erinnerungen: Verantwortung, die Regierung einer großen Provinz, das Kommando über alle Truppen zwischen Malabar und unseren Grenzen, der Krieg ... Diese Dinge machen einen Mann nicht schwächer, sondern stärker. Selbst wenn er der Bruder des Generalgouverneurs ist. Mornington wäre niemals so verrückt, um zuzulassen, dass man eine solch wichtige Aufgabe wie die Restauration des Peshwa einem Trottel anvertraut. Für Fort William steht zu viel auf dem Spiel.«

»Du meinst, Dodd lügt?« Perron wusste um die Truppenkonzentration bei Hurryhur. Man hatte ihm gemeldet, dass sie mit einem feindlichen Kontingent an der Grenze rechnen müssten. Sir James hatte Wellesley mit fast 15 000 Mann – Kavallerie, Infanterie und Artillerie – ins Feld geschickt. Oberst Stevenson, die Nummer zwei des Gouverneurs von Mysore, stand in Hyderabad mit 9000 Mann des Nizzam bereit und wartete nur noch auf den Marschbefehl.

»Lügen ist ein großes Wort, Jean-Francois! Ich habe eher das Gefühl, dass dieser Mann Wellesley überhaupt nicht kennt. Ich bin ihm vor Seringapatam entgegengetreten, ihm und diesem Baird. Sie haben gekämpft wie die Löwen. Nun tauchen sie wieder zusammen auf, und Wellesley hat in den letzten Jahren jeden in die Schranken gewiesen, der sich ihm entgegengestellt hat.«

»Wir werden sehen, Allessandro! Lassen wir alles auf uns zukommen. Wir werden wachsam sein und darauf hoffen, dass du dich irrst. Wenn Dodd Recht hat, wird es ein leichtes Spiel, wenn nicht, müssen wir uns bis aufs Messer bekämpfen. Doch wir kämpfen auf unserem Gebiet, während die Briten kurze Verbindungslinien mit ihren Nachschubbasen in Hurryhur, Chitteldroog und Hullihall benötigen. Wellesley kann nicht endlos weit voranrücken ... Irgendwann ist er so tief in diesem Gebiet, dass er Nachschubprobleme bekommt. Dann erst nehmen wir ihn uns vor und zerschmettern eine isolierte und erschöpfte Armee.«

Cappellini nickte Perron zu. »Natürlich, irgendwann wird er einen Fehler machen, dieser Sepoy-General!« Er erinnerte sich nur zu gut an den beeindruckenden Tross, den er damals vor Seringapatam gesehen hatte und daran, wie General Harris' Streitmacht mit ihren Feldgeschützen von Madras durch den tiefsten Dschungel nach

Mysore gekommen war, ohne dabei auch nur ein einziges Mal gezwungen gewesen zu sein, Nachschub im Gebiet des Sultans zu requirieren. Doch der Offizier beschloss, seine Bedenken für sich zu behalten und Perron seinen Weg gehen zu lassen. Sollte Scindias General Recht behalten, wollte er auf der Seite des Siegers stehen und einen Teil des Ruhms und der Reichtümer abbekommen. Sollte Perron sich irren, würde er immer noch die Zeit finden, die Begum zu überzeugen, dass es besser war, die Seiten zu wechseln. Sie war eine kluge Frau, und er wusste, dass er sich auf ihren Hunger nach Macht und Einfluss verlassen konnte. Sie teilten nicht nur das Bett miteinander.

Als Sir Davie Baird im Januar 1803 mit seinem feuerroten Gesicht und seiner legendären üblen Laune in Hurryhur aufgetaucht war, hatten alle sich Fragen über Fragen gestellt und darauf gewartet, dass der offene Krieg zwischen dem Schotten und Arthur Wellesley zum Ausbruch kommen würde. Sie hatten regelmäßig verfolgt, wie die beiden Generalmajore sich zusammen in Wellesleys oder Bairds Zelt begaben und jedes neugierige Ohr aus der näheren Umgebung vertrieben. Baird hatte sich in Ägypten, an Abercrombies Seite, gut geschlagen. Er hatte eine britische Armee durch die Wüste an den Nil hinauf geführt. Baird war auch ständig auf der Stabsliste von Madras, während Arthur nur provisorisch von Stuart hineingeschrieben worden war, denn London hatte bis zu diesem Tag weder seine Beförderung zum Generalmajor noch seine Berufung in den Generalstab bestätigt, und der Marquis von Mornington schien keine Anstalten zu machen, die Horse Guards wegen seines Bruders zu bedrängen.

Doch trotz der Unruhe in Wellesleys engerer Umgebung drangen nie laute Töne durch die sorgsam verschlossenen Zeltbahnen, und er und der unmögliche Sir Davie schienen in Eintracht damit zu leben, dass der Schotte als Dienstälterer das Expeditionskorps kommandieren sollte, das sein jüngerer Kamerad so sorgsam aufgestellt, ausgebildet und ausgerüstet hatte.

»Ein Glas Portwein?« erkundigte Sir Davie sich bei Arthur Wellesley, nachdem die Zeltbahn sich hinter den beiden Männern geschlossen hatte und sie sich vor den Augen der anderen sicher wussten. Er ließ sich auf sein Feldbett fallen und wies mit der Hand auf einen klapprig aussehenden Stuhl neben dem Kartentisch.

Der Ire schüttelte den Kopf und griff nach einer Karaffe mit Wasser. »Ich kann die Augen kaum noch offenhalten, Davie! Wenn ich das Zeug trinke, schlafe ich in fünf Minuten ein.«

Baird grinste. »Eine beschissene Situation für dich. Du machst die

Arbeit, rackerst dich ab und bekommst die Prügel, und ich führe das Kommando.«
Sie hatten sich vor langer Zeit ausgesprochen und ihren persönlichen Konflikt begraben. Baird empfand sogar ein Gefühl der Freundschaft für den Jüngeren, und Arthur erwiderte es auf seine natürliche, ehrliche und geradlinige Art. Es war eine Stichelei des Schotten. Es bereitete ihm Vergnügen zu testen, ob Wellesleys Haut wirklich so dick war, wie der Generalmajor vorgab.
Arthur hob den Blick von seinem Glas und richtete sich auf. Es kostete ihn viel Kraft, aller Welt diese ständige Komödie unerschütterlichen Gleichmuts vorzuspielen und seine wahren Gefühle hinter einer Maske zu verbergen. Es tat ihm gut, offen mit Davie Baird diskutieren zu können, ohne befürchten zu müssen, dass Worte nach außen ins Expeditionskorps drangen. »Davie, niemand hat dich darum gebeten, nach Hurryhur zu reiten. Du hast Stuart so lange tyrannisiert, bis er nachgegeben hat. Beim letzten Mal hast du eine Bande von Schnapsleichen zum Aufstand verleitet und den Generalgouverneur bedroht. Ich werde nicht zulassen, dass du mein Korps nimmst, während ich an zweiter Stelle für dich den Laufburschen mime. Ich kann nicht mehr gehorchen, wo ich nicht befehle.«
»Du willst dich mit mir anlegen, Kleiner?« spottete der Schotte. Seine feuerroten Wangen glänzten nach dem vierten Glas Portwein wie im Fieber. Er liebte es, Wellesley auf die Palme zu bringen und zu sehen, wie weit er gehen konnte, ihn zu provozieren, bis der Junge innerlich kochte. Niemand schien ihn je gelehrt zu haben, für seine eigene Sache zu kämpfen. Wenn er jetzt, in diesem Augenblick nachgeben sollte, würde der Junge in den Händen seines Bruders Mornington zu einer Marionette der Politik werden und dabei möglicherweise Schlachten verlieren, nur weil ein ehrgeiziger Mann in Kalkutta sich in den Kopf gesetzt hatte, einen Krieg zu gewinnen.
Der Krieg war eine Angelegenheit, die man denen überlassen sollte, die dafür ausgebildet waren. In Indien galt die Prämisse der Politik einfach nicht, denn das Land war unendlich groß, und wenn sie über die Grenze ins Maharastra einmarschierten, würden sie vielleicht über Monate eigenverantwortlich entscheiden müssen, wie weit sie gehen konnten.
Wellesley erhob sich von seinem klapprigen Stuhl. Er stellte sein Wasserglas zur Seite und verschränkte die Arme vor der Brust.

»Davie, es gibt zwei Gründe, warum ich bis aufs Messer kämpfen werde. Du bist ein guter General und verfügst in manchen Dingen über mehr Erfahrung als ich. Aber du hasst die Inder so sehr, dass dir am ersten Tag nach dem Grenzübertritt bereits die Hälfte der Sepoy-Regimenter weglaufen würde. Danach hättest du die verbündeten Fürsten am Hals, weil du den Mund nicht halten kannst. Es würde in einer Katastrophe enden.«

Bairds Augen funkelten. Es war einfach unglaublich, dass der Kleine so ruhig bleiben konnte. Er prügelte sich wie ein Straßenköter, und doch vergriff er sich nie im Ton. Wenn er auf dem Schlachtfeld genauso kaltblütig agieren würde wie in diesem stickigen Zelt, würde England bald von einem herausragenden General hören. »Wie oft hast du Pulverdampf geschnuppert, Junge? Du hast dich mit ein paar verlotterten Banden herumgeschlagen, deren einziges Ziel es war, zu plündern und zu brandschatzen. Dann hast du ein paar drittrangige braune Bastarde aus ihren elenden Holzbaracken vertrieben. Arthur, sei vernünftig! Die Stiefel sind noch viel zu groß für dich. Komm mit mir, als meine Nummer zwei. Lerne vernünftig dein Handwerk, und in ein paar Jahren, wenn du erwachsen bist ...«

Wellesley griff nach der Portweinflasche und schenkte Baird ein weiteres Glas ein. Dann ließ er sich neben dem Schotten auf der Pritsche nieder. »Welche Route wirst du einschlagen? Welche Strategie hast du dir gegen die Herren in Poona vorgestellt? Wie wirst du vorgehen, wenn sie nicht nachgeben? Willst du die Armee teilen? Willst du durch die Monsunstürme bis an den Tombuddra ziehen, oder versuchst du, über die Flanke und das Gebiet des Nizam entlang des Kistna und des Beemah zu marschieren? Was werden deine Männer abends in ihren Fleischtöpfen vorfinden? Wie fütterst du Pferde, Ochsen, Elefanten?«

»Nichts als Fragen, mein Freund? In deinem klugen Kopf sind zu viele offene Fragen, um diese braunen Halunken aus Poona zu vertreiben. Du solltest dir nicht so viele Fragen stellen und lieber darüber nachdenken, wie du handeln willst.« Baird bekam langsam Schwierigkeiten, seine kleine Komödie so weiterzuspielen, dass es Wellesley nicht auffiel. Weil er sich in Hurryhur herumtrieb und laut fauchte, trauten die Schnapsleichen aus Kalkutta sich nicht ins Kriegsgebiet, um für Wirbel und Aufregung zu sorgen. Stuart würde schon bald eintreffen. Dann war die Sache endlich ausgestanden.

»Natürlich, Davie! Wie ein wütender Bulle auf den ersten losstürmen, der sich der Armee in den Weg stellt ... Das ist auch ein Plan. Irgendwie erinnerst du mich an die Franzosen, die so etwas Ähnliches bei Azincourt versucht haben. Die Sache ist in die Hose gegangen.« Der General griff in die Tasche seines roten Rocks und zog ein paar eng beschriebene Seiten Papier hervor. »Das ist die Kopie eines Memorandums, das ich vor zwei Wochen an Stuart geschickt habe. Möchtest du es lesen?«

Baird schüttelte den Kopf. Seine Wangen glühten, seine Augen funkelten übermütig. »Du Hurensohn! Über den Kopf eines ranghöheren Offiziers hinweg direkt an den großen Chef! Das ist Insubordination! Dafür kommst du vors Kriegsgericht, und sie reißen dir genussvoll den goldenen Tand von den Schultern.«

»Rutsch mir den Buckel runter, Davie! Du hast verloren! Gib endlich auf und verschwinde zurück nach Madras. Du störst hier in Hurryhur. Wenn du meine Truppen willst ... nur über meine Leiche.«

Schallendes Lachen erschütterte das Zelt und das Feldlager. Baird lachte, dass ihm Tränen über die Wangen liefen. Es dauerte eine ganze Weile, bevor der Generalmajor sich wieder gefangen hatte. Er schluckte ein paarmal kräftig, dann kippte er ein weiteres Glas Portwein, um seine Stimme wiederzugewinnen. »Sobald Stuart und seine Bande gepuderter Lackaffen hier auftauchen, packt der alte Davie seine Koffer, mein Junge. Ich hab einfach nicht mehr genug Biss, um mich mit einem toll gewordenen Köter zu prügeln, der gerade einmal halb so alt ist wie ich selbst und noch alle Zähne im Maul hat. Ich kenne den verdammten Wisch zwar nicht, aber ich bin mir sicher, dass du Recht hast. Du und deine verdammte Logik! Hast du denn gar kein Gefühl mehr im Leib? Pass nur auf, dass die Praxis dir deine hübsche Theorie nicht wiederlegt und du hinterher dastehst wie ein Vollidiot.«

Wellesleys Blick traf den von Baird. Der kalte Schleier, der meist über seinen Augen lag, war verschwunden. »Vertrau mir, Davie! Versuche es wenigstens!« bat er den alten Offizier. Seine Stimme zitterte und er spürte, dass er nicht mehr lange gegen die Tränen würde ankämpfen können. Er war übermüdet und zu Tode erschöpft. Er fühlte sich schrecklich allein gelassen. Seit Wochen schon besuchte Charlotte ihn nicht mehr in seinen Träumen. Der Gedanke an Tod und Blutvergießen schien ihren freundlichen Geist zu verscheuchen oder zu erschrecken. Schon als er mit

Bullum und Wynaad abgerechnet hatte, hatte sie sich von ihm zurückgezogen.
Baird legte seine Bärenpranke um Arthurs Schulter. »Mein Vertrauen ist ohne Bedeutung. Du musst lernen, dir selbst zu vertrauen, mein Junge! Du darfst nie an dir zweifeln oder dich darauf einlassen, wegen irgendwelcher Unpässlichkeiten in trüben Gedanken und Grübeleien zu versinken. Nur wenn du an das glaubst, was du tun willst, wirst du Erfolg damit haben.« Der alte Schotte hatte freundlich, beinahe sanft zu seinem jungen Kameraden gesprochen. Sir Davie hätte es selbst nicht für möglich gehalten, dazu fähig zu sein, doch Wellesley war ihm gegenüber immer so offen und ehrlich gewesen.
Sie waren beide Männer von Ehre und hatten ehrenvoll um dieses Kommando miteinander gestritten. Arthur hatte keine Querelen vom Zaun gebrochen, als er aus Madras nach Hurryhur gekommen war. Obwohl er die Möglichkeiten gehabt hatte – der Stab und die Kommandeure der indischen Hilfstruppen waren ihm fast sklavisch ergeben –, hatte er nicht versucht, Baird auszumanövrieren, sondern mit offenen Karten gespielt, seine Pläne dargelegt, seine Nachschublinien erklärt und ihm sogar angeboten, die Verhandlungen mit einigen geringeren Maratthа-Fürsten an seiner statt zu führen. Sir Davie hatte abgelehnt, sich in Arthurs diplomatisches Ränkespiel mit den Maratthas einzumischen, denn er kannte seine eigenen Unzulänglichkeiten genau.
Als er gesehen hatte, was der Jüngere auf die Beine gestellt und ausgebildet hatte, war es ihm plötzlich wie Schuppen von den Augen gefallen, dass er diesem Mann als Vorgesetzter nur im Weg stehen würde. Arthur besaß nicht nur das Geschick, unter indischen Bedingungen – schlechten Straßen, sporadischen Nachschublinien, Epidemien, einem schrecklichen Klima – ein Heer aufzustellen und zu führen. Er hatte bereits seit vier Jahren zur Genüge bewiesen, dass er siegen konnte. Der Kleine hatte vier Jahre lang mutterseelenallein und ohne Hilfe von außen im Kernland des Subkontinents gekämpft, während sie sich in Madras und in Kalkutta die Zeit vertrieben hatten. Er war an dieser Aufgabe gewachsen, ganz so, als ob sein bisheriges Leben eine Vorbereitung für all dies gewesen wäre.
»Bis Stuart eintrifft, halte ich dir mit meinem Geknurre die alten Trottel vom Leib, Junge. Dann kannst du nur noch auf dich selbst hoffen und darauf, dass deine große Strategie aufgeht. Und noch

etwas: Mornington! Sei vorsichtig! Wenn du auch nur den kleinsten Fehler machst, knüpft er dich auf. Er will dieses Stück des Subkontinents um jeden Preis. Im Augenblick hat es den Anschein, als ob er mit aller Gewalt den einzigen Offizier im Feld haben will, der sich schon einmal hier geschlagen hat, weil er annimmt, damit mehr Trümpfe gegen die Direktoren in der Tasche zu haben. Aber wenn sein Trumpf nicht sticht, schickt er einen neuen Mann. Oder wenn die Direktoren es schaffen, ihn unter Druck zu setzen und er wählen muss – zwischen seinem Ehrgeiz und seiner Position!«

»Davie«, entgegnete der junge General, »ich habe keine Angst mehr vor ihm!« Er stockte kurz, als ihm bewusst wurde, was er soeben eingestanden hatte. Doch dann fasste er sich wieder. Eine ehrliche Aussage war immer besser als eine lächerliche Komödie mit großartigen Verkleidungen. »Es gab Zeiten, da hat er mir seinen Willen aufgezwungen, und ich habe mich gebeugt. Mornington ist der Generalgouverneur und damit der Stellvertreter der Krone. Er ist der Oberbefehlshaber. Dagegen kann ich als Soldat nichts tun. Doch er wird mich nicht einschüchtern, und ich werde mich auf militärischer Ebene auch nicht von seinen politischen Ränkespielen beeinflussen lassen. Nur ein Plan verspricht Erfolg – mein Plan! Und ich habe nicht vor, wegen Fort William Fehler zu begehen, die unnötig Menschenleben kosten.«

Baird verzog den Mund. »Vielleicht muss ein Mann in deinem Alter noch Träume haben. Du wirst schnell feststellen, wie sehr Kalkutta sich einmischen kann. Ich hoffe, dass du die Sache heil überstehst ...«

Perron hatte sein Lager von Indore nach Ahmednuggur, etwa siebzig Meilen nördlich von Poona verlegt. Die meisten der »campoos« waren Infanterieeinheiten. Die Männer hatte Scindias Feldherr sorgfältig rekrutiert. Sie kamen aus dem Norden, und der Krieg lag ihnen im Blut. Sie wurden ausschließlich von europäischen Offizieren befehligt. Ein »campoo« war gerade auf dem »maidan« zu Exerzierübungen angetreten. Dodd beobachtete die Männer aufmerksam. Er konnte seine Bewunderung nur schwer verbergen. Sie unterschieden sich in nichts von europäischen Truppen. Präzise wie Uhrwerke führten sie ihre Bewegungen aus. Ihre Disziplin war tadellos.

»Beeindruckend, nicht wahr?« Perron schmunzelte. Der Franzose war sich seiner Macht gewiss. Obwohl Scindia prahlen konnte, dass er den ganzen Maharastra mit einer schwarzen, bewaffneten Wolke aus hunderttausend Fußsoldaten und fast ebenso vielen Reitern überziehen konnte, waren diese wenigen, europäisch geführten Einheiten doch die Speerspitze der Armee des Fürsten. Lange Soldatenreihen standen stramm, als Perron langsam mit seinem neuen britischen Offizier über den »maidan« schlenderte.

»Sie führen Ihre Sepoys gut! Pohlmann ist zufrieden!«

Dodd dachte einen Augenblick nach, ob er antworten sollte. Zwanzig Jahre hatte ihm »John Company« diese Rolle verweigert, obwohl er alle Anlagen besaß, Soldaten vernünftig zu führen. Doch »John Company« beförderte seine Männer nicht nach ihren intellektuellen und militärischen Fähigkeiten, sondern nur nach dem Dienstalter. Diese Unsitte führte dazu, dass er mit seinen fast vierzig Jahren immer noch einfacher Leutnant gewesen war, während Kinder in den königlichen Regimentern bereits mit dreißig Jahren zum General gemacht wurden. Dodd beschloss, das Thema zu wechseln und seine neue Stellung im Stillen zu genießen. »Die Briten werden in den nächsten Tagen angreifen, Oberst!«

»Und sie hoffen darauf, dass ich mich hier festlege und mit ihnen kämpfe.« Perron schmunzelte. »Es ist besser, wenn sie uns hinterherlaufen müssen. Der Monsun wird kommen. Sie werden uns verfolgen, doch die Flüsse werden zu unüberwindlichen Hindernissen anschwellen. Mit dem Regen kommen das Fieber und viele andere Krankheiten. Wenn die Briten sich müde gelaufen haben und vom Fieber geschwächt sind, werden wir stark sein. Sämtliche ›campoos‹ von Scindia werden sich zusammenschließen. Der Rajah von Berar hat versprochen, seine Armee zu entsenden. Sobald wir alle vereint haben, zerschmettern wir den Feind.«

»Sie werden Ahmednuggur aufgeben müssen.« Dodd verstand sein Handwerk. Nun, da man ihm endlich seine Chance gab, wagte er auszusprechen, was er dachte. »Die Festung ist strategisch unwichtig.« »Sie haben Recht, Major. Ich würde Ahmednuggur kampflos den Briten überlassen, doch Scindia ist von diesem Ansatz nicht begeistert.

Er hat die Festung bis obenhin mit Munition und Proviant vollgestopft und besteht darauf, dass eine starke Besatzung zu ihrem Schutz zurückbleibt.« Der Franzose zuckte mit den Schultern. »Was soll's! Ich werde Wellesley einen Haufen

Höllenhunde zurücklassen, an denen er sich die Zähne ausbeißen kann. Die Festung wird ihn Zeit kosten. Jeder Tag, den der Ire verliert, ist ein kleiner Sieg für uns. Apropos Wellesley! Cappellini ist mit Ihrer Einschätzung des Mannes nicht glücklich. Wussten Sie, dass Allessandro ihn persönlich kennt? Er hat sich mit unserem Freund bei Seringapatam geschlagen.«

Dodd konnte die leichte Röte, die seine Wangen bedeckte, nicht unterdrücken. Er fühlte sich plötzlich von Perron in die Enge getrieben und mit einer Falle konfrontiert. Wollte der Franzose ihn erneut auf die Probe stellen? Vertraute er ihm vielleicht doch nicht? Hatte er Zweifel an Dodds ehrlichen Absichten, obwohl der Offizier die Seite gewechselt und in ganz Indien ein gesuchter Mann war, oder durchschaute der Feldherr des Rajahs seine Lügen, was den Iren anbetraf? »Er hat noch nie eine offene Feldschlacht geschlagen«, bemerkte Dodd bitter, »außer bei Malavelley, aber diese Geschichte war nicht von Bedeutung.«

»Major, er hat Dhoondia zerstört! Bullum! Wynaad! Soonda!« Perron blickte seinem Untergebenen fest in die Augen. Auch wenn der Engländer sich vieles vielleicht nur zusammenspann oder von Hörensagen wusste, so war er doch derjenige, der den Feind von innen kannte.

»Er wird nicht mehr als fünfzehntausend Mann Infanterie, fünfundzwanzig Geschütze und sechs-, siebentausend Reiter mitbringen. Sie werden in zwei Teilarmeen vorgehen. Eine führt Wellesley, die andere Stevenson. So haben sie es immer gehalten.«

»Stevenson ist ein alter Fuchs. Er kennt dieses Land in- und auswendig.«

»Stevenson ist vorsichtig und schlau. Doch er muss einen weiten Weg zurücklegen, um sich mit der Mysore-Armee zu vereinigen. Außerdem ist sein Nachschub von dem des Iren losgelöst. Er wird aus Hyderabad versorgt und hat damit die längere Kommunikationslinie.« »Dodd, sobald wir uns mit den Truppen des Rajahs von Berar vereinigen, verfügen wir über eine drei- oder vierfache Übermacht und haben viermal mehr Geschütze im Felde, aber der Krieg ist keine Spielerei mit nackten Zahlen. Schlachten werden von Generälen gewonnen und verloren. Erzählen Sie mir mehr über Generalmajor Arthur Wellesley.«

»Er ist jung. Knapp über dreißig.«

»Jugend ist kein Hinderungsgrund für einen guten Soldaten ...« Perron wollte gerade fortfahren, als sich von hinten eine vertraute

Hand auf seine Schulter legte. Er hatte Allessandro Cappellini nicht kommen gehört, denn er war zu sehr in die Unterhaltung mit Dodd vertieft gewesen, während sein Verstand gleichzeitig am Plan gegen die britischen Angreifer feilte.

Allessandros Uniform war über und über mit Staub bedeckt. Sogar über seinem Gesicht lag eine dicke, rotbraune Kruste, in die lediglich der Schweiß tiefe Furchen gegraben hatte. Der Korse sah aus, als wäre er direkt aus den Abgründen der Hölle nach Ahmednuggur gekommen. »Jean-Francois! Er hat sich so schnell bewegt, dass wir ihn nicht haben kommen sehen. Die ›jaghidars‹ zwischen der Grenze und der Hauptstadt sind zum Feind übergelaufen ...«

Perron fuhr herum. »Wie bitte?« Diese Nachrichten, die Cappellini ihm soeben atemlos überbracht hatte, waren unglaublich. Seine Späher hatten ihm vor weniger als vierundzwanzig Stunden noch gemeldet, dass die feindlichen Truppen regungslos um Hurryhur verharrten. Es war unmöglich, in so kurzer Zeit vierhundert Meilen zurückzulegen.

»Der Ire hat uns ausgetrickst, Jean-Francois! Irgendjemand zieht an der Grenze eine große Schau ab. Seine Armee hat sich nicht mit Stevenson zusammengeschlossen. Er ist über die Flanke marschiert, hat Darwan einfach umgangen. Er ist wie ein Geist mit seinen Rotröcken und Sepoys vor der Stadt erschienen. Holkar hat nicht einmal den kleinen Finger gerührt. Er ist nach Chandore verschwunden, nachdem er dem Iren das Haupttor der Stadt weit geöffnet hatte. Amrut Rao hatte zuerst abgelehnt, sich Holkar anzuschließen. Er wollte die Stadt zerstören, um sie nicht dem Feind zu überlassen, doch die Briten waren so schnell drinnen, dass unser Freund nicht einmal mehr die Zeit gefunden hat, sich die nächstbeste Fackel zu greifen ...«

»Poona ist kampflos gefallen!« seufzte Perron. »Umso besser! Ich wollte mich mit diesem Sepoy-General sowieso noch nicht schlagen. Er ist noch zu nahe an seinen Nachschubbasen ...«

Major William Dodd hatte schweigend und leichenblass die Unterhaltung zwischen Perron und Allessandro Cappellini mitverfolgt. Sein

Französisch war ausreichend gewesen, um das Wichtigste zu verstehen. Damit war seine Theorie über die fehlende militärische Erfahrung des jungen Bruders des britischen Generalgouverneurs in einer Rauchwolke verpufft. Shee hatte sich in seinem grenzenlosen Hass gegen den Kommandeur des 33. Regiments eine

Legende zusammengesponnen, die diesem jähzornigen, verbitterten und versoffenen Halunken recht gewesen war, aber in keiner Weise der Wahrheit entsprochen hatte. Und Dodd musste nun einen Weg finden, um vor seinem neuen Dienstherren Perron nicht das Gesicht zu verlieren. Nach dem Fall von Poona konnte er nie wieder behaupten, welch unerfahrenem Gegner sie entgegentraten.

Als Elphinstones Späher an der Marschlinie aufgetaucht waren, um Generalmajor Wellesley zu melden, dass Amrut Rao Poona in Brand stecken wollte, hatte der Ire nicht lange gezögert, sondern mit 400 Reitern Bisnapah Pundits einen nächtlichen Gewaltmarsch von gut vierzig Meilen unternommen, um die Hauptstadt des Peshwa zu retten. Die Operation war ein Erfolg gewesen, auch wenn sie ihren Preis gehabt hatte: Arthur spürte heute – drei Wochen später – immer noch jeden einzelnen Knochen im Leib, und der Beritt der Männer, die ihm durch die Nacht gefolgt waren, war nach Hurryhur zurückgeschickt und durch neue Pferde ersetzt worden.
»Zum Teufel, nun sehe sich einer dieses unvernünftige Kind an!« fluchte er leise vor sich hin, als er Bajee Rao II. beobachtete. Der junge Mann ritt einen prachtvollen Schimmel. Das große Tier glänzte im Sonnenlicht. Es trug einen sonderbaren, juwelengeschmückten Lederpanzer, in den verschlungene Blumenmuster aus Goldfaden gewirkt worden waren. Ein riesiger Kriegselefant mit einem ähnlichen Panzer folgte ihm. Über die Stoßzähne hatten sie ihm einen Silberschaft gezogen, der in einer scharfen Spitze endete. Sein »mahout« schwitzte unter einem altmodischen, pittoresken Kettenhemd. Hinter ihm befand sich der »howdah« aus dunkelrotem Zedernholz. Hauchdünne goldene Rauten waren als Zierde angebracht worden. Über dem Korb flatterte ein Dach aus smaragdgrüner Seide im Wind. Links und rechts von Bajee Rao marschierte seine Leibgarde: Männer in farbenprächtigen Hemden, die mit einer Uniform nur wenig gemein hatten. Manche von ihnen waren mit Steinschlossgewehren bewaffnet, andere mit altertümlichen Hellebarden, deren Klingen so sorgfältig poliert waren, dass sie aus Silber geschmiedet zu sein schienen. Der Rajah zeigte sich seinen Untertanen und schien dabei zu vergessen, wer ihn zurück auf seinen »muzznud« gehoben hatte. Nach dem Fall der Hauptstadt

war Bajee Rao II. mit einer starken britischen Eskorte aus Bombay nach Poona gebracht worden, obwohl er seit der Unterzeichnung des Vertrages von Bassein schon mehrfach insgeheim versucht hatte, seine neuen Verbündeten zu verraten. Er konspirierte beständig gegen »John Company«, schickte Kuriere zu Scindia, zum Rajah von Berar und sogar zu Holkar, der ihn verraten und verkauft hatte. Natürlich wusste Arthur über jeden Winkelzug bestens Bescheid und las meist auch gleich die Kopien der Schreiben an die Feinde mit, denn er hatte einen exzellenten Nachrichtendienst und Montstuart Elphinstone, dessen Vorahnungen den General täglich überraschten.
Trotzdem ärgerte Wellesley sich. Er würde Barry Close in Poona zurücklassen müssen, nur um zu verhindern, dass dieses unbedarfte und arrogante Kind auf dem Thron ihm und seinen Truppen auf ihrem Marsch gegen Scindia in den Rücken fiel. Er verbrachte täglich Stunden damit, sich gegen jede Intrige Bajees einen neuen Schachzug zu überlegen, und diese Zeit fehlte ihm bei der Vorbereitung seines Feldzugs. Nachdenklich drehte er den Krug mit dunklem Bier zwischen den Händen. Während seines Gewaltmarsches durch den Dschungel auf die Hauptstadt des Maharastra hatte ihn der Gedanke an ein kühles, frisches Bier und ein vernünftiges Abendessen manchmal beinahe um den Verstand gebracht. Nun verdarb der protzige Bengel auf seinem Schimmel ihm den Genuss.
Zahlmeister Dunn legte dem General mitfühlend die Hand auf die Schulter. »Ich verstehe Sie ja, mein Junge! Trotzdem sollten Sie sich den Abend nicht verderben. Wann haben Sie das letzte Mal etwas Vernünftiges zu beißen bekommen?«
Arthur zuckte mit den Schultern und wandte sich seinem Bier zu. »Wir verschwinden aus diesem Schlangenpfuhl, sobald Stuart mir meine Befehle bestätigt und mich darüber aufklärt, ob dieser verdammte Friede von Amiens irgendwelche Auswirkungen auf unsere Operation hat. Scindia wuselt heute zwar noch ziel- und planlos durch die Gegend, aber morgen oder übermorgen hat er sich vielleicht gefangen und beschließt, gegen Poona zu marschieren ...«
Immer wenn der Ire sich unbefangen aussprechen und weder Ratschläge noch brillante Geistesblitze hören wollte, verzog er sich klammheimlich zu seinem Sergeant. John war kein strategisches Genie, er war lediglich ein alter Schotte, der mit beiden Beinen im Leben stand. Er schöpfte seinem Kommandeur einen großen Teller

mit kräftigem, heißem Hammelragout und frischem Gemüse voll. Dann schnitt er ein paar Scheiben Brot und setzte sich neben ihn. »Mein Junge, möchten Sie mir erzählen, was Sie bedrückt, oder ist es Ihnen lieber, wir wechseln das Thema?«
»Das Problem ist das Thema, John! Der Generalgouverneur verfolgt eine politische Strategie. Er will aus dem britischen Imperium in Indien das Imperium Britisch-Indien machen ...«
Arthur schlang ein paar Bissen Ragout hinunter und spülte mit Bier nach. Seine Augen fixierten die von Sergeant-Major Dunn. »Ach, zum Teufel mit der Politik! Sobald Stuart den Befehl bestätigt, knöpfen wir uns Scindia vor!«

Der Marquis von Mornington hatte den Brief der Direktoren schockiert zur Kenntnis genommen. Sie kritisierten scharf seine Politik im Kernland Indiens. Sie nahmen den Vertrag von Bassein mit großer Besorgnis zur Kenntnis und beschwerten sich darüber, dass seine militärischen Ambitionen die Ostindische Kompanie ein Vermögen kosteten, aber keinen sichtbaren Profit hervorbrachten. Wie er diese Buchhalter hasste! Sie dachten an nichts weiter als an Tuchballen, Tee oder Gewürze, die in London versteigert würden. Sie waren kleine Geister, erbärmliche Krämerseelen, und sie sahen nicht, wie sehr ihre Position auf dem Subkontinent gefährdet würde, wenn er nicht den Marattha und anderen potentiellen Verbündeten Frankreichs sein Gesetz aufzwang.
»Henry«, fragte er leise seinen Bruder und Privatsekretär, »haben wir außer Barry Closes Bericht über die politische Situation in Poona Neuigkeiten aus dem Maharastra?«
»General Wellesley hat über den Generalstabschef von Madras mitteilen lassen, dass Holkar von kriegerischen Handlungen abzusehen gedenkt. Er hat mit Holkar einige fruchtbare Gespräche geführt. Dabei muss es ihm irgendwie gelungen sein, sich unter vier Augen mit dessen General Meer Khan zu verständigen. Der Mann hat die Seiten gewechselt und schließt zu Stevensons Teilheer auf.«
Mornington schaute Henry ungehalten an. »Ja, ja! Ich weiß, dass unser Bruder leidenschaftlich gern den großen Diplomaten spielt, doch dafür bekommt er nicht den Sold seines Königs! Militärische Fakten?«
»Richard, du scheinst zu vergessen, dass Holkar ein militärischer Faktor ist!« fauchte Henry Wellesley seinen ältesten Bruder an. Seit Jahren schon ertrug er Richards Arroganz, seinen Hochmut,

seine herablassende Art und seine Demütigungen. Lange Zeit hatte er es nicht gewagt, sich zu widersetzen. Doch nun war der Generalgouverneur zu weit gegangen. Henry musste sich auflehnen.

»Richard, warum lässt du ihn diese Expedition überhaupt führen, wenn du mit seiner Vorgehensweise nicht einverstanden bist? Schick doch einfach einen anderen Mann ins Maharastra! Einen Mann, der in der Lage ist, sich mit fünfzehntausend britischen Soldaten und Sepoys gleichzeitig gegen drei Fürsten zu schlagen. Aber erspare unserem Bruder deinen Zynismus.«

»Erspar mir deinen Zynismus, Henry, und hör endlich damit auf, hier in Fort William Nachhutgefechte für Arthur zu schlagen. Es enttäuscht mich, dass nicht einmal du verstehen kannst. Der Frieden von Amiens! Ich habe mich geweigert, den Franzosen Pondicherry und Mahé zurückzugeben, und ich habe General de Caen mit seinen beiden lumpigen Kriegsschiffen zur Hölle geschickt, ohne dabei auch nur einen einzigen Briten zu gefährden. ›John Company‹ hat wie immer laut geschrien, doch St. James hat meine Entscheidung gutgeheißen. St. James heißt auch meine Entscheidung im Maharastra gut, doch es ist mir nicht möglich, von Kalkutta aus die Situation in und um Poona zu kontrollieren. Duncan könnte von Bombay aus diesen Part übernehmen, aber er versteht meine neue Politik nicht und wird im Fall einer Krise die Nerven verlieren. Der Mann ist seit mehr als dreißig Jahren im Land, und langsam bringen ihn das Klima und die Langeweile um. Ich werde jemand anderem die politische und die militärische Verantwortung übertragen müssen ...« Er stockte einen kurzen Augenblick. »Dieser Mann wird nicht nur alle Verhandlungen mit den Fürsten führen, sondern auch über Krieg oder Frieden entscheiden. Selbständig!«

Seine Augen hatten nichts Zynisches, Selbstgerechtes mehr, als er Henry anschaute. Die Augen fragten zum ersten Mal seit Jahren, verlangten nach einer Antwort. Warum hatte ihn jetzt plötzlich die Kraft verlassen, allein eine Entscheidung zu treffen? War es das Schreiben der Direktoren? Waren es diese unterschwelligen Drohungen, dass er sich – im Falle eines Fehlschlages im Maharastra – genauso wie vor ihm Clive und Hastings vor einem britischen Gerichtshof würde verantworten müssen? War es die plötzliche Furcht, alles, was er sich erschaffen hatte, in einem unglückseligen Streit mit »John Company« aufs Spiel zu setzen, nur weil er einen Menschen falsch einschätzte?

Henry erhob sich, blieb aber zwischen seinem Stuhl und dem Schreibtisch des Generalgouverneurs stehen, plötzlich unsicher, ob Richard nur mit ihm Katz und Maus spielte, oder ob er ihn dieses eine Mal wirklich brauchte. Eine Zeitlang schwieg er und betrachtete die zierliche, schlanke Gestalt im engen, schwarzen Gehrock. Seine Augen glitten von den blankpolierten Schuhen über die blütenweißen Strümpfe hinauf zu den perfekt gebügelten Kniehosen, dem eleganten Hemd mit den prachtvollen Besätzen aus feinster Brüsseler Spitze, zu der schweren goldenen Kette, an der eine sündhaft teure Uhr von Breguet hing, zu dem sorgfältig geschlungenen Halstuch aus cremefarbener Seide ... dann blieben seine Augen auf dem Gesicht des Bruders haften. Der erste Anschein waren Energie, Entschlossenheit, Dominanz! Doch dahinter verbarg sich eine sonderbare Unsicherheit, eine innere Unruhe, die der Marquis kaum zu verbergen mochte. Richard hatte etwas Verletzliches an sich.
»Du hast ihn lange nicht mehr gesehen. Wenn du ehrlich zu dir selbst bist, musst du gestehen, dass du ihn gar nicht richtig kennst, denn unser Bruder hat dich nie interessiert. Du hast immer die Meinung unserer Mutter geteilt – Kanonenfutter, nichts weiter!«
»Und deiner Meinung nach ist dieser Sepoy-General mehr als das?« Ein zynisches Lächeln lag auf den Lippen des Generalgouverneurs. Doch es reichte nicht, um seine Unruhe zu überspielen. Er hatte einen Kandidaten in Zentralindien an der Hand. Er konnte jetzt nur auf diese Karte setzen und alles gewinnen oder ... verlieren. Richard fühlte sich unwohl, weil er sich in eine Situation manövriert hatte, in der er die Fäden aus der Hand geben musste, um blind zu vertrauen. »Wie ist er, Henry? Wie ist Arthur?«
»Wie er ist? Ruhig, gelassen, nachdenklich, geduldig. Er ist dir nicht unähnlich, Richard, wenn man einmal davon absieht, dass ihm dieser eiskalte Egoismus abgeht, den man vermutlich braucht, wenn man seine Kämpfe in Whitehall oder in der Leadenhall Street austrägt und nicht in irgendeinem schwülen, unwegsamen, von Ungeziefer und Krankheiten verseuchten Dschungel.«
Der Marquis von Mornington verzog den Mund. Henry wurde wagemutig. Er sagte, was er dachte, und seine analytischen Fähigkeiten waren nicht schlecht: eiskalter Egoismus! Er hasste diese Worte, doch sie stellten die perfekte Synthese seiner selbst dar, und er war stolz darauf, denn er traf Entscheidungen, ohne sich dabei von dummen Gefühlen verleiten zu lassen. »Hat er

Mut?«
»Als Offizier oder als Mensch?«
»Was für einen Unterschied macht das, Henry?«
»Einen großen Unterschied, Richard. Für einen Soldaten ist es nicht schwer, mutig zu sein. Wenn du wissen willst, ob Arthur in der Lage ist, schwierige Entscheidungen zu treffen und später für die Konsequenzen seines Tuns geradezustehen ... ja, dann ist er mutig!« »Dann soll er seine Chance bekommen, Henry! Setz den Befehl für Generalmajor Wellesley auf, und schick den Kurier sofort los!« Richard schien erleichtert, als er diese Worte aussprach.

»Mullaih, langsamer!« mahnte Montstuart Elphinstone den Paschtunen, der immer noch atemlos von einem scharfen Ritt durch feindliches Gebiet im Zelt des Stabes Bericht erstattete. Arthur Wellesley konnte dem Mann zwar folgen, doch der Dolmetscher hatte seine Schwierigkeiten, und die meisten Stabsoffiziere blickten hilflos drein. Schließlich wandte Barrak ben Ullah sich in seinem geschliffenen Englisch an die anwesenden Briten. »Der Rajah von Berar bewegt sich mit zwanzigtausend Berittenen, sechstausend Mann Infanterie und vierzig Geschützen auf Scindias Kontingent zu. Sie werden sich in spätestens drei Tagen vereinigen, voraussichtlich zwischen Taptee und dem Godavery. Scindia hat etwa acht Meilen nördlich von Ajanta sein Feldlager aufgeschlagen – vierzigtausend Mann, achtzig Geschütze! Mullaih hat die Standarten von Perron, Pohlmann und Thomas ausgemacht.«
»Thomas ist tot, Barrak!« warf Wellesley ein. »Die Begum hat einen neuen Befehlshaber, einen Mann, den wir gut kennen und der uns schon einmal entgegengetreten ist. Der einstige Berater des Tippu-Sultan, Oberst Cappellini, ist leider nicht meinem Rat gefolgt und nach Ägypten oder nach Frankreich gereist.« Wellesley zog einen Fetzen Papier aus der Tasche. »Die Begum ist eine kluge Frau, und Allessandro ein guter Militärberater.«
Er drückte Montstuart, seit zwei Jahren nomineller Chef des Nachrichtendienstes, das Papier in die Hand. Sollte das Glück sich wenden, sollten sie Scindia und Berar den Krieg erklären, würde die Begum ihren »campoo« zurückziehen und sich Holkar als neutrale Macht anschließen. Sie wollte sich nicht mit Fort William anlegen, solange man ihre Unabhängigkeit respektierte. Über einen Schutzvertrag könnte man zu einem späteren Zeitpunkt reden, wenn wieder Ruhe im Maharastra eingekehrt war. Sie wollte mit Arthur verhandeln, nicht mit dem Generalgouverneur.
»Neuigkeiten verbreiten sich in diesem Land schneller, als Pferde laufen können.« Barrak ben Ullah grinste. Er war nicht ganz unschuldig daran gewesen, dass die Begum erfahren hatte, wieviel Freiraum der Marquis von Mornington seinem Bruder mit Befehl vom 26. Juni 1803 gewährte.
Elphinstone las derweil das Schreiben. Er war beim letzten Punkt angelangt und stutzte. Das Postskriptum erwähnte einen

Deserteur, einen Mann mit Namen Dodd, der zwischenzeitlich eines von Pohlmanns Bataillonen kommandierte und daneben offensichtlich zu Perrons Berater in Sachen britische Armee aufgestiegen war.

Arthur Wellesley kümmerte der Deserteur in diesem Augenblick wenig. »Ajanta«, murmelte er gedankenverloren. »Sie stehen in der Nähe von Ajanta.« Plötzlich umspielte ein sardonisches Lächeln seine Mundwinkel. »Das ist eine Kriegserklärung gegen den Nizam von Hyderabad. Oberst Collins«, wandte er sich einem jungen Offizier zu, »Sie werden sich ins Feldlager dieser Herren begeben und ihnen mitteilen, dass ich ihren sofortigen Rückzug ans linke Ufer des Taptee erwarte, falls keiner von ihnen eine schlüssige Erklärung für diese massive militärische Präsenz an der Grenze hat. Erinnern Sie Scindia und den Rajah von Berar an die Klauseln des Vertrages von Bassein! Nehmen Sie eine große Eskorte mit – zweihundert Berittene, bis an die Zähne bewaffnet. Und geben Sie nicht nach!«

Collins salutierte vor General Wellesley. Dann verschwand er aus dem Zelt, ohne einen schriftlichen Befehl abzuwarten. Arthur vertraute seinen Offizieren, und sie vertrauten ihm. Papier kostete nur Zeit, die keiner verlieren wollte.

»Du hast ihnen gerade den Krieg erklärt, mein Freund!« stöhnte Barry Close.

Wellesley schüttelte den Kopf. »Nicht wenn die Herren nachgeben. Es ist lediglich ein Ultimatum ohne zeitliches Limit.«

»Du glaubst nicht, dass Scindia und der Rajah nachgeben?«

»Die Truppen sollen sich marschbereit machen! Ich werde mich für ein paar Stunden zurückziehen und die Befehle schriftlich ausstellen. Montstuart, ein Kurier muss sofort zu Stuart nach Hurryhur reiten!«

Bapoojee Scindia war der »killdar« von Ahmednuggur. Dies bedeutete, dass er für seinen Herrn Scindia, den Rajah von Gwalior, die Garnison und die Festung der Stadt befehligte. Damit standen im Prinzip alle Soldaten von Ahmednuggur unter seinem Kommando. Bapoojee Scindia konnte sich aus diesem einfachen Grund nicht erklären, warum seine Truppen plötzlich vom Südwall der Festung vertrieben und durch Männer der Begum von Sumroo ersetzt worden waren. Sein Herr – Scindia – hatte ihm keinen Boten geschickt, und auch Scindias französischer

Kommandeur Perron schwieg sich geflissentlich aus. Bapoojee hatte einen Offizier zu den Männern der Begum geschickt, doch der war nach stundenlangem Warten ohne Erklärung zu ihm zurückgekehrt. Schließlich hatte Bapoojee seinen ganzen Mut zusammengenommen und war selbst auf den Südwall hinaufgestiegen.
Niemand hatte mit ihm sprechen wollen; die Soldaten in den weißen Tuniken hatten ihn ignoriert. Doch dann hatte er einen Europäer in französischer Uniform ausgemacht, der durch ein schweres Fernrohr wie gebannt auf das britische Feldlager weit vor Ahmednuggur starrte.
Der »killdar« versuchte zuerst die Aufmerksamkeit des Offiziers zu erregen, indem er sich hörbar räusperte, doch Oberst Allessandro Cappellini hatte andere Sorgen als einen unzufriedenen Garnisonskommandanten. Die Briten verfügten nicht nur über wesentlich mehr Berittene, als Scindias Aufklärer gemeldet hatten. Er konnte neben der »silldar«-Kavallerie Bisnapah Pundits aus Mysore auch noch die 19. Dragoner seiner Majestät und drei ausgezeichnete Sowar-Kavallerieregimenter aus Madras identifizieren. Wellesley hatte auch seine schottischen Riesen dabei – Connor McLeods 78. Infanterieregiment – das einzige britische Regiment in ganz Indien, das den Kilt trug. Dies waren Männer, deren Väter und Großväter bereits in diesem Land gekämpft hatten. Oberstleutnant William Wallace und das 74. Infanterieregiment lagen vor der Stadt ... Es waren die besten Einheiten ganz Indiens, die sich hier versammelt hatten, und der Mann, der sie führte, hatte den Ruf, der Beste seines Fachs zu sein.
Cappellini ignorierte den »killdar« Bapoojee Scindia trotz dessen lauten Räusperns und Hustens weiterhin. Während der Korse durch sein Fernrohr starrte, arbeitete sein Gehirn fieberhaft: Welche Chancen hatte der Rajah von Gwalior trotz seiner gigantischen Streitmacht gegen diese kleine Elitetruppe? Konnte er Perron, Pohlmann und der Begum guten Gewissens dazu raten, ihre »campoos« in diesem irrsinnigen Konflikt aufs Spiel zu setzen? Welche Chancen hatten die Maratthas wirklich gegen die Briten?
Cappellini seufzte leise; dann schob er das Fernrohr zusammen und wandte sich freundlich dem »killdar« zu. »Ich danke Euch für Eure Gastfreundschaft, Bapoojee! Wir werden diesen Teil der Außenmauer natürlich sofort räumen!« ließ er ihm freundlich durch seinen jungen Dolmetscher mitteilen. Natürlich würde er nicht mit seinen wertvollen, sorgsam ausgebildeten Offizieren hier

oben bleiben und auf Wellesley warten. Wenn der Ire seine Höllenhunde von der Leine ließ, konnte Ahmednuggur nicht mal einen Tag Widerstand leisten – das wusste Cappellini. Die Stadt und die Festung würden fallen, und damit war der Weg für die Briten frei: ein weiteres Nachschublager, eine neue, bessere Verbindungslinie nach Poona und an die Grenze, der Prestigeverlust Scindias bei den örtlichen »jaghidars«...
Cappellini beschloss, Perron zu empfehlen, die »campoos« hinauf in den Norden zu verlegen, weit weg von Wellesley und diesem möglichen Desaster. Wenn Scindia sich erst den Kopf blutig geschlagen hatte, konnten sie reagieren und sich ihren Teil des Maharastra nehmen. Ein vernünftiger Vertrag mit Fort William und alle Schätze Indiens! Vom Krieg hatte Cappellini die Nase gestrichen voll.

General Wellesley hatte befohlen, dass die Männer für die Nacht Feuer anzündeten und in den kleinen Waldstücken, die das Feldlager umgaben, auf die Jagd gingen, um ihre Kochtöpfe mit Fleisch zu füllen. Außerdem hatte er eine Extra-Ration Arrak an alle britischen Soldaten ausgeben lassen. Die meisten der Sepoys verschmähten starken Alkohol, doch auch daran hatte der General gedacht: Aus dem Tross waren Fässer mit einem bierähnlichen Gebräu nach vorn gebracht worden.
Wer sich nur am Lärm im britischen Feldlager orientieren konnte, musste zu der Überzeugung gelangen, dass hier eine Streitmacht mit hunderttausend Mann auf der Lauer lag, um über Ahmednuggur herzufallen. Arthur Wellesley hatte seine liebe Mühe gehabt, knapp siebentausend Rotröcke und Sepoys vor die Stadt zu bringen. Der Rest seiner kleinen Streitmacht war bei Oberst Stevenson, der von Hyderabad aus mit dem Hauptheer aufschloss. Während Arthur sich um Ahmednuggur kümmerte und Scindia Angst einjagen wollte, führte der alte Offizier der Ostindischen Kompanie eine geschickte Flankenbewegung durch, um unter Umgehung der Befestigungsanlage bis zum Godavery vorzustoßen.
Das Herz von Wellesleys Feldlager glich einer Sumpflandschaft. Hier hatten sie die wertvollen, schneeweißen Zugochsen aus Mysore für die Nacht angepflockt. »Pukalees« schleppten unablässig gefüllte Ziegenhäute zu den Tieren, um sie zu tränken. Unweit der weißen Ochsen umgaben künstliche Dornenhecken die Nachtlager der Elefanten. Ihre erschöpften »mahouts« schliefen

bereits, denn die riesigen Tiere bedurften einer intensiven Pflege, um die britischen Geschütze über weite Strecken ziehen zu können: Jeder Mann musste seinem Tier täglich zwanzig »seer« gekochten Reis verfüttern, dazu kamen noch ein halber seer »goor«, ein halber seer »ghee« und vierzig große Blätter der Kokospalme. Ein britischer Intendant überwachte peinlich, dass die »mahouts« diese wertvollen Güter zu den Elefanten schleppten und nicht auf dem Schwarzmarkt an die »brinjarries« verscherbelten.
Mary Seward betrachtete die grauen Riesen staunend. Obwohl sie nun schon sechs Jahre in Indien war, war sie ihnen noch nie so nahe gekommen wie auf diesem Feldzug. Sie hatte sich durchgesetzt und Seringapatam und die Kinder verlassen, um Robin in den Krieg zu folgen. Salabuth war bei Lutuf Ullah und dessen Frau Huneefa bestens aufgehoben, und die kleinen Stevensons und Freeses hatten ihre Mütter, doch Rob hatte nur Mary.
Die junge Frau wandte sich wieder den Elefanten und der Dornenhecke zu. »Halt doch die Fackel ruhig, Liebster!« tadelte sie den Sergeant gutmütig. »Wie soll ich vernünftig skizzieren, wenn du dauernd wackelst?« Mary führte seit der Landung in Kalkutta mit großer Leidenschaft ein Skizzenbuch über Indien. Sie wollte es ihren Freunden und der Familie zu Hause in Grennock in den schottischen Bergen zeigen, wenn sie wieder daheim waren. »Du musst noch die ›mahouts‹ zeichnen, Mary! Sonst wirkt das alles so leer und unrealistisch«, mischte Rob sich in das künstlerische Schaffen seiner jungen Frau ein.
»Gleich. Es geht nicht so schnell. Wenn ich hiermit fertig bin, will ich alles aufschreiben. Den Marsch von Poona durch den Dschungel und entlang dieses Flusses ... Wie hieß er doch gleich?«
»Bhima!« half Rob ihr weiter. Er hatte das bessere Gedächtnis, wenn es um indische Namen ging.
»Und wenn ich mit den Elefanten fertig bin, begleitest du mich bis zu dem Hügel da vorn, Rob. Ich möchte die Stadt und die Festung zeichnen, bevor unser General alles in Schutt und Asche legt.« Für Mary war der Feldzug nicht viel mehr als ein großes, interessantes Spiel, viel aufregender als ein ruhiges Leben auf einem Bauernhof in den schottischen Bergen. Und Rob war der stellvertretende Zahlmeister des 33. Regiments. Somit führte Mary ein angenehmes Leben in relativem Komfort und fernab der Mühen und Plackereien der einfachen Soldatenfrauen. Sie brauchte den

Truppen nicht zu Fuß zu folgen, sondern hatte ihren festen Platz auf dem Wagen des Trossmeisters; ihre Arbeit bestand vor allem darin, den Stabsoffizieren in Wellesleys Zelt ab und an ein Abendessen zu servieren oder dem General ein paar Knöpfe am Uniformrock festzunähen. Mary hatte alle Zeit der Welt und sämtliche Möglichkeiten, sich an Indien zu erfreuen, während andere Soldatenfrauen oft ums nackte Überleben ihrer Familien kämpften.
»Meinst du nicht, das ist ein bisschen waghalsig, Liebes? Die Maratthas schicken vielleicht berittene Späher, und dann bekommen wir beide riesengroßen Ärger.« Rob bemühte sich, seine Frau zur Vernunft zu bringen. Doch Mary schüttelte nur energisch den Kopf, und der Sergeant wusste, dass er wieder einmal gegen ihren kleinen Dickkopf verloren hatte.

Wellesley war zusammen mit seinem Adjutanten West und Bisnapah Pundit vorausgeritten, um sich die Anlagen von Ahmednuggur anzusehen. Das Hauptheer war noch weit hinter den drei Männern auf dem Marsch gewesen, als sie von einer Anhöhe aus bereits den »pettah« und das Fort ausmachten. Eines von Scindias regulären Bataillonen schickte sich gerade an, eine Zeltstadt vor den Toren von Ahmednuggur aufzulösen, um sich hinter die Wälle zurückzuziehen. Späher hatten dem General berichtet, dass sich außer diesen knapp 1000 Sepoys noch einmal etwa 1000 arabische Söldner in der Stadt aufhielten. Die Sepoys wurden von drei französischen Offizieren befehligt. Sie verfügten über fünf Geschütze, deren Kaliber unter sechs Inches liegen musste, denn sie wurden jeweils nur von einem Ochsengespann gezogen.
»Die arabischen Söldner sind gute Soldaten«, klärte Bisnapah Pundit seinen irischen Freund auf. »Sie kämpfen tapfer und sind ihrem Dienstherren treu ergeben.«
»Eine seltene Eigenschaft in diesem Land«, spottete Arthur, während er Eochaid die Nase kraulte. »Ich unterstelle auch den Sepoys viele gute Eigenschaften. Sie haben französische Offiziere und ordentliche Waffen.«
»Es gibt neben diesen Berufssoldaten noch eine Miliz in Ahmednuggur.«
»Bisnapah, selbst wenn Scindia da drinnen dreitausend Mann hat, der Wall verfügt über vierzig Bastionen, und die Gesamtlänge dürfte um die viertausend Meter betragen. Sie sind zu wenige, um

die Anlage vernünftig zu besetzen.«
»Wie werden wir vorgehen?« Bisnapah spielte mit seinem Fernrohr. In der Abenddämmerung hatte es nicht viel Sinn, weiter auf die braunen Mauern zu starren. Ahmednuggur war höher und stärker befestigt und besser konzipiert als die meisten anderen Marattha-Forts zwischen Poona und dem Godavery.
Wellesley drückte seinem Sepoy Eochaids Zügel in die Hand und bedeutete Bisnapah und West, ihm entlang der Anhöhe zu folgen. »Das Haupttor wird von einem Bataillon des Vierundsiebzigsten attackiert, unterstützt vom achten Madras-Bataillon. Das Achtundsiebzigste operiert an der linken Flanke als Unterstützung für ein Bataillon Schützen und Madras. Nach rechts gegen die Mauer schicken wir die Flankenkompanien des Dreiunddreißigsten und das erste Bataillon der Dritten Madras-Infanterie. Die Männer unter Wallace, die gegen das Haupttor vorstoßen, nehmen ein Geschütz mit. Vielleicht ergibt sich eine Gelegenheit, nahe genug heranzukommen, um den Weg nach Ahmednuggur freizusprengen. Wenn nicht – auch gut! Das jagt dem ›killdar‹ einen gehörigen Schrecken ein. Ein paar Sturmleitern, und schon ist die Sache gelaufen.«
Bisnapah verschluckte sich beinahe. Er rammte seine Reitstiefel in die Erde. »Wellesley-Sahib, welcher Affe hat dich gerade gebissen?« Arthur drehte sich zu seinem Freund um und machte ein betretenes Gesicht. »Keiner! Reiten wir morgen früh erst einmal hin und bieten den Herren Verhandlungen an. Vielleicht ist der ›killdar‹ vernünftig und gibt auf.« Arthur hatte nicht das Verlangen, unnötig Blut zu vergießen, doch die kleine Angriffsszene, die er halb im Spaß, halb im Ernst Bisnapah Pundit geschildert hatte, entsprach tatsächlich seinem Plan: Wenn er mit Ahmednuggur Zeit verlor, würde er Schwierigkeiten bekommen, über den Godavery zu setzen. Er war jetzt seit sechs Jahren in Indien und konnte die Ankunft der Monsunstürme förmlich riechen.
»Francis, wären Sie so freundlich, mein Pferd mit ins Lager zu nehmen?« bat er seinen Adjutanten. Dann wandte er sich an Bisnapah. »Ich wäre ganz gern ein oder zwei Stunden allein, um nachzudenken. Sei mir nicht böse, mein Freund!«

Mary Seward betrachtete ihre Zeichnung von Ahmednuggur. Sie war sehr mit sich zufrieden. Jedes Detail stimmte. Trotz der Dunkelheit war es ihr gelungen, mit Pastellfarben genau die

Stimmung dieses sonderbaren Platzes nachzuempfinden. »Die werden zu Hause nicht schlecht staunen, Rob.«

»Hast du denn überhaupt kein Heimweh?« fragte der Sergeant. Eigentlich hatte er sich nur auf fünf Jahre verpflichtet, um das Geld für eine vernünftige Pacht in den Bergen anzusparen. Doch dann hatte es ihm beim Dreiunddreißigsten so gut gefallen, dass er geblieben war. »Wenn wir alt und grau geworden sind, können wir immer noch in Grennock Schafe züchten«, erwiderte Mary. »Ich finde unser Leben wunderbar. Erinnerst du dich noch an Madras und an den bunten Markt am Strand, oder an dieses komische Fest in Kalkutta? Wir haben wenigstens etwas zu erzählen und interessante Erinnerungen. Eigentlich ist es zu Hause in den Bergen ziemlich langweilig.«

Die beiden waren so in ihr Gespräch vertieft, dass Mary nicht bemerkte, wie eine neugierige Gestalt sich über ihre Schulter beugte und die

Zeichnung von Ahmednuggur betrachtete. Arthur Wellesley hatte die beiden eine Weile belauscht, obwohl diese Form der Indiskretion gar nicht seine Art war. Als er dann das Aquarell ausgemacht hatte, hatte er sich interessiert angeschlichen.

»Gar nicht übel, Mary!« sagte er leise. Die Kleine und ihr Sergeant zuckten zusammen. Zwei Köpfe fuhren schuldbewusst herum.

»Sie haben mich ganz schön erschreckt, Sir!« tadelte Mary den Offizier.

Wellesley ließ sich neben ihnen im Gras nieder. »Darf ich's mal ansehen?«

Sie hielt ihm das dicke Skizzenbuch hin. Ein roter Schimmer legte sich über ihre Wangen.

Die Blicke des Generals schweiften über das Aquarell. Er hatte Ahmednuggur mit den Augen des Soldaten betrachtet. Doch Mary Seward – in militärischen Dingen völlig unbedarft – war aus einer anderen Perspektive ans Werk gegangen und hatte mehr gesehen als er. »Du hast alles so gezeichnet, wie es wirklich ist, Mary?«

»Ja, Sir. Wir sind mit Rob bis zum anderen Hügel gegangen. Ich hab versucht, eine Perspektive ...«

Er unterbrach sie: »Das Tor dort hinten. Es sieht so klein aus.«

»Es ist nicht so groß wie das andere. Eigentlich ist es bloß eine größere Tür ...«

Der General schmunzelte. Bei der nächsten Marattha-Festung würde er sich dieselbe Mühe geben wie die Frau seines Sergeanten und zuerst die ganze Anlage umkreisen. Hätte er die Zeichnung

nicht zufällig zu Gesicht bekommen, wäre den Feinden hinter den Mauern ein wunderbarer Fluchtweg in die Wälder und zurück zu Scindias Hauptheer offen gestanden. Arthur beschloss, ein paar hundert Männer aus Bisnapahs Kavallerie dorthin zu schicken. Sie hatten die ganze Nacht Zeit, um eine halbmondförmige Umgehungsbewegung zu organisieren und sich zwischen Ahmednuggur und den Godavery zu schieben. »Darf ich deine anderen Zeichnungen auch sehen?« bat er Mary. Sie nickte verlegen. Neugierig blätterte Arthur die Seiten durch. Plötzlich hielt er inne. Seine Augen füllten sich mit Tränen, als er das Aquarell betrachtete. Mary hatte Charlotte gut getroffen – das lange dunkelbraune Haar, die kleine runde Brille auf der Nase. Sie saß mit einem Buch auf ihrer Bank am Lotusteich im »Loll Baugh«. Er klappte Marys Skizzenbuch zu. Genauso sah er Charlotte, wenn er die Augen schloss. Arthur schluckte seine Tränen hinunter, stand auf und zog den Uniformrock glatt. »Ich will euch zwei nicht weiter stören«, entschuldigte er sich mit belegter Stimme. »Passen Sie gut auf Miss Seward auf, Sergeant! Vielleicht haben die Maratthas berittene Späher draußen.«
Wellesley verschwand in der Dunkelheit, ohne ein weiteres Wort zu sagen. Ahmednuggur, der Krieg, das Feldheer! Alles wurde plötzlich so gleichgültig, so bedeutungslos. Als er Charlotte gefunden hatte, hatte sein Leben mit einem Mal einen Sinn bekommen. Er hatte einen Grund gehabt, gewisse Dinge zu tun, die er seit ihrem Tod nur noch aus Gewohnheit tat: Vor Seringapatam hatte er sich nicht nur für den König und seine Soldatenehre geschlagen, sondern auch für eine Frau, eine Familie, ein besseres Leben. Mit dem »König zweier Welten« hatte er sich aus Rache geschlagen. Doch seit Dhoondias Tod zog er das Schwert aus Gewohnheit. Er hatte Bullum, Wynaad und Soonda aus Gewohnheit befriedet und den Feldzug gegen Scindia und den Rajah von Berar aus Gewohnheit geplant ... Vielleicht sollte er ja aus Gewohnheit sein 33. Regiment gegen den Westwall führen. Der Angriffsplan war verrückt genug...

Die Wälle von Ahmednuggur schimmerten dunkelrot in der Morgensonne. Von Zeit zu Zeit lenkte Metall einen Sonnenstrahl in Richtung der Männer des 74. Hochlandregiments. Oberst Wallace konnte die Musketenläufe der Verteidiger zwischen den Zinnen gut erkennen. Alle paar hundert Meter erhob sich eine Bastion, und dort konnte der Offizier große, schwarze Flecke

ausmachen. Vermutlich blickte er in die Mündungen ihrer Kanonen. Seine Männer waren in Reichweite der Geschütze. Doch kein Marattha machte sich die Mühe zu feuern und wertvolle Munition sinnlos zu verschwenden.
Der größere Teil von Wellesleys Expeditionskorps lag eine halbe Meile von Ahmednuggur entfernt. Lediglich die drei Gruppen, die die Anlage angreifen sollten, sammelten sich hinter einer nahe gelegenen Hügelkette. Während Connor McLeods 78. Hochlandregiment den rechten Außenwall und Arthur Wellesleys 33. Regiment den linken Außenwall stürmen sollten, musste Wallace versuchen, mit seinen Hochländern das Haupttor in die Luft zu jagen, um so den Weg für die nachfolgenden Madras-Regimenter frei zu machen.
William Wallace erblickte in dem Gewimmel Connor McLeod und einen blutjungen Leutnant aus dem 78. Regiment, den er nicht kannte. Er stieß seinem Braunen die Sporen in die Flanken und sprengte durch die Reihen roter Röcke zu seinen Landsmännern. Herzlich begrüßten McLeod und Wallace einander. Dann stellte Connor seinem Kameraden vom 74. Regiment den jungen Leutnant an seiner Seite vor. »Colin Campbell, einer meiner besten Offiziere. Er führt den ›Verlorenen Haufen‹ des Achtundsiebzigsten.«
Wallace streckte dem Leutnant die Hand entgegen. »Campbell of Argyll oder Campbell of Glenure?«
»Argyll, Sir!« antwortete Colin mit einem wissenden Lächeln. Während die Vorfahren der Campbells aus der Glenure-Linie sich mit König Edward Longshanks im ausgehenden 13. Jahrhundert gegen den Lordprotektor von Schottland, William Wallace, geschlagen hatten, waren die Argylls an seiner Seite bei Stirling und Falkirk in die Schlacht gezogen.
»Sehr gut, mein Junge!« lobte der Kommandeur des 74. Regiments, ganz so, als wäre Colin für die Heldentaten seiner Ahnen verantwortlich. Er streckte dem Leutnant seine Schnupftabaksdose hin. »Nehmen Sie eine kleine Prise, mein Freund! Das macht den Kopf frei, bevor Sie über diese verdammte Mauer steigen.«
»Riskantes Geschäft, eine Kletterpartie über die Wälle!« fluchte Connor. »Verteufelt zerbrechlich, die langen Leitern aus Bambus. Ist keine schöne Sache, wenn man als erster da oben steht, und diese braunen Tunichtgute hauen mit ihren langen Säbeln nach einem.«
Colin schnupfte zufrieden seine Prise Tabak. »Machen Sie sich

keine Sorgen, Sir! Es wird schon gutgehen. Und wenn nicht, dann schreiben Sie meiner Mutter einen netten Brief!«
»Ach, hau ab, du Hitzkopf!« McLeod schlug seinem Leutnant kräftig auf die Schulter und bedeutete ihm, zu seinen Männern zurückzukehren.
»Passen Sie gut auf sich auf!« rief Wallace Campbell noch nach, als eine Staubwolke bereits ihn, sein Pferd und eine fluchende Soldatenschar einnebelte.

Oberst Allessandro Cappellini betrachtete durch sein Fernrohr eingehend die drei britischen Gruppen, die sich vor Ahmednuggur sammelten.
»Wellesley ist völlig übergeschnappt!« ging es ihm durch den Kopf. »Wenn seine Männer mit den Leitern versuchen, über die Wälle zu gelangen, richten sogar Scindias uniformierte Dilettanten ein Gemetzel an.«
Statt wie geplant seine Offiziere zum Aufbruch zu drängen und die Festung klammheimlich zu verlassen, beschloss der Korse auszuharren. Sollte der Versuch der Erstürmung fehlschlagen, würde dies die Moral der Truppen des Rajahs von Gwalior immens steigern. Eine solche Nachricht ins Heerlager bei Ajanta zu bringen, konnte den Verlauf der Auseinandersetzung zwischen Fort William und den Maratthas von einem Tag auf den anderen grundlegend verändern. Er war es Jean-Francois Perron schuldig, dass er blieb.

Ein langer Defensivkrieg wäre unser aller Verderben. Fallen Sie über den ersten Gegner her, der vor Ihnen auftaucht, und prügeln Sie ihm die Seele aus dem Leib! A. W.
Der Generalmajor faltete das Stück Papier sorgfältig zusammen und reichte es dem Kurier für Oberst Stevenson. Zumindest hatte der alte Soldat nun alle Befehle für das weitere Vorgehen gegen Scindias Bande in Händen. Und wenn er selbst an diesem Morgen vor Ahmednuggur seinem Schöpfer begegnen sollte, dann wusste die Hyderabad-Armee wenigstens, was sie in den nächsten Wochen und Monaten zu tun hatte, um endlich Ruhe über dieses verdammte Stück indischer Erde zu bringen. Arthur war zufrieden mit seinem Schreiben. Was für Scindia galt, hatte genauso für Holkar Geltung oder für jeden anderen Wahnsinnigen, der sich mit ihnen anlegte. Auch wenn er Morningtons großer Strategie nicht in allen Punkten zustimmen konnte – Fort William hatte

den Kampf beschlossen, also würden sie, die Soldaten Englands, ihn bis zum bitteren Ende ausfechten.
»Daffadar«, rief er einen der Reiter Bisnapah Pundits in der Landessprache zu sich. »Hätten Sie die Güte, mein Pferd eine Weile zu halten?« Er gab Eochaid einen Klaps und verschwand in den Reihen des 33. Regiments.
Hauptmann Arthur Gore selbst hatte darum gebeten, den »Verlorenen Haufen« des Regiments gegen die Wälle von Ahmednuggur führen zu dürfen, und der General hatte dem Wunsch seines Untergebenen stattgegeben. Gore wollte das Regiment führen, und er wollte die Epauletten eines Majors. Er war ein feiner Soldat. Es war ihm in kürzester Zeit gelungen, den Männern ihr Selbstvertrauen wiederzugeben und sie die schlimmen Tage der tyrannischen Herrschaft Shees vergessen zu lassen. Wellesley sah kein Übel darin, dass ein Offizier Ehrgeiz entwickelte. Er gab Gore einen ermutigenden Klaps auf die Schulter, zwinkerte seinen Leuten aufmunternd zu und ging weiter durch die Ränge.
Wallaces »Verlorener Haufen« wurde bereits unruhig. Die Schotten starrten gebannt auf die Wälle. Über Ahmednuggur breitete sich tödliche Stille aus. Ab und an flackerte ein Farbtupfer in der Morgenröte. Uniformierte Männer sammelten sich auf den Bastionen und hinter der Balustrade auf dem Wall. An manchen Stellen konnte man über die Befestigung hinweg farbenfrohe Statuen erkennen, die die Türme hinduistischer Gotteshäuser in der Stadt schmückten. Ein paar Offiziere der Madras-Regimenter standen mit gezogenen, blitzenden »tulwars« verloren in der Gegend herum; ihre Sepoys tuschelten leise untereinander, scheinbar ohne dem Feind oder dem anstehenden Sturm große Bedeutung beizumessen. Arthurs Augen glitten von den britischen Truppen zu Scindias Schlüsselfestung und wieder zurück zu seinen eigenen Männern. Noch fünf kurze Minuten, und die Morgensonne würde in einem so günstigen Winkel zum Westwall stehen, dass die Verteidiger für mindestens zehn Minuten nicht sehen würden, worauf sie feuerten. Im Vorübergehen klopfte er einem schottischen Sergeant aus dem 78. Hochlandregiment auf die Schulter und zischte ihm zu: »Nehmen Sie Ihre Schützen und schwärmen Sie aus!« Seine Hand deutete auf den Westwall.
Augenblicke später krachten Musketenschüsse durch die Stille. Bleikugeln schlugen in die dunkelrote Wehr. Doch die Verteidiger antworteten nicht. Wellesley und die Anführer des »Verlorenen

Haufen« konnten genau erkennen, wie die Farbtupfer entlang der Balustrade dichter und dichter wurden. Es war eine mehr als gewagte Sache, dieser frontale Sturm ohne jegliche Belagerungsarbeit im Stile Vaubans. Ahmednuggur war in seiner vierhundert Jahre langen Geschichte schon oft angegriffen worden. Doch keinem Angreifer war es je gelungen, auch nur einen Fuß in Stadt und Festung zu setzen. Die weite Ebene vor Scindias Schlüssel zum Maharastra leuchtete trotz der langen Trockenzeit in einem satten, fruchtbaren Grün. Seit Jahrhunderten nährte Blut das weite Feld. Pulverdampf stieg aus der Reihe der Schützen in den klaren, kalten Morgenhimmel, wie ein Heer von kleinen Wolken. Der »Verlorene Haufen« des 78. Hochlandregiments hatte sich schon fast bis unter die Wälle vorgearbeitet. Oberst Wallaces 74. Regiment schien weit hinter den Männern im Kilt zurückzuliegen. Wellesley erkannte zu seiner Rechten die roten Flecken des 33. Regiments. Ein Madras-Regiment schwenkte nach links und schloss sich den Schützen des 78. Hochlandregiments an. Die kleinen weißen Wolken am Morgenhimmel wurden immer zahlreicher. Bald schon würden sie die Sonne verdunkeln.
Ein Dudelsackpfeifer eilte auf das dunkelrote Hindernis zu. Der Mann schien so schnell zu rennen, dass er seinem Instrument nur noch ein unmelodisches Quaken abrang. Wellesleys erste offene Konfrontation mit Scindia hatte so unscheinbar begonnen, dass die Verteidiger von Ahmednuggur den Iren nicht ernst zu nehmen schienen. Alles war dilettantisch angelegt. Ein gutes Dutzend Amateure in schmutzigen blauen Jacken stand um einen Sechspfünder versammelt und debattierte hitzig, während nur ein paar Schritte hinter ihnen der Boden erbebte. Elefanten wurden von ihren »mahouts« ausgespannt und gaben plötzlich den Blick auf die schweren Zwölfpfünder frei.
Arthur zog den Zweispitz vom Haupt und schwenkte ihn ein paarmal durch die Luft. Genau in dem Augenblick, als sich ein ohrenbetäubender, gigantischer Knall aus den bronzenen Rohren im Hintergrund löste, schlugen die ersten Bambusleitern gegen den Wall links des Haupttores von Ahmednuggur. »Guter Junge!« rief der Generalmajor. Er stürmte durch die bunte Unordnung, die nun die Ebene vor der Stadt eingenommen hatte. Die ersten Hochländer kreuzten ihre Waffen mit den Verteidigern der Festung. Das Dröhnen der Zwölfpfünder übertönte das Gebrüll der Angreifer. Ein bunter Rock stürzte von einer der Leitern in die

Tiefe. Doch sofort erschien ein anderer bunter Rock an der gleichen Stelle. Kalter Stahl focht mit der Morgensonne. Die Anführer, die fast schon auf den Bastionen angekommen waren, waren Offiziere. Sie hatten ihre schweren Breitschwerter in der Hand, um nach oben zu schlagen. Hinter ihnen kletterten die Soldaten. Mordlust flackerte in den Augen.
Wellesley beobachtete einen Augenblick. Die beiden Offiziere mussten sich die schmalen Bambusstäbe nach oben hangeln, ohne dabei ihre Blankwaffen zu verlieren. Es war ein abenteuerliches Kunststück. Hätte er mehr Zeit gehabt, hätten die Männer mit mehr Leitern vorrücken können. Arthur hatte sich inzwischen fast bis zum »Verlorenen Haufen« des 78. Hochlandregiments durchgewunden.
Das Gegenfeuer der Verteidiger wurde heftiger. Wallace nickte dem General nur kurz zu und gab ihm zu erkennen, dass er verstanden hatte. Rotröcke und bunte Kilts hagelten von den Leitern. Scindias arabische Söldner saßen in den Bastionen und waren nicht bereit, auch nur einen Zentimeter zurückzuweichen. Sie hatten offenbar begriffen, dass sie nur warten mussten, bis die Leitern voller Männer waren. Dann stellten die Zwölfpfünder kurz das Feuer ein, um den Schotten die Möglichkeit zu geben, unbeschadet über die Balustrade zu kommen.
Genau in diesem Augenblick warfen die Verteidiger Holzbalken, Steine und andere schwere Gegenstände über die Mauer – und schon war es mit der Leiter vorbei, und das Spiel begann von neuem. Arthur beobachtete den Leutnant, der McLeods »Verlorenen Haufen« anführte. Der Mann war verbissen. Fünfmal hatten sie ihn von der Leiter geschubst. Fünfmal musste er sich alle Knochen im Leib angeschlagen haben. Doch der Junge versuchte es ein sechstes Mal, gelangte wieder nach oben, hatte wieder seinen schweren Claymore in der Hand – und wieder fielen ein paar Halunken über die Balustrade mitten in die Hochländer hinein.
»Wer ist das?« erkundigte Arthur sich neugierig bei William Wallace. »Colin Campbell. Leutnant Colin Campbell of Argyll«, erwiderte der Schotte Wallace mit größter Selbstverständlichkeit.
»Mit dem Herzog von Argyll verwandt?« fragte Wellesley gelassen im Kugelhagel. Die Schotten und ihre sonderbaren Verwandtschaftsverhältnisse waren für ihn, einen Iren, ein Buch mit sieben Siegeln. »So ist es. Haben sich hervorragend bei Stirling und Falkirk geschlagen. Waren mit dem Bruce bei Bannockburn,

als wir's diesem englischen Lumpenpack gezeigt haben.«
Wellesley seufzte und verschwand in Richtung des 78. Hochlandregiments und Leutnant Campbell. Wallace und seine alten Geschichten aus dem tiefen Mittelalter!
Campbell hatte gerade wundersamer Weise einen gezielten Musketenschuss überlebt und dem waghalsigen arabischen Schützen den Claymore in die Brust getrieben. Arthur duckte sich zwischen einem Haufen wildgewordener Hochländer und einem üblen Kugelhagel weg und schubste ungerührt einen Toten zur Seite, der aus zwanzig Metern Höhe überraschend vor ihm aufgeschlagen war.
Dieser junge Campbell hatte es doch glatt fertiggebracht, auf die Balustrade zu gelangen und oben zu bleiben! Unten jubelten die Männer des 78. Regiments frenetisch. Das Knallen der Musketen vermischte sich mit dem dumpfen Geräusch der indischen Geschütze, die aus den Bastionen hinaus ziellos feuerten.
»Was für ein Unsinn!« ging es Wellesley durch den Kopf, während er Campbell bewundernd beobachtete und den Lärm vor, hinter, neben und über sich wahrnahm. Den indischen Geschützen fehlte die Reichweite, um seinen Zwölfpfündern Ärger zu machen, und sie schossen in einem zu steilen Winkel, um den Männern an den Wällen gefährlich zu werden.
Während das 78. Regiment sich auf der Balustrade des Westwalles etablierte und eine Kernzelle des Widerstandes gegen die streitlustigen Araber bildete, zerbarst mit einem lauten Krachen altes Holz in tausend Stücke. »Damit wäre das Haupttor endlich offen«, dachte der Generalmajor und schubste einen Kilt unsanft von der untersten Sprosse der schwer geprüften Sturmleiter. »Sie gestatten, Sir?« wandte er sich an den Hochländer. Dann schlang er den Faustriemen des »tulwar« ums rechte Handgelenk und begab sich auf den schwer umkämpften Westwall. Ein Blick in Richtung Expeditionskorps zeigte ihm, dass seine Männer die Befehle der letzten Nacht ausgezeichnet verstanden hatten, denn inzwischen war die grüne Ebene leuchtend rot, und außer den vier Zwölfpfündern klopften auch noch eine Reihe anderer unangenehmer Zeitgenossen an Scindias Haustür.
»Gut gemacht, Leutnant!« rief er Colin Campbell zu, ohne genau zu wissen, ob der Junge in seinem Übermut oder in seinem Zorn überhaupt mitbekam, was man ihm sagte. Irgendwann zupfte er einen Mann neben sich am Ärmel und bat ihn, einen Augenblick

aufzupassen, damit man ihm nicht das Lebenslicht ausblies. Er zog seine Uhr aus der Tasche, wischte sich mit dem Ärmel den Schweiß aus dem Gesicht und warf einen Blick aufs Zifferblatt. Es hatte nicht einmal eine Stunde gedauert, diese uneinnehmbare Festung sturmreif zu machen. Ein Trupp Sepoys aus dem 8. Madras-Regiment rannte bereits durch eine der Straßen von Ahmednuggur und verfolgte einen laut schreienden, bunten Fetzen mit schwarzen Haaren und einem noch lauter schreienden Bündel in den Armen. Es war angebracht, sich um die Zivilbevölkerung zu kümmern und den erstbesten Halunken am Wickel zu packen, den man mit Plündergut oder einer »bibbi« zwischen den Beinen erwischte.
Arthur stieg vom Wall hinunter und machte sich auf die Suche nach McLeod, Wallace und seinen Stabsoffizieren. Mit ein bisschen Glück würde er auch Elphinstone im Getümmel auftreiben. Scindias Trutzburg war bereits seit einer guten Viertelstunde Geschichte, und sie alle hatten sich ihr Frühstück redlich verdient. Dann würde er immer noch Zeit haben, den Provos loszuschicken und ein Exempel am Haupttor statuieren zu lassen. Der Krieg war ein grausames Geschäft!

Cappellini hatte es zuerst nicht wahrhaben wollen. Dieser Anschein dilettantischen Vorgehens ... Es waren Methode und Taktik! Eine teuflisch gute Taktik sogar. Der Sepoy-General schien in den Gedanken der Verteidiger von Ahmednuggur lesen zu können wie in einem offenen Buch. Er hatte intuitiv begriffen, welche Schwachstellen die Festung und Scindias Männer hatten.
Als Cappellini die ersten Rotröcke durchs Haupttor strömen sah, erkannte er, dass der Kampf verloren war. Er sammelte seine Männer und machte sich so ruhig wie möglich aus dem Staub. Wenn sie Glück hatten, würden sie die gefallene Anlage klammheimlich durch die Hintertür verlassen können, während Wellesleys wildgewordene Bande aus Sepoys und Hochländern die Stadt auseinandernahm.

Goklah grinste Bisnapah Pundit an. »Diese Engländer sind sonderbare Menschen, und ihr General ist ein wundersamer Mann. Sie kommen im Morgengrauen, sehen sich die Wälle des ›pettah‹ kurz an, steigen darüber und setzen sich dann an den Frühstückstisch, als ob nichts geschehen wäre.«
Irgendein kluger Kopf hatte zwischen zwei Geschützlafetten ein

paar große Bretter gelegt und ein weißes Leintuch darüber ausgebreitet. Mary Seward schenkte gutgelaunt Kaffee nach oder brachte kleine Körbe mit frischem Brot zu den Offizieren. Arthur Wellesley hatte neben Leutnant Colin Campbell Platz genommen. Der junge Offizier war von seiner Heldentat am Wall noch sehr mitgenommen, doch das schien weder seinem Appetit noch seiner guten Laune Abbruch zu tun.

»Sie hatten nicht nur einen Schutzengel, sondern ein ganzes Heer von guten Geistern, Hauptmann!« schmunzelte der General. Colin lief feuerrot an und biss in ein dick mit Marmelade bestrichenes Brot, um nicht antworten zu müssen. Doch sein Vorgesetzter, Connor McLeod, übernahm den Part bereitwillig und berichtete allen Anwesenden lautstark und ausdrucksvoll, wie der »Verlorene Haufen« des 78. Hochlandregiments über den Wall von Ahmednuggur gestiegen war.

Allessandro Cappellini blickte ein wenig betreten drein, während er lauschte. Er war zusammen mit seinen Offizieren genau in Bisnapah Pundits Reiter und Montstuart hineingelaufen und durfte damit seinen Einsatz im Maharastra als beendet ansehen.

»C'est la vie, cher ami!« erwiderte Arthur seinem Gefangenen. »Ich hab Ihnen schon vor ein paar Jahren geraten, die Koffer zu packen und diesem ungesunden Klima den Rücken zu kehren!«

Cappellini nahm den Spott des Siegers von Ahmednuggur gelassen. »Damals hätte ich meine Passage nach Hause aus eigener Tasche bezahlen müssen. Jetzt reise ich auf Kosten Ihres werten Königs, Wellesley!«

»Ich hoffe, Sie werden die Begum nicht zu sehr vermissen, mein Freund!« stichelte Elphinstone den Korsen genüsslich. »Sie ist eine reizvolle Frau.«

»Auch in Frankreich gibt es viele reizvolle Frauen, die nur darauf warten, von einem wohlhabenden, geheimnisumwitterten Weltenbummler aus ihrem langweiligen Leben erlöst zu werden«, meinte Wellesley. »Perron zahlt gut, nicht wahr Cappellini?«

»Besser als Mornington, Arthur! Sie schlagen sich für Ehre, Gott und Vaterland und bekommen dafür bloß ein hübsches Paar goldene Schulterstücke verpasst.« Cappellini rächte sich an seinem Bezwinger genauso genussvoll, wie dieser ihn verspottete. Sie waren beide jung und übermütig, denn sie hatten einen furchtbaren Feuersturm lebend überstanden und machten jetzt ihrer Angst und ihren aufgestauten Gefühlen Luft, indem sie

unbefangen wie Kinder miteinander umgingen. Sie hatten sich schon in Seringapatam gut leiden können, und zwischen den Offizieren Englands und Frankreichs herrschte immer nur dann Feindschaft, wenn sie einander auf den Feldern der Ehre begegneten. Wenn sie nicht gegeneinander kämpften, konnten sie sehr gut miteinander auskommen. Man achtete und schätzte einander, denn man gehörte zur gleichen Bruderschaft.
»Sie werden sich nicht zu Monsieur Bonaparte begeben, Allessandro? Sie sagen der militärischen Laufbahn adieu?« Connor McLeod betrachtete den Franzosen ein wenig ungläubig. Er konnte sich ein Leben ohne seine Hochländer einfach nicht vorstellen, und es schien ihm unmöglich, dass ein Mann wie Cappellini den Schritt aus der Armee ins zivile Leben machte, während die Trommeln immer lauter schlugen.
»Connor, wenn unser Freund mir jetzt erzählt, dass er auf dem ersten Schiff Richtung Europa fährt, um zu seinem korsischen Landsmann aufzuschließen, werde ich ihn nicht nach Bombay schicken, sondern bis zum Ende der Kriegshandlungen zwischen uns und den Franzosen in einem finsteren Verlies tief unter dem ›Dowluth Baugh‹ unter Verschluss halten. Das wollen wir doch alle vermeiden.« Natürlich würde Cappellini sich schnurstracks zu einer der großen französischen Armeen begeben, die irgendwo auf dem europäischen Kontinent im Feld standen, und in Anbetracht seiner großen Erfahrung würde er dort schnell seinen Weg machen. Doch die Spielregeln zwischen Ehrenmännern wollten es, dass man einander vorgaukelte, die soldatische Laufbahn zu beenden – was ohnehin nur für ein Jahr und einen Tag galt.
Wellesley stand auf und verabschiedete sich von seinen frühstückenden Offizieren und den gefangenen Franzosen. »Ich muss meine wildgewordene Bande in Ahmednuggur ein bisschen an die Kandare nehmen, Gentlemen! Essen Sie in Frieden weiter, und ruhen Sie sich aus. Für unsere Gäste brauchen wir eine kleine Eskorte, die sie nach Bombay begleitet. Francis, erledigen Sie das bitte noch heute!«

Eine Stunde später baumelte der braune, steife Leib eines Mannes des 8. Madras-Regiments vor dem Haupttor von Ahmednuggur. Eine Holztafel war auf seine Brust geheftet. Jeder, der es wollte, konnte dort einen lakonischen Befehl auf Tamil und auf Englisch nachlesen: »Jegliche Übergriffe gegen die Zivilbevölkerung werden sofort eingestellt!«

Wellesley hatte rasch und entschlossen gehandelt. Der tote Sepoy reichte völlig aus, um siebentausend Soldaten und einem ellenlangen Tross klarzumachen, dass er bei Plünderern und Vergewaltigern nicht zimperlich war. Genauso schnell, wie der Feuersturm über Ahmednuggur losgebrochen war, kehrte wieder Ruhe in der Stadt ein.

»Er hat eine knappe Stunde benötigt, um Ahmednuggur zu nehmen. Am nächsten Morgen war eine britische Garnison in der Festung, und die beiden ersten Nachschubkonvois trafen ein. Er hat sogar Zeit gefunden, seinen Männern einzubläuen, ihre Buchhaltung wie in Fort St. George zu führen, weil er bei Clive den Kopf für ihre Impedimenta hinhält.« Perron schüttelte verärgert den Kopf.
»Das sieht dem Iren ähnlich! Buchhaltung!« zischte Dodd leise durch die Zähne. Allessandro Cappellini war nicht aus Ahmednuggur zurückgekommen, und der chronische Mangel an europäischen Offizieren hatte Perron dazu gezwungen, dem Engländer den freigewordenen Platz an der Seite der Begum Sumroo anzuvertrauen. Sie nahm es nur zähneknirschend hin, ihren gutaussehenden und begabten Korsen gegen diesen bitteren, farblosen Mann einzutauschen. Er befehligte ihren »campoo«, doch der Zugang zu ihrem Bett und zu ihren Gedanken blieb ihm verschlossen. Perron spürte, dass Dodd lediglich eine Übergangslösung sein konnte, wollte er die Begum nicht verlieren!
Dowluth Rao Scindia, der Rajah von Gwalior, schwieg. Er wusste, dass er im Unterschied zu seinem Vater kein Soldat war. Das Kriegshandwerk verunsicherte ihn. Außerdem wusste er, dass er den knappen Sieg über Holkar nur davongetragen hatte, weil Jean-Francois Perron vor vielen Jahren einem anderen Franzosen – Benoit Le Boigne – ein Versprechen gegeben hatte. Scindia ahnte, dass der Franzose ihm überlegen war: Dank seines militärischen Geschicks war es Perron, der die Karten in der Hand hielt. Darum hatte der Rajah von Gwalior auch beschlossen, nach dem Verlust von Ahmednuggur, seiner stärksten Festung südlich des Godavery, erst den europäischen Offizier anzuhören und dann die endgültige Entscheidung über sein weiteres Vorgehen zu treffen. Doch hinter dem Rücken von Perron spielte er ein teuflisches und zugleich gefährliches Spiel. Dabei redete er sich gern ein, dass sein kunstvolles Intrigieren den Soldaten den Rücken freihalten würde und ihm damit nicht schaden konnte. Mornington, der britische Generalgouverneur, bekam in diesem Augenblick bereits die ersten Probleme mit Bajee Rao II. Scindia korrespondierte seitdem ständig mit ihm und bedrängte den jungen Mann, keine Konzessionen an die Ostindische Kompanie oder Fort William zu

machen. Stattdessen riet er ihm, seinen britischen Beschützern deutlich zu zeigen, dass er sein Gebiet nach eigenem Gutdünken verwalten wollte und auf die Präsenz des Residenten Barry Close verzichten konnte. Denn Close gebärde sich, als ob er der »Peshwa« sei und Bajee Rao nur eine Marionette auf dem Thron.
Vor wenigen Tagen hatte man Scindia zum ersten Mal eine positive Antwort aus Poona überbracht: Bajee bat ihn, mit seinen Armeen die Briten wieder aus dem Maharastra zu vertreiben. Er versprach Scindia nicht nur Macht und Einfluss, sondern auch die Gebiete der sechs Fürsten, die zum Feind übergelaufen waren und nun ihre Truppen Arthur Wellesley unterstellten.
»Wie weit ist der Ire inzwischen gekommen?« Der Rajah von Gwalior betrachtete Perrons braungebranntes, von tiefen Furchen durchzogenes Gesicht nachdenklich. Seit einem Jahrzehnt war dieser Mann der Hüter seines Reiches. Doch ob er dem »firangui« vertrauen konnte, wusste der Rajah immer noch nicht. Sein Vater hatte Benoit Le Boigne bedingungslos vertraut und war damit gut beraten gewesen. Doch damals war die Situation anders, die Macht des Herrschers von Gwalior gefestigter gewesen. Die Briten hatten nur Kalkutta und den Hafen von Madras besessen. Frankreich war ein Machtfaktor in Indien gewesen. Die Portugiesen hatten über Goa geherrscht, ohne sich ihre Anweisungen in Whitehall abzuholen. Die Welt hatte sich seit den Tagen der großen Revolution in Europa verändert.
Perron seufzte und schüttelte unglücklich den Kopf. »Generalmajor Arthur Wellesley hat am 22. August sein gesamtes Expeditionskorps bei Toka über den Godavery gesetzt. Das ist alles, was wir mit Sicherheit wissen, obwohl unsere irregulären Reiter die ganze Gegend absuchen. Wellesley ist nicht dumm. Seit er über die Grenze gekommen ist, will niemand mehr mit unseren Spionen oder mit den ›hirrcarrahs‹ sprechen. Die Menschen haben Angst, beraubt oder totgeschlagen zu werden, wie schon so oft zuvor. Und Wellesley schürt ihre Angst sehr geschickt. Mysore blüht, seit er das Fürstentum verwaltet. Die Untertanen des kleinen Krishna Wodeyar leben seit langer Zeit in Frieden und Wohlstand. Jetzt steht Wellesley mit einer Armee im Maharastra und bietet den Untertanen der Fürsten seinen Schutz an. Als Beweis seines guten Willens sorgt er dafür, dass die Truppen für die Dinge bezahlen, die sie sich nehmen. Wer sich nicht daran hält, den bestraft er gnadenlos. Selbst der kleinste Übergriff gegen einen Zivilisten beschert einem Rotrock eine gewaltige Tracht Prügel. Die Sepoys

kann er nicht auspeitschen lassen, also hängt er sie auf. Er trägt keine Samthandschuhe – weder was den Feind noch was seine eigenen Männer betrifft. In dieser Hinsicht betreiben wir selbst leider eine völlig falsche Politik«, sinnierte der Franzose weiter.

Scindia, Holkar, Bajee Rao und der Gaikwar waren alle aus demselben Holz geschnitzt. Genauso grausam, wie sie auf der anderen Seite der Grenze plünderten und mordeten, beraubten sie ihre eigenen Untertanen. Doch die Menschen sehnten sich nach ein bisschen Frieden und einer Schüssel Reis. Wer ihnen dies anbot, dem schenkten sie ihr Vertrauen und ihre Hilfe. Der Ruf des Gouverneurs von Mysore – Wellesley Bahadour, der Unbesiegbare – hatte noch vor seinem Expeditionskorps den Tombuddra überquert. Als sich sechs kleinere Marattha-»jaghidars« sofort auf seine Seite schlugen und Holkar militärisch neutral blieb, war es mit der Kooperation der Zivilbevölkerung zwischen dem Grenzfluss und den »gauths« endgültig vorbei gewesen.

»Er ist inzwischen mehr als zehn Tagesmärsche von seiner nächsten Nachschubbasis entfernt«, mischte William Dodd sich zögerlich in die Unterhaltung ein. Er dachte seit Stunden darüber nach. Der Monsun hatte den Godavery in eine reißende Flut verwandelt. Die Truppen des Iren waren mit aus Schilf geflochtenen Booten übergesetzt; sie hatten Hängebrücken gebaut ... Es musste ein gewaltiger Aufwand gewesen sein, den Tross über den Fluss zu schaffen. Nach dem, was er gehört hatte, gelangten diese schwierigen Unternehmungen immer dann, wenn der Gouverneur von Mysore vor Ort war, Wellesley, dessen Einfallsreichtum keine Grenzen zu kennen schien. »Wir müssen herausfinden, ob es den Briten gelungen ist, einen Brückenkopf zu schlagen. Wenn der Ire für seinen Nachschub auf dieselben Transportmittel zurückgreifen muss, die er für das Expeditionskorps ...« Pohlmann schnitt Dodd das Wort ab: »Dann könnte jemand versuchen, ihm Ärger zu machen?« Er schüttelte den Kopf. »Lassen Sie es, alter Junge! Sie waren es doch, der uns einreden wollte, dieser Mann sei ein dahergelaufener Sepoy-General, der nur kommandieren dürfe, weil er der Bruder des Generalgouverneurs ist. Meine Aufklärer melden, dass bereits seit zwei Tagen auch bei Arungabad Nachschub eintrifft. Wellesley hat eine weitere Kommunikationslinie mit Hyderabad geschaffen. Und die ist bombensicher, denn der alte Stevenson hat die Grenze so sauber zugenagelt, dass keine Maus mehr ungesehen durchflitzen kann. Alle britischen Konvois durchqueren unsere Gebiete ungehindert. Ahmednuggur quillt über. Seine Vorräte, alles, was er dem Rajah gestohlen hat ... Ich würde sagen, dass es im Augenblick besser ist, wenn wir abwarten, bis der Ire einen Fehler macht.«

Perron nickte zustimmend. »Wenn wir uns etwa vierzig Meilen nach Nordwesten zurückziehen ... Stevenson treibt sich in der Gegend zwischen Ajanta und den ›gauths‹ herum. Von Wellesley wissen wir nicht genau, welche Marschrichtung er nach dem Godavery eingeschlagen hat. Damit ist der Nordwesten die beste Lösung. Wir können sicher sein, auf keine der beiden feindlichen Armeen zu stoßen, und gleichzeitig die Kavallerie ausschicken. Reiter alleine sind immer schneller als ein Feldheer mit Tross. Falls aber der Ire oder der Schotte versuchen, uns dennoch zu folgen, müssen sie die Verbindung mit Hyderabad aufgeben.« Er betrachtete die Karte. »Mein ›campoo‹ geht nach Nordwesten, Anton! Aber eine kleine Falle stellen wir dem Sepoy-General trotzdem: Dodd nimmt seinen ›campoo‹ und stößt auf Badwoly vor. Der Ajanta-Pass ist der Schlüssel zu Hyderabad. Das dürfte reichen, um sogar Arthur Wellesley ein paar schlaflose Nächte zu bereiten. Wir werden dafür sorgen, dass Dodds Kavallerieschleier dicht ist und niemand sich nahe genug an ihn heranwagt, um festzustellen, welche Truppen wirklich zusammengezogen sind. Er nimmt unsere Standarten mit ... Vielleicht sind die britischen Späher nicht so gut, wie alle behaupten. Dann können wir darauf hoffen, dass Wellesley Stevenson befiehlt, nach Osten zu marschieren, um die Kommunikationslinie mit den Gebieten des Nizam und die Hauptstadt Hyderabad zu decken. Während der alte Fuchs auf der Suche nach Dodd und unseren imaginären ›campoos‹ durch die Berge rennt, legen wir ungestört das Gebiet jenseits des Manjira in Schutt und Asche. Der Nizam liegt im Sterben. Es ist noch nicht sicher, ob seine Vasallen Mizra Secunder Jah als Thronerben anerkennen, oder ob Meer Allum versuchen wird, mit Waffengewalt an die Macht zu kommen.«

Ein finsterer Blick der Begum Sumroo traf Perron. Der Franzose wagte es, über ihren Kopf hinweg zu entscheiden, wohin ihr »campoo« zog! Ihre Männer waren glänzend ausgebildet und verfügten über hervorragende europäische Waffen. Sie stellten Scindia die besten
Geschützbatterien der Föderation. Die schwere Artillerie wurde von portugiesischen Söldnern aus Goa bedient, die ein Vermögen

kosteten. Wenn Dodd einen Fehler machte oder die britischen Späher erkannten, dass alles nur ein Ablenkungsmanöver war, riskierte sie, die Begum, ihren »campoo« und ihre »jaghirs«. Cappellini hatte ihr schon vor Wochen geraten, die Seiten zu wechseln. Doch nun war es zu spät. Die Briten hatten Cappellini beim Fall von Ahmednuggur gefangengenommen. Sie würde ihn nie wiedersehen, und Perron konnte seinen Willen durchsetzen, denn es gab niemanden mehr, der sich zu ihren Gunsten gegen den Franzosen durchsetzen konnte.
Die Begum senkte den Blick. »Wenn es der Wunsch des Rajahs von Gwalior ist, wird mein ›campoo‹ marschieren.«
Scindia nickte nur kurz. Perron lächelte freundlich. »Danke, Madame!«
Die Begum warf einen kurzen Blick auf den Rajah von Gwalior. Dieser überhebliche Kerl! Er sah sich bereits auf dem »muzznud« von Poona – der alleinige, allmächtige Herrscher über die Konföderation. Die Begum beschloss, noch in dieser Nacht einen vertrauenswürdigen Kurier loszuschicken. Er sollte Wellesley-Bahadour aufsuchen. Im Austausch gegen den Kriegsplan Scindias und den Weg ihres »campoo« hinauf in die »gauths« wollte sie seine Garantie für ihre »jaghirs« im Norden, Wellesleys Wort als Offizier und Ehrenmann und den Schutz seiner Truppen – und sie wollte Allessandro Cappellini zurück haben. Außerdem würde es den General bestimmt interessieren, dass ein in ganz Indien gesuchter Lump, Verräter und Waffenschieber nun ihren feinen »campoo« befehligte.

Montstuart Elphinstone betrachtete das Schreiben der Begum Sumroo und dann wieder den Mann, der es überbracht hatte. Sie hatte ihren Kurier sorgfältig ausgewählt. Er war im Schutz der Nacht zwischen den Posten hindurchgeschlichen und hatte es geschafft, ungesehen bis in Wellesleys Zelt zu gelangen. Arthur hätte ihm deswegen beinahe die Kehle durchgeschnitten: Er hatte den Boten bemerkt, denn seit Charlottes Tod hatte er einen leichten Schlaf.
»Ein Ablenkungsmanöver,« las Elphinstone laut. »Scindia und Berar sind mit einer riesigen Truppe irregulärer Kavallerieeinheiten auf dem Weg nach Jalna. Ihr Plan besteht darin, schnell und tief in das Gebiet des Nizam vorzustoßen, um zu plündern, während die beiden Teile des britischen Expeditionskorps ein imaginäres Marattha-Heer durch die Berge

von Gwalior jagen. Sämtliche regulären Einheiten begleiten Perron ...«

Das Spiel der Marattha nahm langsam Formen an. Späher des britischen Expeditionskorps, »hirrcarrahs« und Barrak ben Ullahs Paschtunen brachten seit Tagen ähnliche Meldungen aus den feindlichen Linien, und der »killdar« von Arungabad hatte beunruhigt eine Depesche geschickt: Muslimische Reiter – Söldner Scindias – trieben sich in den Wäldern unweit der britischen Nachschubbasis herum und störten die Versorgungskonvois.

Arthur Wellesley rieb sich den schmerzenden Rücken. Er war bei Oberst Stevenson in Kolsah gewesen und dann in den umstrittenen Grenzgebieten jenseits des Purnah. Auf dem Rückweg hatte er einen Abstecher zu John Collins gemacht, der mit einer großen Eskorte in den »gauths« Aufklärungsritte unternahm. Seine eigenen Beobachtungen und die von Collins deuteten auf eine feindliche Leichte Kavallerie von fast 15 000 Mann hin. Die meisten waren wohl »pindarries« – bessere Strauchdiebe.

»Diese sogenannte Kavallerie des Rajahs von Gwalior beunruhigt mich nicht. Die hauen ab, wenn du nur entschlossen genug gegen sie vorrückst. Sie opfern weder ihre Pferde noch ihre Waffen für einen Auftraggeber. Alles, was >pindarries< interessiert, ist, Beute zu machen und schnell in den Wäldern zu verschwinden. Ich habe es schon oft erlebt, wie sie beim ersten Anzeichen eines richtigen Gefechts fliehen, um dann ungestraft im Hinterland weiter zu plündern, während die regulären Truppen sich die Köpfe einschlagen.« Mit einem lauten Seufzer ließ Wellesley sich auf Elphinstones klappriges Feldbett fallen. »Verdammt, ich weiß nicht, ob ich sitzen, stehen oder liegen soll. Ich hab keinen heilen Knochen mehr im Leib.« Auf dem Rückweg zu seinem Teilheer war er durch reißende Flüsse geschwommen, hatte sich an dünnen Seilen über tiefe Schluchten gehangelt, hatte im Regen auf dem Boden geschlafen ... seine Malariaanfälle kamen und gingen. Er hatte das Gefühl, langsam an die Grenzen seiner Belastbarkeit zu gelangen.

»Was hältst du vom Schreiben der Begum?« fragte Elphinstone.

»Es kostet mich nichts, ihr Angebot anzunehmen. Ihre Informationen stimmen mit deinen und meinen überein. Barrak glaubt der Begum. Sein Vater hatte lange Jahre mit ihr zu tun. Sie ist weder dumm noch lebensmüde. Mit ein bisschen Glück fangen wir Cappellini vor Bombay ab und befördern ihn zurück ins Maharastra und ins Bett der Dame. Der Korse hat bestimmt nichts dagegen, die Begum und ihren ›campoo‹ noch ein paar Jahre zu verwalten. Meine Idee, ihn nach Frankreich und zu General Bonaparte zu befördern, hat ihn sowieso nicht in Begeisterungsstürme versetzt.«

Der Kurier trat unruhig von einem Fuß auf den anderen. Er verstand nicht, worüber die beiden »inglis« diskutierten. Seine Herrin hatte ihn zu größter Eile gedrängt, denn mit jedem Tag, den er verschwendete, stießen Dodd und der »campoo« tiefer in die »gauths« vor. Sollten sie den Pass von Ajanta erreichen, bevor Wellesley der Begum antwortete, war möglicherweise alles verloren: Sie würden auf ihrem Weg zurück nach Jalna zwangsläufig dem einen oder anderen britischen Teilheer in die Arme laufen, und Dodd würde sich gewiss zum Kampf stellen. Dieser Verräter mochte militärisch geschickt sein, doch sein Ehrgeiz und sein offensichtlicher Hass auf alles Britische behagten der Begum nicht.

»Acha, acha, mein Freund!« beruhigte Elphinstone den Kurier. »Wir brauchen ein bisschen Zeit, um nachzudenken.«

»Meine Herrin hat keine Zeit mehr«, erwiderte der Mann gereizt.

»Dann reite und sag der Begum, dass sie mein Wort hat!« Wellesley setzte sich mühselig auf. »Sie bekommt unseren Schutz. Und ich werde versuchen, ihren ›campoo‹ heil aus der Affäre zu ziehen. Wenn Dodd allerdings den Angriff auf meine Männer befiehlt ...«

Arthur überlegte, welchen Einfluss die Begum noch auf ihre Soldaten hatte. Konnte sie unauffällig einen Befehl dieses Verräters außer Kraft setzen? Würden siebentausend Männer im Angesicht britischer Truppen die Waffen niederlegen und sich ergeben?

»Gehorchen die Soldaten diesem Dodd?« fragte er den Kurier auf Hindustani.

Der Mann zuckte die Schultern. »Ich weiß es nicht, Wellesley-Sahib! Sie sind sorgfältig ausgebildet worden. Sie folgen ihren Kommandeuren.«

»Reite jetzt zurück und sag der Begum, was ich dir aufgetragen habe. Ich werde Oberst Stevenson befehlen, dem ›campoo‹ aus dem Weg zu gehen. Es wird einige Zeit dauern, bis wir Oberst Cappellini zurückbringen können. Er hat die Strecke nach Bombay ungefähr zur Hälfte zurückgelegt.«

Der Kurier der Begum nickte und salutierte vor dem General. Dann verschwand er eilig aus Elphinstones Zelt. Draußen erwartete ihn bereits eine kleine Eskorte der Briten, die dafür

Sorge tragen sollte, dass er unbehelligt bis in die Nähe seiner Herrin gelangen konnte. »Und nun, Arthur?« Montstuart begriff die heikle Lage. Sie hatten eine potentielle Verbündete im feindlichen Lager, doch niemand wusste genau, wie man einen »campoo«, der von einem Scindia verpflichteten Verräter kommandiert wurde, unbeschadet auf die britische Seite zog. »Scindia und Berar haben 50000 Berittene in der Gegend um Jalna. Jalna ist Scindias Festung, obwohl sie vierzig Meilen tief im Gebiet des Nizam liegt ... Trotzdem lege ich es als bewaffneten Überfall aus, mein Lieber. Eine böswillige Grenzverletzung und ein Bruch des Vertrages von Bassein.«
»Kurz und gut, du betrachtest es als eine offene Kriegserklärung, Arthur!«
Wellesley zuckte die Schultern. »Wir können mit unseren beiden Teilheeren nicht so schnell marschieren, wie Scindia und Berar mit ihren Reitern vorankommen. Diese Situation geht mir auf die Nerven. Perron mit den regulären Einheiten ist die Vorsicht in Person. Er schleicht irgendwo oben im Norden herum und will sich auf keinen Fall einmischen. Aber wenn sein Heer wirklichen Ärger mit uns bekommt, können wir sicher sein, dass wir es innerhalb kürzester Zeit auch mit ihm zu tun bekommen. Pohlmanns ›campoo‹ gehört dem Rajah von Gwalior, also wird er sich stellen. Filouze hat einen weiteren ›campoo‹, der gewiss zu Scindia stößt, wenn er den Befehl erhält, und dann hängen in der Mitte noch dieser verdammte Dodd und die siebentausend Infanteristen der Begum. Wenn ich das alles zusammenzähle, sind wir inzwischen bei hunderttausend Gegnern.«
»Ein Zweifrontenkrieg, Arthur. Wenn Lake mit der Bengal-Armee über Oudh vorstößt, muss Perron seine ›campoos‹ opfern, um die Grenze zu sichern ...«
Wellesley seufzte. »Ich schicke die Befehle noch heute Nacht. Vielleicht hilft's ja.« Vor Müdigkeit konnte er die Augen kaum noch offenhalten. Der Freibrief des Generalgouverneurs bürdete ihm neben sämtlichen britischen Operationen im Maharastra, im Gujerat und im Dekkan auch noch Lake und einen potentiellen Angriff im Norden auf. Er musste über Hunderte von Meilen hinweg und mit vagen Informationen darüber entscheiden, ob sich eine zweite, große britische Armee dem Feind stellte. »Stevenson soll in der Nähe von Kolsah bleiben. Wir werden im Morgengrauen marschieren und Scindia aus seinem Rattenloch Jalna vertreiben, bevor er in den Gebieten des Nizam Unheil

anrichtet. Wir können von Glück sagen, dass die Thronfolge in Hyderabad so problemlos über die Bühne gegangen ist. Ich tausche Madras-Infanterie gegen die beiden Regimenter in der Hauptstadt aus und schicke die Jungs zu Stevenson.«

»Wenn du Richtung Osten über Budnapoor vorstößt, stolperst du aber zwangsläufig über siebentausend Mann und unseren Verräter aus Sedaseer. Das weißt du doch, mein Freund?« Elphinstone hatte eine genaue Karte des Gebietes ausgebreitet und überlegte krampfhaft, wie man die »gauths« umgehen konnte, damit Scindias Ablenkungsmanöver mit dem »campoo« der Begum Sumroo im Sande verlief.

»Was soll Kavallerie schon gegen Budnapoor ausrichten? Mit gezogenem ›tulwar‹ gegen Mauern? Schick dem ›killdar‹ einen Befehl: Er soll die Anlage verteidigen und sich ja nicht aus der Ruhe bringen lassen, falls Scindia und der Rajah von Berar aufkreuzen. Falls Dodd sich allerdings hinreißen lässt, seine Geschützbatterien vor der Festung des Nizam in Stellung zu bringen, hat die Begum eben Pech gehabt. Stevenson ist in Reichweite, und zur Not können wir ...« Elphinstone schüttelte den Kopf und legte Wellesley die Hand auf die Schulter. »Wir können nicht, Arthur! Wenn du glaubst, die Mysore-Kavallerie zu nehmen ... irgendwann wird eines deiner Himmelfahrtskommandos in die Hosen gehen, und du holst dir eine blutige Nase.«

»Lasse mich bitte ausreden, Montstuart! Die ›silledars‹ sind fähige Männer. Bisnapah und Goklah verstehen ihr Geschäft. Aber darauf wollte ich eigentlich gar nicht hinaus.« Er quälte sich vom Feldbett, nahm seinem politischen Offizier die Wachskreide aus der Hand und ging zu der Karte. Zuerst zeichnete er eine schlangenartige Bewegung hinunter an den Godavery und zurück in die Berge ein.

»Stevenson steht bei Kolah. Wir schaffen es, in vier oder fünf Tagen über Puttun bis Rakisbaum zu marschieren. Das sollte sogar Scindias Spähern nicht verborgen bleiben. Wenn der Mann es doch nicht merkt, setze ich mein Feldheer noch einmal über den Fluss. Ich setze so lange über den Fluss, bis er's merkt. Dann hat unser Freund die Wahl: Richtet er sein Augenmerk auf Hyderabad, hat er mich im Rücken und Stevenson in der Flanke. Lässt er von seinem Plan ab und zieht sich zurück, muss er irgendwo vor den Pässen kämpfen – mit Stevenson im Rücken und uns in der

Flanke.«
»Das ist Wahnsinn, Arthur! Du bringst im besten Fall 15 000 Mann aufs Schlachtfeld. Scindia hat doppelt so viele Bewaffnete. Selbst wenn du wie ein Tiger kämpfst, die Übermacht ist zu groß.«
Wellesley nickte Elphinstone zu, blieb aber eine Antwort schuldig. Dann stand er auf und verschwand aus dem Zelt, ohne seinem Freund auch nur ein weiteres Wort zu widmen. Die Nacht war schwül. Am Firmament war nicht ein Stern zu sehen. Ohne Ziel und einen bestimmten Plan ging der General langsam an den Feuerstellen seiner Soldaten vorbei, bis er schließlich ein kleines Waldstück erreichte. Er setzte sich auf einen umgestürzten Baumstamm und dämmerte im Halbschlaf. Erst als der Morgen graute, erhob er sich und ging ins Feldlager zurück. Als die Truppen sich zum Abmarsch vorbereiteten, schlang er an einem der Feuer einen Teller Reis hinunter. West oder Colin Campbell – seit Ahmednuggur sein zweiter Adjutant – mussten nach ihm gesucht haben, denn ein Sepoy erschien mit Diomed, dem hellgrauen Araberhengst.

Henry Wellesley setzte die Tasse ab und lehnte sich zurück. Gertenschlank, mit sehr heller Haut und aristokratischen Zügen, war er das jüngere Ebenbild des Marquis von Mornington. Lediglich die tiefen schwarzen Ringe, die sich im Lauf der letzten Monate unter seinen Augen eingegraben hatten, störten das Erscheinungsbild. »Ich werde nach Hause zurückkehren, Richard. Mein Schiff läuft in wenigen Tagen aus. Alle Vorbereitungen sind getroffen ...«
»Du verzichtest auf eine glänzende Karriere, Bruder!« Der Generalgouverneur streifte den wattierten, dunkelgrünen Morgenrock ab und griff nach einer hellgrauen Redingote aus schwerer Seide, die sein Diener über einem zweisitzigen Diwan ausgebreitet hatte. Die Krawatte würde er nach dem Frühstück binden. »Ich bin enttäuscht, dass du erst im letzten Augenblick den Mut findest, mit mir zu sprechen.«
Henry seufzte. Er hatte viele Nächte mit Sir Edwin Hall diskutiert. Seine Entscheidung war unumstößlich. Er konnte nicht mehr der Komplize bei Richards sonderbaren Machenschaften sein. Zu viel Geld verschwand auf geheimnisvolle Weise aus den Kassen von »John Company«. Die Art und Weise, wie der Generalgouverneur seine Macht benutzte, um Druck auf die Herrscher auszuüben, die Schutzverträge mit Großbritannien unterzeichnet hatten, war für

einen ehrbaren Mann nicht akzeptabel. Doch Henry fand kein Mittel, Einfluss auf seinen Bruder zu nehmen.
»Richard, es geht um meine Gesundheit. Versuch mich zu verstehen. Dieses Klima bringt mich noch ins Grab. Seit Monaten leide ich unter schrecklichen Fieberanfällen«, log er ungerührt. Er hätte sich gern mit Arthur beraten, aber der war irgendwo im Herzen des Subkontinents im Felde. Nicht einmal Edwin Hall vermochte noch Schreiben an dieses Expeditionskorps zu schicken, das sich so schnell bewegte und beinahe unsichtbar war...
Doch Arthur würde seine Entscheidung sicher verstehen. Henry hatte einen langen Brief geschrieben. Er wollte ihn Hall anvertrauen, damit dieser ihn Arthur zukommen ließ, sobald der Krieg mit den Marattha beendet war.

»Großer Gott!« stöhnte Oberst James Stevenson, als er mit seiner Eskorte auf Budnapoor zuritt. Der Offizier an seiner Seite hatte gerade einen ausführlichen Bericht über Arthur Wellesleys letzten Zusammenstoß mit dem Gegner beendet. Sein Teil des Feldheeres bewegte sich inzwischen in östlicher Richtung auf Jalna zu und würde in Kürze nach Norden schwenken. Nur noch wenige Tagesmärsche trennten sie voneinander. Wenn alles gutging, würden sie Scindias Armee Ende September irgendwo vor den »ghauts« angreifen. Wellesley befand sich genau hinter den Marattha. Er trieb sie vor sich her wie eine Herde Schafe. Am Vortag hatte es ein heftiges Gefecht zwischen seiner Vorhut und Truppen des Rajahs von Gwalior gegeben. Arthur provozierte diese Reibereien, um den Gegner zu zermürben. Seit er den Godavery zum zweiten Mal überquert hatte, zog sich eine lange, blutige Spur in Richtung Norden.
Barrak ben Ullah beobachtete beunruhigt die große Einheit der »pindarri«- und »silledar«-Kavallerie. Seit Tagen verfolgte er sie mit seinen Paschtunen. Arthur hatte Oberst Stevenson befohlen, mit seinem Teilheer gegen die Grenze der Gebiete von Raghuji Bhonsla zu marschieren. Der Rajah von Berar beherrschte das Herzland der Konföderation. Eine Invasion würde nicht kriegsentscheidend sein, aber als Ablenkungsmanöver konnte sie zumindest zeitweilig die Truppen des Generals entsetzen. Arthur verschwendete viel Zeit und Energie darauf, die ständigen Angriffe leichter Marattha-Kavallerie gegen sein Feldheer auf dem Vormarsch abzuwehren.

Die Begum Sumroo wusste, dass sie nicht viel gegen Major William Dodd ausrichten konnte, der nun ihren »campoo« befehligte. Als er nach dem Ajanta-Pass gen Süden schwenkte und mit Pohlmann aufschloss, hatte sie eine Zeitlang versucht, sich zu widersetzen, denn die Vereinigung mit der regulären Infanterie Scindias bedeutete, dass General Wellesleys Garantie ihre Gültigkeit verlor. Der Ire hatte die Begum wissen lassen, dass er ihren »campoo« nicht angreifen würde, solange der ihn nicht dazu provozierte und auch sonst keine Gefahr für die Briten darstellte. Der Zusammenschluss mit Pohlmann allerdings gefährdete sowohl Stevenson als auch Wellesley – und beide Offiziere würden entsprechend reagieren.
Die Begum hatte zwei Offiziere ausgewählt, die bereits mehr als zwanzig Jahre in Indien lebten. Beide waren Iren wie Thomas und Wellesley. Beiden vertraute sie: John Roach und George Blake hatten das Lager des »campoo« in einer dunklen Nacht verlassen, deren Stille nur vom unbarmherzigen Grollen der Kanonen gestört worden war, die sich in diesen Stunden gegen Scindias Festung Jalna richteten. Die Begum hatte dafür gesorgt, dass Roach und Blake hervorragende Pferde unterm Sattel hatten. Sie hob den Blick zum Himmel und betete für die beiden Männer. Wenn sie auf ihrem gefährlichen Weg durch die dichten Reihen feindlicher Kavallerie nicht gefallen waren, konnten sie bereits in Arungabad sein. Sie hoffte, dass Arthur Wellesley – oder der Kommandeur, den er in der Stadt zurückgelassen hatte – den Deserteuren glauben würde.

Oberst James Stevenson schickte täglich dringliche Bitten an seinen Vorgesetzten, ihm mehr Geschütze, mehr Zugochsen und zusätzliche Verpflegung zukommen zu lassen. Sein Ziel war Gawilghur, eine der wichtigsten Festungen Raghuji Bhonslas, hoch in den Satpura-Bergen im Norden des Purna-Tals. Er sollte die Festung belagern und, wenn irgend möglich, einnehmen. Nach dem Fall von Gawilghur sollte Stevenson dann gegen die Hauptstadt von Berar ziehen – Nagpur.

Roach und Blake aßen hungrig, was die Paschtunen ihnen gereicht hatten: Reis, Lammfleisch, eine dicke Sauce aus Sauermilch mit viel
Muskat, Kardamom und einem Hauch Curry. Als man sie mitten in der Nacht auf einem einsamen Pfad durch die Berge abgefangen

hatte, hatten beide geglaubt, ihre letzte Stunde habe geschlagen, denn die Männer, denen sie in die Hände gefallen waren, sahen wild und gefährlich aus. Sie waren bis an die Zähne bewaffnet und ritten erstklassige Vollblüter, die hier im Herzen des Maharastra selten und unerschwinglich waren. Außerdem unterhielten sie sich in einem sonderbaren Dialekt miteinander, der keinem der beiden irischen Söldner vertraut war und dem sie trotz ihres langen Aufenthaltes in Indien nicht zu folgen vermochten. Zu Anfang war man auch nicht besonders zimperlich mit ihnen umgegangen. Man hatte sie herumgestoßen und mit gezogenen Waffen bedroht. Schließlich waren sie vor einen jungen Mann gezerrt worden, der seiner kostbaren Kleidung und seiner teuren Waffen wegen wie der Anführer der Bande aussah. Zuerst hatte er in diesem sonderbaren Dialekt seine Männer angebrüllt. Dann hatten Blake und Roach sich mit gefüllten Schüsseln vor einem Feuer wiedergefunden.

Barrak ben Ullah reichte den Teller einem seiner Männer. Freundlich lächelte er die Deserteure aus dem »campoo« der Begum Sumroo an. »Ich nehme an, Sie sind auf der Suche nach dem britischen Expeditionskorps.« Sein beinahe akzentfreies Englisch verfehlte seine Wirkung nicht. Die beiden Männer schraken zusammen und blickten einander zweifelnd an.

»Sie brauchen sich nicht weiter der Gefahr auszusetzen, durch dieses von Marattha-Kavallerie verseuchte Gebiet zu reiten. Ohne Hilfe werden Sie weder General Wellesley noch Oberst Stevenson ausfindig machen. Aber Sie dürfen sich gerne mir anvertrauen.«

Roach fing sich als erster. »Sie gehören zum Expeditionskorps?«

Barrak nickte dem Deserteur aufmunternd zu. »Wir sind die Augen und Ohren des Generals.«

Dodd hatte Wellesley unterschätzt. Allmählich begriff er, dass Shee ihm viel Unsinn erzählt hatte. Der Ire war kein ängstlicher und übervorsichtiger Gegner. Sein Angriff auf Ahmednuggur und sein ganzer bisheriger Feldzug bewiesen, dass er über ein Selbstvertrauen verfügte, das sein Alter und seine militärische Erfahrung bei weitem überstieg. Dodds Entscheidung, von den Truppen der Ostindischen Kompanie zum Feind überzulaufen, war nicht nur auf den aufkeimenden Verdacht seiner Vorgesetzen zurückzuführen, was seine Unterschlagungen betraf. Er wollte sich als Mensch und Soldat noch etwas beweisen, und England hatte ihm nie die Möglichkeit dazu gewährt. Aber wenn er sich auf die

Seite der Marattha schlug, konnte Dodd seinen ehemaligen Vorgesetzten und sich selbst beweisen, was in ihm steckte.
Doch nun hatte das Blatt sich überraschend gewendet. Obwohl sie dem Feind zahlenmäßig weit überlegen waren, verloren sie Zug um Zug: Pohlmanns »campoo« und die Truppen der Begum Sumroo waren nur knapp ihrem Schicksal entgangen, als es in den Bergen zu einem brutalen Zusammenstoß mit den Briten gekommen war. Ein halbes Regiment der 19. Königlichen Dragoner war über die »silledars« von Raghuji Bhonsla hergefallen und hatte sie aufgerieben. Es war ein grauenvolles Blutbad gewesen: Nun stand der Feind mit seinem verhängnisvollen Ruf der Unbesiegbarkeit genau zwischen Dodd und Pohlmann.
Unzufrieden verzog die Begum den Mund. »Major, ich kann Ihre Entscheidung nicht akzeptieren. Wir sind vom Hauptheer abgeschnitten. Es ist unmöglich, den Zusammenschluss herbeizuführen, ohne dabei meinen ›campoo‹ aufs Spiel zu setzen.«
Dodd schüttelte den Kopf. »Madam, der Befehl ist eindeutig. Der Rajah wünscht, dass wir bis Bakhurdan vorstoßen, und Pohlmann zählt darauf, dass wir seine Flanke sichern. Ich werde den Marsch befehlen!« Er hatte nicht die Absicht, mit dieser sonderbaren Frau zu diskutieren. Sie erschien ihm immer mehr als halbseidene Verbündete. Obwohl europäische, meist britische Offiziere täglich im Schutz der Nacht das Lager verließen und nie zurückkehrten, schickte diese Frau niemals Suchtrupps los. Und jedes Mal, wenn er einen Befehl erteilte, verschwendete sie seine Zeit mit stundenlangen Grundsatzdiskussionen.
Die Begum lehnte sich in einem Haufen weicher Seidenkissen zurück und gab ihren Dienern Handzeichen, sich aus dem Zelt zurückzuziehen. Die Männer verschwanden lautlos. Sie war mit Dodd allein. Seit ein paar Tagen wusste sie, dass Roach und Blake den Weg in die britischen Linien geschafft hatten. Man hatte ihr mitgeteilt, dass General Wellesley sich auch weiterhin an sein Versprechen halten würde, wenn sie ihren »campoo« aus den Kampfhandlungen heraushielt. Nun blieb ihr in Anbetracht von Dodds Sturheit nur noch ein Ausweg, um ihren Teil des Handels einzuhalten. »Gut, Major! Wenn Sie der Auffassung sind, dass dieser Schritt notwendig ist, lasse ich Sie gewähren.« Der unzufriedene Zug um ihren Mund war einem freundlichen Lächeln gewichen. »Sie sind der Soldat. Ich vertraue Ihrem Urteil.« Ihre Hand streckte sich einladend nach der seinen aus. Dodd

errötete leicht. »Welchen Weg werden wir einschlagen? Erklären Sie mir Ihren Plan. Mein Gemahl und Oberst Thomas haben mich immer in ihre Pläne eingeweiht ...«
Dodd seufzte. Perron und Pohlmann hatten ihn zum Schweigen verpflichtet. Doch sie waren allein im Zelt, und diese Frau faszinierte ihn seit dem Tag, als er in die Dienste der Maratthas getreten und ihr zum ersten Mal begegnet war.

Für einen kurzen Augenblick schloss Perron die Augen. »Der Plan sieht vor, dass wir abwarten, bis wir wissen, ob Holkar sich unserer Sache anschließt oder nicht.« Er wusste, dass sein verzweifelter Appell vergebliche Mühe war. Holkar war der mächtigste der Marattha-Fürsten, doch in diesem Augenblick spielte er auf Zeit und hielt den Briten mit seiner vorgetäuschten Neutralität den Rücken gegen Bhonsla und Scindia frei. Seine riesigen Truppen waren intakt. Sollten sie Wellesley vernichten, würde er sich zu ihnen bekennen, um seinen Anteil an der Macht im Maharastra zu behalten. Weil er die meisten Soldaten unter Waffen hatte, würde er sogar den ersten Rang beanspruchen können. Sollte der Ire sie jedoch bezwingen, stand Holkar auf Seiten der Sieger und würde sich aussuchen können, ob er den Platz des unbeliebten »Peshwa« beanspruchen wollte oder sich mit seinem gewaltigen Einfluss und einem Platz hinter dem Thron von Poona zufriedengab.

»Sie werden wieder einen ›durbar‹ abhalten und unseren Plan tot reden.« Anton Pohlmann schüttelte den Kopf. Seit Wochen schon liefen sie auf so ungeschickte Art und Weise vor den Briten davon, dass bei diesem Zug über die Hochebene des Dekkan mehr Männer umkamen, als je in einer offenen Schlacht gegen einen zahlenmäßig unterlegenen Gegner fallen konnten.
»Haben Sie jemals einem ›durbar‹ beigewohnt, Dodd?« spottete Perron. »Nein.« Dodd hatte sich erst vor wenigen Stunden zum Hauptheer durchgeschlagen und war in Gedanken noch zu sehr mit der Begum beschäftigt. Er kommandierte ihren »campoo«, und sie hatte ihm Zugang zu ihren Gedanken und zu ihrem Bett gewährt. Sollte es ihm wirklich gelungen sein, das Bild dieses korsischen Glücksritters Cappellini in ihrem Herzen zerstört und seinen Platz eingenommen zu haben? Oder steckte etwas anderes hinter der plötzlichen Zuneigung dieser sonderbaren Frau?
»Ein ›durbar‹ ist ein Kriegsrat, bei dem sich die Alten, Weisen, Schwatzhaften und in der Kriegskunst Ungebildeten

zusammentun, um in den stinkenden Eingeweiden irgendeines halbverwesten Viehs oder in den Sternen den Ausgang einer Schlacht zu lesen. Meist enden diese langwierigen Diskussionen in irgendeinem lauen Kompromiss, und wir begeben uns wieder auf eine ziel- und planlose Wanderschaft.«
»Vielleicht haben wir Glück, Jean-Francois! Wenn beschlossen wird, dass wir uns nach Nagpoor zurückziehen ...«
Perron schüttelte den Kopf. Scindia war nicht so entschlussfreudig wie sein Vater, wenn es um alles oder nichts ging. Er mochte keine unkalkulierbaren Risiken. »Wenn der Rajah gestern von einer schwarzen Schlange oder einem grünen Schaf geträumt hat, helfen all unsere Ratschläge nicht mehr weiter, Anton. Finden wir uns damit ab, oder setzen wir diesen braunen Affen das Messer an die Kehle und ziehen unsere >campoos< nach Norden zurück, egal wie der >durbar< entscheidet?«
Pohlmann zuckte nur mit den Schultern und schüttelte den Kopf. »Ich habe keine >jaghir<, um mich zurückzuziehen.«
Dodd nickte beipflichtend, als der Hannoveraner endete. Er war von Perron zwar nicht befragt worden, doch es machte keinen Sinn, davonzulaufen. Nur in einer bewaffneten Auseinandersetzung mit den Briten würde er sein Glück machen können; nur im Kampf mit dem Feind konnte er der Begum beweisen, dass sie den richtigen Mann für ihre Truppen und für ihr weiteres Leben erwählt hatte. Das Bild des Savoyarden Benoit Le Boigne spukte in Dodds Kopf herum – Benoit, der Maharadscha! Warum sollte das Glück ausnahmsweise nicht auch ihm hold sein?
»Eigentlich ist dieses ziellose Herumirren gar nicht so dumm«, entfuhr es dem Major. Er hatte nur vor sich hingemurmelt, doch die Köpfe von Perron und Pohlmann fuhren zu ihm herum.
»Reden Sie weiter, William!« ermutigte ihn Perron. Es war das erste
Mal, dass er den ungeliebten britischen Deserteur mit Vornamen ansprach.
»Wenn wir nicht wissen, wohin wir laufen, weiß der Ire es auch nicht, und eines Tages wird er ein paar Meilen zu weit vorstoßen ...«
»... und dann springen wir ihm ins Genick wie hungrige Tiger. Sie haben Recht, mein Freund! Irgendjemand wird einen Fehler machen. Menschliche Fehler sind ein eisernes Gesetz des Krieges. Wir brauchen nur ein bisschen Geduld.«
Zufrieden betrachtete Perron den Kommandeur des »campoos« der

Begum. Obwohl er den Engländer nicht leiden konnte, musste er zugeben, dass Dodd ein kluger Kopf war. Die Ostindische Kompanie war dumm gewesen, einen solchen Mann so lange auf dem unbedeutenden Dienstrang eines Leutnants zu belassen.

»Üben wir uns in Geduld, meine Herren, und lassen wir Arthur Wellesley kommen. Er wird unsere Waffen zu spüren bekommen – zumindest die verhängnisvolle Übermacht unserer Truppen. Dieses eine Mal bin ich ganz glücklich über einen dieser zeitraubenden ›durbars‹.«

Es war nicht ihre Schuld gewesen. Die Paschtunen hatten keine Ahnung davon gehabt, dass Mohiput Raos »hirrcarrahs« eine Aufklärungsmission in dieser Gegend unternahmen. Trotzdem fühlten sie sich verantwortlich. Sie waren zu spät gekommen, um einzugreifen. Trotz der brütend heißen Sonne war das Blut noch nicht trocken. Tausende pechschwarzer Fliegen krochen auf den toten Körpern herum. In den leblosen Augen der »hirrcarrahs« waren schreckliche Angst und grenzenlose Verzweiflung eingemeißelt.
Barrak ben Ullah hatte noch nie ein solches Bild des Grauens gesehen. Die Feinde mussten Mohiput Rao und seine Männer völlig überrascht haben. »Schneidet sie los!« befahl er. Die Toten trugen deutlich sichtbar die Spuren erbarmungsloser Folter. »Bestattet sie und empfehlt die Seelen unserer Waffenbrüder der Gnade Allahs! Dann folgt uns ins Feldlager.« Er gab Mullhai Zeichen, ihm zu folgen. Wenige Augenblicke später war der Afghane in einem kleinen Wald verschwunden und ritt auf den Kaitna und ein Dorf mit Namen Assaye zu.
Kurz nachdem es den Briten gelungen war, den Feind nach Osten abzudrängen, ließ der junge Nizam von Hyderabad, Mizra Secunder Jah, Oberst James Stevenson wissen, dass er nun bereit sei, alleine den Schutz der Kommunikationslinie zwischen Hyderabad und Araungabad zu übernehmen. Stevenson war sofort losgezogen, und sein Teil des Expeditionskorps befand sich nur noch zwei Tagesmärsche von Wellesleys Truppen entfernt, direkt auf dem Weg nach Borkardan. Ein großer Tross und ein zusätzliches Bataillon Madras-Infanterie aus Hyderabad schlossen in diesem Augenblick vermutlich zu dem Iren auf. Er befand sich in günstiger Position nördlich des Godavery, zwischen Paugy und einem Nest mit Namen Naulniah. Stevenson erwartete ungeduldig die Rückkehr seiner Aufklärer: Mohiput Rao hatte den Auftrag gehabt, dem Kontingent der Begum Sumroo zu folgen und zu melden, wann dieses den Ajanta-Pass überschritt. Elphinstone und Barrak ben Ullah war es irgendwie gelungen, Verbindung mit der Begum aufzunehmen. Man hatte sie wissen lassen, dass Wellesley eine Kampfeinheit in den Bergen verstecken würde, die den »campoo« an einem Engpass stellen sollte, sobald Dodd sich anschickte, seine schweren Geschütze über den Pass zu bringen: Nachdem sie Allessandro Cappellini kurz vor Bombay abgefangen

und eilig ins Maharastra zurückgebracht hatten, hatte dieser sich bereit erklärt, das Spiel der Briten mitzuspielen und die siebentausend Soldaten der Begum ins andere Lager zu befördern. Wellesley sollte nur dafür Sorge tragen, dass der abtrünnige Major Dodd ausgeschaltet wurde.
James Stevenson erwartete seinen Freund Arthur Wellesley zuversichtlich. Sie würden die letzten Einzelheiten ihres Planes besprechen, sich den Bericht der Agenten anhören, die Vereinigung der beiden Teilheere bei Naulniah vollziehen und dann Scindia und Bhonsla angreifen. Die Maratthas saßen fest wie Ratten in der Falle.

Assaye lag am Südufer des Juah, eines Nebenarms des Kaitna. Zur Rechten des Dorfes erstreckten sich über mehr als zwei Meilen fruchtbares Ackerland und Viehweiden. Dann fiel die Ebene ab, um abrupt im steilen, von Steinen und Felsblöcken übersäten Ufer des Kaitna zu enden.
Voller Zufriedenheit betrachtete Jean-Francois Perron die Position, die sie ausgewählt hatten, um endlich die Briten zu stellen: Assaye war eine tödliche Falle für jeden, der verrückt genug sein sollte, einen
Angriff gegen die vereinigten Truppenkontingente von Scindia und Bhonsla zu wagen. Natürlich waren die Methoden, die William Dodd angewendet hatte, nachdem ihm Stevensons »hirrcarrahs« in die Hände gelaufen waren, verabscheuungswürdig gewesen, doch keiner der Männer hätte je freiwillig den Mund aufgetan.
»Damit ist unser größtes Problem gelöst, Major!« erklärte Perron dem Engländer. »Wenn Sie über den Pass marschiert wären, nur um Wellesley zu umgehen, hätten wir sowohl den >campoo< als auch die Geschütze der Begum riskieren müssen, nur um dem Iren vielleicht in den Rücken zu fallen, falls Sie ihn rechtzeitig gefunden hätten. Der einzige Weg über die >ghauts< ist gefährlich und teuflisch eng. Die Zugtiere wären wie die Fliegen verreckt, vor Anstrengung tot umgefallen oder abgestürzt. Der Preis für dieses Manöver ... ich mag gar nicht daran denken. Selbst wenn es funktioniert hätte, siebentausend Mann und vierzig Geschütze zwischen Wellesley und Stevenson zu schieben ... Jetzt haben wir sechzigtausend Mann und über einhundert Geschütze in einer geradezu unbezwingbaren Stellung. Und wir wissen ganz genau, wo der alte schottische Fuchs sich herumtreibt und über wie viele

Soldaten er verfügt. Egal wie sie es anstellen: Wenn die beiden Teilheere sich vereinigen wollen, muss einer der Herren früher oder später über diesen Fluss ...«

Anton Pohlmann klopfte mit seiner Reitgerte nervös gegen die blankgeputzten Stiefel. Während Perron sprach, starrte der Hannoveraner auf seinen »campoo«, der in diesem Augenblick südlich des Dorfes auf einer Anhöhe direkt am Fluss Stellung bezog. Achtzig Geschütze zogen sich in einer ehrfurchtgebietenden langen Linie vom Kaitna hinüber zum Juah. Das Dorf Assaye war mit Fußsoldaten Dowluth Raos vollgestopft, und Pioniere verstärkten die Wälle der kleinen Befestigungsanlage links des Kaitna oder legten Barrikaden. Nördlich des Flusses, zwischen Kodully und Taunklee, kampierten Dodd, Filouze und Perrons Männer. Auch sie hatten starke Geschützbatterien, die es erlauben würden, ein verheerendes Kreuzfeuer über den Briten zu eröffnen. Starke Kavallerie-Einheiten hatten sich westlich des Kaitna bis fast nach Borkardan eingenistet, und im Norden standen die irregulären »silledar«-Reiter, die den Tross beschützen sollten. Alles in allem waren es wohl mehr als 50000 Soldaten, die die Ebene schwarz färbten.

»Falls der Ire mit seiner knapp sechstausend Mann starken Spielzeug-Armee weiterhin seinen Plan verfolgt, uns in die ›ghauts‹ und nach Osten zu vertreiben, läuft er ins Verderben«, murmelte Pohlmann zufrieden vor sich hin.

»Verdammt!« fluchte Allessandro Cappellini und blickte Montstuart Elphinstone an. »Die Sache stinkt zum Himmel. Sie behaupten, Oberst Stevenson hätte seine Aufklärer vor vier Tagen losgeschickt. Sie müssten uns schon vor zwei Tagen erreicht haben. Wir müssten den ›campoo‹ der Begum seit Stunden ausmachen können. Für Truppen mit schweren Geschützen gibt es keinen anderen Weg über den Pass, und die Begum hat uns mitgeteilt, dass Perron plant, Dodd zusammen mit siebentausend Männern und vierzig Geschützen zwischen die beiden Teilheere von Arthur und Stevenson zu schieben.« »Und wenn sie gelogen hat, Sandro?« Montstuart verbarg seine Sorge hinter gespieltem Gleichmut. Das Kräfteverhältnis zwischen Briten und Marattha war so ungünstig, dass Dodds siebentausend Mann über Leben und Tod entscheiden würden. Wellesley spielte mit hohem Einsatz. Er war tief ins Herzland des Maharastra eingedrungen. In seinem Rücken waren unwegsame Berge, die ihnen im Ernstfall den

fluchtartigen Rückzug auf Budnapoor und Araungabad unmöglich machten: Vor ihnen erstreckte sich über mehr als 500 Meilen die Kette der »ghauts«, die Hochebene des Dekkan. Zur Rechten führte der Purna Hochwasser und schnitt jeden Ausweg in die Gebiete des Nizam von Hyderabad ab, und die Aufklärer hatten bei Borkardan feindliche Truppen gemeldet – die wilden Scharen Bhonslas und Scindias wurden auf mehr als 50 000 Mann geschätzt: Berittene, Fußsoldaten, Artilleristen, »pindarries«, »brinjarries« ... nur der Himmel wusste, was sich dort noch für üble Überraschungen versteckten.
Stevenson konnte – wenn überhaupt – frühestens am 25. oder 26. September den Zusammenschluss mit Wellesley vollziehen. Sie würden etwa 15 000 Rotröcke und Sepoys ins Feld führen, und dabei hatte Montstuart noch die Marattha-Kavallerie unter Gokhla und Appa Dessaye dazugerechnet...
Cappellini schüttelte den Kopf. »Die Begum kann in einer solchen Situation nicht lügen, mein Freund! Verliert sie den ›campoo‹, verliert sie ihre ›jaghirs‹. Die Herrschaft über das Land ist daran gebunden, dass sie in der Lage ist, der Konföderation ein Kontingent Bewaffneter zu stellen. Es ist ein bisschen kompliziert, so ähnlich wie der Kriegeradel im Mittelalter bei uns in Frankreich. Die ›jaghirs‹ sind Lehen, die mit entsprechenden Kriegsdiensten vergolten werden.« »Dann bist du sicher, dass sie uns die Wahrheit gesagt hat?«
»Was Sumroo betrifft? Ganz sicher! Aber du darfst diesen Dodd nicht vergessen. Die Begum befehligt ihre Truppen ja nicht selbst. Perron konnte Dodd persönlich zwar nie leiden, doch was seine militärischen Fähigkeiten betraf, hielt Jean-Francois große Stücke auf ihn. Damit könnte euer Verräter sein Mann geworden sein. Man hat ihn der Begum mit Scindias Hilfe aufgezwungen, und sie kann sich Scindia nicht widersetzen.«
Elphinstone seufzte. »Ich werde einen Kurier zu Wellesley schicken ... und ein paar Späher in die Berge. Wenn die bis heute Abend keine feindlichen Truppen auf dem Vormarsch über den Pass melden, ziehen wir uns zurück und versuchen zu Arthur aufzuschließen. Selbst wenn Dodd noch kommen sollte ... er wäre nicht mehr in unserem Rücken, und der Zusammenschluss mit Stevenson wäre nur noch eine Frage von vierundzwanzig Stunden.«

»Allmächtiger!« Barrak ben Ullah starrte auf die Heerscharen, die sich zwischen dem Kaitna und dem Juah drängten. Dicht an dicht standen dort in langen Reihen schwere Geschütze. Die Fahnen Pohlmanns, Perrons, Filouzes und Dodds flatterten im Wind. Es mussten mehr als 10000 Mann reguläre Infanterie unter europäischen Offizieren sein. Dazu kamen vierundachtzig schwere Geschütze und vielleicht noch einmal 10000 bis 15000 Mann Marattha-Infanterie. Was die Kavallerie anbetraf, war es unmöglich, irgendeine Zahl zu nennen. Die Ebene zwischen den beiden Flüssen und Borkardan war schwarz. Waren es dreißigtausend? Sechzigtausend? Neunzigtausend? Bis hinauf zum fernen Horizont sahen sie Scindias und Bhonslas Streitmacht, ihre Zelte, ihren gewaltigen Tross, ihre Kriegselefanten, weitere Geschütze, noch mehr Reiter...

»Mullhai, schleiche zu unseren Freunden zurück! Warne sie! Sie sollen einen weiten Bogen um diesen Hexenkessel schlagen, oder sie erleiden das gleiche Schicksal wie Mohiput Rao und seine ›hirrcarrahs‹.« »Und Ihr, Herr?«

»Ich muss zu Wellesley. Jemand muss ihn warnen. Jemand muss ihm sagen, worauf er hier zumarschiert. Wir haben die Marattha noch hinter Borkardan vermutet. Wenn Arthur unvorbereitet hier aufkreuzt, erleben wir das schlimmste Gemetzel, das wir uns vorstellen können. Sieh dir die Ufer der beiden Flüsse an! Es ist unmöglich, dort hinüber zu gelangen. Sie werden sie mit den Geschützen zusammenschießen. Sie werden unsere Freunde abschlachten wie Vieh.«

Als James Stevenson aus seinem Zelt ins helle Sonnenlicht hinaustrat, stieß er beinahe mit Arthur Wellesley und Major Francis West zusammen. »Gütiger Himmel! Ich habe Sie nicht so früh erwartet.« »Wir haben keine Zeit mehr, James!« drängte der General sich an Stevenson vorbei ins Zelt. Mit geübter Handbewegung rollte er eine große Karte aus. »Ein böser Zufall hat ihre Armee so nahe an die meine geführt, dass ich mich endlich mit ihnen schlagen kann. Zum Teufel, wir werden uns mit ihnen schlagen, bevor sie uns wieder durch die Finger gleiten.« Er deutete auf einen Flecken, der sich genau zwischen dem Kaitna und dessen Nebenarm, dem Juah, befand. »Assaye! Wir werden uns bei Assaye mit ihnen schlagen.«

Stevenson wich entsetzt einen Schritt zurück. Er war beinahe doppelt so alt wie Wellesley. In seinem langen Soldatenleben hatte er viele junge Offiziere ins Verderben rennen sehen. Sie waren an ihrem eigenen Selbstvertrauen gescheitert. Ein unkontrollierbares

Gefühl der Überheblichkeit hatte sie blind gemacht und taub für die Stimme der Vernunft. Eigentlich gehörte Arthur nicht zu dieser Gruppe gefährlicher Enthusiasten. Zumindest war Stevenson bis zu diesem Augenblick überzeugt gewesen, dass Wellesley ein vernünftiger Mann war. Nachdem der General seinen ganzen Plan dargelegt hatte, ließ James Stevenson sich erschöpft in einen Stuhl fallen. »Das ist völliger Wahnsinn! Wir müssen zuerst unsere beiden Teilheere bei Naulniah vereinigen, so wie wir es besprochen haben, Arthur! Greifen wir sie in zwei Tagen an. Sie haben noch nicht einmal sechstausend Mann.«

»James, um die beiden Teilheere zu vereinigen, müssten Sie über den Pass südlich des Kaitna. Diese Hügel sind verdammt steil, der Weg verteufelt eng. Es würde Sie mindestens einen Tag kosten. Wenn ich warte, während Sie marschieren ... Innerhalb der nächsten vierundzwanzig Stunden werden die Späher von Bhonsla und Scindia meine Soldaten finden. Ich bin gestern Nacht losgezogen. Wir haben mehr als zwanzig Meilen zurückgelegt, um näher an ihr Lager und näher an meine Einheit heranzukommen, die in den Bergen auf Sumroos ›campoo‹ und diesen Deserteur Dodd wartet. Es wäre unser Verderben, James!« Seine Stimme hatte nichts Enthusiastisches mehr. Stevenson starrte den General an. »Was ist los mit Ihnen, Arthur?« Wellesley atmete tief und hörbar durch. Dann gab er Francis West mit dem Kopf ein Zeichen, aus dem Zelt zu verschwinden. Als der Adjutant die Zeltbahn hinter sich geschlossen hatte, setzte der General sich auf den Kartentisch und ließ die langen Beine baumeln. »Sie erwarten doch immer noch Mohiput Rao und seine Männer, nicht wahr, mein Freund?«

Stevenson nickte.

»Sie sind tot! Barrak und die Paschtunen haben sie hinter Assaye gefunden. Man hat die armen Kerle schrecklich gefoltert ... Scindia und Bhonsla dürften genau wissen, wo Sie sich mit Ihren Soldaten befinden.«

»Dann müssen Sie über den Fluss setzen, und wir schließen uns eben bei Hussainabad zusammen.« Stevenson starrte den General an. Er war von Natur aus ein vorsichtiger Mann. Die Armee der Maratthas war riesig, das britische Expeditionskorps weit unterlegen und fern seiner Nachschubbasen – und trotzdem hetzte Wellesley geradezu in die Schlacht.

»Genau das habe ich vor, James! Ich werde über den Kaitna setzen. Nur stehen zwischen unserem Zusammenschluss bei Hussainabad und meinem Teilheer im Moment rund sechzigtausend Männer unter Waffen ... und knapp hundert Geschütze. Die ›silledar‹-Kavallerie und die ›pindarries‹ hat Barrak dabei nicht mitgezählt. Er schätzt, dass sich das ganze feindliche Heer bis in die Gegend von Borkardan erstreckt.«

Stevenson verzog ungläubig das Gesicht. Noch vor achtundvierzig Stunden hatten Scindia und Bhonsla sich weit hinter Borkardan im Feldlager befunden, und nichts hatte darauf hingedeutet, dass sie den Abmarsch vorbereiteten oder gar an einen Vormarsch dachten. Wellesley schien die Gedanken des alten Mannes zu erraten. »Zwanzig Meilen in knapp zwei Tagen! Ich weiß, es klingt unglaublich, aber Barrak hat sie gesehen. Sie sind alle unten am Fluss: Pohlmann, Perron, Filouze, Dodd ...«

»Dodd? Ich dachte, die Begum ...«

»Die Begum hat sich offensichtlich geirrt«, seufzte der General. »Das spielt jetzt auch keine Rolle mehr, James. Ich greife im Morgengrauen an, und Sie versuchen in der Zwischenzeit von hier zu verschwinden, bevor Perron auf die Idee kommt, sein Heer zu teilen und Ihnen ›silledar‹-Kavallerie auf den Hals zu hetzen. Bleiben Sie südlich dieses Gebirgszuges, dann haben Sie zumindest ein bisschen Schutz vor den Reitern. Marschieren Sie bis zur Biegung des Purna, furten Sie den Fluss bei Paugy und versuchen Sie so schnell es geht Naulniah zu erreichen. Falls irgendetwas schiefgeht, bleibt zumindest ein Teil des Expeditionskorps unversehrt ... und ein Mann, der das Kommando übernehmen kann!«

Arthur erhob sich, klopfte Stevenson auf die Schulter und wollte aus dem Zelt verschwinden, als der alte Offizier seinen jungen Vorgesetzten noch einmal zurückhielt. »Ein Mann, der das Kommando übernimmt? Was hat das zu bedeuten, Arthur?«

Wellesleys Miene war wie versteinert. Seitdem er am 8. März Hurryhur und General Stuarts Hauptquartier verlassen hatte, hatte der Ire fast ohne Unterbrechung gekämpft oder Gewaltmärsche durch den Monsunregen und schwierigstes Gelände unternommen. An manchen Tagen waren es fast fünfzig Meilen gewesen, die sein Teilheer zurückgelegt hatte; er selbst war oft die doppelte Strecke geritten. Bis Scindia und Bhonsla sich auf Borkardan zurückgezogen hatten, hatte er ihre riesigen Heerscharen mit seinen kaum sechstausend Mann gnadenlos gehetzt und mit dem Rücken an die Berge getrieben. Er hatte die

Maratthas gejagt, hatte sie gebissen und gestochen, wo immer er auf einen feindlichen Waffenrock gestoßen war, nur um sie dazu zu zwingen, sich endlich in einer offenen Feldschlacht zu stellen. Stevenson blickte in ein hartes, abgezehrtes Gesicht. Der General schien zum Umfallen müde. »James, wenn so wenige mit so vielen kämpfen müssen ... mitten im Feindesland und Hunderte von Meilen von zu Hause entfernt ... dann geht das nur so lange gut, wie der Gegner felsenfest davon überzeugt ist, dass er nichts gegen die andere Seite ausrichten kann. Wir überleben seit Monaten nur deswegen, weil wir im Ruf der Unbesiegbarkeit stehen. Wenn ich jetzt Schwäche zeige und mich nach Naulniah zurückziehe, wenn wir vor ihnen davonrennen wie ein Hühnerhaufen, dann haben wir spätestens morgen früh das gesamte Maharastra auf dem Hals. Sollte Holkar Wind davon kriegen, steht eine weitere Riesenarmee gegen uns im Felde, und übermorgen wirft unser Freund Bajee Rao sämtliche Rotröcke, die er in die Finger bekommt, aus Poona hinaus und wechselt die
Seiten ... Ein Rückzug wäre eine Katastrophe, weil der Feind sofort wüsste, dass wir nicht sind, was Kalkutta vorgibt. Nämlich die Herren über dieses Land. Jeder, der im Augenblick noch treu und brav Abgaben an Fort William entrichtet und sich dem angeblichen Schrecken unserer Waffen beugt, wird versuchen, uns loszuwerden.«
Stevenson nickte. Langsam knöpfte er den roten Rock auf, um sich in der schwülen Hitze ein wenig Erleichterung zu verschaffen. Mit einem Taschentuch trocknete er seinen schweißnassen Hals. Doch nicht nur das Klima brachte sein Blut in Wallung. Die politischen Ambitionen des Generalgouverneurs hatten dazu geführt, dass der Vertrag von Bassein erzwungen worden war und der »Peshwa« mit Waffengewalt wieder auf den Thron von Poona gesetzt wurde. Damit hatten die britischen Besitzungen in Indien sich mit einem Federstrich in ein Imperium verwandelt. Zumindest theoretisch! Durch die Akzeptanz des ausländischen Einflusses auf die Konföderation und das Zugeständnis eines absoluten Handelsmonopols für die Ostindische Kompanie war der Herrschaftsbereich der Krone auf dem Subkontinent vervierfacht worden. Nur eine endgültige Unterwerfung der Marattha-Fürsten, die sich dem Vertrag von Bassein widersetzten, konnten aus dem Traum des Marquis von Mornington Realität machen.
»Warum lassen Sie sich von Ihrem Bruder benutzen, Arthur?« Die

Frage war James Stevenson plötzlich entschlüpft. Die verhängnisvollen Worte standen im Raum.
Der Blick des Generals wurde eiskalt. »Überschätzen Sie nicht meinen Idealismus! Bassein ist ein politischer Faktor, James! Fünfzehntausend Männer und einen riesigen Tross wieder heil über den Godavery und dann über den Tombuddra zu bringen, ist eine andere Geschichte. Wenn ich nicht angreife, vernichten sie uns. Seien Sie beruhigt, mein Freund! Falls ich mich gerade in meiner Analyse der politischen und der militärischen Situation in diesem verdammten Land geirrt haben sollte, werde ich die Konsequenzen aus meiner Fehlentscheidung zu ziehen wissen.«

Je näher der Kaitna kam, umso heller wurde es. In der Nachmittagssonne stand ein hartes, metallisches Leuchten über dem Fluss. Die Wasser glichen einem Strom von Blut. Nichts regte sich; keine Welle, keine Blase, die an der Oberfläche zerplatzte, nicht einmal der Schatten eines Fisches oder die langgezogene Silhouette eines Krokodils waren zu sehen. Es war ein beklemmender Eindruck der vollkommenen Erstarrung. Es war, als wäre die Zeit stehengeblieben. Keine Spuren am Ufer, keine Barken, kein Landesteg für eine Fähre, keine Brücke. Nichts.
Langsam ritt Arthur das Ufer ab. Diomed dampfte noch von dem halsbrecherischen Galopp, mit dem Arthur seinen Stab und die Aufklärer hinter sich gelassen hatte, nachdem man ihm mitgeteilt hatte, dass es für das Feldheer unmöglich wäre, über den Fluss zu gelangen. Mit der Hand die Augen schützend, spähte er über den Kaitna. Er konnte das andere Ufer deutlich ausmachen. Während sein Hirn fieberhaft arbeitete, hörte er seinen Stab kommen; der dumpfe Hufschlag, das Schnauben der Pferde, Wests Stimme, und die von Colin Campbell...
Statt lauter zu werden, nahmen die Geräusche ab, je näher sie kamen. Der Anblick auf der anderen Seite des Flusses schien allen die Sprache zu verschlagen. Arthur spürte, wie sich in seinem Rücken ein schweigender Halbkreis bildete, doch er nahm keine Notiz von seinen Offizieren. In nachdenklicher Haltung saß er auf seinem Grauschimmel und starrte in die untergehende Sonne.

»Wenn sie verdammt sind, warum marschieren sie dann noch auf uns zu?« Scindia beugte sich aus seinen weichen, seidenen Kissen vor und starrte Perron ungläubig an. Es waren die ersten Worte, die der Rajah von Gwalior sprach, seit der Brahmane die

Eingeweide einer schneeweißen Ziege betrachtet und geweissagt hatte, dass die schwarze Hand des Todes sich über den Briten ausstreckte. Späher hatten berichtet, dass Wellesley Naulniah aufgegeben hatte und auf den Kaitna vorrückte, während Stevenson in seiner Stellung südlich von Assaye ausharrte.

Der Franzose stand in seiner kostbarsten Uniform vor dem »muzznud« des Herrschers. Hinter ihm waren alle seine europäischen Offiziere aufgereiht. Sie wussten, dass ihre Infanterie die Hauptlast eines möglichen Angriffs abfangen würde und hatten die entsprechenden Dispositionen bereits Stunden vor diesem »durbar« getroffen. Weder Pohlmann noch Filouze noch Dodd machten sich viel aus den Eingeweiden einer Ziege. Sie hatten verstanden, dass Wellesley entweder nicht wusste, worauf er am Kaitna stoßen würde, oder zu jung und überheblich war, um nachzugeben und zurückzuweichen.

»Wenn die Briten sowieso verdammt sind, Exzellenz, warum dann einen Zusammenstoß riskieren? Zieht Euch nach Gawilghur zurück! Die Sterne stehen günstig. Die Feinde, die nicht vom Fluss verschlungen werden, ereilt das Schicksal in den Bergen«, flüsterte der Brahmane seinem Herrn ins Ohr. »Die Götter sind Euch gewogen! Der Sieg ist Euer! Bewahrt die Armee für den Zusammenstoß mit Holkar! Die Omen, vergesst nicht die Omen! Der Traum! Indore wächst wie ein Geschwür, es droht Gwalior und Berar zu fressen.«

Perron fluchte tief in seinem Inneren. Dieser verdammte Hurensohn Mulchandani Rao! Er verstand rein gar nichts von militärischen Dingen. Seine schmierigen alten Hände wühlten tagein, tagaus in stinkenden Eingeweiden, wenn er nicht gerade im Drogenrausch zu Scindias Füßen lag. Seit Jahren schon folgte Scindia dem wirren Gefasel dieses Verrückten, ohne sich je die Frage gestellt zu haben, ob Mulchandani überhaupt noch bei Sinnen war. Der Franzose gab einem jüngeren Mann in weiten Hosen aus Goldbrokat ein kleines Handzeichen. Der Brahmane stand direkt hinter dem Thron des Rajahs von Berar. Es hatte eine Unmenge Gold gekostet, Yogev Irit zu überreden, zumindest für den Verlauf dieses »durbars« mit ihnen zusammenzuarbeiten.

Bhonsla nickte seinem Berater zu. Es kostete Perron seine ganze Selbstbeherrschung, unbeteiligt dreinzuschauen, als der Rajah das Wort ergriff. Für gewöhnlich sprach der fette, kleine Mann nur wenig. Er überließ es lieber seinem Minister Madan Rao, mit

anderen zu verhandeln, doch Yogev Irit hatte es dieses eine Mal geschafft, schneller als der Minister am Ohr seines Herrn zu sein.
»Wir haben eine mächtige Armee!« donnerte Raghuji Bhonsla. »Die Omen! Die Götter haben gesprochen. Diese Armee wird das Verderben der Feinde sein. Ich hatte einen Traum in dieser Nacht – die Wasser des Flusses waren vom Blut unserer Feinde rot gefärbt. Blut muss zu Ehren der Götter fließen! Wir werden kämpfen.«
Der Rajah von Berar war aus einem härteren Holz geschnitzt als Dowluth Rao Scindia. Sein fettes Gesicht leuchtete.
Diese wenigen Worte hatten genügt, um die höchsten Offiziere der beiden Fürsten auf die Seite Perrons und der Europäer zu ziehen. »Warum eine mächtige Armee hinter den Wällen einer Zitadelle verstecken?« fauchte Sharan Kaur, der General, der Scindias reguläre Kavallerie befehligte.
»Ich habe hundert Elefanten. Sie sind mit Raketen beladen. Ich habe Kanonen und Infanterie, die nach Blut schreit. Lasst sie kämpfen, edler Herrscher!« Prakash Raj, ein anderer General Scindias, konnte seine Erregung und seine Kampfeslaune nicht mehr zügeln.
»Wenn wir uns nicht mit ihnen schlagen, laufen sie auseinander und verstreuen sich in alle Winde«, zischte Dodd Anton Pohlmann ins Ohr. »Wir haben kaum noch Fourage für die Tiere, und die Familien der Soldaten drohen zu verhungern. Ich habe heute eine Frau beobachtet, die Rinde von einem Baum schälte und sie ihrem Balg ins Maul stopfte. Wenn die Männer begreifen, dass ihre Familien verrecken, weil die beiden fetten Ratten da vorn sich nicht überwinden können, endlich eine Entscheidung zu treffen, ist es mit dieser Streitmacht schnell vorbei. Die Idee, aus Borkardan zu verschwinden und den Briten hier am Kaitna eine Falle zu stellen, ist nur solange gut, wie Blut fließt und alle von den Versorgungsproblemen abgelenkt werden. Wenn wir Wellesley schlagen, gibt es einiges zu plündern. In Budnapoor und Araungabad gibt es Unmengen an Lebensmitteln, Munition, Waffen. Er hat Zigtausende von Viechern dort, die nur dazu dienen, die hungrigen Mäuler seiner Spielzeug-Armee zu stopfen.«
»Ja, davon versteht der Kleine was«, höhnte Dodd. »Nachschubwesen! Ist schon in Mysore sein größtes Steckenpferd gewesen.« »Darum ist er also wie der Leibhaftige hinter dir her, Dodd. Hast ihm wohl zu sehr die Speisekammer geplündert, alter Halunke«, erwiderte Pohlmann mit einem Grinsen.

»Wenn diese braunen Affen nur endlich einen Entschluss fassen würden«, fluchte Dodd. Er hatte mit »John Company« eine alte Rechnung zu begleichen. Zwanzig Jahre hatte er seine Knochen hingehalten. Jetzt war endlich Zahltag.
»Können wir den Feind vernichten?« Raghuji Bhonsla ignorierte Scindia und den alten Brahmanen. Seine dunklen Augen fixierten Perron.
»Ohne Probleme«, antwortete der Franzose gelassen.
»Bahadour ist ein harter Kämpfer. Seine roten Röcke sind mutig wie Löwen«, warf Sharan Kaur ein.
»Arthur Wellesley und seine Männer sind nicht unbesiegbar. Im Kugelhagel und im Feuersturm unserer Kanonen sterben sie wie alle anderen auch«, betonte Perron und wischte damit die Bedenken seines indischen Kollegen vom Tisch.
»Unsere Hunde werden sich am Fleisch ihrer toten Leiber weiden. Ihre Weiber werden eure Sklaven, und ihr hochmütiger General soll quieken wie ein Schwein, wenn einer der Kriegselefanten unseres mächtigen Herrn Dowluth Rao Scindia ihm den Brustkorb zerquetscht.« Anton Pohlmann hatte Sharan Kaur die Hand auf die Schulter gelegt. In den Augen des Hannoveraners brannte ein wildes Feuer.
Jean-Francois Perron verzog die Lippen zu einem sardonischen Lächeln. Wenn es darum ging, an die Gefühle dieses konfusen Haufens zu appellieren, war Anton Pohlmann einfach unschlagbar. Selbst Scindias verrückter Brahmane stimmte in die Brüllerei mit ein. Der Rajah von Gwalior bedeutete dem Franzosen, zu ihm zu treten. Perron beugte sein Knie vor dem Thron. »Eure Befehle, Herr?«
»Wir werden kämpfen und dieses stinkende Ungeziefer zerquetschen! Dann marschieren wir auf Poona und rechnen mit Morningtons Marionette Bajee Rao ab.«
»Gelobt sei der Allmächtige«, seufzte Anton Pohlmann, wobei er sich den Zweispitz in die Stirn zog. »Wellesley hat etwas mehr als fünftausend Fußsoldaten und sechstausend Mann Kavallerie. Selbst wenn wir bei einem Zusammenstoß mit ihm elftausend Mann auf dem Schlachtfeld lassen – wir würden es nicht einmal bemerken. Fünfzigtausend gegen elftausend, und für jede Kanone, über die der Ire verfügt, können wir fünf Geschütze aufstellen. Unsere Kanonen haben größere Kaliber, und die Männer, die sie bedienen, sind nicht schlechter als seine Mannschaften.«

Er legte Dodd die Hand auf die Schulter und bugsierte den Engländer aus dem Zelt. Die anderen europäischen Offiziere folgten ihrem Beispiel und ließen Jean-Francois Perron mit Scindia, Bhonsla und dem Brahmanen allein.

Üblicherweise kampierte Wellesleys Armee unter freiem Himmel, dort, wo die Trossmeister genug Platz für die Zugtiere, ausreichend Trinkwasser und ein einigermaßen flaches Feld vorfanden. Doch in dieser Nacht war Sicherheit wichtiger als Bequemlichkeit. Chalmers hatte alle hinter die Holzpalisaden des Dorfes gequetscht, und die Pioniere waren dabei, zusätzliche Erdwälle aufzuhäufen. Den Tross hatte man im Eilmarsch zurück nach Naulniah geschickt. Die Männer hatten nur das Notwendigste in den Tornistern; hauptsächlich Munition und ein bisschen Verpflegung, um die Nacht und den nächsten Tag zu überstehen.
»Sahib, nur zwischen Kodully und Taunklee besteht die Möglichkeit, den Kaitna zu überqueren.« Rustam war ein »hirrcarrah«, der bereits beim Vergeltungszug gegen Dhoondia Wao unschätzbare Dienste geleistet hatte. Govinda Rao, ein ehemaliger Spion des Tippu-Sultan, nickte beipflichtend. Seit er nach dem Fall von Seringapatam die Seiten gewechselt hatte, stand er im Dienst der Briten.
Wellesley schüttelte den Kopf und wandte seine Aufmerksamkeit einer Karte zu, die im Schein der Fackeln über einem Holztisch ausgebreitet lag.
»Arthur, sei vernünftig«, flüsterte Barrak ben Ullah dem Freund ins Ohr. »Du kannst nicht auf die andere Seite gelangen, ohne von ihrer Artillerie in Stücke geschossen zu werden. Als ich zu euch gestoßen bin, habe ich mit dem Pferd schwimmen müssen. Der Fluss ist tief. Seit Tagen schon regnet es unablässig.«
Der General schüttelte erneut den Kopf und schwieg. Seine graublauen Augen fixierten zwei Dörfer auf der Karte: Peepulgaon und Waroor lagen einander direkt gegenüber. Dennoch hatte er bei seinem Aufklärungsritt weder den Anlegesteg einer Fähre noch Barken oder Boote ausgemacht. Er war nun seit sieben Jahren in Indien. Die Zeit und die Erfahrung hatten ihn gelehrt, »hirrcarrahs« und ihren Informationen nur bedingt zu vertrauen, insbesondere dann, wenn seine eigenen Beobachtungen und die reine Logik im Widerspruch zu ihren Aussagen standen. »Wo hast du den Fluss durchquert, Barrak?« flüsterte er. Der Paschtune deutete auf eine Stelle auf der Karte.

»Möglich, dass der Kaitna dort tiefer ist. Aber sie hätten nie zwei Dörfer so nahe beieinander gebaut, wenn es keinen einfachen Weg und eine vernünftige Furt gäbe. Es sind Viehzüchter. Sie treiben jeden Tag ihre Tiere auf die Weide. Glaubst du, die Bauern machen jedes Mal den weiten Weg bis Taunklee oder Kodully?«
»Du meinst ...«
Arthur nickte. »Und morgen früh werden wir feststellen, ob meine Hypothese stimmt.« Er lächelte McLeod, Wallace, Harness und die anderen entwaffnend an: »Sie haben Ihre Befehle, Gentlemen! Ruhen Sie sich jetzt aus! Um Mitternacht rückt das Feldheer ab.«
»Sir.« Wallace räusperte sich. »Ich möchte vorschlagen, nicht bei Barahjala zu schwenken, sondern den Weg über Kodully zu nehmen. Wir sind sicher, dass wir über den Fluss kommen, und vielleicht geling es Stevenson aufzuschließen. Fünfzehntausend Mann sind besser als sechstausend. Vereint werden wir dieses Lumpenpack schlagen.«
»Natürlich, Wallace«, erwiderte der Ire freundlich. Im Angesicht eines übermächtigen Gegners wollte er sich mit dem Schotten nicht auf Grundsatzdiskussionen einlassen, die Stunden dauern konnten. Wallace zielte klar darauf ab, einen großen Bogen um die Marattha zu machen, vielleicht in der Hoffnung, Scindia und Bhonsla bekämen – wie immer – Angst vor der eigenen Courage und würden – wie immer – davonrennen. »Wir haben morgen bei Barahjala ja noch Zeit, diese Entscheidung zu treffen, mein Freund.«
Der Kommandeur des 78. Infanterieregiments seufzte und schüttelte den Kopf. Er hatte begriffen, dass Wellesley an seinem Plan festhielt und bei aller Liebenswürdigkeit und Unverbindlichkeit nicht dazu bereit war, auch nur um Haaresbreite nachzugeben.
»In Ordnung, Sir! Es ist Ihre Sache, wie Sie sich die Hurensöhne zur Brust nehmen. Zeigen Sie mir nur, wo die Kerle sind, und ich garantiere Ihnen, dass meine Jungs denen die Köpfe einschlagen.«
»Danke, Wallace!« Wellesley ersparte sich den Kommentar, dass es wirklich besser wäre, das 78. Regiment würde den Männern Scindias und Bhonslas die Köpfe einschlagen. Wenn die Herren im Kilt es nicht taten, konnte es durchaus sein, dass er seine Schlacht verlor. Doch im Grunde hing der Erfolg mehr oder weniger davon ab, wie sie mit der Infanterie und den Geschützen über den Kaitna kamen. Logik, gesunder Menschenverstand und ein ordentlicher

Aufklärungsritt waren nicht unfehlbar. Sollte das Wasser tiefer sein als er vermutete, steckten sie in der Klemme. Morgen würde er selbst der erste Mann sein, der durch den Fluss ging. Was er auf der anderen Seite gesehen hatte, beeindruckte ihn viel weniger als der Kaitna. Nördlich von Assaye hatte er ausreichend Platz, um sechs Bataillone in Linie zu bringen, insbesondere wenn die feindlichen Geschütze sich zu seiner Rechten befanden. Irgendwann kam für jeden die Stunde der Wahrheit. Seine würde am 23. September 1803 schlagen.

»Ich wäre Ihnen sehr verbunden, wenn Sie mich jetzt entschuldigen könnten, Gentlemen!« Damit war die Besprechung beendet. Arthur verschwand allein in der Nacht. Er war in der Situation des Spielers, der sein ganzes Geld gesetzt hatte und nun wartete, dass die Karten fielen. Noch war Zeit, seine Münzen einzustreichen und sich vom Spieltisch davonzuschleichen – und tief in seinem Inneren war er vielleicht sogar ein bisschen geneigt, dieser Versuchung nachzugeben. Er blieb stehen und drehte sich um. Wallace, McLeod, Harness, West und die anderen waren vom Kartentisch verschwunden. Nur Elphinstone und Barrak ben Ullah schienen sich noch miteinander zu beratschlagen.

Ein Lächeln umspielte die Mundwinkel des jungen Generals. Die Versuchung wegzulaufen! Davie Baird hatte ihm irgendwann einmal einen klugen Rat gegeben, der ihm in diesem Augenblick in den Sinn kam. »Vertraue dir selbst!« Der alte Hitzkopf hatte Recht. Die Tatsache, dass die Marattha am Kaitna Position bezogen hatten, zwang ihm diese Schlacht zwar auf, obwohl er lieber erst in achtundvierzig Stunden und in der Ebene vor Borkardan und mit den vereinigten Teilheeren gekämpft hätte. Doch nach dem, was er am anderen Ufer des Flusses gesehen hatte, war es genauso gut, die Sache jetzt gleich hinter sich zu bringen. Vielleicht war es sogar von Vorteil, nur mit der Hälfte der Rotröcke dem Feind entgegenzutreten. Morgen kam es auf Mobilität, Reaktion und Geschwindigkeit an. Sechstausend Mann waren leichter zu handhaben als fünfzehntausend. Wenn es ihm gelang, die »campoos« zu zerbrechen, die von europäischen Offizieren geführt wurden, hatte er fast schon gesiegt. Scindias und Bhonslas wilder Haufen würde sich in alle Winde zerstreuen, wenn Pohlmann, Perron, Filouze und Dodd nachgaben. Die »campoos« waren das eiserne Rückgrat der Marattha. Der Rest war schmückendes, oft hinderliches Beiwerk.

Der General hob kurz die Augen zum Firmament. Dann schickte er ein Stoßgebet zum Himmel. Es war das erste Mal, dass er eine richtige Schlacht schlagen musste. Es war das erste Mal, dass er versuchen würde, einem feindlichen General seinen Willen aufzuzwingen. Seine Rechte spielte mit dem feinen, silbernen Reif, den Charlotte ihm vor langer Zeit gegeben hatte.

Seit sie vor sieben Monaten Hurryhur verlassen hatten, weigerte sie sich, im Traum zu ihm zu kommen. Wenn er es nicht vermeiden konnte, die Augen zu schließen, waren es seit Wochen nur noch schlimme Alpträume, die ihn heimsuchten: die toten Augen der Männer, die am Sultan-›pettah‹ gefallen waren, Seringapatam in Flammen, das Blutbad, das sie im Kali-Tempel angerichtet hatten, Dhoondia Waos zerfetzter Körper, die langen Reihen der Gehenkten in Bullum und Wynaad, sein blutiges Schwert ... Arthur wusste, dass er schlafen musste, wenn er morgen auch nur halbwegs bei Verstand sein wollte, doch der Gedanke, die Augen zu schließen, ließ ihm einen eiskalten Schauer über den Rücken laufen. Nicht einmal der Reitermantel aus schwerer Wolle konnte die Kälte aus seinem Körper vertreiben. Er musste dauernd an Assaye denken, obwohl dieses Dorf selbst für ihn nur ein kleiner Flecken auf einer großen Landkarte war. Er versuchte, sich Assaye vorzustellen: Staubwolken und ohrenbetäubender Lärm, galoppierende, schrill wiehernde Pferde, der Luftdruck, der Gras zu Boden presste, wenn die Geschütze feuerten, ein Himmel, der von tödlichem Kugelhagel und Schreien zerrissen wurde ...

Ziellos irrte der General durchs Dorf, denn er hoffte, dass die Bewegung in dieser brütend heißen Nacht die Kälte aus seiner Seele vertreiben würde. Erst als er sah, wie die ersten Rotröcke die Feuer entzündeten, Tee kochten und sich auf den Abmarsch vorbereiteten, beruhigte er sich wieder ein wenig.

KAPITEL 6 BLUTIGES ASSAYE

Sie waren seit Mitternacht ununterbrochen marschiert und todmüde, doch sie marschierten weiter, angetrieben vom unerbittlichen Schlag der Trommeln. Und wenn diese leiser wurden, war es der eiserne Wille ihres jungen Generals, der die Männer zwang, einen Fuß vor den anderen zu setzen. Manchmal ließ Wellesley Eochaid zurückfallen. Ein kurzer Blick auf die Trommler genügte, und ihr Schlag schwoll wieder an. Dann sprengte er die Kolonnen entlang nach vorn zu seinem Stab. »Ist das ein Land!« fluchte Soldat Cowley leise vor sich hin. »In der Nacht ist es so heiß, dass man kein Auge zubekommt, und am Tag dörrt einem die Sonne das Hirn aus.«

»Hör auf zu jammern, Coley!« rief der General ihm munter zu. Sein Tonfall verriet, dass dieses Land und dieses Leben ganz nach seinem Geschmack waren. Seit sie gemeinsam Irland verlassen hatten, war er ein anderer geworden – freier, unbekümmerter. Die Leichtigkeit, mit der ihm die Siege in den Schoß fielen, seit sie auf dem Subkontinent waren, erfüllte ihn mit einem übermütigen Vertrauen in sich selbst und auf sein Glück.

»Wann sind wir endlich an diesem verdammten Fluss?« erkundigte Coley sich bei seinem ehemaligen Oberst.

»Bald, Soldat, bald! Und dann brechen wir den Bastarden jeden einzelnen Knochen im Leib«, erwiderte Wellesley. »Die schlottern jetzt schon vor Angst, weil sie wissen, dass das Dreiunddreißigste auf sie zumarschiert.« Sein Magen krampfte sich bei diesen Worten schmerzhaft zusammen, doch seine Miene verriet nichts von den Zweifeln und der Unsicherheit, die ihn in der vergangenen Nacht geplagt hatten, als er zwischen Angriff und Rückzug abwägen musste. Nun war der neue Tag gekommen, und er war wieder dazu verdammt, die Maske des Befehlshabers zu tragen und seine wahren Gefühle vor allen zu verbergen. Seine Männer würden kämpfen. Sie brauchten ihre ganze Selbstsicherheit und jedes Fünkchen Vertrauen in den Mann, der sie über den Fluss schicken wollte, denn der Feind war übermächtig, gut ausgebildet und bestens bewaffnet.

»Gibt's da wenigstens was zu holen? Und gibt's da ›bibbies‹, Sir?« löcherte Coley den General.

»Lasse den Alten endlich in Ruhe, Kleiner!« Sergeant Robin Seward knuffte den großmäuligen Soldaten in die Rippen.

Wellesley schüttelte gutmütig den Kopf über so viel Ungestüm.

Seine Männer hatten vierundzwanzig Stunden Zeit gehabt, über Scindia, Bhonsla und eine mögliche bewaffnete Auseinandersetzung nachzudenken, doch sie waren offensichtlich weniger beunruhigt als ihr Kommandeur. Major Gore schien der Aussicht auf einen harten, gefährlichen Kampf sogar einige Belustigung abzugewinnen Er ritt neben Allan Elphinstone und schüttelte sich vor Lachen.

»Passt auf euch auf, Jungs, und macht mir keine Schande!« rief Wellesley seinen Männern zu. Dann stob er mit Eochaid davon.

Sein Stab vorn an der Spitze der Marschkolonnen war genauso unbekümmert wie der rotberockte Haufen, der ihnen folgte. Der vorlaute Francis West piesackte seinen schottischen Kameraden Colin Campbell. Wellesley räusperte sich ein paarmal laut und energisch, um Wests Redefluss zu bremsen. Es ging um Mädchen, Kilts, Whisky und anderen Unsinn. »Könnte einer von euch beiden vielleicht seinen Gaul und seinen faulen Hintern zu Oberst Wallace bewegen?« Die

Köpfe der Adjutanten fuhren erstaunt herum. Sie waren diese rüde Ausdrucksweise von ihrem ruhigen, nachdenklichen und beherrschten General nicht gewöhnt.

»Sir!« erwiderte West leicht verdutzt. Doch er fing sich als erster. Manchmal erinnerte er sich daran, dass der Altersunterschied zwischen ihm und dem General nicht besonders groß war. Er hatte Arthur noch als Major und als Oberstleutnant gekannt. Damals war er genauso ungezogen und aufmüpfig gewesen wie die anderen. Doch die harten Jahre in Indien, die Verantwortung und sein Rang hatten ihn schweigsam und ernst werden lassen.

»Francis, Colin – hätten Sie die Güte, die Kommandeure zu informieren, dass ich mich noch einmal kurz mit ihnen besprechen möchte?« bat Wellesley seine Adjutanten.

Das Feldheer war bei Barahjala eingeschwenkt, und Peepulgaon lag nur noch einen kurzen Marsch von ihnen entfernt. Seine Aufklärer berichteten von feindlichen Beobachtern und davon, dass einer der regulären Infanterie-»campoos« auf der anderen Seite des Kaitna die Front wechselte, um von Norden her zum Dorf Assaye aufzuschließen. Wellesley wollte zum Fluss reiten und sich die neuesten feindlichen Dispositionen ansehen.

Der »campoo« der Begum trug als einziger die Farbe Königsblau. Die Uniformen leuchteten in der aufgehenden Sonne und stachen kräftig von den braunen Erdwällen ab, die Assaye schützten. Dodd hatte seinen »campoo« keine hundert Schritt vom Dorf aufstellen lassen. Die Begum hatte eine ganze lange Nacht versucht, ihm diese exponierte Stellung auszureden und ihn davon zu überzeugen, dass es besser sei, im Norden hinter der Flussbiegung zu bleiben und abzuwarten, wie der Tag sich entwickeln würde. Als ihre Worte nicht den gewünschten Erfolg brachten, hatte sie weibliche Waffen eingesetzt, doch auch mit ihren heißen Küssen und ihrem schlanken, weichen Körper war es ihr nicht gelungen, den Engländer umzustimmen. Er war im Morgengrauen mit den Soldaten losgezogen, während sie, zutiefst beleidigt, mit ihrem ganzen Tross das Feldlager verließ. Sie fühlte, dass nun alles verloren war, was sie im Verborgenen mit den Briten ausgehandelt hatte. Ihr »campoo« beteiligte sich in vorderster Linie am Kampf. Sollte der Ire über Scindia und Bhonsla siegen, rettete sie mit dieser Flucht zumindest ihre Haut. Sollte er unterliegen, konnte sie immer noch zurückkehren und sich unter die Sieger mischen. Die Rajahs von Gwalior und Berar hatten sich schließlich auch in Sicherheit gebracht, um aus der Ferne, weit hinter Borkardan, den Ausgang eines Gefechts mit den Briten abzuwarten.

»Die beiden Achtzehnpfünder zwischen Pohlmann und unseren ›campoo‹!« befahl Dodd. Seine portugiesischen Mannschaften trieben die »laskars« in der Landessprache an. Die Vierpfünder befanden sich bereits hinter kleinen Erdhügeln, die Pioniere aufgeworfen hatten. Dodd starrte durch sein Fernrohr, um zu verfolgen, welche Positionen Pohlmann und Perron für ihre Geschütze auswählten. Sie hatten miteinander abgesprochen, dass das Kreuzfeuer tödlich sein musste. Nach dem »durbar«, als Scindia und Bhonsla sich aus dem Staub gemacht hatten, hatte eine Gruppe irregulärer Reiter ebenfalls die Gelegenheit ergriffen, sich den beiden Herrschern anzuschließen und die gefährliche Ebene zu verlassen. Nachdem das Gerücht, dass die Briten sich auf dem Vormarsch befänden, im Heerlager der Marattha die Runde gemacht hatte, schrumpfte die Streitmacht im Verlauf einer einzigen Nacht noch einmal um mehr als ein Drittel.
»Hurensöhne! Feige, braune Bastarde!« zischte Dodd, als er hilflos zusehen musste, wie eine ganze Truppe »silledar«-Kavallerie in grünweiss gestreiften Tuniken am Horizont verschwand. Es waren Männer aus Gwalior – Scindias Berittene.
Gokhla, der Kommandeur von Wellesleys »silledar«-Kavallerie, wandte sich schlechtgelaunt an seinen Kameraden aus Mysore.

»Noch mehr Aufklärer! Ein ganzer Schwarm von diesen Banditen!« Bisnapah Pandit ließ statt einer Antwort nur den schweren »tulwar« sinken. Zwei leichte Geschütze spien Kugeln gegen die feindlichen »pindarries«. Feuerzungen leckten aus den Mäulern der Kanonen, dann folgte ein ohrenbetäubender Knall und ein schrilles, unangenehmes Pfeifen. Es waren nur Drohgebärden gewesen, doch sie reichten, um die »pindarries« zu einer wilden Flucht zu treiben. »Verfolgt sie! Lasst keinen lebend über den Fluss zurück!« brüllte der General des Maharadschas von Mysore seinen Männern einen kurzen Befehl zu.
»Viel Mumm haben die nicht in den Knochen«, bemerkte Gokhla herablassend. Sein stolzer Fuchs stand regungslos, während die kleine Batterie weiter feuerte.
»Warte, mein Freund! Wenn wir auf der anderen Seite sind, wirst du ein Spektakel erleben, wie du es noch nie gesehen hast!« Bisnapah Pundit erinnerte sich noch gut an den Feldzug gegen Dhoondia Wao. Ihre Handvoll Reiter war damals frontal und energisch in eine fünf- oder zehnfache Übermacht hineingestoben. Sie hatten den Feind gar nicht so schnell verfolgen können, wie dieser vor ihnen geflohen war. »Ein Kavallerieschleier!« Pohlmann pfiff durch die Zähne.
»Ein Kavallerieschleier!« wiederholte William Dodd. In der Stimme des Engländers schwang Triumph mit. »Wellesley muss seinen Männern den Rückzug befohlen haben, nachdem er gesehen hat, was ihn auf der anderen Seite des Kaitna erwartet. Ein Kavallerieschleier, um ihren verdammten Rückzug vor uns zu verbergen.«
Während die beiden Offiziere noch miteinander diskutierten, sprengte ein Reiter heran. »Pohlmann-Sahib!« brüllte der Mann. »Befehle für Euch!«
»Endlich!« stieß der Hannoveraner hervor. »Alles, was wir jetzt tun müssen, ist, über den Fluss zu setzen und dem Iren jeden Knochen im Leib zu brechen. Und dann knöpfen wir uns Stevenson mit der Kavallerie vor. Der alte Fuchs sitzt garantiert immer noch hinter seinem Berg, knabbert nervös an den Fingernägeln und wartet verzweifelt auf seinen guten Freund Wellesley.«

»Verschwindet! Reitet wie der Teufel!« rief der General seinen Stabsoffizieren zu. »Ihr wisst, was ihr jetzt zu tun habt!« Er

schnalzte mit der Zunge, und Eochaid sprang aus dem Stand in einen gewaltigen Galopp. Arthurs Hengst überholte mühelos die Pferde von Gokhlas »silledars«. Schließlich brachte er das Tier mit einem Ruck zum Stehen und ließ es auf der Hinterhand wenden.
»Ein gutes Zeichen«, murmelte er. Die Maratthas hatten versucht, seinen kleinen Trupp zu vertreiben, als er von einer Anhöhe die andere Seite des Kaitna und die feindliche Armee beobachten wollte. Sie hatten kurz die Klingen miteinander gekreuzt, dann waren ein paar Kugeln über die Köpfe der feindlichen Reiter geflogen, und alles hatte sich in heller Aufregung aufgelöst. Doch Arthur hatte gesehen, was er sehen wollte: die genauen Dispositionen der »campoos« – Pohlmann und Dodd! Filouze hielt sich bedeckt, und Perron hatte seine Infanterie so weit zurückgezogen, dass es aussah, als hätte der Franzose keine Lust, sich in einen Kampf einzumischen.
»Wir sollten vielleicht doch die Finger davon lassen, Wellesley-Sahib!« fluchte der Kavalleriegeneral aus Mysore. Sein Pferd schnaubte aufgeregt. Die Hufe des Tieres trampelten wild auf der Stelle und wirbelten Staub auf. »Für gewöhnlich gewinnt der, der in der Übermacht ist.«
»Für gewöhnlich gewinnt der Stärkere, Bisnapah! Ihr glaubt, ich bin ungestüm und leichtsinnig?« fragte Wellesley ernst. »Ja, ihre Armee ist eindrucksvoll. Aber ich sage Euch, mein Freund, wenn wir die ›campoos‹ von Pohlmann und Dodd vernichten, rennt der Rest wie die Hasen.«
»Es ist Wahnsinn, Wellesley-Sahib!«
»Habt Ihr gesehen, was sich auf der anderen Seite des Kaitna befindet, General?« Die Stimme des Iren war ruhig. Nur seine geballte Rechte verriet, dass er hart um Selbstbeherrschung kämpfte. Doch Bisnapah Pandit schien Arthurs Nervosität nicht zu bemerken.
»Pohlmann, Dodd, knapp hundert Geschütze, Sharan Kaurs Kavallerie, Mir Khan, Infanterie aus Gwalior im Dorf Assaye selbst.«
»Ein zweiter Fluss, mein Freund! Hinter dem Kaitna fließt ein zweiter Fluss, und die beiden vereinigen sich. Die haben auf einer Halbinsel ihre Stellungen bezogen. Wenn wir nach vorn wollen, Bisnapah, gibt es nur einen Weg, und der führt durch ...« Er zögerte kurz, überlegte, wog ab, was er vor wenigen Augenblicken durchs Fernrohr gesehen hatte. »Etwa hunderttausend Maratthas, Soldaten, Tross, Zivilisten ...« Er winkte einen Sepoy zu sich.

»Jamadar! Reiten Sie zu Oberst McLeod und Oberst Wallace! Sie sollen sich bereitmachen. Die Schützen gehen als erste über den Fluss.«
»Acha, Wellesley-Sahib!« Syud Hussein, einer von Arthurs indischen Adjutanten, verschwand in einer Staubwolke.

»Keine Tornister, Jungs! Nur Patronentaschen und eure Waffen!« riefen die Sergeanten ihren Männern zu.
»Los, los! Keine Müdigkeit. Auf die Beine mit euch, ihr Faulenzer!« John Dunn stieß ein paar Schlafmützen energisch mit dem langen Holzschaft seiner schweren Lanze ins Kreuz. Robin Seward benutzte die seine dazu, um eine Grenadierkompanie auszurichten. Die Schützen waren bereits auf dem Weg. Direkt hinter ihnen marschierte das 74. Hochlandregiment und die Artillerie, dann kam das 12. Madras-Regiment, das erste Bataillon des 4. Madras-Regiments, das erste Bataillon des 8. Madras-Regiments. Major Gore und das 33. Infanterieregiment schlossen auf, während das 78. Hochlandregiment den Abschluss bildete. Sie alle folgten einem Pfad, der sich durch Getreidefelder hinunter zum Fluss wand. Sie konnten die andere Seite des Kaitna nicht sehen, doch ein Gerücht machte seinen Weg durch die langen Reihen im roten Rock: Mehr als einhunderttausend Feinde erwarteten sie!

Pohlmann starrte gebannt über den Fluss. Der Kavallerieschleier des Feindes wurde immer dichter. Neben den dunklen Dolmanen des 19. Königlichen Dragoner-Regiments erkannte er die bunten Röcke der »silledars« und das Smaragdgrün der leichten Kavallerie von Mysore. Zwischen den Pferden bemerkte er auffallend viele kleine Geschütze. Sie mussten wirklich dabei sein, ihren Rückzug zu decken. Pohlmann gab seinen Reitern Zeichen, die Briten und ihre indischen Verbündeten zu vertreiben. Doch jedes Mal, wenn die Marattha ansetzten, sich dem Flussufer zu nähern, spien die kleinen Geschütze wütendes Feuer, und die »silledars« mussten sich ein paar hundert Meter zurückziehen, um nicht getroffen zu werden. Der Deutsche fluchte. Die Schützen des Iren schienen nicht im Geringsten nervös zu sein. Ruhig luden sie nach, ruhig warteten sie ab, bis die Marattha sich sammelten und erneut nach vorn stürmten.
»Bumm, Bumm – und das Spiel fängt von vorn an. Bastarde!« fauchte Pohlmann, während er das entnervende Hin und Her verfolgte.

Arthur trieb seinen Schecken bis zur Uferböschung. Dicht hinter ihm befanden sich etwa sechzig indische Pioniere mit Spitzhacken, Schaufeln und anderem Gerät. Genau in dem Augenblick, als das Pferd des Generals den rechten Vorderhuf ins Wasser des Kaitna setzte, droschen die Männer mit ihren Arbeitsgeräten auf die Uferböschung ein. Ihre Aufgabe bestand darin, den Ochsengespannen, welche die Geschütze und die Lafetten zogen, eine ebene, ungefährliche Einfahrt in den Fluss zu schaffen. Der Schecke war jetzt mit allen vier Hufen im Wasser. Direkt hinter Wellesley trieb sein Bursche eine hochbeinige, dunkelbraune Stute voran. Am langen Zügel führte er Eochaid und Diomed. Sollte der Schecke verletzt oder getötet werden, war es die Aufgabe des Burschen, dem General sofort ein Ersatzpferd zu übergeben.
»Ich kann's nicht glauben!« entfuhr es Arthur. Er war in der Mitte des Flusses, und das Wasser reichte nicht einmal bis zum Bauch des Pferdes. Auf der anderen Seite, hinter Waroor, befand sich nur eine freie Ebene. Keine feindlichen Geschütze, keine feindliche Infanterie, keine Reiter. Perron musste im letzten Augenblick umdisponiert haben. Eigentlich war es sein Plan gewesen, den Franzosen an der linken Flanke anzugreifen, die Flanke aufzurollen und dann Truppen in den Rücken der Infanterie-»campoos« und zwischen Assaye und den Fluss zu bringen.
Er trieb das Pferd energischer voran. Am Ufer sammelten sich Rotröcke und Sepoys. Sie bildeten dicke, neugierige Trauben um die Stabsoffiziere und starrten auf ihren General und seinen Burschen. Zuerst erhob sich ein leises Murmeln in den Rängen, und aus dem Murmeln wurde lautes Brummen. Als Wellesley bereits dabei war, die Uferböschung links des Kaitna hinaufzureiten, verwandelte sich das Brummen in triumphierendes Geschrei. Es gab tatsächlich eine Furt zwischen Peepulgaon und Waroor.
Niemand hatte es gewusst, kaum einer hatte dem Iren geglaubt, ja, viele hatten ihn für verrückt erklärt. Doch nun stand er mit seinem Schecken auf festem Boden und hatte sich dabei nicht einmal nasse Füße geholt. Wellesleys Bursche wollte gerade seinem General nachsetzen, als eine Fontäne in der Mitte des Kaitna in die Höhe schoss. Ein dumpfes Grollen folgte, dann ein lauter Knall. Plötzlich verfärbte sich das Wasser hellrot. Die hochbeinige, dunkelbraune Stute stürmte vorwärts und riss Eochaid und Diomed in ihrem panischen Galopp mit. Die Reiter, die Wellesley gefolgt waren und am rechten Ufer des Kaitna auf sein Zeichen warteten, reagierten

wie ein Mann und lösten sich aus der Menschentraube. Fast gleichzeitig preschten sie durch den Fluss. Colin Campbell packte im Reflex die Zügel der Stute und brachte sie zusammen mit den beiden Hengsten neben Arthur zum Stehen. Der kopflose, tote Leib seines Burschen glitt mit gespenstischer Langsamkeit aus dem Sattel und fiel in die Kiesel am Ufer des Kaitna.
Wellesley zog den »tulwar«. Ohne sich an jemand Bestimmten zu wenden, bemerkte er ungerührt: »Der Ball ist eröffnet! Es sieht ganz danach aus, als ob uns alle ein interessanter Tag erwartet.« Kaum hatte er den Satz beendet, spritzten weitere Fontänen aus dem Wasser empor. Der Feind schien endlich zu begreifen, was an seiner ungeschützten linken Flanke vor sich ging. Ein paar große Geschütze, die zum Schutz des Dorfes Assaye in Stellung gebracht worden waren und in die richtige Richtung zielten, hämmerten in schneller Folge auf die Angreifer ein. Doch sie waren nicht ordentlich ausgerichtet, denn außer Wellesleys unglücklichem Burschen gab es keine weiteren Opfer. Die indischen Pioniere arbeiteten weiter und ignorierten den feindlichen Beschuss. Einige der leichten britischen Geschütze, diejenigen, die von Pferden und nicht von Ochsengespannen gezogen wurden, rasselten hinter ihnen vorbei und wurden rasch ans andere Ufer geschafft. Schützen rannten geduckt durch den Kaitna. Colin Campbell hatte sich irgendeinen Mann geschnappt und ihm Arthurs Ersatzpferde in die Hand gedrückt.

Noch bevor er Perrons Anweisungen in Händen hielt, erteilte Anton Pohlmann bereits Befehl, die Infanterie neu aufzustellen. Sie hatten entsetzt und hilflos beobachtet, wie der Ire zwischen Waroor und Peepulgaon über den Kaitna vorgestoßen war, ohne dabei Schaden zu nehmen. Sie hatten nicht einmal geahnt, dass es diese Furt gab, und keiner ihrer Späher und Spione hatte es ihnen je gemeldet.
Während die schweren Geschützbatterien von Assaye in Richtung Peepulgaon rollten, beschloss Pohlmann, ein paar von diesen Bastarden aufzuknüpfen, wenn der Tag zu Ende war. Sie bezahlten die »hirrcarrahs« für Informationen. Glücklicherweise hatte er Dodd und nicht Filouze an seiner Seite. Er beobachtete den Überläufer, wie dieser die Infanteriesoldaten seines »campoos« geschickt manövrieren ließ. Zwei Mann tief zog sich eine dünne königsblaue Linie dahin, die sich dem Iren und seiner dünnen roten Linie entgegenstellen wollte. Pohlmann konnte sich trotz

der gefährlichen Lage ein Grinsen nicht verkneifen. Dodd musste die Zeit an der Spitze des »campoo« der Begum genutzt haben, die Männer genauso zu drillen, wie sein ehemaliger Vorgesetzter es zu tun schien. Jedes Manöver der Rotröcke wurde von den Soldaten in Königsblau exakt nachvollzogen. Es würde ein interessanter Tag werden.

»Großer Gott!« entfuhr es Oberst Wallace. Noch vor wenigen Augenblicken hatte er gespannt durch sein Fernrohr gestarrt. Was er gesehen hatte, trieb ihm den kalten Schweiß auf die Stirn.

»Sie wollen uns die Initiative nehmen«, erklärte Arthur dem Offizier gelassen. »Man will uns zwingen, frontal anzugreifen. Der Mann, der dieses Manöver befohlen hat, ist ein cleverer Halunke. Probieren wir doch mal aus, ob er auch gute Nerven hat.«

Die Maratthas des königsblauen »campoos« bewegten sich geordnet und diszipliniert. Ihre Geschütze rückten gemeinsam mit den Fußsoldaten vor. Kaum eine Meile trennten sie noch von Wallace und den Schotten. Der General tätschelte seinem Schecken den Hals. »Das sieht richtig gut aus. Wenn die Jungs nicht ihre blauen Flatterkleidchen anhätten, könnte man meinen, es wären Briten.« Bewunderung schwang in seiner Stimme mit. »Ist das Dreiunddreißigste durch den Fluss?« wandte er sich beiläufig an den »jamadar« Syud Hussein.

»Ja, General-Sahib!«

Wellesley benutzte sein Fernrohr, um auf eine Bodenerhebung zu deuten. »Teilen Sie Major Gore mit, dass er eine halbe Meile in nördlicher Richtung auf diesem höheren Geländestück Aufstellung nehmen soll! Sobald er fertig ist, komme ich hinüber. Wir rücken vor!« Wallace verschluckte sich beinahe. »Vorrücken? Angreifen?« Seine Augen schienen vor Schreck aus den Höhlen zu treten.

»Würden Sie mich bitte entschuldigen?« empfahl Wellesley sich höflich. Der Schecke sprengte schon auf das 33. Regiment zu, während der Kommandeur der Hochlandschotten noch versuchte, seine Nerven wieder unter Kontrolle zu bringen.

»Colin, könnten Sie Oberst Maxwell mitteilen, dass er unseren Kavallerieschleier drüben am anderen Ufer auflöst? Ich benötige seine Unterstützung an der rechten Flanke. Goklah und die ›silledars‹ reichen aus, um Waroor und die Straße zu sichern. Bisnapah Pandit und die Mysore-Kavallerie nehmen Aufstellung hinter dem Achtundsiebzigsten!«

Südlich des Kaitna befanden sich immer noch feindliche Aufklärer in großer Zahl. Arthur wusste, dass sie seinen Tross gefährden konnten, während er sich mit Perron herumschlug. Goklah und seine tausend »silladars« mussten genügen, um Naulniah zu beschützen. Er hatte keine andere Wahl. Die Soldaten in den königsblauen Uniformen, die so geschickt manövrierten, würden ein harter Brocken werden.

Elphinstone hatte Gore angegrinst und dem Major erklärt, dass er zwar Zivilist sei, aber trotzdem zwei Kompanien des 33. Regiments unter seinem Befehl habe. Sie waren in einem halsbrecherischen Marsch durch die Berge nach Naulniah gelangt. Dort erfuhren sie bestürzt, dass Wellesley bereits um Mitternacht losgezogen war. Montstuart hatte seine Männer befragt, ob sie ausruhen oder lieber ihren Kameraden folgen wollten. Als alle einstimmig den Abmarsch gefordert hatten, war er in den Sattel eines frischen Pferdes gesprungen und nur eine Stunde nach Arthur über den Kaitna gegangen. Der General legte zwei Finger an den Zweispitz und begrüßte Major Gore und seinen politischen Offizier. »Ein gutes Manöver, meine Herren! Die erste Linie mit den Grenadieren an den Flanken von links. Die zweite mit den Schützen von rechts. Diese Spitzbuben wollten doch glatt über den Fluss und sich mit uns herumschlagen. Deswegen konnten die so fix manövrieren.« Er stutzte kurz und betrachtete Elphinstone, der mit gezogenem Säbel und energischem Gesichtsausdruck auf einem Rotschimmel saß und ihm aufmerksam zuhörte. Plötzlich fiel der Groschen. »Sag mal, du gehörst doch nicht ... als Zivilist! Ach, ist jetzt auch egal. Zwei Kompanien, nicht wahr? Der ›campoo‹ der Begum ... wenn du den suchst ... das sind die Halunken in Königsblau, die da vorn gerade auf Wallace und die Hochländer zukommen.«
Major Gore klopfte Elphinstone auf die Schulter und spottete: »Willkommen in der Armee Seiner Majestät!«
»Warten Sie auf meinen Befehl, Gentlemen!«
Der Schecke des Generals galoppierte an und verschwand in westlicher Richtung. Nur der Mann mit den Ersatzpferden und Colin Campbell folgten ihm.
»Was macht denn der Alte?« Allan Elphinstone hatte mit seinem Cousin Montstuart vor ewigen Zeiten Frieden geschlossen. Er mochte ja das schwarze Schaf der Familie sein, aber neun Monate Seereise von der Heimat entfernt, konnte man sich seine Gesellschaft nicht immer aussuchen.
»Ich vermute, unser Freund will mit eigenen Augen sehen, welche

Suppe Perron, Pohlmann und der Verräter Dodd gerade für Scindia und Bhonsla kochen.«
»Merde!« fluchte eine unrasierte Gestalt in einem etwas zu großen roten Rock neben Elphinstone auf Französisch. Allessandro Cappellini beobachtete entsetzt, was William Dodd mit seinem »campoo« anstellte. Ihm hatten die Briten eine Uniform des 33. Regiments übergezogen – aus Sicherheitsgründen –, und er war auf diesem Schlachtfeld nur als neutraler Beobachter zugelassen.
»Was bedrückt dich, Sandro?«
»Der Hundesohn will meine Jungs verheizen. Quelle connerie!« Der Korse zog den Säbel aus der Scheide. Seine Augen suchten die von Montstuart. Der Zivilist nickte dem französischen Offizier zu.
»Von mir aus, Sandro! Aber der Chef ist Wellesley!«
Gore wischte die Bedenken des politischen Offiziers beiseite, während ihnen ein paar verlorene Kugeln um die Ohren pfiffen und ein Verletzter aufschrie. »Warum nicht? Du bist Zivilist, und Sandro ist sauer. Außerdem ist Dodd ein gesuchter Deserteur und Verräter. Den Alten stört es bestimmt nicht. Der hat genug mit seiner Schlacht zu tun.«
Cappellini nahm diszipliniert neben den beiden Majoren, dem Zivilisten Elphinstone und ein paar Hauptleuten seinen Platz ein. Vielleicht war er ja im richtigen Leben der Ranghöchste von allen, doch hier spielte er die zweite Geige hinter Montstuart Elphinstone und würde sich brav von einem fünfundzwanzigjährigen Major herumkommandieren lassen.

Arthur hatte seine gesamte Infanterie in Stellung gebracht. Seine Geschütze waren auf ihren Positionen, Kavallerie reihte sich ordentlich an den Flanken und hinter den Fußsoldaten auf. Nur von Colin Campbell begleitet, hatte er die feindlichen Dispositionen ausgekundschaftet. Dabei hatten sie mehrmals vor Marattha-»silledars« flüchten müssen. Arthurs Schecke dampfte. Er war über und über mit Schweiß bedeckt, die Flanken zitterten, und sein Atem ging schwer. Die Zeit für den Angriff war gekommen. Arthur nahm seiner neuen Ordonnanz die hochbeinige, dunkelbraune Stute ab, während der Mann den Sattel des Schecken löste und auf Diomeds Rücken legte. Die britische Infanterie erwartete ihre Befehle. Über den Köpfen der Männer flatterten die Regimentsfahnen im Wind. Der Himmel war strahlend blau. Die Septembersonne brannte erbarmungslos. Sie spiegelte sich auf Tausenden blankgeputzter Bajonette, in den

Geschützbatterien des Gegners und in den gezogenen Waffen der Kavallerie und stach schmerzhaft in die Augen.
»Neun Uhr!« konstatierte der Ire. Seine Uhr verschwand in der Jackentasche. »Wir sollten uns auf den Weg machen.« Seine Stimme war ruhig, seine ganze Haltung drückte Gelassenheit aus. Hinter ihm fingen die ersten Trommeln an zu schlagen. Sie gaben den Männern den
Takt vor, und die Sergeanten brüllten: »In Linie bleiben! Gleichschritt! Eins, zwei, eins, zwei ...!«
Die roten Röcke setzten sich in Bewegung. Irgendwo fing ein schottischer Dudelsackpfeifer an, sein Instrument zu spielen. Ein zweiter fiel ein. Die Schotten mussten den Maratthas wie Riesen vorkommen. Im Gleichtakt schwangen die Kilts, ihre Waffen waren blank geputzt und das Lederzeug schneeweiß. Die Grenadiere des 33. Regiments marschierten neben ihren Kameraden aus dem Hochland. Sie standen ihnen an Größe und Kraft in nichts nach. Niemand, der diesen ersten britischen Angriff miterlebte, würde ihn je wieder vergessen.
Genau sechzig Schritt von den verzweifelt feuernden Feinden entfernt, stoppte der rote Strom diszipliniert und ruhig wie auf dem Paradeplatz. Die Männer präsentierten die Gewehre, feuerten, luden nach, feuerten wieder und wieder. Arthur war um die halbe Welt gefahren; er hatte sechzehn endlos lange und oft enttäuschende Jahre in der Armee zugebracht, nur um sich auf diesen Tag vorzubereiten. Für einen Offizier war dies die schwerste Prüfung überhaupt – eine Schlacht, die von den Infanterietruppen geschlagen wurde. Connor McLeod musste inzwischen zur Rechten der Schützen sein Manöver abgeschlossen haben und sich an der südlichsten Stelle der britischen Linie direkt am Kaitna befinden.
Arthur hatte ihnen allen befohlen, sich von dieser Trutzburg Assaye fernzuhalten. Wenn man es aus der Nähe betrachtete, ähnelte dieses Dorf einem übellaunigen Stachelschwein; gespickt mit Fußsoldaten und schweren Geschützen, umgeben von hohen Wällen, geschützt durch spitze Palisaden. Während der Aufklärungsritte war ihm klargeworden, dass diese Stellung – neben den »campoos« von Dodd und Pohlmann – die größte Gefahr für seine Männer bedeutete. Das britische Feuer wurde immer heftiger. Sollte es ihm gelingen, an dieser Stelle Perrons Verteidigungslinie zu durchbrechen, musste Pohlmann eine

Rückzugsbewegung über eine ungeschützte Ebene Richtung Juah unternehmen.
»Lasst nicht locker!« verabschiedete er sich von seinen Kommandeuren. Er musste unbedingt an die andere Flanke, um zu sehen, wie Wallace mit den Königsblauen und diesem Verräter Dodd fertig wurde. Er stieß der dunkelbraunen Stute die Sporen in die Seiten, und das Pferd preschte los.
Ein paar Kompanien Madras-Sepoys schienen aus dem Ruder gelaufen zu sein. Er kreuzte ihren Weg. Sie hatten ein paar feindliche Batterien genommen und die Besatzungen getötet. Nun feierten sie lautstark ihren Erfolg, statt weiter zu kämpfen. Der General zügelte sein Pferd. Die Madras-Sepoys bemerkten nicht, dass sich feindliche Reiter bedrohlich zusammenzogen, um auf sie loszustürmen. »West!« rief er seinem Adjutanten zu, nachdem er einen kurzen Blick über das Feld geworfen hatte. »Reiten Sie! Die beiden Kompanien des Achtundsiebzigsten dort drüben. Die Geschütze ...!«
Francis sprengte los. Er hatte den kurzen Befehl sofort begriffen. Die Hochländer standen einsatzbereit und diszipliniert keine zweihundert Schritt von den Madras-Sepoys. Sie würden nach vorn rücken, gegen die »silledars« des Feindes. Die Batterie sollte Deckung geben, während die Offiziere von »John Company« ihre Männer sammelten und wieder zur Vernunft brachten.
Zwei Sechspfünder donnerten laut übers Schlachtfeld. Genau in diesem Augenblick explodierte ein Geschoß vor dem General, und die dunkelbraune Stute riss die Vorderhufe in die Luft. Wellesley spürte einen gewaltigen Schlag in den Rücken. Das Pferd rollte über ihn hinweg. Alles um ihn herum war rot, warm und feucht. Ihm war schwarz vor Augen. Es dauerte einige Augenblicke, bis er wieder Luft bekam und erkannte, dass es das Blut seiner tödlich getroffenen Stute war.
Der Mann, der die Ersatzpferde führte, reagierte sofort. Wellesley nahm ihm Diomeds Zügel aus der Hand und schwang sich wieder in den Sattel. Für einen Offizier war ein gutes Pferd alles: Der hellgraue Hengst bewegte sich vom ersten Augenblick an sicher und gelassen in der Unruhe des Kampfes. Die Sepoys hatten sich in der Zwischenzeit beruhigt und gehorchten ihren Offizieren wieder. Kaum jemand hatte Arthurs spektakulären Sturz bemerkt, und nur das frische Blut auf seiner Uniform deutete darauf hin, dass er beinahe seinem Schöpfer begegnet wäre.
»Alles in Ordnung, Sir?« hörte er Francis West fragen.

»Verdammt, was ist das?« erwiderte Wellesley. Die Explosion und den schweren Sturz hatte er bereits verdrängt. Aus Richtung Assaye drang verwirrender Lärm zu ihm durch. Im Getümmel war er so sehr in Anspruch genommen, dass er nichts spürte, denn seine Wahrnehmungen und Reaktionen waren mit einem Schlag glasklar. Er erkannte ohne Mühe den Bestand seines Expeditionskorps, die Seiten- und
Tiefenformation der Infanterie, ihre aktuellen Verluste und ihre Kampffähigkeit. Gleichzeitig beobachtete er den Feind, maß ihn an denselben Maßstäben, die er bei seinen Männern anlegte.

Während er sich den beunruhigenden Geräuschen näherte, lief seine innere Uhr: Bei Einbruch der Nacht mussten sie mit dem Gegner fertig sein. Es war jetzt kurz vor Mittag. Er hatte noch sechs oder sieben Stunden, um alles zu gewinnen, oder ... Der gelungene Handstreich der Madras-Sepoys, der Verlust von gut und gerne fünfzehn Geschützen auf einmal musste dem Gegner einen herben Schlag versetzt haben. Aus dem Augenwinkel beobachtete er, wie ein großer Haufen feindlicher Reiter sich vom Schlachtfeld verabschiedete und über den Juah in Richtung Borkardan verschwand. Als er auf Assaye zuritt, überquerte er eine weite Fläche, die dicht an dicht von Toten und Verwundeten aus seinen Regimentern und Pohlmanns »campoo« bedeckt wurde. Es waren Sepoys des 12. Madras-Regiments und ... Hochländer!

»Großer Gott!« entfuhr es West. Wellesley hustete und spie Blut aufs Schlachtfeld. Bei seinem Sturz waren wohl ein paar Rippen gebrochen. »Orrock! Er hat kein Wort seines Befehls verstanden!« Der Mann war geradewegs auf Assaye zumarschiert, anstatt in Richtung des 74. Hochlandregiments abzuschwenken und zu McLeod aufzuschließen. Seine Soldaten waren in Formation gefallen. Es war ein grausiger Anblick. Den Schützenschleier an der Flanke gab es nicht mehr. Swinton musste bemerkt haben, welchen Unsinn Orrock anstellte. Er hatte wohl versucht, den Kameraden zu Hilfe zu eilen. Dabei waren seine Schotten genauso ausgelöscht worden wie die unglücklichen Sepoys. Sie waren nicht nur in das tödliche Geschützfeuer von Assaye gelaufen. Die Einheiten Pohlmanns, die sich nicht mit Gore und dem 33. Regiment herumschlagen mussten, hatten die Gelegenheit genutzt, die Rotröcke in ein verhängnisvolles Kreuzfeuer zu nehmen. Einige wenige Überlebende hatten sich wie Igel in einem Karree verschanzt und kämpften trotzdem verzweifelt weiter.

Arthur schluckte eine weitere Ladung Blut hinunter, bevor er Diomed galoppieren ließ. Es hatten schon bessere Truppen versucht, britische Infanterie-Karrees zu durchbrechen.
Der General gab den Männern der Kavallerie Befehl. Sie hatten das Gemetzel aus der Ferne mit ansehen müssen. Jetzt kochte ihr Blut. Sogar ihre Pferde schienen willens, alles und jeden, der sich ihnen in den Weg stellte, in Grund und Boden zu stampfen. Die doppelte Reihe Reiter formierte sich im Schritt, ihre gezogenen Waffen blitzten in der Sonne. Steigbügel an Steigbügel trabten sie verhalten an. Das 19. Leichte Dragonerregiment führte den Angriff. An der linken Flanke befand sich die 5. Madras-Kavallerie, an der Rechten schloss sich die 4. Madras-Kavallerie an. Die schweren Dragonersäbel deuteten geradeaus in die feindliche Infanterieformation und auf Perrons Batterien. Die Maratthas zitterten, als der Boden unter den Hufen der britischen Pferde erbebte. Sie öffneten ihre Reihen, um der eigenen »silladar«-Kavallerie Platz zu machen. Doch die Klingen der »tulwars« waren kein Gegner für schweren Stahl aus Sheffield. Und die kleinen »kathiawaris« der »silledars« verfügten nicht über dieselbe Wucht beim Aufprall wie die schweren Pferde aus Irland.
Wellesleys Dragoner waren einfach über den Feind hinweggerollt. Sie ließen eine lange, blutige Spur hinter sich zurück.

Anton Pohlmann schüttelte den Kopf. Es war Wahnsinn gewesen, überhaupt zu versuchen, diese dunkelbraunen Kolosse zu bremsen. Der britische Angriff war mehr als beeindruckend. Man hatte ihm erzählt, dass der Ire auch gegen Dhoondia Wao die Kavallerie sehr geschickt geführt hatte, doch das Schauspiel, das sie gerade geboten bekamen, machte jedem Paradeplatz Ehre. Wellesley hatte sich kaltblütig an die Spitze seiner Reiter gestellt, den »tulwar« gezogen, ein paar Befehle erteilt und dann ein Massaker angerichtet, ohne den kleinsten Fehler zu begehen. Natürlich waren Wellesley am Ende die Pferde durchgegangen, genau wie sie jedem anderen auch davongelaufen wären. Die Hälfte von Maxwells Dragonern war schon auf der anderen Seite des Juah angelangt, obwohl ein verzweifelter Trompeter sich immer noch die Lunge aus dem Leib blies und der Ire wütend übers Feld schrie, dass die Reiter sich wieder sammeln sollten. Kavallerie entglitt stets der Hand ihres Anführers, wenn sie erfolgreich eine feindliche Linie durchbrochen hatte. Außerdem benötigte der Sepoy-General die Pferde kaum noch. Sie würden ihm nur im Weg

stehen.
An der linken Flanke war Pohlmanns eigener »campoo« in sich zusammengestürzt wie ein Kartenhaus. Sie hatten den britischen Infanteristen, obwohl diese zahlenmäßig deutlich unterlegen gewesen waren, keinen Widerstand entgegensetzten können. An der rechten
Flanke waren die Dragoner durchgebrochen. Anton Pohlmann hatte aus dem Augenwinkel bemerkt, wie sich im Norden ein großer »campoo« und Perrons Fahne absetzten. Die Entscheidung des Franzosen war klug gewesen. Anstatt sich in die vorderste Linie zu drängeln und laut nach Ruhm und Ehre zu schreien, war er mit seinen Männern hinten geblieben, während er und Dodd den Blutzoll entrichteten. Er hatte sich damit zufriedengegeben, herumzukommandieren und abzuwarten.
Pohlmanns »campoo« existierte nicht mehr, und Dodds Königsblaue wurden so hart bedrängt, dass der Hannoveraner seinem Kameraden keine Chance einräumte, lebend aus diesem Desaster herauszukommen. Dieser Schulterschluss mit den Wällen von Assaye, der in den frühen Morgenstunden noch wie ein genialer Schachzug ausgesehen hatte, entwickelte sich mit jeder Viertelstunde, die verging, zu einer immer tödlicheren Falle.
»Die Schlacht ist verloren«, murmelte Anton Pohlmann leise vor sich hin.

Allessandro Cappellini beobachtete die Männer in den königsblauen Röcken aufmerksam. Er sah sie kämpfen und sterben; jeder Tote versetzte ihm einen schmerzhaften Stich ins Herz. Sie waren seine Kinder. Er kannte sie, er hatte sie geführt und ausgebildet, er hing an ihnen ... Doch der Verräter auf der anderen Seite missbrauchte und verheizte sie erbarmungslos, während er hilflos an Gore und Elphinstone gekettet war. Die einzig gute Neuigkeit dieses schrecklichen Tages kam von Barrak ben Ullahs Paschtunen. Kurz bevor er mit den Rotröcken über den Kaitna gesetzt hatte, war ihm mitgeteilt worden, dass man die Fahne der Begum in der Nähe von Borkardan gesichtet hatte. Wenigstens ihr war es gelungen, sich in Sicherheit zu bringen, bevor das Grollen der Kanonen die Ebene von Assaye in ein Schlachtfeld verwandelt hatte.
»Du willst Dodd, Sandro?« Elphinstone bemerkte die Unruhe des Korsen.
»Montstuart, ich kann nicht mehr! Ich kann nicht mehr hier

herumstehen und einfach nur zusehen. Ich will diesen Hund! Ich will ihm eigenhändig die Kehle durchschneiden!«
»Der Alte wollte ihn lebend, um ihn vor ein Kriegsgericht zu bringen.«
»Arthur Wellesley hat mit seiner Schlacht zu tun!« fauchte Cappellini böse. »Glaubst du, der kümmert sich jetzt noch um Dodd oder fragt heute Abend danach, wie ein Mann in dieser Hölle zu Tode gekommen ist? Falls ihr heute Abend überhaupt noch einen Kommandeur habt, der Fragen stellen kann. Dieser Ire ist lebensmüde. Kein halbwegs zurechnungsfähiger Befehlshaber würde sich dreißig Schritte von feindlichen Gewehrläufen mitten in der Feuerlinie herumtreiben oder frontal auf eine ellenlange Reihe schwerer Geschütze zugaloppieren. So was überlässt man im Regelfall dem Kanonenfutter.«
Elphinstone nickte. Dann legte er Cappellini die Hand auf die Schulter. »Genauso, wie du jetzt gehen musst, um deine Rechnung zu begleichen, muss er jetzt da vorn stehen, Sandro! Er kann nicht anders. Er hat seinen Männern den Angriff befohlen, obwohl er weiß, dass viele von ihnen dabei draufgehen. Darum steht er da vorn. Damit die Jungs sehen, dass er ebenso gut draufgehen kann wie sie selbst. Wenn's ihn erwischen sollte, nimmt er es hin ... Seit er in diesem Land kämpft, schlägt er sich gegen feindliche Übermacht und unter unbeschreiblich schweren Bedingungen. Wellesley weiß genau, was er tut. Und wie es aussieht, gewinnt er diese Schlacht. Reite, suche Dodd und begleiche deine Rechnung mit ihm. Pass auf dich auf, mein Freund!« Der Korse grinste, zog seinen Säbel und verschwand im Getümmel.

Der General befreite sich mit kraftvollen Schlägen von den Männern, die wie die Kletten an ihm hingen. Diomed war aus irgendeinem Grund gestürzt und zu Boden gegangen. Sie hatten die Gelegenheit ergriffen, sich auf ihn zu werfen, während er noch unter dem Hengst festgeklemmt lag. Doch dieser Sturz hatte ihm nicht die Sinne geraubt, so wie der letzte. Ein erster Gegner fiel, dann ein zweiter. Colin Campbell war vom Pferd gesprungen und stieß einen dritten Mann brutal zur Seite.
Mit der Rechten führte Wellesley seine Waffe. Mit der Linken versuchte er Diomed zu helfen, wieder auf die Beine zu kommen. Endlich gelang es dem Hengst, seine Vorderhufe in die Erde zu stemmen; plötzlich machte er einen gewaltigen Satz, und sein Reiter saß wieder im Sattel. Der Feind hatte nicht damit

gerechnet, dass ein Pferd nach einem solchen Sturz noch so gewandt ausschlagen konnte, doch der Hellgraue schien unverletzt und offenbar genauso wütend zu sein wie sein Reiter.
Diomed stieg auf die Hinterhand, und Arthur holte mit dem Schwertarm aus, während er mit der Linken die Kandarenzügel etwas fester anzog, um sie sofort wieder loszulassen. Jeder Muskel des Hellgrauen war gespannt wie eine Feder. Seine harten, beschlagenen Hufe flogen in einer gefährlichen Kapriole durch die Luft. Die Männer in den königsblauen Uniformen fielen wie gefällte Bäume. Dann aber merkte der General plötzlich, dass sein Pferd wieder in die Knie zu gehen drohte.
»Diomed, was ist denn, mein Junge?« flüsterte er dem Tier zu.
Campbell griff seinem Vorgesetzten in die Zügel. »Er ist ... Sir, der Hengst hat's nicht überstanden!« Seine Hand deutete auf die hellgraue Brust des Pferdes. Ein roter Strom lief über das schweißnasse Fell. Arthur überließ für einen Augenblick das Schlachtfeld seinem Schicksal. Er sprang aus dem Sattel und betrachtete die Verletzung des treuen Gefährten. Die Spitze einer Lanze steckte tief im Fleisch. Er überlegte. Seine Hand wollte schon nach der Pistole greifen, um Diomed den Gnadenschuss zu geben und ihm ein qualvolles Ende zu ersparen. Das Tier zitterte, seine Beine schienen unter ihm nachzugeben.
»Überlassen Sie das mir, Sir!« Colin Campbell war neben den General getreten. »Ich weiß, dass Sie an ihm hängen.«
Wellesley schüttelte den Kopf. Er hatte den ganzen Tag damit zugebracht, Menschen zu töten, und nun fehlte ihm der Mut, ein verletztes Pferd zu erlösen. Diomeds Hals wölbte sich vertrauensvoll über die Schulter seines Herrn. In den sanften braunen Augen schien so etwas wie Hoffnung zu schimmern. Arthur legte dem Tier den Arm um den Hals. Dann packte seine Rechte die abgebrochene Spitze und riss sie mit einem Ruck aus der Wunde. Der Hengst schrie vor Schmerz, versuchte sich aufzubäumen und sich seinem Herrn zu entwinden. »Pssst«, flüsterte der Ire beruhigend auf das Tier ein. Er drückte Campbell Diomeds Zügel in die Hand und kniete sich nieder. Das Brustzeug musste die Lanze abgelenkt haben. Es war nur eine tiefe Fleischwunde. Vielleicht würde die Natur ihr Werk tun.
Wellesley atmete auf. Es war richtig gewesen, dem Hellgrauen seine Chance zu geben. Er rief nach Eochaid und seiner Ordonnanz. »Bringen Sie Diomed nach hinten, und lassen Sie das

Tier zufrieden!« befahl er dem Dragoner. Dann schwang er sich in den Sattel seines letzten Pferdes. »Achtundsiebzigstes, schwenken!« befahl er.
Die Schlacht von Assaye nahm ihn wieder voll und ganz in Anspruch. Er bedeutete Oberst Wallace, seine Männer zu formieren. Sie mussten sich nur noch einer letzten Reihe Geschütze annehmen, die ihnen im Weg stand. Die Schotten stellten sich auf, während Pohlmanns restliche Einheiten hinter dem Juah eine letzte Verteidigungslinie gegen den britischen Gegner zu bilden versuchten. Doch Dodds »campoo« kämpfte immer noch verbittert. Die Männer wollten und wollten nicht wanken. Es waren beinahe siebentausend Infanteristen und vierzig Geschütze. Ihr Anführer trieb sie skrupellos gegen den Feind, ohne dabei auf Verluste Rücksicht zu nehmen.
Wellesley betrachtete nachdenklich die königsblauen Uniformen. »Die haben immer noch acht-, neuntausend Mann Infanterie und jede Menge Kavallerie am anderen Ufer.« Hauptmann William Barclay runzelte die Stirn, als er beobachtete, wie Dodd seine Männer Aufstellung nehmen ließ, während ein Teil der unversehrten feindlichen Batterien einschwenkte.
»Zehntausend Infanteriesoldaten des Rajahs von Berar verschanzen sich hinter den Palisaden von Assaye«, bemerkte Elphinstone trocken.
»Die Schotten, das Achundsiebzigste! Vier Bataillone Madras, das Dreiunddreißigste ...« Arthur hatte sich das Fernrohr unter den Arm geklemmt und nahm die Finger zur Hilfe. Er zählte weiter. »Dann die Reste des Vierundsiebzigsten. Es dürften etwas mehr als viertausend sein. Im Zentrum haben wir keine Probleme mehr. Da reicht die Kavallerie, um dafür zu sorgen, dass die da drüben keinen verwegenen Ausflug machen, während wir ...«
Dodds »campoo« zog in seiner neuen Aufstellung von Assaye bis an den Juah. Das Gelände war sorgsam ausgewählt, es war alles andere als eine einfache Angelegenheit. Eine halbe Stunde später war der General überzeugt, dass er die Figuren richtig auf dem Schachbrett verteilt hatte.
»Die Schotten sind todmüde«, ging es ihm durch den Kopf. Sie waren fast fünfundzwanzig Meilen weit marschiert und hatten dann den ganzen Kampf durchgestanden. Sechzehn Stunden waren vergangen. Er schaute in die Augen des einen oder anderen Mannes. Sie waren voller Selbstvertrauen, und ein wildes Feuer brannte darin. Er holte tief Luft, gab McLeod ein kurzes Zeichen

mit der Hand und zog seinen »tulwar«. Die Hochländer setzten sich in Bewegung. Ihre Reihe zog sich immer mehr in die Länge. Dodds Infanteristen konnten genau mitverfolgen, wie sich immer wieder ein paar Sechspfünder mit ihren Gespannen, Mannschaften und »laskars« zwischen die Riesen mischten. Hinter den Riesen kam die Madras-Infanterie. Maxwells Kavallerie musste den Weg zurück über den Fluss und in die eigenen Reihen gefunden haben, denn neben den roten Röcken des 33. Regiments – die die linken und rechten Flankeneinheiten stellten – tauchten blaue Dolmane auf.

Dodd fluchte, als Anton Pohlmann auf seinem Schimmel an seiner Seite auftauchte.
»Der Sepoy-General legt es wirklich drauf an. Sie hatten mir vor ein paar Tagen doch noch einzureden versucht, dass der Junge sich in die Hosen macht, wenn wir nur mit dem Säbel rasseln!« In der Stimme des deutschen Offiziers schwang eine sonderbare Mischung aus Spott und Verzweiflung mit. Er hatte alles verloren. Seine letzten Männer waren davongelaufen wie die Hasen. Nur die Königsblauen der Sumroo konnten diese grauenvolle Niederlage gegen einen zahlenmäßig weit unterlegenen Gegner vielleicht noch in einen Gleichstand verwandeln.
»Ich habe mich offensichtlich geirrt, Sir!« antwortete der Engländer bitter. »Doch seine Männer sind müde. Sie marschieren und kämpfen seit endlos langen Stunden. Sie sind hungrig und durstig. Es könnte ja sein ...«
»Versuchen Sie Ihr Glück, Dodd! Ich für meinen Teil habe genug!« verabschiedete sich der Deutsche. Er legte die Hand an den federgeschmückten Zweispitz, gab seiner Eskorte Zeichen, ihm zu folgen, und überließ dem britischen Überläufer das Schlachtfeld. Die letzten zehn Jahre in diesem Land waren ein wunderbares und einträgliches Abenteuer gewesen. Nun lag die Marattha-Konföderation im Sterben, und Anton Pohlmann hatte nicht die Absicht, gemeinsam mit diesen kleinen, braunen Bastarden umzukommen. Sollten die anderen nur weiterkämpfen.
Er beschloss, dass es an der Zeit war, sein Gold zu nehmen und sich an irgendeinem hübschen Ort irgendwo in Europa in den Ruhestand zu begeben. Dodd fluchte erneut, als er Pohlmann und seiner Eskorte hinterherblickte, doch dann siegten sein Ehrgeiz und sein Hass auf die Ostindische Kompanie über seine anfängliche Verwirrung. Vor etwas mehr als einem Jahr noch war

er ein unwichtiger Leutnant auf einem gottverlassenen Posten irgendwo im Dekkan gewesen. Seine einzige Befriedigung hatte darin bestanden, seine Herren zu hintergehen und zu bestehlen, wann immer sich die Gelegenheit bot. Nun besaß er fast 8000 sorgsam ausgebildete Soldaten und vierzig schwere Geschütze. Hinter ihm verschanzten sich 10000 weitere Männer, die vielleicht durch sein Beispiel angetrieben in den Kampf folgen würden. Er hatte nichts zu verlieren, aber viel zu gewinnen. Sollte er das Desaster von Assaye noch in eine britische Niederlage verwandeln können, würde er unangefochten an Perrons Stelle treten. Er musste Scindia und Bhonsla nur den Kopf der roten Hydra bringen, und Macht und Einfluss waren ihm gewiss. William Dodd beschloss, das Wagnis einzugehen.

Die Schlacht war vorbei. Als die riesigen Schotten des 78. Hochlandregiments mit aufgepflanzten Bajonetten ihren Vormarsch begannen, kamen die ersten königsblauen Röcke ins Wanken. Sie schienen nicht die geringste Lust zu haben, sich mit dieser schrecklichen britischen Infanterie zu schlagen, die seit Stunden über jeden hinwegwalzte, der sich ihr in den Weg stellte. Obwohl ihr Anführer und ein paar Offiziere verzweifelt versuchten, sie in den Kampf zu treiben, sprang der Funke über: Zuerst waren es nur ein paar Männer gewesen, die über den Fluss davongelaufen waren, dann eine Kompanie, schließlich ein paar Geschützbesatzungen.

Arthur Wellesley traute seinen Augen nicht, als die verrammelten Tore von Assaye sich wie von Geisterhand auftaten und eine riesige Flut Bewaffneter in wilder Aufregung davonstob. Es waren die beiden letzten Bataillone des 74. Hochlandregiments gewesen, die vor den Wällen aufgetaucht und diese Panik ausgelöst hatten. Im Laufen warfen die meisten Soldaten von Raghuji Bhonsla einfach ihre Waffen fort. Sie schrien durcheinander, fluchten, heulten und jammerten, sie stolperten und waren sich gegenseitig im Weg. Obwohl der Juah weder reißend noch tief war, trieben bald schon Leichen auf dem Wasser. Die letzten Einheiten des königsblauen »campoos« ließen nun ihren Anführer und seine Offiziere im Stich. Sie stoben hinter den Männern des Rajahs von Berar her wie eine große Gewitterwolke.

Irgendein verrückter Rotrock auf einem Rotschimmel warf sich mit gezogener Waffe mitten in die Menschentraube, die einen schützenden Kreis um den Kommandeur des »campoos« der Begum

bildete. Er hieb auf sie ein, als ob er vom Teufel besessen wäre. Die Soldaten fielen oder wichen seinem ungebändigten Zorn. Schließlich waren sie alleine und auf dem Boden: ein roter Rock, ein blauer Rock! Der blaue Rock schrie und wehrte sich gegen den Angreifer, doch der Mann in Rot schien den Verstand verloren zu haben. Plötzlich sanken die Arme des königsblauen Rockes nach unten, die Waffe entglitt dem Mann, und eine rote Pfütze bildete sich auf der braunen Erde. Es war ein seltsames Schauspiel gewesen.
Mitten in diesem Feuersturm hatte ein Zweikampf stattgefunden, der Arthur an die Sagen aus dem Mittelalter erinnerte, die er als Kind gelesen hatte. Die Schlacht war vorbei! Sie hatten eine gewaltige Übermacht bezwungen und sämtliche Geschütze des Feindes erobert. Doch statt in den Siegestaumel der anderen einzustimmen, überkam den General plötzlich ein sonderbares Gefühl: Er spürte einen Stein auf der Brust, der ihn zu erdrücken drohte, obwohl er aufrecht in Eochaids Sattel saß. Er fühlte sich elend. Es war ganz und gar unmöglich, an Ruhm und Ehre und Sieg zu denken. Sein Geist und all seine Gefühle waren erschöpft. Man schrieb den 23. September 1803, sechs Uhr abends, und die Sonne versank rasch und blutrot am Horizont.

Arthur Wellesley war auf dem Schlachtfeld, inmitten der Toten und Sterbenden, in die Knie gesunken. Der geschlagene Gegner flüchtete in völliger Auflösung in die Berge, doch der Sieger hatte nicht mehr die Kraft, ihn zu verfolgen. Der General war genauso erschöpft wie seine Soldaten. Während des ganzen langen Tages, im Angesicht einer furchterregenden Übermacht und mit anfänglich schlechten Karten, hatte er die Ruhe bewahrt, keine Fehler gemacht und mit äußerster Gelassenheit, ja Kaltblütigkeit eine Bürde der Verantwortung getragen, die viele ältere und erfahrenere Offiziere in den Zusammenbruch getrieben hätte. Assaye war sein Sieg, doch es war ein Sieg, für den er einen hohen Preis bezahlt hatte.

Nun, da der Mond blass und wesenlos aufgegangen war und die Nacht ihn auf dem blutigen Feld beschützend einhüllte, zerbrach seine

Selbstbeherrschung in tausend Stücke. War es das wert gewesen? Er ließ den Kopf auf die Knie sinken. Tränen der Erschöpfung, der Trauer und der Verzweiflung rannen ihm über die Wangen. Er war allein, und er war nur ein Mensch aus Fleisch und Blut und nicht diese fürchterliche, todbringende Waffe, zu der Rang, Verantwortung und die ehrgeizige Politik seines eigenen Bruders ihn gemacht hatten. Irgendwann in der Nacht hatte Arthur keine Tränen mehr und saß nur noch regungslos zwischen den Toten, während Bilder des Schreckens unablässig an seinem inneren Auge vorüberzogen. Er musste den langen, furchtbaren Tag von Assaye noch einmal bis zum bitteren Ende durchleben und all die Männer, für die er Freundschaft empfand, mit denen er lange zusammengelebt und gearbeitet hatte, noch einmal sterben sehen ... Es gab wohl nur eines auf der Welt, das schlimmer sein konnte als eine siegreiche Schlacht: eine Niederlage.

Die Neuigkeit von dem großen britischen Sieg über die vereinigten Heere von Scindia und Bhonsla erreichte Poona in nur fünf Tagen. Bereits am 28. September konnte General Stuart enthusiastisch nach Kalkutta schreiben. Obwohl Arthur Wellesleys eigener Bericht sich lediglich auf die Tatsache des Sieges, eine Verlustliste und eine Reihe von Ausführungen über den Mut und die Tapferkeit seiner britischen und indischen Soldaten beschränkt hatte, kannte der Oberkommandierende von Madras aus vielen anderen Quellen jedes Detail über den Verlauf der Schlacht von Assaye. Er hatte es vorgezogen, dem Generalgouverneur den Bericht des jungen Generals zu ersparen und lieber ein eigenes Papier zu verfassen. Mornington sollte nicht annehmen, dass es einfach gewesen wäre, mit kaum siebentausend Rotröcken eine so gewaltige Übermacht in Grund und Boden zu stampfen. Außerdem hatte Arthur es redlich verdient, dass sein arroganter und selbstgerechter Bruder jede Einzelheit erfuhr.

»Lake hat Perron geschlagen!« konstatierte Montstuart Elphinstone trocken.
»Sieh einer an!« erwiderte William Barclay hinter einem Glas Weißwein. »Ich wusste gar nicht, dass der Franzose so schnell ins Verderben laufen würde. Er muss mit seinem ›campoo‹ in den vier oder fünf Tagen nach Assaye fast dreihundert Meilen weit geflüchtet sein.« Lake befand sich an der Nordgrenze des Maharastra. Er hatte achttausend Mann und dreißig Geschütze aus Kanpur nach Norden mitgenommen. Seine Verluste in der Schlacht gegen den erschöpften und desillusionierten Feldherrn des Rajahs von Gwalior waren lächerlich gewesen.
»Ich erzähle es dem Alten!« erbot sich Major West. Er stellte sein Glas auf den Tisch und wollte schon aufstehen, als Elphinstone ihm die Hand auf die Schulter legte. »Lasse ihn zufrieden, Francis! Das ist im Augenblick der größte Freundschaftsdienst, den du ihm erweisen kannst. Ich lege ihm den Wisch auf den Schreibtisch, dann kann er ihn ja lesen, wenn ihm danach ist.«
West seufzte und schüttelte den Kopf. »Montstuart, ich verstehe das nicht! Da siegt er haushoch gegen diese Bande, und vermutlich überschlagen sich im Moment ganz Madras und halb Kalkutta vor Freude über seinen Erfolg, und er läuft mit Trauermiene durch die Gegend, ist nicht ansprechbar, meidet uns ... Was ist bloß mit ihm?«
»Francis, Arthur hat ein Viertel seiner Männer auf dem Schlachtfeld gelassen! Das sind sehr viele Tote für ein einziges Gewissen. Außerdem hat er selbst einiges abbekommen. Er muss auch mal verschnaufen.«
Elphinstone wusste, dass es nicht die Malaria, die gebrochenen Rippen und die Schrammen von Assaye waren, die seinen Freund in diesen bedrückten Zustand versetzten. Sie hatten den Feind nach der Schlacht nicht verfolgen können, und obwohl Scindia

und Bhonsla bei Assaye eine gewaltige Abreibung bekommen und ihre Armeen sich mehr oder weniger in Wohlgefallen aufgelöst hatten, stellten die beiden Fürsten immer noch eine Gefahr dar. Bei ihrer kopflosen Flucht durch die Berge hatten die geschlagenen Maratthas noch Kraft genug gehabt, Dörfer zu plündern und unschuldige Menschen totzuschlagen. Arthur hatte sich aus diesem Grund auch geschworen, bis zum bitteren Ende zu kämpfen und erst dann aufzuhören, wenn Scindia und Bhonsla nicht mehr existierten und endlich Ruhe in diesen Teil Indiens einkehrte. Er wusste, dass er sich noch ein-, zwei-, drei- oder hundertmal mit ihnen würde schlagen müssen. Es würde wahrscheinlich einfacher sein als in Assaye, aber gewiss nicht schmerzloser.
Langsam zog er mit seinem Teil des Expeditionskorps hinter Stevenson her und hinauf in den Norden. Er wollte sich zuerst um seine Verwundeten kümmern und den Überlebenden die Möglichkeit geben, ein wenig auszuruhen. Doch bald schon würde er wieder zuschlagen müssen – und der Gedanke an dieses nächste Blutvergießen trieb den General fast zur Verzweiflung.

Der Marquis von Mornington hatte einen Besucher. Die beiden Männer standen zusammen in einer Fensternische, plauderten angeregt und schienen bester Laune zu sein. Neben ihnen stand ein indischer Diener, der das Tablett mit den Champagnergläsern hielt. Seit ein paar Wochen war es dem Generalgouverneur zur Angewohnheit geworden, während des zweiten Frühstücks privilegierte Gäste in diesem hübschen Saal mit seinen großen Fenstern und dem unvergleichlichen Blick auf den Fluss zu empfangen. Als Sir Alured Clarke eintraf, den Zweispitz unter den Arm geklemmt und sämtliche Orden seiner langen Soldatenkarriere auf der Brust, gefolgt von einer Gruppe Stabsoffiziere in voller Uniform, sagte ihm ein erster Blick, dass die Laune des Marquis' an diesem Morgen glänzend war.
»Ein Glas Champagner, mein lieber Sir Alured?« rief der Generalgouverneur seinem Oberkommandierenden zu. Er ließ sich in einen Sessel fallen und deutete mit der Hand auf seinen Besucher. »Sie kennen meinen neuen Privatsekretär vielleicht noch nicht. Das ist Major Valerian Shawe, Royal Horse Blues! Er ist erst vor wenigen Tagen aus London in Kalkutta eingetroffen.«
Clarke verzog den Mund zu einem gekünstelten Lächeln. »Ah, junger Mann! Ich habe viel von Ihrem Vater gehört. Geht es Lord Chichester gut?«

»Danke der Nachfrage«, erwiderte der Offizier. Seine geschniegelte Erscheinung, die dunkelblaue Reiteruniform mit den roten Aufschlägen und den zahlreichen goldenen Schnüren und Litzen, seine unangenehme hohe Stimme und seine gespielt joviale, selbstsichere Art missfielen General Clarke vom ersten Augenblick. Er hatte es immer vorgezogen, mit Morningtons jüngerem Bruder, Henry Wellesley, zusammenzuarbeiten. Zumindest war er sich bei Henry sicher gewesen, dass der Junge ehrlich und uneigennützig handelte. Mit der Ankunft dieses Shawe konnte er nur noch sicher sein, dass Mornington zu hören bekam, was unverbindlich, unproblematisch und günstig für die Karriere des jungen Offiziers war. Sein Vater, Lord Chichester, war ein ehrgeiziger Mann und ein machtbewusster Tory-Politiker im britischen Oberhaus. Er hatte seinen Sohn vermutlich nach Indien geschickt, weil er auf die Karte Mornington setzte und fest an eine strahlende politische Zukunft des Generalgouverneurs zu Hause in England glaubte.

»Und, Sir Alured? Welche Neuigkeiten bringen Sie mir aus dem Herzen Indiens? Spannen Sie mich nicht länger auf die Folter.« Morningtons Hand deutete auf die Papiere, die einer von Clarkes Adjutanten in der Hand hielt. Er lehnte sich bequem in seinem Sessel zurück. Major Shawe nahm den Platz direkt hinter dem Generalgouverneur ein, um allen anderen Anwesenden vom ersten Augenblick an klarzumachen, welche Rolle er in Zukunft in Fort William zu spielen gedachte.

»Mylord, General Wellesley ist am 25. November in Berar einmarschiert. Sechs Meilen nördlich des Purnah hat er am 29. November um drei Uhr nachmittags seine beiden Teilheere vereinigt.« Clarkes Augen blitzten, doch Mornington verzog den Mund. »Unweit eines Dorfes mit Namen Argaum hatten seine Aufklärer fünfzehn reguläre Infanteriebataillone des Rajahs von Gwalior und seines Verbündeten Bhonsla ausgemacht. Außerdem verfügte der Feind noch über achtunddreißig schwere und zwölf leichte Geschütze, dreißig- bis vierzigtausend >silledar<-Reiter und eine große Zahl irregulärer Fußtruppen.«

Clarkes Augen blitzten triumphierend. Er beobachtete Mornington, der unbeteiligt an seinem Glas Champagner nippte. Der Generalgouverneur wollte den Anschein erwecken, völlig gelassen und ungerührt zu sein, doch in seinem Inneren musste er vor Neugier beinahe platzen. Der Oberkommandierende von ganz

Britisch-Indien fuhr fort: »General Wellesley verfügte zu dem Zeitpunkt über etwa elftausend Mann. Er hatte sein Feldlager zwischen einem Weiler mit Namen Sirsoli und dem Dorf Parterly aufgeschlagen und befestigt. Um halb fünf am Nachmittag waren seine Truppen in ihren Stellungen vor Argaum. Drei Stunden später lagen 3000 tote Maratthas auf dem Schlachtfeld, unsere Kavallerie verfolgte den in völliger Auflösung fliehenden Gegner, und sämtliche Geschütze des Rajahs von Berar waren entweder zerstört oder in britischer Hand. General Wellesley hat einen glänzenden Sieg errungen, Mylord!«
»Verluste?« fragte Mornington trocken.
Clarkes Gesicht verfärbte sich rötlich. Die Nachricht über den Tag von Assaye und die Eroberung des Kerngebietes von Gwalior war dem Generalgouverneur kein Wort der Anerkennung wert gewesen, obwohl dieser Sieg seine fast absolute Herrschaft über den Subkontinent sicherte und den »Peshwa« mit Haut und Haaren an die britische Krone band. Nun hatte Arthur die beiden aufständischen Fürsten ein zweites Mal geschlagen – endgültiger als am 23. September und noch tiefer im Herzen des Subkontinents –, und wieder war es Mornington nur eine lakonische Bemerkung wert, obwohl das Schwert seines jüngeren Bruders Englands Einflussbereich in Indien in knapp drei Jahren verfünffacht hatte.
Der Oberkommandierende seufzte. »Verschwindend geringe Verluste, Mylord. Weniger als vierhundert Tote und Verwundete.«
»Was hat der ehrenwerte General Wellesley den Herren Scindia und Bhonsla denn außer den Kanonen sonst noch abgenommen?« mischte Major Valerian Shawe sich ins Gespräch zwischen Clarke und dem Generalgouverneur.
Mornington lächelte und nickte dem Offizier freundlich zu. »Ja, eine gute Frage, Major! Seine Kriegsspiele kosten die Kompanie und den König ein Vermögen. Wir dürfen von General Wellesley erwarten, dass er sich wenigstens bemüht, kostendeckend zu arbeiten«, spottete er.
Sir Alured Clarke schluckte seinen Ärger mühsam hinunter. Die Stabsoffiziere in seinem Rücken fingen leise zu tuscheln an.
»Mylord, der gesamte Tross von Scindia und Bhonsla ist unseren Truppen in die Hände gefallen. General Wellesley hat veranlasst, dass man entsprechende Listen erstellt und die Beute nach Bombay eskortiert.«
»Sehr gut, Clarke! Sehr gut! Teilen Sie Wellesley mit, dass wir

zufrieden sind. Er soll weitermachen. Sie können sich zurückziehen, Sir!« Clarke gab seinem Stab Zeichen, ihm zu folgen. Als er den Raum verließ, hörte er Mornington seinem Privatsekretär Shawe auftragen: »Ich glaube, wir haben jetzt ausreichend gute Karten in Händen, um in Verhandlungen mit dem Maharadscha Jaswant Rao Holkar zu treten. Er hat jetzt gesehen, was mit denen geschieht, die sich nicht dem Schrecken unserer Waffen beugen. Lassen Sie Sir Edwin Hall mitteilen, dass ich ihn morgen früh zu sehen wünsche. Er soll schnellstmöglich einige alternative Vorschläge für einen Subsidienvertrag mit Holkar ausarbeiten.«

Der Körper des Mannes lag auf einer Decke am Boden. Ein indischer Arzt kniete neben ihm. Er hatte den Verband über der Brust des Verwundeten gelöst und betrachtete nachdenklich die Verletzung. »Dem kann keiner mehr helfen. Die Wunde ist entzündet.« Fragend sah er einen britischen Kollegen an, der neben ihn getreten war. »Es hat keinen Sinn, diesen Mann nach Araungabad zu transportieren. Zuerst habe ich geglaubt, er würde durchkommen ... Geben Sie ihm, was Sie für richtig halten, damit er wenigstens keine Schmerzen mehr hat.«

Der indische Arzt nickte und winkte nach einem Helfer und einer großen Flasche Arrak. Arthur Wellesley stand im Halbdunkel des Lazarettzeltes an einen Pfosten gelehnt. Er trug einen dunkelblauen Rock ohne Rangabzeichen. Der Rock und die Reithosen waren mit Lehm verkrustet, und über die Reitstiefel zogen sich bräunliche Wasserflecken. Er war drei Tage mit Elphinstone, Barrak ben Ullah und den Paschtunen über Land geritten, um zu sehen, was Scindia und Bhonsla nun, da sie den größten Teil ihrer Armeen verloren hatten, vorbereiteten.

Bhonsla hatte sich mit seiner Familie und dem Kronschatz in der Bergfestung Gawilghur verschanzt. Etwa dreißigtausend Mann waren dem Rajah von Berar in die Berge gefolgt. Scindia befand sich weiter nördlich in einer anderen Bergfestung: Asseergurh.

Arthur beobachtete die Ärzte bei ihrer schrecklichen Arbeit. Sie mussten die Verwundeten von Argaum, die transportfähig waren, von denen trennen, denen niemand mehr helfen konnte. Doch Arthurs bitterer Sieg hatte viele militärische und politische Probleme auf einen Streich gelöst. Der Konflikt gegen die Marattha-Konföderation entwickelte sich zum Guten: Am 1.November war François Perron zum zweiten Mal von Lake geschlagen worden. Diesmal war der Franzose kampfunfähig, denn er hatte den Fehler gemacht, sich in einer Infanterieschlacht zu stellen, anstatt zu fliehen. Baroch befand sich in britischer Hand, Scindia hatte Gujerat verloren und Oberst Murray, der sich mit dem 84. Regiment auf einem Nebenkriegsschauplatz in Canojee befand, stellte sich so geschickt an, dass Arthur ihm vor ein paar Tagen befohlen hatte, auf Ougein vorzustoßen, die wehrlose Hauptstadt von Gwalior.

»Oh, General Wellesley!« begrüßte der britische Arzt seinen Vorgesetzten freundlich. »Ich hatte nicht bemerkt, dass Sie hier sind. Wir sind fast fertig. Die meisten der Männer können nach Elchipoor gebracht werden. Ein paar habe ich sogar zu ihren Einheiten zurückgeschickt. Was kann ich für Sie tun?«

Er antwortete nicht gleich. Er hatte fast zweiundsiebzig Stunden ununterbrochen im Sattel gesessen. Er konnte sich nicht mehr erinnern, wann er den blauen Rock zum letzten Mal ausgezogen hatte, um zu schlafen oder sich zu waschen. Mit einer fahrigen Bewegung fuhr er sich über die streichholzkurzen Haare, bevor er leise fragte: »Wie geht es meinem Sergeant? Gehört er zu denen, die Sie nach Elchipoor bringen, oder ...?«

Ein Lächeln huschte über das Gesicht des Arztes. Er nahm Wellesleys Hand in die seine und hielt sie eine Zeitlang. Arthurs Magen krampfte sich zusammen; sein von der Sonne gebräuntes Gesicht wurde mit einem Mal kreidebleich. Innerlich bereitete er sich auf eine schlimme Nachricht vor. Der Arzt bemerkte, dass der General leicht zu schwanken schien und ihn unsicher anblickte. Er schüttelte den Kopf. »Nicht doch, Sie dürfen nicht immer gleich schwarzsehen, Sir! Sergeant Dunn geht es den Umständen entsprechend gut. Er ist ein zäher alter Hochländer und hat mit dem Gevatter Tod noch nichts im Sinn. In ein paar Wochen, wenn die Wunde ordentlich verheilt ist, muss er sich nur ein Holzbein besorgen und ist wieder der Alte. Mit der Armee ist es natürlich vorbei, aber ...«

Arthur bemühte sich nicht, seine Erleichterung zu verbergen. Er strahlte übers ganze Gesicht. »Danke, Doktor! Ich danke Ihnen – für alles, was Sie getan haben!« Dann schlug er dem Arzt auf die Schulter und verließ das Lazarettzelt.

Sir Edwin Hall hatte sich an seinem Schreibtisch unmittelbar neben dem Fenster niedergelassen. Auf der hellen Kirschholzplatte waren überall die Spuren energischer Benutzung von Feder und

Tinte zu sehen. Hier verfasste er seit Jahren seine Schriftstücke, wenn er Ruhe zum Nachdenken suchte. Anstatt sein Tintenfass zu öffnen und wie immer zur Feder zu greifen, klappte er an diesem Abend nur eine Mappe mit Regierungspapieren auf. Mornington hatte seine Vorschläge für mögliche Subsidienverträge mit den geschlagenen Marattha-Fürsten und Holkar zur Kenntnis genommen, doch am Ende war eine erstaunliche Entscheidung gefällt worden, die den Juristen zugleich beunruhigte und erfreute: Der Generalgouverneur übertrug
General Wellesley das Kommando über sämtliche Truppen des Dekkan. Alle Residenten erhielten ihre Anweisungen nun nicht mehr aus Kalkutta, sondern von Arthur.

Neben dieser weitreichenden militärischen Verantwortung hatte der Generalgouverneur seinem Bruder noch unbeschränkte politische Vollmachten eingeräumt: Er konnte mit den Marattha-Fürsten nicht nur in Verhandlungen über ihre Gebiete im Dekkan eintreten, sondern im Fall eines Friedensschlusses auch Verträge bezüglich der Territorien jenseits der Grenzen abschließen. Im Klartext hieß dies, dass Arthurs militärische Verantwortung zwar mit dem Friedensschluss enden würde, doch die Verträge, die er abschloss, konnten über Generationen ihre Gültigkeit behalten.

Der Jurist stand auf und trat ans Fenster: Es war sonderbar! Mornington schien sehr wenig von seinem Soldatenbruder zu halten, und trotzdem vertraute er ihm so weitreichende Machtbefugnisse an. Sir Edwin machte sich schon seit langen Jahren eigene Gedanken über den Generalgouverneur und seine undurchschaubaren Intrigen und Winkelzüge. Er hatte auch einige der Dinge durchschaut, die in Fort William hinter verschlossenen Türen geschahen, doch dieses eine Mal wollten ihm Sinn und Zweck von Morningtons Maßnahme einfach nicht einleuchten. Er beschloss, einen Brief an Arthur zu schreiben und ihm zumindest seine Bedenken mitzuteilen, damit der Offizier nicht blind in ein offenes Messer lief.

Der erste Anblick eines Krankensaals war für Arthur jedes Mal das Schlimmste, und jedes Mal versuchte er ihn hinauszuzögern, indem er mit den Armeeärzten schwatzte, die Gehilfen befragte, ob sie alles hatten, was sie brauchten, oder indem er den Köchen über die Schulter sah. Auch in den Vorräumen seines Lazaretts von Elchipoor war es schlimm genug: Körbe mit blut- und eitergetränkten Verbänden, ein durchdringender Geruch nach

Medikamenten, die Hitze der Herde, auf denen Wasserkessel dampften.

Doch diesmal hielt der General sich nicht im Vorraum auf, sondern betrat direkt den Krankensaal, obwohl die stickige Luft ihm den Atem nahm und sein Magen sich hob. Auf den flachen Pritschen regten sich Gestalten, Köpfe hoben sich aus den Kissen, Blicke richteten sich auf ihn. Amran Singh war einer der indischen Armeeärzte. Sein weißer Kittel roch nach frischer Seife und Sauberkeit. Als er ihn neben einer

Pritsche bemerkte, wollte Arthur rasch zu ihm flüchten, um dem Anblick der Opfer von Assaye und Argaum zu entkommen, doch dann besann er sich darauf, dass diese Männer im Angesicht des Feindes auch nicht davongelaufen waren. Er gab Singh ein kurzes Zeichen mit dem Kopf, bevor er langsam an den Verwundeten vorbeiging. Ab und zu hielt er einen Augenblick inne und wechselte ein paar Worte mit einem Mann, wenn dieser bei Sinnen war.

Am Ende des Saales, etwas abgesondert von den anderen, lagen die schweren Fälle. Obwohl eine schreckliche Angst in Arthur aufstieg, zwang er sich, dorthin zu gehen. Das Talglicht spendete nur einen trüben Schein, doch es genügte, um alles deutlich sichtbar zu machen. Über die Lippen des Mannes kam ein Wimmern. Arthur erkannte ihn. Er gehörte zum 74. Hochlandregiment von William Wallace und hatte sich bei der Erstürmung von Ahmednuggur tapfer geschlagen. Bei Assaye hatte er gekämpft und überlebt, doch bei Argaum hatte ihn das Schicksal ereilt. Er mochte vielleicht zwanzig Jahre alt sein. Der Helfer war dabei, die Wunde des Soldaten zu säubern. Es war ein grässlicher Anblick, und ein penetranter Geruch nach faulem Fleisch erfüllte die Luft. Obwohl der Hochländer wimmerte wie ein kleines Kind, lag er doch ganz ruhig. Nur seine Hand klammerte sich am Rand der Pritsche fest.

»Der Soldat hat Schmerzen. Können Sie nichts tun?«

Der Helfer schüttelte den Kopf. »Was wir tun konnten, haben wir getan. Jetzt können wir nur noch hoffen.«

Wellesley nickte. Er erkannte den Schmerz des Hochländers am Zucken des Mundes. Die Hand krampfte sich immer fester um die Holzkante der Pritsche. Arthur kniete nieder, legte seine Hand auf die des Soldaten und sprach leise auf ihn ein. Die Kälte der Hand flößte ihm Angst ein, und Tränen stiegen ihm in die Augen.

»Ich glaube, es ist wirklich alles getan, was wir tun können,

General!« Der Helfer drückte dem Schotten einen Becher mit einer dunkelbraunen, zähen, stinkenden Flüssigkeit an den Mund und zwang ihn, das Gebräu zu schlucken. Die Augen des Mannes fielen zu; seine Hand löste sich von der Kante der Pritsche.

Die Befestigungsanlage von Gawilghur war so erbaut worden, dass sie sich an den Berg anschmiegte. Die Architekten waren keinem Bauplan gefolgt, sondern den Anforderungen der Natur in diesem wilden

Hochland. »Verfluchter Berg, verfluchte Hitze!« stöhnte Soldat Cowley. Die Truppen hatten ihren Aufstieg bei Damergaum begonnen. Sie mussten Bäume fällen und einen Weg aus Erde und Steinen aufschütten, um überhaupt ein Vorankommen für die Geschütze möglich zu machen. Nach vier endlos langen Tagen erreichte Oberst James Stevenson mit der gesamten Artillerie und den Munitionstransporten schließlich das Dorf Lobada, das sich genau gegenüber der Feste Gawilghur befand. Von dieser Seite aus gesehen, war Bhonslas letzte Zuflucht nicht ganz so beeindruckend.

»Chalmers, wie beurteilen Sie den Zustand?« Arthur stand neben dem Ingenieur auf einer kleinen Anhöhe, die einen künstlichen See überblickte. Beide Männer drückten sich ihre Fernrohre fest ans Auge.

»Sir, das Wetter in diesem Land setzt Mauerwerk hart zu. Die Steine, die verwendet wurden, sind gänzlich ungeeignet für vernünftiges Bauen. Ahmednuggur war ein härterer Brocken als diese Festung.« »Ist es Ihnen auch aufgefallen?« fragte der General triumphierend, als Chalmers seine Ausführungen beendet hatte.

»Die können ihre Flanken nicht sichern.«

Wellesley nickte. »Sie haben keine Geschütze, wo jede normale europäische Anlage ganze Batterien von Zwölfpfündern hätte.«

Die beiden Männer stiegen Seite an Seite die Anhöhe hinunter nach Lobada.

Mary Seward lächelte John Dunn aufmunternd zu. »So, jetzt versuchen wir's einfach noch einmal zusammen.« Sie hielt ihm ein paar Krücken entgegen. Amran Singh stand zufrieden neben der Pritsche seines Patienten. Er war jedes Mal glücklich, wenn er einen der schweren Fälle als geheilt entlassen konnte. »Versuchen Sie es, Sergeant! Ich behalte Sie nicht länger hier. Der Entlassungsschein ist unterschrieben, und man erwartet Sie bereits

zu Hause.«
Ein paar Leichtverletzte saßen beisammen und spielten Karten. Einer spielte auf einer selbstgeschnitzten Flöte ein Lied. Die Baracke ähnelte nur wenig dem Lazarett nebenan. Die Höhenluft in Elchipoor war frisch und prickelnd. Kein Geruch nach Tod und Verwesung belastete die Atmosphäre.
Der ehemalige Zahlmeister des 33. Regiments warf einen letzten Blick auf seine Leidensgefährten. Dann grinste er, klopfte mit der Rechten aufs Holzbein und stieß sich mit beiden Händen von der Bettkante ab. Mary nickte ihm aufmunternd zu. »Komm, es geht schon! Ich gebe dir die Krücken, und dann verschwinden wir von hier.«
Dunn bedankte sich bei Singh und humpelte brav hinter Sergeant Sewards Frau aus der Baracke.
»Du hast uns gefehlt. Wir haben uns schreckliche Sorgen um dich gemacht.«
»Der General hat dich meinetwegen bis nach Elchipoor gehetzt?« Der Schritt des Sergeanten war schwankend. Seine Augen fixierten den Boden, während er sprach. Sein Gesicht war vor Anstrengung gerötet, doch mit dem Schritt über die Schwelle des Lazaretts ging sein Atem freier.
Mary nestelte ein Stück Papier aus der Rocktasche und hielt es John Dunn unter die Nase. »Er will, dass du mit dem nächsten Transport zurück nach Seringapatam verschwindest, und du sollst Diomed mitnehmen und dann auf uns warten.«
»Dich soll ich auch mitnehmen, hat er auf seinen Wisch geschrieben, meine Kleine.«
Mary zog ein langes Gesicht. Dann schüttelte sie energisch den Kopf. »Er kann viel schreiben, unser General. Ich gehe zurück zu unserem Regiment und zu Rob! Ist mir egal, was er befiehlt. Ich bin kein Soldat.«
John hatte mit gesenktem Kopf zugehört. Mary wusste, dass er nur von hier weg wollte. Wohin, war dem alten Mann egal. Sie fuhr fort: »In drei Wochen ist Weihnachten. Mein Rob, da oben alleine in den Bergen? Was sollen wir in Seringapatam, wenn die Armee im Norden bleibt?«
»Du weißt, dass der Alte explodiert, wenn wir in Lobada auftauchen.« Johns Widerstand schwand. Natürlich würde er Sergeant Sewards junge Frau nicht ganz allein den beschwerlichen Weg zurück zum 33. Regiment machen lassen. Einer seiner Kameraden tat beim Nachschub Dienst. Er würde ihnen sicher

einen Platz auf einem Versorgungstransport beschaffen können. John hatte ein paar Münzen in der Tasche, und Geld war allemal ein Argument.
Mary grinste ihn an und nickte. »Soll er doch! Ich hab keine Angst vor unserem General. Lasse ihn schreien. Am Ende ist er dann doch froh, dass wir da sind.«
Elphinstone übersetzte das Schreiben von Scindia. Der »vakel« Rao Amchadar versuchte die Briten davon zu überzeugen, dass die Truppenbewegungen des Rajahs von Berar entlang des Oberlaufs des Purna nur dazu gedient hätten, um einen Streit zwischen Scindia und Holkar aus der Welt zu schaffen. Die meisten der Anwesenden brachten in der einen oder anderen Form ihr Missfallen über die Argumente des Rajahs von Gwalior zum Ausdruck.
Wellesley schüttelte entrüstet den Kopf: Scindia versuchte sich für Handlungsweisen zu entschuldigen, die vor Wochen schon zu den Schlachten bei Assaye und schließlich bei Argaum geführt hatten. »Verflucht! Er hätte die weiße Fahne hissen können, statt mit schweren Kalibern auf uns zu schießen.«
Er war mitten in der Belagerung von Gawilghur und hatte alle Hände voll zu tun. James Stevenson war erkrankt, und Arthur ritt täglich beinahe vierzig Meilen durch schwieriges Gelände, um seine beiden Teilheere im Norden und Süden der Festung zu befehligen. Er würde zusehen müssen, dass er innerhalb der nächsten zehn Stunden eine Sturmtruppe über die Breschen am Nordwall schickte, sonst hatten die Belagerten Zeit, die Schäden, die seine Zwölfpfünder angerichtet hatten, wieder zu beheben.
Im Süden würde gleichzeitig ein Ablenkungsmanöver stattfinden, um das 94. Regiment und Oberstleutnant Kennys Madras-Infanterie zu entlasten. Der Weg durch die Breschen war nicht ganz einfach, obwohl die Artilleristen und die Ingenieure sich große Mühe gegeben hatten, die Mauern zu zerbrechen. Scindia und sein »vakel« konnten ihm gestohlen bleiben.
»Montstuart, wiederhole für den Rajah noch einmal alle Missetaten, derer er sich schuldig gemacht hat. Und vergiss nicht darauf hinzuweisen, dass wir als Bedingung für einen Friedensschluss auf Kompensation sämtlicher Ausgaben der Ostindischen Kompanie für diesen Krieg bestehen müssen.«

Eochaids Fell glänzte, und Schaum stand vor seinen Nüstern. Stevensons Männer hatten nur eine ungefähre Kenntnis von dem,

was sie im Inneren der Feste Gawilghur erwarten würde. Nicht einmal die besten Spione der Briten hatten es geschafft, einen Plan oder eine Skizze aufzutreiben, und Barrak ben Ullahs Paschtune brachten nur Gerüchte ins Lager. Niemand wusste, wie die Kommunikation zwischen dem äußeren Fort auf dem Hügel im Nordwesten und dem inneren Fort auf dem Berg südöstlich vonstattenging. Dem inneren Fort konnte man sich ohnehin keinen Schritt nähern, ohne in Stücke geschossen zu werden. Was sie allerdings genau wussten, war, wie viele Männer sich hinter den Mauern verschanzten: fünfzehn- bis dreißigtausend Zivilisten, eine Garnison von viertausend Mann unter einem »Pandjabi« mit Namen Beny Singh, und die sechstausend Überlebenden von Mannoo Bappoos regulärer Infanterie. Dazu kamen noch einmal fünfzehntausend Irreguläre.
Doch die Geschichte hatte oft genug bewiesen, dass der Erfolg einer Belagerung weniger von der Höhe und der Stärke der Mauern, als von der Moral und dem Können der Angreifer abhing. Seine Ingenieure waren ausgezeichnet und blickten auf Dutzende gefallener Anlagen zurück. Die Pioniere verstanden ihr Handwerk. Die Artilleristen trafen im Schlaf die Schwachstellen der Festung und ließen ihre Geschütze Tag und Nacht dröhnen. Hinzu kam, dass die Offiziere, die den Sturm anführten, energisch, mutig und geübt im Umgang mit ihren Waffen waren.
Im Unterschied dazu verfügte der Feind nur über unzureichende Kenntnisse, was die Verteidigung einer Festung anbelangte. Seit zehn Tagen waren sie am Werk, und seit zehn Tagen benahmen sich Bhonslas Kommandeure wie Dilettanten. Er hatte jeden Handgriff von Beny Singh, Manoo Bappoo und Sharan Khan beobachtet. Seit Perron, Pohlmann, Filouze und die anderen europäischen Söldner nicht mehr bei den Truppen waren, waren die Feinde desorganisiert und sichtlich desillusioniert. Es war ein Kinderspiel gewesen, die Aufklärer, Vorposten und andere Schützen zu vertreiben, die noch vor wenigen Tagen die Berge unsicher gemacht hatten. Arthur nahm einen Bleistift und Papier, um die Befehle auszustellen.

Colin Campbell zog den Reitmantel aus und folgte dem Ordonnanzoffizier. Die Nächte in diesem Land konnten fürchterlich kalt sein. Wellesleys Adjutant betrat Sir Alured Clarkes Wohnzimmer. Er bemerkte einen Holzscheit, der in einem kleinen Kamin glimmte. Der Oberkommandierende von Britisch-

Indien saß mit einem Buch auf den Knien in einem Ledersessel vor dem Feuer. Als er den erschöpften Colin Campbell sah, läutete er sofort nach einem Bediensteten und legte mit eigener Hand noch etwas Holz nach. Dann deutete er mit der Hand wortlos auf einen Sessel neben dem seinen.

Campbell war geritten wie der Teufel. Drei Pferde waren auf der Strecke geblieben, und er selbst konnte sich vor Anstrengung und Übermüdung kaum noch auf den Beinen halten, doch die Nachricht, die er nach Kalkutta brachte, war die Schinderei wert. Sir Alured hielt Wellesleys Adjutant ein großes Glas Whisky hin. Der Offizier nahm es und trank gierig. Plötzlich durchflutete ein angenehmes Gefühl von Wärme seinen ausgezehrten Körper, und seine Lebensgeister kehrten zurück.

»Sir, sie haben aufgegeben! Scindia und Bhonsla haben alle Bedingungen akzeptiert. Sie haben den Vertrag unterschrieben und sind bereit, die Reparationen zu bezahlen, die die Ostindische Kompanie als Preis für den Friedensschluss von ihnen fordert.«

Bevor Clarke antworten konnte, ging eine Tür auf, und die Schritte eines Bediensteten näherten sich den beiden Offizieren und dem Feuer.

»Essen Sie erst einmal, junger Mann, und dann berichten Sie mir ausführlich!« Clarkes Augen glänzten. Er wusste, was geschehen sein musste. Die Details und seine Neugier konnten warten, bis der Major sich besser fühlte. Während Campbell seine erste warme Mahlzeit seit Tagen herunterschlang, betrachtete ihn der Oberkommandierende aufmerksam.

Nach dem letzten Bissen stieß der junge Offizier atemlos hervor: »Er hat Gawilghur im Sturm genommen. Am nächsten Morgen waren die ›vakels‹ beider Rajahs in seinem Feldlager und haben um Frieden gebettelt.«

»Dem Himmel sei Dank!« entfuhr es Sir Alured Clarke. Arthur Wellesley hatte hoch gespielt und alles gewonnen. Nie zuvor hatte ein britischer Kommandeur so tief im Herzen des Feindes dermaßen erfolgreich operiert, und nie zuvor hatte der bloße Ruf der Unbesiegbarkeit so viel in so kurzer Zeit bewirkt.

»Der Rajah von Berar unterzeichnete bereits drei Tage nach dem Fall seiner Festung in Deorgaum General Wellesleys Vertragstext. Er verpflichtet sich, seine Armee aufzulösen, einen britischen Residenten in seiner Hauptstadt Nagpoor zu akzeptieren, den gesamten Cuttack aufzugeben und seine Gebiete westlich des

Werdah an die Ostindische Kompanie abzutreten.«
Sir Alured Clarke lächelte zufrieden. Arthur war ein kluger Junge. Diese Konditionen waren für die britische Verwaltung Indiens äußerst vorteilhaft. Er erinnerte sich noch an das Memorandum des Generals, das sie vor knapp zwei Jahren in die Hände bekommen hatten: Die alte Ordnung nicht zerstören, sondern modifizieren! In wenigen Jahren würde Bhonsla zu einem unbedeutenden Faktor der Politik absinken, während sein Volk von diesem erzwungenen Frieden profitieren konnte und die wirtschaftliche Lage im Maharastra sich – ähnlich wie zuvor in Mysore – Schritt um Schritt verbessern würde.
»Major Campbell, ich glaube, dass Sie mich über die wichtigsten Dinge unterrichtet haben. Sie sind weit geritten. Ruhen Sie sich aus, schlafen Sie ein paar Stunden. Morgen früh haben wir immer noch Zeit.«

Nie zuvor war das britische Ansehen auf dem Subkontinent so groß gewesen. Die Veränderungen, die seit Richards Ankunft in Kalkutta im Jahre 1798 stattgefunden hatten, waren geradezu unglaublich. Englands Soldaten hatten zahllose Kämpfe ausgetragen und dabei Sieg um Sieg davongetragen. Sowohl auf dem Schlachtfeld als auch auf der Bühne der Diplomatie war die Rechnung des Generalgouverneurs zu hundert Prozent aufgegangen: Zuerst waren die Franzosen aus Hyderabad, Mysore und den Gebieten der Maratthas vertrieben worden, wobei die Handelskonzessionen der Ostindischen Kompanie sich nebenbei verdoppelt hatten. Hyderabad, Mysore und Baroda waren inzwischen sogar reiche und zufriedene Verbündete geworden. In diesem Winter 1803/1804 hatte Großbritannien in Indien keinen ernsthaften Rivalen mehr, und die Zukunft strahlte in den leuchtendsten Farben. Natürlich würde sein Soldatenbruder, gerade weil er so erfolgreich mit den Maratthas verhandelt hatte, in diesem Winter noch kämpfen müssen.
Während Richard nachdachte, betrachtete er schweigend seinen Privatsekretär, Major Shawe, der sich an Unterlagen zu schaffen machte. Seine Augen glitten über die makellose Uniform, die schneeweißen Reithosen, die glänzenden Stiefel. Er stellte sich die Frage, ob Arthur ihm oder dem stinkenden, verschwitzten und ständig besoffenen Raubein Davie Baird glich, mit dem er über Jahre hinweg nichts als Ärger gehabt hatte. Seit der Nachricht über den Fall von Gawilghur dachte Richard oft über Arthur nach.

Henry hatte ihn im Stich gelassen und war nach England zurückgefahren. Valerian Shawe war trotz seiner Klugheit und seines brillanten, ehrgeizigen Kopfes kein Ersatz für den Bruder, dem er alles hatte anvertrauen können.
Seit Wochen schon überlegte der Marquis von Mornington, ob er General Wellesley nicht befehlen sollte, nach Kalkutta zu kommen. Vielleicht würde ja er, der in diesem Augenblick irgendwo im Herzen des Subkontinents seine letzten blutigen Kämpfe austrug, Henry ersetzen können?

Scindia und Bhonsla hatten gemäß den Friedensverträgen ihre Armeen aufgelöst. Doch Friede war deswegen noch lange nicht im Maharastra eingekehrt: Viele der Entlassenen hatten kein anderes Auskommen als den Dienst in den Streitkräften der beiden Fürsten. Damit waren sie dazu verdammt, entweder zu verhungern oder sich zu Banden zusammenzuschließen, um nun auf eigene Rechnung zu plündern und zu morden.
Natürlich wusste Arthur, dass die Rajahs von Berar und Gwalior insgeheim diese bewaffneten Gruppen unterstützten. Montstuart Elphinstones Spionen war es gelungen, wertvolle Informationen ins britische Feldlager zu bringen. Die Demütigung von Assaye, Argaum, Gawilghur und Dutzenden kleinerer Zusammenstöße mit seinen Rotröcken saß tief.
»Er ist nicht viel mehr als ein gewöhnlicher Dieb, auch wenn er versucht, sich mit dem Namen des ›Königs zweier Welten‹ zu schmücken ...« Der General verstummte plötzlich, als er den Namen Dhoondia Waos ausgesprochen hatte. Seine Augen wichen denen von Elphinstone aus, und er starrte das Tuch der Zeltwand an. Montstuart blickte den Freund an. »Es scheint mein Schicksal zu sein, dir immer die schlechten Nachrichten zu überbringen.«
»Du bist für den Nachrichtendienst zuständig, mein Freund! Außerdem ... es sind keine schlechten Nachrichten. Wir haben uns ein ganzes Jahr mit regulären Truppen unter europäischen Offizieren herumgeschlagen. Diese Banditen sind ein verhältnismäßig leicht einzudämmendes Strohfeuer. Nach Seringapatam haben wir uns drei Jahre lang darin geübt.«
Seine Stimme war matt. Die Wunde von Gawilghur verheilte einfach nicht, und seit einer ganzen Woche schon quälte ihn ein schwerer Anfall von Malaria. In seinen Augen brannte das Fieber. Arthur spürte, dass er eigentlich nicht in der Lage war, in den Sattel zu steigen und diesem Mohamed Beg Khan das Messer an die

Kehle zu setzen. »König zweier Welten! Als ob er Kraft aus dem Namen seines Vorgängers zu schöpfen versucht. Wenn es nur dieser Halunke wäre ...«
Elphinstone nickte. »Du denkst an Mulwa Dada, der vorgibt, in Scindias Namen die Grenzgebiete von Hyderabad zu plündern?«
»Ich hab ihm einen deutlichen Brief geschrieben und ihm geschworen, ihn zu hängen, falls ich ihn erwische.«
»Du kannst nicht gleichzeitig an allen Fronten sein, Arthur! Kenny und das elfte Madras-Regiment kümmern sich um diesen Herrn.« Er seufzte. »Verdammt, ich habe kaum noch Offiziere. Entweder sie kurieren Verletzungen aus, oder sie haben die Malaria, oder sie werden verrückt wie der arme Harness, wenn sie nicht unter sechs Fuß Erde verscharrt liegen.«
Montstuart wusste um die ausgedünnten Ränge des Offizierskorps. Obwohl die Verluste an sich nicht hoch gewesen waren, forderten doch das mörderische Klima und die unmenschlichen Anstrengungen dieses nicht enden wollenden Feldzugs ihren Tribut. »Dann lasse mich mit dir gehen!«
Dieses eine Mal schüttelte Wellesley den Kopf. Obwohl Elphinstone sich fünf Jahre lang wie ein Soldat geschlagen hatte, würde er ihn diesmal von einer Expedition ausschließen. »Stevenson ist todkrank, mein Freund! Ich habe noch Connor McLeods ganzes Regiment, und obendrein das achte Madras-Regiment. Dann werde ich Freiwillige mitnehmen ... aber ein Mann muss beim Rest des Expeditionskorps bleiben. Bring du die Soldaten nach Poona ...«

Am 4. Februar 1804 um sechs Uhr morgens begannen Wellesley und seine Männer ihren Marsch gegen den neuen »König zweier Welten«. Bereits um die Mittagszeit hatten sie mehr als achtzehn Meilen zurückgelegt. Dann schlugen sie ihr Lager auf. Der Feind war nicht beunruhigt. Er erwartete keinen Gegner in den Bergen zwischen Mandavgan und Karmala. Es schien unmöglich, dass reguläre Truppen ihm die felsigen Abhänge hinauf folgen konnten, ohne dabei über viele Meilen hinweg beobachtet zu werden.
Um zehn Uhr am Abend – die Nacht war mondlos, und kein Stern leuchtete am Firmament – machten die Rotröcke sich wieder auf den Weg. Der General wusste genau, wo er seinen Gegner zu suchen hatte.
Er wusste auch, dass er sich auf seine Hochländer und die Sepoys verlassen konnte. Kein Mann würde ausfallen. Sie hatten genügend

Ersatzpferde für ihre leichten Reiter dabei, und die Disziplin der Truppe war ausgezeichnet.

Lange Reihen von Fußsoldaten in prächtigen, leuchtendgelben Uniformen standen zu beiden Seiten des riesigen Kriegselefanten. Das Tier glich in keiner Weise denen, die andere Fürsten auf Paraden vorführten: reich geschmückt, in hinderliche Panzer gezwängt und mit einem wenig stabilen, dafür umso beeindruckenderen »howdah« belastet, der ihm Beweglichkeit und Geschwindigkeit nahm. Als General Wellesley und sein kleiner Stab sich auf etwa fünfzig Schritte genähert hatten, ging der Elefant fügsam in die Knie und bot seinem Reiter den Rüssel, dass dieser von dem Tier hinuntersteigen konnte. Er war groß und sehr schlank. Holkar, der Rajah von Indore, war in die gleiche leuchtendgelbe Tunika gehüllt, die auch seine Infanteristen trugen. Anstatt der üblichen Stiefel im persischen Stil mit spitz nach oben gebogenem Schnabel, trug er europäische Reitstiefel aus dunkelbraunem Leder. Nur das kostbare Schwert, dessen Griff aus purem Gold gearbeitet war, unterschied ihn von den Männern der Truppe. Der Griff endete in einem Tigerschädel, und ein Smaragd von der Größe eines Taubeneis steckte zwischen spitzen, langen Zähnen aus geschnitztem Elfenbein.
General Wellesley zog den Zweispitz, doch er stieg nicht vom Pferd. Langsam näherte Eochaid sich mit seinem Reiter dem Rajah.
»Euer Schreiben hat mich gefreut, Mylord«, begrüßte der Offizier ohne große Zeremonie sein Gegenüber. Obwohl er die mehr als dreihundert Meilen von Poona nach Indore geritten war, um Holkar zu treffen, trat er ihm als der Bezwinger der Marattha-Konföderation entgegen. Der Rajah war der Bittsteller und er der Mann, der großmütig eine Gunst gewähren konnte. Arthur fand dieses Geplänkel zwar absolut idiotisch, doch die letzten acht Jahre in Indien hatten ihn gelehrt, dass er sich an die landesüblichen Spielregeln halten musste, wenn er mit den lokalen Machthabern zurechtkommen wollte.
»Allah war mit Euch, Bahadour! Er hat seine Hand über Euch gehalten und Euch Ruhm und Ehre gewährt. Es war ein gutes Jahr für die roten Röcke!«
Holkar sprach ein ausgezeichnetes Englisch. Der Ire hatte es nicht einmal geahnt, denn bei all ihren Begegnungen bis zu diesem Tag hatten sie sich in der Landessprache unterhalten. Ein Lächeln glitt über sein junges Gesicht. Es war der größte Ausdruck von

Hochachtung, den ein Mann wie der Rajah einem Jüngeren und noch dazu einem »gorah-log« entgegenbringen konnte. »Euer Verhalten ist weise, Mylord! Ich bin zufrieden. Und solange Ihr davon abseht, gegen die ehrenwerte Ostindische Kompanie oder einen ihrer Verbündeten vorzugehen, verspreche ich Euch, dass die britische Regierung von jeder Einmischung in Eurem Hoheitsgebiet absehen wird«, antwortete der General auf Hindustani.
Er wusste, dass Holkar seine militärischen Aktionen gegen Scindia und Bhonsla aufmerksam beobachtet hatte und ihn keinesfalls zum Gegner wünschte. Doch der Rajah von Indore überlebte nur, wenn er weiterhin die Gebiete seiner Nachbarn ausplünderte. In diesem Augenblick schien er sein Augenmerk auf ein Gebiet des Rajahs von Gwalior geworfen zu haben, das formell noch nicht unter der Oberhoheit der Ostindischen Kompanie stand. Obwohl Holkar sich Wellesley gegenüber höflich und respektvoll verhielt, suchte er auf der anderen Seite der Grenze, jenseits des Nerbudda, immer wieder Ärger mit Lake. »General, Ihr wisst so gut wie ich, dass Euer Kamerad den Ganges überschritten hat und mich zu provozieren versucht! Sprecht mit Lake. Ratet ihm, Oberst Monson zu zügeln. Wenn Monson sich Agra nähert, muss ich zu den Waffen greifen.«
Arthur hatte nicht die geringste Ahnung davon, dass Lake Holkar provozierte. Die Schreiben, die bei ihm eintrafen, besagten etwas anderes. Im Januar hatte Lake auf Anordnung des Generalgouverneurs Verhandlungen mit dem Rajah eröffnet; es sollte dabei lediglich um die Festlegung von Grenzen gehen und darum, dass man sich mit dem Herrscher darüber einigte, dass er den Jumna nicht mit Bewaffneten überschritt.
»Mylord, habt Ihr darüber nachgedacht, ob Ihr einen britischen Residenten an Eurem Hof akkreditiert?« Wellesley hielt es für besser, wenn einer seiner Männer ihm direkt berichtete, wie die Verhandlungen zwischen Fort William und dem Rajah von Indore verliefen.
»General, Ihr wechselt das Thema! Ich bin gekommen, um über Lakes Provokationen zu sprechen und nicht, um mir einen Spitzel aus Kalkutta aufbürden zu lassen.«
»Denkt darüber nach, Mylord! Wenn Ihr einverstanden seid, schicke ich John Malcolm.«
Holkar stutzte. Dann betrachtete er sein Gegenüber prüfend. Seine Augen bohrten sich in die von Wellesley. »Ich akzeptiere John Malcolm. Ich weiß, er ist Euer Mann, General. Doch vergesst nicht, dass Indore über fast zweihunderttausend Soldaten verfügt.

Unsere Armee ist stark und gut ausgerüstet. Ihr habt Scindia und Bhonsla in die Knie gezwungen, während ich mich neutral verhalten habe.«
Arthur nickte dem Rajah zu, dann stieg er auf Eochaid und ritt nachdenklich zu seinem Stab zurück. Irgendetwas stimmte nicht. Doch was? Diese Frage vermochte der junge General nicht zu beantworten.

Der Marquis von Mornington beobachtete, wie der prüfende Blick über den dunkelblauen chinesischen Teppich mit den großen, bunten Blumenmustern strich, die ebenfalls dunkelblau gepolsterten Möbel aus fast blutrotem Teakholz streifte und schließlich die mit etwas hellerem Teakholz verkleideten Wände hinaufwanderte. Für den momentanen Zeitgeist Britisch-Indiens war der Salon, der zu den privaten Räumen des Generalgouverneurs gehörte, bei weitem zu prächtig und zu überladen mit kostbaren Antiquitäten. Das reichverzierte Porzellan auf dem Tisch, das schmückende Beiwerk, die zahllosen Diener, die anwesend waren, obwohl es sich um eine private Einladung zum Diner handelte, die stummen, regungslosen Wachposten ... Sir Edwin Hall fühlte sich unbehaglich in dieser künstlichen Welt. »Wollen Sie die Ergebnisse der Verhandlungen mit Holkar vor oder nach dem Essen hören?« fragte Mornington. »Wenn sie Ihnen am Herzen liegen, sollten wir vielleicht gleich zur Sache kommen.«
»Dann liegt der Schluss nahe, dass die Gespräche erfolgreich verlaufen sind«, erwiderte Hall mit einem versteinerten Lächeln. »In diesem Fall würde ich vorschlagen, dass wir zuerst reden.«
»Eine kluge Entscheidung!« Mornington lachte und ließ sich in einen Sessel fallen. Ein indischer Diener eilte sofort mit einem silbernen Tablett, langstieligen Gläsern und Appetithäppchen herbei. Mornington ließ es sich schmecken, während der Jurist noch verloren und steif im Raum herumstand. »Setzen Sie sich, mein Lieber! Sie gehören ja beinahe zur Familie«, spottete der Generalgouverneur, während er an seinem Sherryglas nippte.
»Was erwarten Sie von mir, Mylord?« fragte Sir Edwin unbehaglich. »Sie wissen, dass Lake mit Holkar verhandelt, und dass der Rajah eine verhängnisvolle Drohung ausgestoßen hat?«
Hall nickte. Holkar hatte geschworen, den Krieg nach Hindustan und in die Rajput-Staaten zu tragen und mit seinen Heerscharen alles zu zerschlagen, was nicht niet- und nagelfest war. Arthur

hatte ihm außerdem einen langen, besorgten Brief geschickt, in dem er das Gespräch in Indore und die kryptische Bemerkung des Rajahs niedergelegt hatte. Offensichtlich begriff der Junge nicht mehr, was in Kalkutta vorging, und niemand schien sich die Mühe zu machen, ihn zu informieren.

»Sie haben gehört, dass Lake große Probleme mit Holkar hat. Er versucht, ihn in eine militärische Aktion zu verwickeln, doch der Rajah läuft davon, verzögert ein Zusammentreffen, hetzt seine Kavallerie auf unsere Regulären und versucht insgeheim, Scindia und Bhonsla zu überreden, aus dem Bündnisvertrag auszusteigen.«

»Was erwarten Sie von mir, Mylord?« drängte Hall noch einmal, diesmal entschlossener. Er erkannte, dass der Generalgouverneur sich seiner bedienen wollte, um seinen Bruder Arthur Wellesley zu beeinflussen, doch er hatte nicht die Absicht, das Spiel des Herrn über Britisch-Indien zu spielen. Charlotte hätte ihm nie verziehen, hätte er sich auf eine Intrige gegen Arthur eingelassen. Außerdem fühlte er sich dem Offizier seit dem Tod seiner Tochter noch tiefer verbunden als in dem Augenblick, als er ihm ihre Hand gewährt hatte.

»Ich bin überzeugt, dass General Wellesley eine Offensive gegen Holkar planen und dann seine Truppen an die Grenze nach Hindustan führen sollte.«

»Dann erteilen Sie ihm diesen Befehl, Mylord. Vom rechtlichen Standpunkt aus gesehen ist es unproblematisch, da Holkar mehrfach in Gebiete eingefallen ist, die der Ostindischen Kompanie von Scindia als Reparation für die Kriegshandlungen im Dekkan übereignet worden sind.« Hall hatte mit einem eigensinnigen, ironischen Lächeln geantwortet, während er endlich in dem angebotenen Sessel Platz nahm und sich bequem zurücklehnte. Der Generalgouverneur versuchte tatsächlich seine Beziehung zu seinem jüngeren Bruder auszunutzen, um ein Theaterstück zu inszenieren, bei dem es möglicherweise nur Verlierer gab. Zwar spürte er allmählich Zorn in sich aufsteigen, doch er hatte gelernt, diesen geschickt zu verbergen. Mornington scheuerte seit Jahren wie Sand an seinen Nerven. Er wusste, dass der Mann jederzeit mit unvorhersehbaren, irritierenden Dingen aufwarten konnte, die feste Überzeugungen in Sekundenschnelle vollkommen zunichtemachten.

»Es ist nicht immer alles Tatsache, was Sie mit Ihrer gelehrten Juristerei belegen«, sagte der Generalgouverneur schroff. »Sir Alured Clarke hat darum gebeten, von seinem Posten als

Oberkommandierender in Britisch-Indien abgelöst zu werden. London hat seinem Gesuch stattgegeben, denn Clarke ist beinahe siebzig und ein kranker Mann. Er befindet sich bereits auf dem Heimweg.«

Hall seufzte. Das also war der Punkt: Mornington hatte niemanden mehr, der zwischen ihm und Arthur vermitteln konnte, wenn der Generalgouverneur sich der militärischen Dienste seines Bruders bedienen wollte. Wie tief musste der Hass zwischen den beiden Männern sitzen, dass sie nur noch über Dritte miteinander korrespondierten! Es schien, als hätte Mornington Halls Gedanken erraten. Doch von einem leichten Kräuseln seiner Mundwinkel abgesehen, blieb er völlig ungerührt. Er dachte einen kurzen Augenblick schweigend nach und betrachtete den Juristen. Ein Anflug von Verärgerung huschte über das Gesicht des Generalgouverneurs, verflüchtigte sich und wich der Genugtuung.

»Sie täuschen sich, Sir Edwin! Sie täuschen sich und tun mir Unrecht! Ich muss im Augenblick darüber nachdenken, welcher Mann Clarke ersetzen soll. Auf der einen Seite Lake – mittelmäßig, ein braver Soldat, einfallslos und gehorsam und außerdem schon lange auf den Dienstlisten der Horse Guards. Auf der anderen Seite Arthur Wellesley – brillant, aufrührerisch, stur wie ein Maultier, stolz und verbohrt. London hat seine Beförderung zum General noch nicht einmal bestätigt, und nur Stuarts und Clarkes Verbissenheit haben ihm sein Kommando erhalten. Zu allem Unglück ist der Mann auch noch mein Bruder, und ich muss zugeben ... ich kenne ihn nicht einmal. Mein Verstand rät mir zu Lake. Doch ich will meine Politik in diesem Land zu einem erfolgreichen Ende führen, und mein Gefühl sagt mir, dass Arthur der richtige Mann ist und ich mich nur energisch für ihn einsetzen muss, um ihn auch in London durchzusetzen ...«

Am 6. April 1804 befahl der Generalgouverneur von Britisch-Indien, die Kriegshandlungen gegen den Rajah von Indore zu eröffnen. Sein Schreiben erreichte Lakes Hauptquartier in weniger als zehn Tagen. Am 18. April bewegten sich seine Truppen auf Jaipur zu. Dann schwenkten sie nach Südwesten und direkt gegen Holkars riesige Armee.

Arthur Wellesley empfing Sir Edwin Hall mit einem neugierigen, besorgten Blick. Er hatte mit allem gerechnet, nur nicht mit diesem überraschenden Besucher. Er erhob sich mühsam aus einem bequemen Sessel, auf dem er in der Sonne gesessen und gelesen

hatte. Er wirkte müde und zerschlagen, und die dunkelblaue Feldjacke, die er seit Assaye statt der roten Regimentsuniform trug, unterstrich seine leichenhafte Blässe noch. Sein kurzgeschnittenes dunkelbraunes Haar wurde von grauen Strähnen durchzogen. Er war schon seit Tagen fiebrig, und die Verletzung von Gawilghur wollte einfach nicht verheilen. Er machte einen geistesabwesenden Eindruck auf Hall. »Edwin, ich bin froh, dass du gekommen bist. Keine dringlichen Geschäfte in Kalkutta? Oh, entschuldige, setz dich doch – hier, bitte!« Er wies auf seinen Sessel, dann ließ er sich unter einem Baum im Gras nieder, direkt gegenüber Hall.
Der Jurist kam der Aufforderung nach, ohne eine Bemerkung über Wellesleys Zustand zu machen. »Auf dem Weg hierher habe ich einen alten Freund von dir getroffen. Lutuf Ullah war mit seinen Tieren unterwegs zu euren Truppen. Irgendwie hat er sich in Seringapatam gelangweilt und beschlossen, dir, Barrak und Montstuart einen Besuch abzustatten.«
Ein Lächeln glitt über das Gesicht des Generals. »Du durchquerst halb Indien und bringst gute Freunde mit? Was ist der wirkliche Grund für diese Reise, Edwin? Es steckt doch mehr dahinter als nur ...«
»Ich dachte, du würdest dich freuen. Lutuf hat den Kleinen dabei. Salabuth ist ordentlich gewachsen und kaum wiederzuerkennen, und das alte afghanische Schlitzohr hat interessante Nachrichten aus den Gebieten jenseits des Nerbudda.«
Wellesley atmete vernehmlich aus und lächelte Hall etwas schief an. »Aus dieser Ecke also weht der Wind.«
»Dein Brief hat dich verraten, mein Junge! Doch zuerst will ich dir über ein langes Gespräch berichten, das ich mit deinem Bruder hatte, dem Generalgouverneur ...« Sir Edwin griff in die Tasche. »Du musst diese Nachricht von Henry lesen. Er ist nach England zurückgekehrt. Es war eine kluge Entscheidung. Du tätest gut daran, über ähnliche Schritte nachzudenken.«
Wellesley reagierte verblüfft. »Henry ist ...? Wieso hat er mir nichts gesagt?«
»Du hast dich irgendwo im Herzen Indiens herumgetrieben. Er konnte dich nicht erreichen, und ich hatte auch keine Mittel und Wege mehr, private Post zu deinem Expeditionskorps zu befördern.« Sir Edwin erhob sich aus seinem bequemen Sessel und trat zu Arthur. Freundschaftlich legte er dem Offizier die Hand auf die Schulter. »Du bist jetzt seit mehr als acht Jahren in diesem Land, Arthur. Hast du dir in letzter Zeit einmal die Mühe gemacht,

in einen Spiegel zu schauen? Nein, sicher nicht. Das würde nicht zu dir passen. Du solltest endlich zurück nach England fahren, oder Indien wird dich umbringen.« Er starrte den General an, und eine leichte Röte legte sich über sein ruhiges, freundliches Gesicht. Er musste sich zusammenreißen, um nicht herauszuplatzen. Seit dem Abend mit Mornington kochte er innerlich fast über. »Und wenn dieses Land dich nicht umbringt, dann tun es dein ehrgeiziger, kaltblütiger und machtbesessener Bruder und seine unvernünftige Politik.«

»Erzähl mir alles, Edwin! Ein bisschen mehr Kummer kann ich durchaus noch verkraften.«

Hall schüttelte den Kopf. »Du hast deinen Anteil an Kummer gehabt – in jeder Beziehung. Ich bin ein alter Mann, Arthur. Glaub mir einfach, dass die Menschen zu bodenloser Dummheit und Gemeinheit fähig sind. Aber du wirst unter denselben Leuten auch viele finden, die gleichzeitig über Mut und Weitsicht verfügen. Im ersten Augenblick mag das widersprüchlich klingen ... Solchen Menschen muss irgendjemand die Wahrheit sagen, damit sie eine Chance bekommen, bevor sie einen tragischen Fehler machen. Dein Bruder gehört in diese Kategorie, und ich befürchte, dass du möglicherweise der einzige Mann in ganz Indien bist, der ihn noch zur Vernunft bringen kann.« Er setzte sich neben dem General ins Gras und begann zu erzählen. Von Zeit zu Zeit schwankte seine Stimme ein wenig; ab und an kräuselte sein Mund sich zu einem freudlosen Lächeln. Es war eine lange Geschichte, in der es um Träume und große Pläne ging und um leidenschaftliche politische Kämpfe mit Männern, die sich weniger von ihren Gefühlen und Überzeugungen leiten ließen als der Mann, der nun schon seit sieben Jahren mit eiserner Faust über Britisch-Indien herrschte und der dabei nicht einmal mehr die Bedenken seiner eigenen Regierung in England zu hören schien. Nur einen Teil der Geschichte ersparte Sir Edwin dem Offizier: Sie war zu makaber, als dass er einen Mann damit konfrontieren konnte, dessen gesamtes Wertesystem auf solchen Prinzipien wie Mut, Ehre und Rechtschaffenheit aufgebaut war. Außerdem gab es keine greifbaren Beweise, sondern nur Vermutungen, Gerüchte und Verdachtsmomente.

Der Gesichtsausdruck des Generals spiegelte Ungläubigkeit wider. »Das klingt zwar alles sehr plausibel, Edwin, und gewisse Dinge habe ich im Verlauf der letzten Monate selbst konstatieren können, doch ich hätte nie geglaubt, dass Fort William das alles in einem so anderen Licht sieht. Es gibt auch in Indien unumstößliche Fakten und eine politische Realität. Wie kommt es, dass Mornington jeglicher Sinn für Mäßigung fehlt, wenn es darum geht, die Früchte eines militärischen Sieges zu ernten?«

»Hör dir an, was Lutuf Ullah aus den Gebieten jenseits des Nerbudda zu berichten hat, mein Junge! Seine Männer waren dort, und einer hat John Malcolm getroffen. In Kürze wird ein Kurier aus Kalkutta bei dir eintreffen und dir befehlen, mit deinen Truppen zu Lake zu stoßen. Dann musst du deine Entscheidung treffen.«

Hall schien mit einem Mal von seiner ganzen Kraft verlassen zu sein. Ein sonderbares Gefühl der Angst überkam ihn plötzlich, aber er besaß nicht mehr die Energie, dagegen anzukämpfen. Er wandte sich von Arthur ab. Es war ein Zeichen seiner Kapitulation und seiner Hilflosigkeit. Er hatte jahrelang beobachtet, was im Gouverneurspalast vor sich gegangen war und hatte – ohne sich Mornington zu widersetzen – die Verträge aufgesetzt, die zu dieser Situation geführt hatten. Nie hatte er gewagt, laut auszusprechen, was er dachte. Der Generalgouverneur hatte die Männer im roten Rock losgeschickt. Sie hatten gekämpft und die Franzosen auf dem Subkontinent in die Knie gezwungen. Sie waren gestorben, um ein Imperium aufzubauen und dessen Sicherheit zu gewährleisten. Sie hatten alle Menschen, die sich unter dem Einfluss der britischen Krone befanden, vor Gefahren von innen und von außen beschützt und dafür ihre Gesundheit oder gar ihr Leben aufs Spiel gesetzt. Und heute, ein Jahrzehnt nachdem sie diesen Kampf aufgenommen hatten, befanden sie sich in einer schwächeren Position als je zuvor – und das nur, weil ein einziger Mann nicht wusste, wo die Grenzen waren.

Mornington war dabei, sich zu überfressen und in seiner Gier nach Ruhm, Macht und politischem Einfluss alles zu riskieren, was sie über viele Jahre hinweg in einem langen, mühsamen und oft qualvollen Kampf errungen hatten, einem Kampf, dem auch Edwin Halls Tochter zum Opfer gefallen war. Er wandte sich ab. Er wollte mit seiner Furcht, seiner Hilflosigkeit und seiner Trauer allein sein. In seinen Augen standen Tränen.

»Depeschen, Depeschen, nichts als Depeschen! Uralte Informationen ohne jeglichen Wert! Haben Sie sich mal die Informationen angesehen, Valerian?« fluchte der Marquis von

Mornington aufgebracht. »Es ist unmöglich, basierend auf diesem Kram auch nur eine vernünftige Entscheidung zu treffen.«
Auf seiner Schläfe zeichnete sich eine dicke, pulsierende Ader ab. Der Generalgouverneur bebte vor Zorn. Er ärgerte sich über Lake, über Monson und über Mercer, den politischen Agenten, der die beiden Offiziere im Hindustan unterstützen sollte. Richard hatte das beklemmende Gefühl, dass der Kriegsverlauf im Norden nicht so war, wie er es sich vorgestellt hatte. »Wann ist der Kurier nach Poona losgeschickt worden, Valerian?« fragte er seinen Privatsekretär unruhig.
»Vorgestern, Mylord! Er müsste General Wellesley in etwa zehn Tagen erreichen.«
»Zehn Tage«, murmelte Mornington. »Zehn Tage, die Lake und Monson Zeit haben, um von einem Desaster ins nächste zu stolpern, und dann noch einmal drei oder vier Wochen, bis er seine Armee in den Norden bringt. Es ist eine Schande!«
Richard war aufgestanden und starrte in den Abendhimmel von Kalkutta und in die untergehende Sonne. Er war versucht, aus dem Arbeitszimmer zu verschwinden und hinaus in die Nacht zu laufen, ohne Ziel, nur fort von Fort William und diesem jungen Mann, der lediglich aus guten Manieren, Höflichkeit und Unverfänglichkeit zu bestehen schien. Er erledigte seine Arbeit als Privatsekretär beinahe mit Perfektion, doch er weigerte sich, seinem Herrn in irgendeiner Weise beim Nachdenken zu helfen oder eigene Ideen zu äußern. Mit Henry hatte Richard sich beraten können; Henry hatte dabei nie vergessen, wie die Machtverhältnisse zwischen ihnen aussahen. Henry hatte eine eigene Meinung gehabt und war – vorsichtig und überlegt – durchaus in der Lage gewesen, Richard zu kritisieren. Wie sehr er seinen Bruder in diesen schwierigen Stunden doch vermisste! Er hatte Henry nie spüren lassen, dass er ihn schätzte und auf seinen Rat zu hören vermochte, wenn dieser klüger oder durchdachter war. War dies der Grund dafür gewesen, dass sein Bruder vor ihm weggelaufen war?
Die Lichter Kalkuttas schimmerten durch die Bäume vor dem Fenster. Von den Stallungen her drang das Klappern von Pferdehufen auf Pflastersteinen. Die Männer der Garde machten sich bereit, ihren abendlichen Patrouillenritt zu unternehmen. Ein schweres Tor schwang laut auf, eine Trompete rief schrill zum Sammeln, Befehle erklangen. Vom Glockenturm von Fort William kam der Viertelstundenschlag.

Richard zog seine Uhr aus der Tasche und ließ sie aufspringen. »Valerian, es ist spät. Sie können sich zurückziehen. Bevor Sie gehen, schicken Sie mir bitte noch einen Kurier.« Der Generalgouverneur ließ sich wieder an seinem Schreibtisch nieder. Als sein Privatsekretär endlich den Raum verlassen hatte, machte er sich an die Arbeit. Nur eine Stunde später verließ ein Reiter mit einem dringenden Befehl für General Wellesley die Machtzentrale von Britisch-Indien.

»Du kleiner Teufel!« Mary griff geschickt zu und zog Salabuth hinter einem Vorhang hervor. Der Junge grinste sie an. Er hatte nicht einmal ein schlechtes Gewissen. »Die Erwachsenen zu belauschen. Du gehörst ins Bett, es ist bereits nach Mitternacht!«
Der Kleine verzog enttäuscht den Mund. Dann schaute er Sergeant Sewards Frau mit einem geradezu unwiderstehlichen Engelsblick an. »Nur noch ein bisschen, Miss Mary. Ich bin gar nicht müde«, bettelte er in bestem Englisch. »Es ist gerade so spannend.«
Die junge Frau schüttelte den Kopf. »Nichts da! Der General hat versprochen, dass du morgen mit ihm und Onkel Barrak ausreiten darfst. Wenn du jetzt nicht schläfst, bist du müde und verpasst den Ausritt.« Sie kannte den Spitzbuben Salabuth gut. Vernünftige Argumente halfen bei ihm nicht weiter. Die Drohung, einen Ausritt zu verschlafen, war viel wirkungsvoller als alle guten Worte der Welt. »Na los. Jack liegt schon lange in den Federn und schnarcht laut. Der will sich morgen früh vergnügen und nicht zu Hause bleiben.«
Der Kleine nickte brav, nahm Marys Hand und trottete hinter ihr aus dem Raum. Nachdem sie ihn ins Bett gebracht hatte, kehrte sie in die Küche zurück und setzte Wasser auf, um Kaffee zu kochen. Es würde eine schwere Nacht werden: Der General, Elphinstone, die beiden Ullahs und Sir Edwin Hall besprachen sich schon seit Stunden. Sie machten alle zutiefst besorgte Gesichter und steckten ihre Köpfe über einer großen Landkarte zusammen.
»Weißt du, um was es geht, Johnny?« erkundigte Mary sich bei Sergeant-Major Dunn, der ihr in der Küche Gesellschaft leistete. »Diese nächtlichen Gesprächsrunden dauern jetzt schon fast drei Wochen, und jedes Mal, wenn sie sich in den frühen Morgenstunden in die Betten schleppen, sehen die Herren noch schlechter aus als am Tag zuvor, obwohl sie keinen Tropfen Alkohol trinken.«
»Kleine Mary, ich hab das ungute Gefühl, dass wir die Trommeln

bald wieder werden schlagen hören. Oben im Norden kämpfen sie, doch es scheint, als ob es dort große Probleme gibt ...« Noch bevor der alte Mann seinen Satz beenden konnte, erschreckte sie ein lautes Hämmern an der Tür des kleinen Hauses, das Wellesley als Hauptquartier und Unterkunft diente. Der General hielt nicht viel von Wachposten und anderen Störenfrieden. Seine Adjutanten hatten ihre eigenen Quartiere.

»Ich komme!« rief Mary und eilte zur Tür, um zu öffnen. Der Mann war völlig außer Atem. Ein Sepoy hielt sein verschwitztes Pferd, während die anderen Männer seiner Eskorte absaßen und sich nach Wasser umsahen, um ihre Tiere zu tränken.

»Bringen Sie mich sofort zu General Wellesley!« verlangte der Kurier. Er war geritten wie der Teufel. Er hatte die weite Strecke von Kalkutta in den Dekkan in weniger als zehn Tagen bewältigt. Der Privatsekretär des Generalgouverneurs höchstpersönlich hatte ihm die Depesche in die Hand gedrückt und ihn zu äußerster Eile aufgefordert.

»Folgen Sie mir bitte. Man wird sich sofort um Ihre Sepoys kümmern, Leutnant.« Mary ging voran.

Arthur öffnete das Schreiben aus Kalkutta und las. »Unser Marschbefehl, Gentlemen!« klärte er die Anwesenden kurz und trocken auf. »Unser Marschbefehl hinauf in den Norden. Das Expeditionskorps soll an der Grenze zwischen dem Dekkan und Hindustan einen Entlastungsangriff für Lake organisieren.« In seiner Stimme schwang Sorge mit. Seine Miene verriet Zweifel und Unzufriedenheit mit dem, was er gerade zur Kenntnis genommen hatte.

Elphinstone musterte seinen Freund. In dem Augenblick, als der Kurier im Zimmer erschienen war, hatte sich eine düstere Vorahnung gleich einer Vision vor seinem inneren Auge aufgetan. Er hatte Lake und Monson oben im Norden gesehen, wie sie jenseits des Nerbudda ihre Sepoys und Rotröcke gegen Holkar führten. Er hatte Infanteristen auf dem Marsch durch ein unwegsames, undurchsichtiges Gebiet beobachtet, in dem die fruchtbare Ebene des Ganges und seine angrenzende Dschungellandschaft plötzlich einer dornenüberwachsenen Halbwüste wichen. Er hatte Reiter auftauchen sehen, Tausende von Berittenen, gut bewaffnet, sehr beweglich und darauf bedacht, den heranrückenden Feind solange zu hetzen, bis dieser sich irgendwo in der Steppe des Thar befand...

»Die Kavallerie, Montstuart! Holkars Kavallerie!« Ein dunkler Schatten glitt über Wellesleys Gesicht. Die beiden Männer kannten einander schon so lange, dass es keiner Worte mehr bedurfte, um einander zu verstehen. »Dann hat niemand in Fort William den Wisch gelesen, den wir beide verfasst haben«, seufzte der General. Sein Blick ruhte unverwandt auf dem politischen Offizier, ohne auch nur einmal zu den anderen Männern im Raum zu schweifen. »Holkar ist nicht Perron. Er wird sich nie zu einer offenen Feldschlacht stellen, und Lake ist sich seiner so sicher, dass er mit offenen Augen ins Verderben rennt. Wenn er nur ein einziges Mal mit seiner Kavallerie gegen den Rajah vorstürmen würde, wäre dieser Krieg in vierzehn Tagen vorbei. Doch was macht er? Lake rennt und rennt, und dabei gelangt er immer tiefer ins Kernland von Indore ... eine Wüste ...«
»Habe ich recht verstanden?« mischte Sir Edwin Hall sich in das Gespräch zwischen Wellesley und Elphinstone ein. »Ihr habt einen Plan für den Feldzug gegen Holkar nach Kalkutta expediert?«
»Vor ewigen Zeiten! Der Generalgouverneur war der Auffassung, wir dürften den Dekkan nicht schutzlos zurücklassen, solange nicht alle streunenden, bewaffneten Banden ausgerottet sind, und solange wir nicht wirklich davon überzeugt sein können, dass Bhonsla und Scindia ihre Verpflichtungen aus den Verträgen von Sarij Arjangoan einhalten. Außerdem ist Bajee Rao ein unsicherer Kantonist. Es war nie vorgesehen, mein Expeditionskorps hinauf in den Norden zu schicken.«
Hall stöhnte. »Dein Bruder ist schlimmer als eine Wetterfahne. Bei unserem gemeinsamen Abendessen in Kalkutta hat er mir etwas anderes erzählt. Weißt du, manchmal habe ich das Gefühl, dem Generalgouverneur mangelt es an vernünftigen Informationen, oder irgendjemand enthält ihm Nachrichten vor ...«
Arthur Wellesley blickte einen kurzen Augenblick unsicher auf Elphinstone, der dafür verantwortlich war, dass wichtige Dinge auf schnellstem Wege nach Madras und Kalkutta expediert wurden. Er verfügte über ein ganzes Korps von ausgezeichneten Meldereitern und Läufern, die offiziell Teil des Nachrichtendienstes waren. Doch als der politische Offizier anstelle einer Rechtfertigung nur den Kopf schüttelte, verschwand die Unsicherheit sofort. Sie vertrauten einander. Nur so hatten bis zu diesem Tag all ihre schwierigen und gefährlichen Unternehmungen gelingen können. Keiner zweifelte am anderen.
»Er hat die Informationen, Edwin! Er weiß alles, was wir wissen,

und er kann detailliert jeden Agentenbericht lesen, wenn er es wünscht. Ich befürchte nur, er interpretiert manche Dinge falsch, oder er verschließt seine Augen vor der Wirklichkeit. Mornington befiehlt mir, nach Norden zu marschieren und Holkar an der Grenze, auf unserer Seite des Tombuddra, in Feindseligkeiten zu verwickeln. Dabei weiß er seit Monaten, dass es ein Abkommen zwischen Holkar und mir gibt. John Malcolm ist in Indore am Hof des Rajahs. Nicht ein einziger Mann Holkars hat den Fluss bewaffnet überschritten. Seine Leute hier im Dekkan verhalten sich ruhig und zivilisiert. Er hat mich sogar gebeten, auf Lake einzuwirken und ihn darum zu bitten, von Provokationen oder einem Vormarsch auf die Festung von Agra abzusehen. Holkar will sich nicht mit mir herumschlagen. Selbst wenn ich dem Befehl meines Bruders folge und nach Norden ziehe, ich werde dort keinen Feind vorfinden. Der Rajah hat sein Heer nicht geteilt ... und ich habe keinen Befehl erhalten, den Nerbudda zu überschreiten. Ich soll den Krieg im Dekkan führen. Bloß gegen wen, das sagt mir keiner. Richard will nicht, dass ich zu Lake aufschließe, weil ich dann unter sein Kommando komme, während das ganze Gebiet bis hinunter nach Malabar von einem Tag auf den anderen ohne militärische Führung dastünde. Das ist doch alles Unsinn!«
»Und?«
»Und? Ich werde nach Madras reiten, um mit Stuart und Clive zu sprechen. Sir Alured ist wieder in England. Fein, damit ist Stuart in diesem Augenblick der ranghöchste Offizier in ganz Indien, außerdem ist er mein direkter Vorgesetzter. Auch wenn Richard der Generalgouverneur ist und kommissarisch den Oberbefehl führt; er ist Politiker und nicht Soldat. Irgendjemand muss ihn zur Vernunft bringen. Mir befiehlt er, durch den Monsun zu marschieren, um mich mit einem nicht existierenden Feind zu schlagen und dabei vier Fünftel des Landes sich selbst zu überlassen, während Lake durch eine Gegend hetzt, in der ihm die eine Hälfte seiner Männer vor Hitze verreckt und die andere Hälfte verdurstet. Wir haben nicht unendlich viele Truppen in Indien stehen, die wir verheizen können. Ich werde es nicht zulassen, dass Mornington in wenigen Monaten zerstört, wofür wir acht Jahre lang gekämpft haben.«
Der General hatte sich in Rage geredet. Seine ungesunde Blässe und das Fieber schienen mit einem Schlag verschwunden zu sein.

Er spürte, wie seine Hände sich zu Fäusten ballten und die Muskeln in seinem Nacken hart wurden. Zum ersten Mal seit langer Zeit fuhr er aus der Haut.
Elphinstone grinste. Er sah den jungen, emotionsgeladenen Vulkan vor sich, mit dem er auf dem »maidan« von Kalkutta die Waffen gekreuzt hatte und der bereit war, Gott und der Welt den Krieg zu erklären.
»Das ist Insubordination, mein Lieber!« provozierte er Arthur genüsslich. »Du bist doch immer so peinlich darauf bedacht, die Spielregeln einzuhalten, und jetzt springst du mit einem Riesensatz der ganzen Kommandohierarchie über den Kopf.«
»Ach, die Kommandohierarchie soll zum Teufel gehen! Mornington kann mir ja die goldenen Epauletten von der Schulter reißen, wenn's ihm gefällt, aber ich werde mit Stuart reden.«
»Es kann Wochen dauern, bis du irgendein greifbares Ergebnis in Händen hältst. In der Zwischenzeit bricht Holkar Lake und Monson das Genick. Die Maratthas im Dekkan sehen, dass wir nicht ganz so unbesiegbar sind, wie wir es vorgeben, und Scindia und Bhonsla werfen den Vertrag von Sarij Arjangoan ins nächstbeste Feuer und wechseln die Seiten, während Bajee Rao deinem guten Freund Barry Close erklärt, dass er aus Poona verschwinden kann.«
»Großer Gott!« entfuhr es Sir Edwin Hall. »Ist die Lage wirklich so instabil?«
Wellesley nickte. Ein düsteres Lächeln umspielte seine Lippen. Eine einzige kleine Niederlage konnte schon ausreichen, um den Bannfluch zu brechen, der in diesem Augenblick noch über dem Subkontinent lag. Sie hatten erobert und erobert, aber sie hatten keine Zeit gehabt, die Macht zu festigen, die ihnen dank des Schreckens ihrer Waffen in die Hände gefallen war.

Wieder herrschte im Hafen von Madras reges Treiben, und unzählige Schiffe bevölkerten die Bucht vor Fort St. George. Die Wellen, die der Golf von Bengalen an den Strand warf, waren kaum niedriger als die, durch die er sich bei seinem letzten Besuch in Fort St. George hatte quälen müssen, um an Land zu kommen. Genau wie damals blieb ihm nichts anderes übrig, als an die Mähne seines Pferdes geklammert ans Ufer zu schwimmen, denn er war mit einem Truppentransporter aus Bombay gekommen, der weder über ein Landungsboot noch über anderen Komfort für gelegentliche Passagiere verfügte.

Es war ein sonderbares Gefühl, an diesen Ort zurückzukehren. Hier hatte alles angefangen. Er war damals aus Penang gekommen, und man hatte sein Regiment offiziell an Lord Clive überstellt. Er hatte Charlotte im Hafen abgeholt. Sie war mit dem Postboot aus Kalkutta zu ihm gereist, um seine Frau zu werden. Sie hatten wunderbare Tage im Haus von Sir Charles Smith verbracht, und sein Freund Sir John Sherbrooke hatte sie dazu überredet, ihre Hochzeit zu verschieben. Und dann war plötzlich Krieg gewesen ...
Arthur war heilfroh, dass er tropfnass vom Meerwasser war. Es hätte keinen sonderlich guten Eindruck auf das Empfangskomitee gemacht, wenn General Stuart und seine Adjutanten bemerkt hätten, dass ihm die Tränen in den Augen standen. Er schluckte ein paarmal, schüttelte sich wie ein nasser Hund und setzte ein tapferes Gesicht auf, obwohl der bloße Gedanke an Charlotte und die glücklichen Augenblicke, die sie hier zusammen verlebt hatten, ihm Höllenqualen bereitete.
Der Oberkommandierende von Madras legte den Kopf schief und grinste den jungen General an. Er schien die kurze Stimmungsschwankung seines Untergebenen nicht bemerkt zu haben.
»Herzlich willkommen, Sir Arthur!« schrie der alte Offizier, um das Rauschen der Brandung und den Lärm des Fisch- und Gemüsemarktes auf der Esplanade zu übertönen. Der Adjutantenschwarm, der Stuart umgab, strahlte begeistert.
Wellesleys Bedrücktheit war plötzlich wie weggefegt und wurde von einem Gesichtsausdruck ersetzt, den er immer dann an den Tag legte, wenn er versuchte, Verwirrung und Unsicherheit vor seinem Umfeld zu verbergen. General Stuart legte ihm freundschaftlich den Arm um die klatschnassen Schultern. Mit dem Kopf gab er einem Adjutanten Zeichen, Wellesley das Pferd abzunehmen.
»Sie haben auf einen Haufen wichtiger Leute drüben in England ziemlichen Eindruck gemacht, mein Junge! Bei mir stapeln sich die Briefe. Die Horse Guards haben Ihre Beförderung zum Generalmajor bestätigt. St. James schickt Ihnen einen Bath-Orden und Whitehall ein Adelsprädikat. Assaye war wochenlang das Gesprächsthema von ganz London. Sie haben sogar Admiral Horatio Nelson die Schau gestohlen.«
»Wie bitte?« fragte Arthur mit unsicherer Stimme. Er hatte das Gefühl, dass er den Ausführungen des Oberkommandierenden von Madras irgendwie nicht folgen konnte.

»Eine großartige Geschichte, nicht wahr mein Lieber?« Stuart ließ sich in seinem Redefluss nicht beirren. Ein neuer Wortschwall ergoss sich über den tropfnassen General. »So, zuerst einmal ruhen Sie sich aus und ziehen sich was Ordentliches über, nicht diesen verdammten Fetzen, in dem Sie sonst immer herumlaufen. Ich hoffe, Sie haben daran gedacht, die große Uniform mitzubringen! Ich wüsste nicht, wo wir bis heute Abend eine bekommen könnten. Lord Clive erwartet Sie, und hinterher ... wir haben uns erlaubt, eine kleine Feier für unseren aufsteigenden Stern vorzubereiten.«

»Wie bitte?« versuchte Wellesley noch einmal sein Glück. Er verstand immer noch kein Wort. Langsam, als ob er zu einem Kind sprach, wiederholte Stuart in einfachen, verständlichen Worten, was er zuvor gesagt hatte. »Sir Arthur Wellesley! Das kann doch nicht so schwer zu begreifen sein, mein Junge. London war sehr zufrieden mit Ihnen. Ritterschlag, Bath-Orden, Generalmajor auf der Liste der Horse Guards! Fällt der Groschen endlich?«

Der Offizier schaute entgeistert drein und hob ungläubig die Brauen. Ein kurzer Rekonstruktionsversuch offenbarte ihm, dass sich in den letzten zehn Minuten eine ganze Menge in seinem Leben geändert haben musste. Dank seiner außerordentlichen Liebe zum Detail und seiner untrüglichen Intuition kam er schließlich dahinter, welche Medizin Stuart ihm gerade verabreichte. Irgendwie versetzte ihm die ganze Lobhudelei einen Schlag. Er war an so viele gute Worte einfach nicht gewöhnt.

»Ich wollte eigentlich nur mit Ihnen reden, Sir«, antwortete Arthur wie ein Schaf. »Wegen der Befehle aus Kalkutta und wegen Lakes Operationen oben im Norden.«

Stuart hob den Blick und seufzte: »Gütiger Himmel! Ich weiß, dass Sie ab und zu begriffsstutzig sein können. Aber heute haben Sie den Vogel abgeschossen.« Er schob seinen Untergebenen in die Kutsche und gab dem Kutscher Zeichen, loszufahren. »Vielleicht brauchen Sie wirklich erst mal eine Mütze voll Schlaf und einen großen Whisky. Ist ja ein weiter Weg von Bombay nach Madras. Wenn Sie wieder bei Sinnen sind, können wir uns vernünftig unterhalten, mein Junge.« Ein sonderbares Lächeln glitt über Wellesleys sonnenverbranntes Gesicht, während sie durch die verwirrende Unordnung auf der Esplanade rollten. »Ich habe Sie schon verstanden, Sir.«

John Dunn hatte widerstrebend den angebotenen Platz auf einem bequemen Liegestuhl auf der Terrasse angenommen. Seiner Ansicht nach war dieses Möbelstück für schwindsüchtige Damen der Gesellschaft geschaffen worden, die sich von einem hysterischen Anfall erholen mussten. Andererseits tat es ihm gut, das immer noch verletzte Bein hochlegen zu können. Er ging zwar ohne Krücken, aber die Prothese scheuerte manchmal den Stumpf blutig.
»Na?« erkundigte Wellesley sich bei seinem ehemaligen Sergeanten. »Geht's jetzt besser nach dem unvernünftig langen Spaziergang durch die Stadt?« Er griff nach einer Karaffe mit kaltem Zitronentee, schenkte sich und Dunn ein und drückte dem alten Mann das Glas in die Hand. Dann lehnte er sich mit hinter dem Rücken verschränkten Armen an einen Pfeiler der Veranda und grinste unbeholfen wie ein Schuljunge.
Dunn warf ihm einen strafenden Blick zu. Seine leuchtenden, hellblauen Augen funkelten. Die Situation war typisch für den alten Unteroffizier und seinen jungen General: Früher hatte John immer für Wellesley gesorgt und sich um ihn gekümmert. Seit er bei Argaum das Bein verloren hatte, war es umgekehrt, und beide fühlten sich mit den neuen Spielregeln noch etwas unsicher.
»Ich verschwinde in ein paar Tagen rauf nach Kalkutta, John«, sagte Wellesley leise, dann runzelte er die Stirn und fuhr fort: »Ich habe für Sie und Eochaid eine Passage nach Cork gebucht. Die *H.M.S. Magnolia* läuft in einer Woche aus.«
Dunn zog sich ein wenig aus dem Liegestuhl hoch und starrte den General entgeistert an. »Sie ... schicken mich fort?« stotterte er. »Aber wir waren doch immer ...«
Arthur schnitt dem alten Mann das Wort ab. »John, Sie haben dem König zwanzig Jahre lang treu gedient. Dieses Land, dieses Klima, das Leben, das wir hier führen müssen ... Das alles hat schon jüngere und gesündere Männer unter die Erde gebracht.«
»Aber ... Was für ein Unglück!« Dunn wollte weiter protestieren, bemerkte jedoch den völlig veränderten Gesichtsausdruck seines Generals und fügte sich wortlos in sein Schicksal.
»Bitte, mein Freund! Machen Sie mir keine Sorgen!« Der kalte Schleier, der üblicherweise über Wellesleys Augen lag, war einem besorgten Blick gewichen. »Ich habe Kildare zurückgekauft«, stieß er plötzlich hervor. Unvermittelt war die Unsicherheit

verschwunden, und der General entspannte sich wieder. »Als Sie sich in der Stadt herumgetrieben haben, war ich beim Notar. Die Kopie der Besitzurkunde ist angekommen. Ich habe schon einen Brief nach Irland geschickt. Sie werden in Zukunft dem Verwalter zur Hand gehen und aufpassen, dass der mich nicht übers Ohr haut. Was Ihnen mit dem 33. Regiment gelungen ist, dürfte Ihnen mit einer kleinen Landwirtschaft auch nicht schwerfallen. Sie waren ja mal Bauer und verstehen was davon.«
Für Wellesley waren die Erklärungen beendet. Er hatte seinen Sergeanten und Eochaid nach Hause in die wohlverdiente Rente geschickt. Jetzt konnte er beruhigt das Postschiff nach Kalkutta nehmen und seinem Bruder Mornington entgegentreten. Seit den langen und ausführlichen Gesprächen mit Lord Clive und General Stuart wusste er, was ihn in Fort William erwarten würde: Richard hatte sich in den letzten Monaten politisch und militärisch in eine fast ausweglose Situation manövriert. Er hatte sich nicht nur mit den Direktoren der Ostindischen Kompanie angelegt und sich in der Leadenhall Street unversöhnliche Feinde geschaffen. Sein Entschluss, den Krieg nach Hindustan zu tragen, obwohl der Dekkan noch nicht vollständig befriedet war, beunruhigte inzwischen sogar die britische Regierung.

Der Hoogley war immer noch breit und genauso schmutzig braun wie am ersten Tag, an dem Arthur Fuß auf indischen Boden gesetzt hatte. Die Befestigungsanlagen von Fort William überschatteten immer noch düster und bedrohlich den Fluss und hoben sich scharf vor den grünen und weißen Farbtönen ab, die die Stadt Kalkutta beherrschten. Noch mehr Handelsschiffe als früher lagen im riesigen Hafenbecken vor Anker. Zahllose Fregatten der Royal Navy dümpelten träge in der braunen Brühe, während Lastkähne Waren, britische Untertanen und frische Soldaten an Land brachten. Genau wie damals schienen die meisten dieser Menschen enthusiastisch und voller Hoffnungen, wenn sie an Land gingen. Der Hafen von Kalkutta glich einem großen, lauten, schmutzigen und fröhlichen Jahrmarkt.
Als Arthur 1797 hier eingetroffen war, hatte er sich noch selbst eine zweifelhafte Nussschale anheuern müssen. Damals war er ein unbedeutender Oberst an der Spitze eines mittelmäßigen Infanterieregiments des britischen Königs gewesen. Heute erwarteten ihn eine Schaluppe der Kriegsmarine und ein buntgemischtes Empfangskomitee aus Soldaten und Zivilisten. Er

war nicht mehr irgendein unbedeutender Oberst, sondern Generalmajor Sir Arthur Wellesley, Ritter des Bath-Ordens. Er war Wellesley Bahadour, der Unbesiegbare! Trotzdem fühlte er sich an diesem 24. August 1804 wesentlich unwohler und unsicherer als damals, als er mit Flausen im Kopf und ohne einen Penny in der Tasche losgezogen war, um sein Glück zu machen. Ein geschniegeltes Kerlchen in einer sündhaft teuren, völlig überladenen Uniform der Royal Horse Blues flitzte dauernd um ihn herum und redete ihm in dem Durcheinander auf den Kais die Ohren voll. Arthur hatte nicht einmal den Namen des Mannes verstanden, so laut ging es im Hafen zu. Er hatte nur begriffen, dass dieser Salonsoldat Morningtons Laufbursche war. Arthur fühlte sich von der Aufregung um seine Person peinlich berührt.
»Major!« bremste er den Redefluss des lästigen Begleiters. »Wären Sie so gütig, mir eine Kutsche zu besorgen? Ich möchte zuerst einmal nach Chowringee, mich waschen, umziehen, eine Tasse Kaffee trinken, ein wenig ausruhen.«
Valerian Shawe runzelte die Stirn. »Sir Arthur, das ist völlig unmöglich! Mylord Mornington erwartet Sie, er hat befohlen ...«
»Mylord Mornington erwartet mich nicht in den nächsten fünf Minuten, Major«, erwiderte der General ruhig. »Wenn Sie also so freundlich wären ...«
»Man hat Räume in Fort William für Sie vorbereitet, Sir Arthur. Sie können doch nicht einfach ...«
Wellesley verzog die Mundwinkel. Dieser Major war ein ungezogener Bengel. Er widersprach einem Ranghöheren in aller Öffentlichkeit. Arthur befahl den Sepoys, die offenbar als Eskorte hinter und neben ihnen her trotteten, stehenzubleiben. Dann schenkte er Shawe das liebenswürdigste Lächeln, zu dem er im Augenblick fähig war und gab ihm Zeichen, näher zu kommen. »Sie sind Offizier, junger Mann! Nicht wahr? Horse Blues, wenn ich richtig sehe.« Seine Stimme war immer noch ruhig, doch das blaugraue Augenpaar, das den Major fixierte, sprach Bände.
Valerian schluckte. Ihm wurde klar, dass er eine Dummheit gemacht haben musste. Ohne dass der General es aussprach, begriff Morningtons Privatsekretär, dass außerhalb von Fort William, in der wirklichen Welt, andere Spielregeln herrschten als die, die er seit seiner Ankunft in Indien für sich selbst festgelegt hatte. Er wich einen Schritt zurück, schlug die Hacken zusammen und legte die Hand im vorschriftsmäßigen Winkel an den Hut. »Wie Sie befehlen, General! Eine Kutsche nach Chowringee. Ich werde

mich um Ihr Gepäck kümmern.«
Ein Lächeln spielte um Wellesleys Lippen. Der Kerl war ja leicht zu dressieren gewesen. Scheinbar brachten sie ihnen oben im Fort nicht bei, so etwas wie Rückgrat zu entwickeln. »Ich habe Sie lediglich um eine Kutsche gebeten, Major. Tun Sie, was man Ihnen aufträgt!« Als Valerian wie versteinert vor ihm stehenblieb, konnte der General seine Erheiterung nicht mehr verbergen. »Ich habe kein Gepäck, um das Sie sich pflichtbewusst kümmern müssten«, beruhigte er den Kleinen freundlich. »Gehen Sie jetzt, ich komme hier schon allein klar. Teilen Sie dem Generalgouverneur mit, dass ich in zwei Stunden bei ihm sein werde. «
Ohne ein weiteres Wort verschwand Wellesley in der Menge.

Wegen des starken Verkehrs musste die Kutsche immer wieder anhalten. Es war ein einziges Gewirr aus Hansoms, Rikschas, Lastenträgern, Ochsenkarren und allen erdenklichen anderen Gefährten. Trotzdem erreichte Arthur den Gouverneurspalast pünktlich. Er hatte seine Satteltaschen bei Lady Hall abgestellt, die alte Dame herzlich in die Arme geschlossen und ihr kurz die letzten Neuigkeiten von Sir Edwin und Madras berichtet.
Er hätte die Zusammenkunft mit Mornington noch ein wenig hinauszögern können, doch statt sich wie früher hinter diffusen Ausreden zu verstecken, weil er seinen Bruder fürchtete wie den Leibhaftigen, hatte er nur den alten roten Regimentsrock gegen eine ordentliche, gut geschnittene dunkelblaue Feldjacke und saubere, weiße Lederreithosen ausgetauscht. Keine Uniform, keine Goldlitzen, kein Bath-Orden auf der Brust! Er hatte bewusst darauf verzichtet, großen Staat zu machen, denn er hatte es nicht mehr nötig, irgendjemanden zu beeindrucken. Seine Siege sprachen eine eigene Sprache. Lediglich Charlottes dunkelrote Seidenschärpe, von der er sich nie trennte, und der schwere »tulwar« deuteten darauf hin, dass er Soldat war.
Wenige Minuten, nachdem er sich angekündigt hatte, ging die Tür zu Morningtons Arbeitszimmer auf, und Major Shawe kam heraus. Er schien seine Lektion gelernt zu haben, denn er nahm vor dem General sofort Haltung an. »Der Marquis von Mornington erwartet Sie, Sir Arthur!«
Er hatte sich überhaupt nicht verändert. Nicht einmal die unruhigen dunklen Augen, die so plötzlich einen wütenden und unzufriedenen Ausdruck annehmen konnten, wenn man nicht gleich nach seiner Pfeife tanzte ... Lediglich sein Haar war schütter

und an den Schläfen grau geworden. Früher hatte Arthur den Spott und die Kälte dieses seltsamen Mannes gefürchtet. Jetzt, wo er ihm nach zehn langen Jahren zum ersten Mal wieder begegnete, empfand er nichts – keine Furcht, aber auch keine Freude oder irgendein Gefühl der brüderlichen Zuneigung.
»Mylord!« begrüßte er Mornington förmlich. Dann trat der General, wie man es von einem Soldaten erwartete, wenn er einem Vorgesetzten gegenüberstand, einen Schritt zurück, schlug die Hacken zusammen und salutierte mit regungslosem Gesicht.
Richard brauchte einige Zeit, um den Auftritt des Jüngeren zu verdauen. Er hatte alles erwartet, nur nicht diese Gleichgültigkeit. Langsam glitten seine Augen über Arthur. Es war, als ob er einem Fremden gegenüberstand, einem Menschen, dem er noch nie im Leben begegnet war: Er hatte nur eine vage Erinnerung an eine farblose, verschüchterte, kränkliche und magere kleine Krähe, die dauernd den Boden anstarrte, die stotterte und die niemandem in die Augen zu blicken wagte. Doch vor ihm stand ein großer, breitschultriger Offizier, braungebrannt, mit klassischem, römischem Profil, klugen blauen Augen, einem schlanken, muskulösen Körper und der Ausstrahlung völliger Selbstsicherheit und Ruhe. Nur der harte Zug um den Mund und die eisige Kälte, die wie ein Schleier über den Augen lag, störten das Bild der idealen Heldengestalt.
»Major Shawe, würden Sie mich bitte mit dem General allein lassen?« sagte Richard. Er wartete, bis die Tür hinter seinem Privatsekretär ins Schloss gefallen war. »Das also ist mein Soldatenbruder«, murmelte der Generalgouverneur leise vor sich hin, während er die regungslose Gestalt in der Mitte des Raumes umkreiste, als wäre sie ein Ausstellungsstück in einem Museum. »Was erwartest du von mir, Arthur?«
Arthur rührte sich immer noch nicht. Nur seine Augen folgten Richard. Er schien seinen Bruder aus der Fassung zu bringen. Sollte er Mornington etwa aus Versehen in die Defensive getrieben haben und nun dazu verpflichtet sein, den Verlauf des Gesprächs zu diktieren? Er hatte es nicht vor. Immerhin war es sein Bruder gewesen, der ihn nach Fort William befohlen hatte. Die Nachricht, die zuerst nach Poona gesandt worden war, hatte ihn noch auf dem Weg nach Madras eingeholt.
»Was erwartest du von mir, Arthur?« wiederholte Richard seine Frage. Er hatte inzwischen in einem bequemen Sessel Platz

genommen. »Sie haben mir befohlen, meine Armee an die Grenze zwischen dem Dekkan und Hindustan zu führen und Holkar anzugreifen, Mylord«, antwortete Wellesley gelassen, während er sich aus seiner Erstarrung löste. Langsam drehte er sich zu Richard um. »Nur gibt es im Norden, jenseits des Nerbudda, keine feindliche Armee, die ich zu Lakes Entlastung angreifen könnte. Ich erwarte von Ihnen eine ausführliche Erklärung für diesen Befehl.«

Ein kurzer Moment der Ungläubigkeit veränderte Richards Gesichtsausdruck. Arthur schien Angst in den Augen seines Bruders zu lesen. »Es gibt keine ...? Ich habe exakte Informationen.«

Wellesley ging auf einen Sessel gegenüber dem von Mornington zu und ließ sich unaufgefordert darin nieder. »Warum haben Sie in Hindustan einen Krieg gegen Holkar vom Zaun gebrochen, Mylord, obwohl Sie genau wussten, dass ich einen Nichtangriffspakt mit den Rajah von Indore abgeschlossen habe? Ich habe ihm mein Wort gegeben. Solange er die Gebiete unserer Verbündeten und die der Ostindischen Kompanie unbehelligt lässt, wird Großbritannien seine Souveränität respektieren und von jeglichen Kampfhandlungen mit ihm absehen. Ich habe General Lake nur darum gebeten, Jean-François Perron in die Schranken zu weisen – bis Scindia und Bhonsla zu einem Friedensschluss bereit sind und wir Vorkehrungen für die Sicherheit von Gwalior und Berar treffen können.«

Richard schwieg eine Weile. Seine Augen wichen Wellesleys forschendem Blick aus. Er hatte hoch gepokert, indem er einerseits dem Mann, der den Dekkan befehligte, vollen politischen Verhandlungsspielraum und alle notwendigen Vollmachten erteilt hatte, während er andererseits jenseits der Grenze im Norden eine konträre Strategie verfolgte, ohne seinen Befehlshaber im Süden darüber aufzuklären. Im Mittelpunkt dieser Scharade standen allerdings die gleichen Marattha-Fürsten: Scindia, Bhonsla und Holkar. Im Dekkan bewahrte Arthur ein prekäres Gleichgewicht zwischen der Furcht vor den britischen Waffen und dem Vertrauen in die sprichwörtliche britische Gerechtigkeit und kultivierte damit geduldig eine zarte Pflanze, die man Frieden nannte. Doch Lake schlug – ganz offenbar auf Befehl des Generalgouverneurs – in Hindustan um sich wie die Axt im Walde und drohte damit, das Kartenhaus des britischen Imperiums Indien zum Einsturz zu bringen.

»Ich musste so handeln. Ich habe meine Vorgaben aus London«, versuchte Richard sich zu verteidigen, aber es war nur eine schwache Rechtfertigung, der jegliche Überzeugungskraft fehlte.
Arthur schüttelte den Kopf. Vor Jahren, als er zum letzten Mal in diesem Raum gesessen und mit einem anderen Stellvertreter des Königs über die enge Verbindung zwischen Krieg und Politik gesprochen hatte, war es einfacher gewesen: Sir John Shore hatte seine Karten offen auf den Tisch gelegt und detailliert erklärt, welche Ziele er verfolgte und welche Mittel er zur Hand hatte. Doch der Marquis von Mornington spielte in diesem Augenblick aus unerfindlichen Gründen falsch. Arthur seufzte. Es war ein sinnloses Unterfangen gewesen, den weiten Weg nach Kalkutta auf sich zu nehmen, in der Hoffnung, man könne vernünftig mit dem Generalgouverneur reden. Er war in der Vergangenheit selbstherrlich, ehrgeizig, machtbesessen und arrogant gewesen. Heute schien sich ein weiterer übler Charakterzug zu diesem beeindruckenden Panoptikum gesellt zu haben: Blindheit! Genauso langsam, wie er sich zuvor gesetzt hatte, erhob Wellesley sich nun wieder aus dem Sessel.
»Ich nehme an, Mylord, dass Sie mir gestatten, mich jetzt zurückzuziehen. Unser Gespräch dürfte beendet sein. Morgen werde ich mich auf den Weg zurück zu meiner Armee machen.«
Arthur hatte ruhig, aber sehr bestimmt gesprochen, während sich seine Augen in die Morningtons bohrten und ihre ganz eigene Philosophie kundtaten: Für ihn gab es in diesem Land nichts mehr zu tun. Alles, was er in langen, harten Jahren mühsam aufgebaut hatte, wurde nun langsam, aber unaufhaltsam durch die undurchschaubare Politik seines eigenen Bruders zerstört.
»Arthur!« Mornington war aus dem Sessel aufgesprungen und dem Offizier nachgelaufen. Er packte ihn am Arm, um ihn zurückzuhalten. »Um Gottes willen, was soll das? Was hat das zu bedeuten? Ich habe dich nach Kalkutta gebeten, um gemeinsam mit dir darüber nachzudenken, ob es nicht besser wäre, wenn du an die Stelle von Sir Alured Clarke trittst und alles wieder einrenkst ... alle Fehler, die in den letzten Monaten gemacht worden sind, wieder ausbügelst ... Lake, er ... Ich weiß nicht! Dieser Mann ...«
In der Stimme des Generalgouverneurs mischten sich die verschiedensten Emotionen – Angst, Hoffnung, Liebenswürdigkeit, Unterwürfigkeit. Wellesley hatte diesen Ton

von seinem Bruder noch nie gehört. Er blieb stehen, wischte Richards Hand mit einer knappen Bewegung von seinem Arm und wandte sich um. Doch in seinem Kopf läuteten Tausende von Alarmglocken. Dieser sonderbare Anfall, diese Unterwürfigkeit, diese kriecherische Art, ohne Würde und ohne Stolz, diese Manier, sich ihm fast an den Hals zu werfen ... War Mornington wirklich am Ende und suchte verzweifelt nach einem Rettungsanker? Oder war das alles nur gespielt, ein politisches Mittel zum Zweck, um seine Ziele zu erreichen und sich dabei der Kooperation eines bislang stets erfolgreichen Soldaten zu versichern?

Er versuchte, in Richards Zügen zu lesen – das unruhige Zucken um den schmalen Mund, die braunen Augen, erschreckend durchdringend, fast besessen, die besitzergreifende Körpersprache, dieses Anfassen, das nach Nähe Heischen. Solange der General sich erinnern konnte, hatte sein Bruder ihn nie auf diese Art und Weise berührt. Als er noch ein Kind gewesen war, hatte Richard ihn geohrfeigt und geschlagen, wenn er sein Missfallen erregt hatte.

Ein schattenhaftes Lächeln umspielte den Mund des Generals. Natürlich hatte es zwischen ihnen ein Leben lang nur Bitterkeit und Meinungsverschiedenheiten gegeben, aber dieser Mann – in die Defensive getrieben und offensichtlich völlig durcheinander – war auch sein Bruder.

»Du brauchst jemand, der dir hilft und dem du vertrauen kannst, Richard! Das ist der Grund, warum du mich nach Kalkutta zitiert hast, nicht wahr?« sagte er sanft. Es war das erste Mal, dass er Mornington mit seinem Vornamen ansprach. Arthurs Reaktion entsprang nicht so sehr einem plötzlichen Empfinden von Zuneigung oder Freundschaft für den älteren Bruder, sondern lediglich einem Gefühl von Mitleid.

Mornington legte erneut die Hand auf den Arm des Soldaten. Er schien erleichtert und verwirrt zugleich zu sein. Nach dem eisigen ersten Zusammentreffen und Wellesleys Versuch, abrupt das Gespräch abzubrechen und den Raum zu verlassen, hatte er dieses Umschwenken nicht erwartet. »Arthur, gib uns Zeit! Wir haben einander nie gekannt. Du warst damals noch ein Kind, ich ein Mann mit eigenen Interessen und seinem eigenen Leben. Es war ein Unglück ...« Wieder entfuhr dem General ein Seufzer. Leise schüttelte er den Kopf, und ein Hauch von Trauer lag in den blaugrauen Augen. Er hatte erkannt, dass Richard Wellesley, Marquis von Mornington, sich in den letzten zehn Jahren kein

bisschen geändert hatte. Sein Bruder hatte lediglich zähneknirschend akzeptiert, dass er keine Marionette mehr war, sondern ein Mann, den man für seine Sache geschickt gewinnen musste. Ein Anflug von Enttäuschung wich Trauer. Erstaunt konstatierte er tief in seinem Inneren und vor den Augen seines Bruders verborgen, dass er sich eigentlich gewünscht hätte, seinen Frieden mit Richard zu machen.
Arthur erklärte dem Generalgouverneur ausführlich die politische und militärische Lage im Dekkan und in Hindustan. In einem Gewaltakt war es ihm gelungen, innerhalb weniger Wochen den gesamten nachrichtendienstlichen Informationsfluss aus Poona nach Fort William umzuleiten. Montstuart Elphinstone und Barrak ben Ullah hatten ihm dabei unschätzbare Hilfe geleistet, obwohl Elphinstone ihm in einem privaten Schreiben ausführlich dargelegt hatte, dass er davon überzeugt war, dass all ihre Anstrengungen vergeblich seien. Lake und Monson waren in der Übergangszeit oben in Hindustan tölpelhaft von einem Desaster ins nächste gestolpert. Lake hatte auf Wellesleys Einmischung in seine militärischen Operationen sogar brüskiert und aggressiv reagiert und wiederholt damit gedroht, London zu informieren. Was Arthur in diesen Tagen in Kalkutta tat, konnte ihm von jedem, bis hinunter zum gemeinsten Trommlerjungen, ohne Schwierigkeiten als ein schwerer Fall der Insubordination ausgelegt werden. Er hatte sich vom jüngsten General der britischen Dienstlisten über Nacht zu einer grauen Eminenz gewandelt. Er war der Schattenkriegsminister der Regierung von Britisch-Indien, und jede Entscheidung, die er traf, wurde ohne Kritik oder Einwände von Mornington gutgeheißen.
Richard war wegen der Katastrophe seines unüberlegten Privatkrieges in Hindustan in so tiefen Depressionen versunken, dass er Wellesleys Rat nicht nur suchte, sondern geradezu danach gierte. Er hatte dank eines geschickten Winkelzugs über Nacht die Lösung all seiner Probleme gefunden: Solange er nach London melden konnte, dass seine Politik gegenüber den Marattha erfolgreich war und von einer ununterbrochenen Folge politischer und militärischer Siege begleitet wurde, blieb jegliche Kritik an der grenzenlosen Verschwendung finanzieller Mittel der Ostindischen Kompanie aus, und seine Stellung in Kalkutta und in Whitehall war gesichert.
Arthur hatte natürlich erkannt, dass er nur ein Werkzeug war:

Sobald der Generalgouverneur seine Position, die durch die Katastrophen Lakes und Monsons im Norden erschüttert worden war, wieder einigermaßen gefestigt hatte, würde er ihn wegwerfen wie einen alten, abgenagten Knochen und ihm wieder – genau wie früher – aus Gründen der politischen Opportunität in den Rücken fallen. Der General hatte in den langen Wochen im Schlangenpfuhl der Macht, hoch über Kalkutta, verstanden, dass er nicht mehr als ein Werkzeug war. Er akzeptierte diese Situation schweigend; nur wenn er Richard jetzt die Haut rettete, würde er vielleicht bewahren können, was mit dem Blut seiner Soldaten über lange Jahre aufgebaut worden war: der Friede in Mysore, Soonda, Bullum, Wynaad und im ganzen Süden des Subkontinents. Dafür hatte er gekämpft, und dafür hatte er seine Rotröcke geopfert, dafür hatte er schlaflose Nächte, unmenschliche Anstrengungen, Leid, Schmerz und große persönliche Opfer hingenommen. Wenn er seinem ungeliebten Bruder nicht half, Fehler zu beseitigen, die dieser aus Egoismus und Eigennutz begangen hatte, war alles umsonst gewesen.
Doch in seinem Inneren hatte der General bereits die Konsequenz seiner Handlungsweise gezogen. Er würde nie wieder die Marionette eines anderen Mannes sein und nach dessen Pfeife tanzen. An dem Tag, an dem Holkar im Norden die Waffen niederlegte, würde er ein Schiff besteigen und dieses Land verlassen, um nie wieder nach Indien zurückzukehren. Er würde nicht verraten, woran er ein ganzes Leben geglaubt hatte: Ehre, Pflicht, Freundschaft und der brüderliche Zusammenhalt im Offizierskorps der britischen Landstreitkräfte! Richard konnte lange davon träumen, ihm das Oberkommando in Indien anzuvertrauen.
Doch zwischen ihm und diesem Auftrag standen General Stuart, der ihm stets ein Freund gewesen war und an ihn geglaubt hatte – und General Lake, der bei aller Tollpatschigkeit und allem Ungeschick in diesen Tagen weitaus mehr Anspruch auf das Kommando hatte als er: Er war gerade einmal vierunddreißig Jahre alt und noch viel zu unbefangen und gutgläubig, um zu verstehen, dass Macht und Ehre keine guten Weggefährten waren.

Kurz vor Mittag am 10. September 1804 erhielt Arthur eine Botschaft von General McLeod, Connor McLeods Vater, in der er gebeten wurde, sobald wie möglich im Offiziersklub von Kalkutta vorbeizuschauen; er sei dabei auch herzlich zum Lunch eingeladen, sofern er Lust und Zeit dazu habe. Als Überbringer fungierte ein altgedienter Hochländer mit unpraktischer Federmütze und den Narben vieler Kämpfe im wettergegerbten Gesicht.

Der General warf einen verächtlichen Blick auf den Papierberg, der sich vor ihm auftürmte, und einen lustvollen Blick auf die Sonne, die durchs Fenster seines Arbeitszimmers in Fort William seine Nase kitzelte. »Zum Teufel mit Lake, Holkar und all den anderen Ungeheuern!« fluchte er leise vor sich hin und warf die Feder vehement ins Tintenfass. Hunderte kleiner Spritzer ergossen sich über den vollgepackten Schreibtisch und seine Hände. Er zerrte ungeduldig ein Taschentuch aus dem Rock und rieb sich die Tinte ab. Dann stand er abrupt auf, verließ den Raum und knallte die Tür lautstark hinter sich ins Schloss.

Er hatte die Nase gestrichen voll, denn er hatte Tage damit zugebracht, seinem Kollegen Lake in einfachen, klaren Worten darzulegen, wie er sich Holkar zur Brust nehmen musste, um ihm eine Abreibung zu verpassen. Wenn dieser verdammte Dickschädel oben im Norden nur endlich begreifen würde, dass er Perron lediglich geschlagen hatte, weil der ein Europäer war, wie ein solcher dachte und kämpfte.

»Einmal kräftig mit der Kavallerie dreinschlagen, und die Sache ist gegessen!« brummte der General vor sich hin, während er durch das Gewirr von Räumen und Treppenhäusern im Gouverneurspalast seinen Weg zu den Stallungen suchte.

»Wie schön, Sie wiederzusehen, Sir Arthur«, sagte General im Ruhestand Dugal McLeod, ein charmanter alter Herr mit spärlichem grauem Haar und kurzsichtigen blauen Augen, die verschmitzt durch einen Zwicker blinzelten. »Möchten Sie, dass wir unseren Lunch draußen auf der Terrasse nehmen? Verraten Sie mir alles, was Sie seit unserer letzten Begegnung vor sechs Jahren so getrieben haben. Mein Sohn Connor ist kein besonders schreibfreudiger Mensch, deswegen muss ich mich auf Gerüchte und Geschichten aus dritter oder vierter Hand verlassen.«

Der alte Herr packte Wellesley am Arm und zerrte ihn energisch und mit großen Schritten, die seine beinahe siebzig Lebensjahre vergessen ließen, durch die Vorhalle des Offiziersklubs von Kalkutta. Während McLeod in seiner überschwänglichen, herzlichen Art auf Arthur einredete wie ein Wasserfall, kam ihm plötzlich wieder der Ball in den Sinn. Sie hatten die Geburt von

Connors erstem Kind gefeiert. Alle Soldaten Englands und halb Kalkutta waren eingeladen gewesen. Dort hatte er sie zum ersten Mal gesehen ... Charlotte, in einem schlichten, nachtblauen Seidenkleid und mit ihrer unmöglichen Nickelbrille auf der Nasenspitze! Niemand hatte die Kleine zum Tanzen einladen wollen, obwohl sie das zauberhafteste junge Mädchen gewesen war, dass man sich nur vorstellen konnte. Zuerst hatte er sie wohl ein wenig aus Mitleid zum Tanzen aufgefordert, doch dann hatten sie die ganze Nacht miteinander getanzt, gelacht, geplaudert ... Arthur wusste nicht mehr genau, ob er sich an diesem Abend in sie verliebt hatte, oder ob die Liebe erst später gekommen war, doch er erinnerte sich an jedes einzelne Wort, das sie gesprochen hatten, an jeden ihrer Blicke und an die kleinste Geste. Sie fehlte ihm immer noch. Oft stellte er sich die Frage, ob er je wirklich über ihren Tod hinwegkommen würde.

»Der kalte Lammrücken mit Chutneys und Pickles ist erstklassig!« erklärte General McLeod aus tiefster Brust, als er Arthur endlich bis zur Terrasse und in einen bequemen Korbsessel bugsiert hatte. Bevor der Ire noch entscheiden konnte, ob ihm nach Lammrücken war oder nicht, hatte McLeod dem indischen Boy schon Zeichen gegeben, und ein anderer Bediensteter stellte schwungvoll einen riesigen Krug mit frischem, dunklem Starkbier auf den Tisch.

»Ich hab gestern an einem sehr interessanten Dinner teilgenommen«, erklärte McLeod. »Und ich dachte mir, ich müsste Ihnen schnellstmöglich berichten, was für Neuigkeiten es aus Europa gibt. Es ist großartig, mein lieber Arthur! Bonaparte, dieser dahergelaufene Korse ... wissen Sie, dass man ihn zum Kaiser krönen wird? Nun ist es mit der Revolution der Franzosen aus und vorbei.«

General McLeod war so aufgeregt, dass er erst einmal einen Krug Bier hinunterstürzen musste, um sich zu beruhigen.

Der Ire legte die Stirn in Falten, schnitt sich behäbig eine Kartoffel klein, drapierte hingebungsvoll mehrere feine Scheiben Lammrücken um die Kartoffel und betrachtete dann eingehend die Auswahl an Chutneys. Als er sich für eine dunkle Paste entschieden und sich großzügig aus dem Schälchen bedient hatte, hatte er endlich auch die Neuigkeit aus Europa verdaut. »Kaiser? Wie hat der Herr denn das angestellt?«

»Na ja! Zuerst wollte er, nachdem der Frieden von Amiens ins

Wasser gefallen war, eine Invasion unserer schönen Inseln organisieren. Sir John Cavendish hat gestern Abend sehr ausführlich davon erzählt ... Kennen Sie ihn eigentlich? Ist ein sehr netter Mensch, dieser Cavendish, ein guter Freund von Sir Charles Smith. Ist in Indien, um die Grotten von Ajanta zu studieren. Verrückter Archäologe. Sie müssen ihn unbedingt kennenlernen. Er wollte Sie sowieso fragen, ob Sie ihm helfen können.«
McLeod war inzwischen meilenweit vom Thema abgewichen und hatte Napoleon Bonaparte völlig vergessen. Arthur ließ sich seinen Lammbraten schmecken und spülte kräftig mit Bier nach. Bei dieser Hitze gab es nichts besseres als kühles Lager, ein paar leckere Happen und eine spannende Geschichte zur Unterhaltung beim Mittagessen.
Der verrückte Cavendish konnte ihm gestohlen bleiben. Er würde keinen tollpatschigen Bücherwurm aus der Akademie der Wissenschaften in ein Kriegsgebiet mitnehmen. Er nahm sich vor, dem Mann die Grotten in der Nähe von Madras zu empfehlen: Sie waren genauso schön wie die von Ajanta, doch man kam mit heiler Haut wieder raus.
»Sagen Sie, mein lieber General«, brachte er Connors Vater zurück auf die richtige Piste, »wie ist das mit dem Korsen gelaufen? Soweit ich mich erinnere, steht in der revolutionären Verfassung von 1792 doch groß und breit, dass die Monarchie endgültig abgeschafft ist.« »Ach ja, das war der spannendste Teil von Cavendishs Geschichte«, ließ McLeod sich wieder auf das eigentliche Gesprächsthema ein. »Zuerst, im März dieses Jahres ... General Bonaparte, seit 1802 bereits Konsul auf Lebenszeit, schickte ein Kavallerieregiment über den Rhein. Die Reiter setzen ins neutrale Baden über und schnappen sich im Handstreich den Herzog von Enghien, einen Prinzen aus dem Hause Conde. Der junge Mann wird nach Frankreich zurückgeschleppt. Man sperrt ihn in die Festung von Vincennes und inszeniert einen Prozess. Hochverrat lautet die Anklage. Natürlich verurteilen sie den Unglückswurm und – bumm – morgens um fünf gibt's zwölf Kugeln Blei mitten in die adelige Brust, im Burggraben von Vincennes natürlich. Bonaparte hat Sinn fürs Dramatische.«
Obwohl McLeods Geschichte im Grunde traurig war, konnte Wellesley sich ein Grinsen nicht verkneifen. Der alte Schotte erzählte meisterlich und konnte Zuhörer fesseln. »Weiter, mein lieber General. Erzählen Sie mir alles!«
»Also! Der Herzog wird erschossen. Natürlich schreien alle Höfe

Europas laut auf. Man beschuldigt den Korsen des kaltblütigen Mordes. Aber seine französischen Landsleute fanden diese Sache ausgezeichnet. Drei Millionen von ihnen sind zu den Urnen geströmt, um für Kaiser Bonaparte zu stimmen, ja, ihm die Krone geradezu aufzudrängen. Nur dreitausend haben nein gesagt. Was für ein herausragender Erfolg für diesen dahergelaufenen Tunichtgut!«

»Das kann man wohl sagen, Sir«, erwiderte Wellesley zwischen zwei Bissen Lamm.

Dieser »herausragende Erfolg« des korsischen Tunichtguts war eine Katastrophe, um es gelinde auszudrücken. Der Friede von Amiens war ein Vorwand gewesen. Bonaparte hatte Zeit gewonnen, um seine

Wirtschaft aus dem Morast zu ziehen und sein Land wieder in einen kriegsbereiten Zustand zu versetzen. Auch wenn Arthur im tiefsten Landesinneren des indischen Subkontinents Maratthas gescheucht und weiße Mysore-Ochsen vor sich hergetrieben hatte, war ihm diese Entwicklung doch nicht entgangen. Die Zeitungen waren zwar steinalt; trotzdem verschlang er jeden Papierschnitzel, der den Weg übers Meer fand und ihm in die Hände fiel. Napoleon als Kaiser – das bedeutete, dass Frankreich in nächster Zeit versuchen würde, den Plan einer Invasion der britischen Inseln von Boulogne aus zu verwirklichen. Natürlich standen zwischen einer Invasion und einem Krieg auf dem Boden seiner Heimat noch die Royal Navy und Lord Horatio Nelson. Nelson hatte die Franzosen zur See immer besiegt. Sie konnten ihm einfach nicht das Wasser reichen.

Arthur stutzte. Sein Lamm, das Bier und die leckeren Chutneys verloren jegliches Interesse für ihn. »Zur See? Und was ist mit dem Krieg zu Land?« Pitt war seit April wieder Premierminister. Er hatte es vor ein paar Tagen oben im Fort mitbekommen, und Pitt hatte eine neue Koalition gegen Frankreich gebildet – gemeinsam mit Österreich und Russland. In Europa würde schon bald ein gewaltiger Feuersturm losbrechen, ein Feuersturm, der seinesgleichen suchen würde: Napoleon – Kaiser! Nichts und niemand würden den Mann und seinen unstillbaren Hunger nach Expansion und Macht aufhalten können, und er – Sir Arthur Wellesley – versauerte am anderen Ende der Welt in einem grauen Steinbau, in dem es vor Kanalratten und anderen Intriganten nur so wimmelte, und versuchte, die Fehler eines unbelehrbaren

Sturkopfs, der irgendwo mitten im Hindustan Rohrkrepierer auslöste, über Hunderte von Meilen und per Schriftverkehr zu bereinigen.
»Ich muss völlig übergeschnappt sein«, murmelte er in seinen Bierkrug.
»Ich habe Sie nicht verstanden, Sir Arthur«, erwiderte General McLeod.
»Ich muss völlig übergeschnappt sein, in Indien zu bleiben!« wiederholte Wellesley lauter und grinste den Schotten an.
»Natürlich, mein Junge! Warum glauben Sie eigentlich, dass ich Ihnen das alles erzählt habe? Es gibt hier eine Menge Leute, die sich darüber wundern. Unser Kollege Lake kommt mit Holkar im Hindustan nicht zurande, und der Marquis von Mornington sperrt seinen besten General in Fort William ein und befiehlt ihm, Papier zu produzieren, statt ihn aufs Schlachtfeld zu schicken. Also, ich ließe mir das nicht gefallen. Was hält Sie noch hier in Indien, junger Freund? Drüben in Europa, da läuft was ab! Hier verkümmern Sie doch bloß. Ein Sepoy-General – das ist das gleiche wie ein Admiral, der ein Kriegsschiff auf dem Genfer See kommandiert. Dafür sind Sie viel zu tüchtig, Arthur. Fahren Sie nach Hause. Hören Sie auf den guten Rat eines alten Soldaten. Und nicht nur ich bin dieser Meinung. Wenn Sie mit Stuart sprechen, oder wenn Sir Alured noch hier wäre, beide würden Ihnen dasselbe sagen.«

Arthur Wellesley verließ nachdenklich den Offiziersklub und stieg auf sein Pferd, um zurück nach Fort William zu reiten. Das Gespräch mit McLeod, die Informationen aus Europa, diese Bemerkung über Sepoy-Generäle und Admirale auf dem Genfer See, sein sonderbarer Status in der Regierung von Britisch-Indien ... Er schüttelte den Kopf über so viel Blauäugigkeit. Natürlich! Richard brauchte einen Idioten, der ihm – uneigennützig – sein Chaos im Norden ordnete, damit er als Generalgouverneur wieder mit einem großen Erfolg auftrumpfen konnte wie damals nach Assaye und Argaum. Angesichts einer extrem gespannten politischen Lage in Europa und eines Napoleon auf dem Kaiserthron, als absoluter Herrscher über Frankreich, würde man ihn nach London rufen – zu höheren Ehren als denen des Generalgouverneurs von Britisch-Indien. Richard schielte schon seit Jahren nach einem Platz in der Regierung.

Außenminister! Das hatte damals am Kap schon die Runde gemacht. Pitt hatte schon einmal ernsthaft darüber nachgedacht, Richard ins Kabinett zu berufen. Und mit einem durchschlagenden, überwältigenden Erfolg gegen die Marattha und einem zusätzlichen Landgewinn für die »Company« hatte sein Bruder alle Argumente in der Hand, um das Amt des Außenministers einzufordern und sich damit den Weg nach ganz oben zu ebnen.
Arthur zügelte sein Pferd auf dem »maidan« und stieg aus dem Sattel. Er brauchte noch etwas Zeit, um nachzudenken.

Lake hatte seine Truppen am Tonga zum Stehen gebracht. Sein ärgster Feind war nicht Holkar, sondern ein unbarmherziges Klima und mörderische Temperaturen. Die Rotröcke und Sepoys starben wie die
Fliegen. Einige Tage lang vergeudete der General Zeit mit dem verzweifelten Versuch, Monson zu unterstützen, der mit fünf Bataillonen der Ostindischen Kompanie operierte. Dann gab Lake auf und zog sich nach Agra zurück.
Monson verfolgte Holkar weiter. Seine Verbindungslinien wurden länger und länger. Irgendwann war er mehr als 200 Meilen von der nächsten Nachschubbasis entfernt. Doch er ließ sich nicht beirren und durchquerte in einem brutalen Gewaltmarsch eine Steppenlandschaft. Dann erreichte er die »gauths« und einen steilen, engen Pass. Alles deutete darauf hin, dass Holkar sich auf der anderen Seite der Bergkette befand. Vier Tage später versuchte Monsons halb verhungerte und völlig erschöpfte Truppe, über den Pass zu gelangen. Arthur Wellesley hatte Teilen seiner Einheiten befohlen, von Cupperwungee nach Baroda vorzustoßen und von dort aus nach Ougein und Indore weiterzuziehen, um Kavallerie von Scindia und Bhonsla einzufordern.
Kavallerie war vielleicht der letzte Ausweg in der Katastrophe gegen Holkar. Lake hatte die meisten seiner Reiter verloren, und Monsons Pferde schienen völlig am Ende. Trotzdem erhielt die Dekkan-Armee nicht den Befehl, über den Nerbudda zu setzen und nach Hindustan vorzustoßen. Arthur saß in Fort William wie auf heißen Kohlen. Er konnte in einer Woche bei seinen Männern sein, sie über den Fluss führen, Holkars Truppen in die Zange nehmen und an den Bergen zerschmettern. Alle Truppendispositionen im Süden waren getroffen. Die verbündeten

Rajahs stellten Einheiten, denn sie fürchteten Holkar wie den Leibhaftigen.
Nur ein Wort, ein einziges Wort des Generalgouverneurs von Britisch-Indien war notwendig, um eine Operation auszulösen, die wie ein Feuersturm über Hindustan hinwegfegen würde. Arthur Wellesley las die Meldungen seiner Agenten in mörderisch schlechter Laune. Elphinstone und Malcolm gaben ihr Äußerstes, damit Kalkutta über jede Einzelheit, die irgendeine Bedeutung haben könnte, informiert wurde.
General Stuart, als Oberkommandierender von Madras, war zwar nicht für den Norden und Hindustan zuständig, aber trotz allem ranghöchster Offizier in Britisch-Indien. Er bombardierte den Generalgouverneur mit Schreiben, in denen er Richard nahelegte, den Konflikt mit Lake und möglichen Ärger mit London zu akzeptieren und Arthur nach Hindustan zu schicken. Mit einer vereinten Armee aus den Dekkan-Einheiten und den Resten von Lake und Monson! Stuart hatte seine Meinung aufgeschrieben und nach England befördern lassen: Egal wie jung, egal wie kurz auf der Dienstliste – es ging darum, den besten Mann einzusetzen, um aus einer drohenden Katastrophe vielleicht doch noch einen Sieg zu machen.
Wellesleys Verbitterung über die Lage stieg stündlich. Er versuchte seit Tagen, mit Richard zu reden, doch sein Bruder wich ihm aus und verweigerte ihm ein offizielles Gespräch. Schlimmer noch, der Generalgouverneur weigerte sich, Arthurs Lageanalysen und militärischen Vorschläge anzunehmen. Der General kam nicht weiter als bis ins Vorzimmer. Dort wimmelte ihn ein ungezogener, penetranter kleiner Major mit Namen Valerian Shawe ab.
Als die Nachricht von zwei schrecklichen Niederlagen Monsons – am Chumbul und bei Kooshalghur – in Kalkutta eintrafen, explodierte der Ire. Er hatte sich zwar geschworen, in Indien auszuharren, bis Holkar endgültig besiegt war, doch in Anbetracht der Tatsache, dass sein Bruder ihn unverständlicherweise nicht einmal mehr anhören wollte, war dieses Versprechen hinfällig geworden. Er benötigte weniger als zehn Minuten Zeit, um seinen Entschluss zu fassen und seinen Brief für den Generalgouverneur aufzusetzen. Das Schreiben war kurz.
Ohne sich die Mühe zu machen, auf eine Reaktion seines Bruders zu warten, verschwand der General aus Kalkutta. Am 21. November erreichte er Madras.

»Gütiger Himmel, Sie haben uns einen gewaltigen Skandal beschert!« empfing der Gouverneur von Madras seinen Besucher. Genau wie beim letzten Mal schwappte ein Whisky, vor dem es kein Entkommen gab, in ein Glas. Lord Clive schmunzelte, und sein Gesicht nahm den Ausdruck einer satten, zufriedenen Katze an. Eigentlich hatte Arthur sich auf ein Donnerwetter gefasst gemacht, als Stuarts Adjutantentruppe im Hafen von Madras aufgetaucht war, um ihn direkt am Postschiff abzufangen. Der Oberkommandierende hatte sich nicht die Mühe gemacht, seinen hitzköpfigen Untergebenen abzuholen.
»Also wirklich, dem ehrenwerten Marquis einen Dreizeiler auf den Tisch zu knallen! Was sage ich da! Mit der Post zustellen zu lassen! Sie scheinen zu vergessen, dass Sie Soldat sind, mein lieber Arthur!« Das katzenhafte Grinsen Lord Clives wurde breiter. Wieder floss Bowmore in Wellesleys Glas. »Hickeys Buchhalter übersenden ihrem Dienstherren Kündigungsschreiben, aber Sie doch nicht ...«
Arthur wurde heiß und kalt, nicht etwa, weil er vor irgendeiner Konsequenz seines Tuns Angst hatte, sondern weil der verteufelte Whisky weit mehr als 40 Prozent Alkohol haben musste und fürchterlich nach Torf schmeckte. Trotzdem nahm er mit schmerzverzerrtem Gesicht noch einen Schluck. Er hatte sich in Kalkutta und auf dem Weg nach Madras so aufgeregt, dass er am liebsten auf die nächste Palme gestiegen wäre, um mit Kokosnüssen nach den vernagelten Idioten im Fort zu werfen.
»Jetzt beruhigen Sie sich doch endlich, mein lieber Arthur«, sagte Lord Clive mit einem Grinsen. »Zählen Sie bis zehn, atmen Sie tief durch, und setzen Sie sich endlich hin! Es macht mich verrückt, wenn Sie wie ein wildgewordener Tiger durch meine Bibliothek rennen.«
Wellesley blieb abrupt stehen, knallte sein Whiskyglas auf einen kleinen Tisch und ließ sich in einen Sessel fallen. »Soll er doch zur Hölle fahren! Der spinnt, und wenn einer spinnt ...«
»Arthur!« Clives Grinsen war zu einem Lachen geworden. Er schüttelte den Kopf und schlug sich die Hände vor die Augen. »Halten Sie endlich Ihr loses Mundwerk! Sie sind der größte Hitzkopf, dem ich in meiner langen Laufbahn begegnet bin.«
Wellesley verzog das Gesicht zu einem gekränkten Schmollen. Natürlich hatte Lord Clive Recht. Er war ein Hitzkopf und regte sich immer wieder fürchterlich auf. Seine ganze Komödie aus

Ruhe, Gelassenheit und eiserner Selbstbeherrschung flog immer dann auf, wenn ihm irgendetwas wirklich am Herzen lag und er lieber Köpfe einschlug, als langatmiges diplomatisches Geplänkel zu erdulden. Er war noch nicht einmal fünfunddreißig Jahre alt und viel zu weltfremd, um zu begreifen, dass der Mensch nicht immer und ausschließlich von Vernunft regiert wurde.

»Also, Sie sind sauer, weil unser geschätzter Generalgouverneur – gegen Ihren guten Rat und Ihre wohldurchdachten Argumente – zugelassen hat, dass Dritte Unsinn veranstalten. Kurz gesagt, das ist es, was Ihnen auf dem Herzen liegt und Ihren bösen Dreizeiler ausgelöst hat.«

Wellesley nickte und angelte nach seinem Whiskyglas. Eigentlich schmeckte der Bowmore gar nicht so schlecht.

»Wir handeln aus den unterschiedlichsten Impulsen heraus, junger Mann. Wenn Sie auch nur einen Moment nachdenken würden, wäre Ihnen das schon lange klar. Wenn wir Angst haben, rennen wir wie die Hasen, erstarren zur Salzsäule oder schlagen wild um uns. Ganz nach Veranlagung und persönlicher Erfahrung, natürlich.«

Wieder nickte der junge General gehorsam und nippte am Glas.

»Ich persönlich glaube, dass die meisten Tragödien sich ereignen, weil wir aus Zeitmangel verschiedene Handlungsweisen nicht vernünftig gegeneinander abwägen und Situationen falsch einschätzen, um dann überstürzt zu handeln.«

»Aber ...«, setzte Arthur an. Wenn er sich im Angesicht des Feindes befand, gingen ihm nie die Nerven durch, obwohl er Kopf und Kragen und das Leben seiner Männer riskierte. Er hatte für zittrige Zeitgenossen herzlich wenig Verständnis.

»Mund halten!« tadelte Lord Clive ihn freundlich. Er mochte Wellesley und schätzte ihn als Mensch und als Soldaten. Er wusste natürlich, dass der General leidlich verwirrt war. Er selbst begriff ja auch nicht, welchen Unfug Mornington in Kalkutta trieb. Doch er ahnte, dass ein Mann, der sieben Jahre lang den höchsten Posten in Britisch-Indien bekleidet hatte, ausgebrannt sein musste. Das Land forderte seine Opfer. Er selbst hatte um Abberufung gebeten, und General Stuart packte auch schon die Koffer. Der Subkontinent war das Grab des weißen Mannes, ein Beinhaus. Selbst Arthur merkte man es an, obwohl er die robuste Konstitution eines Soldaten hatte. Nicht nur Unverständnis und Wut ließen Wellesleys Augen glänzen.

»Ich verstehe es auch nicht, und wir haben nächtelang mit Stuart

und dem Stab diskutiert, um herauszufinden, was in Kalkutta vor sich geht, Arthur. Das einzige, was ich Ihnen sagen kann ... Lake weigert sich standhaft, auch nur einen einzigen Rat von Ihnen anzunehmen. Er hat einen sehr bösen Brief an Mornington und einen noch schlimmeren nach London geschickt. Von Nepotismus war da die Rede und von einer finsteren Intrige zwischen dem Generalgouverneur und seinem Bruder, um sich ungehindert die Taschen mit Holkars Schätzen zu füllen – falls Sie ihn besiegen sollten. Es war ein dummes Schreiben von Ihrem Kamerad. Als wir davon erfuhren, haben wir gleich unseren Senf dazugegeben und nach Hause expediert. Er hat Ihren Bruder ähnlich bedroht wie damals St. Leger, Baird und die anderen alten Knochen. Ich glaube, Mornington hat genau wie damals Angst vor der eigenen Courage bekommen. Sie wissen es nicht, aber in der Leadenhall Street gärt der Aufruhr gegen seine maßlose Geldverschwendung und seine arrogante Art. Man wirft ihm vor, sich aufzuführen wie der König von Indien.«
Wellesley hatte von den langen Ausführungen des Gouverneurs von Madras nur eine Bemerkung in Erinnerung behalten: »Lake wirft mir vor, ich wolle mich bereichern? Großer Gott, wenn ich mir Geld in die Tasche hätte stecken wollen, hätten sich mir bessere und einfachere Gelegenheiten geboten.«
Lord Clive war aufgestanden. Beruhigend legte er dem General die Hand auf die Schulter. »Arthur, Sie sind ein großartiger Soldat und einer der besten Diplomaten in Uniform, der mir je untergekommen ist, aber Sie sind auch weltfremd, idealistisch und felsenfest davon überzeugt, dass alle Menschen nett und freundlich sind, solange sie Ihnen nicht mit der Waffe in der Hand auf einem Schlachtfeld gegenüberstehen.« Sein Gesicht hatte sich zu einem ironischen Lächeln verzogen. »Während Sie fast vier Jahre lang die Nächte unter freiem Himmel verbracht und sich Ihren Weg kreuz und quer durch den Subkontinent gekämpft haben, haben andere Ihren militärischen Erfolg ausgenutzt. Natürlich glaubt niemand, dass Sie jemals auf irgendeine Form von persönlicher Bereicherung aus waren, aber Ihr Bruder ist ein anderer Fall.« Clives jovialer Ausdruck war einer tief besorgten Miene gewichen.
Seine Stimme war ganz leise geworden, während sein Blick sich senkte, um den General nicht länger anschauen zu müssen. Er hätte Arthur alles sagen können, was er wusste, hätte ihm berichten können, welch finstere Machenschaften in Fort William

abgelaufen waren, während Arthur mit seinen Rotröcken tief im Herzen Indiens gekämpft hatte. Er hätte ihn aufnehmen können in diese sonderbare, verschwiegene Bruderschaft der tatenlos zuschauenden Mitwisser, die über Jahre hinweg Morningtons Handlungen sanktioniert hatten, nur um im Windschatten des Generalgouverneurs ihren eigenen Weg nach oben zu machen. Doch der Mann, der ihn in diesem Moment mit einer seltsamen Mischung aus Ungläubigkeit und Schmerz anstarrte, würde das alles möglicherweise nicht einmal begreifen. Er besaß einfach noch nicht die notwendigen Voraussetzungen, um dieser Bruderschaft beizutreten. Arthur Wellesley bestand nur aus Ehrgefühl und Rechtschaffenheit. Niemals ließe er sich dazu bewegen, vielleicht noch über Jahre hinweg den Mund zu halten, nur um im geeigneten Augenblick kalt lächelnd vor den Marquis von Mornington zu treten und den Tribut des Schweigens einzufordern. Der Generalgouverneur war durch und durch korrupt. Er hatte genommen, was ihm nicht zustand, und andere um ihren verdienten Lohn betrogen. Doch um diesen durchtriebenen kalten Fisch zu erpressen, brauchte man selbst das Herz eines skrupellosen Erpressers.

»Arthur, Sie sollten nach Hause zurückkehren. Sie waren länger in diesem Land, als man es von Ihnen erwarten kann. Sie haben hier alles getan, was in Ihrer Macht lag. Nun sollten Sie sich einmal um Ihre eigene Zukunft kümmern und dorthin gehen, wo in den nächsten Jahren Geschichte geschrieben wird. Die Schlachtfelder Indiens können nur ein Zwischenspiel für Sie sein. Sie haben das Zeug zu einem großen Soldaten. Fahren Sie und machen Sie Ihren Weg drüben auf der Insel. Das ist kein Rat, mein Junge. Das ist ein Befehl Ihres unmittelbaren Vorgesetzten.«

Wellesley musterte Lord Clive lange. Obwohl sein Gesicht nur aus einer langen Nase und einem energischen Kinn zu bestehen schien, verriet es doch eine Güte und Milde, die dem jungen Offizier jede Befangenheit nahm. Eigentlich war er erleichtert: Der Gouverneur von Madras hatte Worte ausgesprochen, die ihm schon lange durch den Kopf gingen. Indien verlassen, nach Hause zurückkehren, schmerzhafte Erinnerungen hinter sich lassen und ein neues Leben anfangen ... Seit Charlottes Tod und seinem unbarmherzigen Rachefeldzug gegen Dhoondia Wao wusste Arthur, dass dieser Tag kommen musste. Er nickte Lord Clive zu.

»Sie haben Recht, Mylord! Es war eine lange, eine endlos lange

Zeit!«

Epilog

Viele Tage war er langsam die Piste von Seringapatam im Landesinnern nach Madras an der Coramandel-Küste entlanggeritten, ohne einem einzigen Menschen zu begegnen. Arthur Wellesley hatte beschlossen, die Städte Mallavelley, Ryacotta, Ambor, Velore und Arcot zu umgehen und die Nächte unter freiem Himmel zu verbringen. Diese einsame Reise war sein Abschied von einem Land, das im Lauf von fast zehn Jahren seine Heimat geworden war. Er brauchte diese Tage in der Wildnis, um mit sich selbst und einem entscheidenden Abschnitt seines Lebens ins Reine zu kommen. Der General, der sich bald zurück nach Europa einschiffen würde, hatte nichts mehr mit dem jungen Offizier gemein, der im Jahre 1797 zum ersten Mal den Fuß auf indischen Boden gesetzt hatte.

Und vieles war seither geschehen. Die Erstürmung von Seringapatam, Tippu Sultans Tod, die Befriedung der Provinz Mysore, der Feldzug gegen Bullum und Soonda, die Unterwerfung des Rebellen Dhoondia Wao, die Marattha-Kriege, Poona, Ahmednuggur, Argaum, Gawilghur und Assaye – alles Schlachten, die er siegreich geschlagen hatte...

Er war noch nicht einmal fünfunddreißig Jahre alt, hochgewachsen, schlank, zäh von der körperlichen Anstrengung vieler Feldzüge und gebräunt von der Sonne der Tropen. Indien, dieses »Grab des weißen Mannes«, hatte ihn nicht umgebracht. In seinen klugen, graublauen Augen brannte ein unbändiges Feuer. Er besaß einen wachen und kritischen Verstand und eine eiserne Konstitution. Doch er hatte alle Unbekümmertheit und Unbeschwertheit der Jugend verloren. Die Jahre unablässigen Krieges und die Gewohnheit, zu befehlen, hatten ihn hart und autoritär gemacht. Ein Lächeln kam ihm nur noch selten über die Lippen.

Als er vor langer Zeit seiner irischen Heimat den Rücken kehrte, hatte er nicht das Gefühl verspürt, irgendetwas zu verlieren, das ihm am Herzen lag. Er war nur ein vierter Sohn gewesen. Er hatte weder Geld noch den Anspruch auf irgendeinen Titel von seinem Vater geerbt. Damit war er gerade noch gut genug gewesen, dem englischen König am anderen Ende der Welt als Kanonenfutter zu dienen.

Für die Seinen und für ihr gesellschaftliches Umfeld war er ein hoffnungsloser Fall gewesen. Ein Salonsoldat ohne Perspektiven, der in den Tag hinein lebte, sich duellierte, Karten spielte, zu viel trank und aus finanzieller Not nicht einmal seine eigene Familie gründete. Hätten die Longfords ihn damals, als er um Kittys Hand angehalten hatte, nicht wie einen räudigen Straßenköter aus dem Haus gejagt, wäre ihm vielleicht nie der Gedanke gekommen, sein Leben von Grund auf zu ändern und mit der Vergangenheit endgültig zu brechen. Er hatte damals seine Geige verbrannt und beschlossen, nie wieder eine Partitur in die Hand zu nehmen. Er hatte Kittys Briefe ins Feuer geworfen und geschworen, nie wieder eine Frau zu lieben. Er hatte das Spielen und das Trinken aufgegeben und ein sorgloses, oberflächliches und einfaches Leben gegen eine unsichere Existenz in einer unbekannten, fernen Welt eingetauscht. Er hatte sich ernsthaft dem Kriegshandwerk gewidmet, obwohl er Gewalt und Blutvergießen zutiefst verabscheute. Der Weg nach Indien war damals sein letzter Ausweg gewesen, denn die Zukunft in Irland war ihm so düster und deprimierend erschienen, dass es ihm gleich gewesen war, was ihn in der Kolonie erwartete: Ruhm oder Tod, Reichtum oder Untergang. Heute, zehn Jahre später, war er der jüngste General Englands – und der einzige, der noch nie im Kampf besiegt worden war. Für seine Verdienste um die Krone hatte man ihm den Bath-Orden verliehen, die höchste militärische Auszeichnung des Landes. Und die Preisgelder für seine militärischen Erfolge hatten ihn zwar nicht zu einem reichen Mann gemacht, doch er konnte sorgenfrei in die Zukunft blicken. Mit dem Schwert in der Hand hatte er sich einen Adelstitel erkämpft, und die britischen und eingeborenen Machthaber Indiens hörten auf seinen Rat. Er hatte eine Provinz verwaltet, deren Fläche so groß war wie vier Fünftel Europas, und er hatte Armeen geführt, die hunderttausend Mann stark gewesen waren. Doch der General wusste nicht, wohin oder zu wem er in England zurückkehrte. Er hatte weder Frau noch Kinder, kein Heim und keine Freunde. Alles, was ihm wichtig war, befand sich in Seringapatam, mitten auf dem indischen Subkontinent. Die Frau, die er geliebt hatte, lag dort begraben, zusammen mit seinem Herzen. Das alles musste er nun zurücklassen. Genauso bedrückt, wie er vor zehn Jahren Irland den Rücken gekehrt hatte, verließ er nun den Subkontinent. Wieder war es eine Flucht nach vorn, wieder war es ein letzter Ausweg, auch wenn er diesmal keinen Jugendsünden hatte abschwören

müssen und keinen Weg im Leben suchte. Er kannte seinen Weg und wusste, wohin er ging und warum er dieses Land verlassen musste.
Irgendwann Ende Februar 1805 erreichte er Madras. Er hatte sich zu Hause in Seringapatam lange Zeit genommen, seinen Freunden Lebewohl zu sagen. Niemand hatte ihm einen Vorwurf gemacht, weil er fort wollte. Sie hatten ihm Glück gewünscht und eine erfolgreiche Zukunft am anderen Ende der Welt. Das Schiff, das ihn nach England bringen sollte, lag bereits im Hafen. Doch der Anblick der weißen Segel vor einem tiefblauen Himmel, der am fernen Horizont im Meer versank, erfüllte sein Herz mit einer seltsamen Mischung aus tiefer Trauer und grenzenloser Erleichterung.Am Kai erwartete ihn bereits Oberstleutnant Colin Campbell, sein Adjutant. Colin war mit dem Gepäck vorausgereist, um sich darum zu kümmern, dass die wenigen Dinge, die dem General wichtig waren, an Bord der *H.M.S. Trident* gut verstaut wurden.
Als der Augenblick des Abschieds kam, blickte der General Colin traurig an. Die Armee war seine Familie. Die jungen Offiziere ersetzten ihm Söhne, die er nicht hatte. »Leben Sie wohl, mein Freund! Ich wünsche Ihnen und Ihrer Frau alles Glück dieser Welt.« Er strich seinem Grauschimmel ein letztes Mal über den Hals und legte Campbell die Zügel des edlen Arabers in die Hand. »Mein Abschiedsgeschenk. Kümmern Sie sich gut um Diomed. « Der General drehte sich ruckartig um, ohne eine Antwort abzuwarten, und ging den Laufsteg der *H.M.S. Trident* hinauf. Er verschwand sofort unter Deck, denn er wollte nicht, dass jemand die Tränen sah, die ihm über die Wangen liefen. Erst als das Schiff mit geblähten Segeln fast schon am Horizont verschwunden war, wagte Arthur sich wieder nach oben. Vorsichtig suchte er sich auf den glitschigen Planken seinen Weg nach vorn an den Bug. Genau dort, wo die beiden Seiten der *H.M.S. Trident* eine Spitze bildeten, genau über der Gallionsfigur, blieb er stehen und rührte sich viele Stunden nicht von der Stelle. Madras verschwand am fernen Horizont und versank in den Fluten des unendlich weiten Atlantiks.
Plötzlich breitete er die Arme aus, als wollte er fliegen. Die Gischt hatte ihn inzwischen bis auf die Knochen durchnässt. Mit jeder Seemeile, die die *H.M.S. Trident* sich von der Coramandel-Küste im Süden des indischen Subkontinents entfernte, fühlte Arthur

sich freier und freier.

ENDE

.....doch das Abenteuer geht weiter im nächsten Buch der „Warlord-Serie“

„Adler und Leopard“

GLOSSAR

Dubashery	Korruption
Killdar	Stadtkommandant
Dustoorie	Bestechungsgeld
gorah-log	Europäer
pahari	Einheimischer
heresi	Ungläubige
Jawan	Leibwächter
Bharat	Bezeichnung für den hindi-sprechenden Teil Indiens
Raj	Bezeichnung für die britische Herrschaft über Indien
Madrissah	Schule
Rishti	Verstümmelung des Wortes Irland
Baba	Vater
hircarrahs	Hindus, die der Kaste der Brahmanen angehören und eine eigenständige Berufsgruppe formen: Meldereiter, Führer und – Spione
muzznud	Thron
Avatar	Verkörperung
Bibbie	verächtliche für Mädchen
Kathiawari	indische Pferderasse, ähnlich einem Vollblut
Baraka	Glück, Allahs Gunst
Palan	Fächer
Tope	Anhöhe
Tulwar	Krummsäbel
Nullah	Aquädukt
Muezzin	Gebetsrufer im Islam
Jettie	Muskelprotz, Kraftprotz
Laskaris	indische Artillerie
Polygars	Hindu-Krieger, die sich als unabhängig ansahen und die Bergforts und kleine, befestigte Anlagen in den Wäldern Mysores besaßen.

Gauths	Gebirgszug nördlich von Mysore
Nairs	Angehörige einer hohen, extrem militaristischen Hindukaste. Nur Bramahnen, die einer noch höheren Kaste angehörten, durften sich einem ‚nair' bis auf 96 Schritte nähern: Die'nairs' sprachen nur mit Bramahnen und die Bramahnen sprachen nur mit Gott!
Mopplas	muslimische Händler
Rakshasa	Grauenvolle, menschenfressende Monster. Es existierten Katzen-rakshasa (Khan und Bageera Bastet) und Kaiman-rakshasa (Mokole). In den Wäldern, so ging die Sage, trieb ein Wolf-rakshasa sein Unwesen
Thuggee	Seit dem XV.Jhdt. erwürgten die Anhänger des Thuggee-Kultes ihre Opfer, denn sie glaubten, die Göttin Khali fordere von ihren Anhängern die überflüssigen Leben, die Rama geschaffen hatte, auszulöschen. Im XVIII.Jhdt. zeichneten die ‚thugs' für etwa 20.000 Opfer pro Jahr verantwortlich. Mitte des XIX.Jhdts. gelang es dem britischen Oberst Slemann den Kult in einer blutigen, militärischen Aktion auszurotten.
Chaute	Schutzgeld
Muzznud	Thron
Izzat	Ehre, Ruhm, guter Ruf
Ghairat	Sinn für Ehre
Gotra	Kompanie
Jati	Bataillon
Gram	dunkles haferähnliches Getreide
Dal	getrocknete Linsen
Garee	schwerer Fuhrwagen
Vakel	Gesandter, Botschafter
Silledar	Leichte Kavallerie
Jaghirdars	‚Marattha'-Kriegsherren, die - von den Tributzahlungen an den Peshwa abgesehen - quasi unabhängig waren und sich meist als ‚Raubritter'

	hervortaten
Karkun	Bote, Meldereiter
Cowle	Konditionen für die Übergabe eines Platzes ohne einen Sturmangriff
Pankha	Fächer
Nuzzer	Tribut, Schutzgeld

Historische Anmerkungen zum Band I der Warlord-Serie – Marattha König Zweier Welten

Den Hintergrund für „Marattha-König Zweier Welten“ bilden der Vierte Mysore-Krieg von 1798 bis 1799 und der Zweite Marattha-Krieg von 1803 bis 1805. Die meisten, der in diesem Roman beschriebenen Ereignisse, wie der Sturm von Seringapatam oder die Schlacht von Assaye haben sich genau so zugetragen, wie beschrieben. Auch sind die meisten der Akteure historische Persönlichkeiten. Dies gilt nicht nur für die Hauptfigur des Romans, Arthur Wellesley, der später einmal als der erster Herzog von Wellington Geschichte machen wird. Colin Campbell, Oberst Stevenson, Montstuart Elphinstone, Davie Baird oder Richard Lord Mornington sind ebenso historische Persönlichkeiten, wie Tippu, der Sultan von Mysore, Dhoondia Wao, der König Zweier Welten, Holkar oder die Gruppe französischen und frankophoner Söldner um Perron, die im Zentrum des zweiten Marattha-Krieges standen.

Die brutale, militärische Vergeltungsoperation gegen die Kali-Anhänger im Tempel von Aymangala ist eine reine Erfindung. Es ist nicht belegt, dass Arthur Wellesley jemals in irgendeiner Form Probleme mit dem Kali-Kult gehabt hatte, während er Mysore verwaltete. Doch aus späteren Zeiten des britischen Raj in Indien sind solche Operationen bekannt. Auch die Liebesgeschichte zwischen Arthur und Charlotte entspringt lediglich meiner Phantasie.

Was allerdings eine historisch belegte Tatsache ist, ist die Posttraumatische Belastungsstörung „PTSD“, die Arthur Wellesley so deutlich zeigt und erfolgreich bis zum Ende seiner „Jahre des Schwertes“ mit sich herumgeschleppt hat. Der künftige Herzog von Wellington wollte nie Soldat werden. Als Kind war er kränklich und wurde von seiner Mutter vernachlässigt. Er stand so weit hinten in der familiären Hackordnung, dass er lediglich den Vornamen eines verstorbenen älteren Bruders bekam und man sich nicht sonderlich darum bemühte, seine Geburt zu registrieren. Er selbst legte seinen Geburtstag auf den 1.Mai fest, weil eigentlich niemand so genau wusste, an welchem Tag und wo – Dublin oder Dungan – er zur Welt gekommen ist. Er ist auch nicht der vierte Sohn von Garrett Wesley, sondern der vierte überlebende Sohn. Er stand im Schatten älterer, ehrgeizigerer und brillanterer Brüder. Seine Mutter bezeichnete ihn abfällig als „Kanonenfutter" und schob ihn an eine französische Militärakademie ab...eine billige Lösung für einen überflüssigen Sohn.

Auch wenn diese persönlichen Rückschläge vielleicht seine anschließende Erfolgsgeschichte erklären – ein hässliches Entlein wird plötzlich aus eigener Kraft zum stolzen Schwan, so erklärt in meinen Augen nur diese massive Posttraumatische Belastungsstörung den Mann selbst. Natürlich wurde PTSD erst mit den Spätfolgen des Vietnam-Krieges in den USA und dann mit den beiden Golf-Kriegen und dem ISAF-Einsatz in Afghanistan nach 9/11 zu einem Thema für die Medien und die breite Öffentlichkeit, doch bereits die Soldaten der Napoleonischen Zeit und ihre Vorgänger bis in die Tage der alten Römer und Griechen kannten und erkannten das Problem. Erstaunlicherweise wurde dieses Problem weitaus weniger stigmatisiert, als heute. Viele berühmte Soldaten und noch mehr Unbekannte litten darunter.

Ich habe mich entschlossen, meiner Hauptfigur ihre Posttraumatische Belastungsstörung in dem Umfang zu gestatten, in dem ich sie in einem minutiösen Quellenstudium im Verlauf von rund zwanzig Jahren vorgefunden habe. Vielleicht ist es genau diese Schwäche in einem Mann, dessen Spitzname „Der Eiserne Herzog" ist, die mich dazu bewogen hat seine Geschichte in Romanform aufzuschreiben.

Ursprünglich sollte all dies eine Habilitationsschrift werden in der es vor allem um die verschiedenen Infanterie-Taktiken in der Pulverkriegszeit ging, ein Vergleich sozusagen zwischen Franzosen, Briten, Russen, Preußen etc. Zuvor hatte ich schon erfolgreich eine gute und ausgesprochen langweilige Doktorarbeit zur Beziehung zwischen Militärdoktrin und Entwicklung der Ausrüstung der Landstreitkräfte der Sowjetunion verfasst. Die Ausmaße dieser Arbeite reichten, um eine Tür auch bei starkem Luftzug zu blockieren...Dann ist irgendetwas geschehen und Arthur Wesley aka Wellesley aka Wellington wollte nicht auf zweitausend Seiten von A nach B manövrieren, nur um irgendeine Entwicklung der Taktik zu unterlegen. Ich habe diese Habilitationsschrift am Militärhistorischen Institut in Potsdam nie zu Ende geschrieben, aber ich glaube, ich habe eine spannende Abenteuergeschichte in vier Bänden zu Papier gebracht:

Sowohl der Mysore-Krieg, als auch der zweite Marattha-Krieg waren militärische Auseinandersetzungen zwischen der Britischen Ostindien-Kompanie und lokalen Machthabern, die um ihrer Unabhängigkeit Willen auf die französische Karte setzten. Napoleons Invasion von Ägypten 1798 hatte das Fernziel, die britischen Handelswege nach Indien zu bedrohen. Das Königreich Mysore war der Schlüssel dazu, denn dessen Herrscher, Tippu Sultan, war ein enger Verbündeter Frankreichs und ein erklärter Feind der Briten. Napoleons Absichten wurden von Admiral Horatio Nelson am 1. und 2. August 1798 in der Seeschlacht bei Abukir zerschlagen. Der zweite Marattha-Krieg war der französische Schwanengesang auf dem Indischen Subkontinent.

Arthur Wellesley, gerade zum Oberst befördert erreichte mit seinem Regiment im Februar 1797 Indien, um dieses gesamte überseeische Kapitel der Napoleonischen Kriege mitzuerleben und mitzugestalten. Sein ältester Bruder Richard wurde ein knappes Jahr später Generalgouverneur. Als 1799 der Vierte Mysore-Krieg gegen den Sultan von Mysore, Tippu ausbrach, kommandierte Arthur bereits eine eigene Division und legte im Herzendes Subkontinents den Grundstein für eine spektakuläre, militärische Karriere, die am 18. Juni 1815 auf dem Schlachtfeld von Waterloo mit seinem Sieg über Napoleon Bonaparte enden sollte.

1805 kehrte Arthur hochdekorierter, zum Ritter geschlagen und als jüngster General-Major nach Großbritannien zurück…wieder um an großen Ereignissen aktiv teilzunehmen. Und diese europäischen Ereignisse sollten letztendlich zum Sturz des französischen Kaisers führen.

„Marattha-König Zweier Welten“ ist der erste Band der vierteiligen „Warlord Serie“, die diese Phase der Napoleonischen Kriege aus der Sicht des künftigen Herzogs von Wellington erzählt.

10190502R00298

Printed in Germany
by Amazon Distribution
GmbH, Leipzig